LES AVENTURES DE BORO, REPORTER PHOTOGRAPHE

MADEMOISELLE CHAT

FRANCK & VAUTRIN

LES AVENTURES DE BORO, REPORTER PHOTOGRAPHE

MADEMOISELLE CHAT

FAYARD

Pour Claude Durand.

PREMIÈRE PARTIE

La Tour du Silence

L'inconnu de Marine Drive

Sur le trottoir de Marine Drive, le pas de l'élégant boiteux en costume blanc battait à la manière d'un cœur de pierre. Un pas, une canne, un raclement. La claudication faisait le rythme. Comme s'il cherchait son salut sur les hauteurs de la ville, l'étranger se hâtait en direction des collines de Malabar Hill.

Appuyé sur le pommeau de son stick, il avançait vivement, la mine fière, le regard charbonneux, les sens aux aguets, les joues creuses comme celles d'un loup pour qui la chasse est un besoin vital. A son cou pendait la dragonne d'un appareil photo abrité sous sa veste pour protéger l'optique de la pluie.

Absorbé dans ses pensées, l'inconnu s'accommodait avec crânerie de son infirmité. Magicien de sa propre infortune, il savait la rendre imperceptible, transformant le seul inconvénient que lui eût imposé la nature en une sorte de grâce supplémentaire.

Comme il arrivait à hauteur de Wilson College, il rencontra un cortège de femmes rieuses drapées dans leurs saris, la chevelure huilée et parée de fleurs de lotus, les chevilles chargées de lourds bijoux d'argent.

En un instant, le regard plutôt mélancolique de l'homme à la canne s'était animé en croisant de manière fugitive les prunelles sombres d'une Maharashtrienne d'une rare noblesse de port. Surprise mais complice, la radieuse apparition égrena un rire malicieux. Rattrapée par son éducation, elle le dissimula vite derrière sa main. Il y avait chez cet homme jeune au front dégagé, brun, aux cheveux mi-longs, une singulière capacité de séduire, de se montrer tout à la fois beau et insolent.

Déjà, les pépiements joyeux de la jeunesse s'éloignaient. Les saris ourlés au fil d'or se fondaient dans la foule. Vert pomme, aubergine, citron, lilas ou pourpre, la symphonie colorée des simples cotonnades reprenait le dessus, ondoiement de silhouettes anonymes captant la lumière déclinante.

L'esprit de nouveau accaparé par le but de sa course, l'homme au complet blanc enjambait flaques et reflets sans y prêter attention. Il se hâtait vers son destin.

De Marine Drive à la plage de Chowpatty, la mousson chagrinait ce jour-là le ciel plombé du continent indien. Chargée d'une buée tiède, la nue, gagnée par la langueur, se déchirait à la cime des cocotiers. Tout le jour, il avait fallu porter le ciel à dos d'homme.

Maintenant, fardée de khôl, inondée de lumières, à l'écart du fourmillement des ruelles encombrées d'étals, loin des cris, du halètement des chantiers, des bazars enivrés de couleurs et saturés d'épices, Bombay, étendue sur le ventre, attendait sur le sable la caresse du soir.

En Inde, il en va souvent ainsi : après l'énervement bigarré de l'après-midi survient avec bonheur un étrange répit. Sur le point d'acclamer la présence lénifiante de la nuit, la terre accorde une trêve aux hommes. La pluie sèche sur le sol. Les nuages s'effilochent. Le déclin rougeoyant du soleil déchire le ciel d'un lavis d'une douceur extrême, atténue la misère, rabote les assourdissantes inégalités et, comme une nouvelle musique de paysage, installe le souffle d'une respiration apaisée.

C'est le moment magique que choisit tout un peuple pour surgir des entrailles de la ville.

Ramdji-trois-doigts

Ce jour-là, qu'ils fussent intouchables ou brahmines, lépreux ou riches négociants, les hommes et les femmes des taudis, ceux des immeubles surpeuplés, ceux qui dormaient sur les trottoirs de la ville et, pareillement, ceux qui habitaient des palais abritant une clientèle de serviteurs avaient mis le nez dehors afin de humer la promesse d'haleine pure venue de l'océan.

La taille cambrée, les épaules bien découplées, paré de cette fierté de prince qui s'appelle grâce naturelle, celui qui savait si bien transformer son infirmité en belle tournure piqua résolument vers la grève.

Bravant les remous de la foule et la touffeur poisseuse, il croisa plusieurs vols de parapluies noirs tenus par des hommes vêtus de *dhotis* immaculés, notables peints de leurs signes de caste ou simples *clarks* sentencieux, formés au moule de l'administration britannique.

Arrivé au bord de l'océan, là où l'écume des flots rejette inlassablement des colliers de fleurs abandonnés en offrandes aux dieux, l'inconnu au teint mat s'immobilisa. Son regard s'attarda un moment sur un gigantesque Hannuman sculpté dans le sable.

L'artiste qui avait modelé la silhouette du dieu-singe se tenait à croupetons près de son œuvre temporaire. Il quêtait quelques pièces en mâchant un *pan*, ce mélange d'épices enrobé de feuilles de bétel qui apporte la fraîcheur dans la bouche des assoiffés.

Le crâne de l'homme était rasé, enrubanné d'une étoffe crasseuse. Les ténèbres qui engloutissaient ses orbites laissaient augurer assez peu de vie, mais, dès qu'il eut capté dans son champ visuel les chaussures raffinées du gentleman, le noir coquin leva vers l'arrivant un faciès grêlé par la variole où scintillaient des yeux ardents et calculateurs.

L'instant d'après, son visage expressif s'éclairait d'un sourire rose. Avec des marques d'égard, il se dressa sur ses jambes nues et, les mains jointes en signe de respect, s'avança au-devant de l'inconnu.

– *Namasté, sahib!* chantonna-t-il d'une voix sirupeuse.

Démesurément grand à côté de lui, son interlocuteur inclina la tête à son tour et demanda sur un ton sec :

– Comment te nommes-tu ? *Ap ké nam kya hé ?*

Les prunelles de l'indigène brillèrent d'une lueur rusée.

– *Sahib speaks hindustani very well!* s'enthousiasmat-il, recourant lui aussi au baragouin des colonisateurs.

– *Han. Tora tora. What is your name?*

– Ramdji. *Ramdji-three-fingers*, dit l'Indien en exhibant une main gauche d'où l'annulaire et l'auriculaire étaient absents. Et je suis le frère de Kapoor, le guide qui travaille devant le Taj Mahal Hotel.

– C'est lui qui m'a dit que je te trouverais là... Ton frère est une crapule ! Il pourvoit en drogue ou en femmes les touristes étrangers.

– *My brrrother is kind of a verrry small businessman!* plastronna le sculpteur avec une fausse humilité teintée d'humour.

En anglais, il roulait terriblement les *r*.

– Et toi, quelle sorte de fripouille es-tu ?

– *Arréh bhaya! You can relieve on me! I am verrry honest!*

– Est-ce que tout est prêt ? *Everything in order?*

– *Dji hān, your Excellency!* s'empressa l'Hindou en nouant dans un carré de cotonnade les quelques piécettes qu'il avait récoltées.

– Eh bien, allons-y, Ramdji-trois-doigts ! ordonna l'homme au complet blanc. Et tricote un peu sur tes jambes, le soleil n'en a plus pour longtemps !

Lui-même, dévoré d'impatience, se mit en marche. Sa haute stature l'aidait à se frayer un passage parmi les

14

groupes de curieux agglutinés autour des fakirs ou devant l'étal des marchands de sorbets.

Ils contournèrent un *sadou* enterré dans le sable jusqu'à la barbe ; ses joues et sa langue étaient transpercées d'aiguilles acérées. Ils se faufilèrent parmi les familles venues applaudir une troupe de *monkeywallas* qui faisaient danser leurs singes dressés en équilibre sur une corde afin de récolter quelques roupies. Ils tournèrent résolument le dos à l'immense plage de Chowpatty, aux milliers de fidèles engloutis dans la ferveur des *pujas*, et s'éloignèrent sur fond de ciel tourmenté.

Cent mètres plus loin, l'inconnu leva la tête et ralentit le pas.

– *Djeldi carro !* Dépêche-toi ! jeta-t-il à son suiveur qui s'était attardé.

Son front était luisant de transpiration. Ses yeux mobiles semblaient vouloir percer le secret des propriétés coloniales qu'ils s'apprêtaient à longer.

Ramdji-trois-doigts s'immobilisa à sa hauteur. Par tous les pores de sa peau, le petit homme chafouin exsudait une odeur de curry. Sa main estropiée avait pris une forme de serre. Ses ongles sales étreignirent soudain l'avant-bras de l'Européen.

– Là-bas ! De l'autre côté des arbres, *ousko dekko, sir*... La Tour du Silence !

Au travers des flamboyants, l'inconnu repéra la masse circulaire d'un édifice de pierre. Sa silhouette grise, estompée par la ramure des arbres, dominait un parc entouré d'une enceinte à la crête hérissée de pointes.

Une fade odeur de charogne emplit insidieusement les poumons des deux hommes tandis que leurs yeux rougis par le soleil suivaient la ronde patiente d'une centaine d'oiseaux de proie planant au-dessus de la tour, à contre-jour de la nue scintillante.

Tout en rentrant craintivement les épaules, Ramdji chuchota :

– Les vautours ! Ils veillent les morts !

– Pas d'idées noires ! plaisanta le boiteux. Je te protégerai contre les coups de bec.

Il jeta un coup d'œil à son appareil photo et ajouta :

– Le soleil baisse ! Viens, hâtons-nous !

Son ton s'était fait plus pressant.

L'Indien posa ses trois doigts aux ongles crasseux sur l'épaule de l'étranger.

– Beaucoup de Blancs se sont risqués à photographier les morts des parsis, ricana-t-il. Mais personne n'a jamais réussi à le faire...

– Courage ! dit l'inconnu. Moi, je vais y arriver !

– Pourquoi toi plutôt qu'un autre ? insista le sculpteur sur sable en s'emmaillotant dans ses linges.

– Parce que je m'appelle Blèmia Borowicz ! répondit le boiteux. Parce que mon rêve coïncide toujours avec la réalité ! Parce que ma vocation est de dérober les images !

Son visage s'était illuminé d'un sourire juvénile d'où n'était pas absente une certaine forfanterie. S'élançant en avant, il ajouta :

– As-tu envie de devenir riche et célèbre, Ramdji-trois-doigts ?... De rouler dans la Bentley du maharadjah de Baroda ? Alors suis-moi !

– Sahib Bamia Borobibz est sûrement très estimé des dieux et des banquiers ! ricana le grêlé qui s'escrimait derrière lui. Mais *'t is my duty* de lui dire la vérité : sitôt qu'il aura franchi l'enceinte de la tour, sa vie sera courte !

Une ombre passa devant les yeux du jeune homme. Pour autant, il ne ralentit pas sa course.

– A part mourir, qu'arrive-t-il donc de si grave à ceux qui se font prendre ?

– On ne les retrouve jamais, Baba Boboritz, murmura Ramdji en haussant les épaules avec fatalisme. La rumeur prétend que les parsis offrent leurs dépouilles au dieu Zoroastre.

– Le grand barbu ailé ?

– *Han*, sahib Bababobowice...

– Appelle-moi Boro, dit l'homme au complet blanc, et cesse de massacrer mon nom !

– Boro ? répéta Ramdji en regardant giroyer les rapaces dans la lumière blanche. Boro sahib ?

– Boro, reporter photographe ! corrigea le grand diable d'homme en sortant son Leica de dessous sa veste. Blèmia pour les dames, et Boro pour la signature! ajouta-t-il en même temps qu'il pivotait sur sa jambe la plus ferme avec une extraordinaire agilité.

Le petit boîtier noir s'était lové par magie au creux de ses mains longues et nerveuses. Machinalement, il rejeta la mèche rebelle qui lui barrait le front. L'œil droit rivé au télémètre de l'appareil, il visa en direction du petit entremetteur et entama un mouvement circulaire autour de sa proie photographique.

– Là! Comme ça! Je capture la lumière sur tes joues à facettes! 5,6 au 150e de seconde! dit-il en prenant un instantané de Trois-Doigts et en doublant aussitôt la photo.

Il arma à nouveau le Leica.

– Fais un pas en avant. Regarde les vautours!

Il déclencha. Il s'approcha du visage criblé par la variole, se courba, fléchit sur sa jambe valide. Il fit le point, arma. Déclencha.

– Je dérobe une parcelle de ta vie!

Son front portait l'empreinte d'une exigence insatiable.

– Que t'arrive-t-il? balbutia l'Indien en découvrant l'étranger sous un autre jour.

– J'ai la fièvre des images, répliqua mystérieusement Boro. – Puis il ajouta, le ton grave: – Méfie-toi, Trois-Doigts. Dans certains cas, c'est contagieux.

Voyages

Il était arrivé à Bombay trois semaines plus tôt.

Son passeport était constellé de tampons. Il débarquait de France, son pays d'adoption. Aux journalistes venus l'accueillir à sa descente du paquebot *SS Sunrose*, à ses amis de la profession qui le pressaient de questions pour le *Times of India*, il avait avoué que son cœur appartenait toujours à la Hongrie, sa terre natale.

Chaque jour, l'œil sauvage derrière le viseur de son cher Leica, il redevenait chasseur. Il se levait de bonne heure et partait explorer les ruelles, les ghâts, les abords des temples. Ivre de cadrages et de gestes, de senteurs, de couleurs et d'épices, gavé de cris, de misère, de folie humaine, il rentrait à l'Hôtel Taj Mahal, où il avait pris ses quartiers, et retrouvait le luxe de l'hygiène, le martèlement salvateur de la douche sur ses épaules douloureuses. Après trois whiskies, le soir, dans les bars, il répétait à des inconnus de rencontre que le présent vécu est liberté. Il disait aussi que l'habitude des habitudes est une prison.

Il savait de quoi il parlait.

Depuis 1931, la tête burinée au vent de l'aventure, l'émigré de Budapest avait fait son chemin. Il était reconnu comme l'un des plus grands reporters photographes du moment. A l'égal des Kertész, des Muller et des Brassaï, « Boro », comme le surnommaient ses pairs, travaillait indifféremment pour *Vu* ou pour *Regards*, pour *Vogue* ou pour *Paris-Soir*, d'un côté ou de l'autre des frontières, des mers et des montagnes.

18

Les Américains venaient de l'honorer par une exposition personnelle. Elle avait eu lieu, en février de cette année 1939, à New York, à la PM Gallery, et avait été relayée en mars par une manifestation analogue à l'Art Institute de Chicago. Mais, bien qu'il fût fêté par les magazines du monde entier, cette fois comme toujours, le reporter, après une courte escale à Paris, s'était embarqué pour un ailleurs dont il avait gardé la destination secrète.

Libre, indépendant, fantasque, incapable de céder à la facilité ou au ronron du conformisme, Boro avait fait ses adieux à ses chers amis de l'agence Alpha-Press dont il était l'un des fondateurs.

Ensuite, il avait sauté dans un taxi. Il était repassé par son domicile, situé non loin de la rue Campagne-Première, passage d'Enfer, numéro 21 exactement.

Dans le clair-obscur de l'ancien atelier d'artiste transformé en appartement douillet, il avait longé un nu peint par Foujita. Au bout d'un corridor, il était entré sans bruit dans la chambre plongée dans l'obscurité ; en se penchant sur la couche, il avait surpris la ligne tendue des épaules de sa compagne du moment, Solana Alcantara. Une fois de plus, il avait constaté que la jeune femme était étendue sans force, vaincue, brûlante entre les draps, les yeux grands ouverts, blanche d'une nuit d'insomnie, comme hallucinée par la veille. Il avait caressé son beau visage inquiet, interrogé son regard d'anthracite et, tendrement, après avoir effleuré de ses lèvres le galbe satiné de ses paupières, s'était noyé dans les mèches rebelles de ses cheveux. Il avait murmuré à ses oreilles les paroles de réconfort qu'il lui prodiguait habituellement, lui de plus en plus souvent absent, elle de plus en plus solitaire, frissonnante comme un cheval d'écume, minée par de sombres présages, marquée à vie par sa captivité dans les geôles espagnoles.

Son haleine empestait l'alcool.

– Tu as recommencé, avait reproché Boro en cherchant ses lèvres.

– J'avais un goût de sel dans la bouche, s'était défendue l'Espagnole en le repoussant.

Ses cheveux lourds étaient dénoués.

Boro avait écarté du pied une bouteille de whisky vide prise dans un pli du couvre-lit.

Il avait murmuré avec tristesse :

– Tu as une tête à faire peur.

Les prunelles de la jeune femme lui avaient lancé un éclat de lumière blanche et vindicative.

– Je n'ai pas le goût de vivre si tu n'es pas là. Je t'avais prévenu. Je suis lourde à porter.

– Tu m'avais juré de reprendre le piano.

– Qui te dit que je ne joue pas chaque fois que tu t'éloignes ? Ne t'y trompe pas ! La musique est mon élément naturel. J'y survis. Mais, sans toi, je me laisserai mourir.

Elle le défiait, nue sous les draps. Sensuelle.

Il avait baissé la tête.

– Moi aussi, je t'avais prévenue, Solana. Ma vie est au bout du monde.

Elle avait émis un rire amer.

– Au moins, dis-moi ce qui brille au bout du monde !

– Je poursuis des images.

– Paris ne te suffit pas ?

Il n'avait pas répondu. Il était passé dans la salle de bains où il avait pris une douche brûlante. Quand il avait réapparu, il avait changé de chemise et passé un pantalon gris.

Elle faisait semblant de dormir, mais il savait qu'elle le surveillait tandis qu'il bouclait ses sacs de cuir moulés sur la forme des objectifs.

Lorsqu'elle l'avait vu sur le point de partir, elle avait ouvert les yeux.

– Viens, mon amour, avait-elle supplié. Je ne pleurerai pas.

Il l'avait embrassée sur la bouche. Elle sentait un alcool fade. Elle aurait voulu l'engloutir.

– Paris et Londres ont reconnu Franco, avait-elle dit comme on profère une excuse.

– C'était en février.

– Je ne l'ai appris qu'hier.

Il avait plongé ses yeux dans les siens. Il aurait voulu pouvoir lui expliquer qu'aucune raison ne serait assez bonne pour le retenir.

– La musique, avait-il murmuré avant de s'éloigner.

... Et maintenant, il était au bout du monde. Libre. Il avait opté pour un reportage qui présentait à ses yeux les pires difficultés. Ainsi était-il fait.

Soudain, devant ses yeux, défila une sarabande d'images. Il refaisait en rêve ses premières photos. En 1931, à Munich, celles d'un petit pétomane botté venu offrir des fleurs à la belle Eva Braun : Adolf Hitler en personne ! Plus loin, aux multiples rendez-vous de l'Histoire, une ronde de visages célèbres ; ceux qu'en un moment de la trame du temps il avait accompagnés de façon fugace : Gide, Chaplin, Gary Cooper, Doumer, Goebbels, Goering, Durruti, Léon Blum, tant d'autres ! La valse des souvenirs le soûlait.

Brusquement, il ferma les poings et renversa la nuque. Son regard se perdit dans la ronde des oiseaux de proie.

– C'est un challenge, dit-il à voix haute. Cette fois, je vendrai au plus offrant la photo exclusive d'un endroit que jamais personne avant moi n'a pu fixer sur la pellicule !

La saison des pluies

— Et peut-être tu en mourras, répondit Ramdji-trois-doigts.

Le grêlé observait par en dessous celui qui venait de s'absenter dans ses rêves pendant une longue minute.

— Persistes-tu dans ton projet?

Le reporter ne répondit pas. Le soleil avait été brusquement supplanté par une nuée furieuse, noire et lourde comme une poche de suie.

— As-tu de l'argent? Pourras-tu payer mes services?

— Marche plus vite, commanda Boro.

Son regard exprimait une froide détermination.

Réprimant un tressaillement, Ramdji reprit en trotti-nant dans ses haillons trempés l'ascension de la colline des milliardaires. Courbé sous l'averse qui redoublait, le reporter le précédait.

La saison des pluies n'en finissait pas. L'humidité envahissait les riches demeures jusqu'au tréfonds de leurs couloirs obscurs. Le linge ne séchait plus. Boro imaginait sans peine, au creux des penderies, les cham-pignons recouvrant le cuir des chaussures coûteuses rapportées de Londres.

De-ci, de-là, au portail d'un parc, au détour d'une allée de gravier, derrière le tronc tourmenté d'un arbre centenaire, apparaissaient des hommes au visage mangé par une barbe peignée avec soin et mise en plis sous un filet. C'étaient des sikhs au turban rose pâle, à la physio-nomie méfiante, à la stature dissuasive. Au poignard recourbé.

Plus loin, la main fermée sur leur matraque de bambou, d'autres surveillants préposés à la garde des lieux regardaient passer l'étrange équipage avec curiosité.

Un Européen sous l'averse! Un *sahib* qui ne se déplaçait pas en taxi! Un gentleman qui frayait avec un intouchable, un simple *djamadar*, un balayeur, un soushomme voué aux tâches subalternes, un paria fait pour vider les pots d'urine et nettoyer les excréments de ses maîtres!

Mais Boro ne remarquait rien, tendu vers son projet. Ramdji non plus ne se préoccupait pas du jugement d'autrui. Il ricanait sous son turban. Lui seul pouvait savoir qu'il n'était plus conforme aux idées reçues: balayeur, il ne le serait jamais. Il préférait mendier ou rançonner. Bandit, il serait, s'il avait à choisir. Et peut-être bien assassin. Une fois, déjà, il avait failli poignarder un riche étranger.

Il posa un regard froid entre les omoplates de celui qui le précédait et palpa à travers l'étoffe de son *dhôti* la garde du coutelas qu'il dissimulait à sa ceinture.

– *Wait, sahib! Don't walk further!* chuchota-t-il dans son sabir anglo-indien.

Ils se trouvaient au pied d'un haut mur: l'enceinte interdite.

– Comment entrerons-nous? s'enquit Boro.

La gorge soudain sèche, il déglutit et entrouvrit son col de chemise.

– Mon frère te l'a dit hier... Si tu as assez d'argent dans tes poches, les murs s'ouvriront devant toi comme les mailles d'un filet distendu, répondit Ramdji.

Et, face au regard dubitatif de son compagnon, il expliqua:

– Nous passerons d'abord par la propriété voisine. C'est un consulat. Le Gurkha qui veille dessus fermera les yeux pourvu que tu laisses tomber un billet de dix livres devant lui.

– Dix livres sterling!

– C'est le prix de son inattention... Il est sergent!

– Bon. Je graisse la patte au sonneur. Nous franchissons la porte... Et après?

– Nous marcherons à couvert des buissons jusqu'au mur mitoyen qui est en réfection. A cette heure tardive, les ouvriers ne seront plus là. Nous passerons de l'autre côté par la brèche. Une fois dans la place...

– Folie ! Ne m'as-tu pas dit que l'endroit était gardé par une véritable armée de Pathans ?

Ramdji tourna plusieurs fois la tête de gauche et de droite, ce qui, pour un Indien, équivaut à un acquiescement.

– Les allées du parc sont sillonnées par des rondes. Pas seulement des Pathans. Aussi des sikhs. Tous des guerriers du Nord qui ont servi dans l'armée. *Bad people ! Cruel men !* Ils sont dressés à tuer.

– Dans ces conditions, comment arriverons-nous jusqu'à la tour ?

Les yeux du mendiant brillèrent d'un étrange éclat.

– Ramdji-trois-doigts possède un don qui lui permettra d'avancer parmi les méchants aussi calmement que dans la maison de son père, dit-il en se rengorgeant. Et toi, *sahib*, tu n'auras qu'à me suivre tranquillement dès que j'aurai écarté le danger.

Boro jeta un coup d'œil inquiet du côté du gringalet et jaugea sa stature maigrichonne.

– Combien pèses-tu ? s'informa-t-il.

– *Hundred and twenty pounds !* rétorqua fièrement l'autre.

– Et tu voudrais que je fasse confiance à ta force musculaire pour neutraliser des colosses plus hauts que les monts de l'Everest ?

Cette fois, le grêlé parut vexé. Ses yeux charbonneux perdirent toute vie, signe d'une grande colère.

– Ramdji possède un don ! s'entêta-t-il. Il est né pour dominer !

– Puis-je avoir un aperçu de ton art ?

– Plus tard ! dit le petit homme. Mais, chaque fois que j'y aurai recours, il t'en coûtera cinquante livres sterling.

La pluie s'était arrêtée.

Corde raide et corde lisse

Ils passèrent sans encombre devant le guerrier gurkha du consulat d'Allemagne.

L'homme, habillé d'un uniforme kaki, ne leur accorda pas même l'aumône d'un regard. Son visage de terre cuite était carré comme le brûloir d'une pipe. Ses arcades sourcilières taillées à la serpe enfermaient deux yeux noirs rapprochés. Sous le nez plutôt large poussait une moustache furieuse.

Il portait le short long de l'armée anglaise. Sa poitrine était barrée de plusieurs décorations gagnées sur des champs de bataille éloignés. En avant-poste d'une guérite, bien qu'il s'appuyât sur un fusil Mauser prolongé d'une baïonnette courte, au manche orné d'une tête d'aigle, il posait avec la morgue d'un factionnaire nourri à la mamelle victorienne.

Ramdji-trois-doigts s'avança seul au-devant du militaire changé en statue de sel qui, soudain, de son arme abaissée, lui barrait l'accès à la propriété.

Les deux hommes échangèrent trois formules laconiques.

Le petit Indien fit alors signe au reporter de venir le rejoindre.

A l'aplomb de la guérite, Boro, qui avait préparé deux billets de cinq livres, laissa tomber l'argent derrière les bottines de l'ancienne recrue de l'armée des Indes. Instantanément, comme si elle exécutait une manœuvre de parade et afin de marquer son consentement, la sentinelle ramena le fusil contre son flanc et recula d'un pas réglementaire. Son visage lisse couleur brique rentra dans l'ombre et son pied botté se posa sur les billets. Le soleil dessinait une croix de lumière sur le fil de la baïonnette.

Ils passèrent sans plus de formalités.

Abrités des regards par les massifs d'arbustes, ils atteignirent la limite du parc, découvrirent le chantier déserté par les maçons et franchirent la brèche ouverte dans le mur en cours de réfection. Au passage, Ramdji ramassa l'un de ces paniers tressés qui, placés en équilibre sur la tête, servent aux femmes maharashtriennes pour acheminer les pierres taillées.

Une expression grave peinte sur le visage, le petit Indien se tourna vers le reporter :

– A partir de maintenant, tu entres chez les parsis, *sahib*. Ta vie est en danger. Souhaites-tu continuer ?

– Pour être en conformité avec mon destin, ma chance et ma réputation, je pense qu'il faut que je fasse cette photo, répondit Boro. Alors, autant s'en débarrasser...

Son espièglerie tempérée de fermeté parut désarçonner Ramdji-trois-doigts.

– Après cette ligne d'arbres, tu me dois mille roupies, avertit le petit homme. Et cinquante livres chaque fois que je me servirai de mon don.

– Quel don ?

– Tu le reconnaîtras bientôt.

– Si je vis, te voilà riche, accepta le reporter. Marchons !

Le parc était splendide. L'éclat du jour se prolongeait miraculeusement, une belle coloration frisante ajoutant à la radieuse ordonnance des parterres fleuris. Plus le moindre nuage de pluie en perspective.

Boro sortit de sa poche un posemètre à cellule photoélectrique Métraphot, mesura la lumière et sembla satisfait.

Malgré la façon dont progressait son guide, voûté et méfiant, tous deux ressemblaient plus à de paisibles promeneurs qu'à des ennemis de la tradition parsie ou aux profanateurs d'un lieu sacré.

Ils abordèrent le tracé d'une allée bien ordonnée, dessinée en apparence par quelque jardinier débonnaire dont la seule préoccupation avait été d'en faire serpenter paresseusement les bords jusqu'au pied de la tour qu'on apercevait tout au fond du décor.

Au bout d'une centaine de pas, le chemin se rétrécissait brusquement. Il avait perdu son gravier et se subdivisait en de nombreux embranchements. Le jardin de toutes les sérénités semblait être brusquement tombé aux mains d'un enchanteur pervers. Chaque sente offerte à la déambulation du marcheur se jetait désormais dans des carrefours à multiples voies. Plus étrange encore, chacune de ces venelles était bordée de véritables murs de buissons impénétrables. Leurs couloirs étroits et ombreux interdisaient à l'œil de se repérer. Domptée par les caprices d'un cerveau schizophrène, la nature avait dessiné un parcours tellement coupé de la réalité, si tarabiscoté, si étrange que celui qui, pressé par l'urgence, aurait voulu sortir de ce dédale en eût été incapable. Les deux visiteurs, condamnés à cheminer à l'aveuglette, devaient sans cesse choisir entre plusieurs nouveaux corridors. Mais pourquoi opter pour telle direction plutôt que pour son opposée?

Ramdji progressait en tête, silencieux. A son front perlait une fine transpiration. Chaque fois que le reporter lui posait une question, il lui faisait signe de se taire. Boro remarqua que, fidèle à la technique du Petit Poucet, son mentor, qui avait empli son panier de graviers, marquait leur progression d'une succession de petits tas de cailloux. Ainsi, au fur et à mesure de leur avancée hasardeuse, les deux compagnons, parfois induits en erreur par les pièges et faux-semblants du labyrinthe végétal, savaient s'ils revenaient vers leur point de départ. Ils ne commettaient pas deux fois la même erreur.

Enfin, une éclaircie apparut dans le feuillage. La prison d'épineux s'ouvrit et déploya ses ramures comme un éventail, dévoilant l'embouchure d'une nouvelle allée plus aérée. Avec une exclamation de bonheur, Boro constata qu'à une centaine de mètres à peine de l'endroit où ils se trouvaient, la Tour du Silence dressait sa masse cylindrique derrière l'imbroglio des branches.

Le reporter assura plusieurs photos au travers de l'ultime entrelacs de banians et de flamboyants élancés.

Puis ils se remirent en marche. Parfois, l'ombre planante d'un charognard traversait leur route.

Soudain, Ramdji-trois-doigts rentra les épaules et tourna son visage d'hyène mangé par deux grands yeux peureux en direction d'un sentier adjacent. Les narines palpitantes, il sembla humer l'air chargé de senteurs lourdes, puis ordonna à Boro de se mettre à couvert du fourré et s'écria :

– *Somebody 's comin'!*

L'instant d'après, deux guerriers sikhs firent leur apparition. Ils échangeaient des propos animés en langue punjabi, s'arrêtaient par moments afin de chercher à se convaincre mutuellement, et ne parurent pas surpris de voir s'avancer vers eux un avorton portant un panier tressé sur la tête.

– *Djaïdji ram!* les salua ce dernier avec toutes les marques extérieures d'un grand respect.

– D'où viens-tu? s'enquit sévèrement le plus corpulent des deux gardes.

Il paraissait être le chef. Il portait un turban d'un rouge éclatant. Gonflé d'importance, il s'adressait à l'intrus en hindi.

– Je travaille sur le chantier.

– Ta tâche est finie depuis longtemps. Pourquoi es-tu resté dans les parages?

– Je me suis endormi.

– Chienne soit ta paresse! Ne sais-tu pas que cet endroit est interdit aux impurs de ton espèce?

– Tu n'es pas dans la bonne direction, renchérit le second garde avec méfiance.

Il était un peu moins grand que son collègue, mais beaucoup plus musclé. Ses sourcils s'allaient perdre jusque dans le liséré de son turban noir. Une barbe bleu corbeau lui dévorait le visage.

– Lorsque tu t'es réveillé, pourquoi n'es-tu pas ressorti par les jardins du consulat? insista l'effrayant personnage en secouant le petit coupable qui le fixait de ses grands yeux.

– J'ai voulu couper par les vôtres pour rentrer plus vite chez moi, à Poona Gates, exhala l'homoncule qui prenait des allures de pantin désarticulé.

– Il faudrait le boxer pour lui donner sa leçon, lâcha sans conviction le colosse au turban noir.

Il avait le timbre pâteux.

– Emmenons-le chez le grand prêtre, décréta Turban rouge.

Sa voix grondante semblait fatiguée. Presque alanguie.

Ramdji ne quittait pas des yeux les deux géants. L'un d'eux cligna plusieurs fois des paupières. L'autre ne détachait plus son regard de celui du petit homme en guenilles. Il oscillait d'avant en arrière, comme si Ramdji-trois-doigts le menait par le bout du nez.

Depuis sa cachette, Boro observait la scène. Il venait de comprendre de quel don Ramdji avait parlé : l'Indien jouissait d'un pouvoir hypnotique.

Il le surveillait, fasciné, empêtré lui-même dans un voile paralysant qui l'enveloppait peu à peu sans qu'il pût lutter contre. Un mauvais rêve. Une glissade à son insu. Une irrésistible pente vers la léthargie. Bien qu'il fût déjà trop tard, Boro se rendait compte qu'il avait lié malgré lui son regard à celui de l'Indien. Il était envoûté, tout comme les deux guerriers sikhs. Les yeux de Ramdji étaient partout : sur lui, en lui. La lourdeur aussi. Une étrange ankylose. Boro restait immobile. Ses jambes étaient en papier buvard ; sa volonté, annihilée. Le petit homme se déplaçait à la vitesse d'une tornade. Il tenait à la main un cordage qu'il lançait vers le ciel. Bien qu'elle n'eût aucun point d'attache, la tresse de chanvre restait en l'air.

Les deux gardes, victimes de la même illusion que le reporter, demeuraient eux aussi cloués sur place. Mais ce ne fut pas tout. Ramdji-trois-doigts prit la corde entre ses mains et, progressivement, se hissa dans l'espace. Il grimpait. Il grimpait et devenait inaccessible. Il flottait tout là-haut dans le ciel. Ce n'était pas vraisemblable, et c'était pourtant ce qu'ils voyaient tous.

Sa voix lointaine parvint jusqu'au reporter :

– *Sahib*, tu m'entends ?

– Oui, je te vois... Très loin... Accroché aux nuages.

– *Sahib*, réveille-toi, je le veux ! Que le brouillard se dissipe !

Boro sentit les brumes de son cerveau se déchirer. C'était comme une photo nouvelle apparue au fond d'un bac de révélateur.

Graduellement, il revint à la situation réelle. Les deux gardes, tétanisés, continuaient à fixer le ciel. Ramdji maintenait sur eux la pression de son regard magique. Il dit sans se retourner :

– Et maintenant, *sahib*, cours en direction de la tour ! Va faire ta photo, car je t'ai ouvert la voie... Tes ennemis sont doux comme des bergères. Il t'en coûtera cinquante livres sterling.

L'air, l'eau, la terre

Boro courait dans l'escalier de la tour.

Son ombre, éclairée par des torches, le précédait. Le Leica lui battait les flancs. Sans reprendre souffle, il escalada cinq volées de marches glissantes et faillit dix fois se rompre le cou.

Il était gêné par sa mauvaise jambe, mais l'utilisait au mieux, tantôt fardeau, tantôt levier de son effort. Il pestait contre elle comme si elle était un encombrant gouvernail, compensait ses pertes d'équilibre en s'appuyant sur sa canne, transformait ce qu'il y avait de scabreux et de téméraire, dans ses élans successifs, en fougue supplémentaire.

Béquillant de la sorte, il quitta enfin les énormes gradins, se hissa hors de la cage de pierre et déboucha sur la plate-forme d'une galerie aux voûtes basses, sillonnées par des chauves-souris géantes.

Une lueur folle brillait dans ses yeux. Il prêta l'oreille et distingua le bruit d'une toux. Après un silence, celle-ci fut suivie d'éclats de voix masculines qui allaient en décroissant. Enfin, une porte claqua, échotée par la distance.

Le calme retombé, Boro inspira profondément et commença à emprunter le dallage qui pavait l'espèce de cloître où il se trouvait. Il progressait maintenant avec d'infinies précautions.

Sur les murs blancs barrés de signes rouges se profilaient les contours de bas-reliefs représentant des chevaux ailés à têtes d'hommes barbus. Il les photographia,

31

ainsi que les dômes d'or qui coiffaient les quatre angles du déambulatoire à colonnes.

Sous la précieuse enveloppe de leur armure, ces coupoles resplendissaient d'une crinière étincelante qu'attisaient les derniers rougeoiements du soleil. Au contact des croulantes ramures des flamboyants du parc, leurs pentes déversaient des colonies échevelées de magnifiques écureuils roux. C'était un spectacle fascinant. Les bestioles, pendues aux dernières branches, se laissaient glisser sur l'à-pic de ces toboggans improvisés. Comme le chasseur d'images avançait à découvert en direction d'une petite poterne ouverte dans la muraille, les bestioles s'envolèrent vers les cimes.

Parvenu à l'extrémité de la galerie, Boro passa la porte étroite. Il eut aussitôt la sensation vertigineuse de poser le pied au bord d'une arène blanche. Le temps d'habituer ses yeux au contraste lumineux, il s'avisa qu'une âcre puanteur emplissait ses poumons.

Averti par un piaulement bref, il leva la tête et redécouvrit, plus présente, presque menaçante, la ronde funèbre des vautours. Leurs ombres lancées comme des flèches languissantes passaient et repassaient sur les plages ensoleillées de la pierre polie par les siècles.

Alors, il les vit.

Déposées par leurs familles endeuillées, les dépouilles de cinq fidèles du dieu barbu et ailé, Zoroastre, reposaient dans l'ombre tiède. Les cadavres étaient étendus sur des grilles inclinées vers le centre d'un grand cirque à ciel ouvert.

Sous les gradins de métal à claires-voies passait une eau courante qui rejoignait l'océan. Là-bas, au-delà de Malabar Hill, le soleil couchant risquait un dernier regard rougi sur l'immensité plate, fourmillante de reflets.

Boro se secoua. Il s'en voulait d'avoir cédé à l'émerveillement. Il avait perdu de précieuses secondes.

Les vieux réflexes jouant, il redevint aussi prompt et organisé qu'à l'ordinaire, et assura son reportage avec méthode.

De temps en temps il prêtait l'oreille, vérifiant que nul pas ne résonnait sous la galerie. Puis, à nouveau, il cédait à l'ivresse des images et multipliait les axes de prise de vues.

Au-dessus de sa tête, les oiseaux de proie poursuivaient leur ronde. A contre-jour, nettoyeurs publics
mandatés par les dieux, ils tournaient inlassablement en
un carrousel attentif.

Soudain – photo! photo! –, comme si l'inflorescence
du soleil était saisie de vibrations subaiguës, les rapaces
repliaient leurs ailes – photo! –, fondaient sur leurs
proies immobiles, plongeaient – photo! photo! –, des-
sertissaient les yeux des morts, emportant ailleurs les
lambeaux de chair déchiquetée.

Ainsi s'accomplissait le mystère de la vie sur la Tour
du Silence. Ainsi s'organisait le voyage final de l'être
vers son destin, retournant, selon les dogmes de la religion parsie, aux trois éléments essentiels : l'air, avec les
oiseaux ; l'eau, avec les miettes de chair passées au travers du tamis des grilles ; la terre, où serait inhumé le
reliquat des os séchés par le soleil.

Le soleil.

Il venait de tremper sa harpe dans l'océan, vouant les
hommes à un univers d'ombres grises.

Comme le photographe laissait errer ses yeux sur le
spectacle fantomatique du festin des rapaces, un long cri
de douleur, suivi d'appels déchirants, lui glaça les sangs.

Il reconnut la voix de Ramdji-trois-doigts. Aussitôt, il
abandonna son reportage et s'élança vers la galerie.

Sauve qui peut!

Lorsque Boro apparut au pied de la tour, il découvrit une situation confuse. Turban rouge était déjà étendu, la face tournée vers le ciel. Il baignait dans son sang, la carotide tranchée. Sa gorge riait sous la lune naissante.

Par un fatal mais légitime retour des choses, trois parsis qui voulaient venger leur champion s'apprêtaient à mettre à mal le petit Indien au visage grêlé. Ce dernier, le poignard sanglant à la main, sourd à tous les anathèmes, tenait tête à la meute et menaçait de suriner le deuxième sikh, toujours en état de catalepsie.

N'écoutant que son courage, le reporter s'élança en claudiquant vers le groupe vociférant qui entourait Ramdji.

– Je suis là! cria-t-il en assenant une légère claque sur le sommet du crâne de l'un des agresseurs.

L'autre fit aussitôt volte-face. Sous sa calotte noire, son farineux visage de Pierrot était déformé par la colère. Boro lui opposa un sourire inusable.

Le parsi était un homme jeune, au regard myope, au nez busqué, aux gestes nerveux. Sanglé dans une vareuse gris-bleu, il commença à faire tournoyer avec dextérité une lame étincelante qui, entre cimeterre et yatagan, hachait l'air de bien sifflante façon.

Cédant à l'effet de la menace, notre photographe rompit d'un demi-pas.

Lui et son adversaire se dévisagèrent sans aménité pendant une fraction de seconde, puis le pâlot se mit à tourner autour du reporter. Ce dernier ressentit d'étranges picotements au creux des reins.

– Nous n'allons pas nous aimer, plaisanta Blèmia Borowicz.

Il mit son Leica en sécurité dans sa poche.

A peine avait-il soustrait son bien le plus cher à la vindicte du sabreur que le méchant zoroastrien se fendit d'un assaut fulgurant. Sans la promptitude de Boro à jouer avec son corps, celui-ci se fût retrouvé embroché cœur et tripes.

– Vous allez gâcher mon costume et je n'en ai emporté que deux, reprocha-t-il à son exterminateur.

Il passa machinalement la main sur la poche de son plastron et constata que le bouffant de sa pochette, tranché net par le fil de la lame, reposait au sol ainsi qu'une fleur fanée.

Il redressa la tête et fixa l'escrimeur.

L'œil plutôt farceur, comme s'il était une fois pour toutes à l'abri du danger, il fit le moulinet avec sa canne, la lâcha, la rattrapa par l'extrémité et tendit brusquement le bras. Il y eut un froissement, une zébrure dans l'air. Le lacet s'enroula autour de la garde du sabre. Le boiteux fit un prodigieux bond de côté. D'un mouvement sec et imprévisible de l'avant-bras, il déséquilibra son adversaire. Le parsi se retrouva bouche bée, la main vide et ouverte, tandis que son arme changeait de main.

– Et si moi, je te taillais les oreilles ? suggéra le reporter en faisant girouetter à son tour le terrible tranchoir.

Au lieu de cela, il exécuta un mouvement du plat de la lame à hauteur des jambes du parsi qui s'en tira par un superbe saut carpé.

– Balanchine n'est pas mort ! s'enthousiasma Boro. Et maintenant, jeté-battu !

Il attaqua d'estoc. L'autre bondit en arrière.

– Bien ! Très bien ! glapit le reporter. Nous irons jusqu'au bout ! Attaque en quarte ! Taille ! Je touche au bras !

Le parsi incrédule regardait perler son sang. Il recula de quelques mètres tout en émettant une sorte de hennissement.

– Mouvement de repli ? On abandonne la partie ? Je toise !

Tournant crânement le dos à l'adversaire à la manière d'un matador, Boro se désintéressa du myope et s'apprêta à intervenir dans les mauvaises affaires de Trois-Doigts.

Ce dernier, molesté par l'un des prêtres, tambouriné par l'autre, désespérait de se dégager et faiblissait à vue d'œil.

Dans son dos, le terrible sikh qu'il tenait encore par un fil en son pouvoir hypnotique commençait à recouvrer ses esprits. Avec des gestes ralentis, le colosse ankylosé tira son coutelas de sa ceinture.

A cet instant, l'imprévisible grêlé aperçut Boro qui lui faisait un signe de mise en garde. Avec un instinct sûr, il pirouetta de côté, esquiva le coup, laissa passer l'ombre de son agresseur, et, dans un geste dément, plongea sa lame dans le cœur du sikh au turban noir.

Les cris des deux prêtres parsis fusèrent aussitôt. De tous côtés dans le parc, on entendit un bruit de cavalcade. Boro dut charger à nouveau le myope qui s'était armé d'un gourdin et s'apprêtait à l'assommer proprement.

Ramdji, comme un chacal acculé au courage, continuait à éloigner ses deux agresseurs en pointant vers eux son dard ensanglanté. En même temps, usant de son don diabolique, il entreprenait d'annihiler leur volonté en noyant leurs prunelles dans le lac sans fond de son regard magnétique.

Un sourire s'installa sur le visage soudain détendu du plus proche des prêtres, puis, comme par une douce contamination, une niaiserie identique figea les lèvres de son voisin. Les têtes des deux zoroastriens se mirent à dodeliner sur leurs nuques ainsi que des fleurs trop lourdes pour leurs tiges.

Profitant de ce flottement des volontés, le petit Indien s'élança sous les bras tétanisés du parsi le plus proche.

– *Baba Boro, djeldi carro!* Suis-moi!

La voix de Ramdji ressemblait à un aboiement.

Ils s'enfuirent dans la lumière déclinante. Derrière eux, deux, puis quatre prêtres parsis s'élancèrent.

Le reporter procédait par bonds, tirant derrière lui sa longue, sa rebutante guibolle. Il n'avait pas lâché le sabre.

– Dépêche-toi, *sahib!* cria Ramdji. Ils ne sont qu'engourdis. Ils vont se réveiller!

Sous l'empire de la terreur, sa voix montait de deux octaves.

Le souffle court, Boro demanda :

– Pourquoi as-tu tué les deux sikhs ?

– Parce qu'un homme riche n'est prospère que s'il est en bonne santé !

D'autres vociférations enflaient, se conjuguant aux premières.

Happé par le clair-obscur, le visage de Boro disparut brusquement du champ de vision du petit Indien. Le reporter avait chuté lourdement. Il tardait à se relever.

Trois-Doigts poussa une sorte de plainte et invoqua au hasard quelques grandes figures de son panthéon brahmanique :

– Par Vishnu ! Par Durgā ! Par Vishnu avatāra !

Il évalua la distance. Sa prudence finit par céder à la déraison qui lui soufflait d'aller prêter une main secourable à l'homme au complet blanc. Il revint en arrière.

– Pourquoi viens-tu me rechercher ?

– Pour ne pas perdre ton argent, *sahib* ! Tu es mon coffre-fort !

Boro se releva. Les deux hommes reprirent leur course.

– Par Çiva ! Comment as-tu fait ton compte pour boiter de la sorte ?

– En janvier... A France-Pologne... J'ai voulu dribbler Ben Barek... Il m'a fichu un coup de pied dans le genou...

Le petit Indien tourna la tête. De nouveau, il avait distancé le reporter. Cent mètres plus loin, il distingua la horde des tueurs lancée au galop.

Il ralentit.

Boro réapparut à ses côtés.

– Ben Barek ?

– Un copain à moi... Un très grand footballeur...

Le reporter était à bout de forces. Des escarbilles rouges passaient devant ses rétines. Enfin ils atteignirent le labyrinthe.

– Suis les tas de cailloux, *sahib* !

– Passe devant !

Lorsqu'ils débouchèrent du dédale, ils avaient repris un temps précieux à leurs ennemis. Ces derniers tâtonnaient encore dans l'ombre alors que les fugitifs avaient déjà franchi le mur d'enceinte de la propriété voisine.

Cent lumières brillaient dans la nuit.

La vie aussi est un précieux coffre-fort

– *I'm a rich man!* s'écria Ramdji-trois-doigts.

Hilare et triomphant, il haletait mais suffoquait de joie.

Il prit appui contre les hampes d'un gigantesque banian qui faisait écran aux façades brillamment éclairées du consulat.

– Nous parlerons de l'état de tes finances plus tard, tempéra Boro. Ne t'arrête pas !

– Rien à craindre ! Ils ne nous suivront pas jusqu'ici.

– Pourquoi pas ?

– Parce que nous sommes en Allemagne.

– Justement ! J'ai des raisons personnelles de ne pas m'y attarder !

– Et moi, c'est ici que s'arrêtent mes compétences de guide, s'entêta le petit enrubanné. Donc, tu me paies !

– Passons d'abord la grille, te dis-je.

Ramdji-trois-doigts agita nerveusement la tête et agrippa la manche de son compagnon avec sa pince aux ongles sales.

– *Né ! Ousquo paissa dédo !* Tu me dois mille roupies pour la photo, *sahib.*

Il ajouta, pianotant des doigts :

– Et ce n'est pas tout... *Remember, your Excellency !*

– De quoi devrais-je me souvenir ?

– *Ekh, do, tin, tchar, pānch !...* Cinq ! Cinq fois cinquante livres font deux cent cinquante livres sterling... *Your Highness* me doit cette somme pour avoir bénéficié par cinq fois de mon don !

– Je ne souhaite pas marchander, mais tu ne t'es servi de ton don qu'à deux reprises...

– C'est oublier que les sikhs étaient deux, *sahib*... Et les prêtres, je ne sais pas combien... *That is what we call extra charges!*

– Tu es un escroc, comme ton frère!

– Je suis un pauvre qui veut réussir.

Boro haussa les épaules et sortit de sa poche un rouleau d'argent emprisonné dans un élastique.

– Mille roupies. Le reste de l'argent est à l'hôtel. Je te paierai là-bas.

Les yeux de l'Indien luirent de méchants instincts.

– Tu veux dire que tu n'as rien d'autre sur toi?

– Seulement de la monnaie de singe.

Le petit hypnotiseur tendit la main, s'empara de la liasse et serra les billets dans un repli de sa ceinture.

Un mauvais rictus avait réapparu sur sa face criblée de trous.

– Tu oublies une dernière chose, *my Lord*. C'est que tu es le seul Européen que j'aie jamais pu faire sortir vivant de chez les parsis.

– Je t'en félicite sincèrement.

– Ne te crois pas plus malin que les autres pour autant. Être vivant coûte beaucoup d'argent.

– Que veux-tu dire? Explique-toi!

– La vie n'est-elle pas le bien le plus précieux qu'un homme puisse posséder?

– Je n'en disconviens pas!

Sentant poindre le danger, Boro s'était reculé. A la main, il tenait le cimeterre dérobé au guerrier parsi.

– Tu n'es pas encore rentré chez toi, *sahib*! ricana Trois-Doigts.

– J'aimerais bien savoir qui va m'en empêcher...

– Mes associés, répondit haineusement Trois-Doigts.

Il se tourna vers l'ombre des grands arbres et lança un appel:

– *Arréh Gurkhas!*

Aussitôt, trois militaires armés de fusils firent un pas dans la lumière. Parmi eux se trouvait le sergent qui avait bénéficié des libéralités du reporter au début du voyage. Ramdji se précipita au devant de lui tout en pleurnichant d'une voix geignarde. Il désignait l'homme au complet blanc.

Le sous-officier de l'armée des Indes glapit un ordre. Les deux autres Gurkhas armèrent la culasse de leurs armes et couchèrent en joue le reporter.

Ramdji contourna cet impressionnant peloton d'exécution, se posta en retrait du sergent, le tira par la manche et, après lui avoir posé une question, écouta soigneusement sa réponse.

Ensuite, la mine satisfaite, l'homoncule rebroussa chemin. Il se campa à quelque distance de Boro, s'accroupit sur ses talons, les coudes en appui sur les genoux. Un curieux sourire dissymétrique déformait son visage de canaille.

— Mon frère Kapoor est passé dans ta chambre, annonça-t-il. Il a fait le ménage. *Arréh bhaya! Made in Parrris!* Il a trouvé tes chemises à son goût! Il a aussi fini par découvrir l'argent anglais que tu cachais dans tes chaussures... Beaucoup de billets avec la tête couronnée de la reine... Il a pris le peignoir et le reste – un rasoir, même du savon. Mais il a laissé les chaussures. Elles sont toujours dans ta penderie.

— N'oublie pas de remercier ton frère.

L'avorton opina mollement du chef sous son turban crasseux. Puis il fit une grimace exaspérée et poussa ce cri du cœur :

— De toute façon, personne ne pouvait les mettre, tes chaussures! A cause de ta fichue jambe! Toujours ta fichue jambe!

— Est-ce tout?

Comme une réponse à ces trop longues palabres, la voix furibarde du Gurkha arriva jusqu'à eux. Ramdji rentra frileusement la tête dans les épaules.

— Non, soupira-t-il. Le sergent réclame son *bakchich*.

— Informe-le que je suis un peu gêné, ces temps-ci.

— Il dit qu'il se contentera de porter ton complet blanc pendant sa prochaine permission!

Loin d'être déconfit, Boro s'appuya sur le sabre.

— Mauvaise affaire! ironisa-t-il. La pochette est déchirée.

Avec ce yatagan d'opérette, l'humour était à peu près la seule arme à lui rester en ces minutes noires où les coquins s'entendaient pour le dépouiller de tout.

Il jeta un coup d'œil du côté de Ramdji, puis son

regard rieur se posa sur les militaires. Le chef gurkha caqueta aussitôt à son adresse une nouvelle phrase.

– On dirait qu'il a oublié de mentionner quelque chose d'important, remarqua le reporter.

– En effet, confirma Trois-Doigts. Il gueule : « Grouille-toi, *pooridge* ! Si tu n'es pas déshabillé dans les cinq secondes, tu vas mourir comme les autres. » Et, franchement, *sahib*, t'envoyer une balle dans la tête, il le ferait ! D'ailleurs, tirer sur n'importe qui, il le ferait aussi !

Là-dessus, sans demander son reste, Ramdji-trois-doigts détala en direction de la sortie du parc. Il courait en zigzag, évitant les lumières. Il savait que depuis qu'il avait empoché un peu d'argent, sa moche, sa misérable personne d'intouchable était devenue une cible sur pattes. N'importe quel tireur aurait pu s'exercer à y trouver la mouche.

Seul, vaincu, abandonné, Boro laissa tomber le sabre à ses pieds.

A minuit, Cendrillon

A cet instant même, derrière l'une des fenêtres brillamment éclairées donnant sur le parc, la princesse Romana Covasna, authentique descendante de Michel le Brave, prince de Valachie, contemplait ses grands yeux verts dans sa psyché.

Voluptueuse et nue sous son déshabillé diaphane, elle lisait sa propre beauté dans leur éclat de velours et cherchait dans la perfection de ses paupières allongées une raison supplémentaire de s'aimer.

Retardant le moment de quitter son image, elle inclina l'ovale parfait de son beau visage, creusa ses joues d'une ombre mystérieuse, puis s'appliqua longuement à tracer sur ses lèvres si désirables un trait rouge, aigu et lumineux qui mettrait sa sensualité de fauve dangereux à la portée d'un baiser volé.

Ah! les hommes, les hommes! La princesse Romana Covasna, *alias* baronne Theodora von Treeck, *alias* Violetta von Osten, *alias* Lina von Bridow, étouffa un soupir.

Elle caressa de ses mains baguées l'arrondi bronzé de ses épaules d'amazone, laissa dériver sa paume jusqu'au galbe parfait de sa poitrine menue mais bien dressée, et se fit la réflexion nuancée d'amertume qu'elle n'avait jamais été tout à fait conquise – donc, jamais satisfaite – par les voyantes approches de ses galants de rencontre. Et pourtant, elle avait déjà vingt-cinq ans!

Oh! bien sûr, nombre d'hommes avaient chevauché son corps admirable, et les plus perspicaces avaient même suscité sa langueur ou ses emportements, mais jamais elle n'avait été dépossédée de sa lucidité de femme.

D'ailleurs, depuis qu'elle travaillait pour la grandeur du Reich allemand, on ne l'avait pas prise : elle s'était prêtée. On ne l'avait pas capturée : elle était bien trop absente. On ne l'avait jamais abandonnée : c'était elle qui quittait. On ne l'avait pas épousée non plus : elle était trop cruelle.

Un sourire monta aux lèvres de Romana. Mon Dieu ! Comme sa peau était douce ! Comme son âme était métallique ! Comme son cœur était endurci !

Soudain, elle tressaillit. On venait de frapper à la porte.

– *Herein !* dit-elle avec une certaine lassitude dans la voix.

Elle tendit sa main à baiser, sans se retourner.

– Votre avion vient de se poser ?

– A l'instant. Le Junker a été pas mal chahuté dans les nuages.

La bouche de son visiteur effleura le dos de sa main. Son haleine était brûlante.

– Vous arrivez de Turquie ?

– Non. De Lahore.

– Moi, j'étais à Rome jusqu'à la semaine dernière. Je m'y plaisais assez.

Elle sentit le souffle de l'homme se déplacer sur son poignet et remonter le long de son bras.

– Allons, Werner, dit-elle faiblement tout en se laissant engourdir par la chair de poule, ne commencez pas vos enfantillages !

Il se redressa. Il était athlétique. Elle posa soudain ses yeux émeraude sur son torse moulé dans une chemisette de tennisman. D'une main, il tenait une mallette ; de l'autre, plusieurs costumes pendus à des cintres.

– Vous apportez votre brosse à dents ? lui demanda-t-elle froidement.

Il s'empourpra.

– J'obéis à la volonté de nos chefs.

– A la bonne heure ! Je vois que vous abordez votre rôle de mari officiel avec brio !

Il esquiva la réponse. Il détestait qu'on plaisantât à ses dépens.

– M'hébergerez-vous pour la nuit?

– Vous investissez les lieux dès maintenant? s'étonna la belle Roumaine. Notre mission ne commence pourtant que demain.

– Ce soir, princesse. Himmler l'a dit.

– Au moins, laissez-moi prendre un bain!

– Voulez-vous que je frotte votre joli dos?

Un éclat sourd et quelques paillettes plus claires dansèrent au fond des prunelles de la princesse.

– Vos yeux ressemblent à un lac de montagne avant la tempête, murmura l'officier.

Elle effaça aussitôt l'ombre passagère qui venait d'obscurcir son regard, puisa un radieux sourire dans l'arsenal de ses subterfuges et lui prit la main.

– Encore quelques heures de liberté, cher bourreau! supplia-t-elle avec des intonations de comédie légère. Laissez-moi au moins organiser ma dernière soirée de femme libre!

Le *Brigadeführer* SS Werner von Hobenfahrt s'inclina en signe de reddition.

– Jusqu'à minuit, Cendrillon?

– Jusqu'à minuit, Werner. Vous dormirez sur le sofa et je conserverai le grand lit.

– Pas le sofa, Romana, s'excusa fermement l'officier. Berlin insiste pour que nous fassions *réellement* connaissance avant de partir en mission. Ainsi familiarisés à l'usage de nos corps, nous donnerons mieux le change aux étrangers pendant le cours de notre voyage. Puis-je déposer mes affaires?

Elle le regarda s'enfoncer dans l'appartement que le consulat mettait à leur disposition pendant leur séjour à Bombay.

Werner von Hobenfahrt était véritablement un bel homme. Un mufle, mais un bel homme. Sa blondeur d'Aryen, son profil de médaille l'avaient désigné pour incarner l'archétype de l'ancien Germain. Il avait joué les héros dans *Fest der Schönheit* (« La Fête de la beauté »), une œuvre récente de Leni Riefenstahl.

Lorsqu'il refit son apparition, le commandant en second du département chiffre au Sicherheitsdienst – service de renseignement de la Sûreté allemande (SD) – portait toujours sa mallette. Il se rendit jusqu'à une table basse et l'y déposa avant de l'ouvrir avec un soin extrême.

– Voici notre magnifique instrument de travail, annonça-t-il fièrement. 61 centimètres sur 46! Cru Wehrmacht 1939!

– *Enigma!* murmura la belle Roumaine en posant ses yeux verts sur l'inscription chromée qui ornait le fronton d'une sorte de machine à écrire portative encastrée dans un emboîtage en bois.

– Enigma... Romana... Theodora... Violetta..., récita derrière elle la voix chaude de Werner von Hobenfahrt. Les machines et les femmes m'ont toujours fasciné par leurs maléfices!

Elle fut traversée par un rire moqueur.

– Je vous fascine, cher Werner?

– Vous m'éblouissez!

Elle sentait sa présence animale dans son dos. Elle resta immobile. Elle dit :

– Les machines naissent et meurent sans savoir comment. Moi, je sais que la vie est une étrange histoire...

Alors seulement il surprit ce regard d'une inquiétante dureté qui le fixait dans le reflet de la glace. Il en ressentit une sorte de malaise et avança jusqu'à la toucher.

– Je me demande quel code est capable d'ouvrir le chemin de votre cœur, murmura-t-il en dessinant de son index tendu la courbe harmonieuse de l'épaule de la princesse.

A cette minute même, la Roumaine se rappela qu'en 1934 celui avec qui elle allait partager sa couche avait assassiné sur ordre d'Adolf Hitler le général Kurt von Schleicher. Elle se retourna. Et aussi le général von Bredow. Il la reçut dans ses bras. C'était un tueur.

– Vous sentez la transpiration, dit-elle en posant sa paume sur les pectoraux de l'officier.

Il n'y avait pas de répulsion dans sa voix. Elle noya son regard dans le sien. Ses lèvres entrouvertes appelaient un baiser.

Comme il ne bougeait pas, elle passa son bras derrière la nuque de l'Allemand, et ce fut elle qui l'embrassa.

– Le général von Bredow était mon parrain, déclarat-elle après avoir mis un terme à leur étreinte. Je veux que vous le sachiez.

Le nazi parut décontenancé.

– Je vous demande pardon... Sincèrement pardon.

– Nous obéissons tous aux ordres du régime, le tranquillisa la princesse d'une voix sans passion. Que faisons-nous d'autre en ce moment même, *Herr Brigadeführer* ?

Elle se glissa contre lui, presque menue dans ses bras d'athlète, et prit à nouveau ses lèvres, l'entraînant aux portes du vertige.

L'amour ! L'amour : quel drôle de bal pour une espionne !

Ce soir-là avec ses cheveux jaunes, hier avec ses mèches brunes, Romana avait toujours dominé les mâles que lui envoyaient les circonstances.

– Pars ! Laisse-moi ! souffla-t-elle après qu'elle lui eut retiré ses lèvres. Reviens tout à l'heure. Je t'apprendrai un peu de moi...

– Quand ?

Elle le raccompagna jusqu'à l'entrée du petit appartement.

– A minuit, dit-elle en refermant la porte derrière lui.

En attendant l'amour

L'air pensif, elle rebroussa chemin.

Elle s'immobilisa un instant devant la machine à écrire. Tandis que ses doigts pianotaient innocemment sur le clavier, une chansonnette bessarabienne de son enfance lui monta aux lèvres.

Tout en fredonnant, elle courut ouvrir la fenêtre donnant sur le parc. Comme celle qui attend l'amour depuis son balcon, elle sonda un moment l'ombre des grandes frondaisons et offrit ses bras nus à la caresse légère de la brise venue de l'océan.

Les hommes! Elle les tenait en laisse! A Vienne, à Munich, à Berlin, plus tard à Rome, au hasard de ses missions à l'étranger, à Moscou, en Argentine, en Espagne, nul séducteur de routine ne pouvait se vanter de l'avoir asservie ou soumise.

Elle revint dans la chambre, passa au salon, traversa la pièce en coup de vent sans voir les vêtements de Werner déposés avec soin sur un fauteuil. Elle entra dans le cabinet voisin et se fit couler un bain.

Étendue dans l'eau riche de sels parfumés, le corps abandonné, Romana s'efforça de lutter contre un passager clandestin embarqué dans sa conscience, une voix lancinante qui lui posait des questions embarrassantes.

Demain, elle serait la baronne Theodora von Treeck. Demain, elle serait la maîtresse de Hobenfahrt. Demain, elle accomplirait les gestes du renoncement. Elle abdiquerait une fois encore sa personnalité. Elle s'efforcerait d'incarner au mieux l'épouse d'un aristo-

48

crate allemand. Mais le bonheur dans tout cela ? Être soi-même ? Frapper à la porte de celui qui vous attend tous les jours ?

Il n'y fallait pas songer, n'est-ce pas ?

Les yeux soudain noyés de larmes amères, elle refréna un sanglot.

Pendant ses années d'apprentissage dans les unités du renseignement nazi, les maîtres noirs du camouflage lui avaient enseigné que l'amour est une erreur et que le bonheur consiste seulement à aimer ce qui n'existe pas. Mais, ce soir, quelque chose en elle se cabrait contre la stérilité de sa vie. Pauvre petite oie blanche ! Pauvre petite personne fragile ! Pauvre petite gourde ! Elle avait été préparée à la solitude. Dressée à faire taire ses états d'âme. Rompue au cynisme le plus calculateur. Et maintenant, elle se sentait le cœur lourd. Quelle dérision !

Oskar ! Eugen ! Otto ! Reynhard ! Un autre Werner, c'était à Vienne ! Et le petit Kurt !

Par la pensée, elle dansait avec ses amants.

Alberto ! Ruiz ! Boris ! Alexander ! Federico ! Ce fou de Federico, pas plus tard que le mois dernier ! Un Florentin à la maigreur de haridelle ! Un milliardaire illuminé qui se prenait pour Egon Schiele et la peignait dès qu'elle était nue avec ses bas verts ! Comme ils auraient aimé qu'elle les choisisse !

Soudain, la princesse ouvrit les yeux. Elle se dressa dans sa baignoire. Ruisselante, elle enjamba le rebord avec grâce et passa un peignoir blanc.

Elle fila sur ses pieds nus et atteignit le tapis écarlate. Elle stoppa sous le lustre de cristal de Bohême, mais son visage resta de glace lorsque, pour la deuxième fois, elle entendit distinctement un bruit de pas dans la chambre voisine.

– *Wer ist da*[1] ? demanda-t-elle.

Devant l'absence de réponse, elle ajouta :

– Werner ?

Avec un sang-froid extraordinaire, elle ouvrit le tiroir d'un secrétaire et en retira un parabellum nickelé. Tenant fermement cette arme de poing dans sa jolie

1. Qui est là ?

menotte, elle avança, pieds nus, en direction de l'intrus. Elle ouvrit la porte.

L'homme lui tournait le dos. Élancé, les épaules bien découplées, il se tenait immobile devant la penderie et semblait fort désappointé de se trouver en face d'une garde-robe féminine.

– Est-il dans vos habitudes d'entrer chez les dames vêtu de probité candide et d'un simple caleçon à fleurs ? demanda-t-elle en restant dans l'ombre.

Une paire de gifles

L'inconnu se retourna d'une pièce.

Il était torse nu. Il arborait, tendues à mi-mollet, des chaussettes de lin d'un bleu délicat tirant sur le gris. Il s'appuyait sur le pommeau d'ivoire d'un élégant stick en jonc. Il portait en outre un appareil photo en bandoulière.

– Ah! bien sûr, il y a quelqu'un, s'étonna-t-il poliment.

Et, tendant le cou dans l'espoir de découvrir le visage de celle qui lui parlait :

– Bonjour, madame.

– Bonjour, monsieur. Qui êtes-vous?

Le visiteur s'inclina avec civilité.

– Boro, reporter photographe! Ne me reconduisez pas, je passais...

Déjà, l'impudent visiteur boitillait en direction du corridor de sortie.

– Restez là où vous êtes, je vous prie! Les mains en l'air! lui intima la voix féminine.

Il pivota lentement. Ses yeux enjoués se posèrent sur l'arme de dame qui le menaçait.

– C'est un revolver à confettis?

– C'est un Beretta, calibre 32.

– Et vous êtes adroite avec ce machin-là?

– Très. En plus, j'adore m'en servir.

Au mépris de tout danger, le séduisant visiteur rebroussa chemin et marcha en direction de Romana.

– Pas un pas de plus! lança-t-elle aussitôt.

Sa voix s'était teintée de rauque.

– Voyez comme je suis inoffensif. Un grand rescapé d'embuscade.

– Blessure de guerre ?

– Blessure de cœur. Guerre d'éventails. Deux femmes jalouses. Elles ont tiré sur le même genou.

– Prenez garde que je n'abîme l'autre.

A son tour, elle fit un pas en avant. Sous ses cheveux presque jaunes, son visage énergique baigna soudain dans la lumière.

Devant cette apparition résolue, le jeune homme resta muet, comme étourdi par une émotion trop forte.

– Pardonnez à mon trouble, se reprit-il, mais je viens à l'instant de tomber éperdument amoureux de vos yeux verts et de toute votre personne.

Il porta sa main longue et déliée à son cœur comme pour en contenir les bonds désordonnés.

– Je vous aime, dit-il à brûle-pourpoint. Un terrible coup de foudre ! Est-ce que vous êtes libre ce soir ?

Il paraissait sincère sous sa mèche de garçon rebelle.

Elle fit la moue sans cesser pour autant de braquer l'œil noir du revolver sur la poitrine de l'inconnu.

– Je ne vous cacherai pas que je trouve vos manières un peu expéditives.

– Je ne le crois pas, riposta-t-il sérieusement. Et je sais que nous sommes faits l'un pour l'autre.

– Je veux bien l'admettre, mais, encore une fois, par où êtes-vous entré ?

– Par le balcon, dit-il comme si c'était une évidence. J'avais emprunté la corniche qui longe la façade, et votre fenêtre était la seule qui fût ouverte.

– Que faisiez-vous sur la corniche ?

– J'y cherchais mon équilibre.

– Vous espionniez notre consulat !

– J'étais en quête d'une chemise et d'un pantalon.

– Qui vous a déshabillé de la sorte ?

– Un type envieux de mon élégance. Un factionnaire indélicat avec une odeur de curry au mouton dans la bouche et une moustache sous le nez.

La Roumaine ébaucha un geste d'agacement.

– Avant la corniche, où étiez-vous ?

– Dans un placard à balais.

– Vous ne me faites pas rire, monsieur l'intéressant.

– Je n'en ai pas l'ambition.

– Taisez-vous !

– Je veux bien, dit-il en prenant l'air froissé. Mais vous vous privez de mes explications !

Toujours boitant, il fit quelques pas d'albatros blessé et bloqua ses rotules contre le plateau d'une table basse au milieu de laquelle trônait la machine à écrire.

L'arme de la Roumaine l'avait accompagné dans son déplacement.

– « Enigma », déchiffra-t-il en passant son index et son médius réunis sur l'inscription gravée au-dessus du clavier de la machine.

Un lumineux sourire éclaira son front.

– Enigma ! reprit-il en bravant le regard de la séduisante princesse. Je parie que c'est votre prénom ! En tout cas, il vous sied à ravir !

Elle le fixait intensément de ses yeux verts.

– Enigma, répéta-t-il sous le charme.

– Je vous interdis de m'appeler de cette façon-là !

– Enigma !... persista-t-il.

– Chaque fois que vous prononcerez ce mot, vous serez en danger de mort, siffla-t-elle.

Avant qu'elle ait eu le temps de réagir, le petit Leica s'était logé au creux de la paume du reporter. Tout en visant, il actionnait sur la couronne de mise au point du télémètre. Il déclencha.

De son côté, elle avait levé le bras, assuré sa ligne de tir, et s'apprêtait à faire feu.

– Stop !

Boro l'arrêta en tendant la paume en avant. Exactement comme si sa main nue avait eu le pouvoir d'arrêter les balles.

Les yeux verts de la Roumaine devinrent deux taches sombres. Boro déclencha de nouveau.

– Ainsi, c'était cela ! s'exclama-t-elle, ivre de colère. Vous vouliez photographier la machine !

– Je ne comprends pas très bien ce que vous dites, déclara le reporter en surveillant le moindre de ses gestes. Mais vous êtes la première personne que je vois jouer du revolver pour protéger son matériel de dactylographie !

Il venait de réaliser que la machine à écrire se trouvait sans doute au premier plan de ses clichés.

– C'est votre portrait que je voulais, pas celui de votre tabulateur! poursuivit-il, affichant un sourire conciliant.

Mais les traits de Romana s'étaient durcis; ses lèvres s'étaient cadenassées.

– Faites trois pas en arrière et retournez-vous, commanda-t-elle. Surtout, ne vous approchez pas de moi.

Il recula et lui tourna le dos.

– N'allez pas me tuer par-derrière, grinça-t-il. Ça doit faire très mal.

– Jetez votre canne sur le lit, ordonna-t-elle.

Boro s'exécuta à regret.

– Maintenant, je suis encore un peu plus nu, dit-il avec amertume. Et quelque peu bancal.

– Donnez-moi votre appareil photo, et ne vous retournez pas, ordonna la belle espionne.

– Enigma, je vous le confie! Car c'est mon bien le plus précieux, et à peu près le seul qui me reste au terme de cette soirée mouvementée.

– Ne bougez pas! aboya-t-elle.

Une fraction de seconde plus tard, Boro perçut un bruit terrible, le fracas le plus désagréable, le plus destructeur qu'il eût jamais entendu. Celui d'une masse métallique broyant, pilant, émiettant un Leica III, sa toute dernière acquisition de chez Leitz.

Au mépris de tout danger, il se retourna. A l'aide d'un lion de bronze exécuté par Barye, la princesse avait littéralement fait exploser la coûteuse optique Hektor 50 millimètres, l'avait soigneusement réduite à l'état de miettes, de hachis, de brandade, et le boîtier lui-même s'était ouvert, totalement faussé par la violence du choc. Elle était occupée à extraire la pellicule Perutz de sa cartouche enrouleuse. Simple ruban de Celluloïd, la photo la plus recherchée du siècle, celle de la Tour du Silence, venait de retourner au néant.

– Cette fois, je touche le fond du bocal! se désola le reporter.

Prostré, l'as de la photographie semblait se consumer sur place. Puis, comme si le désespoir l'aveuglait, il fondit sur la belle espionne et la gifla par deux fois à la volée. Sa jolie tête roula contre un mur. Elle se tenait la joue. Deux larmes perlèrent à ses yeux.

Boro n'en avait pas fini avec elle.

Avec une force peu commune, il la prit par le milieu du corps, la plaqua contre lui et, peignoir retroussé, lui infligea une fessée si sonnante et cuisante que la jeune femme se mit à pousser des glapissements d'une grande vérité d'expression. Elle tenait encore le revolver dans sa petite main, mais ne songeait pas à s'en servir. Elle battait seulement l'air de ses jambes. Lui, la maintenant fermement à sa merci, poursuivait son ouvrage. Il la corrigeait consciencieusement.

Elle finit par se taire. Lorsqu'il parut fatigué de la rosser, il la redéposa sur le sol.

Elle y resta. Pour ainsi dire à quatre pattes. Elle avait l'air égaré.

Il la désarma. Elle l'interrogea de ses immenses yeux verts tandis qu'il extrayait le chargeur du petit revolver et le balançait au fond de la penderie. Elle se sentait molle. Toute animosité avait disparu de son regard.

Elle dévisagea son vainqueur en costume de pitre.

– Ne pourrions-nous pas nous asseoir pour parler de tout cela calmement ? suggéra Blèmia Borowicz. Je meurs de fatigue !

Elle se redressa. Dans le mouvement, son peignoir s'était entrebâillé, découvrant la naissance de sa poitrine. D'un bref basculement de la tête, elle rejeta le poids de sa crinière vers l'arrière. Ils ne s'étaient pas lâchés des yeux.

– Je vous aime toujours autant, murmura Boro. Un terrible coup de foudre ! Est-ce que vous êtes encore libre ce soir ?

Un sourire apaisé apparut sur les lèvres de la jeune femme. Elle ne cilla pas.

– Puis-je vous faire remarquer que vous êtes en support-chaussettes ?

– Si ce n'est que cela, je peux les retirer, dit Boro.

Elle éclata de rire. Elle avait des dents de louve.

Il venait de s'asseoir sur son lit.

Ciel, mon mari !

Elle ne savait plus comment il avait posé sa main sur sa peau. Elle se souvenait de son visage contre le sien et du monde sensible qui effaçait ses formes.

Ils avaient lutté silencieusement pendant un long moment.

Ils étaient souffle à souffle. Elle lui avait dit :

– Mon mari va venir.

Il avait éteint sa voix d'un baiser. Ils s'étaient portés l'un vers l'autre. Caresse de velours. Caresse de violon. Caresse de vent. Elle ne savait plus où ni comment elle avait abandonné son revolver.

Sitôt qu'ils dénouèrent leurs bouches, le lien magique de leurs sensations rouge et or leur manqua. Ils nouèrent à nouveau leurs corps, réapprirent leurs peaux.

Malgré la peur d'être surpris, ils oublièrent toute prudence.

Elle lui sourit avec des yeux de fièvre et ils se regardèrent, livrés à une cacophonie de pensées anarchiques. Ils se sondaient, s'étudiaient à la loupe. Leurs visages étaient si proches que chacun n'avait qu'une vision parcellaire de l'autre. Leurs lèvres étaient gonflées, leurs joues en feu.

– Prends-moi encore, dit-elle.

Elle entendait bien regagner son ascendant sur lui. Peu à peu, elle redevenait guerrière. Chaque fois qu'elle croyait lui avoir ôté ses dernières forces, elle recouvrait une parcelle de lucidité.

– Je suis fou de toi! s'écria Boro. Là-dessus, je ne m'étais pas trompé!

Une fois encore, elle redevint un cheval sauvage. Elle l'obligea à survoler la terre, puis elle se fit plus lourde et le délivra de sa dernière richesse.

Tandis qu'il s'enfonçait dans un sommeil réparateur, abandonné comme l'ourson qui vient de naître, la princesse Romana Covasna contemplait son amant d'un dernier soir.

Aimer ce qui n'existe pas. Aimer cet inconnu qu'elle ne reverrait jamais. Aimer une heure, et après plus jamais...

La Roumaine renversa sa tête sur l'oreiller et se laissa gagner à son tour par la saine fatigue qui l'envahissait.

Quoi? Son dernier amant l'aurait-il terrassée?

D'habitude, elle s'y entendait assez pour enlever aux hommes leurs façons de propriétaires un peu rustres s'installant dans leurs nouveaux meubles. Habile à reconnaître leurs failles, elle les engloutissait dans ses draps, les repaissait de premières étreintes, les endormait entre ses seins, griffes rognées, hargne remisée. Ambassadeurs ou politiciens, artistes ou militaires, aristocrates ou roturiers de passage, elle avait réduit ces monstres vainqueurs à l'état d'esclaves gouvernés. Et lorsqu'ils se réveillaient avec des yeux de nouveau-nés, ils lui livraient leurs secrets et ceux des autres, tous redevenus enfants, quémandant l'essentiel de ce que peut apporter un ventre de femme.

Elle sourit en songeant à ces pauvres petits oiseaux tout en muscles, à ces pygmées si virils. Elle jeta un dernier coup d'œil à l'inconnu anéanti auprès d'elle, puis s'abattit sur sa couche et sombra aussitôt dans un profond sommeil.

C'est alors que Boro rouvrit les yeux.

Avec des manières de chat, il se glissa hors des draps, récupéra son stick qui avait roulé dans la rivière du lit, et courut jusqu'à la pièce voisine. Dans sa tête bien ordonnée, il avait tout son plan. Puisque la belle Romana avait un mari, ce dernier devait, selon toute logique, posséder pour le moins un pantalon. Si la penderie de la chambre n'était dévouée qu'à la garde-robe de madame, monsieur avait dû s'octroyer un espace dans la pièce voisine.

En débouchant dans le salon, il put vérifier la justesse de son raisonnement et fit main basse sur les vêtements abandonnés sur le fauteuil par Werner von Hobenfahrt. Sans trop réfléchir, il opta pour un costume prince-de-galles et une chemise dans les bleus unis. L'entrejambe du pantalon, la carrure de la veste, la longueur des manches le confortèrent dans son choix.

– Pas de retouches, mon vieux, chuchota-t-il ravi.

Il bénit la prévoyance mâtinée d'humour du Seigneur qui avait su conformer ses mesures à celles de son rival.

Ainsi vêtu, il revint à la hâte dans la chambre. Tout en nouant ses lacets l'un à l'autre afin de transporter ses chaussures autour de son cou, il contemplait la belle endormie. Il jeta un regard navré du côté des vestiges de son cher appareil photo, eut une pensée émue pour monsieur Oscar Barnack, l'inventeur du Leica, et, mû par une soudaine rancœur, se précipita sur la machine à écrire.

Il referma doucement le couvercle de la mallette de transport, la souleva par la poignée aussi aisément que s'il se fût agi de n'importe quel bagage et, tournant le dos à son hôtesse, s'engouffra à pas de loup sur la voie du balcon.

A peine venait-il de se fondre dans l'ombre qu'il entendit frapper plusieurs coups à la porte de l'appartement. Dissimulé derrière le rideau, il regarda ce qui ressemblait fort à une ébauche de scène de vaudeville.

Enigma s'était dressée sur le lit. Les paupières lourdes de sommeil, elle cherchait son amant afin de lui enjoindre de fuir. Elle se pencha sous le sommier, affolée. Les coups redoublaient. Un homme apparut soudain. Un mari blond. Puis, les choses s'accélérant, l'épouse infidèle se jeta au cou du cocu, prit ses lèvres, l'embrassa, l'aveugla de bonheur afin, sans doute, de faciliter la fuite de son amant.

Boro, au sommet de son rôle, se détourna et contempla la nuit claire. Il emplit ses poumons de l'air maritime et, sans plus attendre, franchit la balustrade qui le séparait de la corniche. Usant de sa canne comme d'un balancier, le gentleman photographe découvrit un équilibre convenable et s'éloigna en direction de l'angle de l'édifice où l'attendait la descente d'une gouttière.

Après qu'il eut balancé la mallette dans un taillis pour en amortir la chute, il empoigna la gaine de zinc, se suspendit au chéneau, puis, plus assuré qu'un lierre de façade, entama sa plongée vers le sol noir.

L'instant d'après, il avait repris pied entre deux déodars. Ayant remis la main sur la machine portative, il se dirigea vers la rue baignée de lune qu'on apercevait par une petite porte de jardin.

Était-ce fortuit ? La grille était entrouverte. Dès qu'il se fut glissé hors de la propriété, le reporter commença à marcher d'un pas plus allongé. Se fiant à la ligne de pente, il dégringola Malabar Hill et ses avenues désertes en direction de la grève.

De temps à autre, heureux comme un gosse qui a joué un bon tour à un méchant camarade d'école, Boro sifflotait. Il souleva la mallette de la machine portative à hauteur de son visage et en secoua la poignée en signe de victoire.

Il ignorait encore que ce fardeau inutile pèserait bien lourd dans sa destinée et que la guerre qui ravagerait bientôt l'Europe, puis le monde, avait bel et bien commencé pour lui.

A cent mètres de là, fidèle comme son ombre, un homme au ventre proéminent, coiffé d'un feutre, le suivait obstinément.

DEUXIÈME PARTIE

Les coulisses de l'Hôtel Taj Mahal

Une Italienne à Paris

La frimousse ombrée par un béret campé droit sur ses boucles brunes, Angela Pitchetti contrôla une dernière fois dans la devanture d'une pâtisserie si ses grands yeux de Parisienne débutante enfermaient autant de promesses que ceux de Danielle Darrieux dans *Battements de cœur*, un chouette film à la mode qu'elle avait vu la veille au Ciné-Vox de la place Clichy.

Entre une rangée de mille-feuilles et un reliquat de religieuses au café, elle s'aperçut au naturel, le teint frais et pimpante de partout. Elle vérifia la blancheur de l'émail de ses dents, serra d'un cran la ceinture de son imper noir, estima que décidément ce vêtement de pluie acheté à la Belle Jardinière, rue du Pont-Neuf, lui faisait une taille de guêpe, et, haut perchée sur ses talons aiguilles, pénétra sous la voûte d'un porche grisâtre contigu à la pâtisserie.

Elle s'attarda un court instant devant une plaque de cuivre *(Agence Alpha-Press, quatrième étage, escalier au fond de la cour),* puis se risqua dans le puits de lumière qui s'inscrivait entre les façades et entreprit la traversée périlleuse d'un pavage espacé et bombu.

– Crotte de bique et *porca misèria*! jura la belle enfant. C'est des coups à décheviller!

Elle se tordit cruellement un pied et manqua de chuter dans la gadoue. Par miracle, un bras chevaleresque la rehissa sur les pointes.

– Rien de cassé?

La divette restaura l'équilibre de sa coiffure qui lui

mangeait les yeux. Elle se trouvait nez à nez avec un homme jeune, au physique agréable.

– Hé ! vous êtes costaud ! dit-elle sans chercher à se dégager. Toujours il faut que je m'étale !

La sympathie pour son sauveur lui écarquillait les mirettes. Elle avait une mèche en clé de *fa* juste sur le bout du museau.

Sacrifiant à l'habitude, Pierre Pázmány plongea son regard de Tsigane aussi loin que possible dans le décolleté de la demoiselle, battit des cils – qu'il avait charmeurs – et, rentrant de ce court mais convaincant voyage au creux d'une gorge de dix-huit ans, laissa percer sa sincère admiration.

– Puis-je vous être utile, mademoiselle ?

Il la retenait par l'aisselle. La belle enfant reprit possession de son bras potelé et désigna les deux appareils photo qui battaient les flancs de son interlocuteur.

– Vous êtes photographe ?

– Je suis reporter !

– Vous êtes employé là-haut ?

Il s'écarta de la donzelle afin de se mettre à son avantage.

– Mieux ! Je dirige la boîte !

Páz exagérait à peine puisqu'il avait fondé Alpha-Press en compagnie de ses deux compères hongrois, Blèmia Borowicz et Béla Prakash, un soir de septembre 1935.

Tout de même, la petite, voyant qu'elle avait affaire à un patron, se dit qu'elle jouait la chance de sa vie.

– Je viens pour la place, dit-elle. La place de standardiste...

Il la dévisagea sous un jour plus sévère.

– Vous avez des références ?

Elle parut réfléchir, mais ne trouva rien qui ressemblât à une expérience professionnelle. Elle haussa ses jolies épaules et gazouilla :

– Je ne suis parisienne que depuis quinze jours, si c'est ce que vous voulez dire. Je débute...

– Au moins, savez-vous téléphoner ?

Elle pouffa de rire.

– Je téléphone à mes amoureux !

C'est alors seulement que Pázmány réalisa qu'elle

avait l'accent du Midi et qu'elle se parfumait à la lavande.

– Vous êtes provençale ?

– Piémontaise par mon père... Même pas française !

– Une Italienne ! Que fait votre papa ?

– Quand il a du travail, il siffle sur les toits. Quand il fait rien, il boit cinq litres de rouge.

– Signe de robustesse !

– Il est maçon à Manosque.

– Fille d'immigré ! Suivez-moi ! dit Páz en empruntant au pas de charge les volutes du large escalier. Vous êtes engagée !

Accrochée à la rampe en fer forgé, Angela s'efforça de suivre son bienfaiteur. Elle sentait bien qu'elle vivait des heures importantes pour sa vie future.

Au quatrième étage, le Hongrois poussa la porte du pied et, l'instant d'après, le Blount faisant le reste, Angela dut chasser le battant de ses mains tendues avant de découvrir en quelle ruche se faisait le miel du reportage photo international.

Plus de vingt personnes affairées martelaient le parquet ciré et glissaient dangereusement dans les courbes. Elles faisaient songer à un troupeau de bisons furieux. Par les méandres de mystérieux couloirs, via des destinations secrètes, elles voguaient vers des activités incompréhensibles pour une béotienne.

– Attendez-moi là ! recommanda Páz en laissant Angela au beau milieu de ce lieu de transit.

La divette éberluée le vit disparaître aux confins d'un couloir. Elle regarda passer la cohorte des laborantins, des tireurs d'épreuves, des mannequins, des publicistes, des archivistes et des reporters sans rien comprendre à leur degré d'importance ni à la logique de leur vocabulaire.

Celui-ci débarquait de New York et délirait à propos des montres Patek Philipp découvertes dans une échoppe de la 42e Rue ; un autre, en pantalons de golf, lui parlait du Caire où il s'était amouraché d'un buste en quartzite de la reine Néfertiti ; celle-là, une grande brune à cigarette enrobée de fumée bleue, avec un accent slave dans la bouche et un Contax autour du cou, vantait la douceur de grain Gevaert ; un gringalet à casquette irlandaise lui opposait les mérites et les qualités du papier Ortho Brom.

On entendait des noms de villes, on évoquait des géographies lointaines, des faits divers, des gens célèbres, des records inaccessibles. On débattait des choses de la politique, du président Lebrun, élu il y avait peu par le Congrès, du nouveau champion d'Europe des mi-moyens, Marcel Cerdan, de l'élection de Sacha Guitry à l'Académie Goncourt...

On échangeait aussi des adresses d'hôtels à Tirana, on hélait un grouillot avec trois mots d'argot, on se décochait un clin d'œil familier, on s'offrait une Balto avant d'allumer la sienne...

Pour un peu, Angela Pitchetti eût battu des mains devant ce spectacle de rêve. Elle tendit mieux encore l'oreille.

– Diaphragme ! Tu as mes contacts sur Daladier ?
– Bertuche ! Ton mannequin refroidit !
– C'est du veau !
– C'est du réchauffé ! Donne-lui de la Quintonine !
– Gerda ! Tu t'en vas ?
– Oui, je file chez Peugeot ! Ils sortent la 202...
– Où est Prakash ? Personne n'a vu Prakash ?
– Le *Choucas de Budapest* ? Il était chez Germaine tout à l'heure !
– Correct ! Il est chez la Fiffre avec le rédac de *L'Intran*. Ils choisissent Paris-Roubaix sur les planches...

Et le monde, soudain réduit à sa profondeur de champ, à sa sensibilité chromatique, à son meilleur profil, à sa luminescence ou à son temps de pause, semblait si magique, si singulier, si bien rempli que, le découvrant sous cet angle, Angela Pitchetti souriait au milieu du brouhaha. Le feu aux joues, les tempes battantes, confiante en sa bonne étoile, elle attendait.

Son regard se posa sur la demoiselle du téléphone, celle qu'elle allait peut-être remplacer, une jeune personne parée de bijoux Burma comme une châsse. Derrière un comptoir, elle semblait orchestrer la planète entière et toutes ses manigances. Elle pianotait sur le grand orgue fait de fiches et de fils d'un standard saturé de sonneries et de lumières rouges et vertes.

Buzzz, buzzz. Le téléphone d'Alpha-Press avait la voix rauque. Buzzz, buzzz. Lumière rouge.

– Allô, Chicago, j'écoute...

Buzzz, buzzz. Une fiche, une lumière.

– Londres ? Ne quittez pas, je vous le passe...

Buzzz, buzzz.

– Où tu es, toi ? Tu m'appelles d'un arbre ?

Lumière verte, lumière rouge.

– Parle-moi, Chicago, je t'entends haut et clair !

Jusqu'à ce moment d'exception, buzzz, buzzz, « Alpha-Press, bonjour... », où la préposée, la pulpeuse Chantal Pluchet, quittant le ronron des automatismes, porta la main à ses écouteurs et les arracha.

La demoiselle du téléphone semblait avoir perdu tout son flegme. Elle se tourna vers un homme replet portant un gilet voyant et un feutre blanc, occupé à bouquiner *Paris-Sports* au desk. Elle s'adressa à lui avec une voix de tête dont elle ne maîtrisait plus tout à fait les aigus :

– Gros minet ! Pépé ! Monsieur Palmire ! C'est Bombay !... Cours me chercher mademoiselle Fiffre ! Dis-lui que c'est monsieur Boro !

Et, à la cantonade :

– Oh ! vous vous rendez compte ?... C'est Boro ! C'est Boro en PCV ! Il dit qu'on lui a tout volé ! Il dit qu'il est tout nu !

Les amis sont les amis

Dans un concert de vociférations amères, Germaine Fiffre venait d'apparaître au détour du couloir central et marchait à tout vent en direction du standard.

Le cou hyperthyroïdien, les prunelles exorbitées, les épaules étroites prises dans un châle noir, la vieille fille avançait ainsi qu'une girafe furibarde, taillant sa route parmi les groupes. Elle déplaçait les gens par les épaules, repartait à grandes enjambées, sans grâce.

– Ôtez-vous de là, mon petit, vous voyez bien qu'il faut que je passe !

Le crayon sur l'oreille, le bloc sténo à la main, l'ancienne comptable, aujourd'hui promue au fauteuil de directrice du personnel, entraînait dans son sillage de comète à strict chignon le sieur Pázmány qui lui vantait les courbes et les qualités d'Angela. Derrière venaient le rédacteur sportif de *L'Intransigeant* qui rappelait les chronos d'Émile Masson dans le dernier Paris-Roubaix, puis la silhouette enrobée de Lucien Palmire, alias Pépé l'Asticot, ex-chef de file des harengs du Topol et récent mari de Chantal Pluchet, qui, dans un rayonnant sourire d'or bridé, racontait les frasques de son ami Boro avec des gestes de chevalière.

– Voilà suffisamment d'années que je pratique moi-même monsieur Borovice pour me faire une opinion définitive sur ses mœurs de Kirghiz ! clamait mademoiselle Fiffre. Et je n'ai nullement besoin que vous me récitiez la liste de ses maîtresses, monsieur Palmire !... Au reste, fort incomplète et toujours à renouveler !

ajouta-t-elle en jetant au passage un coup d'œil à Angela Pitchetti.

– Vous passerez me voir à mon bureau, petite. Dès que nous aurons réglé cette affaire.

– Bien, madame.

– Mademoiselle, corrigea machinalement la Fiffre.

Elle ne pensait plus qu'à Boro.

– Laissez-moi votre tabouret, Chantal, exigea-t-elle en arrivant près du desk.

Elle se coiffa des écouteurs et dit très fort :

– Allô ! Germaine Fiffre à l'appareil !

L'instant d'après, elle rosissait à la façon d'une pivoine.

– Oh ! vilain garçon ! prononça-t-elle. Comment osez-vous ?

On la sentait fragile et émotive, comme chaque fois qu'elle s'adressait au séduisant Hongrois, celui qui était à la fois son bienfaiteur, son reporter préféré et le seul qui sût la transformer si délicieusement en souffre-douleur privilégié.

– Nu ? s'écria la Fiffre.

Une rougeur en forme d'archipel venait d'apparaître à la surface de son long cou.

– Nu, Germaine ! lui parvint la voix de Boro. Complètement déshabillé par l'infortune où m'a plongé un terrible concours de circonstances.

– Ne dites rien ! Encore une femme ! Où dois-je envoyer des fleurs ?

– Vous n'y êtes pas. Il me faut seulement de l'argent.

– De l'argent ? Vous en aviez emporté bien assez !

– Je n'en ai plus.

– Voilà qu'on vous fait casquer, maintenant ?

– De l'argent le plus vite possible, supplia le Hongrois.

Sa voix arrivait en pointillé au travers du filtre des câbles sous-marins.

– Vous êtes un infâme suborneur, monsieur Boro ! Et si vous avez fréquenté des filles de joie, vous n'avez récolté que ce que vous méritiez ! persista la Fiffre.

Elle se détourna pour mesurer l'effet de ses paroles sur le petit personnel, prenant à témoin tous ceux qui s'étaient agglutinés autour de sa personne afin de suivre la conversation.

– Est-il cloué à la chambre par une maladie vénérienne ? s'enquit Lucien Palmire. C'est que la syphilis...

– Vous, le barbillon, allez marlouter plus loin ! dit la duègne en faisant volte-face. Vous n'avez pas voix au chapitre !

Elle écouta soigneusement les nouvelles récriminations de son lointain interlocuteur et marmonna :

– Ça m'étonnerait... ça... ça m'étonnerait énormément...

Elle gonfla ses joues et rassembla ses pieds.

– C'est une somme énorme ! Quant à vous faire parvenir un nouveau Leica, il n'y faut pas compter ! Ce n'est pas de mon ressort.

– Il a perdu son appareil ? s'inquiéta Prakash qui venait d'arriver près du desk.

– Une de ses gourgandines le lui a piétiné ! glapit la vestale des photographes.

Et, se tournant avec aigreur vers la lumière rouge censée symboliser l'élégant boiteux :

– Vous feriez mieux de vous occuper de mademoiselle Alcantara ! Elle est au bord de la dépression. Elle s'avilit dans l'alcoolisme ! C'est de la corde raide ! Et quand elle n'habite pas une bouteille, elle menace de partir aux Amériques jouer du piano punaise dans un bastringue !

– Ça, vous n'auriez pas dû, Germaine, risqua Pázmány. C'est trop déloyal.

La Fiffre le fusilla du regard :

– J'aimerais vous y voir, vous, monsieur le redresseur de torts !

Abandonnant le casque et son interlocuteur du bout du monde, elle se rejeta en arrière sur le tabouret :

– Est-ce que c'est vous, cette nuit, qui êtes allé tenir le front de cette pauvre délaissée au-dessus du lavabo ? Et la bile ? Et la serpillière ? C'est vous, monsieur l'ingénieur ?

– Et toc ! Bigrement bien envoyé, Germaine ! approuva Prakash qui adorait souffler sur les braises.

– D'accord ! capitula Pázmány en baissant la tête en signe de contrition. D'accord, ma bonne, mon excellente Germaine ! Vous êtes la vigie de ce bateau ! La sirène de proue ! Qu'une bonne fois ce Hongrois dévoyé se rende compte que, sans vous, nous ne sommes rien, ajouta-t-il en décochant à la Fiffre son sourire le plus soumis.

– Vous croyez que je suis à ce point naïve, messieurs les sybarites ?

Cuisses écartées, bras noués autour du torse, madame la cheftaine du personnel perdit soudain toute retenue. Les traits décomposés, parlant d'abondance, elle paraissait devenir sinoque :

– C'est notoire ! Personne ne m'aime, ici ! Tout conspire ! Ou alors, postillonna-t-elle à l'encontre de Pázmány, vous voulez me faire passer pour ce que je ne suis pas... Une gorgone ! Une personne sèche ! Un monstre à grands pieds !

– Germaine, comment pouvez-vous penser une chose pareille ? s'empressa de dire le reporter, tout prêt à colmater les brèches faites dans un cœur si généreux. Grâces vous soient rendues ! Vous êtes d'une si grande compétence ! Vous êtes un peu notre mère...

– Sœur et mère, corrigea Prakash.

– Oui, nous sommes toujours fous de vos hanches, renchérit Bertuche qui arrivait en renfort et ne savait pas bien de quoi il retournait.

La vieille fille chercha à décrypter sur les visages la part de vérité et celle qu'il convenait d'accorder à la flagornerie. Elle ne vit qu'affection et humour complice.

– Ah !

Rassurée, elle se jeta sur le combiné.

– Allô, monsieur Blèmia ? Vous êtes là ? Vous m'entendez ? Je vous l'envoie, votre Leica ! L'argent aussi ! Je le télégraphie tout de suite ! Sur la caisse noire... Au Taj Mahal ! Sans faute !... Tout ce que vous voudrez !

Et, grandie par sa munificence, hors d'atteinte pour ainsi dire, éternelle, elle défia ses détracteurs :

– Quoi, mes petits messieurs ! Vous croyez que je vous ai attendus pour penser que Blèmia Borovice est un génie de l'image ? Je l'ai su avant vous, figurez-vous ! Lui et moi sommes du même fagot !

Elle ferma et rouvrit plusieurs fois le galbe de ses paupières translucides, puis, sûre d'avoir recouvré son ascendant sur le menu peuple de l'agence, apaisée comme une lionne désaltérée, elle enfouit le micro du téléphone dans sa paume un peu moite et, laissant percer son infinie tendresse pour le reporter, supplia d'un ton confidentiel :

– Une seule chose, monsieur Blèmia... Faites bien attention à vous. Jurez-moi que vous n'êtes pas en danger...

– Je le jure, ma bonne Germaine, dit Boro. Je suis dans ma chambre d'hôtel, assis sur la moquette, et je ne tomberai pas plus bas.

Comme il allait raccrocher, il vit soudain, dans le reflet d'un miroir, le gros homme armé d'un revolver. Le temps d'une respiration, il reçut en pleine tempe le choc mat d'une statuette du dieu Çiva. Il perdit connaissance en emportant l'image très proche d'une paire de chaussures à bouts blancs.

Qui vivra, verra

Comment résumer le temps quand il n'existe plus ?

Lorsque Boro reprit connaissance, la lune, d'une brillance inaccoutumée pour une période de mousson, dessinait au travers des ferrures du balcon des ombres allongées. Comme autant d'idéogrammes, leurs arabesques majuscules projetées sur la moquette étiraient une calligraphie indéchiffrable. La porte-fenêtre, ouverte sur la nuit, laissait passer le souffle de la mer.

Le reporter sortit de sa torpeur, posa les yeux sur la statue de bronze qui avait servi à l'assommer et reconnut sans effort particulier le lieu où il se trouvait : sa chambre d'hôtel plongée dans la pénombre.

Il souleva sa nuque douloureuse et palpa sa boîte crânienne. Il constata que ses cheveux poisseux de sang formaient un glacis craquelé et douloureux tout autour de sa tempe droite.

Avec des gestes de lémurien, il alluma une lampe posée à même le sol et se souvint brusquement qu'au moment où il avait été frappé par son agresseur, il était en conversation téléphonique avec Paris. Il s'étonna de découvrir l'appareil abandonné sur une chaise alors qu'il l'avait posé sur la moquette. Le récepteur avait été raccroché.

Il tendit la main vers l'ébonite noire, souleva le combiné sur sa fourche dans l'intention d'appeler l'homme aux clés d'or à la réception, mais n'obtint aucune tonalité. Ses yeux embrumés par la migraine remontèrent le fil jusqu'à sa source et force lui fut de constater que la ligne avait été arrachée.

Il lutta un moment contre des pensées contradictoires et, incapable de se dresser sur ses jambes, scruta le jour douteux qui commençait à poindre. Même si la pièce lui parut surdimensionnée, il s'accrocha à l'idée que, pourvu qu'il la traversât dans sa plus grande largeur, il atteindrait la porte de l'appartement et pourrait demander de l'aide.

Il changea de position, roula sur l'abdomen et commença de ramper en s'aidant de ses coudes. Au bout d'une brassée à peine, il se trouva en face d'une feuille de papier couverte d'une écriture large – une feuille quadrillée arrachée à un calepin – et qui semblait posée sur le tapis comme une invite à son adresse.

Il mit un temps infini à déchiffrer le message. Il finit par froisser le morceau de papier dans sa paume jusqu'à en faire une boulette. Il l'enfouit dans sa poche.

Chaque initiative le vidait de ses forces. Il parut réfléchir, se concentra à nouveau sur son effort et reprit sa reptation. Au passage, il constata que la machine à écrire avait disparu. Une sensation d'écœurement, une nausée vague, l'impression que les meubles tanguaient, tout le dissuadait de poursuivre son voyage de cloporte.

Pourtant, il couvrit encore quelques mètres, se trouva devant la porte palière, se hissa tant bien que mal jusqu'à la clenche et parvint à entrebâiller le battant.

Devant lui s'étendait le couloir de l'étage. Des chaussures d'hommes et de femmes posées devant chaque appartement attendaient la venue du cireur.

Boro guettait le moindre bruit annonciateur d'une présence. Il entendit bourdonner un ascenseur dans le lointain et essaya d'accommoder sur la perspective. Elle lui parut vide, longue, inclinée par rapport à l'évaluation qu'il s'en faisait.

Au prix d'un douloureux effort, il tourna le visage vers le plafond où le *panka* brassait un air lourd. Il suivit un moment le tournoiement paresseux des pales et reporta l'attention de son regard fiévreux sur quelque chose de plus proche. De plus évaluable. Ses mains, par exemple.

Elles étaient toujours le prolongement logique de ses

poignets, mais des rigoles de sang séché empruntaient l'oued de leurs paumes, les transformant en cartes d'état-major. Tout en dodelinant du chef, obstiné et hébété, le reporter considéra un moment le tracé de sa ligne de chance, puis celui de sa ligne de vie, et parut satisfait de leurs destinations.

– Pas mort, Borovif ! ânonna-t-il avec une intonation d'homme ivre.

Et il s'évanouit de nouveau.

Un baiser de coquelicot

Lorsqu'il se réveilla, Boro avait été transporté dans des appartements ordinairement réservés aux princes et aux maharadjahs. La tête enrubannée d'un pansement immaculé, l'hôte de la suite népalaise reposait sur plusieurs épaisseurs d'oreillers. Il eût été incapable de dire qui avait pris soin de lui et comment il avait atterri dans un lit tellement immense qu'on s'y sentait bien seul.

Une main féminine apparut dans son champ visuel et lui engouffra un thermomètre sous le bras. Boro sourit à la brune apparition : une infirmière anglo-indienne.

– J'aimerais vous dire tout le bien que je pense de votre cambrure sous la blouse, murmura-t-il. Mais j'ai atrocement mal à la tête et le présent est plein de types en pagnes qui me martèlent les fontanelles ou me piétinent derrière les yeux.

– Rien d'étonnant. Vous souffrez d'un léger traumatisme crânien.

Il tenta de soulever la nuque et ne tarda pas à la laisser retomber sous l'effet d'une douleur fulgurante.

– Pardonnez-moi d'insister, miss, s'obstina-t-il poliment, mais pourquoi ces foutus cannibales ont-ils choisi mon crâne en guise de faitout ? Pourquoi tournent-ils leur ragoût de cervelle avec une aussi longue cuillère ?

– Pour vous rappeler que l'os est moins dur que le bronze. Vous avez dix-huit points de suture de la tempe à l'oreille. Le médecin de l'hôtel a accompli un travail de dentellière.

Le patient referma les yeux.

– Où avez-vous acquis le sens de l'humour ? s'enquit-il.

– J'avais un père irlandais.

– Maintenant, vous avez un ami hongrois, murmura Boro. Venez près du lit, miss O'Hara...

– Miss Donnegal, corrigea la jeune femme. Mais mon prénom est Shakuntala.

Elle s'était approchée comme il le lui avait demandé. Il pouvait sentir son souffle léger au-dessus de lui.

– Votre présence me fait du bien, miss, chuchota le reporter. Et vous m'encouragez à vivre.

Elle lui retira le thermomètre.

– 37,8°, annonça-t-elle d'un ton professionnel. Vos jours ne sont pas en danger.

Sur le point de partir, elle se ravisa :

– Si vous avez besoin de moi, appelez ! Je serai dans la pièce voisine.

Il la retint d'une plainte.

Elle se pencha sur lui.

– Que puis-je pour vous, monsieur ?

– Chasscz les cannibales ! supplia le malade.

– Et comment s'y prend-on dans votre cas ?

– En déposant un chaste baiser sur mon front, Shakuntala.

Il se gardait bien d'ouvrir les yeux.

– Je ne saurais accroître votre céphalée, monsieur, rétorqua la voix enjouée de l'infirmière. Je n'oublie pas que vous êtes encore fragile.

Mais, l'instant d'après, démentant ses paroles, les lèvres de la jeune femme effleurèrent la peau du reporter : un baiser léger comme un frôlement de coquelicot.

– Je vais déjà mieux, chuchota le blessé. C'est bien ainsi qu'on doit me soigner.

Shakuntala se redressa rapidement. Boro la saisit vivement par la main et fut surpris de trouver une paume froide et osseuse.

Il ouvrit les yeux. A la place qu'occupait la ravissante Indienne, la lumière tamisée de la lampe de chevet cuivrait la physionomie attentive d'un petit homme chauve en costume de lin.

– *How do you feel, mister Borowicz ?* s'enquit l'austèrc personne.

Avec les compliments du manager

Boro salua le quidam d'un battement de paupières et lui lâcha précipitamment la main.

Dès qu'il eut capté ce signe de vie indubitable, l'autre s'inclina solennellement devant le blessé. Avec une vélocité d'expression à la limite de l'intelligibilité, il se présenta à lui dans un anglais teinté du plus roulant accent bengali.

– Je suis Shri Bibutibushan Guptapadayah, débita-t-il d'une seule traite.

– Bravo de vous en souvenir, mon vieux. Avec un nom pareil, il ne fait pas bon avoir un trou de mémoire !

– Je suis le détective de l'Hôtel Taj Mahal, précisa le petit homme sur un ton important.

Le reporter observa son interlocuteur sous un jour nouveau. Il ramena ses draps et grimaça de douleur.

– Qui que vous soyez, merci de m'avoir bordé dans mon lit, chuchota-t-il. En vous retirant, soyez assez aimable pour laisser la clé sur la porte, voulez-vous ?

– Vous m'avez mal compris, monsieur. Je suis là pour faire mon enquête.

– Mes compliments. Avez-vous trouvé l'assassin ?

– Je compte sur vous pour m'aider à l'identifier.

Boro cadenassa son visage. Il aurait voulu qu'on le laissât en paix. Il avait besoin de réfléchir à la suite des événements dont il avait été victime.

Les yeux grands ouverts sur le vague, il essaya de s'abstraire et se tut pendant une longue minute.

La voix du policier le traqua jusque dans son rêve éveillé.

– Récapitulons, disait-elle. Le boy chargé de l'entretien des salles de bains vous a trouvé sans connaissance dans le couloir. Vous aviez perdu beaucoup de sang, comme en attestent les taches sur la moquette.

Boro referma les paupières.

– Voyons, faites un effort ! Que vous est-il arrivé, monsieur Borowicz ? insista poliment le chauve.

– J'ai glissé, et ma tête a rencontré la crémone de la fenêtre.

Une lueur de reproche apparut dans les prunelles sombres du privé.

– Vous ne devez pas adopter cette attitude de dissimulation, monsieur Borowicz. J'y vois une sorte de mépris ou de condescendance à l'égard de mes capacités... Pour être flic, j'ai dû suivre de brillantes études de droit en Angleterre, et je tiens à vous faire savoir que j'appartiens à un peuple évolué !

Boro rouvrit les yeux et jaugea le détective bengali. Muré dans sa susceptibilité, ce dernier était devenu, du haut de son mètre soixante-cinq juché sur talonnettes, un vétilleux brahmine à l'attitude compassée.

De sa main soigneusement manucurée, le petit homme brandit la statuette de bronze entourée d'un mouchoir.

– Mieux vaut admettre la réalité des faits, postillonna-t-il. On vous a sauvagement frappé avec le socle de cette statue du dieu Çiva... On a coupé le fil du téléphone pour vous empêcher de donner l'alerte.

– Si vous savez déjà ce qui m'est arrivé, pourquoi me le demander ?

– Parce que je suis mandaté pour recueillir votre témoignage, argumenta le détective avec un agacement non dissimulé. Parce que nous nous sentons moralement responsables du préjudice causé à nos hôtes étrangers.

Les deux hommes se fixèrent un bref instant. Boro comprit que le Bengali avait recouvré son onction depuis qu'un vieillard à la chevelure blanche et à la mine très ennuyée, un long gentleman sanglé dans les pans grisâtres d'une redingote hors d'âge, arborant un gardénia à la boutonnière, venait de faire son apparition dans la pièce.

– Monsieur le Directeur, sembla s'excuser platement le détective, j'interrogeais monsieur Boro, comme il se doit. Monsieur Boro est grand reporter. Il est français ! Et les plus éminents magazines du monde entier s'honorent de publier ses photographies...

– Poursuivez votre enquête, Guptapadayah, caqueta le gentleman à col de cigogne emmanché d'un long nez. Faites comme si je n'existais pas... Ou plutôt non !... Permettez que j'interrompe le cours de vos investigations pour réconforter notre pauvre ami.

Le vénérable échassier se tourna vers Boro :

– Ah, monsieur ! La France ! s'emporta-t-il soudain en délaissant la langue de Shakespeare pour celle de Ronsard.

Avant d'aller plus loin dans sa péroraison, le noble vieillard parut s'interroger un bref instant sur la meilleure marche à suivre pour amadouer son client. Il opta brusquement pour le ton laudatif. Afin de mieux séduire Boro, il fit appel aux ressources de ses captivantes connaissances en œnologie :

– Quand j'y pense ! Le ciel d'Aquitaine ! Les vins du Médoc... Ces pauillacs, ces estèphes, ces moulis !... Ces rubis de franc-cabernet ! Ces architectures de palais ! Ces sous-bois de robe ! Ces tannins de râpe !... Quelle civilisation !

Sans prévenir, il fondit sur la forme emmaillotée du reporter et lui tapota les mains avec des mines attristées :

– La France ! Notre si proche amie ! Notre presque sœur parmi les nations !

Il s'arrêta soudain et, toute énergie retombée, secoua sa crinière admirable.

– Alors, on vous a tout volé ?

– Tout.

Un mauvais silence s'était installé dans la pièce.

– Je tiens à vous présenter les excuses de la direction de l'Hôtel Taj Mahal et à vous assurer de toute la sympathie de nos actionnaires en une circonstance que non seulement nous réprouvons, mais encore que nous condamnons fermement, déclara l'octogénaire à tête de cigogne.

– Sir Archibald Laffite Bedford-Smith est un grand ami des Français, compléta le petit détective en mêlant son grain de sel. Outre une chaîne d'hôtels himalayens, il possède de splendides vignobles dans le Bordelais.

– J'avais cru comprendre quelque chose de ce genre, murmura Boro.

Ses yeux brillaient d'un éclat nouveau.

Sir Laffite Bedford-Smith s'empourpra soudain et se pencha sur lui. De son appendice nasal finement artériolé de capillaires, il fit mine de picorer la frange du drap et posa sur le reporter ses yeux bleus délavés, craquelés comme une faïence.

– Connaissiez-vous quelqu'un à Bombay qui ait eu des raisons de vous en vouloir ?

– Pas que je sache.

– Relatez-nous, je vous prie, les péripéties de votre agression.

– Volontiers, dit Boro en reprenant ses esprits. Volontiers, même si je n'ai que peu d'indices à fournir. Seulement des évidences.

Tandis qu'il racontait sa mésaventure, il se disait à lui-même qu'après tout, bien qu'elle fût la conséquence de son expédition à la Tour du Silence, la razzia opérée sur ses biens par le frère de Ramdji-trois-doigts pouvait être mise au compte de l'obèse au revolver. Il fournit donc une description vague de l'homme aux chaussures à empeignes blanches, parla de son embonpoint, omit de spécifier qu'il était de complexion européenne. Oublia surtout de mentionner la disparition de la machine à écrire et passa sous silence la note griffonnée par son agresseur sur une page de calepin laissée en évidence sur la moquette et qu'il détenait à présent dans la poche de son pantalon.

– J'ai été victime d'un vol inqualifiable, s'indigna-t-il avec une conviction retrouvée. Un acte scandaleux qui m'empêche d'exercer mon métier et me prive de toutes mes affaires ! Plus de bagages ! Plus de costumes ! Plus de chemises ! Rien !

Cette fois, ce fut Guptapadayah en personne qui vola au secours du reporter :

– Mes conclusions sont formelles, mister Manager ! Nous avons affaire à l'acte irraisonné d'un rat d'hôtel dérangé dans ses activités de pilleur de bagages par le retour inopiné du locataire des lieux.

Le vieux gentleman paraissait effondré.

– Je crois que c'est la première fois qu'une telle chose se produit au Taj Mahal, plaida-t-il. Il est arrivé, si ma mémoire est bonne, qu'en 1929 un astucieux monte-en-l'air subtilisât les diamants de la maharanée de Baroda... J'ai aussi vu disparaître – en 31, il me semble – un admirable violon fait par Nicolas Gagliano de Naples en 1759 ; une pièce rare, estampillée aux lys de France, qu'un illuminé avait subtilisée à un maestro un soir de récital devant le Vice-Roi... Mais que la pègre s'en prenne à des costumes parisiens, jamais !

– Et si ce n'était que la garde-robe ! déclara Boro. Mais je suis délesté de mon matériel le plus coûteux ! Mon Leica s'est envolé ! Mes négatifs ! Dès lors, vous avouerai-je que je suis impécunieux jusqu'à ce que l'agence Alpha-Press me fasse parvenir des subsides de Paris ?

– Je compatis ! s'écria le manager. Nous ferons donner les assurances ! Je vous aiderai ! C'est que la photographie... Ah, les grands reporters ! Comme je vous admire ! Aujourd'hui à Ajanta, demain sur les chemins de Katmandou ! Et, tout autour de vous, ce parfum d'aventures ! Les collines et les brumes ! Les fameuses collines des *Simples Contes* !... Kipling, monsieur ! Kipling ! De Bombay à Simla ! De Simla à Darjeeling ! La photo, comme je vous comprends...

Persuadé cependant que cette envolée lyrique ne suffirait pas à effacer la honte qui avait éclaboussé la branche britannique de l'hôtellerie cinq étoiles de tout le continent asiatique, le propriétaire du Taj Mahal, avec des circonlocutions embarrassées, présenta ses excuses au reporter, le supplia de ne pas ébruiter cette malencontreuse affaire, susceptible de nuire à la réputation du prestigieux établissement, et proposa à son hôte d'accepter de loger gracieusement dans l'hôtel aussi longtemps qu'il n'aurait pas recouvré la santé.

– J'accepte, dit Boro, redevenu bon prince.

– *Thank you so much, my dear boy !* s'exclama sir Archibald en se redressant avec une dignité retrouvée.

Il consulta sa montre-gousset, refréna un haut-le-corps en s'apercevant qu'il était tard, et appuya son index interminable sur le bouton d'appel qui commandait le garçon d'étage.

– Aimeriez-vous goûter un Pichon-Longueville 1927 et le comparer à un Bedford-Smith de la même année ? suggéra-t-il en démasquant ses dents de cheval.

– Volontiers, acquiesça Boro d'un ton suave.

Ce fut tout pour ce jour-là.

BS 4 versus 2 bis

Les premiers temps, il accepta collations, lectures et jus de fruits sans récriminer. Il se gava de mangues, de marmelade, de *tandoori chicken*, de *mutton kourma*, et, même s'il détestait la nourriture anglaise, goûta de bonne grâce aux « plats continentaux », *with green peas and jelly*, préparés à son intention par le chef italien.

Sa migraine avait disparu comme par enchantement. Il arrosait les pâtes au pistou de délicieux crus bourgeois du Médoc et luttait contre la solitude en prolongeant ses soirées avec Shakuntala.

Des esprits chagrins pourraient penser que le Français volage avait déjà oublié la troublante princesse Romana Covasna. Rien, cependant, ne serait plus faux. Les rapports entre Boro et la jeune Anglo-Indienne relevaient de la simple tendresse amoureuse. Obsédé par la beauté de la Roumaine, Blèmia Borowicz sombrait à tout moment dans une rêverie qui le tenait longuement engourdi devant la fenêtre.

C'était un peu comme s'il attendait quelque chose.

Les poings enfoncés dans les poches de sa robe de chambre en shantung, il mettait à profit son inactivité forcée pour essayer de comprendre le message laissé à son attention par l'obèse aux chaussures à bouts blancs.

De façon obsessionnelle, il se récitait le contenu de la petite feuille quadrillée trouvée sur la moquette.

Au mot près, elle disait ceci :

Navré d'intervenir aussi brutalement. Il faut rendre les bijoux.

BS 4 est toujours en grande amitié avec 2 bis, mais nécessité fait loi! Je vous ai assommé, mon bon, comme vous l'auriez fait si vous vous étiez trouvé à ma place. A Pyry, Varsovie donnera les explications nécessaires à Paris.

Notre bon souvenir à Bertrand. Sans doute nos routes se croiseront-elles à nouveau? Je vous dois un verre. Jetez cette note, bien sûr.

Signé : *A.*

Boro s'empêtrait dans ses supputations. Bertrand. Qui était Bertrand? Il avait beau chercher parmi ses relations quelqu'un répondant à ce prénom ou patronyme, c'était peine perdue.

Quand elle estimait qu'elle avait suffisamment respecté son silence, Shakuntala s'approchait de lui à pas feutrés :

– Vous voilà encore parti dans vos songes!

Il ne bougeait pas.

Elle entourait ses épaules de ses bras nus.

– Je sens les battements de votre cœur, le taquinait-elle parfois en se coulant contre lui.

– Je respire votre parfum et le reconnaîtrais entre mille, soufflait Boro.

– *Shanghai* de chez Lenthéric.

Elle avait une voix d'oasis. Ses tempes à lui étaient en feu, mais il n'avait pas le cœur au marivaudage.

Elle soufflait :

– Laissez-vous donc aller, cher malade! Je vous sens si tendu...

Il haussait les épaules.

Elle se séparait de lui.

L'instant d'après, il retournait au centre de la pièce et se laissait tomber dans un fauteuil. Annihilé par la touffeur ambiante, il cherchait la fraîcheur du ventilateur qui brassait paresseusement de ses pales l'air empesé. Il se mettait en état de vacuité afin de débloquer son esprit obsédé. Lentement, dans sa cervelle surchauffée, *BS 4* et *2 bis* se forgeaient des allures d'abscisse et d'ordonnée.

Parfois, il se demandait si ce message s'adressait réellement à lui. Et si on l'avait pris pour un autre ? Et s'il avait écopé de plusieurs points de suture dont il n'aurait jamais dû hériter ?

Il se retournait. Il contemplait la jolie silhouette de Shakuntala occupée à défaire sa trousse.

La jeune infirmière revenait vers lui, des ciseaux à la main et de la liqueur de Dakin posée sur un plateau chromé.

– Allez, je vous emmaillote !

Elle lui changeait son pansement. C'était une délicieuse compagne. Chaque fin d'après-midi, après son service à l'hôpital Saint-Georges, elle venait retrouver son patient. Lorsqu'elle partait, laissant derrière elle un brouillard de *Shanghai*, il reprenait le cours de ses réflexions.

Il attendait quelque chose.

Qu'était-ce au juste ? Une personne ? Un signe ? Un événement ? Lui-même n'aurait su donner de réponse claire à ces questions.

Il sentait toutefois que le hasard allait à nouveau ouvrir le livre de sa destinée. Une voix intérieure, à la fois faible et entêtée, lui conseillait de rester sur ses gardes et de patienter. Quelque chose était en route. Quelque chose allait bouleverser son cotonneux présent.

A tout moment, il sortait le morceau de papier chiffonné de la poche de sa robe de chambre.

Il en connaissait le texte par cœur.

Il faut rendre les bijoux... La machine à écrire, bien sûr ! Mais en quoi une machine à écrire portable pouvait-elle représenter un enjeu ? Quoi de plus banal qu'un clavier ? Qu'un tabulateur ? Cependant, la clé de l'énigme devait se trouver dans cet objet. Boro n'avait pas oublié la violence manifestée par Romana lorsqu'il avait voulu faire des photos.

Romana ! Enigma !

Depuis qu'elle avait traversé son champ de vision avec un déhanchement de reine, l'esprit du reporter avait été accaparé par le mystère de ses gestes. Le cours de ses rêveries résonnait encore de son rire moqueur.

Au cinquième jour, n'y tenant plus, incapable de

mesurer les risques encourus, il emprunta quelques livres sterling au manager de l'hôtel et décida de se rendre au consulat d'Allemagne.

Comme il allait sortir, le téléphone sonna.

Boro décrocha.

Instantanément, il bascula dans un autre monde. Il entendit tout d'abord un souffle oppressé. Puis, presque aussitôt, une voix tendue par l'angoisse prit possession de ses nerfs. Une voix qui s'exprimait en français avec un fort accent d'Europe de l'Est.

– Je vous appelle d'une cabine...

– Qui êtes-vous ?

– ...

– Que me voulez-vous ?

– ...

Les silences étaient intolérables. Boro tendait l'oreille, attentif au moindre murmure. En contrepoint de la respiration sifflante de l'inconnu, il pouvait entendre les mugissements de la circulation.

– Qui êtes-vous ? répéta-t-il.

– A comme Abrahaminowitch, énonça la voix tamisée par le bruitage de la rue. J'espère que je ne vous ai pas frappé trop fort.

L'homme aux chaussures à bouts blancs !

– Que me voulez-vous ? interrogea le reporter.

Il ne reçut pas de réponse. Il percevait toujours l'insupportable essoufflement de son interlocuteur. C'était comme si celui-ci avait longtemps couru. Comme si, trahi par ses forces, il luttait encore pour reprendre sa respiration.

Boro tenta mentalement de recomposer le visage adipeux de son agresseur. Il se souvint brusquement que l'homme portait un gilet à pois.

– Où êtes-vous ? demanda-t-il.

– A Victoria Terminus. *Somewhere behind the station.*

Il venait de parler en anglais.

Boro l'imagina aux abois. Épiant chaque visage. Des milliers de gens habillés de coton blanc, des centaines de regards croisant le sien. Il se représenta les porteurs en turbans rouges, un martèlement continu de pieds nus, de *chappals*, les lépreux étendus dans les encoignures des voûtes, le chatoiement des saris, l'odeur entêtante des épices, la fumée âcre des consommateurs de *biris*.

– Parlez-moi, commanda Boro.

Au bout d'un angoissant silence, la voix étranglée par la peur lui parvint de nouveau.

– *Ils* savent que j'ai la valise... Si je la rends, *ils* me tueront. Et pourtant, ce sont les ordres. Vous devez m'aider. C'est vous qui l'avez prise...

– Je ne comprends rien à votre affaire ! s'écria Boro.

– *Ils* ne me laissent plus en paix, reprit la voix. J'ai changé quatre fois d'hôtel. Jour et nuit, *ils* sont là. *Ils* finiront par m'avoir...

Suivit un remue-ménage confus. Peut-être un bruit de lutte ? A moins que ce bruit plus détaché ne fût la déflagration d'un coup de feu ?

Boro n'était sûr de rien.

Brusquement, la communication fut interrompue. La ligne bourdonnait désormais d'une tonalité au rythme affolé.

Le reporter raccrocha. Le téléphone lui semblait brûlant.

Dîner aux chandelles

Une heure plus tard, il avait renoncé à sortir ce soir-là. Shakuntala venait de retirer les points de suture du cuir chevelu de son cher client.

– Quel doigté, mademoiselle Shakuntala! plaisanta-t-il.

Mais le ton n'y était pas, et elle n'était pas dupe.

Elle lui dit que, pour un malade au seuil de la guérison, elle le trouvait bien préoccupé.

Il braqua sur elle un œil candide.

– Ma tête est rafistolée, bougonna-t-il, mais, du même coup, je perds ma belle infirmière! Pas de quoi pavoiser!

– Vous n'êtes pas si malheureux, monsieur le séducteur, rétorqua Shakuntala en retrouvant son entrain. Et vous n'apitoierez personne!

Il prit l'air offusqué.

– Surtout pas vous, qui avez une pierre ponce à la place du cœur!

Comme elle affectait l'indifférence, il émit un petit rire étrange et sec. Puis il se leva et passa devant la jeune femme qui finissait de ranger ses instruments. Il décrocha le téléphone et demanda la réception. Il parla à voix basse. Lorsqu'il se retourna vers elle, il paraissait sincèrement réjoui.

– Ce soir est à nous! décréta-t-il avec détermination. J'ai fait dire que nous n'y serions pour personne!

Elle agita la tête en signe de dénégation. Il lui sourit à

belles dents comme si rien ne pouvait ébranler sa résolution.

– Notre dîner d'amoureux est commandé pour huit heures pétantes !

Elle s'approcha de lui et, d'un geste tendre, chassa la mèche rebelle qui avait glissé sur son front.

– Restez avec moi ce soir, murmura Boro. Ne me laissez pas seul.

Elle garda ses prunelles sombres fixées sur son regard enjoué.

– Comme de vieux camarades ?

– Comme de tendres amis.

– Notre histoire n'existera pas, Blèmia, murmura-t-elle. Vous le savez bien, au fond de vous-même. Elle n'existera pas.

Il l'attira à lui, la fixant avec bienveillance. Elle le repoussa comme elle faisait toujours.

– Si j'avais eu mon appareil, je vous aurais photographiée. La lumière aime votre visage. Vous êtes belle, Shakuntala.

– *Forget it*, dit-elle avec amertume. *No future.*

Le regard suppliant, il la prit par la main.

– Restez un peu seulement.

– Un peu, accepta-t-elle, à condition que vous me laissiez partir dès que j'en manifesterai le désir.

– Tout ce que vous voudrez, promit-il.

Ils commandèrent du champagne de France. Il évoqua pour elle ses vieux copains de la première heure. Il lui parla des Hongrois du café Capoulade, au début des années 30.

– C'était du temps où Béla Prakash, le *Choucas de Budapest*, était si beau, si ténébreux, qu'il faisait s'évanouir sur son passage les petites mains de chez madame Grès...

L'excitation, soudain, le dressa sur ses jambes. Il assouplit le jonc de son stick et devint magicien. C'était comme s'il arpentait le macadam parisien, comme s'il dansait place de la Concorde.

Il avait retrouvé sa gaieté naturelle.

– C'était la lumineuse époque où nous étions insouciants... Celle où, abasourdis d'alcool, Pierre Pázmány, Benjamin Ráth, les frères Kossuth et Gabriel Baross,

« le gaucho triste », pleuraient des larmes de slibovice en évoquant la Puszta, la grande plaine hongroise. C'était le moment de notre vie où nous étions riches de notre pauvreté. C'étaient des soirs de bienheureuse chaleur où nous étions forts et agiles comme des tigres... Des soirs où, comme des bergers assis sur les collines, nous transformions le Champ-de-Mars en parcelle de l'Alföld...

Elle le regardait en souriant.

– Et vous ? Parlez-moi de vous, Blèmia...

Il planta son regard dans le sien et ses lèvres narquoises dessinèrent un imperceptible sourire.

– Moi ? Je voulais être célèbre et j'étais très amoureux.

– De tous les jupons de Paris ?

Il éclata de rire.

– Seulement de ma cousine.

– Maryika Vremler ?

Il la dévisagea avec étonnement.

– Comment savez-vous cela ?

Il lui sembla qu'une rougeur passait sur le front de la jeune femme.

– Sans doute me l'avez-vous déjà dit !

Il ne s'en souvenait pas...

– Maryika est la seule personne magique dans ma vie. Jamais je ne me détacherai d'elle.

Il fixa la jeune Anglo-Indienne et lui sourit. En même temps, il retourna sur la table basse le verre vide qu'il tenait à la main.

– Et vous ? demanda-t-il. Qui êtes-vous et d'où venez-vous ?

Elle lui raconta que son père était sergent de ville et vivait en Irlande. Il buvait de la bière rousse en poursuivant les mauvais garçons dans les rues de Dublin. Le constable rêvait d'Amérique.

Elle, Shakuntala, habitait avec sa mère une vieille demeure coloniale, une maison à galerie perdue dans les aréquiers du district de Colaba. Madame Donnegal, une Indienne originaire du Kérala, avait repris son nom de jeune fille – Krishnaswami – après que son policier de mari l'eut quittée. Pendant toute la jeunesse de sa fille, elle avait tenté de la persuader que son véritable pays était l'Inde et que son destin la vouait à épouser un lointain cousin. La jeune infirmière avait résisté. L'idée d'un mariage arrangé la révoltait. Elle avait opté pour une profession qui la tenait à l'abri des traditions. Elle affichait une liberté de mœurs destinée sans nul doute à accentuer le fossé qui la séparait désormais de l'hindouisme. Elle portait des robes, jamais le sari – et veillait à se donner une apparence britannique.

Elle expliqua cela à Boro jusque tard dans la nuit. Quand elle se leva pour partir, il la regarda avec tendresse et murmura :

– Miss Shakuntala, *made in England* !

Elle haussa les épaules et le dévisagea. Un voile de tristesse marquait son regard.

– Vous ne pouvez pas savoir comme il est pénible de n'appartenir à aucun monde, dit-elle. Ni Indienne, ni Anglaise. Je suis différente. Je ne viens de nulle part !

– Miss Shakuntala, murmura-t-il... Mademoiselle Chat !

Il la réconforta par la chaleur de ses mots, puis l'attira à lui et l'embrassa longuement. Cette fois, elle se laissa faire. Un peu plus tard, il l'enleva, lèvres gonflées d'amour, dolente entre ses bras, et l'emporta dans ses draps. Lorsqu'elle se fut endormie contre lui, il imagina la fuite haletante d'Abrahaminowitch courant sous l'averse par cette aube poisseuse.

Le téléphone pleure

Shakuntala venait de quitter la suite népalaise pour rejoindre ses propres pénates et Boro achevait de se vêtir lorsque le téléphone sonna. Un matin clair égayait les couleurs ternes de la chambre.

Le reporter décrocha.

– Pour vous, monsieur... Une communication en provenance de l'extérieur, annonça la voix avantageuse de l'homme aux clés d'or.

– Oui ? fit aussitôt Boro.

Une sourde appréhension lui nouait la gorge.

Il tendit l'oreille et perçut les stridences d'un klaxon doublées par les rumeurs de la rue.

– A pour Abrahaminowitch, exhala enfin une voix lointaine.

Elle fut presque instantanément couverte par les vagissements d'un enfant en bas âge qui espaça ses pleurnicheries après qu'une femme eut aboyé un ordre en maharashtrien.

– Où êtes-vous ? demanda Boro.

– *Ils* sont toujours après moi, nasilla l'obèse. Ce matin, une balle s'est logée à quelques pouces de ma tête... Tout à l'heure, j'ai vu patrouiller leur voiture. *Ils* me cherchent. *Ils* savent que je suis au bout du rouleau. Je dois les approcher, mais, en même temps, je signe ma mort. Vous devez reprendre la valise...

Le gros homme se tut brusquement et les relents rythmés d'une musique de bazar déferlèrent jusqu'aux oreilles du reporter. C'était un sirop populaire, une mix-

ture de sarode, de vînâ et de tablas associée aux roucou-
lades d'une actrice de cinéma. Le timbre nasillard de la
chanson aux multiples couplets s'enroulait comme un
lierre autour de la parole hésitante d'Abrahaminowitch.

– Je n'ai pas dormi depuis deux jours, reprit le fugitif.

Il modulait sa voix dans les aigus, sans doute pour
reprendre le dessus sur le tambourinement des tablas, à
moins que ce ne fût signe d'épuisement de ses forces
nerveuses.

– Ne me laissez pas tomber! cria-t-il encore, désespéré.

Puis sa litanie fut surfilée par le staccato du sarode et
couverte par un limon de vocalises.

Jusqu'à un ultime répit sonore et à cette question
posée à brûle-pourpoint :

– Est-ce que je peux venir chez vous ?

Le sang afflua au cerveau du reporter. En même
temps, son dos lui parut sortir d'une eau glaciale.

Il s'abstint de répondre. Il retint son souffle.

L'autre reprit :

– Nous partagerons nos informations. Vous leur ren-
drez la valise. Quel est votre nouveau numéro de
chambre ?

La voix creusée du fuyard étrangla le Français comme
une lanière.

– Borowicz! Au nom du ciel! Les voilà !

– Suite 707, répondit le reporter.

– Trop tard peut-être, souffla l'obèse.

Après ces quelques mots, Boro crut capter un sanglot.
Comme si le téléphone pleurait.

Quelques instants plus tard, consacrant peut-être une
séparation définitive, la tonalité bourdonnante lui
apprit que son correspondant venait de raccrocher.

– Vous avez été coupé, monsieur, confirma aussitôt
le concierge. Je ne manquerai pas de vous rappeler si...

– Merci, dit Boro.

Il avait l'esprit ailleurs.

– Oh !... Restez en ligne! reprit le préposé au desk.
Un homme de l'aéroport m'apporte un colis pour vous.
Et le *postman* détient un avis de versement postal qui
vous est destiné.

La joie éclaira soudain le visage de Boro.

– Le paquet vient-il de France ?

– Ne quittez pas, je demande, monsieur !

Et, presque aussitôt :

– Oui. Le gentleman qui est devant moi est un avioniste de ligne. Il me confirme que le paquet lui a été remis avant-hier à Marseille-aéroport.

Un extraordinaire sentiment de plénitude gonflait la poitrine de Boro. Le Leica ! Le Leica, ce prolongement naturel de sa vue et de son jugement, était arrivé !

– Embrassez le commissionnaire ! s'écria-t-il avec fougue.

– Dois-je vous envoyer ces messieurs ? interrogea l'homme aux clés d'or. Il y a des signatures...

– N'en faites rien ! J'arrive ! Prenez bien soin d'eux et offrez-leur le champagne !

Il raccrocha. En un clin d'œil, il avait chaussé ses box-calf habituels. Il attrapa sa canne et se donna un vague coup de peigne. Il rayonnait. Un bon vieux ragtime des années de mouise poussa à ses lèvres.

Il enfila son unique veste. Transfiguré par la jubilation, il s'aperçut qu'il avait évacué toute pensée chagrine de son esprit. Pardonné, Ramdji-trois-doigts ! Envolée, Romana la belle Roumaine ! Renvoyé aux abysses, le cauchemar de l'homme aux chaussures à bouts blancs !

Une nouvelle vie, une blanche candeur, un bel enthousiasme renaissaient en lui. Blèmia Borowicz avait parfois une âme d'enfant.

Sept étages de bonheur

Boro quitta la suite sans se préoccuper de prendre sa clé. Il se hâta par le dédale des couloirs jusqu'à l'ascenseur et fut assez heureux pour bloquer du pommeau de son stick la grille d'une cabine en partance. Comme il envisageait de s'y engouffrer avec élan, il constata qu'il n'était pas seul à profiter des progrès du voyage en commun.

Vingt Chinois identiques, leurs bagages et deux chiens, un pasteur et sa femme occupaient déjà la nacelle.

– *Sorry, sir. Next time*, indiqua le groom à l'intrus.

– Et comme ceci? proposa Boro. Serai-je du voyage?

Il brandissait sous les yeux arrondis du liftier une coupure de cinq roupies.

– *Oh, certainly, sir!* chicota ce dernier en émaillant sa denture d'un sourire de rongeur.

Il s'empara du billet de l'homme pressé et lui céda sa propre place.

Boro posa un pied dans la cabine et salua à la ronde les Extrême-Orientaux. Il s'attira leur sourire univoque tandis que, dans un accès de zèle supplémentaire, le liftier le poussait derrière les omoplates afin de lui creuser une petite place au royaume des élus.

– *Have a pleasant trip, sir!* claironna le garçon d'ascenseur.

Il referma la grille sur ce chargement de sardines et appuya lui-même sur le bouton de descente.

Comme avalée par le puits ténébreux de la cage, la cabine entama son voyage câblé en direction du rez-de-chaussée.

Comprimé par des épaules, maintenu par des ventres, Boro se trouva en tête à tête forcé avec le pasteur et son épouse. Cette courte intimité, haleine contre haleine, eut le mérite de confirmer les craintes du reporter : *tous* les Anglais ne prennent pas forcément du thé au break-fast ; du couple méthodiste émanait en effet une fade odeur de gin rance.

Faisant contre mauvaise fortune bon cœur, Blèmia Borowicz chercha à s'abstraire en regardant défiler au travers des grilles la succession des étages.

Grand mal lui en prit.

A hauteur du quatrième (il avait embarqué au septième), il vit – c'était à ne s'y pas tromper – la silhouette d'un gros homme époumoné qui grimpait l'escalier en ahanant sous l'effort.

– Abrahaminowitch ! gémit Boro.

Il tenta de se retourner en prenant un appui involontaire sur l'avant-bras nu de la femme du pasteur.

– Abrahaminowitch, répéta-t-il. Déjà !

Il lui semblait que le destin l'avait rattrapé.

– Abraham ? questionna le pasteur.

– Il faut que je descende ! dit le reporter.

– Vous tenez mon bras, fit observer la femme du pasteur.

Elle avait un curieux regard.

– Laissez-moi passer, demanda Boro.

Il tenta de se glisser vers la grille de sortie.

– Passez si vous pouvez, dit la femme du pasteur en prenant Boro par la main et en l'attirant davantage vers les formes mouvantes de sa poitrine en liberté. Mais vous me faites mal.

– Excusez-moi, fit le reporter.

– *You're welcome*, murmura l'autre.

Sa main était moite. Elle ne souriait pas.

– Nous sommes arrivés, constata Boro en ouvrant la grille.

Sans se retourner, il s'élança vers l'avant. Il happa l'air du hall et fut contraint de franchir les rangs serrés d'une horde indisciplinée et caquetante de voyageurs du

Middle West américain récemment débarqués d'un paquebot en provenance de Karachi.

Ils attendaient l'ascenseur.

Tout en traînant sa mauvaise patte derrière lui, maugréant, écartant du pommeau de sa canne les groupes en chemises à carreaux et robes à fleurs, Boro fendit la foule qui lui interdisait l'accès de la seconde cabine, et se mit à courir en direction de l'escalier recouvert d'un épais tapis.

Vive l'Aéropostale !

– Monsieur Borowicz ! Monsieur Borowicz !

Par deux fois, une voix joviale claironna son nom alors qu'il saisissait la rampe pour s'élancer dans les étages.

Il suspendit son début d'escalade. Se retournant, il découvrit le visage avenant d'un homme trapu d'une quarantaine d'années qui venait à lui, une coupe de champagne à la main.

– Ex-adjudant-chef Ducassous Antoine ! se présenta le quidam. Ancien pilote de l'Aéropostale et albatros chargé de mission ! Crashé trois fois dans les Aurès !

Vêtu d'un bel uniforme bleu marine orné aux manches de quatre ficelles dorées, le bonhomme avait décliné ses origines en tonnant d'une voix de rocaille.

– Mes respects, mon commandant, dit Boro pour bien montrer qu'il n'était pas dupe de la modestie de son interlocuteur

Il descendit la demi-douzaine de marches qui le séparaient de l'aviateur et lui serra la main avec un large sourire.

– Je suis bien content de vous voir.

– C'est ce que m'a dit votre grande bringue quand elle est entrée en coup de vent dans mon hangar ! Elle m'a assuré que je serais reçu à bras ouverts !

– Ma grande bringue ?

– Oui, enfin, votre drôle de gouvernante avec ses grands pieds chaussés Latécoère et sa raie au milieu !

La vision de mademoiselle Fiffre arpentant un champ

d'aviation dans ses chaussures à boucle fit sourire le reporter.

– Vous connaissez Germaine ?

– Pauvre ! Si je connais la girafe ! Plutôt deux fois qu'une ! Elle était amoureuse folle de mon ami Codos quand il était pilote d'essai chez Breguet ! Elle lui tricotait des écharpes à l'ombre des ailes de son « Super-Bidon »... Même que les mécanos l'appelaient « Manche à air » !

Manche à air ! Venir en Inde pour, après toutes ces années, découvrir une Fiffre inconnue !

Mille images cabriolaient dans la cervelle du reporter et se superposaient à un présent confus et batailleur. La Fiffre au milieu des hélices ! Un nouveau Leica à portée de main ! L'homme au gilet à pois dans les étages ! Le secret de la machine à écrire ! Les yeux verts de Romana ! Shakuntala sous la douche !

Dans quel ordre fallait-il ranger les priorités ?

Il sourit au pilote et voulut se montrer aimable.

– Depuis quand êtes-vous à Air France, commandant Ducassous ?

L'instant d'après, submergé par un flot de paroles, il se reprocha son urbanité.

– Depuis sa création. Le 30 août 33 exactement ! précisa l'intarissable aviateur. Depuis ce fameux jour où monsieur Roume, le directeur, est venu chercher les vieux cuirs dans mon genre et dans celui de Noguès pour nous faire valoir que si nous étions capables de porter des lettres aux Bédouins du Tanezrouft, nous pouvions aussi bien trimbaler des pékins jusqu'en Chine !

– Quand avez-vous quitté la France ?

– Vendredi. Mais j'y repense ! A Marseille, Manche à air m'a fait jurer de vous remettre votre paquet toutes affaires cessantes. Alors, pas question de vous laisser sur votre faim.

– Elle a voyagé jusqu'à Marseille !

– Que voulez-vous, elle voulait me voir... en main propre !

Le commandant fit signe à Boro de le suivre et l'entraîna vers la réception.

– Merci pour la boisson, dit-il chemin faisant.

Il finit de boire ses bulles, se débarrassa de sa coupe sur une table et héla le très stylé concierge anglo-indien en redingote chamarrée qui évoluait derrière le desk :

– Amiral, s'il vous plaît ! Je vous ai confié ma casquette et une petite commission pour monsieur. Puis-je en disposer ?

– *Certainly, sir.*

Le cœur de Boro avait bondi dans sa poitrine. Il tendit la main et intercepta un modeste colis enrobé de papier extra-fort bardé de ficelle.

– Excusez-moi, bredouilla-t-il.

Et, tentant de calmer sa fièvre, il s'appliqua à ouvrir le colis.

Après plusieurs emballages successifs et des tonnes de frisons qui témoignaient de l'amour qu'on avait mis à confectionner le paquet, Blèmia souleva le couvercle d'une boîte en forme d'écrin noir et découvrit un boîtier photographique chromé, flanqué d'une gamme d'objectifs interchangeables.

– Un Leica III c ! s'exclama-t-il avec bonheur. C'est un prototype avec le capot en une seule pièce ! On m'en avait parlé au Salon de la Photo... Il n'est même pas sûr qu'il soit commercialisé !

Fébrile, il s'employa à monter sur l'appareil un 50 millimètres Summitar à sept lentilles.

– Quelle merveilleuse optique ! Traitée antireflets !

Il prit Ducassous à témoin de son ravissement :

– Vous vous rendez compte ! Encore mieux que mon Xenon !

Le commandant fit une grimace dubitative et rapprocha ses sourcils broussailleux.

– Vous n'avez pas affaire à un spécialiste de la prise de vue, mais j'imagine que votre machin est du même tabac qu'un Boeing 714 avec bar à bord et possibilité pour les passagers de se déplacer en plein vol !

– C'est à peu près cela, dit Boro.

Déjà, il chargeait le Leica avec la pellicule qu'il venait de trouver dans un petit paquet joint au premier.

– Un film sensible, commenta-t-il avec gourmandise. Du 50 ASA... C'est fantastique !

– Le *postman* attend toujours, monsieur, fit observer l'homme aux clés d'or.

Dans sa voix se lisait une nuance de reproche.

– Ah oui! C'est vrai, ça : mon argent! s'exclama Boro.

Mais, brusquement, son esprit s'échappa aux trousses du gros homme. Non seulement Abrahaminowitch connaissait son numéro de chambre, mais il avait pu s'introduire sans difficulté dans la suite népalaise puisque lui, Boro, avait négligé de fermer à clé derrière lui. Par chance, Shakuntala s'était éclipsée à temps.

Il fit un pas en avant et se ravisa.

– Faites attendre le postier, ordonna-t-il au concierge.

– C'est qu'il a déjà beaucoup patienté, monsieur... Il redemande du champagne.

– Donnez-lui-en, que diable! Et abreuvez aussi le commandant!

Il tendit son précieux Leica à l'homme du desk.

– Et puis, gardez-moi ça comme la prunelle de vos yeux. J'ai à faire dans les étages. Je redescends pour les signatures.

Sous les yeux éberlués du commandant Ducassous et du concierge, Boro galopait déjà à tire-patte en direction de l'ascenseur.

Au terme de sa course à travers le hall, il s'écrasa en glissade contre la grille à demi fermée et leva les yeux sur l'opérateur afin de plaider son admission dans la cabine en partance :

– *An other five roupies note, sir?* demanda le groom à tête de rat.

Il menaçait de refermer la grille.

Casquette plate et trois châtaignes

Hanté par un mauvais pressentiment, Boro se hâtait dans le couloir du septième étage.

Au dernier moment, juste avant de négocier l'angle droit du long corridor menant à son appartement, il entendit venir à lui le martèlement d'une course feutrée par l'épaisseur du tapis. Instinctivement, comme s'il s'apprêtait à être percuté de plein fouet par la masse d'un cheval au galop, le reporter avait durci les muscles de sa cage thoracique. Et, bien qu'il fût trop tard pour éviter la charge aveugle d'un individu à casquette plate lancé à vive allure, il encaissa vaillamment le choc.

Il valdingua contre la paroi du mur le plus proche et, le brouillard s'étant dissipé devant ses yeux, remercia le ciel d'avoir eu le réflexe d'effacer son corps à la façon d'un torero.

Emporté par son élan, l'homme-obus avait achevé sa trajectoire sur l'abdomen après un atterrissage de fortune. Boro n'eut pas même le temps de se demander si la brutale rencontre avait été fortuite ou volontaire. Déjà, le quidam était debout et ramassait sa casquette. Il n'avait pas lâché le bagage dont il était encombré.

Les deux hommes se dévisagèrent brièvement. Boro découvrit un brun à la petite moustache furieuse, aux yeux rapprochés, au teint pâle, habillé d'un costume de golf.

– Ne perdons pas notre temps en reproches inutiles. Restons bons amis, lui dit le reporter en s'avançant, la main tendue.

Et, pour offrir une preuve supplémentaire de ses intentions pacifiques, il tenta de tapoter amicalement l'épaule de l'inconnu.

– *Du, Schweinkopf*[1] ! gronda l'autre en reculant d'un pas.

Il effectua une rotation soudaine de toute sa personne et décrivit un brusque moulinet avec la mallette pour en frapper Boro à la tempe.

Ce dernier ploya sur son genou valide et esquiva le coup avec une étonnante présence d'esprit. Il se trouvait en face d'un mètre soixante-dix de haine concentrée. Il réalisa alors que la mallette serrée dans le poing blanchi de l'homoncule était gravée à la marque Enigma.

Boro n'avait nul besoin d'en voir tant pour comprendre.

– Eh bien, nous voilà propres ! fit-il.

Il se jeta en avant, tentant d'arracher la machine à écrire des mains du moustachu.

La lutte s'engagea, bientôt dans la pénombre : la minuterie venait de disjoncter, plongeant l'enfilade du couloir dans une perspective bleutée. Boro avait affaire à un adversaire coriace et entraîné qui compensait son handicap de poids par une incroyable mobilité et une vigueur peu commune.

Jouant sur la mauvaise statique du reporter, le pâlot tout en nerfs cherchait à le déstabiliser en pratiquant des porte-à-faux alternés de bourrades, de prises au collet et de crocs-en-jambe. Cependant, dès qu'il parvenait à le repousser, Boro prenait l'avantage grâce à son allonge.

Il réussit à sonner son adversaire en deux ou trois occasions par une succession de crochets à la face. La minuterie s'était rallumée. Le petit homme saignait du nez. Constatant que le combat tournait mal, il poussa une sorte de rugissement et finit par lâcher la valise.

Blèmia comprit aussitôt que, le vilain moustachu ayant les deux mains libres, le combat menaçait de basculer en sens inverse. De fait, mobile comme un chat, l'homme à la casquette tournait autour du reporter. Il paraissait rompu aux arts martiaux. Après deux ou trois

1. Tête de porc !

104

feintes, le misérable, agissant par surprise, parvint à déséquilibrer le Français. Il le fit rouler par-dessus son épaule et le précipita au sol. Boro atterrit sur les omoplates. Après un savant roulé-boulé, le diable en culotte de golf était déjà debout. Il ramassa la mallette et détala.

Le reporter s'était relevé très vite. Il se lança à la poursuite du moustachu. Après quelques foulées, il réalisa que, face à l'agilité bondissante du petit homme, il était disqualifié par la raideur de son genou. Il choisit donc de s'arrêter.

Avec une grande maîtrise, il fit pirouetter sa canne, la saisit par le pied et ajusta son coup. Après une fraction de seconde, il propulsa le jonc comme une javeline tourbillonnante en direction du fuyard. La canne siffla entre les jambes du moustachu. Celui-ci trébucha une première fois, rétablit sa course chancelante, puis, empêtré dans les rebonds de la tige oscillante, finit par perdre l'équilibre.

Étourdi par cette chute assez lourde, l'homme tenta de se remettre debout. Il n'en eut pas le temps : au prix d'un spectaculaire plongeon de rugbyman, Boro le plaqua au sol.

La valise avait glissé loin.

Ils luttèrent un moment au sol. Avantagé par son exceptionnelle souplesse et sa petite taille, l'*homunculus germanicus* glissait comme une anguille. Profitant de ce que la minuterie venait de s'éteindre à nouveau, il échappa à l'étreinte du reporter et, abandonnant sa casquette tombée dans les hasards de la lutte, décampa sans demander son compte.

Boro se releva. Il resta un moment en appui sur le pommeau de sa canne, reprenant son souffle et ses esprits dans la pénombre bleutée. Il constata avec un grognement de plaisir que non seulement l'ennemi avait été mis en déroute, mais qu'au surplus il avait abandonné sur le terrain son bien le plus précieux.

Boro était de nouveau maître de la valise !

– A nous deux, Enigma ! murmura le reporter en passant la lanière de son stick au poignet.

Il s'empara de la mallette, enjeu de tant de luttes, et reprit sa course claudicante en direction de la suite népalaise.

Un cadavre dans la baignoire

Au train d'un ouragan, Boro traversa la chambre à coucher vide de tout occupant. Il poussa la porte de séparation et passa la tête dans le salon. Une chaise renversée obstruait le passage.

Il dégagea l'entrée, fit un pas en avant et étouffa un cri de surprise. Un vase orné de dragons avait explosé sur le parquet. L'air était épais, chargé d'une odeur de poudre. Sur la table, une bouteille de whisky avait été débouchée et un verre à demi plein trônait à côté.

Le reporter fit encore quelques pas et sentit le sol se dérober sous lui tandis qu'une ignoble colique lui tordait le ventre. Il venait de découvrir une douille sur le tapis. Il la ramassa à l'aide de son mouchoir et l'empocha machinalement. Tous ses muscles s'étaient contractés. Il s'obligea toutefois à regarder en face ce qu'il ne voulait pas reconnaître et qui était pourtant une traînée de sang.

Il posa la mallette sur une table basse en bois de santal et fonça en direction de la salle de bains où le menaient les traces sanglantes.

Dès qu'il eut ouvert la porte, il comprit.

– Le terme du voyage, murmura-t-il.

Des bouffées d'un air humide et tiède l'avaient accueilli.

Il se pencha au travers des jets de vapeur et éteignit le mélangeur d'eau chaude ouvert à plein débit. Débordant presque de la baignoire, dans une attitude grotesque et lascive, le corps abandonné de l'obèse au gilet à pois emplissait tout l'espace.

Abrahaminowitch ne souffrait plus. Il n'aurait plus jamais peur. Il avait un trou rond en plein milieu du front.

Sa dépouille de géant affaissé baignait dans l'eau brûlante. Son teint était livide. Deux poches molles ombraient ses yeux aux cernes bleutés.

Le reporter jeta un coup d'œil aux bajoues froissées, aux yeux révulsés, aux chaussures à bouts blancs crottées jusqu'à la tige par la boue des chemins.

Comme il poursuivait son examen, il marcha sur une seconde douille et la ramassa également avec son mouchoir. Elle était similaire à la première.

Il s'immobilisa devant la douche, poussa un long soupir et revint au salon. Il se laissa tomber sur une chaise. Bras croisés, pieds joints, yeux mi-clos, il commença à réfléchir.

Puis il se dressa comme un ressort et retourna se planter devant la baignoire.

Son regard dériva sur un nuage de sang en suspension dans l'eau. Dominant sa répugnance, il fit pivoter le corps du défunt et aperçut un revolver au fond des eaux troubles. Il maintint le cadavre sur le côté. Ses nerfs se tendirent brusquement. Il venait de remarquer une large trace de sang qui auréolait la veste du mort à hauteur de la martingale. Il localisa les lèvres d'un cratère tuméfié et comprit que cette suffusion d'où sourdait le sang témoignait de l'existence d'un second projectile fiché dans les lombaires de la victime.

– Mon pauvre vieux, murmura-t-il à l'intention d'Abrahaminowitch.

La scène n'était pas bien difficile à reconstituer. L'obèse s'était évidemment introduit dans l'appartement. Il n'avait trouvé personne dans le salon. Il avait posé la mallette et s'était octroyé un verre de whisky. Sans doute avait-il fureté autour de lui. Le vase népalais, une pièce de quelque valeur, avait attiré son attention. Il était occupé à l'examiner lorsque le petit homme en costume de golf était entré en scène.

Sachant que l'obèse était armé et ne souhaitant pas s'exposer, il avait fait feu par-derrière, blessant Abrahaminowitch aux reins. L'obèse était tombé. Il avait lâché le vase. Sans doute était-il parvenu à gagner la salle de bains, laissant une traînée sanglante derrière lui. Il s'était réfugié dans la baignoire, avait sorti son revolver. Mais l'Allemand avait été plus rapide. Il l'avait expédié dans l'autre monde d'une balle en plein front. Par dérision ou pour dissimuler des empreintes, l'assassin avait ouvert les robinets sur le corps de sa victime, crottée des pieds à la tête.

Boro éprouva soudain le besoin de faire entrer un peu de vie dans la pièce. De partager avec quelqu'un l'immense fardeau qui lui était tombé sur les épaules.

Il consulta sa montre, une Jaeger Lecoultre *Reverso*, offerte par Solana, et s'aperçut qu'une grande demi-heure s'était écoulée sans qu'il y parût depuis qu'il avait quitté le commandant Ducassous. Il abandonna le salon et réintégra la chambre à coucher. Sur le point de décrocher, appuyé sur son stick, il resta un moment planté devant le téléphone. Une ombre avait assombri son front.

« Ils ne vont jamais me croire! soupira-t-il avec découragement. Quant à sir Archibald Bedford-Smith, il va certainement faire un transport au cerveau! » Puis, comme s'il se décernait à lui-même une réponse cinglante : « Quand on a un cadavre sur les bras, mon petit vieux, on ne s'embarrasse pas de pareilles vétilles! »

Il décrocha le combiné.

– Allô? dit une voix ensommeillée.

– Passez-moi le détective de l'hôtel.

– Il est en ville, monsieur. Parti chez son chausseur italien.

– Alors appelez le manager, je vous prie.

– Je ne me risquerai pas à le déranger pendant l'heure chaude de la journée, monsieur.

– Même pour un meurtre?

– *Surtout pour un meurtre*, monsieur. Il sieste!

– Ne changez rien à rien, dit Boro. J'arrive!

Elle est là !

Le *postman* était ivre. Ducassous s'était lassé d'attendre. Le concierge avait sombré dans un état de léthargie.

Boro signa les papiers du premier et récupéra une somme rondelette dépêchée par Alpha-Press.

Le deuxième lui avait laissé un message sympathique. Le surlendemain, il serait à Hong Kong. Lorsqu'il repasserait à Bombay, on ferait une bombe à se fausser les pales d'hélices.

Le troisième, un parsi à barbichette, entrouvrit des yeux d'hépatique et chercha à tâtons le casier dans lequel son collègue du matin avait fourré l'appareil photo du monsieur qui le réclamait.

— Merci, dit Boro en vérifiant que le paquet renfermait bien son Leica.

— Et ce meurtre ? demanda le concierge en menaçant à tout instant de se rendormir.

— Vous savez déjà ? s'étonna Boro.

— Ici, nous savons tout tout de suite, et souvent plus tôt encore.

— L'assassiné peut attendre, dit le reporter, s'efforçant de dissimuler sa surprise.

Il ajouta :

— Ça me laisse le temps de réfléchir.

— Je doute que vous réfléchissiez beaucoup, répondit l'endormi qui venait de décrocher le téléphone.

D'un geste du menton, il désignait le centre du hall.

– Pour vous ! susurra-t-il avec un sourire neurasthénique. Cabine trois. La personne a une voix à histoires.

Il ne croyait pas si bien dire. Dès que Boro se fut nommé, il reconnut le timbre chaud de celle qui hantait ses nuits.

– Enigma ! Où êtes-vous ?

– Pas très loin. D'où je suis, je vous vois.

Le reporter se haussa sur la pointe des pieds et scruta le hall par-dessus la lisière en verre dépoli.

– Et moi, je ne distingue rien ! gémit-il.

– Alors, tournez-vous de l'autre côté !

Il s'exécuta. Là-bas, tout au fond de l'enfilade de marbre noir, à l'orée du bar, il aperçut une jeune femme en veste et pantalon dont le visage mystérieux était ombré par le rabat d'un chapeau d'homme. Elle tenait un combiné téléphonique à la main.

– Vert amande ! s'exclama-t-il. J'accours !

Laissant battre la porte de la cabine derrière lui, il glissa au-devant de la princesse roumaine. La tête dans les nuages, il se sentait aussi léger qu'un prince ébloui marchant vers sa belle ensorceleuse à la fin d'un conte pour enfants, lorsque tout devient rose.

Perchée sur un tabouret de bar chromé qui mettait en valeur l'arrondi de ses hanches et ses jambes à n'en plus finir, Romana attendait le Français avec un sourire indicible. Elle était vêtue d'un costume de lin très masculin et inhalait l'entêtante fumée d'une Abdullah fixée à l'embout d'un fume-cigarette d'ambre.

Tandis qu'il s'approchait, elle modifia l'inclinaison de son panama et desserra le col de sa chemise écrue, nouée par une régate noire.

Il s'immobilisa devant elle. Elle battit imperceptiblement des cils derrière la voilette qui tramait son admirable regard vert. Boro la trouva encore plus fatale que dans son souvenir.

– Je vous ai beaucoup souhaitée, lui dit-il.

– Je vous ai beaucoup cherché, répliqua-t-elle avec une nuance de reproche dans la voix.

– Je ne sortais plus beaucoup, ces temps-ci. L'état de ma santé me l'interdisait.

– Mon Dieu ! Vous étiez souffrant ? ironisa-t-elle. Comme c'est dommage !

110

Les yeux verts de la princesse se posèrent sur le reporter et le fouillèrent avec une innocence confondante.

– Que vous est-il donc arrivé ?

– Un malotru m'a tapé sur la tête pour me subtiliser votre mallette.

– Dites plutôt la mallette que vous étiez venu me voler !

– Sornettes ! s'écria-t-il. Vous aviez cassé mon appareil, je vous ai donc confisqué votre machine à écrire !

Son sourire se fana soudain. Elle tira sur sa cigarette, laissa s'installer un méchant silence, puis, sans transition, comme si elle avait vidé l'eau du vase et ôté les fleurs au fond de ses yeux, elle se transforma en une femme d'une froideur d'os. Elle dit avec colère :

– Vous avez abusé de la faiblesse de mes sentiments et vous avez bafoué ma confiance !

– Je vous ai rendu la monnaie de votre pièce !

Ils s'affrontaient.

– Vous m'avez brutalisée !

– Je vous ai fessée ! Vous y preniez quelque plaisir !

– Oh !

Elle voulut le gifler. Il lui bloqua le poignet.

– Vous vous êtes roulé sur mon corps comme un soudard !

– Je vous ai empêchée de mourir idiote !

Elle resta un moment les yeux plantés dans les siens, cabrée, palpitante, essoufflée, comme si la houle du large venait briser son ressac contre ses seins.

Il la lâcha. Elle frotta son poignet endolori.

– Vous n'êtes qu'un Français malappris ! Un mufle !

Romana, les yeux assombris par la colère, tira sur la tige d'ambre et s'enroba de fumée bleue.

C'était fantastique de la regarder.

– J'ai envie de vous photographier, dit Boro.

Il avait parlé avec douceur. A l'improviste, il appuya sur le déclencheur de son nouvel appareil.

– Il ne fait pas beaucoup de bruit, remarqua-t-elle.

– Vous voyez bien, c'est sans douleur.

Il s'apprêta à récidiver.

– Non, je vous en prie, supplia-t-elle en élevant sa main baguée devant son visage. Vous me mettez dans l'embarras.

Elle paraissait plus détendue.

Il arma son Leica sans tenir compte de son refus. Elle se laissa glisser légèrement de son siège, posa la pointe de son escarpin sur le sol et fixa l'objectif avec un regard étranger au monde.

Il prit successivement plusieurs photos.

– Je vous croyais partie en voyage, ironisa-t-il.

Son œil était rivé au télémètre.

– Je devais. On m'attendait à Mysore, puis à Munich.

– Quelque chose vous en a empêchée ?

– Je m'en vais demain. Je suis venue vous dire adieu. Mon mari et moi quittons Bombay.

– Pourquoi demain ?

– Parce que ! dit-elle seulement.

Il affina sa mise au point, puis, par deux fois, appuya sur le déclencheur. Romana le laissa faire. Elle marquait son indifférence sous des paupières mortes. Voyant qu'il persistait à prendre des clichés, elle tourna le visage en direction du barman, puis quitta son tabouret pour échapper à la traque du photographe.

Boro la rattrapa. Il avait retrouvé sa légendaire agilité professionnelle.

– Laisse-moi faire, dit-il en la tutoyant soudain. Jusqu'à maintenant, tu vois bien, c'est relativement simple.

Elle répéta plus fermement :

– Non, je t'en prie. Je n'aime pas qu'on me photographie.

– Tu n'aimes pas ? Ou est-ce qu'une personne comme toi n'a pas intérêt à ce qu'on la reconnaisse ?

A travers la trame de la voilette, les yeux de Romana envoyèrent plusieurs flèches de lumière émeraude en direction de l'appareil. Photo, photo. Boro capta leur foudre derrière le rideau de l'obturateur. Puis il posa le Leica.

– Voilà deux mille ans et dix minutes que je te veux, murmura-t-il.

Il s'était approché d'elle et avait soulevé sa voilette. Elle le regarda gravement tandis qu'il plaçait son visage dans la coupe de ses mains. Il se pencha vers ses lèvres et l'embrassa calmement.

Lorsqu'elle rouvrit les yeux, il lui souriait.

– N'était-ce pas une bonne idée, ma belle inconnue ?

– Non, pas très bonne, murmura-t-elle avec un faible sourire. Savez-vous que j'essaie de vous oublier ?

– Vous ?

– Vous.

Elle posa sa main derrière la nuque du reporter. Cette fois, ce fut elle qui lui offrit ses lèvres.

Ils se regardèrent encore. Elle ne disait rien. La délicatesse frémissante de son visage faisait penser à des reflets sur une piscine d'eau claire. Un face-à-face compliqué qui ne menait à rien et qui leur faisait peur.

– J'ai la valise, chuchota Boro. Je l'ai récupérée. Je n'ai qu'une envie, c'est de te la rendre.

Elle sourit tristement.

– Vous n'auriez jamais dû la dérober.

– Qu'est-ce que tout cela cache ?

– Ne fouillez pas trop.

Il esquissa un sourire de dérision et la prit tendrement par la main. Sa peau était de glace. Elle lâcha simplement :

– Tiens-toi à l'écart de tout cela.

Comme il souriait de ses grands yeux noirs, elle ajouta :

– Ne viens pas sur nos terres. Tu peux en mourir.

Ménage à deux

— Puisse le grand Himmler ne jamais savoir que cette machine Enigma a failli tomber dans le poing rondouillard de ce vieux pitre malade ! s'écria le *Brigadeführer* von Hobenfahrt.

Il cracha dans le bain d'Abrahaminowitch qui s'en fichait pas mal, s'en tenant à son rôle de cadavre avec des ambitions d'éternité.

Un quadrillage de sang sale recouvrait la face de lune du gros homme. Les coulées avaient cheminé à travers les cratères mous de son cou avant de s'insinuer, semblables à des doigts indiscrets, dans l'échancrure de sa chemise.

— Quand nous aurons fait disparaître celui-ci, laissez-moi abattre aussi ce Borowicz, *Herr Brigadeführer !* aboya le moustachu qui, penché sur la baignoire, observait les résultats de son macabre ouvrage. Trois balles dans le ventre du grand reporter, ça me soulagerait !

Werner von Hobenfahrt répondit par un mince sourire à la requête de son ordonnance. Il posa une main possessive sur la précieuse mallette.

— Je n'oublie pas qu'il t'a démantibulé la mâchoire, Eugen ! Mais nous sommes là pour récupérer notre bien et faire le ménage.

— Nous partons dans quelques heures...

— Et alors ? Les voyages n'empêchent pas les incidents diplomatiques. Il nous faut effacer toute trace de ce regrettable accident de parcours.

— A votre guise, *Herr Brigadeführer !* Cependant, je

ferai observer que c'est du chiendent que vous laissez derrière vous. Et le chiendent repousse toujours, *Herr Brigadeführer!*

– Tu accordes trop d'importance à ce boiteux d'opérette, minimisa l'officier SS.

Il maîtrisait mal un sentiment confus de jalousie envers celui qui, en un seul soir, avait su ouvrir le lit de la princesse.

Il se rappelait dans quelle fureur énorme il était entré, cette fameuse nuit, lorsque Romana, s'en remettant à lui, lui avait avoué en sanglotant son imprudence inqualifiable et la façon hussarde dont son amant improvisé avait mis la main sur un secret d'État. Ah! comme elle était désarmée, la belle guerrière! Comme elle avait été à sa merci! Comme elle l'avait récompensé de sa mansuétude en s'abandonnant à lui!

Heureusement qu'on avait bénéficié d'un concours de circonstances tout à fait miraculeux. Quand il y repensait, Werner, le beau Werner, en avait le frisson!

En fait, tout avait commencé par le coup de fil d'un honorable correspondant du Grand Reich allemand à Bombay. Cet homme effacé, chargé de la surveillance des espions étrangers maintenus en sommeil et immergés dans la vie active de la cité, avait constaté depuis vingt-quatre heures le réveil d'une taupe notoire – Abrahaminowitch –, un pseudo-antiquaire à la solde du BS 4, le service de renseignement polonais.

Agent zélé et avide de reconnaissance, l'observateur de taupes avait filé l'obèse aux chaussures à bouts blancs. A l'affût de ses moindres faits et gestes, il se trouvait en planque, le fameux soir, en face du consulat. Avec un grand instinct de chasseur, il avait emboîté le pas du gros espion polonais... qui venait lui-même de s'attacher à ceux du Français. *Ach*, kolossale histoire drôle! se disait Hobenfahrt. Celle de l'arroseur arrosé... Quant à ce damné Blèmia Borowicz...

– Nous avons enquêté, dit-il à voix haute en fixant le moustachu de ses yeux d'acier. Et notre conviction est faite: le boiteux est juste un cavaleur de dames!

L'autre soutint le regard de son supérieur et adopta une attitude figée.

– Vous devriez tout de même vérifier auprès de Berlin. Je suis sûr qu'il est connu de nos services.

Hobenfahrt baissa la tête. Être ainsi remis en cause par un petit SS de troisième zone !

– Allons-y, dit-il pour donner le change.

Il souleva la dépouille d'Abrahaminowitch par les pieds tandis que son subordonné empoignait l'obèse sous les aisselles.

Ils firent quelques pas en ployant sous le poids de leur fardeau et le déposèrent sur un drap qu'ils venaient de subtiliser à la lingerie.

Hobenfahrt redressa graduellement sa belle nuque d'Aryen pur sang et, s'adressant d'une voix chaude au petit homme, s'efforça de tisser entre eux des rapports plus humains, moins hiérarchiques.

– Eugen !

– *Jawohl, Herr Brigadeführer !*

– Nous sommes de vieux compagnons, et je peux te parler du fond du cœur, n'est-ce pas ?

– *Jawohl, Herr Brigadeführer !*

– Bien. Tu conviendras avec moi que la princesse Romana Covasna est une patriote hors pair. Une grande dame du renseignement...

– *Das ist richtig* [1], *Herr Brigadeführer !*

Tout en devisant, l'officier nouait les quatre coins du linceul improvisé.

– Eugen, dit-il avec une infinie patience, nous ne devons pas ébruiter la... négligence de la princesse. Tu dois comprendre cela. Faute de quoi, elle serait rappelée à Berlin et durement sanctionnée par Himmler.

– *Ich verstehe* [2], *Herr Brigadeführer !*

Eugen avait retroussé ses manches comme un honnête ouvrier et s'employait à nettoyer les parois de la baignoire.

– Je comprends que vous soyez attaché à la princesse, précisa-t-il avec raideur. Mais, puisque nous sommes dans le doute à propos du Français, pourquoi ne pas le supprimer ?

En d'autres temps, Werner eût acquiescé sans états d'âme. Mais il avait donné sa parole d'officier. Et Romana ne lui confierait son corps qu'aussi longtemps qu'il respecterait leur pacte. Donnant donnant. Elle

1. C'est exact.
2. Je comprends.

116

avait tracé elle-même les contours de leur contrat d'amour : seulement pour la durée de leur mission, et la vie sauve pour le bouillant reporter. Dans un premier temps, il avait accepté par famine sexuelle. Les jours suivants, la belle Roumaine l'avait asservi.

– Pourquoi cette haine excessive à l'égard du reporter ? interrogea l'officier.

– C'est surtout que je n'aime pas sa façon de regarder, répondit le petit homme en culotte de golf. Ce type remue des braises que je n'aime pas !

– Quelles braises ?

– Celles d'un Juif d'Europe centrale !

– *Juden !* Tu les renifles, hein, cher Eugen !

– *Ja !* Ironie cérébrale et sensibilité à fleur de peau ! Joueurs de violon et artistes rebelles ! Je les connais ! Je les vomis ! J'en ai interrogé des centaines de son engeance à Vienne et dans les Sudètes.

– Eh bien ! si, plus tard, des conditions favorables se présentent, je t'autoriserai à supprimer ton rat, dit l'officier SS.

– *Danke, Herr Brigadeführer !*

– Irons-nous porter ce gros sac jusqu'au monte-charge ? interrogea Werner von Hobenfahrt lorsque la salle de bains eut retrouvé sa fraîcheur immaculée.

– *Zu Befehl* [1], *Herr Brigadeführer !* répondit le *Feldwebel* Eugen Beck. Il descendra directement aux poubelles. Ainsi, personne ne croira aux sornettes du Juif...

Depuis qu'on lui avait accordé la peau du grand boiteux, il était même capable de sourire.

1. A vos ordres.

Les cendres de l'amour

– Quand te reverrai-je ?

Les doigts de Boro effleurèrent lentement les paumes de Romana. Elles étaient toujours de glace.

– Froid ?

– Non. C'est seulement ma main.

Elle l'avait retenu le temps demandé par Werner. Ils s'étaient retirés dans un coin du bar. Ils avaient commandé deux Alexandra. Elle avait ôté son chapeau. Ils parlaient à mots feutrés. Une lampe éclairait leurs doigts entrelacés.

Elle chassa la mèche rebelle qui lui barrait le front et dit avec douceur et fermeté :

– Il ne faudra pas chercher à me retrouver.

– Impossible. Je ne peux pas faire comme si je ne t'avais jamais rencontrée.

– Boro ! Ne rends pas les choses plus difficiles !

Elle posa son doigt sur sa bouche pour lui ordonner le silence.

– Tu ne me reverras sans doute jamais. Demain, je prends la route pour Mysore.

– Pourquoi Mysore ?

– Un prince m'attend, répondit la Roumaine en esquissant une moue des plus suggestives. Le jeune maharadjah de Coimbatore...

– Que te veut-il ? demanda froidement Boro.

– Tout ! répliqua la jeune femme.

– A quelle heure pars-tu ?

– A six heures. Une heure où les enfants dorment encore !

– Je ne te laisserai pas filer.

Elle sourit avec lassitude, tendit la main vers ses pommettes, redessina la voûte de ses arcades sourcilières et finit par lui caresser les cheveux avec une infinie tendresse.

Il l'attira à lui. Elle se lova dans le creux de son épaule, abandonnée et vulnérable.

– Il nous reste la nuit ! chuchota Boro.

– Tu n'écoutes pas ce qu'on te dit !

Elle jeta un coup d'œil à sa montre.

– Tu ne prends rien au sérieux ! C'est aussi pour cela que tu me touches...

Elle mordit sa lèvre inférieure. De nouveau, il enferma sa main dans les siennes.

– Si tu t'en vas, je marcherai quinze ans pieds nus derrière toi pour te rattraper !

– C'est impossible. Je ne suis pas libre.

– Ce soir, je t'enlève ! Tu dors avec moi. Nous sommes les amants de la suite 707 ! Je fais ce que tu veux ! Je te rends ta valise !

Elle secoua la tête. Ses admirables cheveux balayaient son visage bouleversé.

– Boro, mon cher Boro, comme tu es innocent !

– Je veux m'endormir avec mes mains sur tes hanches, supplia-t-il.

Cette remarque la fit rire.

Mais, soudain, l'instinct lui commanda de s'interrompre et de lever les yeux. Une ombre était entrée dans son champ visuel.

– J'espère que je ne vous dérange pas...

Au son de cette voix, le regard vert de Romana voyagea à la vitesse de la lumière. La jeune femme battit des paupières avec un naturel qui fit mal à Boro.

– Je vous présente mon mari, le baron Reynhard von Treeck.

Puis, désignant le reporter :

– Monsieur Borowicz. Je t'ai parlé de lui, chéri.

Avec une froideur calculée, l'Allemand salua son rival d'une inclinaison de tête.

Boro se dressa. Le sang s'était retiré de ses joues.

– Blèmia Borowicz, reporter photographe, se présenta-t-il avec une bonne dose d'agressivité dans le regard.

– La baronne Theodora m'a tenu au courant de vos mécomptes en Inde, déclara le mari avec une sorte de condescendance nuancée d'ironie. J'espère pour vous qu'ils s'arrêteront là.

– Maintenant, je serai sur mes gardes.

– Vous ferez bien, sourit l'Allemand.

Si Boro s'était retourné à cet instant précis, il aurait aperçu l'ineffable Eugen Beck sous sa casquette plate. L'homme aux culottes de golf quittait l'hôtel à pas précipités, son poing refermé sur la poignée de la machine Enigma.

Church of England

– Un crime! Comme ça! En plein jour! Qu'est-ce que vous me chantez là?

– Le concierge ne vous a rien dit?

– Si. Mais je ne crois en rien à ses borborygmes.

Boro venait de rencontrer Bibutibushan Guptapadayah sur le palier du septième étage. D'une phrase, il l'avait mis au courant du meurtre.

Les deux hommes se mesuraient du regard. La lumière s'était éteinte, puis rallumée.

– J'avais dans l'idée que vous me vaudriez d'autres ennuis, ronchonna le détective. Je ne soupçonnais pas que vous gâcheriez mon existence.

Il entreprit de cavaler avec raideur derrière Boro. Ce dernier, faisant peu de cas des chaussures neuves récemment acquises à prix d'or par le policier, se hâtait à longs pas dans la perspective du couloir menant à la suite népalaise.

– Sauf dans votre histoire à dormir debout, on n'assassine jamais en fin de matinée! récriminait l'homoncule en courotant derrière lui. Sinon, vous pensez bien que je ne me serais pas absenté...

Aux trois quarts du trajet, il s'arrêta dans sa progression clopinante et chercha appui contre le mur.

– Je sais que ce sont des chaussures qui compteront dans ma vie, gémit-il en passant son doigt entre cuir et peau, mais pourquoi emprunter des sommes pareilles à mon employeur si ces foutues godasses doivent m'esquinter les pieds?

Et, à l'intention du Français qui venait de tourner le coin du couloir, disparaissant à sa vue :

– C'est le contrefort qui me blesse ! La piqûre tout du long de l'empeigne ! Mais je vais m'aguerrir !

Il refit la boucle de ses lacets et se remit à clopiner en marmonnant *made in England, made in England* comme s'il s'agissait de la formule d'un exorcisme. Il retrouva le reporter qui l'attendait près de la minuterie.

– Vous avez grandi, ou je me trompe ?

– Simples talonnettes de compensation, reconnut le petit brahmine. Mon chausseur dit qu'avec des box-calf de cette qualité, on peut gagner trois centimètres et faire oublier l'épaisseur du talon, à condition que le pantalon casse.

Le reporter ne l'écoutait plus. Il marchait devant. Quand l'autre le rattrapa, il se tenait devant la porte de l'appartement 707. Il la maintint ouverte pour faciliter le passage du petit flic.

– Je vous préviens, ce n'est pas très beau à voir.

Guptapadayah bomba le torse et, montrant qu'il en avait vu d'autres, s'enfonça dans l'enfilade des pièces.

– Le vilain colis est dans la salle de bains ! indiqua encore l'aimable Boro. Je vous attends ici.

Il s'immobilisa au beau milieu du salon. Cinq secondes plus tard, le policier s'encadrait dans le chambranle de la porte.

– Ah ! elle est bonne, elle est excellente ! Mais on ne se moque pas impunément de Bibutibushan Guptapadayah !

La colère le faisait grincer des dents.

– Même si vous souffrez d'un manque de distractions, monsieur Borowicz, je ne serai pas votre souffre-douleur ! Je ne ferai pas les frais de votre humour européen à sens unique ! Nous autres Indiens sommes suffisamment évolués pour rire à des degrés et en des circonstances que nous choisissons !

Le visage de Boro se creusa d'un étonnement si sincère que le chatouilleux petit homme interrompit sa diatribe.

– Je ne comprends pas...

– Veuillez me suivre, monsieur Borowicz.

Ils gagnèrent la salle de bains.

L'ancien inspecteur de Scotland Yard montra la baignoire, tira le rideau de la douche, ouvrit les tiroirs de la commode, en sortit les serviettes, en exhiba les cotons, les savons, les parfums, puis se tourna vers le reporter :

– Et maintenant, où se cache votre cadavre, monsieur Borowicz ? rugit-il, dressé sur ses talonnettes. Je ne plaisante plus !

– Il y a une heure à peine, dans cette baignoire ! Un gros homme baignant dans son sang. Une balle en plein front, l'autre dans les rognons ! Celui-là même qui m'avait assommé ! L'obèse au gilet à pois ! Celui qui portait des chaussures à bouts blancs !

– Certainement, je vous crois ! Certainement, je vous suis, monsieur l'affabulateur ! tempêta le petit être furibard. Et moi, à la même heure, j'étais à Crawford Market ! J'achetais une Rolls-Royce à un *monkeywalla* pour aller avec mes chaussures *Church of England !*

Boro titubait comme un homme ivre.

Dans sa pauvre cervelle se faufilait une suite d'évidences qui le rendaient furieux tout en l'emplissant d'amertume. Von Treeck ! Le moustachu en culottes de golf ! Ils étaient de connivence ! Ils étaient remontés dans la chambre. Ainsi, Romana s'était jouée de lui ! Sous prétexte d'amour, elle l'avait attiré dans le bar. Duplicité des femmes ! Émotion simulée ! Eau verte et trompeuse de son regard embué de larmes ! Ainsi, son seul but avait été de laisser à ses complices le temps de faire disparaître toute trace de leur forfait !

Les yeux de Boro flottèrent un moment, puis rencontrèrent le regard impérieux de Bibutibushan.

– La salle de bains éclate de blancheur ! Le service est parfait. Je vous somme de vous expliquer !

– Regardez, dit Boro en recouvrant une partie de ses esprits. Ça, je ne l'ai tout de même pas rêvé !

De sa poche, il sortit les deux douilles qu'il avait ramassées.

– Calibre 32. Mais ça ne prouve rien.

Le privé sortit de la salle de bains. Boro le suivit et se laissa tomber sur le lit. Le découragement se lisait sur son front.

A l'inverse, Bibutibushan arpentait la pièce en tous sens. Les mains derrière le dos, l'esprit concentré, il marchait à petits pas. A chaque nouvelle enjambée, ses chaussures neuves poussaient un gémissement de cuir.

– C'est agaçant, finit par dire Boro.

– Je fais mes chaussures, répondit le détective.

Vexé, il s'était immobilisé sur place et regardait la pointe de ses souliers étincelants.

Un morne silence réunissait désormais les deux hommes.

Soudain, Boro se dressa sur ses pieds et foula à grands pas les tapis de la suite népalaise. Il regarda sous le lit, derrière les fauteuils et les guéridons. Il aurait dû s'y attendre : la machine à écrire avait disparu.

Il revint vers le petit privé.

– Avez-vous une voiture ?

– C'est faisable, répondit l'autre après avoir réfléchi un court instant.

– Je vous propose une balade de nuit.

– Vous m'invitez à souper ?

– J'invite vos godillots.

– Et où ça, s'il vous plaît ?

– Dans un petit coin d'Allemagne.

Carrosserie Gangloff

Ils attendaient depuis bientôt une heure. Un jour sale et délavé naissait au-dessus d'un bouquet de *neens* qui marquait le point culminant de Malabar Hill.

– Bientôt six heures, soupira Bibutibushan en éclairant le spartiate tableau de bord du cabriolet Bugatti prêté par sir Archibald Bedford-Smith. Ils ne devraient plus tarder...

Comme pour donner raison au petit détective tendu sur le cuir de son siège, la grille du jardin du consulat d'Allemagne s'ouvrit sous la poussée de deux Gurkhas. Dans un feulement de mécanique vorace, la masse d'une lourde berline Mercedes glissa dans la rue, vira tous phares allumés et disparut en un clin d'œil, happée par la bascule d'un dos-d'âne qui la précipita en direction de la mer.

– Une 540 K, déclara Guptapadayah. 180 chevaux de muscles !

Il mit en marche le moteur de la Bugatti, alluma les phares encastrés, fit ronfler le compresseur et lança le splendide lévrier en aluminium riveté à la poursuite de son gibier.

– Ils sont trois, constata le petit privé dès qu'ils furent de nouveau en vue de la lourde conduite intérieure.

– Les von Treeck et le tueur moustachu, acquiesça Boro. Ne les filez pas de trop près.

Après Marine Drive, ils piquèrent vers le centre de Bombay et abordèrent la traversée plus délicate des

125

quartiers populaires. Les rues de Colaba bruissaient déjà de monde et d'odeurs.

Marchands de thé, marchands d'épices, dinandiers, porteurs d'eau, barbiers, usuriers s'affairaient à déplier les volets de leurs négoces. Des hordes d'enfants nus faisaient leurs ablutions au pied des fontaines. Les *jamadars* accroupis balayaient les échoppes. Grant Road et Falkland, les quartiers de la prostitution, s'éveillaient à peine d'une nuit de fornication scandée par les *drums* des groupes de *hijras*. Quelques corps enchevêtrés, parfois des familles entières dormaient encore à même le trottoir. Des *rikshaws*, des carrioles de blanchisseurs, des voitures à bras de livreurs de repas à domicile encombraient soudain les croisements.

Les deux puissants véhicules étaient sans cesse obligés de ralentir pour contourner une vache errante, laisser passer une femme âgée au sari en haillons, céder la place à la course approximative d'un taxi à l'apparence antédiluvienne.

Tout en suivant du regard la grosse Mercedes qui les précédait, Boro demanda au chauffeur de la Bugatti pourquoi les conducteurs de taxis étaient tous enturbannés.

– Parce que ce sont des sikhs, répondit Guptapadayah qui se targuait de pédagogie et s'ingéniait à renseigner Boro sur les moindres détails de la vie coutumière en Inde. Les sikhs sont des *kchatrias*. Ils appartiennent à une caste de guerriers. Ils portent la barbe, les cheveux longs, et se doivent d'avoir toujours un couteau sur eux. Pour ne pas déroger, ils sont militaires. A défaut, ils exercent des métiers qui peuvent être rattachés à des pratiques martiales. L'automobile, les sports mécaniques en font partie.

Tout en pérorant de la sorte, le privé menait sa filature avec un soin méticuleux.

– C'est l'affaire de ma vie ! Un vrai crime, des voyages, une énigme ! Nous sommes gâtés !

Vitres ouvertes pour lutter conte la chaleur moite de l'habitacle, il se tenait à distance respecteuse de l'autre véhicule et pilotait avec beaucoup d'adresse. Parfois, il se dressait sur les pédales afin de repérer, loin devant la calandre ovale du cabriolet, la masse aubergine de la Mercedes.

Boro s'était calé avec satisfaction au fond du siège enveloppant. Il surveillait les manomètres indicateurs de surchauffe, suivait les gestes du conducteur chaque fois qu'il rétrogradait ou usait de ses freins à commande hydraulique. Le reste du temps, l'œil rivé au télémètre de son Leica, il semblait éprouver un vif plaisir à cadrer la vie grouillant alentour.

Enfin, après une heure de lutte à l'aveugle, les deux véhicules quittèrent la voie goudronnée et abordèrent une route de campagne qui filait vers Poona.

Cinq cents mètres devant eux, la spacieuse berline allemande accéléra soudain le train. Elle semblait dévorer les kilomètres dans un nuage de latérite rougeâtre.

A la sortie d'une courbe, Bibutibushan relança son véhicule et poussa ses rapports. Le moteur type 59 de la firme Bugatti ronfla sous les flancs du capot. Les fentes d'aération verticales, soulignées de quelques filets de chrome, sifflèrent dans l'air chaud et humide.

Boro prêta une oreille de connaisseur au grondement de ténor du magnifique bolide et passa le plat de la main sur le sobre tableau de bord.

– Elle tourne bien, apprécia-t-il.

– C'est un lièvre, vous voulez dire ! Je peux taper le 200 quand je veux !

– Et l'autre ?

– 170, 180 à peine. Il traîne ses 4 400 livres !

Le minuscule détective semblait faire corps avec la carène profilée qui donnait une grande impression de fluidité dans l'air. Il laissa courir ses gants de cuir ajouré sur le volant de bois et ajouta à l'intention de son passager :

– La voiture où vous avez pris place n'est pas n'importe quelle voiture ! Elle a été commandée par lord Choldmondley, qui est un fidèle client de Bugatti, et offerte à sir Archibald pour ses quatre-vingts ans !

– Il la conduit ?

– Exclusivement à l'arrêt. Sur sa terrasse ! Il dit que cette carrosserie dessinée par Gangloff vaut toutes les statues de ce salaud d'Arno Breker !

– Moi, j'ai connu Ettore et Jean Bugatti en 31, au Select, à Montparnasse, dit Boro. Et je suis allé faire un tour à Munich à bord de leur fameuse Royale.

– Vous avez conduit la Royale ? s'exclama le privé, roulant des lèvres admiratives.

– Oui. Par personne interposée. C'est toujours ainsi que je pilote.

Bibutibushan manifesta son étonnement.

– Je ne saisis pas très bien.

– Je n'ai pas l'autorisation de conduire... Alors, quand je veux participer, je demande au chauffeur de mettre la voiture au bon régime, et lorsque mon oreille me dit que c'est le meilleur moment pour passer la vitesse supérieure, je le prie de débrayer...

– ... et vous enclenchez vous-même le levier ?

– C'est exactement cela, dit Boro avec un large sourire. Mais ces choses-là ne peuvent se faire qu'en accord parfait. A bord de la Royale, j'avais un sacré chauffeur ! Pas n'importe quel chauffeur : un grand Africain qui s'appelait Scipion. Je me demande bien ce qu'il est devenu aujourd'hui...

Le reporter s'abîma quelques instants dans le passé. Guptapadayah respecta son silence et se concentra sur sa conduite. La route devenait de plus en plus mauvaise, les nids-de-poule de plus en plus imprévisibles, contraignant le pilote à une vigilance accrue.

– Heureusement que nous avons des amortisseurs télescopiques, dit-il pour lui-même. Avec les anciens Ram, ça n'aurait pas été une partie de plaisir !

Et, comme Boro restait perdu dans son monde, il ajouta :

– Vous voulez conduire un peu ?

L'œil du reporter flamboya aussitôt.

– Volontiers, oui !

Il regarda la route avec attention. Une courbe se précisait à l'horizon.

– On va rétrograder, dit Bibutibushan.

– Double débrayage, maintenant ! commanda Boro.

L'autre rétropédala en deux temps. Le reporter passa la vitesse. Le moteur répondit par un grondement joyeux.

– Parfait ! s'enthousiasma Bibutibushan.

– Accélérez, ordonna Boro. Encore... Davantage ! Ses yeux brillaient.

– Maintenant ! hurla-t-il pour dominer le vent.

Ils enclenchèrent la quatrième. Le cul de la Mercedes était à moins de deux cents mètres.

– Pourquoi n'avez-vous pas sollicité un permis de conduire ? s'enquit le privé.

– Le problème réside seulement dans ma jambe.

– Qu'est-il arrivé à votre jambe ?

– Oh, j'ai voulu sauter d'un cheval au galop sur une bicyclette que me tenait ma mère, mais j'ai raté mon coup.

Voyant que son compagnon ne savait plus à quoi s'en tenir, Boro ajouta :

– Mais ça ne m'empêche pas de posséder plusieurs voitures, vous savez...

– A Paris ?

– Oui, au hasard des rues. Si je passe dans le secteur, c'est pratique, je peux m'en servir.

– A condition d'être avec un ami...

– C'est ça, dit le reporter, pourvu que je sois avec un ami...

Bibutibushan risqua un pâle sourire en direction de son compagnon de route.

– Vous feriez bien de freiner, remarqua Boro. Ils viennent de s'arrêter.

Pour l'amour de lui

– Pas l'ombre d'un doute, il s'agit bien de notre bouillant reporter! grinça Werner von Hobenfahrt.

L'officier SS abaissa ses puissantes jumelles Zeiss et les passa à Romana.

A son tour, elle fouilla le paysage aride constellé de maigres palmiers plantés comme des cannes dans la poudre rouge des collines. Elle s'orienta en suivant le dessin de la route et remonta son ruban jusqu'au véhicule de leurs poursuivants. Un peu plus loin, la petite Bugatti noir et rouge faisait songer à un jouet écrasé par la lumière éblouissante.

A travers le pare-brise, la princesse reconnut, grisé par les reflets, le visage de son amant. Son cœur se gonfla d'un sentiment de joie débordante. Une irradiante chaleur l'envahit en même temps que son sang déferlait par petits battements nerveux le long de son cou.

Borowicz! Mon Dieu! Le fou! L'inconscient! Le capricieux, l'imprévisible, le courageux imprudent!

– Qui est assis à côté de lui? demanda-t-elle d'une voix neutre.

– Le détective de l'hôtel, répondit Eugen Beck.

L'œil rivé à la lunette télescopique de sa carabine Mauser, le petit tueur à la moustache furieuse avait pris appui sur le capot brûlant de la Mercedes. Il posa la croix de son optique – grossissement 12 – sur le front dégagé du reporter et dit :

– Si j'appuie sur la détente, je fais sauter le crâne du Français comme un couvercle de noix de coco...

– Tu n'en feras rien, Eugen, s'interposa la princesse.

De sa main baguée, elle fit dévier le fût de l'arme. En même temps, elle défiait Hobenfahrt du regard.

L'Allemand soutint l'éclat de ses prunelles. Son visage demeura impassible. Il ôta son chapeau de brousse et avança lentement jusqu'à elle.

Eugen Beck avait relevé le canon de son arme. Il paraissait suspendu à la décision de son chef, en bon chien fidèle s'en remettant au geste ou à la voix qui lui donnerait la permission de frapper.

Le maître espion du Sicherheitsdienst se campa devant la jeune femme.

– Qu'est-ce qui ne va pas, ma chère ? Vous paraissez nerveuse.

Elle lui adressa un sourire contraint et lui rendit ses jumelles.

– Je suis aussi contrariée que vous par l'entêtement du jeune Français à nous suivre, Werner. Il ne sait pas sur quel nœud de vipères il pose le pied.

– Il est en danger de mort.

Hobenfahrt avait adopté un ton badin. Il avança la main en direction de Romana et rectifia l'ordonnance de son col de blouse.

– Merci, dit-elle d'une voix distante.

Pour voyager commodément, elle avait revêtu une tenue de chasse, tunique à larges poches et jodhpurs enfoncés dans des bottes fauves.

– Beck me conseille de me débarrasser une fois pour toutes de ton valet de cœur, dit-il en fixant le décolleté de la Roumaine. Je ne peux pas continuer à prendre des risques qui compromettraient notre mission.

Puis, s'exaltant soudain, il s'écria :

– Pourquoi nous a-t-il suivis ?

– Je ne sais pas !

– Je t'avais donné une chance de lui parler ! De le mettre en garde !

– Je l'ai fait !

Elle s'était penchée vers l'avant.

– Comme ton corps est désirable, Romana ! articula l'officier.

Le soleil, perçant soudain la nue, accentua les cavernes de ses yeux où brillait un éclat d'acier poli.

– *Mir traümte, du verliessest mich*[1] *!* murmura-t-il avec une exigence tremblée dans la voix.

Sans ajouter un mot, Werner déboutonna sa chemise. Il fit glisser l'étoffe kaki sur ses épaules bien découplées. Son torse d'athlète luisant de transpiration apparut en pleine lumière. Romana posa les yeux sur les pectoraux admirablement dessinés du nazi.

– Respecte notre pacte, Werner, dit-elle d'une voix sourde. Laisse-lui la vie sauve.

– Une seule question, *meine Liebe*, répliqua le général en affichant un sourire de glace. Selon toi, après qui... ou après quoi court ce damné journaliste ? La femme ou la mallette ?

Elle ne répondit pas. Les yeux du nazi se firent plus insistants. Soudain, il s'emporta :

– Qu'est-ce qui conduit ce chien fou jusque dans nos jambes, baronne ? La passion ou l'espionnage ?

– Comment le saurais-je, Werner ?

– Fort bien ! dit l'officier. Au moins, tordons le cou à la passion !

Elle avala sa salive. Un à un, Hobenfahrt défit les boutons de son corsage. Elle laissa la main rugueuse envelopper et caresser sa poitrine. Et, tandis que l'humiliation la paralysait d'autant plus qu'elle se trouvait sous le regard du tueur en culotte de golf, elle pensait à Boro, se demandant comment et pourquoi il l'avait asservie.

– Épargne le Français, répéta-t-elle, les lèvres mortes.

– Beck !

– *Jawohl, Herr Brigadeführer !*

La voix gutturale de Hobenfahrt lui fit ouvrir les yeux.

– Fais ce que je te dis !

– *Bis an das grab*[2] *! Herr Brigadeführer !*

Romana Covasna enregistra le frottement métallique de la culasse du Mauser qu'on armait. Elle fouilla le regard de Werner von Hobenfahrt pour y sonder ses intentions.

– Ce soir, j'enlèverai tes bottes, chuchota-t-elle.

1. J'ai rêvé que tu m'abandonnais.
2. Jusqu'à la tombe.

132

Elle atténua l'éclat de ses prunelles, ploya l'arc de son dos vers l'arrière.

– Plaque ton corps contre le mien, souffla-t-elle encore. Je sens qu'il me va comme un gant.

Werner attira le buste rebondi contre son propre torse, froissant les seins de la jeune femme contre la chaleur rêche de ses pectoraux.

– Ce soir, je t'apporterai tout ce qu'il te faut, murmura-t-elle.

Elle avait tout oublié d'elle-même.

– Sur les pneus, Herr Beck ! Sur le radiateur de la Bugatti ! *Feuer !*

Elle se laissa emporter par un baiser qui lui forçait la bouche.

Le cabriolet de lord Cholmondley
ne répond plus

– Ils nous tirent dessus ! hurla Guptapadayah en se jetant sur la banquette. Ils vont froidement nous tuer !

– Je ne crois pas, dit Boro en restant assis sur son siège.

Le menton appuyé sur le pommeau de son stick, exposé au feu, il resta impassible cependant que, par trois fois, des projectiles se frayaient un chemin destructeur jusque dans les entrailles du moteur.

– Comment faites-vous pour rester si calme ?

La voix nouée de Guptapadayah lui parvint de dessous le tableau de bord. Le détective claquait des dents.

Boro reporta son regard loin devant, sur la Mercedes. Il identifia clairement leur assaillant, le petit type à casquette plate, posté en position du tireur couché sur l'aile du véhicule. Les deux premiers tirs avaient été espacés : un double impact sourd, auquel avait répondu le soupir des pneumatiques avant.

– Le salopard prend son temps, commenta le reporter d'une voix calme.

Pour sa part, il avait vissé son objectif de 50 millimètres sur le Leica et, après avoir réglé son télémètre sur l'infini, il se mit en devoir de prendre plusieurs clichés de l'ensemble. Ensuite, il se concentra uniquement sur les silhouettes dansantes du baron et de la baronne von Treeck. Il pouvait distinguer leurs corps collés l'un à l'autre. Par cinq fois, il appuya sur le déclencheur.

Soudain, une balle étoila le pare-brise, ricocha sur le

montant chromé de la custode et miaula à quelques centimètres du visage de Boro.

– Casquette plate n'aime pas que je prenne des photos et me le fait savoir! gouailla-t-il.

Il posa son Leica et leva les mains.

Le feu avait brusquement cessé.

– Il a voulu m'intimider. Il est précis et dispose sans doute d'une lunette.

– Vous devriez tout de même vous mettre à couvert.

– Je ne pense pas que ce soit nécessaire. Casquette plate obéit à des consignes. Von Treeck veut seulement nous mettre dans l'impossibilité de continuer la poursuite.

– Il a peur que je l'arrête! fanfaronna le petit détective en se redressant derrière son volant.

– Je crois qu'il n'a peur de rien, répliqua Boro. S'il ne nous a pas fait massacrer, c'est qu'il a voulu délibérément nous épargner.

– Pourquoi? s'écria le Bengali.

Le reporter lui opposa un mince sourire.

– Et si c'était une histoire d'ange gardien? s'interrogea-t-il rêveusement.

– Je ne comprends pas toujours ce que vous dites, bougonna le privé en haussant les épaules.

Il concentra son attention sur les replis du paysage ocre où galopait l'ombre d'une horde de nuages bas. Puis il ne tarda pas à remarquer les trois silhouettes qui, dans la distance, remontaient à bord de la limousine.

– *By Jove!* Ils nous faussent compagnie!

Par réflexe, le détective essaya d'actionner le démarreur du coupé Atlantic, mais un faible bruit de vaisselle entrechoquée lui apprit que plusieurs organes vitaux avaient été touchés.

– Allons constater l'étendue du désastre, dit-il avec raideur.

Il ouvrit la portière avec l'intention de mettre pied à terre, mais, paralysé par la consternante réalité de leur situation, il resta figé sur place, regardant s'éloigner le véhicule de leurs ennemis, trait de lumière noyé dans un tourbillon de poussière écarlate.

Le petit brahmine dressa l'état des catastrophes.

– Ah! les misérables! Les pneus sont crevés! Le radiateur est percé!

Il contourna la voiture et s'affaira pour ouvrir le capot. Plongé dans le moteur, il y fourragea un moment avant d'en ressortir avec le faciès grimaçant d'un homme fichu.

– Le Delco en ébonite a explosé, la couronne du radiateur est brisée, l'arrivée au carburateur est section-née. Nous pissons l'huile et l'essence !

Effondré, trop atteint pour supporter seul le poids de ces avaries, il tituba jusqu'à Boro, toujours immobile sur le siège du petit coupé.

– Une voiture de collection ! Une pièce unique ! L'auto de lord Choldmondley !

Il frottait sur ses revers immaculés ses mains noires de cambouis.

– Que vais-je dire à sir Archibald qui nous avait confié la chair de sa chair ?

Boro ne répondit pas.

– Je vous parle et j'existe ! fit sèchement remarquer le détective.

Il clopina sur la poudre du chemin et s'essuya le front.

– Je sais bien que vous êtes là, Bibutibushan, déclara machinalement Boro. Mais, de grâce, cessez de faire couiner vos godasses anglaises !

Le privé se retourna d'une pièce. Pendant un moment, il parut chercher au fond de sa cervelle une réplique cinglante puis, faute d'avoir découvert un trait définitif, il arrondit sa bouche en forme de *o* suspensif, redressa sa courte taille et s'enferma dans un silence rancunier.

Les yeux du reporter restaient fixés sur l'horizon où venait de disparaître le panache de fumée rouge.

– Un peu plus et elle se donnait en spectacle comme une chienne en chaleur, murmura-t-il enfin comme s'il émergeait d'un mauvais rêve.

– Elle ?

Boro balaya la question de Guptapadayah d'un geste agacé. Il s'extirpa de la voiture et, les mains derrière le dos, esquissa quelques pas claudicants sur la route désespérément vide.

– Ah ! fit-il en se retournant.

Il semblait victime d'une poussée de fièvre.

– Vous avez vu cela, Guptapadayah ?

Le privé afficha une mimique évasive :

– Peut-être bien... Mais c'est secondaire.

Boro le foudroya du regard :

– Pas du tout ! Elle résistait ! C'est à regret qu'elle était entre les bras de son mari ! Elle était victime !

Le Bengali dévisageait Boro comme s'il avait perdu la raison.

– On nous tirait dessus, s'exclama-t-il avec amertume, et vous, au risque de vous faire tuer, vous vous intéressiez aux amours dégradantes de ce couple infernal !

– Je veux les rattraper ! l'interrompit Boro en reprenant son va-et-vient fiévreux sur la route éblouissante de réverbération.

Une fine transpiration ourlait la lisière de son front obstiné.

– Je veux revoir cette femme ! Je veux comprendre son comportement !

– N'oubliez tout de même pas l'essentiel, fit remarquer le policier avec aigreur. Il y a eu meurtre ! Ce sont des criminels que nous poursuivons. Pas les yeux verts de la baronne.

– Je tiens à cette machine à écrire ! trancha Boro. Romana a brisé mon Leica, je lui volerai son engin à dactylographier !

– Mais, mon pauvre vieux, vous déraisonnez ! gémit le privé.

– Peut-être. Mais je suis têtu.

– Et orgueilleux.

– Probablement, reconnut Boro.

Soudain, son regard se reporta en amont de la route déserte.

– J'y vais, dit-il.

Et il s'éloigna en courant.

– Vous êtes devenu fou ! s'écria le détective.

Comme le boiteux ne répondait pas, grimpant à grandes enjambées vers un petit belvédère d'où il espérait inspecter l'horizon, il ajouta dans un vibrato tragique :

– Vous m'abandonnez ! Qu'est-ce que je deviens, moi, dans cette histoire ?

Mais Boro ne se retournait toujours pas. Il n'entendait rien. Il ferait route vers Mysore. Il rattraperait Enigma.

S'aidant de son stick, il escalada la pente pierreuse de l'observatoire. Dieu, comme il était pressé ! Comme les choses étaient lentes !

Au loin, du côté de la Bugatti, il perçut une forme vague doublée d'un ronronnement lointain. Il attendit. Bientôt, dans un tintamarre de ferraille, auréolé d'une buée mouvante qui faisait songer à l'eau d'un lac puis qui se matérialisa par un poudroiement de particules rougeâtres, apparut la silhouette bringuebalante d'un autocar multicolore.

Boro leva sa canne.

TROISIÈME PARTIE

La machine à écrire

Une nuit en Pologne

Dove Biekel fixait la tourelle ouest de la base qui s'étendait, cent mètres plus loin, dans les profondeurs de la forêt de Pyry, à quelques encablures de Varsovie. La lune jouait avec l'ombre sur les créneaux de la forteresse déserte. Non loin, tendu horizontalement à hauteur d'homme, le jeune Polonais apercevait le trait rouge et blanc d'une barrière abaissée, gardée par deux guérites vides. Des chevaux de frise se dressaient ici et là, semblables à des chevelures indisciplinées. Mais aucun soldat ne protégeait l'accès de ces bâtiments aux murs épais où venaient de pénétrer les chefs des services de cryptologie du renseignement anglais, français et polonais.

Dove Biekel parcourut les quelques mètres qui le séparaient d'une porte basse creusée dans la pierraille. L'homme qui s'était présenté à lui sous le nom de Luc l'avait prié de l'attendre ici. Luc, en vérité le major Langer, dont Dove n'ignorait pas qu'il était le commandant de l'unité du chiffre des services spéciaux polonais : le *Biuro Szyfrow*.

Deux individus l'accompagnaient. La voiture les avaient chargés à la gare centrale de Gowna en même temps que Dove. Le premier était un Français, petit, gros, les yeux mangés par des boursouflures qui le vieillissaient. Le deuxième était sujet britannique : un homme élancé, d'apparence débonnaire, qui appelait l'autre par son grade, *commandant*, et n'avait cessé, le temps du voyage, de tenter d'extorquer à son compagnon une explication que ce dernier s'était refusé à donner. Habitué à déceler dès le premier coup d'œil qui domine et à qui appartient la force, Dove Biekel avait compris que le Français avait les cartes en main.

Il n'en avait distribué aucune. La partie se déroulait maintenant entre ces trois partenaires dans la tourelle ouest de la base. Mais il y avait une quatrième personne. C'était pour elle, et seulement pour elle, que les services spéciaux polonais avaient fait appel à un Juif pour traduire des secrets d'État.

En cette nuit du 24 juillet 1939, Dove Biekel était en mission. Il méprisait profondément ceux qu'il servait aujourd'hui, mais le mufle de la guerre rôdait, créant des complicités obligées auxquelles il eût été indigne d'échapper. C'est pourquoi il avait accepté de participer à cette réunion secrète. Parce que, lui avait-on dit, de celle-ci dépendrait sans doute l'issue de la guerre qui se dessinait déjà au détour de funestes horizons.

A quelques semaines du jour J, Dove Biekel ne voulait pas faire comme les autres. Tous ceux qu'il avait maudits depuis ce matin blafard de mars 38 où l'Hitler avait chaussé ses bottes de sept lieues pour croquer les proies qu'il avait choisies.

D'abord, l'Autriche.

Février 38 : Hitler convoque le chancelier autrichien von Schuschnigg et lui ordonne de plier devant l'Allemagne. Il s'agit *seulement* de libérer les nazis emprisonnés et de faire entrer un ami du Reich dans le gouvernement : Seyss-Inquart. Schuschnigg accepte. Puis il organise un référendum portant sur le rattachement de l'Autriche à l'Allemagne. Seyss-Inquart exige le report du référendum. Schuschnigg refuse. Les troupes allemandes marchent vers la frontière. Schuschnigg cède. Puis Berlin exige la démission du chancelier. Celui-ci ne peut que se soumettre. Il est remplacé par Seyss-Inquart, qui demande à Berlin de l'aider à rétablir l'ordre. Le 12 mars, les troupes allemandes entrent dans Vienne. Le 14, Hitler y parade en maître. L'Anschluss est réalisé. L'Europe ne bouge pas.

Ensuite, la Tchécoslovaquie.

Septembre 38 : les Allemands vivant en Bohême dans la région des Sudètes s'opposent aux Tchèques.

Conduits par un nazi, Konrad Heinlein, ils contestent la réalité d'un pays fondé après la Première Guerre mondiale sur les décombres de l'ancienne Autriche-Hongrie. Ils veulent que leur soit reconnu le droit de disposer d'eux-mêmes. Le président tchèque, Edvard Beneš, proclame l'état d'urgence dans les territoires occupés par les populations allemandes. La tension monte. Surchauffe dans les ambassades. Les grandes puissances interviennent. Lord Neville Chamberlain, Premier ministre britannique, s'envole pour l'Allemagne. Il rencontre Hitler à Berchtesgaden, puis convainc les Français qu'il faut céder au chancelier du Reich. Paris et Londres obligent Beneš à les suivre : on ne mourra pas pour les Sudètes.

Cependant, Hitler fait monter les enchères. Les Tchèques mobilisent, puis les Français et les Anglais. Afin d'éviter la guerre, Mussolini propose une conférence à quatre. Le 30 septembre, Berlin, Rome, Londres et Paris signent les accords de Munich : Hitler est libre d'annexer les territoires où les Allemands sont majoritaires. Le 1er, la Wehrmacht entre en territoire sudète. Profitant de la curée générale, la Pologne et la Hongrie demandent une part du pays. Le 5, Beneš démissionne. Mais l'Europe est rassurée : ses grands hommes ont joué l'apaisement. Le 6 décembre, monsieur Ribbentrop, ministre des Affaires étrangères du Reich, vient à Paris signer un accord d'amitié avec son collègue français, monsieur Bonnet. Personne n'ignore que si Hitler pactise ainsi à l'Ouest, c'est pour avoir les mains libres à l'Est. Le 15 mars, les troupes allemandes sont à Prague. Les Slovaques se placent sous la protection de l'Allemagne. La Tchécoslovaquie n'existe plus. L'Europe n'a pas bougé.

Sur la liste des infamies inscrites sur le carnet de bal hitlérien, le pays suivant, c'est la Pologne. Dove Biekel le sait. D'autres aussi. Depuis plusieurs mois, Hitler réclame Dantzig, mais le gouvernement se voile la face, joue à l'autruche. On se considère encore comme les cousins des nazis. A ce titre, on ne veut pas admettre que les familles sont parfois le résultat d'alliances de circonstances, que celle à laquelle on croit appartenir sacrifiera un jour les siens sur l'autel des rites barbares.

Pourtant, depuis de longues années, Polonais et Allemands chassent sur des terres communes. Des terres où les Juifs survivent comme ils peuvent.

Jusqu'en 1937, Dove Biekel habitait Dzalochine, un shtetl situé près de Lodz. Comme tous les habitants de ce village juif, ses parents étaient artisans. Ni fonctionnaires, ni industriels, ni professeurs, médecins ou avocats : la Pologne ne veut pas de Juifs à ces postes-là. Elle les a barrés de l'échelle sociale, puis elle les a combattus économiquement, et, depuis 1933, elle a entamé contre eux un combat culturel visant à éradiquer leur influence dans tous les domaines artistiques.

La mère de Dove était peintre. Elle exposait parfois dans une galerie de Varsovie. Un jour, la *Gazetta Warszawska* a publié son nom sur une liste, à côté d'écrivains et de musiciens juifs. La galerie lui a fermé ses portes.

Dove, qui étudiait les mathématiques à l'université, en fut chassé en 1936. Lui et tous ses condisciples juifs. Bientôt, il en fut de même dans les lycées. C'était l'époque, pas si lointaine, où les journaux catholiques publiaient chaque jour des articles calomnieux sur la culture et la morale juives. L'époque, pas si lointaine, où l'abbé Pradzynski demandait, dans les colonnes du *Kurier Poznanski*, « la déportation accélérée de cette tribu de race étrangère » ; où le recteur de l'église Saint-Jacek de Varsovie publiait des ouvrages antisémites sans jamais être contredit par ses pairs. L'époque, pas si lointaine, où les partis de droite exigeaient que les Juifs ne sortent plus des ghettos, sinon pour s'expatrier, que leurs biens soient confisqués et les campagnes « déjudaïsées ». Les massacres ou exactions contre les Juifs étaient quotidiens. On acclamait les assassins quand ils sortaient de prison. Les villages célébraient les pogroms dans la liesse, surtout quand, traqués, terrorisés, sans plus de travail et menacés dans leur vie, des milliers de Juifs quittaient les campagnes pour venir crever de faim dans les villes. C'était l'époque, pas si lointaine, où les partis du centre ne bronchaient pas. L'époque où les Juifs étaient emprisonnés lorsqu'ils se querellaient avec les Polonais qui gardaient les piquets de boycott devant leurs magasins. Comme en Allemagne. L'époque, pas si lointaine, où l'Europe entière se taisait aussi.

Un soir de 1937, à Dzalochine, Dove Biekel les vit venir de très loin. Les fiers Polonais abreuvés de littérature, de propos et de morale antisémites. Une cinquantaine de paysans, jeunes et moins jeunes, porteurs de bougies plantées dans des navets évidés, de torches et de faux. Comme chaque soir, les habitants du shtetl s'étaient terrés chez eux, attendant le pogrom. Depuis longtemps, personne ne résistait plus. L'ennemi était toujours plus nombreux, la police acquise à sa cause. En quelques minutes, le village fut en feu. Les assaillants défoncèrent les portes des maisons, sortirent leurs occupants, les traînèrent de place en place jusqu'à l'abreuvoir où on les abattit en riant. Parmi les victimes, il y avait la mère de Dove. Le jeune garçon l'enterra. Puis s'enfuit. Il vint à Varsovie.

C'était l'époque où l'État polonais avait promulgué une loi condamnant à des peines d'enfermement quiconque injurierait le chef d'un pays ami : Adolf Hitler. La nation entière voulait oublier que le chef de ce pays ami réclamait Dantzig et le corridor conduisant en Prusse-Orientale. On lui donnait des gages de bonne camaraderie.

En septembre 1936, le délégué polonais à la SDN avait suggéré d'envisager l'émigration des Juifs d'Europe centrale vers des régions éloignées. On avait parlé de Madagascar, de l'Afrique, de l'Amérique latine. La presse s'était fait le relais de cette idée nouvelle, bientôt défendue par les partis de droite et du centre. Pourquoi les Polonais souffriraient-ils de la présence des Juifs installés dans leurs villes et leurs campagnes ? Ceux-ci n'occupent-ils pas le pays ?

Lorsque, en 1937, un financier américain offre deux cents millions de dollars aux Juifs de Pologne, le gouvernement refuse : il n'admet pas que cette manne ne profite pas également aux Polonais non juifs. En revanche, les associations caritatives peuvent aider à l'émigration. Pour encourager le mouvement, le colonel Beck, ministre des Affaires étrangères, rencontre Nahum Goldmann, dirigeant du Congrès juif mondial. Puis il se rend à Londres et à Paris pour défendre son idée auprès de Léon Blum. Celui-ci, inquiet du sort réservé aux populations juives d'Europe centrale, consent à étudier la possibilité d'une émigration à Madagascar. Le président Roosevelt, quant à lui, penche plutôt pour l'Angola, colonie portugaise. Mais le gouvernement de Varsovie préfère Madagascar. Bientôt, toute la presse officielle vante les mérites de cette île riche et magnifique, au point que les antisémites se rebellent : pourquoi offrir ce territoire de rêve aux Juifs plutôt qu'aux *vrais* Polonais ?

Dans les faits, cependant, il ne s'agit pas d'émigration, mais d'expulsion. Certains parlent même de déportation. A la Diète, les projets de loi se multiplient. On envisage de demander au Conseil des ministres d'établir chaque année une liste de plusieurs dizaines de milliers de Juifs obligés de quitter le pays ; au préalable, ils seraient envoyés dans des camps de rééducation pour y apprendre les rudiments de la vie de colon...

En Pologne, au sein même des organisations juives, les opinions sont partagées. Les sionistes de la droite extrême, soutenus par Jabotynski, approuvent le projet gouvernemental. Les socialistes du Bund s'y opposent avec force. Ils partagent le point de vue de la gauche et de quelques intellectuels pour qui ces mesures ressemblent dangereusement au programme nazi. Au reste, sur ce plan au moins, les rapports avec l'Allemagne sont au beau fixe. En 1938, Varsovie propose à Berlin de participer à l'étude du projet d'émigration. L'Hitler est enchanté. Pour deux raisons. D'abord, parce que ce cheval de bataille est le sien (au début de la Seconde Guerre mondiale, il ira jusqu'à envisager la création d'un *Gross Ghetto* à Madagascar). Ensuite, parce qu'il compte donner ici ce qu'il reprendra ailleurs : son soutien dans cette affaire en échange du corridor de Dantzig et de l'accès à la Prusse-Orientale.

Au mois de mars 39, un coup de théâtre se produit. Rompant avec sa politique antérieure, Chamberlain déclare que si la Pologne demande le soutien de l'Angleterre contre une agression extérieure, Londres l'accordera. Varsovie accepte l'offre. La Pologne ne veut pas céder Dantzig. Les autorités avaient espéré un donnant-donnant : les Juifs d'un côté, l'abandon des revendications territoriales de l'autre. Mais Hitler insiste : en avril, il exige que soient restitués à l'Allemagne une partie des territoires cédés lors des accords de Versailles.

Dès lors, la crise est ouverte. Le pays est encerclé. On ne joue plus. Il faut s'occuper de la défense de la Pologne.

Dove Biekel, comme la plupart des Juifs polonais, s'est engagé au côté du gouvernement. D'Amérique, de Palestine, du monde entier, les émigrés rentrent. Sionistes et bundistes ont déclaré qu'ils combattraient sous les couleurs du drapeau national. Leur drapeau. Et la Pologne catholique, pratiquante et antisémite, les a acceptés. Le racisme se joue désormais en bémol. Mais Dove sait que tôt ou tard la symphonie recommencera. Les massacres et les pogroms. La déportation et la mort. En attendant, nul n'a le choix. En 1933, lors de l'avènement du nazisme, les Juifs avaient organisé le boycott économique des produits en provenance d'Allemagne. Aujourd'hui, ils offrent leurs services. Mais on n'oublie pas qui ils sont. C'est pourquoi, plutôt que de faire entrer Dove en même temps que les autres visiteurs, on a choisi de le faire attendre dans la tiédeur de l'été, au cœur de la forêt de Pyry.

Le jeune Polonais ignore tout des arcanes liés aux services spéciaux, mais il parle couramment trois langues. C'est la raison pour laquelle il est là : afin de traduire les propos que vont échanger ces messieurs des services secrets. Le Polonais, le Français et l'Anglais. Sans oublier le quatrième personnage, un savant mathématicien qui ne parle ni n'entend. C'est pourquoi Dove est irremplaçable : il sait aussi comprendre et se faire comprendre de ces gens-là.

Quand les pogromistes l'ont abattu, Rosa Biekel, la mère de Dove, n'a pas poussé une plainte ni émis le moindre cri : elle était sourde et muette.

Le major Langer, alias Luc

La porte creusée dans la muraille s'ouvrit sur un homme grand et maigre. Le cheveu ras, arborant une fine moustache, il portait un costume croisé de couleur sombre. Dove n'avait rencontré celui qui se faisait appeler Luc qu'une seule fois, trois jours auparavant, dans un café du centre de Varsovie. Malgré l'ombre environnante, il le reconnut d'emblée.

– Approchez, murmura le chef du BS 4, la section du chiffre des services secrets polonais.

Il demeura dans l'embrasure comme s'il voulait en garder l'entrée avant d'ultimes recommandations.

– Vous ne direz rien à personne de ce que vous allez entendre. Ce sont des secrets d'État. Votre vie est en jeu.

– Ma vie ne vaut rien pour vous, répondit Dove avec hargne. Sachez seulement que j'ai pris mes précautions.

Il fixa sans ciller l'homme qui lui faisait face. Celui-ci s'effaça. Dove posa le pied sur un sol de terre battue. Des couloirs dépourvus d'ouvertures partaient de chaque côté de la porte. Quelques ampoules nues diffusaient un éclairage de catacombes. L'air était imprégné d'une odeur de moisi. Le major Langer emprunta l'une des galeries. Dove lui emboîta le pas. Ils marchèrent un instant en silence, puis le Polonais dit :

– Vous n'avez rien à craindre. Je vous protégerai.

Il ajouta dans un polonais impeccable et à voix plus basse :

– Je n'approuve pas tout ce que nous avons fait...

Il chercha ses mots. Dove compléta :

– A mon peuple ?

– A votre peuple, répéta l'homme.

Il hocha doucement la tête, fit glisser la main le long de la couture de son pantalon et parut soudain plus droit.

– Que vous a-t-on dit du service que j'attends de vous ?

– Je dois traduire...

– Puis-je savoir de quelles précautions vous parliez à l'instant ?

– C'est très simple, répondit Dove en affichant un insolent sourire. J'aime la Pologne, mais je ne fais pas confiance aux Polonais. Lorsque j'ai compris ce que l'on me demandait, j'ai pensé qu'il fallait avant tout que je me protège.

La question fusa entre les pierres nues du couloir souterrain.

– Que savez-vous de la réunion de ce soir ?

– A peu près tout. Vos sbires manquent parfois d'intelligence, monsieur.

Dove ricana doucement. Il songeait à ce jour où un officier de la police était venu frapper à la porte de sa chambre, un matin à l'aube. L'avant-veille, il avait rempli une fiche d'enrôlement au poste le plus proche. Dans la case réservée aux compétences, il avait précisé qu'il parlait couramment plusieurs langues et qu'il savait décrypter le langage des sourds-muets. L'officier avait posé nombre de questions relatives à cette particularité. Il avait dit : je reviendrai. Il était revenu, en effet. Après quatre interrogatoires en règle, Dove avait compris ce qu'on lui proposait.

– Les questions, ça se renverse, expliqua-t-il. Très vite, j'ai appris qu'il s'agissait d'une réunion des chefs des services secrets de plusieurs pays, et d'un homme sourd et muet.

– Mais encore ?

– Rien d'autre. Je me suis seulement dit qu'il devait être bien difficile de retourner un espion qui ne parle pas, surtout quand il n'entend rien.

Grâce à un rai de lumière provenant d'une ampoule qui dégringolait de la voûte, Dove aperçut l'esquisse d'un sourire sur les lèvres de son vis-à-vis. Il montra les profondeurs du couloir qui s'enfonçait plus loin et que pas un souffle ne semblait parcourir.

– Où sommes-nous ?

– Dans une base secrète.

– Pourquoi m'avez-vous choisi, moi, et comment pouvez-vous me prouver que je sortirai vivant de cet endroit ?

– Nous vous avons choisi pour les raisons que vous connaissez : les langues que vous parlez, et ce langage des sourds-muets que vous comprenez. La seconde question est sans objet.

– Pas sûr ! s'écria Dove.

Il entendit le timbre de sa propre voix rouler sur les saillies de la roche.

– Je tiens à vous prévenir que parmi les propos que je dois traduire, j'en conserverai quelques-uns par-devers moi. Les plus importants. Ce sont ceux-là que je dévoilerai à vos amis lorsque vous m'aurez déposé là où je vous demanderai de le faire.

Le major Langer promena de nouveau sa main le long de la jambe de son pantalon.

– Vous êtes prudent. Prudent et malin... Mais qui pourrait vous sauver si nous avions décidé...

Il chercha ses mots et finit par ajouter :

– ... si nous avions décidé de ne plus utiliser vos services ?

– Vous l'avez dit : je suis prudent et malin. Je n'ai pas d'autre réponse.

– De toute façon, reprit le major en fixant le jeune Polonais, je vous protégerai. Vous pourrez reprendre l'université.

– Vous n'avez nul besoin de m'acheter, déclara froidement Dove. Puisque je suis là. Quant à votre protection...

– Elle vous sera nécessaire, coupa le Polonais.

La terre sur laquelle ils allaient étouffait le bruit de leurs pas.

– Les renseignements que nous détenons sur vous prouvent votre attachement à la Pologne. Nous savons qu'en 33 et 34, à l'université de Varsovie, vous avez ardemment défendu le principe du boycott des produits allemands. Or, ce que nous vous demandons aujourd'hui, c'est de défendre votre pays.

– Comment ?

– Je vous le dirai le moment venu... Vous n'êtes pas un traître. Vous ne divulguerez pas les secrets que vous entendrez bientôt.

Le major Langer s'arrêta soudain et se tourna vers Dove. Il lui prit le bras et le serra puissamment. Il y avait de la rage dans son regard.

– J'aime la Pologne autant que vous. Et ma haine des nazis vaut la vôtre. Lorsque j'affirme que je vous protégerai, c'est pour vous remercier du service que vous allez nous rendre.

– Pourquoi avoir fait appel à moi ? Un Juif...

Le major Langer lâcha le bras du jeune homme et reprit sa marche dans le couloir obscur. Au loin, on apercevait une pâle lueur qui disparaissait puis réapparaissait au gré des coudes et des détours.

– Nous n'avons pas eu le temps de chercher un interprète qui comprenne à la fois, comme vous, trois langues et le langage des sourds-muets. La réunion d'aujourd'hui a été décidée la semaine dernière.

Le major Langer frappa ses cuisses du plat des deux mains.

– Et rien ne prouve que nous aurions découvert un sujet plus... plus patriote que vous l'êtes.

– C'est un comble !

– Oui, c'est un comble, reconnut le Polonais. Mais nous n'avons pas le choix.

Il baissa la tête, sembla moudre en lui-même d'amères pensées, puis lâcha soudain :

– Hitler va attaquer la Pologne.

Ils firent quelques pas en silence. Une humidité malsaine suintait des murs. Le major poursuivit sur un ton monocorde :

– Il réclamait Dantzig et nous avons cru que Dantzig était négociable. Le résultat, c'est qu'aujourd'hui nous sommes entre les mains des Russes.

De nouveau, ses mains battirent ses cuisses. Il marmonna :

– Les Russes !

Son ton trahissait le mépris, la haine, mais aussi l'impuissance.

– Savez-vous quelles tractations sont en cours ? De quelles sordides palabres bruissent les chancelleries ?

Il s'arrêta, s'appuya contre un mur et dit tout en fixant la cloison d'en face :

– Londres prétend nous protéger. Mais Londres ne peut rien sans Moscou. Les Anglais n'ont pas la capacité de nous défendre par les armes. Il leur faudrait les Russes. Les Allemands l'ont compris. Leur but, c'est de neutraliser l'Union soviétique. Depuis le mois d'avril, ils mangent tous dans la main de Staline. Leur ennemi mortel ! D'un côté, Chamberlain, qui le méprise et n'a jamais voulu le considérer comme l'égal des chefs d'État de ce monde ; de l'autre, Hitler, qui emprisonne les communistes chez lui !... Pauvre Pologne ! Si Moscou décide de pactiser avec Londres, ce sera pour nous dépecer. Et si c'est Berlin qui l'emporte, ils se partageront nos restes !

Le major Langer demeura un instant silencieux. Puis, cherchant Dove du regard, il ajouta :

– Je vous parie, mon jeune ami, que Berlin gagnera.

Il reprit sa marche vers la pâle lumière qui pointait là-bas, comme un vitrail jauni. Dove se tint coi un instant, puis demanda :

– Que dois-je faire exactement ?

– Traduire, je vous l'ai dit.

– Traduire quoi, et comment ?

– Chacun des participants à notre réunion va s'exprimer sur le même sujet dans sa langue. Personne ne comprend à la fois le polonais, l'anglais et le français. Vous devrez traduire dans ces trois langues, puis à l'intention du sourd-muet.

– Pourquoi n'avez-vous pas convoqué plusieurs interprètes ?

Ils étaient arrivés à quelques mètres de la lumière. Celle-ci émanait d'un œil-de-bœuf creusé dans la roche. Plus loin, Dove aperçut les gonds en fer forgé d'une porte massive.

– D'habitude, répondit le major, ce couloir est parcouru par des soldats en armes, des policiers en civil et d'autres en uniforme, qui protègent l'élite de l'espionnage polonais. Nous avons renvoyé chacun dans ses foyers. Nous ne voulons personne. Pas de fuite. Trois interprètes, c'étaient trois risques supplémentaires.

Il marqua un bref silence avant d'ajouter :

– Il y a là le *commander* Alistair Denniston, chef du service de décryptement du renseignement britannique, le commandant Bertrand, officier supérieur du *2 bis*, section de décryptage des services secrets français, un scientifique polonais (le sourd-muet), vous et moi. Un point, c'est tout. Pas de protection, afin de limiter les indiscrétions ; aucune secrétaire, pas de rapport écrit.

Le major Langer sortit deux clés massives des poches de sa veste. Il glissa la première dans une serrure sertie dans la pierre et tourna. Comme il répétait le même geste avec la seconde, Dove demanda :

– Quel est l'objet de cette réunion ?

Le Polonais retira la deuxième clé de la serrure et répondit :

– Enigma.

Il ramena le battant vers lui et s'effaça devant Dove Biekel.

Services secrets

La pièce dans laquelle ils pénétrèrent était longue et basse, ses murs semblables aux parois du couloir : de la pierre brute dépourvue de revêtement. Une lampe munie d'un abat-jour de toile grossière descendait du plafond, éclairant le vasistas aperçu de l'extérieur.

Trois hommes se tenaient debout, regardant la porte. Dans l'ombre austère, on distinguait mal leurs visages. A l'exception d'une petite table et d'une chaise poussée sous le plateau, aucun meuble, aucune gravure, pas le moindre objet de décoration n'enrichissait l'espace. Il y avait seulement un grand tableau noir accroché sur la paroi perpendiculaire au vasistas. Mais pas de craies, pas de chiffons, pas d'éponges.

Le major Langer referma la porte, poussa les clés dans les deux serrures et, désignant Dove d'un geste de la main, dit sobrement :

– Le traducteur.

Les trois visiteurs jetèrent un bref coup d'œil sur le jeune homme, puis dévisagèrent leur hôte avec curiosité. L'un d'eux fit un pas en avant et demanda en anglais :

– Expliquez-nous.

Le *commander* Alistair Denniston, de l'Intelligence Service, arborait un nœud papillon sur un costume clair. Son visage était barré par une moustache dont les pointes tombaient sur les commissures des lèvres.

Il y eut un court moment de flottement. Dove Biekel traduisit la demande d'anglais en polonais, puis en français. Il disposa ensuite ses doigts comme on lui avait appris à le faire avec sa mère, et s'exprima pour le plus chétif des trois hommes, celui qui s'était approché lorsqu'il avait placé ses mains face à lui. D'une mise moins austère que les autres, il arborait une pochette flamboyante qui faisait comme une luciole dans la pénombre de la pièce.

Le major répondit :

– Nous sommes ici dans une base vidée depuis huit jours. J'ai préféré vous recevoir dans un lieu désert, sans patrouilles ni protection apparente.

Dove traduisit simultanément pour le sourd-muet. Celui-ci s'était détaché du groupe et ne quittait plus son décrypteur du regard.

– Vous ne prendrez pas de notes, poursuivit le major. Je vous ai prié de venir afin que nous fassions un point sur l'état de nos travaux. Ne vous impatientez pas si vous connaissez certaines des informations qui seront divulguées ici. A l'issue de notre réunion, vous comprendrez pourquoi il était nécessaire que nous nous rencontrions. L'objet de nos discussions sera bien évidemment l'appareil à crypter les messages secrets utilisé par la Wehrmacht. Je veux parler de cette extraordinaire machine à écrire qui s'appelle *Enigma*.

Il se tut pour permettre à Dove de traduire. Celui-ci commença par le français et finit par l'anglais.

– Après, nous ne nous reverrons sans doute plus, reprit le Polonais lorsque le jeune homme eut transmis ses propos. La Pologne sera bientôt attaquée par Hitler, et je ne donne pas cher de notre peau. Considérez notre petit conciliabule comme un héritage. Ou comme un testament.

Le Français leva la main, montrant qu'il souhaitait parler, mais le major secoua la tête. Il arborait un triste sourire.

– Nous paierons nos fautes. Notre erreur à nous est d'avoir participé à la curée sur la Tchécoslovaquie. Cela nous plaçait dans un camp, et non dans l'autre.

Il tendit le bras en direction du Français et de l'Anglais :

– Votre erreur, à vous, est d'avoir laissé faire. En mars 38, l'Allemagne ne pouvait aligner plus d'une demi-douzaine de divisions sur le front occidental. Combien en aviez-vous en France ?

– Une bonne soixantaine, répondit le commandant Bertrand.

– Et combien aujourd'hui ?

– Cent dix.

– Les Allemands en ont près de cent. Mais leur stratégie est plus offensive que la vôtre, et ils sont plus rapides. Enfin, ils ont mis la main sur le matériel militaire et les usines d'armement tchèques, notamment la firme Skoda. Grâce à cela, ils ont doublé leur artillerie lourde... Il fallait les arrêter avant.

– Quelles sont vos forces ? demanda l'Anglais.

– Vous les surestimez. En nombre, c'est vrai, nous pouvons arrêter les armées allemandes. Nous disposons de trente divisions d'active, de dix divisions de réserve et de douze brigades de cavalerie. Sur le papier, c'est bien. Sur le terrain, nous serons bousculés en un mois. Nous n'avons pas de divisions blindées, pas d'armement antichar ni antiaérien. Et nos dirigeants croient encore en la vertu des charges de cavalerie !

Dove s'efforça de traduire dans les deux langues la nuance de mépris dont le Polonais avait marqué son dernier propos. Mais ce voile fut rapidement effacé. Le major promena ses mains sur son pantalon puis, après que le traducteur fut redevenu silencieux, il déclara :

– Cependant, je ne vous ai pas convoqués pour discuter des rapports de forces entre les puissances. Je ne m'occupe pas de cela ; vous non plus, d'ailleurs. Nous sommes là pour Enigma. Ce préambule était seulement nécessaire pour que vous compreniez quel est mon rôle aujourd'hui. Je suis comme un malade qui va mourir... Avant cela, je veux encore que vous sachiez que si mon gouvernement n'a cessé de courtiser Hitler, nos services se sont toujours défiés de lui. Monsieur Bertrand peut en témoigner.

Le Français acquiesça. Le major eut un mouvement du menton à l'adresse du *commander* Alistair Denniston.

– Vous, on ne peut pas dire que vous nous ayez rejoints à la vitesse de la lumière !

L'Anglais protesta :

– Il fallait que nous accomplissions nos propres recherches !

– Sans nous, rétorqua Bertrand, vous en seriez aujourd'hui au point mort.

– Assuré, reconnut Denniston. Mais l'important, ce n'est pas hier. C'est aujourd'hui.

– Demain, rectifia le major. Nous ne sommes là que pour demain.

Dove traduisait. Dans les gestes et les regards, il avait perçu une grande connivence entre le Français et le Polonais. Le sourd-muet, quant à lui, suivait les échanges avec une intense concentration. Jamais il ne demandait à Dove de répéter une phrase ou un mot, et il scrutait ses voisins après que le traducteur avait accompli sa tâche à l'aide de ses doigts et de ses mains.

– Venons-en à l'objet de cette réunion, reprit le major Langer. Et, encore une fois, pardonnez-moi de tout reprendre de zéro. Je ne veux rien oublier.

Il éloigna les mains de son pantalon et les glissa dans les poches de sa veste.

– Je commencerai en rappelant pourquoi la machine Enigma constitue un immense pas en avant en matière de décryptement...

– ... et un danger mortel pour nos armées, compléta derechef le *commander* Denniston.

– Comme vous le savez, enchaîna le Polonais après avoir acquiescé d'un mouvement de tête, les méthodes habituelles de chiffrement reposent sur l'utilisation de différents codes que possèdent l'émetteur et le receveur. La confidentialité des messages est garantie tant que ces codes n'ont pas été interceptés par une tierce personne ou, pour ce qui nous concerne, par un service de renseignement étranger. Or, nous employons tous des agents dont la mission consiste précisément à dérober les codes en question. Personne n'est à l'abri des retournements.

Le major Langer se tourna vers le commandant Bertrand.

– Je ne veux pas vous faire injure en vous rappelant que pendant quelques mois, grâce à la complicité d'un enseigne de vaisseau français, les services secrets allemands ont disposé des codes en service dans votre marine.

Le *commander* Denniston ébaucha une mimique où la désolation le disputait à la condescendance. Le Français transforma cette mimique en grimace de franche humiliation.

– De même que les services de renseignement italiens se sont emparés des codes diplomatiques anglais en ouvrant simplement les coffres de l'ambassade britannique à Rome, dit-il en feignant la désolation d'un ami véritable pour son frère d'armes touché au champ d'honneur.

A quoi l'Anglais répondit avec guère plus de dix livres de perfidie :

– Ne vous est-il pas arrivé une mésaventure semblable dans cette même ville ?

Le major mit un terme à cette passe de banderilles :

– Les manœuvres de ce genre sont monnaie courante entre nous. Et nous savons tous que pour nous mettre à l'abri des oreilles et des regards ennemis, il n'existe qu'un moyen : développer un système qui nous permettrait de changer sans cesse nos codes, notamment après chaque émission et chaque réception d'un message. Autrement dit, le code idéal ne devrait fonctionner qu'une fois et être détruit aussitôt après cet usage unique. Possible en temps de paix, irréalisable en temps de guerre : une armée en campagne ne peut matériellement accomplir un tel exploit. Irréalisable, sauf si nous disposons de machines performantes. Car le recours à de telles machines autorise l'utilisation d'alphabets multiples, préalablement codés, interchangeables chaque fois. Ce système suppose bien entendu que l'émetteur et le récepteur utilisent deux machines semblables, parfaitement synchronisées l'une à l'autre.

Lorsque le major Langer parlait, l'Anglais et le Français ne le quittaient pas des yeux. Le premier demeurait impassible. Le second hochait parfois la tête. Dove en avait déduit que l'un ne comprenait pas le polonais, alors que l'autre en saisissait quelques bribes. Le sourd-muet, lui, suivait la traduction simultanée. Dove ressentait quelque émotion à s'exprimer ainsi dans un langage qu'il n'avait plus utilisé depuis la mort de sa mère. Des images douloureuses remontaient en lui, rapidement dissipées. Il y avait quelque chose d'étrange à s'entendre divulguer des secrets d'État, de ce même État qui, fût-ce indirectement, avait contribué à la souffrance que ressentait le jeune Dove Biekel en croisant le regard de l'homme à la pochette, un regard qui lui rappelait celui de Rosa, sa mère.

– Ce système apparemment idéal, que tous les services secrets du monde cherchent à développer pour leur propre compte, reprit le Polonais après que Dove eut traduit ses propos antérieurs, ce système a été découvert par les Allemands. Il s'appelle Enigma.

Il fit un signe au sourd-muet. Celui-ci s'approcha de la table, ouvrit un dossier qui s'y trouvait, en sortit une photo qu'il fit passer de main en main. Le cliché représentait une machine à écrire posée sur une table. A la rapidité de leur coup d'œil, Dove comprit que ces messieurs des services secrets connaissaient l'engin et que cette photo ne constituait pas pour eux une information de première importance.

– Nous sommes tous bien placés pour savoir qu'Enigma est une machine à coder, confirma le major. Une machine géniale autant que dangereuse. Mortelle, très certainement. Pourtant, à l'origine, elle ne devait pas être utilisée à des fins militaires. On la doit à un Hollandais qui, pour notre grand malheur, s'est un jour retrouvé sans moyens, obligé de vendre son brevet. Un ingénieur allemand s'est porté acquéreur. C'est lui qui a baptisé cette machine Enigma.

– Savez-vous pourquoi ?

Le *commander* Alistair Denniston souriait de toutes ses dents. Sa moustache dessinait un curieux accent au-dessus de sa lèvre supérieure. D'un geste, le major lui donna la parole.

– Parce que cet Allemand nourrissait une grande passion pour notre compositeur national sir Edward Elgar, plus particulièrement pour une de ses œuvres majeures, les *Variations pour une énigme*.

Mû par un enthousiasme quelque peu déplacé, l'Anglais se mit à fredonner les premières notes des *Variations*. Comme personne ne bronchait, il revint dans le rang avec cette remarque peu heureuse :

– Notez, messieurs, qu'il s'agit donc d'une machine allemande qui fut pour ainsi dire baptisée en Angleterre.

– Est-ce là votre meilleure contribution à nos travaux communs ? demanda sèchement le major.

– Je vous en prie, messieurs ! intervint le Français. Nous ne sommes pas là pour nous glisser des peaux de banane. Peu importe qui a fait quoi. L'essentiel, comme l'a remarqué notre éminent confrère, c'est demain.

Il se tourna vers le Polonais et l'exhorta à poursuivre. Le major Langer reprit la parole.

– A l'origine, donc, Enigma a été conçue pour protéger des secrets commerciaux. Les postes allemandes l'ont utilisée ; très peu, cependant. Et puis, un jour, un officier des transmissions de la Wehrmacht, le colonel Fellgiebel, l'a découverte. Il a aussitôt compris le prodigieux intérêt de cette machine, et l'a proposée au service de renseignement allemand. On l'a testée, elle s'est révélée fiable et d'une utilisation simple. Les militaires l'ont fait alors retirer des circuits commerciaux.

Le major se tut quelques instants, autant pour ménager son effet que pour laisser le temps à Dove de traduire ce qui venait d'être dit et de préparer la suite. Cette suite fut brève.

– Il y a longtemps, nous avons eu la chance de pouvoir récupérer une de ces machines commerciales. Nous, c'est-à-dire le département BS 4, section de cryptographie de l'état-major.

Le major s'inclina légèrement en souriant.

– Nous avons placé les deux plus grands mathématiciens du pays à son chevet. L'un d'eux se trouve parmi nous.

L'homme à la pochette n'eut aucune réaction après que Dove lui eut traduit, par gestes, la présentation que le chef du BS 4 venait de faire de lui. Il se lança aussitôt dans une explication gestuelle que Dove traduisit en polonais, en anglais puis en français :

– C'est une machine lourde et peu mobile. Assez fruste comparée à celles qui allaient suivre. Nous avons répertorié un millier de combinaisons. A la longue, n'importe quel service de renseignement aurait découvert les codes employés. On comprend donc que les Allemands l'aient abandonnée.

– Ils ne l'ont pas abandonnée, corrigea le major. Le *Chiffrierstelle*, le service du chiffre du ministère allemand de la Défense, s'est employé à perfectionner le système.

– Quoi qu'il en soit, reprit le mathématicien, la machine ne nous a pas permis une approche mécanique. Nous en sommes restés au langage scientifique.

Il s'exprimait par gestes simples, précis et rapides. De temps à autre, il cherchait le regard de Dove afin de vérifier que le jeune garçon le suivait toujours. Lorsqu'il eut achevé son bref exposé, il tendit le bras en direction du major. Celui-ci donna la parole au commandant Bertrand, le priant de faire un point sur le développement des recherches en France.

Le Français chaussa une paire de lunettes, ce qui fit sourire ses collègues, puisqu'il ne sortit aucun carnet de sa poche et, comme les autres, s'exprima sans notes.

– Nous avons eu connaissance des premiers échanges radio chiffrés mécaniquement par la marine allemande en 1926, déclara-t-il d'une voix rocailleuse et particulièrement basse. Ces messages nous furent incompréhensibles. Pendant quatre ans, nous avons travaillé sur la question sans parvenir à percer son secret. En 1928, le même procédé était utilisé dans l'armée de terre. L'armée de l'air l'employa en 35, et la police en 37. Aujourd'hui, toutes les antennes de Berlin disséminées de par le monde recourent à Enigma. Hitler, le général Keitel, Goering, toutes les unités... et aussi, bien entendu, l'amiral Canaris, chef de l'Abwehr, qui deviendra notre ennemi numéro un en cas de guerre...

Le commandant remonta ses montures sur son nez, vérifia d'un coup d'œil que ses interlocuteurs avaient compris la traduction faite par Dove, et continua de cette voix étrangement basse qui conférait une certaine solennité à son propos :

– En 1932, un fonctionnaire qui travaillait au service du chiffre du ministère de la Défense allemand nous a contactés. Nous l'avons rencontré quelque part sur la frontière entre la Hollande et l'Allemagne. Cet homme, que nous appellerons C, nous a livré des renseignements d'un intérêt incalculable, grâce auxquels nous avons pu commencer à travailler véritablement sur le secret d'Enigma. Il venait de Berlin, et nous le retrouvions dans de grands hôtels en Belgique, au Danemark, en Suisse, en Tchécoslovaquie, et une fois en France. Il nous fournissait des feuilles de chiffrement, des textes cryptés, d'autres décryptés qu'il dérobait dans le coffre-fort de ses chefs et que nous photographiions avant de les lui rendre... Nous nous sommes vus dix-neuf fois entre 1934 et aujourd'hui. Jamais en Allemagne, évidemment. C nous a fourni trois cents documents classés *Geheim*, c'est-à-dire ultrasecrets. Parmi ceux-ci, il y avait certains procédés de chiffrement par codes, notamment le Code Noir de l'Abwehr, quelques procédés de chiffrement manuel, six procédés de chiffrement par machine, des documents et des notices techniques en rapport avec les machines Enigma, particulièrement la dernière, l'Enigma type Wehrmacht (+), plusieurs textes chiffrés. Nous détenions donc beaucoup de matériel, mais pas suffisamment pour reconstituer une machine. Nos services ont alors voulu approcher les ouvriers chargés de monter Enigma. Nous avons obtenu leurs noms. Hélas, nous n'avons pas pu les contacter, car les pièces des machines sont fabriquées dans plusieurs usines disséminées à travers le territoire allemand, une seule se chargeant de les monter lorsqu'elles sont réunies. Toutes les personnes travaillant dans cette usine sont surveillées par un sous-officier du contre-espionnage.

Le commandant Bertrand ôta ses lunettes de son nez, regarda l'assistance et dit avec une pointe d'humour dans la voix :

– Si les agents secrets deviennent des contremaîtres, où allons-nous ? Vous comprendrez, en tout cas, que nous ayons laissé tomber l'idée...

Il marqua un bref silence puis poursuivit :

– Plus tard, notre informateur fut muté au *Forschungsamt*, auprès de Goering. Sa nouvelle mission consistait à intercepter, puis à décrypter les messages émis par nous-mêmes. Il était en contact régulier avec Himmler, avec Heydrich, ainsi qu'avec un homme redoutable, protégé par ces deux-là : Werner von Hobenfahrt, chef en second du département Chiffre au SD, le service de renseignement de la Sûreté allemande. Il continua de nous fournir des informations, moins intéressantes, hélas, que celles dont il disposait antérieurement. Et toujours insuffisantes pour nous permettre de percer le secret d'Enigma. Donc, nous pataugions toujours. C'est pour sortir de cette impasse que nous avons décidé de contacter les services de renseignement amis, notamment les services anglais et polonais.

Le commandant Bertrand se tourna vers le major qui s'était légèrement éloigné pour s'appuyer contre le mur, près du tableau noir.

– Je dois vous rendre hommage, à vous et à votre pays...

– Merci, répondit le Polonais.

– Vous êtes de grands experts en matière de déchiffrement...

– On peut en effet nous reconnaître cette qualité... C'est grâce à elle que nous avons gagné la guerre contre la Russie en 1920.

– Lorsque j'ai rencontré Luc, reprit le Français en s'adressant de nouveau aux autres, ses services travaillaient déjà sur Enigma, mais seulement d'après les messages interceptés. Nous avons décidé qu'il s'occuperait du décryptage, tandis que je me consacrerais aux recherches. Nous avons travaillé d'arrache-pied. Mais, aujourd'hui, nous n'avons toujours pas découvert les secrets de la machine. Je crois pouvoir conclure qu'à partir des seuls textes et des documents en notre possession, sa reconstitution est impossible.

Une brève lueur passa dans le regard du mathématicien polonais.

Le *commander* Alistair Denniston claqua des doigts en direction de Dove, qui fit mine de ne pas avoir entendu. Il attendit deux secondes avant de traduire la question que l'Anglais posait au Français, et qui portait sur les plans de montage.

Le commandant Bertrand répondit que ni les Français ni les Polonais ne disposaient de tels plans.

– Les documents en notre possession nous permettent de régler les tambours chiffreurs mobiles et les cordons électriques en fonction des clés. Mais cela ne suffit pas.

– Combien avez-vous de crypteurs ?

– Une cinquantaine. Des Français, mais aussi des spécialistes espagnols qui ont combattu contre Franco.

– *That's good*, fit l'Anglais. A mon tour, donc, de faire un petit exposé. Il sera plus court que les vôtres...

Son ton et sa physionomie même avaient changé. Il s'était redressé et son visage s'était marqué d'un pli sévère qui lui barrait le front. Dove fut frappé par cette froideur qui, en un instant, avait métamorphosé cet homme un peu frondeur en un parfait Britannique de la City.

– Avant l'utilisation de la machine Enigma par l'armée allemande, nous étions nous aussi capables d'intercepter et de décrypter les télégrammes envoyés par Berlin à ses missions commerciales et diplomatiques. Aujourd'hui, nous ne sommes plus en état de le faire. Comme vous tous, nous cherchons à recréer une machine de type comparable, ainsi qu'un système qui nous permette de calculer les combinaisons des clés. Nous en sommes là.

Il dressa l'index et ajouta :

– Un peu plus que là... Depuis quelques mois, les plus grands mathématiciens du pays travaillent avec nous sur une chose bizarre que nous appelons « la Bombe ». La Bombe est un engin que nous avons fait fabriquer par une usine de machines à calculer. Elle est faite de fils électriques enfermés dans une boîte haute de près de trois mètres, et d'un ensemble de mécanismes visant à reproduire les rotors d'Enigma. Nous l'avons installée dans la banlieue de Londres, près d'une station d'écoute truffée d'antennes grâce auxquelles nous pouvons recueillir toutes les communications circulant à travers le monde. Chaque fois que nous interceptons un message Enigma, nous le donnons à la Bombe. Nous la perfectionnons de jour en jour.

L'Anglais s'interrompit, regarda chacun de ses interlocuteurs et conclut par ces simples mots :

– *That's all.* Comme vous voyez, nous ne sommes guère plus avancés que vous-mêmes...

Le major Langer se décolla du mur et, tout en regardant alternativement Dove et le mathématicien sourd-muet, demanda :

– Avez-vous vos craies ?

L'homme à la pochette acquiesça et se dirigea vers le tableau noir.

– Maintenant, vous allez comprendre pourquoi je vous ai fait venir jusqu'ici, reprit le chef du BS 4 en s'approchant à son tour du tableau. Nous allons vous démontrer que notre réputation en matière de décryptement n'est pas usurpée.

Enigma

Sur le tableau noir, le mathématicien dessina trois cylindres plats. Il les recouvrit de petits cercles réguliers qu'il joignit les uns aux autres par des courbes torsadées. Le major Langer, le commandant Bertrand et Alistair Denniston faisaient cercle autour de lui. Dove restait à l'écart. Il étouffait dans cette pièce nue et sombre. Pourtant, le sentiment d'oppression qui l'assaillait venait moins de la voûte et des murs de pierre que de l'impression qu'il éprouvait depuis son entrée dans la base : un mélange de gêne et de nervosité dissimulée face à un invisible danger. Au contact de ces hommes qu'il n'avait jamais approchés, de cet univers particulier lié à l'espionnage, il se faisait l'effet d'un aimable candide ayant surpris l'existence d'un autre monde au détour d'un chemin forestier. Ainsi donc, tandis qu'aux branches de la Pologne on pendait les Juifs, des racines du même pays plongeaient sous terre en quête d'une arme à jeter à la face de Hitler. Là-haut, on défilait en bottes de cuir ; en bas, on avait mesuré le danger depuis bien longtemps déjà, et on tentait de le combattre. Là-haut, les pillages et les massacres ; en bas, Enigma...

Dove éprouvait de l'admiration pour ces hommes qui œuvraient depuis tant d'années à la recherche d'un mécanisme et d'un code. Percer à jour le langage d'Enigma lui paraissait désormais une nécessité absolue.

Lorsqu'il eut achevé ses figures au tableau, le mathématicien se retourna et fit signe à Dove d'approcher. Il montra les cylindres qu'il venait de dessiner, les cercles et les courbes torsadées, puis il s'exprima par gestes, et Dove traduisit :

– La machine Enigma est composée de trois rotors disposant sur chacune des faces d'autant de plots qu'il y a de lettres dans l'alphabet. Ces plots sont reliés ensemble par des fils électriques amovibles. Une lettre inscrite sur la face supérieure d'un rotor se transforme sur la face inférieure. Grâce au déplacement automatique des rotors, les combinaisons de chiffrement peuvent être démultipliées à l'infini.

Le mathématicien chercha le major du regard. Celui-ci souriait. Il fit un signe, et le sourd-muet s'éloigna du tableau, traversa la pièce dans le sens de la longueur, puis ouvrit une porte que nul n'avait remarquée jusque-là.

Tandis que le sourd-muet disparaissait derrière le battant, le major acheva l'exposé :

– La modification des codes est produite par le changement de position des rotors et la modification de l'ordre des fiches reliant les plots entre eux. Nous avons calculé qu'il existait au moins un milliard de combinaisons. La Wehrmacht modifie ces clés chaque jour. Tous les mois, les opérateurs reçoivent une feuille leur indiquant les clés des trente jours à venir. Grâce à quoi, les Allemands sont parvenus au but recherché par tous les services spéciaux du monde : modifier sans cesse les codes des messages secrets envoyés par radio, téléphone ou télégramme, à leurs armées ou aux milliers d'officiers et d'officiers supérieurs stationnés sur les champs de bataille ou dans les états-majors.

Le sourd-muet revint, poussant un plateau roulant devant lui. On l'entendit à peine.

– Si nous percions le secret d'Enigma, nous recevrions les ordres transmis par Berlin en même temps que les généraux à qui ils sont destinés. C'est pourquoi l'enjeu de nos recherches communes est si important, et c'est aussi pourquoi nous y travaillons depuis tant d'années. Si nous disposions d'Enigma, nous connaîtrions les plans de bataille de Hitler, ses intentions et ses ordres. Nous pourrions prévoir les ripostes à ses attaques alors même qu'elles seraient encore en cours de préparation.

Le major s'interrompit. Le commandant Bertrand acquiesçait mécaniquement. Il dit :

– Si nous avions Enigma, et si la guerre était déclarée...

– Elle le sera ! déclara péremptoirement le Polonais.

– Quand elle le sera, rectifia le Français, se rangeant pour la première fois au point de vue de son hôte, l'arme que constitue cette machine à écrire nous permettrait de renverser le cours des événements.

– Raison pour laquelle, conclut le Britannique, on peut dire sans exagérer que la possession d'Enigma changerait le déroulement de la guerre.

– A condition, reprit le major, que les Allemands ignorent absolument l'état de nos connaissances.

A nouveau, ses doigts reprirent leur danse mécanique le long des plis de son pantalon.

– Chacun de nous aurait pu faire voler une machine Enigma. Je puis même vous dire que cela a failli se produire en Inde. Mais nous nous sommes débrouillés pour que les Allemands la récupèrent...

Le *commander* Denniston dressa l'oreille.

– Nous en reparlerons, déclara le major. Finissons-en sur l'objet de cette réunion.

Il s'approcha de ses interlocuteurs. Sa voix se fit plus sourde.

– Nous l'avons tous dit, et je le répète : pour percer le secret d'Enigma, il faudrait, d'une part, posséder la machine, de l'autre – et ceci n'est pas moins essentiel –, détenir les codes des opérateurs, ces codes qui permettent de mettre en synchronisme la machine émettrice et la machine réceptrice. Depuis plusieurs années, nous l'avons vu, les services de nos trois pays s'emploient à réaliser ce double objectif.

Il marqua un grave silence et ajouta enfin :

– A partir de nos propres sources et des notices et documents fournis par les Français et par leur informateur C, notamment un texte chiffré et décrypté en fonction d'une même clé, nous avons rempli la première condition nécessaire au décryptement des messages allemands.

– *Please ?* interrogea l'Anglais.

– Oui, répondit le major avec une indicible fierté dans la voix. Vous m'avez bien compris.

Et, dans un souffle, il précisa :

– Le BS 4 polonais a reconstitué la machine Enigma !

Ils le regardaient tous, interloqués. Dove, le premier, se tourna vers le mathématicien. Celui-ci se trouvait près de la table. Deux mallettes étaient posées sur le plateau.

– Approchez, dit le major.

En trois enjambées, il fut devant le plateau. Les autres le suivirent. Oubliant la discrétion dont il avait fait preuve jusqu'à cet instant, Dove se plaça entre le Français et l'Anglais. Il n'était pas moins fasciné que les autres participants. Devant lui, dans les deux mallettes ouvertes, reposaient deux machines à écrire. Elles étaient faites d'une armature en bois et en métal d'où s'échappait un enchevêtrement de fils électriques. Trois rotors tournaient sur eux-mêmes.

– Enigma ! murmura le commandant Bertrand.

Il effleura les touches, considéra le mécanisme, puis se tourna vers le chef du BS 4 :

– Elles fonctionnent ?

– Parfaitement, répondit le major. Nous allons vous faire une petite démonstration.

– Si c'est le cas, dit le *commander* Denniston, vous rendez un service incomparable aux démocraties européennes !

Dove omit de traduire. Il était trop ému. Il ne parvenait pas à détacher son regard de cet engin magique, fruit extraordinaire de l'intelligence humaine, mais fruit dévoyé puisque son invention avait été détournée à des fins meurtrières.

– Grâce à Enigma, reprit le major en s'asseyant devant la table, la guerre qui s'annonce sera peut-être plus courte.

C'était comme s'il venait de répondre à la pensée qui avait effleuré Dove.

Il traduisit les mots du Polonais, lequel, s'adressant au commandant Bertrand, ajouta :

– Messieurs les Français, tirez les premiers. A vous l'honneur de ce message inaugural.

Dove reprit ses esprits et traduisit. Le commandant Bertrand ôta les lunettes de son nez et dit, non sans cérémonie :

– Si ceci est vrai, nous aurions raison de nous battre pour la Pologne !

Dove traduisit. Le major Langer tapa le texte sur le clavier. Au-dessus se trouvait un tableau de sortie composé d'un autre alphabet semblable à celui du clavier. A chaque pression sur ce dernier, un voyant s'allumait sur le tableau de sortie : la lettre codée correspondant à celle qui venait d'être marquée. Le mathématicien notait la succession de ces lettres.

– La machine fonctionne grâce à une pile sèche, expliqua le major. Elle n'imprime pas. Un opérateur inscrit les lettres codées et les transmet ensuite par radio, en morse.

Les rotors n'avaient cessé de tourner. On entendait un léger cliquetis.

Quand il eut achevé de taper le message, le Polonais prit le papier sur lequel le mathématicien avait inscrit le texte crypté. Il déplaça sa chaise et s'installa devant la deuxième Enigma.

– Nous avons synchronisé les codes. Je vais maintenant reproduire sur cette machine le texte qui est sorti de la première. Admettons que celle-ci soit la machine réceptrice, et l'autre la machine émettrice.

Il frappa sur le clavier les lettres contenues sur sa feuille. Les ampoules du tableau de sortie s'allumèrent tour à tour. Le mathématicien notait scrupuleusement. L'Anglais fut le premier à se pencher pour lire. Mais le major arracha la feuille et la tendit à Dove.

– A vous, dit-il avec une pointe de bonhomie dans la voix.

Dove approcha la feuille de son regard et lut le texte en polonais. Puis il le traduisit, d'abord en anglais, puis en français : *Si ceci est vrai, nous aurions raison de nous battre pour la Pologne*.

Ils applaudirent. Dove souriait. N'eût été la retenue dont il faisait preuve en toute circonstance, il se fût mêlé aux congratulations générales.

Seul le mathématicien restait de marbre. Il s'activait derrière les deux machines. Lorsqu'il eut fini, il tendit la main en direction de Dove, qui lui donna le message crypté. Il s'assit devant la première machine. Les trois hommes s'approchèrent. Le sourd-muet s'exprima par gestes. Dove traduisit :

– J'ai changé la disposition des rotors et les contacts électriques sur les deux machines. Ainsi sont-elles de nouveau synchronisées en fonction des nouvelles clés.

Il tendit le message décrypté à l'Anglais.

– Lisez les lettres l'une après l'autre.

Le *commander* Denniston s'exécuta. Après que Dove les eut traduites, le sourd-muet tapa les lettres sur le clavier de la machine. Le major les inscrivit sur une feuille qu'il montra aux autres.

– Comparez avec la première.

Ils regardèrent. La succession des lettres n'était pas la même.

– Les clés ayant changé, les lettres changent aussi, expliqua le major. Il s'agit pourtant du même message. Regardez.

Il s'assit lui-même devant le clavier de la seconde machine et tapa la nouvelle succession de lettres. Le mathématicien nota les correspondances. Il tendit la feuille à Dove, qui traduisit :

– *Si ceci est vrai, nous aurions raison de nous battre pour la Pologne.*

Tous applaudirent de nouveau.

Le major quitta sa chaise.

– Chaque jour, sur des machines semblables, les Allemands changent les codes. Nous nous sommes occupés d'Enigma. A vous maintenant d'en comprendre le langage.

Sans même s'en apercevoir, Dove avait plié la feuille en quatre et l'avait glissée dans sa poche. Le major regarda un instant la table sur laquelle bruissaient les mécanismes des deux machines. Il se tenait tête penchée. Une gravité nouvelle s'était inscrite sur ses traits. Il redressa brusquement le buste, promena nerveusement la main sur la jambe de son pantalon, et ajouta :

– Bientôt, la Pologne sera morte. C'est pourquoi je vous ai priés de venir jusqu'ici.

L'Anglais et le Français voulurent parler, mais, d'un geste, le chef du BS 4 les fit taire.

– Il n'est pas question que les Allemands découvrent ces deux machines. S'ils savaient que nous les possédons, ils changeraient leur système de renseignement. Il est aussi important pour nous d'avoir Enigma que de leur dissimuler l'état de nos connaissances.

Son regard se posa sur Dove. Les deux autres fixèrent à leur tour le traducteur. C'était la première fois. Le jeune Polonais comprit. Oui, lui aussi était désormais détenteur d'un terrible secret. Une onde froide parcourut son échine. Qu'est-ce qui prouvait au sourd-muet et aux chefs des services de renseignement qu'il ne parlerait jamais à personne, en quelque circonstance que ce fût, de cette nuit du 24 juillet 1939 ?

Rien.

Mais il avait prévu cela. Il avait tout prévu.

Le major Langer parla encore, mais Dove demeura silencieux. Et, lorsque le Polonais l'interrogea du regard, il lâcha seulement :

– Rappelez-vous notre pacte. J'ai dit que je gardais pour moi une information. Je ne la délivrerai que lorsque vous m'aurez conduit là où je vous le demanderai.

Ils s'observèrent sans ciller pendant un temps qui parut infini aux autres. Puis le major hocha lentement la tête. Il murmura :

– Je vous fais confiance.

– Moi aussi, répondit le jeune Polonais. Mais vous devez comprendre ma prudence.

– Je la comprends. C'est pourquoi nous vous emmènerons là où vous l'exigerez.

Il ferma le bouton de sa veste et ajouta :

– Vous mesurez, je suppose, combien il nous serait facile de nous traduire à nous-mêmes – grossièrement, bien sûr – la phrase que vous souhaitez garder pour vous...

– Le temps de sortir d'ici, enchaîna Dove.

– Si vous voulez... Jusqu'à présent, vous nous étiez indispensable. Maintenant, si vous parlez...

– Je ne parlerai pas.

– Rien ne nous le prouve.

– Je peux vous retourner le compliment, répliqua sèchement le jeune Juif. Si les Allemands entrent dans ce pays, vous deviendrez un danger pour Enigma autant que je le serai moi-même.

– A quoi faites-vous allusion ?

Dove ne répondit pas.

Le commandant Bertrand et son *alter ego* suivaient la

conversation entre les deux hommes sans en comprendre les subtilités. Le mathématicien, lui, était occupé à débrancher les fils des deux Enigma.

– A quoi faites-vous allusion ? redemanda le major.

– On ne peut être sûr de tout garder, se borna à répondre Dove.

Le Polonais comprit. Il approuva d'un mouvement de tête. Puis ajouta :

– De toute façon, le problème ne se pose plus, puisque je vous ai dit que je vous faisais confiance et que nous vous déposerons là où vous le demanderez.

– Ce n'était pas ce qui était prévu ?

Le chef du BS 4 promena par deux fois sa main sur la couture de son pantalon, hésita, s'approcha de Dove et, à voix basse, murmura :

– Non. Ce n'était pas ce qui était prévu.

Où il est question
d'un photographe français

La limousine avait quitté la base de Pyry et roulait vers Varsovie. Elle était pilotée par un chauffeur en uniforme. Le mathématicien se tenait à son côté. Dove avait pris place sur un strapontin, à côté du major Langer, face au commandant Bertrand et à Alistair Denniston.

Ils avaient emprunté un chemin souterrain creusé à l'intérieur d'une mine, puis avaient débouché sur la route poudreuse qu'ils venaient de quitter. La limousine prit de la vitesse. Le ciel blanchissait au-dessus des masures sombres et éparses, plantées dans les champs comme des épouvantails.

De dessous le siège sur lequel il était assis, le chef du BS 4 avait sorti une petite mallette de cuir noir dont il extirpa un dossier. Les deux autres suivaient ses gestes sans mot dire. Depuis le départ de la base, chacun était enfermé dans ses réflexions. Il était facile d'en deviner la substance : une admiration sans bornes pour le travail effectué par le service de renseignement polonais, lequel, après huit années de recherches, était parvenu à reconstituer Enigma ; sans doute, aussi, une certaine inquiétude concernant la deuxième partie du travail : le décryptement des clés.

Le major Langer toussota pour rompre le silence. Il déposa sa mallette sur le plancher de la voiture et demanda :

– Connaissez-vous cet homme ?

Dove traduisit. Le major tendit un cliché photo-

174

graphique au commandant Bertrand. Celui-ci l'examina avant de le donner à l'Anglais.

– Pourquoi devrais-je le connaître ?

– Parce qu'il est français.

– Nous sommes nombreux, savez-vous !

Denniston rendit la photo au major. Au passage, Dove aperçut la silhouette d'un homme debout à un desk d'hôtel. Il était grand et mince. Ses cheveux, très noirs, étaient brossés vers l'arrière. Quelques mèches glissaient sur son front. D'un œil sombre empreint d'une ironie assez tendre, l'homme fixait une personne qu'on ne voyait pas. Une canne était posée à côté de lui.

– Cette photo a été prise à Bombay, reprit le major. Un de nos agents pistait un couple d'espions allemands qui apportaient une machine Enigma en Inde.

Il s'adressa à Alistair Denniston :

– Probablement pour transmettre à Berlin des renseignements concernant l'état de vos forces dans cette partie du monde.

– *Probably,* reconnut le Britannique.

– Ces espions se cachent sous une fausse identité. Il s'agit ni plus ni moins d'une princesse roumaine se faisant passer pour l'épouse légitime du baron von Treeck ; et Treeck n'est autre que Werner von Hobenfahrt, *Brigadeführer* dans la SS, membre éminent du SD.

La stupeur se peignit sur les traits de l'Anglais et du Français.

– Des personnages de choix..., admit le major. Or, le Français est parvenu à voler la machine Enigma que le nazi convoyait.

Le commandant Bertrand se dressa sur son siège. L'Anglais jeta vers le Polonais un regard tendu.

– Nous avons restitué la machine, les rassura le Polonais. Nous ne l'avons plus.

Lorsque Dove eut traduit le dernier propos du major, Bertrand poussa un soupir rassuré.

– Si un seul exemplaire d'Enigma vient à disparaître de la circulation, dit-il d'un ton volontaire, c'est la fin de tout ! Les Allemands sauront que nous l'avons et modifieront tout leur système de décryptement.

– C'est pourquoi notre agent a tout fait pour que les deux espions allemands récupèrent leur machine...

– *Well. Everything is all right, isn'it* [1] ? questionna Alistair Denniston.

– Si l'on veut, répondit le major. Le Français a sans doute pensé que nous voulions voler Enigma pour notre propre compte, alors que nous souhaitions seulement la rendre à ses propriétaires !

Le commandant Bertrand eut un petit rire sec.

– Le comble du renseignement ! s'écria-t-il. Nous consacrons des fortunes à reconstituer une machine, et le jour où elle nous tombe entre les mains, il nous faut la restituer pour ne pas mettre la puce à l'oreille de l'ennemi !...

– Nous avions déjà reconstitué la nôtre, déclara le major. Sinon, nous l'aurions sans doute démontée durant le temps de l'interception. Si ce Français avait agi plus tôt, il nous aurait rendu un fier service. Mais nous n'avions plus besoin d'Enigma.

– Votre agent vous a-t-il fourni d'autres renseignements sur le Français ? demanda Denniston.

– Hélas ! non. On sait seulement qu'il se fait passer pour photographe.

Le major ouvrit à nouveau son dossier et en sortit deux enveloppes.

– Notre agent est mort en mission. Assassiné dans une salle de bains d'hôtel.

– Par qui ?

– Eugen Beck. Un tueur allemand bien connu de nos services. Il s'était introduit dans la chambre du Français pour récupérer Enigma..

– *Marvellous* ! De cette façon, la machine a été rendue dans des conditions plausibles, conclut flegmatiquement l'Anglais.

– Et sans intermédiaires, échota Bertrand. Tout rentre donc dans l'ordre.

– Il reste une question..., reprit le major.

Il tendit l'enveloppe à ses vis-à-vis.

– Pour qui travaille ce Français, c'est bien cela ? demanda Denniston.

– C'est exactement cela, acquiesça le Polonais.

– Et vous l'ignorez ?

1. Tout va bien, n'est-ce pas ?

176

– Abrahaminowitch n'a pas eu le temps d'en savoir plus.

– L'homme n'est pas des nôtres, fit Bertrand.

Il ouvrit l'enveloppe. Elle contenait le double de la photo. Au recto, le nom du Français était inscrit : Blèmia Borowicz.

– Nous ne pouvons pas courir le moindre risque, déclara froidement l'Anglais. Nous n'avons pas le temps non plus de demander aux services amis si cet homme est un de leurs agents.

– C'est très exactement ce que je pense, acquiesça le major.

– Je transmettrai la photo, dit Denniston.

– Je ferai de même, renchérit Bertrand. Demain, il aura le 2e Bureau et l'Intelligence Service sur le dos. Dans huit jours, nous saurons où il se trouve.

– Et dans neuf, il sera sous terre, conclut l'Anglais.

D'un geste de la main, il épousseta le col de sa veste. Dove songea que dans cette voiture cossue, confortable et close qui arrivait dans les faubourgs de Varsovie, il venait d'assister à l'exécution programmée d'un photographe français.

C'était maintenant à lui de jouer.

Où il est question
d'un certain Dimitri

Il étendit les jambes et s'adressa en polonais au major Langer :

– Vous déposez vos passagers à la gare de Gowna, n'est-ce pas ?

– Oui, acquiesça Luc.

– Quand nous franchirons la Vistule, dit Dove, nous rejoindrons Stare Miasto.

– Pourquoi Stare Miasto ?

– C'est là que je descendrai.

– Je vous ai dit que vous n'aviez rien à craindre, répliqua le Polonais.

Il posa sa main sur celle du jeune homme et le considéra.

– Faites-moi confiance.

– Stare Miasto, répéta durement Dove.

Il se retourna, fit coulisser la vitre séparant les passagers du chauffeur, et s'adressa au major :

– Dites-lui.

Le Polonais hésita, puis confirma.

Dove reprit sa place. Même s'il croyait en effet que son voisin ne lui voulait aucun mal, même si une forme de complicité était née entre eux deux, il n'avait pas oublié les mots proférés deux heures plus tôt : « Ce n'était pas ce qui était prévu. »

Ce qui était prévu, contre quoi il s'était prémuni, c'était de lui faire subir un sort comparable à celui qui attendait le photographe français. Il ne pouvait se satisfaire de la parole d'un seul homme. Il lui paraissait inconcevable que, sous prétexte qu'elle était désormais menacée, la Pologne fût prête à conclure une paix durable avec ses Juifs. Il était en danger, comme il l'avait toujours été. Davantage même, puisque, aux yeux des services de renseignement français et britannique, il était le dépositaire d'un secret qui, s'il venait à être divulgué, risquerait de changer le cours de cette guerre dont nul ne doutait plus qu'elle allait survenir. Il devait donc prendre garde. Doublement.

La limousine franchit la Vistule et passa devant l'archevêché.

– Nous allons rue Twarda, lâcha Dove.

Le major transmit l'information au chauffeur. Puis, tentant une ultime fois de se rapprocher du jeune homme, il déclara :

– Je n'ai pas d'arme. Je ne peux rien contre vous.

Dove désigna le commandant Bertrand et Alistair Denniston.

– Eux, si.

Puis il demanda :

– Comment auriez-vous fait si vous aviez suivi votre première idée ?

– Quelle idée ?

– Me supprimer.

– Ce n'est plus à l'ordre du jour, répondit froidement le major.

Ils arrivaient rue Niska.

– N'oubliez pas le dernier codicille de notre contrat.

Ils empruntèrent la rue Karmelicka, puis, à gauche, Leszno, s'enfoncèrent entre les bâtiments noirs de la rue Solna, et parvinrent rue Walicow.

– Je garderai le secret, dit Dove.

Il tendit la main au Polonais qui la garda dans la sienne et murmura :

– Nous sommes compatriotes. Vous avez rendu un grand service à la Pologne.

– Ne l'oubliez pas, ricana le jeune homme.

Il récupéra sa main et lança aux deux autres :

– Je vous quitte, maintenant. Nous ne nous reverrons sans doute jamais.

Dans le regard des deux hommes qui lui faisaient face, il lut une incrédulité aisément traduisible : que va-t-on faire de celui-là? Jusqu'alors, ils avaient à peine remarqué sa présence. Un traducteur...

A l'angle de la rue Walicow et de la rue Prosta, la voiture tourna à gauche.

– Ralentissez, ordonna Dove au chauffeur. Et klaxonnez : une brève, deux longues, une brève.

– Faites ce qu'il vous demande, confirma le major.

Le chauffeur s'exécuta. Aussitôt, un camion déboucha de la rue Panska, les précéda sur une centaine de mètres, puis se plaça en travers de la chaussée.

Denniston regarda son homologue français.

– Ne craignez rien, les rassura Dove. Dès que je serai descendu, le camion s'écartera et vous rejoindrez Gowna.

Le major Langer leur adressa un signe rassurant.

La limousine stoppa à deux mètres du camion. Aussitôt, jaillis des porches et des renfoncements de la rue, apparurent plusieurs dizaines de jeunes gens armés de bâtons et de barres de fer. Ils bloquèrent Twarda. D'autres se placèrent sur les côtés de la voiture. D'autres encore, devant, contre les ridelles du camion.

– Des Juifs, dit Dove en ouvrant la portière. Seulement des Juifs.

D'un geste, il rassura ses amis. La voiture était totalement encerclée.

– Si nous n'étions pas passés par Stare Miasto, expliqua-t-il en posant pied à terre, une équipe armée vous attendait à la gare de Gowna. Ces messieurs ne seraient jamais rentrés chez eux.

Il pointa un doigt sur la poitrine du major.

– Et on aurait découvert votre corps à côté des leurs.

Il referma la portière et fit signe au Polonais d'abaisser la vitre. Quand ce fut fait, il se pencha et remplit le dernier codicille du contrat. S'adressant aux deux chefs du renseignement, d'abord en français, puis en anglais, il traduisit la phrase qu'il avait gardée par-devers lui :

– Les deux machines Enigma que vous avez vues à la base de Pyry sont à vous. Elles vous parviendront par la valise diplomatique. C'est le legs que vous fait la Pologne avant de mourir.

Par gestes, il adressa un salut au mathématicien sourd-muet, puis contourna la voiture et revint vers le commandant Bertrand.

– Mon demi-frère est en France, dit-il. Je ne l'ai pas revu depuis dix ans. Si vous le rencontrez, dites-lui que Dove se porte bien.

– Comment s'appelle-t-il ?

– Dimitri. Dimitri Biekel.

Et Dove disparut dans la foule de ses amis.

Le camion libéra la voie. Les jeunes Polonais s'égaillèrent à leur tour. Le chef du BS 4 considéra pensivement la chaussée à nouveau déserte. Plus loin, il y avait une bouche d'égout. L'eût-il soulevée, le major Langer aurait vu Dove Biekel descendre les arceaux scellés dans la pierre, puis suivre, courbé, un chemin à travers des boyaux nauséabonds.

Quatre ans plus tard, le 10 mai 1943 exactement, au même endroit, par cette même bouche d'égout, une poignée d'hommes s'échapperaient, la haine au cœur, d'un barrage de feu et de mitraille. Après le suicide collectif des insurgés, ils seraient les seuls survivants du ghetto de Varsovie.

QUATRIÈME PARTIE

Suite et péripéties sous un ciel de mousson

La Rolls-Royce de Mysore

Si Boro avait été présent à cette réunion clandestine du 24 juillet 1939, il eût aisément décrypté le message que lui avait adressé Abrahaminowitch quelques jours plus tôt :

> *Navré d'intervenir aussi brutalement. Il faut rendre les bijoux.*
>
> *BS 4 est toujours en grande amitié avec 2 Bis, mais nécessité fait loi ! Je vous ai assommé, mon bon, comme vous l'auriez fait si vous vous étiez trouvé à ma place. A Pyry, Varsovie donnera les explications nécessaires à Paris.*
>
> *Notre bon souvenir à Bertrand. Sans doute nos routes se croiseront-elles à nouveau ? Je vous dois un verre. Jetez cette note, bien sûr.*

Mais les événements incompréhensibles restent obstinément gravés dans la mémoire. Boro, même s'il savait pertinemment qu'il ne boirait jamais le verre de l'amitié avec le gros homme, gardait dans la poche son message inutile.

En vérité, loin de se douter que les hasards de la vie l'avait placé sur le champ miné des apparences suspectes et le désignaient désormais comme une cible sur pattes à tous les tireurs d'élite de France et d'Angleterre, Blèmia Borowicz poursuivait avec opiniâtreté son tumultueux voyage à la poursuite du baron et de la baronne von Treeck.

A l'heure où les services de contre-espionnage européens mettaient en commun leur savoir et leurs limiers afin de reconstituer le plus rapidement possible la piste du mystérieux photographe français qui s'était introduit comme un ver dans le fruit juteux de la guerre des codes, le reporter se trouvait dans le sud de l'Inde.

Comment épeler les mille péripéties qui déjà le séparaient de Bibutibushan Guptapadayah ? Comment évaluer ce qu'il lui avait fallu d'énergie, de débrouillardise, d'endurance, de ruses et de bonnes fortunes pour ne pas perdre la trace du baron et de la baronne ?

Boro se revoyait gagnant le toit de l'autocar surchargé de grappes humaines après que le brontosaure mécanique peint de couleurs acides se fut arrêté devant lui dans un grondement asthmatique d'essieux, de ressorts maltraités, de pneus surmenés. Il se revoyait, juché sur la galerie, tassé, pilé, meurtri, repassant devant le petit détective qui, depuis le bord de la route, lui lançait un adieu pathétique et criait :

– Rendez-vous à Mysore ! Au bord de la rivière des Éléphants ! Tous les jours à six heures !

Puis disparaissait à sa vue, noyé dans les volutes de poussière.

Il se remémorait son voyage entre ciel et terre jusqu'à Kohlapur, au milieu des ballots de cotonnade, des femmes allaitant des bébés aux yeux chargés de kohl, des paysans à la pauvreté résignée mais aux regards farouches.

Il se revoyait, seul dans la ville, poursuivi par des hordes d'enfants aux yeux en forme de poisson, qui demandaient l'aumône d'une *pice*.

Il se revoyait, incapable de se faire comprendre, finissant sa nuit près des latrines d'une place publique où venait d'accoucher, à califourchon sur la rigole du trottoir, une intouchable de dix-huit ans à peine.

Il se revoyait, troquant ses effets européens contre des vêtements de coton blanc, louant les services et la motocyclette Norton d'un gynécologue sikh qui avait fait ses études de médecine en France, parlait de la place de l'Odéon et possédait un side-car.

Il se revoyait, la peau grise, ensablé de sommeil, cahotant vers Mysore.

Il se souvenait par-dessus tout du peu de chances qu'il s'accordait de retrouver Enigma dans cette ville où, sous la langue des femmes et des hommes à la peau plus sombre, roulait avec âpreté un nouveau langage inconnu : le kannara.

Il se revoyait enfin, harcelé de mouches, attardé au bord de la rivière Cavery, guettant le retour des éléphants après leur journée de travail.

Chaque soir, à l'heure fixée par le petit détective bengali, ils apparaissaient, guidés par leurs *mahuts,* calmes comme les monts d'Auvergne. Enrobés de silence, ils descendaient la berge dans leurs culottes trop longues ridées aux genoux. Ils marchaient jusqu'au fleuve où ils se rafraîchissaient avec bonheur, agitant leurs oreilles tachetées de points blancs qui rosissaient avec le soleil couchant.

Mais de Bibutibushan, point ! L'homme aux chaussures *Church* n'était jamais à l'improbable rendez-vous.

Boro finit par appeler le Taj Mahal. A la réception, on lui fit réponse que Shri Bibutibushan était absent et qu'on se trouvait sans nouvelles de lui.

Pour pallier son découragement, le reporter s'était retourné vers la photo. Chaque jour, il se mettait en chasse d'images exaltantes. Elles ne manquaient pas : chars sacrés aux proportions gigantesques, temples coiffés de mitres multicolores, femmes au port de reines...

Chercher la princesse ? Bien sûr ! Chaque minute servait aussi à cela. Chaque temple polychrome et son dédale de ruelles sombres, chaque détour de ghât, chaque jardin de *mali,* chaque *dhobi* étalant son linge le rapprochait d'elle. Il finirait par la voir réapparaître ! L'Inde était immense, mais son désir quatre fois plus vorace que celui des tigres ! Il avalerait tout !

Et il avait raison d'y croire. La ville de Mysore, en effet, ne s'était pas refermée à jamais sur la belle Roumaine. Un matin, un matin magique, la foule bigarrée d'un bazar s'ouvrit sur la Rolls-Royce du jeune maharadjah de Coimbatore...

Le mystère du cocu magnifique

Boro et son Leica se trouvaient ce jour-là du côté des humbles. La police avait usé brutalement de ses bâtons de bambou pour écarter la foule sur le passage du lourd et somptueux véhicule. Des cris avaient fusé. On avait reconnu le prince. C'est ainsi que Boro, à son tour, avait découvert l'hôte de la comtesse Romana Covasna.

Il fut piétiné, refoulé, et c'est miracle s'il put capter le long regard émeraude d'Enigma tandis qu'elle passait devant lui, reine parmi les reines, passagère unique assise aux côtés du jeune prince.

Depuis, il ne l'avait plus lâchée.

Elle habitait au palais.

Avec la complicité d'un garde, il avait repéré la fenêtre de la pièce où elle logeait. Avec celle d'un jardinier qui répondait au délicieux nom de Tirukalikunraswami, il était entré jusqu'au cœur de la citadelle. Dissimulé sous un déguisement approprié, il avait parcouru de multiples cours intérieures et de somptueux jardins.

Le soir même, tapi dans l'épaisseur d'un massif de bananiers, il avait aperçu l'athlétique silhouette du baron von Treeck. Sous les arcades d'une galerie, l'aristocrate allemand échangeait des propos graves avec le père du maharadjah, un vieillard à la barbe vénérable, au turban rehaussé d'un éclatant saphir. Légèrement en retrait des deux hommes, un serviteur à la peau d'ébène, armé d'un poignard, éventait chacun de leurs pas. Un autre, surgi de nulle part, s'inclina devant eux avant de leur offrir des rafraîchissements. Puis Boro les vit disparaître.

Longtemps après que leurs silhouettes se furent évanouies, fantômes bourdonnants happés par l'espace flou d'une terrasse, leurs voix résonnaient encore aux oreilles du reporter.

Boro sortit de sa cache végétale et s'en revint lentement sur ses pas. Il était perdu dans ses pensées. Ses yeux, agrandis par le rêve, restaient fixés sur la perspective vide du long couloir. Il frissonna soudain, car une pensée fugace venait de le transporter auprès de sa belle cousine Maryika. Maryika qu'il avait tant aimée ! Maryika, l'inaccessible image de la perfection ! Maryika, l'invisible lien qui le reconduisait jusqu'à son enfance.

Brusquement, sa jambe infirme se fit plus lourde, plus handicapante que jamais. Un pas, une canne. Tandis qu'il longeait la fraîcheur d'une pièce d'eau, Boro s'arrêta. Comme la Hongrie lui paraissait loin, ce soir-là, dansant dans les reflets d'un miroir aux images déteintes !

Le lendemain, toute nostalgie effacée, le reporter revint se poster non loin du déambulatoire. Il revit le prince de Coimbatore. Tirukalikunraswami, à son service depuis une décennie, lui avait dit que le jeune homme, âgé de trente-trois ans depuis deux jours, avait été éduqué en Grande-Bretagne. Élevé au rang de colonel dans l'armée de Sa Très Gracieuse Majesté la Reine d'Angleterre, il commandait le 48e régiment de lanciers du Kérala, sous les ordres du cacochyme général James Humphrey Bernington. Et c'était ce blanc-bec qui se pavanait au bras de la baronne Enigma, drapée dans un sari de soie verte brodé au fil d'or, affublée d'un *tcholi* décolleté qui ne laissait rien ignorer de ses formes !

Une jalousie maladive s'empara de notre reporter. Un moment, il envisagea de surgir au milieu de la suite des gardes en armes et de boxer le roitelet à aigrette en plein pif ; puis, renonçant à ce stupide et périlleux projet, il resta finalement au milieu de son carré de bananiers.

Le surlendemain, avec la lame de son poignard, il joua à conduire un reflet de soleil jusqu'aux yeux verts d'Enigma. La belle espionne tourna son regard nonchalant en direction des jardins. Elle fumait rêveusement.

Pendant quelques jours, hormis ce maigre résultat, l'infortuné Blèmia ne put approcher celle qu'il appelait de ses vœux. Lorsqu'il ne traquait pas la princesse, il se promenait en compagnie de Tirukalikunraswami. Ce nom lui paraissait long comme un train de marchandises. Les deux hommes déambulaient parmi les étals du bazar voisin. La nuit, Boro dormait sur un grabat de cordes tressées et partageait la vie grouillante du peuple des jardiniers et des chauffeurs de maître.

Ses économies fondaient. Il fumait du chanvre dans une pipe à eau. Il écoutait couler les sources.

Chaque après-midi, il gagnait sa cache à l'abri des bananiers. Il écoutait les roucoulements du prince. Il entendait cascader le rire aux accents de moquerie de la belle Roumaine. Un rire qui ne cessait de se répandre, exaspérant, jusqu'à l'amant éconduit qu'il était devenu. Un rire qui, en revanche, paraissait laisser indifférent le mari de la belle. Ce rire, ces rendez-vous, cette attitude dévergondée reléguaient le hautain baron von Treeck au rang le plus déshonorant des cocufiés complaisants.

Tout de même, quel intrigant manège! Chaque fois, Boro assistait en témoin muet au déroulement de l'immuable scénario. A l'heure endormie où les patients râteaux des jardiniers grattaient les cailloux au fond des sentiers ombreux, Enigma apparaissait sous la galerie au bras du prince. Ils s'asseyaient un moment sous la pergola. Ils admiraient les perruches du jeune souverain, devisaient et riaient, puis entraient dans les appartements de l'Indien où ils demeuraient pendant la durée de l'heure chaude. L'aristocrate allemand subissait sans broncher ses infortunes conjugales et préférait la contemplation des miniatures de l'empire Vijayanagar ou la compagnie du vieux radjah à celle, autrement plus giboyeuse, de sa magnifique épouse.

De son côté, valet de cœur en disgrâce, Boro sentait battre son sang de façon désordonnée. La rage ficelait sa gorge; sa bouche était emplie d'un goût de fiel; le découragement pesait sur sa nuque. Un jour, gagné par un étrange dépérissement, il s'assoupit à l'ombre d'un grenadier.

Passé minuit, il s'éveilla en sursaut. Il était seul. Il était trempé.

Esclave de sa jalousie retrouvée, des mille questions qui encombraient son esprit, il rampa aussitôt jusqu'aux fenêtres éclairées du bâtiment où était logé le couple von Treeck. Devant l'embrasure de l'une d'elles, un rideau diaphane flottait à peine sous l'impalpable souffle de la nuit embaumée. Or, le spectacle que Boro distingua au travers de ce voile l'intrigua autrement plus que l'inévitable scène de ménage à laquelle il aurait pu s'attendre.

Le baron se tenait devant la machine Enigma. Il était torse nu. D'un index hésitant, il tapait des lettres sur le clavier, semblant se conformer aux exigences d'une feuille de papier que lui lisait la baronne.

Les visages des deux personnages étaient calmes, joliment cuivrés par la lumière d'une lampe de bureau inclinée sur sa tige directionnelle. Enigma avait piqué une grappe de jasmin dans sa chevelure dénouée. Elle était vêtue d'un peignoir de nuit dans les vert d'eau. Elle était démaquillée. Le teint naturel. La peau lisse. Le baron, à ses côtés, se tenait en pyjama, comme un mari de tous les jours.

Elle dictait. Il tapait.

C'était une activité plutôt paisible. Par sa banalité même, elle aurait dû décourager n'importe quel voyeur. Pourtant, quelque chose d'infime détonnait. Quelque chose qui remettait en question l'harmonie de cette scène de genre.

Le nez dans les plis du rideau, Boro essayait de comprendre ce qui clochait. Était-ce le visage attentif de la baronne penchée sur l'ouvrage de son mari ? Était-ce l'heure étrange que ces deux-là avaient choisie pour rédiger leur courrier ? Le chasseur d'images n'aurait su répondre clairement à cette question ; néanmoins, un malaise diffus s'était emparé de lui.

Rien de spectaculaire, pourtant, ne se dessinait au-delà du rideau.

Le couple semblait agir à l'unisson. Pour un peu, le reporter en serait même arrivé à se demander de quel droit il restait ainsi tapi dans l'ombre, voleur d'intimité, lorsque, brusquement, il comprit l'impalpable faille qui rendait toute l'activité du baron plus étrange qu'il n'y paraissait. Von Treeck tapait une lettre, mais aucune feuille de papier n'était engagée dans le rouleau de la machine! N'était-ce pas jouer avec l'absurde? Les minutes s'égrenaient, et l'Allemand poursuivait sa stupide besogne. Il tapait sur du rien!

Enfin, l'athlète blond s'interrompit. Il releva le visage, se détendit comme après une forte tension et adressa un sourire de connivence à la jeune femme. Ils allumèrent une cigarette qu'elle venait de lui offrir puis, sans doute alertés par quelque signal sonore, reportèrent leur attention sur le capot noir de la machine à écrire. C'est alors que Boro remarqua que celle-ci comportait des connexions électriques.

Il se recula dans l'ombre. Voilà qui relançait l'intérêt pour l'étrange instrument! En tout cas, son emploi, sa destination, si mystérieux qu'ils fussent, justifiaient peut-être davantage la violence et l'acharnement de ceux qui n'avaient pas hésité à s'entre-tuer pour entrer en sa possession. La mallette se parait de vertus que Boro n'avait pas entrevues jusqu'alors, et méritait sans doute d'autres soins que ceux qu'il lui avait accordés.

Ce soir-là, l'homme au Leica glissa vers sa tanière en se jurant d'en savoir plus long. Du moins sa course folle aux trousses de la belle Roumaine venait-elle de trouver une justification supplémentaire. Car il existait bel et bien un mystère Enigma!

Peu à peu, l'instinct de la chasse revenant au galop, germait en Blèmia Borowicz une excitante envie de se rendre à nouveau maître de la mallette.

Les chemins escarpés de la sagesse

Quelques jours plus tard, Tirukalikunraswami, le jardinier du prince, annonça à son ami français que, dès l'aube du lendemain, les hôtes étrangers de Sa Majesté allaient accompagner le jeune prince à la grande chasse au tigre qu'il organisait en leur honneur.

Aussitôt, délaissant le *hooka,* ses fantasmes et ses vapeurs de chanvre pour de nouvelles aventures, le Kirghiz de mademoiselle Fiffre jeta une partie de ses économies dans l'acquisition d'un cheval pur-sang.

Le lendemain, levé à la pointe de l'aurore, le bouillant reporter écouta le brouhaha des préparatifs à l'intérieur du palais. Une porte de bronze se referma sur une cour intérieure, une cavalcade de sandales froissa les dalles. L'instant d'après, Tirukalikunraswami faisait irruption sous les arcades. Habillé de jodhpurs immaculés et d'un gilet noir boutonné près du corps, il bouscula les dormeurs sur son passage. Puis il les secoua sans ménagements. Il inonda les voûtes des arpèges de son babillage fabriqué en tamoul mais remoulé par des interjections en langue anglaise.

S'adressant à Boro, le jardinier cria :

– Presse-toi, ami ! Nous partons ! Laisse-moi mettre ton turban ! Le maître attend ! N'oublie pas ta couverture pour la nuit !

Et mille autres mots proférés avec une excitation qui l'apparentait à un derviche tourneur.

Dans la cour voisine, la caravane était sur le point de se mettre en route. Une nuée de domestiques hissaient des malles à dos d'éléphant. On emportait des graines, on transportait des essences rares destinées aux serres du palais de chasse, là-haut, en altitude. S'affairant ainsi qu'une toupie folle, Tirukalikunraswami avait l'œil à tout. Il mit lui-même la touche finale au déguisement de son ami reporter.

A six heures du matin, la troupe des voyageurs s'ébranla, sortant par la porte sud de la citadelle. En tête chevauchait le jeune prince de Coimbatore. Dans son sillage immédiat suivaient ses hôtes étrangers.

Tournant le dos à Mysore, cette caravane forte de trente éléphants et d'une cinquantaine de cavaliers entreprit l'ascension des Ghâts occidentaux au-dessus de la côte de Malabar. A l'est, les pentes des monts Nilgiri dessinaient sur fond de ciel pur le profil contrasté d'un homme allongé sur le dos.

En Inde du Sud, le 1ᵉʳ août 1939 s'annonçait comme un jour bleu.

Dans un autre fuseau horaire Paris s'éveillait, environné de grisaille. Les éboueurs nettoyaient les trottoirs. Les facteurs sonnaient pour présenter les « recommandés ». Le courrier tombait dans les boîtes aux lettres. Mademoiselle Fiffre déchira fébrilement une lettre en provenance de New York ; la vieille fille reconnut sans peine l'écriture de Solana. L'enveloppe avait été postée au Waldorf Astoria.

Ce même jour, dans la grande salle de concert de cet établissement de prestige, le trombone américain Glenn Miller soufflait avec tous les cuivres de son orchestre les lénifiantes mesures de son célèbre *In the Mood*.

A Berlin, où elles furent retransmises, le chancelier Hitler, excédé par cette musique décadente, ferma rageusement la TSF et passa dans son cabinet de travail sans prendre son déjeuner. Une heure plus tard, redoublant sa pression sur le corridor de Dantzig, le *Führer* gifla un secrétaire trop lent à enregistrer les foudres du *Blitzkrieg* dont il venait de menacer la Pologne dans une dépêche explosive.

A Londres, les limiers des services secrets anglais et polonais se rencontrèrent une ultime fois. Un des correspondants du BS 4 avait flairé la trace du reporter

Blèmia Borowicz à Bombay et, d'un commun accord, les deux organismes venaient de lâcher leurs tueurs à ses trousses.

Pour Blèmia, mêlé à la suite d'un monarque du Tamil Nadu, le 1er août 1939 était un jour de soleil. Le cuir tanné par cinq longues heures de chevauchée à travers rocs, collines et villages, il se reprenait à espérer de nouvelles péripéties capables de déchirer le double brouillard qui entourait ses amours contrariées et le mystère Enigma.

La troupe du prince Ravindra Mahajanaka, lointain descendant de la dynastie Pallava, escaladait les Ghâts de l'ouest de Mysore et traversait un paysage à la beauté sauvage, assez similaire à certains coins d'Abyssinie. Des escarpements et des falaises barraient l'horizon, dominant une plaine desséchée recouverte de cactus.

Devant de rares maisons blanches, des puits à balanciers tendaient leurs bras pour cueillir l'eau. Des femmes à la peau sombre, au dos nu, aux seins épuisés par de nombreux allaitements, cheminaient le long des pistes. Leurs oreilles étaient distendues par des bijoux d'argent. Elles portaient sur leurs têtes une eau précieuse ou de longues herbes sèches qui serviraient de litière. Rattrapécs dans leur course par les cavaliers envoyés en éclaireurs, elles s'arrêtaient, tiraient le rabat de leur sari de coton pour s'abriter du soleil, puis, comprenant soudain que la troupe galopante qui déferlait dans la poussière entourait un fils de roi, se prosternaient sur le passage martelé des éléphants peints de couleurs vives.

Plus loin, le cortège atteignit un groupe d'hommes, pasteurs pour la plupart, qui allaient à pas lents, fouettant inutilement les troupeaux de buffles ou affolant les hordes de moutons afin qu'ils échappent aux poitrails des chevaux emportés.

Boro poussait sa monture pour suivre le train des éléphants. Il s'émerveillait de l'adresse des pachydermes qui se glissaient silencieusement entre gros arbres et bambous. Il observait les serviteurs à pied, contraints à la course pour les suivre et dont les efforts rendaient plus irréelle encore la vélocité des calmes colosses.

En début d'après-midi, la colonne des voyageurs ralentit son train pour laisser souffler bêtes et gens. Theodora von Treeck venait de se retourner dans la distance poudreuse de la piste. Un moment, malmenée par la houle d'épaules de l'éléphante qu'elle montait, elle parut dévisager son mari qui suivait, perché sur un énorme mâle. Puis il sembla à Boro qu'elle prolongeait son regard jusqu'à lui. C'était la première fois depuis le jour où ils s'étaient entrevus à Mysore.

Le soleil éclairait la masse de ses cheveux aux reflets fauves. Les pommettes énergiques de la jeune femme paraissaient ciselées par la lumière ; ses yeux offraient leur reflet émeraude. Boro, dressé sur les étriers de son cheval tamil, crut y lire la promesse qu'il attendait depuis si longtemps. A nouveau il ne vit plus qu'elle. Il n'aima plus que son mystère.

A l'ouest, le soleil dorait les croupes des montagnes proches. La princesse se détourna. Faussant alors compagnie à la troupe bruyante, Boro poussa son cheval jusqu'à la plate-forme d'un belvédère. Son instinct de photographe avait renoué avec lui. Il mit pied à terre, se coula dans un sombre défilé et resurgit dans l'éblouissante clarté du soleil rouge.

Il se sentait en parfait accord avec le ciel poudré d'or. Il arma son Leica et prit quelques clichés. Il se tenait debout au bord de la falaise, immobile, respirant l'unité vivante du monde étendu à ses pieds. Il sondait d'un œil émerveillé la succession des gouffres et des précipices estompés par la buée des vallées assombries, lorsqu'une voix railleuse le fit tressaillir.

– Tu contemples mon pays ? Il est bien trop vaste pour que tu l'apprennes !

Il se détourna et découvrit la silhouette auréolée de pourpre de son ami jardinier.

– Je veux seulement garder le souvenir de ce que je suis en train de vivre, répondit-il.

Il se sentait d'un calme étrange. Une musique résonnait en lui.

Il porta le Leica à hauteur de son visage et s'efforça de composer une image.

– Tu peux toujours essayer ! ironisa l'Indien. Jamais ton objectif n'ira assez loin pour rencontrer des lumières éteintes depuis des milliers d'années !

196

– Alors il me reste le présent, répliqua tranquillement Boro. Le présent suffit à mon bonheur.

– C'est le début de la sagesse, acquiesça Tirukali.

– C'est une réponse heureuse à la folie des hommes, ajouta le reporter.

Il prit trois photos de son rêve et une de son ami jardinier. Puis les deux hommes s'en revinrent, chevauchant côte à côte. Ils rejoignirent le cortège qui poudroyait au loin. Boro éprouvait une sorte de volupté intérieure, l'esprit lavé de toutes les contingences du monde civilisé ; il avait oublié les névroses de Solana et réduit les événements de l'Europe en fièvre aux proportions de lointaines vaguelettes.

De temps à autre, à l'orée d'un champ de canne à sucre, il se dressait sur ses étriers. Là-bas, nimbée à son tour de l'or du soleil, belle à en périr, Enigma cahotait au rythme de l'éléphant qu'elle montait. Il semblait au reporter qu'elle se tournait souvent dans sa direction. Captif des faux-semblants d'un amour auquel il ne croyait pas vraiment, Blèmia Borowicz se persuadait que c'était pour lui, pour lui seul que le regard de la baronne von Treeck étincelait dans le soir naissant.

A la même heure, guidé par le ruban bleuté des feux de piste, un avion de ligne en provenance de Londres venait de se poser sur l'aéroport de Bombay. Deux tueurs débarquèrent de la passerelle. Ils étaient chargés d'abattre le photographe français. L'un d'eux était enrhumé. L'autre, qu'on appelait « le Nettoyeur », chercha dans la foule la correspondante locale du MI 6 chargée de les accueillir.

Surgie de derrière un groupe de porteurs à turbans rouges, Shakuntala Donnegal s'avança vers eux. La jeune femme avait une poignée de main énergique.

– Bonjour, dit-elle aux chasseurs. Avez-vous fait bon voyage ?

Sans attendre la réponse, elle fixa le soleil à demi plongé dans l'océan et ajouta :

– Les dernières nouvelles du lièvre ne sont pas fameuses. Nous avons perdu sa trace.

Tirukalikunraswami

– *Sahib?* Sais-tu pourquoi les éléphants dorment avec la trompe dans leur bouche ?

– Pour apprendre à parler du nez !

– Non. Pour échapper à leur plus mortelle ennemie.

– Un éléphant de plusieurs tonnes ne craint personne !

– Erreur, *sahib !* Les dieux ont prévu qu'une fourmi rouge d'un demi-centimètre à peine pourrait venir à bout du mastodonte... Il suffit à ce minuscule insecte de s'introduire dans les fosses nasales du colosse pendant son sommeil.

– Merci de continuer à m'instruire, Tirukalikunraswami, dit Boro à l'adresse de son ami jardinier.

Sa voix était ensommeillée. Il se sentait fourbu.

La nuit resplendissait d'étoiles.

Le *mali* plissa son visage rusé. Il tendit une tasse de thé brûlant au reporter et murmura :

– A toi aussi, Boro *sahib,* ton plus mortel ennemi est un homme aussi minuscule que la fourmi.

– Sapristi ! Comment le sais-tu ?

– Tirukali l'a percé avec ses yeux. En ce moment, il vient vers toi. Et je sais que sa piqûre est mortelle.

Sans égards pour l'étonnement qu'il lisait dans les yeux de Boro, le jardinier tamoul précipita le débit de sa voix et poursuivit entre ses dents :

– Baisse la tête, ami... Sois naturel... Regarde de mon côté... Tire la couverture sur ta jambe raide... Cache ta canne... Et méfie-toi de ce petit homme qui tourne autour de nous. Il t'a dévisagé tout à l'heure avec une froideur de serpent.

Du coin de l'œil, le reporter localisa Eugen Beck. Vêtu d'un costume de golf en lin écru, le tueur à casquette plate circulait parmi les tentes dressées pour la nuit. Il se dirigeait vers Boro, les poings dans les poches, contournant les groupes accroupis comme s'il s'agissait pour lui de se dégourdir les jambes.

L'espace d'un instant, les deux hommes se dévisagèrent. Le reporter lut la méchanceté et le doute dans les prunelles de l'autre.

Avec nonchalance, il tourna le dos au tueur. Il sourit au *mali*. Ce dernier lui proposa le bec de sa pipe à eau, puis lança une phrase en tamoul.

Sous le turban, Boro acquiesça comme s'ils étaient frères de langage. Son teint hâlé par le soleil, sa barbe naissante accentuaient la noblesse de ses traits énergiques. Même s'il avait chaussé de robustes chaussures de cuir recourbées à la pointe, telles qu'en portent les cavaliers du Radjasthan, il avait adopté une tenue – *loungui* et *kurta* – qui pouvait le faire passer pour un homme du Sud.

Déjà, Eugen Beck s'éloignait à grands pas pour retrouver le baron et la baronne von Treeck. Boro le suivit des yeux. Le tueur reprit sa place autour du feu de camp. Écartant les palefreniers, les serviteurs et quelques porteurs de fusils de chasse, le reporter s'approcha alors pour observer les diplomates allemands et leur hôte royal.

Le dernier descendant des Pallava possédait un visage noble, quoique légèrement empâté. Ses gestes pondérés, ses manières courtoises reflétaient une parfaite maîtrise de soi. Le couple formé par le baron et sa femme semblait faire le plus grand cas de sa conversation. Seul « Casquette plate », alias Eugen Beck, affichait une mine renfrognée.

De temps à autre, Theodora von Treeck éclatait de rire. Les yeux du maître de Coimbatore luisaient alors d'une courte flamme de plaisir. Il se détournait vers la jeune femme, observait sa denture parfaite, sa joie de vivre, et souriait imperceptiblement avant de reprendre son attitude réservée.

En général, il se taisait un long moment, prenant son temps avant de se lancer dans une nouvelle phrase. En ces instants de réflexion intense, le *self-control* de ce prince aux ancêtres réputés pour leur cruauté passait par les couleurs d'une inquiétante froideur. Par instants, il posait ses prunelles sombres sur le mari de la belle baronne et le fixait à son insu. Alors Boro saisissait le flux glacial de son regard.

— Le prince déteste le baron von Treeck, déclara le reporter à l'intention de Tirukalikunraswami.

— Il convoite sa femme, admit le jardinier avec un fin sourire. Et il risque fort de l'avoir.

— Pourquoi l'aurait-il ?

— Parce que, de son côté, l'Allemand convoite la *Dame du Kérala,* répondit le jardinier.

— Quelle femme est-ce là ?

Le jardinier sourit à belles dents :

— Mieux qu'une femme, *sahib,* c'est le diamant offert au prince Ravindra par le maharadjah, son père, à l'occasion de son trentième anniversaire... Ce soir, il brille à son front. Il vaut assez d'argent pour lever une armée entière !

Boro concentra son attention sur le bivouac. Au turban du jeune souverain étincelait en effet un énorme brillant. Était-ce là la mission du couple von Treeck : dérober le faramineux cabochon pour l'expédier en Allemagne où il irait rejoindre le trésor des nazis ?

— Une épouse contre un diamant ? s'écria le reporter. Encore faudrait-il que la baronne soit consentante !

— J'ai bien peur qu'elle ne le soit.

— C'est absurde !

— C'est plausible. Et tu le sais. Sinon, pourquoi te rendrais-tu malade chaque après-midi sous ton bananier ?

— Tu m'as espionné ?

— Je me tiens toujours prêt à t'empêcher de commettre une irréparable bêtise.

— Quel genre de bêtise ?

— Gifler le prince, par exemple.

Boro explosa :

— Cent fois j'ai failli lui plumer son aigrette !

— Tu nous aurais mis dans de beaux draps !

– Nous?

Tirukalikunraswami ne répondit pas. Boro réfléchit un court instant, puis reporta son attention sur le couple d'Allemands et leur hôte.

– Tirukali? interrogea de nouveau le reporter.

– Oui, mon ami?

– Le prince Ravindra a un grade d'officier supérieur dans l'armée anglaise, mais n'est-ce là qu'un titre honorifique?

– Pas le moins du monde, *sahib*. Le radjah a gagné son commandement au feu. D'ailleurs, d'ici quelques jours, il participera aux grandes manœuvres qui vont engager tous les corps d'armée du dispositif sud de l'Inde.

Les yeux du reporter se firent agiles. Deux fines rides barrèrent son front.

– Un grand déploiement de forces?

– Et de matériel.

– Où aura lieu ce rassemblement?

– Sur les hauts plateaux du Dekkan. A une centaine de miles au nord-est du palais de chasse.

– Je parie que les von Treeck seront invités à regarder manœuvrer l'armée anglaise, n'est-ce pas?

Tirukalikunraswami acquiesça avec gravité.

– Ils seront à la tribune d'honneur. Avec les attachés militaires.

– D'où tiens-tu tes renseignements? le pressa soudain Boro.

– Les plantes se taisent pour pousser, sourit modestement le Tamoul. Le jardinier écoute ceux qui recherchent leur parfum dans les serres.

– Qui es-tu, Tirukalikunraswami? demanda Boro.

L'Indien posa sur lui un regard incandescent et garda le silence.

Un éclat de voix fit tressaillir Blèmia. Le prince venait de se dresser. Il frappa dans ses mains et, aussitôt, une nuée de serviteurs aida les invités à se rincer les mains dans des aiguières d'argent. Lorsque ce fut fait, l'affable Ravindra se tourna vers Hobenfahrt. Les deux hommes semblaient rivaliser de courtoisie l'un envers l'autre. Au terme de quelques échanges d'amabilités, le prince posa ses mains sur les épaules du baron et lui parla les yeux dans les yeux avec une certaine dose de cérémonie. Von Treeck paraissait ému. Le jeune radjah passa son bras sous le sien et l'entraîna sous sa tente.

La baronne n'avait pas bougé. Paisible, elle avait allumé une cigarette et sondait la nuit de son beau regard. A l'inverse, Beck semblait nerveux et tournait comme un chacal autour de la tente du prince.

– Tirukali ? murmura Boro.

– *Dji han, sahib !*

– Tu vas m'aider. Je vais enlever Enigma cette nuit même.

Le jardinier plissa ses yeux rusés.

– Enigma, *sahib ?*

– C'est le nom que je donne à la baronne.

– C'est un joli nom...

Il parut réfléchir et ajouta :

– C'est aussi un curieux nom.

– C'est celui de sa machine à écrire !

La physionomie de Tirukalikunraswami s'illumina d'un sourire d'émail.

– Tu la nommes comme sa machine à écrire ?

– Enigma est une femme mystérieuse. Et sa machine à écrire n'est pas ordinaire.

– Qu'a-t-elle de si étonnant ?

Boro ne répondit pas directement. Il se contenta de fixer l'Indien, prit l'air amusé et lui dit :

– Que t'importe, incorrigible fouineur ! Est-ce que tes jardins poussent sans arrosage ?

– Non, Boro *sahib*. Mais mes jardins ne sont qu'un prétexte.

– Eh bien, je te répondrai que la machine à écrire d'Enigma ne peut pas fonctionner sans ses abécédaires !

Il s'interrompit brusquement. Le mari de Theodora von Treeck venait de réapparaître. Derrière lui marchait le prince Ravindra.

A la vue de ce dernier, les yeux sombres de Tirukalikunraswami brillèrent d'une étrange lueur.

– C'est fait, glissa-t-il à l'oreille de Boro. La baronne appartient au jeune radjah !

– Comment le sais-tu ?

– La pierre précieuse a changé de main !

Boro s'était redressé. Incrédule, il fixait le turban du

prince de Coimbatore. Celui-ci était libre de tout orne-
ment.

Ravindra rayonnait. Il se tenait face à la belle Roumaine, noyant son regard dans le sien. De sa paume, il
effleura tendrement sa joue.

Simultanément, les autres invités du radjah venaient
de quitter l'ombre du dais tendu en leur honneur. A
l'invite du prince, guidés par une délégation de prêtres
en robes safran, ils faisaient mouvement vers l'entrée du
temple voisin.

Von Treeck s'avança parmi eux. Il affichait un sourire
détendu. Sur un signe à peine esquissé, Eugen Beck
galopa jusqu'à lui. Le baron lui confia quelque chose
que l'homme à la casquette plate s'empressa d'aller
déposer dans une tente bleue dressée à l'écart. C'était
celle qui avait été assignée au couple.

Tirukalikunraswami avait posé ses yeux intelligents
sur cette sombre tanière où venait de s'engouffrer le
petit espion. Il semblait réfléchir. A l'inverse, le reporter faisait preuve d'agitation. Il avait passé la dragonne
de son stick autour de son poignet et concentrait son
attention sur les invités du prince. Comme les premiers
d'entre eux abordaient les marches de l'édifice aux mille
statues polychromes, il murmura avec une fascination
étrange :

– Enigma...

– Plutôt que la femme, tu ferais mieux d'enlever la
machine, conseilla le Tamoul.

– J'emmènerai les deux si je peux, rétorqua le reporter.

Le silence glissa entre eux deux. Boro le rompit soudain avec brusquerie :

– Je me demandais, Tirukali, si tu ne serais pas le
voleur qui pourrait m'aider à réaliser ce double rêve.

– *Le voleur,* Boro *sahib ?* Bien fou celui qui pourrait
répondre ! répliqua Tirukali en souriant.

Après un temps, il ajouta d'une voix plus lointaine :

– Pour ce qui est du rêve, mon ami... Parfois il est
promesse de réalité, parfois il se brise.

– Fort bien. Oublie ce que j'ai dit, se rétracta le
reporter.

Il s'apprêtait à s'élancer en direction du temple. Se

ravisant, il fit signe à son ami jardinier et lui désigna ses fontes, une double besace de cuir où il enfermait ses maigres possessions.

– Dès que je serai parti, contente-toi de seller mon cheval et trouve, si tu peux, une autre monture pour la baronne. Voici pour ta peine...

Il tendit au *mali* une liasse de billets : le reste de ses économies.

En signe de refus, Tirukali leva la paume de sa main et dit dans son anglais chancelant :

– Sais-tu pourquoi l'éléphant dort sur un pan de terre inclinée ?

– Non, répondit Boro qui bouillait d'impatience et ne songeait qu'à s'éloigner.

– Parce que, s'il est en danger, il peut ainsi se relever plus vite.

Il vrilla ses yeux énigmatiques au fond de ceux du reporter.

– Toi, quand tu seras dans le temple, il faudra toujours garder un mur derrière tes épaules. Et te méfier des piliers.

– Pourquoi ?

– Parce qu'ils sont ronds, mon frère, répliqua le *mali*. N'importe qui peut en faire le tour derrière toi. Et te piquer dans le dos.

Boro esquissa un signe de remerciement.

Déjà, il se hâtait dans l'obscurité où se fondaient les visages.

S'il avait pu se retourner et percer la nuit, il aurait été quelque peu surpris par le comportement inattendu de Tirukalikunraswami. En quelques foulées agiles, le *mali* s'était approché des tentes désertées par les invités. Eugen Beck montait la garde devant celle qu'occupaient les von Treeck. Le jardinier rampa, ombre parmi les ombres, à l'arrière de la toile bleutée. S'aidant d'un coutelas, il en perça le pan le plus reculé au ras du sol. Tel un reptile, il se glissa par l'ouverture. Ramassé sur ses talons, il resta immobile jusqu'à ce que ses yeux se fussent habitués à l'obscurité. Ensuite seulement il agit. C'était merveille de voir la précision de ses gestes.

Avec une surprenante absence de scrupules, le jardinier transformé en larron s'accroupit devant les bagages des diplomates allemands. Son visage immobile ne trahissait pas la moindre fébrilité. Ses doigts agiles dégrafaient les fermoirs cependant que son regard chafouin surveillait les parages. Il se mit en devoir de fouiller méthodiquement les poches de cuir, les portefeuilles, les soufflets, les pochettes glissées entre le linge de rechange. Une seule mallette était fermée. De sa ceinture creuse, il tira un trousseau de pennes montés sur tiges fines et, avec l'expérience d'un vieux routier de la serrurerie, crocheta la double fermeture. Le couvercle soulevé révéla tout d'abord une machine à écrire. L'instant d'après, ce qui intéressait le voleur et qui sommeillait, couché pour ainsi dire dans le berceau du clavier, passa dans sa main experte. Tirukali tira sur le cordon d'un délicat sachet de cuir ouvragé en forme de bourse, prit connaissance de son contenu, et, la joie peinte sur son visage, glissa la *Dame du Kérala* dans sa poche. Puis il souleva la mallette par sa poignée.

Sa silhouette de fouine se fondit bientôt dans les contreforts de la nuit. Après avoir fait le tour du campement par l'extérieur, il regagna le quartier des domestiques et se montra dans le coin des jardiniers. Conformément à sa réputation pointilleuse, il fit mine d'aller vérifier le chargement d'un chariot de marchandises et d'ustensiles qui suivait le cortège et dont il avait la charge. Il y dissimula la mallette entre deux sacs de mil puis, ayant extrait la pierre précieuse de son enveloppe de cuir, noya son inestimable butin au fond d'un sac de graines qui ne le quittait jamais. Après seulement, il se mit en route pour le corral où étaient parqués les chevaux de l'escorte.

Comme il levait la tête, la lune entra dans les nuages.

Le temple de Lakshmi

Boro découvrait la masse sombre des toits escarpés du temple dédié à Lakshmi, véritable ville sainte appuyée aux ruines d'une cité engloutie de l'empire de Vijayanagar. Les sculptures enchevêtrées semblaient sortir du néant. Grâce au ciseau des sculpteurs, une mise en mouvement du magma brut de la roche conférait aux *devatas* leur grâce unique de divinités volantes.

Le reporter franchit une dernière volée de marches et se débarrassa de ses chaussures. Ensuite, poursuivi par les muettes vociférations des démons Asuras, il se laissa avaler par la bouche du démon Ravana et s'engouffra dans l'édifice aux cent pinacles.

Passé l'entrée du sanctuaire aux colonnes supportées par le dos de plusieurs dragons en colère, une succession de cours intérieures menaient au temple. Ses proportions immenses, ses murs tapissés de figures en bas-reliefs renforçaient la sensation de mystère et d'insécurité que ne démentait pas l'éclairage vacillant des torches et des maigres ampoules électriques.

Boro se tenait sur ses gardes. Il avait passé son Leica en bandoulière, sa canne était assurée par son lacet autour de son poignet.

Tandis qu'il avançait dans un large corridor dallé, il entendait bruire, loin devant lui, l'écho de nombreuses voix.

Parfois, le reporter trébuchait sur un corps. Parfois, il s'immobilisait devant une ombre surgie de nulle part. Tous ses sens étaient en éveil. Il lui semblait que sa peau était hérissée. Sous les voûtes dormaient les citoyens à demi nus d'un monde souterrain.

Autour de lui, devant lui, se refermant derrière lui, un grouillement d'animalcules, un froissement d'élytres, la présence itinérante de blattes humaines, de forficules en haillons. Des pauvres et des malades, des saints illuminés et des enfants seuls, une femme lépreuse, une jeune fille au visage beau comme celui des statues à l'ineffable pureté qui ornaient les murs, surgissaient au hasard des arcades. A part le blanc des yeux, trait de vie fugace au détour d'un ténébreux dédale de caves, de niches, de recoins voûtés, aucune de ces créatures n'avait de consistance terrestre.

Elles étaient muettes. Elles étaient mystère.

Boro avançait.

Ses pas gagnaient sur les voix dont le volume s'intensifiait au fur et à mesure de sa lente progression. Sans doute la suite du maharadjah visitait-elle les lieux sacrés sous la houlette d'un prêtre qui commentait, sur la pierre, les scènes tirées du *Rāmāyana* et les légendes de Çiva et de Vishnou.

Boro savait qu'il approchait du but.

Il laissa derrière lui, sous les arcades, un vieux gourou qui instruisait ses disciples, tous brahmines. Comme une simple notation jetée sur un carnet, il enregistra l'arrivée d'un homme de caste inférieure qui s'approcha timidement du groupe et qui, sur un signe du saint homme, prit sa place à l'écart.

Puis une cloche tinta bizarrement.

Boro emprunta un corridor plus sombre. Un maître et son élève accroupis lui apparurent dans un halo de lumière rouge. Ils avaient les yeux clos, les narines pincées, la nuque rase ornée d'une mèche unique. La voix du maître, accompagnée par le *tabla,* guidait celle de l'élève, la brisait, la modelait, la hissait avec exigence, la tordait le long des chapiteaux.

Comme il passait devant eux, Boro eut le sentiment diffus que le vieillard ressemblait à un amant, que le jeune homme avait lui-même acquis peu à peu la légèreté d'une maîtresse ; la torsade de leurs voix rejoignant l'éternel, deux âmes étaient en train de s'échanger.

Il pressa le pas dans l'obscurité froide. Soudain, échappant à l'éblouissement d'une torchère, Enigma apparut.

Les piliers du désespoir

Elle lui tournait le dos.

Les pieds nus, elle se trouvait au centre d'un groupe composé de sadous et de prêtres. Elle écoutait la péroraison d'un homme âgé, recouvert de cendres. Son front était peint d'un trident blanc. Il semblait n'avoir pour richesses que son collier de santal, un pot de cuivre destiné à ses ablutions et le gourdin qui assurait sa marche.

Les gardes du prince qui veillaient à la sécurité de leur maître suivaient la petite troupe des pèlerins et des invités étrangers. Ceux-ci observaient une fresque représentant une procession de cavaliers en armes entourant le grand empereur Krishnadeva Raya au cours d'une de ses chasses.

Après s'être assuré que le baron von Treeck se trouvait bien au premier rang des visiteurs, Boro s'approcha insensiblement de la Roumaine. Par-delà les épaules et les crânes, il distinguait parfaitement la silhouette athlétique de son rival. Non loin de lui, séparé seulement par quelques robes safran, le prince Ravindra, dont on pouvait apercevoir l'aigrette rose, était lui aussi accaparé par le discours d'un prêtre.

Boro surveillait les gardes. Il n'avait pas repéré Beck.

Au signal guttural lancé par un prêtre au crâne rasé, les visiteurs s'ébranlèrent. Ils traversèrent une longue galerie divisée par cinq rangées de colonnes, et parvinrent dans une cour. Un bassin y était creusé, délimité par des escaliers. L'endroit était sombre. Les piliers fractionnaient les groupes. Boro saisit sa chance.

Il s'avança hardiment, longeant la troupe, rattrapa la baronne et la saisit par le coude.

Enigma se retourna d'un bloc. Elle poussa un faible cri et, les yeux agrandis par la peur, se laissa entraîner dans l'ombre d'une colonne.

– Tu es fou! souffla-t-elle aussitôt en regardant s'éloigner les autres.

Mais Boro la submergea d'un baiser.

Lorsqu'ils se détachèrent l'un de l'autre, elle le regarda, éperdue, et lui dit:

– Tu ne sais pas ce que tu risques! Ils ont découvert que tu t'acharnais à nous suivre, et maintenant je ne peux plus rien faire pour te protéger!

Il lui sourit:

– Ainsi, c'était vrai? s'émerveilla-t-il. J'avais raison! Tu cherchais à m'épargner?

– Oh! Boro!

Elle se jeta contre lui. Elle était bouleversée par son idéalisme, son panache.

– Boro, je t'en supplie, prends la fuite! Ils se montreront impitoyables! Ils te cherchent! Ils te retrouveront! Beck t'a reconnu!

Elle le prit par la main et l'attira contre elle.

– Partons, lui dit-il. Je suis venu te chercher.

– C'est impossible!

Il la prit par les épaules, la força à le suivre pendant quelques mètres. Elle se rejeta en arrière et se raidit.

– Viens!

Il la saisit sans ménagements par les poignets et la traîna derrière lui. Elle bougeait follement la tête en signe de dénégation. Elle se fit si lourde, si passive qu'elle perdit l'équilibre. Il dut s'arrêter.

Elle se redressa. Dans la course, ses cheveux s'étaient dénoués. Elle dissimula son visage sous le pan de son sari et se jeta dans l'ombre d'un bas-relief où grimaçaient de hideux démons et des êtres de pierre noire en forme de dragons. Il la rejoignit.

– Tu ne penses qu'à toi! s'écria-t-elle.

– Je pense à nous deux!

– Tu ne peux pas comprendre! Tu ne sais pas à quel monde j'appartiens!

– Il faudra que tu m'expliques cela aussi, répliqua-t-il.

Ils étaient adossés à un pilier blanc barré de signes rouges. Boro avait oublié toute prudence. Il l'embrassa à nouveau.

– Viens ! Je t'emmène !

– Retourne en Europe, supplia-t-elle. Fuis ! Moi-même, je serai à Munich avant la fin du mois.

Elle se retourna brusquement, les nerfs à vif. Ils entendirent des pas sur les dalles, puis quelques cris brefs.

– Les voici ! Ils me cherchent ! Beck est armé ! Méfie-toi de sa canne, elle enferme une épée... La lame en est empoisonnée ! Pars tant qu'il est temps !

Elle venait de lui échapper et s'éloignait en courant.

Il se retrouva seul et se retourna.

Comme l'avait prédit Tirukalikunraswami, Eugen Beck surgit de derrière le pilier.

– Scorpion ! fit Boro en fixant la lame empoisonnée.

Quand le ciel se déchire

Le fil d'acier fouetta l'air et rencontra le vide. Comme un dard venimeux, il parut se recourber et capta une nervure de lumière qui le fit paraître encore plus acéré.

Boro ne regardait pas l'homme. Il surveillait le chemin effilé par où viendrait la mort.

Il avala sa salive dans un gosier sec, recula insensiblement en tournant autour du pilier. Il sentait dans son dos la flamme dansante d'une torche et se disait que, pourvu qu'il la mît entre lui et son agresseur, ce dernier serait au moins passagèrement ébloui.

– Tu as volé deux trésors ! glapit le nazi.

Le dard empoisonné s'anima soudain.

Un trait oblique parut sortir d'un imbroglio de lignes croisées et traça son arc mortel en direction du visage du reporter.

Boro s'effaça, fit dévier la tige vénéneuse d'une parade de son jonc, et, prenant appui sur sa jambe valide, bondit en arrière. En même temps, il avait fait mouliner son stick, l'avait lâché une fraction de seconde, rattrapé par l'extrémité et avait tendu brusquement le bras.

Il savait qu'il ne résisterait pas longtemps à ce combat inégal et rompit de quelques pas.

Le scorpion effectua un parcours latéral. Il préparait un nouvel assaut et passa le cap de la torchère.

La flamme dansante s'inscrivit fugacement au fond des yeux d'Eugen Beck. Il y eut un froissement, une zébrure dans l'air. Le lacet de cuir s'enroula autour de la lame. D'un mouvement sec du poignet, le reporter abaissa son jonc. L'autre ébaucha un geste du torse pour se dégager. La pointe de l'épée empoisonnée passa et repassa plusieurs fois devant le corps de Boro qui, dans un sursaut, détendit sa patte raide et frappa son adversaire à l'entrejambe.

– *Himmel ach! O ich Armer*[1]! exhala une voix navrée.

Sous l'effet de la douleur, Beck s'était courbé vers l'avant. Boro accentua son moulinet et fit lâcher prise à l'Allemand. Dans un cliquetis de métal, la canne-épée atterrit quelque part sur le dallage.

Boro recula.

Il lut la haine la plus implacable dans le regard de son adversaire.

– *Du! Jude*[2]! éructa le petit homme.

Il avait sorti de sa poche une arme de gros calibre.

« Cette fois, adieu la vie », pensa Boro sans amertume.

Et il se souvint des prédictions faites par trois gitanes un soir de février 1931, au coin de Montparnasse et de Raspail.

Le rostre de chimère de la plus âgée des femmes d'Égypte s'avançait au-devant de lui tandis qu'il guettait fixement le moindre geste du petit tueur. Le temps s'était arrêté. Il revoyait le visage ridé de la pythie, sa laideur extrême, le grain reprisé de sa robe d'organdi. Plus que tout, il entendait sa voix de crécelle retentir à ses oreilles :

« *Tu iras regarder les hommes jusqu'au fond de leur nuit. Méfie-toi alors de ne pas mourir d'une balle en plein front.* »

Il sonda l'obscurité où se trouvaient les lépreux et les pauvres, les gourous et les disciples – tous frères de renoncement –, et fixa le mufle du Luger qui allait lui faire exploser le crâne.

– *Die Furcht vor dem Tod*[3]? railla Eugen Beck en remarquant le flottement de son esprit.

– Non. L'envie d'aimer, répliqua Blèmia.

1. Oh ciel ! Pauvre de moi !
2. Toi ! le Juif !
3. La crainte de la mort ?

Et, défiant son bourreau, il ferma les yeux.

Il attendait le néant, il entendit un râle.

Il rouvrit les paupières.

Le visage énigmatique de Tirukalikunraswami lui apparut, surplombant le corps affaissé d'Eugen Beck. Un poignard était fiché dans le dos de son exécuteur.

— Comment es-tu là ? balbutia le reporter.

— Comment ne le serais-je pas ? rétorqua le jardinier. Comment ne le serais-je pas, moi qui sais que les piliers sont ronds et que n'importe quel serpent peut en faire le tour et venir piquer son ennemi dans le dos ?

Il ajouta en désignant l'Allemand :

— Celui-ci n'est pas tout à fait mort. Est-ce que je l'achève ?

— Non, dit Boro.

— Tu es incorrigible, estima le *mali*. Il te piquera à nouveau.

Il récupéra son poignard dans le dos de sa victime, en essuya la lame sur la chemise du blessé et mesura l'ampleur d'un bruissement de pas.

— Ils arrivent de partout. Ils n'ont rien trouvé et sont enragés, fit-il. Suis-moi ! Vite !

Il glissa hors du champ visuel de Boro qui s'élança pour le rattraper. Ils firent une trentaine de mètres en longeant les murs, traversèrent un passage gardé par des lépreux aux moignons enrobés de pansements sales et, s'arrachant à leurs supplications muettes, gagnèrent le couvert d'une voûte où un escalier tournant prenait naissance, plongeant vers le puits noir d'une cave taillée dans la roche.

— Suis-moi, répéta le *mali* en saisissant le reporter par la main.

L'obscurité était devenue si profonde que Boro se laissait mener. Il se demandait comment son guide était capable de se diriger dans ces ténèbres.

— L'esprit ôte de la pesanteur au corps, murmura le Tamoul comme s'il perçait ses pensées.

Ils parcoururent une vingtaine de mètres dans ce lieu sans contours ni réalité. Au fur et à mesure de leur avancée dans cet espace virtuel où flottait une fade odeur de chair corrompue, le reporter eut la certitude qu'à son insu il côtoyait des êtres. Il percevait des haleines, des frôlements, d'imperceptibles déplacements, des froissements d'étoffe, des cliquètements de mandibules témoignant de présences immobiles ou de vies réduites à l'agonie.

Transformé en lent voyageur du néant, il déchiffrait son parcours à travers un impalpable peuple de parias qui avaient déjà perdu toute matérialité.

Ici point de corps, point de plaintes, point de plaies, d'ulcères ou de suppurations visibles. Tout espoir d'un ailleurs s'était déjà retiré.

Soudain, le sol se déroba sous les pieds de Boro et de son compagnon. Le poignet griffé par la main de Tirukali qui s'accrochait à lui comme une serre, ils dévalèrent la pente inexorable d'un toboggan de pierre. Au sortir d'une courbe encombrée de débris humains, Blèmia aperçut le miroitement de l'eau sous la lune.

– Le cimetière des lépreux, annonça Tirukali.

Sa voix était méconnaissable.

Il était trop tard pour emprunter un autre chemin. Déjà, les deux hommes recrachés par le tunnel de pierre amerrissaient dans un *tank* à l'eau pestilentielle où tibias et crânes mêlés barbotaient.

– Ne t'endors pas ici, Boro *sahib,* recommanda le jardinier en désignant des torches qui couraient en tous sens autour du temple.

Ils s'extirpèrent du bain funèbre en prenant appui sur les membres d'une statue de terre peinte représentant Bhima, l'un des cinq frères Pandava de l'épopée du *Mahābhārata*. Après avoir longé la berge, ils traversèrent une esplanade déserte.

Un fossé, une portion de friche hérissée de cactus, et les deux fugitifs se coulèrent entre les tentes du campement.

– Voici ton cheval, dit soudain le *mali* en contournant la silhouette d'un chariot bâché.

Le reporter flatta l'encolure du pur-sang. Il vérifia que ses sacoches de cuir étaient arrimées à la selle et engagea son pied nu dans l'étrier. Comme ses doigts palpaient la couverture jetée sur la croupe de sa monture, il fit la découverte d'un bagage inattendu.

– La mallette Enigma ! bredouilla-t-il.

– Tu vois bien, ironisa aussitôt la voix de Tirukali,

sortie d'un pan d'obscurité. Parfois, le rêve est bien au rendez-vous de la réalité.

– Et parfois, tant va le rêve qu'à la fin il se brise, soupira Boro. Je pars sans la femme Enigma.

– C'est mieux ainsi, trancha Tirukalikunraswami en tournant son regard du côté des lumières qui peuplaient la nuit et se déplaçaient rapidement dans leur direction. Si j'en juge par leurs cris, les gardes ont découvert le corps de ton ennemi. Ils vont fouiller tout le camp !

Il aida le reporter à monter en selle.

– Comment te remercier, Tirukali ? dit Boro en se penchant vers lui.

– Mon frère, ne remercie pas celui que tu risques de détester un jour.

– Comment le pourrais-je ? répliqua Boro. Tu m'as sauvé la vie.

– Oui. Mais je t'ai aussi fait beaucoup de mal. Et ta fuite donnera à penser que c'est toi qui es le voleur de toutes choses...

– Tu as chapardé le diamant, n'est-ce pas ?

– Trois ans que je ne me résous pas à le voler à mon maître ! Trois ans que je déplace chaque jour son écrin pour égarer l'esprit des domestiques. Et voilà qu'en une nuit la pierre change de propriétaire ! Je ne pouvais pas laisser cet inestimable joyau aux mains de gens méprisables !

Boro se redressa sur sa monture et emplit ses poumons d'air frais.

– Pars, maintenant. Quitte ce pays, insista le jardinier. A Bombay, va directement à l'aéroport. Ne reviens jamais plus.

– L'aube ! murmura Boro.

A l'horizon, un soleil magnifique incendiait la lisière de la terre. Ses lueurs de brasier éveillèrent les stridentes clameurs du peuple des nocturnes. Dans un banian en forme de candélabre baroque, un millier de vampires renvoyés aux abysses étaient pendus têtes en bas, membranes écartées, vagissant leur défaite face à l'éclosion de la lumière fatale.

– Galope sans te retourner ! Quitte ce pays ! Traverse l'océan ! hurla Tirukali en frappant la croupe nerveuse du pur-sang.

L'instant d'après, Blèmia Borowicz, le visage balayé par la crinière de son cheval, galopait dans un désert escarpé. Il allait, farouche fiancé de la vie, évitant les gouffres et les précipices, ignorant encore au-devant de quelles nouvelles déraisons de l'amour il courait en un temps où s'accumulaient sur la lointaine Europe les fureurs de l'Histoire.

Un fameux coup de bambou

La première personne qu'aperçut Boro en posant le pied dans le hall de l'Hôtel Taj Mahal avait l'esprit tellement accaparé par la cruauté des temps qu'elle marchait la tête dans les épaules, les mains derrière le dos et les prunelles rivées au tapis de haute laine. Comme elle était de courte taille et galopait à un train d'enfer, l'inévitable se produisit : elle percuta le reporter de l'à-plat de l'os frontal. Le portier chamarré ne broncha point.

– Outch !

– *Hell !*

– Bibutibushan Guptapadayah !

– Shri Borowicz ! Justement, vous tombez à pic ! Je me préoccupais de vous !

– Au point de ne pas me voir quand vous me rencontrez ?

– Qui marche les yeux baissés boîte des deux pieds, soupira le petit homme en recourant aux poètes.

– Avez-vous fini par dompter les semelles de vos chaussures *Church of England ?*

– Pffit ! Pensez-vous ! Je suis rentré pieds nus !

– Comment se fait-il ?

– Détroussé par des brigands de grand chemin !

– Et la Bugatti ?

– Vous entamez le chapitre d'un douloureux naufrage...

Boro préféra changer de sujet et fixa rêveusement les mèches ondulées de son interlocuteur :

– Vous avez quelque chose de changé dans la physionomie, Bibutibushan... Vous me semblez... plus wagné-rien...

– Ma coiffure, j'imagine.

– Une perruque pour filature ?

– Non, un chapeau de cheveux pour me protéger du soleil.

En parlant de la sorte, le petit détective frottait son crâne endolori. Il postillonnait comme un ruisseau en crue.

Soudain, il s'interrompit. Son regard suspicieux se porta sur les rares clients qui traversaient le hall.

– *Ils* sont partout, dit-il en aparté. Il faut se méfier de tous. Depuis que cette mallette est passée par ici, on ne peut compter sur personne. Où avez-vous posé vos bagages ?

– A la consigne de l'aéroport. J'y suis passé avant de venir, et j'en ai profité pour prendre mes billets.

Le Bengali eut un haut-le-corps :

– L'aéroport ? Nous ne dînerons pas ensemble ?

– Malheureusement, non. Je prends l'avion pour la France dans moins de trois heures

– Énorme conspiration ! souffla le petit homme.

Il paraissait submergé par la contrariété. Néanmoins, il entraîna Boro en direction du bar.

– Vous avez bien cinq minutes ?

Le reporter se laissa tirer par la manche. Il se détourna à demi vers le desk où il aurait aimé passer afin d'y retirer son courrier venu d'Europe et d'éventuels messages en souffrance.

– Venez-vous, à la fin ? s'impatienta le détective en arrachant sa perruque.

Sa voix laissait percer un brin de mauvaise humeur.

– Je suis là ! s'écria Boro.

Il reporta son attention sur le policier :

– Au fait, vous n'êtes jamais parvenu jusqu'à notre rendez-vous de Mysore ?

– Bien sûr que non ! fit le chauve. Mysore est trop loin ! Le soleil tape trop fort pour celui qui marche sans chapeau sur la route de Poona !

Le reporter lui décerna un brevet d'incompréhension.

– Poum ! explosa Guptapadayah en agitant ses petits bras avec autant de bizarrerie que s'il avait perdu l'esprit. Poum ! Je viens de tomber le nez dans la poussière de la piste ! J'ai une insolation carabinée !

– Qu'est-ce que vous me chantez là ?

– Je vous chante que vous m'avez abandonné ! se cramponna l'autre avec une conviction désespérée.

– Je ne vous ai pas abandonné ! C'est vous qui êtes resté sur place !

– On ne quitte pas une Bugatti carrossée par Gangloff, monsieur !

– Je vous ai attendu à la rivière des Éléphants ! C'est vous qui n'êtes jamais arrivé à destination !

– A contrecœur, je vous l'accorde ! ronchonna le policier en abandonnant le terrain avec des yeux furibards.

Une fois à l'écart, il parut se raviser. En deux pas à talonnettes, il revint se coller contre Boro :

– En retour, exigea-t-il en lui enfonçant l'index dans l'estomac, admettez que, privé de ma sagacité, vous ne pouviez rien faire de bon.

– Si ça vous arrange, Bibutibushan...

Le privé opina du chef :

– Ça me calme !

Et, d'un air pénétré :

– D'ailleurs, vous n'avez pas le choix !... C'est... c'est un préalable à ma guérison ! Les médecins l'ont dit ! avoua-t-il en se tapant rageusement du poing dans la paume. A partir de maintenant, n'oubliez pas que c'est moi, l'enquêteur !

Ayant pleinement retrouvé son ego, il se hissa sur un tabouret et, calé devant le bar, commanda un gin.

– Savez-vous bien ce qui m'est arrivé, monsieur le simple journaliste ? postillonna-t-il soudain en recoiffant sa perruque comme s'il s'agissait d'un chapeau.

Puis, au comble de l'excitation :

– J'ai vu l'enfer, moi, monsieur Borowicz ! J'ai connu la soif ! J'ai eu des mouches dans les yeux ! J'ai mangé avec mes doigts ! J'ai vendu mes lunettes de soleil ! J'ai mendié au bord des routes !

Il se redressa fièrement :

– Mais j'ai ramené l'automobile de lord Choldmondley au bercail !

Il fixa le reporter avec des yeux injectés de sang et lui secoua violemment le poignet.

– Si vous aviez vu en quel état se trouvait la carrosserie !

Boro lui reprit son avant-bras qu'il malaxait sans ménagements.

– J'ai enduré moi-même quelques épreuves, et j'allais vous proposer de...

– Avez-vous déjà vu un forgeron illettré essayer de rapiécer une automobile ? l'interrompit l'autre. Connaissez-vous le bruit insoutenable du marteau sur une culasse en aluminium ?

Sans attendre la réponse :

– Avez-vous déjà observé des villageois analphabètes se passionner pour une automobile ?

Et, toutes paupières écarquillées :

– Avez-vous déjà vu des buffles reconduire une Bugatti jusque sur le parvis d'un hôtel cinq étoiles ?

– J'ai connu moi-même d'autres émotions, et si vous permettez...

Mais Bibutibushan Guptapadayah ne permettait rien. Il semblait perdu pour tout le monde. Les yeux agrandis par l'horreur, il dérivait sur son fleuve d'obsessions, y pagayait furieusement, se noyait dans des phrases sans queue ni tête :

– Est-ce que Bombay est loin ? Est-ce que je peux vous emprunter votre mouchoir pour protéger ma nuque du soleil ? Est-ce que Bombay est dans cette direction ? Est-ce que Bombay est une ville ? Est-ce que Bombay recule ?

Et, les yeux dans les yeux du reporter :

– Savez-vous à quelle vitesse avance un couple de ruminants, monsieur Borowicz ? Quand je pense qu'une des voitures les plus rapides du monde a fini sa carrière juchée sur le plateau d'un char à bœufs !

– Sir Archibald a dû bien mal vous recevoir...

L'homoncule se redressa sur ses semelles compensées.

– Sir Archibald est un homme en tout point remarquable ! Il a pardonné. Mieux, il a ri ! Et c'est ce rire, justement, qui a achevé de me fausser l'esprit. Ah ! Boro, vous n'auriez jamais dû m'abandonner au bord de la route !

– Je suis moi-même un peu fatigué, tenta de l'interrompre le reporter. J'ai chevauché pendant douze heures de pistes, j'ai dormi dans une grotte, je me suis restauré de *chapatties* dans un bordel de Kolhapur, je débarque d'un autobus de campagne et, pour finir, j'ai pris un taxi jusqu'à l'aéroport et retour ici...

Le regard du détective erra jusqu'à une mouche. D'un geste vif, il l'enferma dans son poing. Une manière, sans doute, de montrer qu'il se désintéressait totalement de ce qui était arrivé au reporter.

– Avez-vous arrêté les criminels ? dit-il en emprisonnant le diptère sous le dôme de son verre retourné.

Boro le considérait avec stupeur.

– Où en est notre enquête ? s'enquit avec ferveur le petit détective.

– Elle progresse, dit Boro pour faire bonne mesure avec le délire de son interlocuteur.

– Sera-t-elle couronnée de succès ?

– Je le crois, Bibutibushan. Vous devriez vous reposer...

– Seulement lorsque je serai commissaire !

– Vous le serez un de ces jours...

– Je m'y emploie, fit le privé avec un clin d'œil entendu. Mes études en Angleterre... Je suis pile dans la lignée de Holmes !

Puis, un doigt sur les lèvres :

– Chut ! Je cherche des indices...

Il avait tiré une loupe de sa poche et la braqua sur la mouche prisonnière dans sa cage de verre.

A ce moment précis, un homme enrhumé pénétra dans la salle par la porte-fenêtre donnant sur la terrasse. Il éternua sous son chapeau Borsalino et fit feu par trois fois en direction du bar. Il était équipé d'une arme munie d'un silencieux qui contrefaisait à merveille le bruit anodin des bouchons de champagne. La première balle brisa la loupe du détective. La seconde devint un œil rond dans la glace. La troisième fit un bruit de frelon. Elle passa à deux pouces de la tempe droite de Boro avant de s'aller loger dans une réclame de Cinzano. La quatrième déflagration n'eut pas lieu.

Le type venait de décrocher un mal de tête carabiné. Une bouteille abattue d'une main sûre par un agresseur inopiné venait de se fracasser sur sa nuque de tueur.

Arrivée de nulle part, mais sans doute de derrière la tenture, la massue de verre avait été manipulée par une silhouette floue qui avait aussitôt pris la fuite.

– C'était une femme! murmura Boro comme pour s'en persuader.

– Ce sont mes ennemis, rectifia Guptapadayah en brandissant le manche de sa loupe. Ils savent que je touche au but!

Il souleva le verre et relâcha la mouche.

Un avion pour la France

A l'escale de Bombay, enflée par le microphone de bord, une voix française roulante, crachouillante et sifflante accueillit sept nouveaux passagers sur le Dewoitine D 388 de la compagnie Air France. Ils s'ajoutaient aux autres personnes précédemment embarquées à Hong Kong ou Saigon. L'équipage de la *Flèche-d'Orient* leur souhaita un voyage agréable au nom du commandant Antoine Ducassous, de son copilote Maurens et du radio Micheletti.

Un vieux juge anglais et son épouse parée d'une capeline en forme d'abat-jour, deux étudiants indiens qui faisaient leur médecine à Londres et Blèmia Borowicz étaient au nombre de ces nouveaux venus. Un grand gaillard apoplectique en pardessus mastic et une ravissante veuve éplorée au visage mangé par d'épaisses lunettes noires rejoignirent en courant l'échelle de coupée au moment même où l'on refermait la porte de l'habitacle. Ils avaient failli rater leur avion.

L'homme au manteau très épaulé s'appelait Harry McMillan. Sa complexion sanguine, la rousseur de ses moustaches et deux touffes de sourcils assortis attestaient sa pure origine écossaise. Sa couperose racontait son amour du bourbon. L'ampleur de ses vêtements taisait la présence d'un automatique Beretta calibre 38 équipé d'un réducteur de bruit dont l'étui de cuir souple était placé sous l'aisselle.

La jolie veuve, elle, pleurait dans un mouchoir de baptiste. Elle avait les chevilles fines et des jambes exquises gainées de noir. Dans les minutes qui suivirent son apparition, le bruit courut dans l'avion qu'elle venait de perdre son mari après un mois d'épousailles. On la plaignit. Plus tard, la rumeur s'amplifiant, les voyageurs du vol 314 apprirent que le défunt était le troisième conjoint en l'espace de trois ans à lui faire aussi peu d'usage. Les uns parlaient de fatalité ; les autres de poisse. La veuve, passant outre les chuchotis, ne semblait rien remarquer. Les yeux protégés par des lunettes de soleil opaques, sans doute afin de mieux se murer dans son chagrin, elle avait opté pour l'arrière de l'avion.

Appuyé sur son stick, Blèmia Borowicz se hâtait en boitant vers son propre siège, situé à l'avant de l'appareil.

Une fois réitérées les consignes de sécurité, le long-courrier tourna le dos à la tour de radioguidage et entreprit de gagner l'aire de décollage. Laissant derrière lui une vingtaine d'appareils stationnés devant les hangars – quelques Farman, un Bloch 220, un DC 3 et une flottille de Caudron Renault –, il roula un moment avant de s'immobiliser à un carrefour de pistes. Il laissa la priorité à un Lockheed de la KLM qui se présentait, volets baissés, dans l'axe habituel d'atterrissage. Ensuite, définitivement prioritaire, l'appareil d'Air France se prépara à faire son point fixe.

Harry McMillan occupait un siège situé en retrait de celui où s'était installé le photographe français. Profondément affecté par l'hospitalisation de son collègue polonais assommé à Bombay, celui que ses condisciples surnommaient « le Nettoyeur » commença à confier sa contrariété à la flasque de whisky qui ne quittait jamais sa poche.

Désormais seul à poursuivre la mission dont l'avaient chargé les services spéciaux, il avait décidé d'attendre l'escale de Marseille avant de liquider son gibier. En bon Britannique, Harry pensait qu'envoyer le sieur Borowicz en enfer sur le territoire français relevait de l'humour pur et simple. Quelle blague désopilante, *n'est-il pas ?* Refiler à Bertrand et aux services français le cadavre d'un compatriote embarrassant sur leur propre sol !

Harry s'offrit une nouvelle rasade. Tandis qu'une chaleur bienfaisante montait à son cerveau, il songea qu'il se passerait d'ici là de nombreuses heures, et même plusieurs jours. Son seul boulot, pour le moment, consistait donc à surveiller les faits et gestes de « la cible » durant les escales. Ça, et renouveler sa cave de whisky.

Par le hublot, le tueur du MI 6 vit l'herbe se coucher sous l'effet de souffle des hélices, et reporta son attention sur le départ imminent.

Face à l'alignement des plots de balisage de la piste, le Dewoitine commença son *gargarisme,* ainsi que venait de l'annoncer non sans humour la voix rocailleuse du commandant de bord. Haletant, grondant, cabré sur ses freins, l'appareil vibra. Ses moteurs étaient lancés à plein régime. Le chuintement de ses carburateurs Solex inversés double corps chercha à s'harmoniser avec les trois voix emplies de tonnerre des moteurs, puis, lorsque les enfers rugissants de la mécanique eurent atteint un degré de perfection voisin de l'absolu, Antoine Ducassous, seul maître à bord, délivra le colosse congestionné de puissance et le lança à l'assaut des nuages.

Cafard noir sur une mer bleue

A l'issue de cette course lourde et oscillante, l'appareil, enlevé par la main sûre de son équipage, prit son envol face à l'île d'Ajanta.

La plupart des passagers se dévisagèrent avec ce sourire de connivence heureuse qui célèbre la vie après un décollage réussi. Une vieille Anglaise idéaliste, croyant elle aussi trouver un peu d'humanité auprès de son voisin, se tourna vers McMillan. Elle démasqua sa denture incertaine et lui adressa un sourire. La fin de non-recevoir qu'elle lut dans les yeux du rougeaud la renvoya illico à la page 124 de *Dix Petits Nègres,* le dernier roman d'Agatha Christie.

Pendant quelques minutes, l'avion au front têtu continua son ascension rageuse à travers le moutonnement des nuages. A 3 500 mètres d'altitude, définitivement dégagée des contingences de la pesanteur, la masse sifflante de son fuseau argenté se stabilisa et commença à glisser sans effort apparent au-dessus de la terre.

Boro s'était lové sur son siège métallique tendu de cuir. Le front appuyé au hublot, les jambes enveloppées dans une couverture, il se sentait dans le même état d'esprit que lorsqu'il était enfant. Ainsi se souvenait-il qu'autrefois à Pest, sous le prétexte fallacieux d'une angine ou de quelque ganglion imaginaire, il lui était arrivé, plus paresseux que malade, de convaincre sa mère qu'elle devait lui laisser manquer l'école. Bien sûr, parfois, un mauvais rhume, une toux sèche étaient au rendez-vous des maladies infantiles. La température incendiait alors le front de Blèmia. L'imaginaire prenait aussitôt le dessus sur les cataplasmes. Une confusion extrême s'installait dans la cervelle brûlante de l'enfant.

Aujourd'hui, suspendu entre ciel et terre, recroquevillé dans son fauteuil comme autrefois dans son petit lit trempé de fièvre, c'était bien la même sorte d'exaltation intérieure qu'il éprouvait. Au cœur d'une bulle inaccessible, il se sentait un peu malade, un peu angoissé, un peu à part dans son univers de proscrit. Peut-être était-ce là la sanction qui venait couronner les premières et seules vacances qu'il eût jamais prises de sa vie ? L'Inde avait constitué une étrange parenthèse dans le parcours agité de son existence professionnelle. Toujours est-il qu'il regagnait la France aussi rompu et fatigué qu'il en était parti.

Il ferma les yeux et se remémora la suite des événements qui avaient précédé son départ de Bombay. Et d'abord leur précipitation, leur incohérence.

Cette tentative d'assassinat ! Elle s'était déroulée selon une liturgie tellement baroque qu'elle ressemblait rétrospectivement à une comédie de Frank Capra. A ceci près qu'on avait quand même bel et bien cherché à le tuer ! Si l'enrhumé n'avait pas été terrassé par un éternuement au moment précis où il s'apprêtait à donner la mort, il aurait expédié l'as du Leica dans un autre monde. Tangible, ça ! Mais par qui avait-il été mandaté ? Qui avait intérêt à faire disparaître le reporter ? Le consulat allemand alerté par von Treeck ? Les amis d'Abrahaminowitch, tentés de récupérer la mallette Enigma ? Le prince de Coimbatore, persuadé que le Français avait filé avec la *Dame du Kérala ?* Autant d'interrogations qui demeuraient sans réponses.

Dans le bar du Taj Mahal, à peine écoulée la première minute de stupeur, le temps, soudain échevelé, s'était chargé d'urgence. Comme les acteurs d'un film muet soumis à un effet d'accéléré, le personnel et la clientèle du palace, obéissant à une sorte de panique centrifuge, s'étaient mis à courir en tous sens.

Guptapadayah lui-même, brutalement arraché à son délire, avait sauté sur ses courtes jambes. Les prenant à son cou, il avait rejoint le corps étendu de l'estourbi. Ce dernier saignait abondamment du cuir chevelu. Penché sur lui, le détective avait soulevé ses paupières pour s'assurer qu'il était encore en vie. Puis, avec un glousse- ment de plaisir, il lui avait passé les menottes et s'était écrié, au comble de l'excitation :

– C'est fait ! Je serai commissaire !

Il avait couru en direction des bureaux. En plein milieu du hall, il avait percuté une dame et son péki- nois. Elle avait fait : Aïe ! Il avait fait : Aah ! Tou- jours plus loin, toujours plus vite, la perruque incli- née, le pékinois à ses trousses, il avait poussé une porte. Tout le monde courait de plus belle autour de lui : après le chien, après la propriétaire du chien, après du coton hydrophile. Pendant que le détective privé téléphonait triomphalement à la police offi- cielle, il criait encore :

– Borowicz ! Borowicz ! Restez à la disposition de la justice ! Vous êtes mon témoin numéro un !

Boro, quant à lui, n'avait qu'une idée en tête : sortir de cette souricière avant que la police ne boucle l'hôtel. Ne pas rater son avion.

Il s'était précipité jusqu'au desk pour y récupérer son courrier.

Il se revoyait, frappant de la paume comme un beau diable sur la sonnette de service pour alerter l'attention de l'homme aux clés d'or. Ce dernier, avec une lenteur horripilante, s'était mis en quête de ses lettres. Il avait tendu à Blèmia deux enveloppes à en-tête d'Alpha- Press. Le reporter s'était contenté de les glisser dans sa poche. Elles avaient été postées à Paris trois semaines plus tôt. Elles émanaient de mademoiselle Fiffre et de Prakash, et ne présentaient sans doute aucun caractère d'urgence. Le préposé avait mentionné également « quatre ou cinq messages téléphoniques restés sans effet, faute d'interlocuteur... ». Finalement, avec l'air important de celui qui attend un pourboire, le concierge avait fait état d'un télégramme parvenu le matin même à l'hôtel.

– Donnez-le, bon sang ! s'était écrié Boro en le lui arrachant des mains.

Il avait décacheté la bande de papier et blêmi en pre- nant connaissance de la gravité de la situation.

Le télégramme disait ceci :

« Solana disparue, localisée à New York, USA. *Stop*. Hier reçu Paris message alarmiste à votre adresse. Après descente aux enfers, Solana court danger de mort si non intervention musclée et rapide. *Stop*. Contact Rebecca Wallace, MD, PhD, analyste, 132 West Side near Central Park ou à défaut voir miss Angela Johnston, Roseland ballroom, Midtown, après 22 heures. *Stop*. Votre présence urgente souhaitée New York dès réception ce message. Vie en jeu. *Stop*. Argent câblé pour vous et chambre retenue Hôtel Algonquin, 59 W, 44th Street. Signé : votre dévouée Germaine Fiffre. »

Boro rouvrit les yeux à l'appel d'une voix lointaine.

Il lui fallut quelques secondes avant de se rappeler qu'il était dans les airs. L'angoisse étreignait sa cage thoracique. Il éprouvait une sensation d'étouffement.

La voix couvrit le grondement des moteurs :

– Mesdames, messieurs, nous survolons à l'heure actuelle le golfe de Katch et nous atteindrons Karachi, notre prochaine escale, dans deux heures approximativement.

Boro frotta ses paupières de ses poings fermés. Avait-il dormi ? S'était-il seulement assoupi après avoir ressassé tous ses motifs de fuir vers l'Europe ? Repasserait-il par Paris avant de s'élancer vers les États-Unis ? Solana n'était-elle pas déjà morte ? Qui donc pouvait mettre ses jours en danger, sinon elle-même ? En quel état de délabrement allait-il la retrouver ? Accéderait-il un jour au repos auquel il aspirait ?

Il imaginait le pathétique visage de celle qu'il avait tant aimée, la pureté de son front dégagé, ses mains tremblantes, son regard aux abois. Il se revoyait, une fleur à la boutonnière – un gardénia –, prêt à célébrer son mariage avec la mort. Une double haie de soldats de la division Condor le conduisait au supplice. Il se représentait sur le point de sauter dans le vide, tout près de s'écraser sur les rocs au fond du ravin d'Alto Corrientes. Les noces de Guernica ! C'était l'aube du 24 avril 1937. Boro était au milieu de nuages splendides. Les busards étaient au rendez-vous. Ils volaient en cercle au-dessus de sa tête. Échappant à ses gardes du corps, le reporter avait couru jusqu'à Solana. Ils s'étaient enlacés. Puis il avait prononcé cette ultime parole qui les liait à jamais :

– Je t'aime comme une partie de moi-même.

Il avait sauté. Adieu, la vie, il tournoyait dans le vide [1]...

Comme il s'éloignait du monde des vivants, au moment où il allait exploser en gouttes de sang sur un rocher aux dents de squale, une voix formidable écarta soudain les parois du gouffre sans fond.

Par les haut-parleurs de l'avion, Jupiter, tonnant, s'adressait directement à lui.

Il avait l'accent de Mont-de-Marsan.

1. Voir *Les Aventures de Boro, reporter photographe*, tome 3 : *Les noces de Guernica*.

Champagne à la grimace

– A l'invitation du commandant Ducassous, monsieur Blèmia Borowicz est prié de se rendre dans la cabine de pilotage !

Hormis la passagère à la blondeur platine et l'Écossais roux, toujours sanglé dans son pardessus mastic, les passagers du vol Air France Hong Kong-Marseille parurent indifférents à cette annonce. Les voyageurs du ciel abordaient leur troisième heure de vol et paraissaient engourdis par le grondement lancinant des trois moteurs du Dewoitine 388.

Tandis qu'appuyé sur son stick le grand jeune homme brun se hâtait en boitillant vers la partie de l'appareil réservée à l'équipage, les paupières lourdes du tueur laissèrent filtrer un regard attentif. Les verres réfléchissants de la veuve renvoyèrent une image fuyante.

Boro referma derrière lui la porte de la cabine de pilotage.

Il s'immobilisa dans le sas, surpris par l'exiguïté du lieu où officiaient les trois hommes en bras de chemise. Il avança d'un pas, hésitant à se manifester par crainte de déranger, et cilla plusieurs fois, ébloui par la réverbération. Lorsque son regard se fut habitué à la lumière qui inondait le cockpit d'une blancheur insupportable, il découvrit graduellement la complexité du tableau de bord et de son instrumentation. Les deux pilotes travaillaient côte à côte, unis par une parfaite gémellité. Le moindre de leurs gestes, calmes et contrôlés, donnait l'impression d'une grande sûreté. Le radiotélégraphiste se trouvait derrière eux. Posté devant une tablette basculante, le petit homme brun qui personnifiait cette fonction éveillait le monde de ses signaux et représentait le seul lien objectif avec la Terre. En apercevant Boro, il souleva les oreillettes de son casque et se présenta à lui avec un bon sourire :

– Micheletti ! Très honoré !

Le commandant de bord ôta ses lunettes filtrantes Umbral Zeiss et se retourna à son tour vers son invité. Il avait passé les commandes à son assistant.

– Qu'est-ce qui vous arrive, mon vieux ? s'exclamat-il en quittant son siège.

Il se glissa auprès de Boro et ajouta :

– On vous attendait bien avant ! Vous nous faites la gueule, ou quoi ?

Le reporter baissa la tête.

– Bien sûr que non ! J'espère que vous n'avez pas imaginé une chose pareille !

– Hé hé ! C'est limite ! taquina le copilote avec un fin sourire. On était sur le point d'être vexés !

Il se pencha vers l'avant tout en surveillant son altimètre et donna une série de pichenettes de routine à l'un des cadrans.

– Au fait ! Que je vous présente l'un à l'autre ! s'écria Ducassous.

Et, faisant montre de son habituelle faconde :

– A ma gauche, Boro, prince des reporters ! A ma droite, un homme d'envergure : Maurens, la cigogne des douars et des touaregs ! Le genre de pilote des sables qui sait lire le Sahara à dunes ouvertes... D'ailleurs, c'est grâce à lui si je suis toujours en vie !

– Arrête tes bêtises, vieux postier ! se défendit Maurens.

Il détourna un bref instant son long nez en direction de Boro et désigna Ducassous :

– Il est prêt à n'importe quoi pour qu'on dise qu'il est le meilleur depuis Mermoz !

– Tais-toi, Joseph, et regarde la route, y a des cassis ! bougonna le bon Ducassous.

Il gratifia son camarade d'un sacré gnon dans le gras de l'épaule et, insensible aux trous d'air qui chahutaient l'avion, il resta silencieux pendant quelques secondes. Soudain, il parut s'absenter.

– Ah ça... Mermoz ! Quand j'y repense ! murmura-t-il d'une voix plus sourde. La *Croix-du-Sud*... Trois ans déjà !

Puis, balayant son émotion, il tonna à l'adresse de son invité :

– Alors ? Et nous ? Qu'est-ce qui nous arrive ? On espérait bien boire un verre de champe après le décollage... Et voilà trois heures que vous nous tenez le gosier sec !

– Pardonnez-moi, plaida Boro. J'avais besoin d'être un peu seul pour faire le point.

– Du vague à l'âme ?

– Quelque chose dans ce genre-là. Ça va passer.

Une ombre assombrissait les prunelles du reporter. Ses joues hâlées paraissaient plus creuses.

– Si c'est une histoire de cafard, c'est pas des excuses qu'on attend, dit fermement Ducassous. On veut des confidences !

– Prenez une coupe de champagne Krüg, lui enjoignit cordialement le radio. Ça délie la langue et ça apaise les consciences !

– Buvez-en deux, conseilla Maurens en se cramponnant au manche à balai.

– Videz la bouteille, proposa Ducassous.

– Je n'ai pas le cœur à boire, répondit Boro en déclinant leurs offres. Pas avant d'avoir pris ma décision.

– Une décision ? C'est notre affaire ! gouailla Micheletti.

– Oui, prenez conseil auprès de vos pilotes de ligne habituels ! confirma Maurens.

– Passé, présent avenir... Nous sommes à vos côtés ! Dites-nous seulement de quoi il retourne t

– Disons que j'ai appris quelques mauvaises nouvelles avant de partir, murmura Boro.

– Une femme ?

– Une femme, oui.

– Une liaison qui touche à sa fin ?

– Une tendresse douloureuse qui n'en finit pas d'agoniser.

– Une séparation ?

– Plutôt un accompagnement déchirant. D'un côté, un homme tenu par la vie, qui a envie de respirer le monde. De l'autre, une femme blessée, salie jusqu'au tréfonds d'elle-même. Une femme des ténèbres et de la chute, incapable de renouer avec la clarté du jour.

– Nous nous trouvons sur un terrain un peu inattendu, concéda Ducassous en faisant machine arrière.

La gêne se lisait sur son visage.

– Vous n'êtes pas obligé de nous raconter un épisode aussi pénible, marmonna-t-il en prenant la bouteille que venait d'apporter le steward.

Boro serra les poings.

– C'était pendant la guerre d'Espagne, dit-il en passant outre. C'est l'histoire d'un cauchemar qui n'en finit pas de resurgir. Un cortège de vieux démons grimaçants qui remontent à l'échelle. C'est l'impossibilité d'arracher la page d'un contrat moral passé entre deux êtres au seuil de la mort.

Les quatre hommes s'étaient tus. Le reporter fixait la blancheur du ciel. Brusquement, la cabine s'était emplie d'une tension qui séparait chacun.

– Excusez-moi, dit Boro. Je reviendrai vous voir plus tard.

Il ouvrit brusquement la porte et ressortit de la cabine de pilotage.

Tout en regagnant sa place, il jeta pour la première fois un coup d'œil en direction de ses compagnons de voyage.

La plupart d'entre eux somnolaient. Certains s'étaient frileusement drapés dans la couverture distribuée par la compagnie. Visages tournés vers le hublot, le juge et son épouse dormaient la bouche ouverte. Leur teint avait viré au gris. Seuls les plus vaillants parmi les passagers étaient plongés dans la lecture du *Times of India* du jour.

Boro se laissa tomber sur son siège et reprit possession de son domaine. Il pesta entre ses dents contre le manque d'espace qui lui interdisait d'étendre sa mauvaise jambe devant lui. Il chercha une position plus confortable, puis se résigna à l'immobilité. La mine sombre, il éteignit sa lampe personnelle, tira son rideau.

Astucieusement tassé sur son fauteuil, masqué par un journal déployé, McMillan avait manœuvré de façon à se faire oublier. Soulagé par le retour du photographe à sa place habituelle, l'espion de la reine s'octroya une généreuse rasade de bourbon. Requinqué par son fumet de vingt ans d'âge, il fit claquer sa langue contre son palais.

L'Écossais répandait autour de lui une insupportable odeur de tabac à priser. A l'improviste, il tira de sa poche un mouchoir rouge de la dimension d'une nappe moyenne et procéda bruyamment au ménage de ses fosses nasales. Résignée, l'infortunée lectrice d'Agatha Christie dut partager les pestilences de son remugle de sanglier. Elle éternua.

– Dieu vous dégage les bronches! s'émut Harry McMillan en lui offrant les services de sa tabatière.

Comme la vieille dame lui refusait cette passerelle vers la conversation, le rugueux Écossais bougonna une phrase misogyne et se rencogna au fond de son siège. Il lutta un moment contre la monotonie du ramage des moteurs, puis laissa monter en lui la bienheureuse vacuité qui précède le sommeil. Tandis que son esprit s'embrumait dans les premières vapeurs du coma, le colosse, dans un geste machinal, tâta l'acier bleuté de son arme. Apaisé comme l'enfant qui vient de caresser son nounours, il gonfla les lèvres, relâcha ses joues d'ancien bébé et se mit à ronfler du sommeil du juste.

De son côté, inconscient de la proximité du danger qui l'environnait, Boro, gagné par la torpeur, contempla un moment les miroitements de la mer d'Oman puis referma les paupières pour mieux retrouver son cafard.

La veuve écrivait fiévreusement.

Une entôleuse internationale

Après l'escale technique de Karachi, puis un redécollage sans histoire, l'avion piloté par Antoine Ducassous quitta définitivement les rives de l'empire des Indes.

Une demi-heure encore, et la *Flèche-d'Orient* changeait légèrement d'assiette et de cap. L'aile droite de l'appareil plongea vers le vide, la cabine s'emplit d'ombres mouvantes, les hublots s'irisèrent de reflets passant de l'orange au vert, et les voyageurs, plaqués sur leurs sièges, se penchèrent pour apercevoir la barre imposante des montagnes du Baloutchistan.

Graduellement, l'aéroplane retrouva son horizontalité et poursuivit son vol. Désormais placé sur une trajectoire lisse qui le conduirait à Damas, le Dewoitine dévorait l'espace à la fantastique moyenne de 280 kilomètres-heure, et donnait l'impression d'avoir trouvé une nouvelle respiration.

Depuis son fauteuil, McMillan entrevoyait la chevelure de l'homme à abattre. Il couvait sa proie des yeux.

A Karachi, le Français s'était précipité au guichet du téléphone international. Il avait passé un long appel à l'étranger. En ressortant de la cabine, le boiteux au Leica semblait d'humeur sombre. Une mèche rebelle barrait son front soucieux. Son comportement était nerveux. Il marchait, perdu dans ses pensées, et semblait fuir le commerce de ses semblables. Il ne s'était mêlé à aucune de ces conversations anodines qui font le charme des voyages. A l'écart du groupe des passagers, il s'était contenté d'un café pris en solitaire au bar de l'aérogare.

Pendant un moment, le Nettoyeur s'était d'ailleurs demandé s'il ne devrait pas en finir sur-le-champ avec le Français plutôt que d'attendre Marseille. Il avait asséché son second double bourbon et, pensif, s'était approché de sa cible au point de la frôler. Son pouls de tueur battait au ralenti. Blèmia Borowicz buvait son café au comptoir et lui offrait son dos. Rien n'eût été plus facile que de profiter du brouhaha pour tirer à bout portant, puis se fondre dans la foule. Harry McMillan en était à porter la main à son holster lorsque la blonde aux allures de star était venue gâcher la partie.

Elle avait surgi de nulle part. Elle s'était placée à vingt centimètres du reporter et avait commandé un café crème. Elle se tenait entre McMillan et sa cible. En plein dans la ligne de mire. L'Écossais avait dû remiser son arme.

La jolie veuve tournait le dos au Français. Elle ne pouvait donc remarquer la lueur d'intérêt qui s'était gravée sur le visage de ce dernier. Il ne la quittait pas des yeux. Une moue interrogative, signe d'une profonde stupeur, animait ses traits. L'espace d'une seconde, McMillan avait cru qu'il l'aborderait. Un mouvement de foule l'en avait empêché.

L'instant d'après, enchanté par l'humour de la vie, Harry avait bien ri.

En effet, victime de son plumage, l'entôleuse internationale (il ne pouvait s'agir que de cette race de femmes) venait d'être accaparée par un quidam. C'était une sorte de bellâtre en veston blasonné qui l'avait abordée sur son flanc droit. Avec des prétentions de joueur de golf cherchant à marquer le point en deux coups, le gogo gominé s'était évertué à la séduire. Sous le regard amusé de McMillan, la veuve, réduite à la défense, s'était retranchée derrière son deuil. Elle était magnifique à regarder. L'œil connaisseur du Nettoyeur s'était d'ailleurs attardé un moment sur sa silhouette bien formée qui n'était pas sans lui rappeler, en plus oxygénée, la non moins attrayante silhouette de sa consœur du MI 6, avec qui, hélas, il n'avait guère partagé plus de trente minutes de son temps.

McMillan s'était aussitôt gourmandé. Il avait fait quelques pas incertains, se demandant si, pendant sa trop courte mission en Inde, il n'était pas tombé amoureux de miss Shakuntala Donnegal. Il se posait encore la question en retombant dans ses mocassins à boucles.

... L'avion grondait toujours dans le ciel tourmenté. Les turbulences agitaient le Dewoitine. Les passagers tournaient au vert. La suffragette d'Agatha Christie avait la tête plate.

Harry gloussa. Il assécha sa flasque de bourbon. Il était ivre de fatigue et d'alcool. Il se tourna sur le côté et s'endormit comme une masse.

Quatre rangs derrière lui, la blonde à voilette parut soulagée. Elle ouvrit son réticule, y laissa tomber son mouchoir où était dissimulé un minuscule revolver nickelé, et échangea cette arme de dame contre un vaporisateur de voyage. Après s'être repoudré le museau et avoir vérifié l'éclat de ses yeux dans le miroir ovale de son élégant poudrier, la veuve en soie noire se parfuma avec soin.

D'un geste net et résolu, elle referma son sac à main, puis se leva sans appréhension apparente.

Elle s'engagea dans le couloir, passa devant le ronfleur assommé par l'alcool, et gagna le siège vide situé à côté de Boro.

– Bonjour ! dit-elle.

Elle se lova dans le fauteuil et ajouta :

– Ces appareils sont beaucoup trop étroits pour une femme seule.

La Veuve

Blèmia tourna la tête et dévisagea l'intruse. Une lueur amusée animait son regard.

– Vous vous ennuyez tant ? demanda-t-il en humant l'air.

Il paraissait de fort bonne humeur.

– J'avais envie de parler à une personne inconnue.

– Inconnue, dites-vous ?

Boro se pencha vers la jeune femme et flaira son épaule.

– Au moins, maintenant, je comprends pourquoi vous perdez vos maris !

– Pourquoi ? demanda la veuve en effleurant son voile.

Elle semblait piquée au vif.

– Parce que vous vous parfumez de travers !

– Vraiment ?

– Vraiment !

Elle laissa retomber sa main. Un soupir souleva ses admirables épaules.

– Apprenez, monsieur, dit-elle d'une voix brisée, que mes maris ne me quittent pas. Ils meurent frappés en plein bonheur.

– Qu'ai-je dit d'autre ? s'excita Boro. Vous leur empoisonnez la vie !

– Mufle, avec ça ! gloussa-t-elle soudain.

Et, les yeux levés au ciel, imprévisible et enjouée, elle ajouta :

– Ah ! le sale type ! Le sale type !

239

Ravi de ce ton de comédie qui accroissait encore la qualité du jeu, Boro planta son regard derrière la trame de la voilette. Les lunettes fumées de la blonde lui renvoyèrent faiblement son propre reflet.

Il sourit et dit :

– Un parfum qui a été conçu pour épicer une brune n'est pas fait pour fleurir votre mièvre blondeur platine !

– Mais quel malappris !

– J'essaie de faire votre éducation !

– Moi, je m'efforce de vous sauver la vie !

– Préservez plutôt mon odorat !... Et sachez qu'un parfum ne se porte pas comme on enfile une simple petite culotte !

Cette fois, l'inconnue pouffa franchement.

– Qui vous dit que j'en ai une, cher Boro ? dit-elle en écartant ses voiles.

D'un geste rapide, elle ôta ses lunettes et plongea son magnifique regard de jais dans celui de son voisin. Pas une seconde Blèmia ne parut surpris.

– Vous voyez comme je suis ! s'exclama-t-il avec ravissement. Je défendais votre intégrité de brune avec la dernière énergie !

– C'est tout ce que vous trouvez à me dire ?

– C'est tout, concéda-t-il.

– Est-ce mon parfum que vous avez reconnu ?

– Et aussi vos jolies dents, et l'ourlet fin de vos oreilles !

– Je n'en crois pas un mot !

Ils se dévisagèrent avec complicité.

– Mademoiselle Chat, déclara Boro avec solennité, les yeux dans les yeux, vous êtes irremplaçable. Comment pouviez-vous croire qu'après vous avoir serrée contre moi, un simple déguisement m'éloignerait de vous ?

– Mais la perruque ? la voilette ? les lunettes ?...

– Artifices trop visibles pour un cœur enflammé... Je vous avais reconnue à Karachi.

– Menteur !

– Depuis, j'attendais votre venue...

Il s'interrompit et prit sa main dans la sienne.

– Je veux que vous sachiez que vous avez dans mon esprit un statut particulier...

– Quel hâbleur vous faites ! Honte à vous !

– Pas du tout... Vous êtes une métèque, comme moi. Nous sommes de la même espèce !

Les moteurs du Dewoitine ronflaient. Les passagers étaient inertes, momifiés dans leurs couvertures. L'avion lui-même paraissait immobile.

Boro déposa un baiser sur la main de la jeune femme. Elle le repoussa comme si elle se sentait coupable de relâchement. Ses yeux s'affolèrent, son joli visage se teinta d'angoisse.

– Halte aux marivaudages ! dit-elle en se détournant à demi vers l'arrière.

– Bon sang, mademoiselle Chat ! s'exclama le reporter. Que faites-vous ici ?

– Je suis venue vous sauver la vie une deuxième fois.

Il scruta son visage et réfléchit à toute allure.

– L'enrhumé assommé ! Le bar de l'Hôtel Taj Mahal... C'était donc vous ?

– Oui, c'était moi.

– Pourquoi ce déguisement aujourd'hui ?

– Pour que le deuxième tueur chargé de vous abattre ne me reconnaisse pas. Pour faire échec à son projet.

– Il sait qui vous êtes ?

– Il travaille avec moi.

– A l'hôpital ?

– Bien sûr que non !

– Vous n'êtes pas infirmière ?

– Je suis *aussi* infirmière.

Boro se rejeta sur son siège. Ses pupilles se rétrécirent. Il fixa la jeune femme :

– Vous êtes une espionne, n'est-ce pas ?

Elle baissa les paupières. Boro ne la lâchait pas du regard.

– Depuis quelques semaines, il semble que je n'approche plus que des femmes cachées. Tout ce cauchemar a un rapport avec Enigma, je suppose ?...

– Oui, admit-elle.

Elle croisa son regard et lança comme un défi :

– Et vous, cher Boro, pour qui travaillez-vous ?

– Moi ? dit le reporter en riant. J'expérimentais ce concept nouveau pour moi qui s'appelle les vacances. Et, croyez-moi, je ne suis pas près de recommencer !

Elle ébaucha un sourire.

– Savez-vous qu'en mettant la main sur Enigma, c'est à peu près comme si vous aviez dérobé le feu ? Les Anglais ont déclenché l'opération Prométhée.

Il fit la grimace.

– Et c'est moi, Prométhée ?

Elle acquiesça.

– Vous êtes un gibier sur pattes. Et la chasse est ouverte.

– C'est absurde !

– Où que vous soyez, vous serez abattu.

– Voilà un luxe que je ne peux pas m'offrir, fit le reporter en rentrant la tête dans les épaules.

Soudain, il parut accablé.

– C'est d'autant plus ennuyeux que j'ai besoin de mes dix doigts pour sortir quelqu'un du pétrin, murmura-t-il.

– Vous n'atteindrez jamais l'Amérique si vous ne m'écoutez pas, répliqua Shakuntala d'une voix posée.

Il la dévisagea avec stupeur :

– Comment êtes-vous au courant, pour l'Amérique ?

– J'ai intercepté le télégramme envoyé par Paris.

– Vous m'espionniez ?

– Je guettais votre retour à l'hôtel. J'avais des ordres vous concernant.

– Et vous n'avez pas hésité à me livrer aux chasseurs ! remarqua-t-il avec amertume.

Une lueur de reproche apparut dans les beaux yeux de Shakuntala.

– Je les ai empêchés de vous tuer ! s'insurgea-t-elle. Vous ne vous rendez pas compte des risques que j'ai pris !... De ceux que je prends encore en ce moment même !

Un instant, elle chercha à sonder son degré de sincérité. Il lui opposa un sourire candide. En même temps, il repensait à la machine Enigma, dissimulée dans une de ses valises, quelque part dans les soutes du Dewoitine.

Puis son sourire s'émietta. Il parut s'absenter. Et, à brûle-pourpoint, il demanda :

– Mais... J'y repense... Pourquoi vouliez-vous que moi non plus, je ne vous reconnaisse pas ?

– Pour vous épargner d'en savoir trop. Cessez de me poser des questions.

242

– Attendez... Mon assassin est dans l'avion ?

Elle inclina le visage.

– Ne vous retournez pas. Il s'agit du rouquin qui dort la bouche ouverte à trois rangs derrière vous.

– Je vais le boxer ! Je vais lui casser ma canne sur la tête !

Elle posa fermement sa main droite sur son avant-bras.

– Vous allez l'ignorer. C'est votre meilleure garantie de survie jusqu'à Marseille.

– Et après ?

– Tout est prévu.

– Et l'opération Prométhée ?

– Elle a déjà cessé.

– Mais ce tueur, derrière nous ?

– Il n'a pas encore été mis au courant. Et il ne croirait personne.

– Pas même vous ?

– Pas même moi. Dans l'ordre hiérarchique, je suis encore au troisième sous-sol...

Elle ajouta avec un charmant sourire :

– Il me faut prendre encore du galon...

Puis elle décrispa ses doigts et ouvrit sa main gauche. Il découvrit, serrée dans sa paume, une feuille de papier pliée en quatre où courait une écriture nerveuse.

– C'est pour vous, dit-elle avec gravité. Je vous ai écrit tout ce que vous devrez faire dès que l'avion se posera à Marseille. Suivez mes instructions à la lettre et rien de fâcheux ne vous arrivera. Ne cherchez plus à me voir ou à me contacter pendant le reste du voyage.

– Puis-je en savoir davantage ?

– Je n'ajouterai rien.

– Pas même à propos de Prométhée ?

– Vous comprendrez tout un jour. Mais je ne suis pas chargée de vous éclairer.

Elle se leva.

– D'autres le feront. Plus tard...

Un souffle parfumé passa sur le visage de Boro.

L'instant d'après, elle avait disparu.

Manche à air

– Une maille à l'endroit, une maille à l'envers, le tricot est l'oriflamme de la patience ! s'écria la vertueuse Germaine Fiffre.

Elle interrompit son ouvrage au point de riz, le temps d'un battement de cils, et inspecta le ciel de Marignane.

Il lui parut désespérément vide.

Les pieds au large dans ses chaussures à boucles de cuivre, la muse des photographes était assise sur un pliant. Le bassin large, les genoux écartés, le nez au vent, elle se tenait en bordure d'une piste secondaire réservée à l'aviation civile et à une flottille d'aéro-club que signalaient trois hangars de moyenne importance. Elle tricotait.

Elle avait choisi de se poster à l'ombre des ailes d'un petit monoplan racé qui semblait attendre qu'on s'occupe de lui pour aller jouer au looping la tête en bas avec le soleil.

– Une maille à l'endroit, une maille à l'envers, répéta l'égérie d'Alpha-Press. Qu'on me donne seulement un après-midi de plus et je livre la parure entière : un pullover bleu-vert-rouge et son gilet assorti !

Avec un sourire de satisfaction, elle ramassa ses mailles en les faisant glisser sur ses aiguilles. Elle brandit son ouvrage de dame afin d'en évaluer la progression. Docile sous la poussée du vent, la bande de laine multicolore se déroula dans les airs et balaya le visage tanné d'un pilote en combinaison de cuir qui flânochait derrière la tricoteuse.

– Tu verras, Codos, pérora la vieille fille en s'adressant à son ex-admirateur, *le petit* aura la gorge fragile après tous ces mois passés sous les tropiques, et il sera bien content de trouver mon cache-col avant de monter dans ton coucou.

– Coucou ! renâcla Codos. Tu y vas un peu fort, Germaine ! Ce zinc est rien de moins qu'un vieux serviteur de l'Aéropostale ! Un Caudron musclé que j'ai racheté à Air Bleu... 240 chevaux dans le museau ! La copie conforme du Simoun qui a servi à Japy, en 36, pour rallier Hanoi en cinquante et une heures !

– Je n'ai pas voulu te vexer, vieux chêne ! ronchonna la Fiffre. Et si tu veux savoir, ça me fait tout drôle, là, aujourd'hui, de me retrouver sur un pliant comme au bon vieux temps, à l'ombre de tes ailes.

Codos s'était approché d'elle. Il posa sa grosse patte sur l'épaule en bouteille de Saint-Galmier de sa vieille copine. Elle ferma les yeux, comme engourdie par le bonheur.

– C'était le bon temps, nous deux, hein, Joseph ? murmura-t-elle. Pour moi, on n'a jamais rien fait de mieux depuis !

Elle s'était retournée, le chignon en goguette. Elle le dévisageait avec une sorte d'espoir fou tapissé au fond des yeux. Les narines pincées. La taille cambrée. Rien que du déraisonnable.

Du faîte de ses cinquante-neuf piges, l'ancien pilote d'essai lui souriait gentiment.

– T'as beau faire, tu sais, ma grande, on ne revient pas sur le calendrier...

– Je sais bien, murmura mademoiselle Fiffre avec un sanglot sec dans la voix. Mais tout de même, nom d'un sort ! Les années Breguet, ça a compté !

Sa lèvre inférieure trembla plusieurs fois de manière incoercible. Deux larmes lourdes et silencieuses firent le tour de ses pommettes, empruntèrent le lit d'un arroyo d'amertume et, faute d'avoir su contourner le pied d'un follicule pileux, séchèrent dans une ravine du menton.

La demoiselle resta un long moment immobile, l'expression morte, le front têtu, le cou tendu, puis, reprenant graduellement pied dans la réalité, elle cilla, chassa les friselis de cheveux qui balayaient son visage et, cherchant à tâtons les doigts de Codos, finit par poser sa main nerveuse sur la patte courte et carrée de son compagnon. Lui gardait son expression « tout cuir », mais c'était chaque fois la même chose : il la trouvait drôlement attendrissante, cette grande bringue. Il se pencha sur sa nuque avec une tendresse bourrue et souffla galamment à son oreille :

– C'était le temps joli où t'avais les joues pleines, les yeux lavés à force de regarder le bleu du ciel... Et du duvet jusque dans le cou... Manche à air !

Elle n'osait pas bouger. Elle regardait la ligne d'horizon avec un sourire confiant. Elle finit par murmurer :

– Je t'attendais chaque jour à l'ombre des super Bidon, et quand tu redescendais, on allait danser au bar de l'Escadrille...

– Tu me rendais une tête, grande perche !

– Tu me disais : laisse faire, je vais m'enrouler comme du lierre.

Il haussa les épaules et cracha sur l'herbe du pré.

– Arrête ta rétrospective, Germaine ! marmonna-t-il en dégageant sa main. Les printemps perdus, c'est pas comme les rivières à saumons... Ça ne se remonte pas à l'envers !

– N'empêche, j'ai la chair de poule dans le cou, constata mademoiselle Fiffre en retombant sur le plancher des vaches. Et ça, ça ne s'invente pas !

Elle frissonna.

Au loin, larges comme des fleuves, on devinait, dans la lumière vibrante, les pistes réservées aux long-courriers du trafic international. Dans le ciel, toujours rien. Germaine soupira.

– Ils sont en retard.

– Les voilà ! dit Codos.

– Où ?

La Fiffre brida ses paupières pour affiner sa vision. Elle distingua bientôt, juste au-dessous de la nuée bourgeonnante d'un unique cumulus, une mouche à reflets d'argent qui descendait vers eux.

– Pourvu qu'il ne lui arrive rien de mal ! s'écria-t-elle.

Et elle commença à ranger ses pelotes de laine.

Une évacuation

L'avion venait de sortir des moustaches d'un géant nuageux. Grésillante comme une poêlée de cèpes, la voix rocailleuse du chef pilote de Mont-de-Marsan ne tarda pas à se frayer un chemin dans le court-circuit des haut-parleurs. Elle prit rapidement le dessus sur un reliquat de parasites et procéda à une annonce désormais familière aux passagers du vol 314 :

– A l'invitation du commandant Ducassous et de son équipage, monsieur Blèmia Borowicz est prié de se rendre dans la cabine de pilotage !

Obéissant à ce signal, le reporter se détendit comme un ressort. Tandis qu'il s'extrayait de son siège et pivotait sur lui-même, son regard passa sans s'attarder sur la face rougeoyante de l'Écossais puis, au fond de la perspective de fauteuils et de tables, sur le visage attentif de Shakuntala.

Le pas désinvolte, la claudication étayée par les moulinets de son stick, Boro commença à remonter la travée en direction de l'habitacle. Il boitait sans se retourner.

– Votre attention, s'il vous plaît, crachouilla de nouveau le micro. Monsieur Borowicz est demandé à la cabine de pilotage.

Harry McMillan leva la tête et consulta sa montre.

Un quart d'heure après chaque escale, un quart d'heure avant chaque atterrissage, il avait entendu la même litanie. Il avait assisté au même rituel. Le photographe français gagnait la tanière des pilotes. Le steward de la compagnie sortait alors quatre coupes d'un rangement métallique chromé, déployait une nappe blanche sur son chariot roulant en tubulures, et acheminait sa livraison à pas lents et solennels : une bouteille de Krüg frileusement emmaillotée d'une serviette et plongée dans un seau à glace, un édifice pyramidal de petits fossiers de Reims disposés sur une coupelle, et quatre coupes de Daum en cristal fumé, gravées au chiffre de la compagnie.

Ces Français ! Tout leur était prétexte à libations. Plutôt sympathique, d'ailleurs, cette façon de quitter le sol ferme ou de revenir s'y poser en sablant le champagne !

Harry dévissa le bouchon de son flacon argenté, porta un toast à sa future victime, songea qu'elle avait raison de profiter des derniers instants de sa désormais très courte vie, et s'octroya une lampée de bourbon.

Pour l'homme des Highlands, c'était une manière de partager. De ne pas perdre le contact télépathique.

Soudain, McMillan fixa la porte qui venait de se refermer sur le serveur.

Une vague inquiétude s'empara de lui. Était-ce parce que l'appareil perdait de l'altitude ? Parce que les faits et gestes du damné Français étaient devenus invisibles à ses yeux ? Une voix intérieure lui commandait de réagir. Il jeta un coup d'œil par le hublot et constata que les volets des ailes étaient baissés.

– *By Jove !* grommela l'espion de Sa Majesté Britannique, *it looks like we are landing* [1] *!*

A ces mots, l'admiratrice d'Agatha Christie leva sa tête de hibou couronnée d'une permanente mauve et sortit des fumées de sa passionnante lecture.

– *Isn'it gorgeous* [2] *?* s'émerveilla-t-elle en écarquillant les yeux comme une petite fille.

Et, de fait, parures de maisonnettes serties des brillants de la mer, les calanques de Marseille étaient en vue.

Aussitôt, le spectacle de la terre retrouvée embellit le visage de tous les voyageurs. Un frémissement de bouches et d'épaules faisait houle et murmure d'un bout à l'autre de l'appareil. La France ! On cachait mal son

1. Il me semble qu'on va atterrir.
2. N'est-ce pas magnifique ?

excitation. On se penchait vers les hublots. On chassait la condensation sur les vitres. On discutait avec son voisin.

Le sol semblait monter à la rencontre du Dewoitine 388. L'espace de quelques secondes, Harry entrevit l'ombre bossue du trimoteur courant sur la latérite. Au détour d'un rideau d'arbres, elle se fit chiper par un plan d'eau puis, comme surgie de la paume d'un magicien, une piste étroite déroula son ruban noir.

– *What is this?* grommela Harry.

– *What is what?* caqueta le fac-similé de Miss Marple en déchiffrant le désarroi qu'elle lisait sur le visage congestionné de son envahissant compatriote.

Elle avala nerveusement sa salive et s'inquiéta du terme du voyage :

– *Oh! Lord! Is this Marseille airport*[1]*?*

– *It doesn't look like it*[2]*!* répondit machinalement le Nettoyeur.

Il était bien trop préoccupé pour émettre une réponse plus élaborée.

Il se dressa sur ses mollets au moment même où le train d'atterrissage touchait la piste assez sèchement. Il bascula vers l'avant, se cogna le front au porte-bagages et retomba sur les genoux de la vieille dame.

– *Hush!* exhala Miss Marple.

– Pas très protocolaire! convint Ducassous en se tournant vers Boro. Mais c'est le meilleur moyen pour mettre quelques kilomètres entre vous et votre raseur!

Il venait de poser le Dewoitine à moins de six cents mètres de trois petits hangars. Il regardait fondre vers eux le mufle d'une automobile qui empruntait à vive allure une des voies de raccordement.

– Voici votre chauffeur! annonça Maurens.

– A combien sommes-nous de l'aéroport principal? demanda Boro.

– A vingt minutes pour un imbécile qui voudrait vous rattraper à pied. A deux minutes en se baladant à hélices pour rallier l'aérogare à travers les pistes. C'est ce que nous allons faire dès que vous nous aurez quittés.

1. Est-ce l'aéroport de Marseille?
2. Ça n'y ressemble pas!

Boro sourit. Avec Ducassous et son copilote, tout semblait si simple!

— Je vous suis bigrement reconnaissant, avoua le reporter, d'avoir accepté ce plan sans poser de questions embarrassantes.

— Les amis de nos amis sont nos amis! se défendit le Gersois.

— Oui! Et ce que Manche à air veut, nous le voulons! renchérit Maurens.

— J'espère que les autorités portuaires ne vont pas vous créer d'ennuis!

— La tour de contrôle a été prévenue par Micheletti, assura Ducassous. Nous avons fait savoir que nous avions un malade à évacuer et que l'ambulance avait rendez-vous ici pour ne pas gêner le trafic aérien central.

— Tenez, fit Maurens en tendant son champagne à Boro. Vous avez largement le temps de boire une coupe pendant que votre équipe de premier secours applique son échelle contre la cabine.

— Je n'en suis pas si sûr que toi, dit le radio en se tournant vers la porte dont on cherchait à forcer la clenche.

— *Bloody hell! Open this door* [1]*!* aboya la voix de McMillan.

— C'est un forcené, ce type! s'émut Maurens.

— Pas de danger qu'il vienne! rassura le steward en appliquant son chariot contre l'entrée.

— Donnez-vous quand même la peine de sortir! dit Ducassous en se tournant vers le reporter.

Il déverrouilla la petite porte réservée à l'équipage. L'air frais entra gaiement dans l'habitacle en même temps que la crête d'un blondinet aux yeux bleus.

— *Môssieudames,* bonjour! claironna ce garçon âgé d'une vingtaine d'années.

Il parlait avec un fort accent de la Cannebière.

— Depuis quand les Marseillais sont-ils blonds? s'étonna Maurens.

— Depuis que les Phéniciens ont fait des petits! rétorqua le blondin en portant son index à la visière d'une casquette imaginaire.

1. Merde alors! Ouvre cette porte!

Il se présenta de la sorte :

— Népomussène Malausséna, dit Clé à molette, mécanicien d'aviation, pour vous servir !

— Merci d'être au rendez-vous, mon brave, l'accueillit le commandant Ducassous en lui broyant les phalanges dans une énergique poignée de main. Comment va l'ami Codos ?

— Il m'a dit comme ça : Embrasse Ducasse sur la bouche et Maurens sur la fesse. Mais, rassurez-vous, je n'en ferai rien !

— C'est plutôt vexant, fit observer finement Maurens. On ne vous plaît pas assez ?

— C'est pas ça ! C'est que je ne suis pas de la mitaine ! s'empourpra le mécano.

Juché comme il était sur les derniers gradins de l'échelle, il ne dépassait que du torse et de la tête.

— L'Aéropostale n'est plus ce qu'elle était, soupira Maurens, toujours aussi pince-sans-rire. Autrefois, dans le désert, on se contentait de peu.

— Je suis pas venu pour les chèvres, dit le garçon sans une once d'humour. Je suis venu pour le transfert.

Il ajouta en s'adressant à la cantonade :

— Y a-t-il un Boro parmi vous ?

— C'est moi.

— C'est vous ? Eh bé, levez la patte et sautez la marche, *môssieu !* Je vous enlève !

Le reporter engagea un pied prudent sur l'échelle et se laissa couler dans le vide.

Une voix pleine de soleil lui parvint aussitôt :

— Un barreau après l'autre, s'il vous plaît ! Y a rien à craindre ! A partir de maintenant, vous êtes sous la protection de la Bonne Mère de la Garde !

Les mains de Clé à molette guidaient les chevilles du reporter.

Sur le point de disparaître à la vue de l'équipage, Boro s'adressa une dernière fois à ses bienfaiteurs :

— Merci pour le détour. Salut à tous... Et n'oubliez pas le rendez-vous de l'amitié : Boro, passage de l'Enfer, 21, à Paris !

Il disparut aux yeux de l'équipage tandis que le Highlander tambourinait de plus en plus fort sur la cloison.

Antoine Ducassous reverrouilla la porte extérieure

avec soin. Il assécha sa coupe de champagne sans hâte excessive et s'assit aux commandes de son taxi.

– On donne la sauce et on s'en va ! cria-t-il à son copilote en desserrant le frein de parking.

– Yakà ! acquiesça Maurens en remettant les gaz.

L'avion, délivré de toute contrainte, commença à rouler sur la piste. Au loin, la voiture, une ambulance Novaquatre, s'éloignait vers les hangars.

– Louis ! Tu peux lâcher les fauves ! jeta Ducassous à l'intention du steward.

Ce dernier recula son attelage, débloqua la poignée de la porte, et le visage apoplectique de McMillan apparut instantanément par le chambranle.

– *Where is he ?* articula le furibard.

– Donne à boire à monsieur, Louis, dit Maurens. Tu vois bien qu'il a soif.

– C'est un complot ! rugit l'Anglais.

– Non monsieur, fit Ducassous en poussant son avion sur la piste, c'est une amitié. Jeune, certes, mais elle ne se dément pas !

Retour en France

A peine la Novaquatre conduite tambour battant par Népomussène se fut-elle immobilisée devant les trois hangars que Boro descendit de voiture. Il ploya très vite sur sa jambe valide, arma son Leica, visa et déclencha par deux fois.

8 au 250e, avec une amorce d'herbes folles et le sujet principal : mademoiselle Fiffre, crinière dénouée, qui courait à longues enjambées, le cou tendu dans sa direction. Le photographe pensa avec raison qu'il venait de fixer sur pellicule le galop à l'amble de la girafe à travers la savane et de réaliser un cliché digne de l'Encyclopédie mondiale de géographie.

Toutefois, éternel perfectionniste, il mit à nouveau l'œil au viseur et régla son télémètre avec soin.

Cette fois, en arrière-plan de la demoiselle qui voguait vers lui toutes voiles troussées, Boro eut l'esprit de cadrer la verticalité statique d'une hampe rouge et blanc surmontée d'une manche à air. Cette bannière assoupie dans le ciel bleu était plantée sur l'herbe comme le symbole flapi d'amours passées. Elle indiquait un vent languide de sud-ouest en provenance de Majorque, et contrastait magistralement avec l'effet de vitesse donné par le fantastique remous de plusieurs épaisseurs de jupons malmenés par la course.

Mais ce n'était pas tout.

En une fraction de seconde, l'œil aguerri de notre reporter avait débusqué, à mi-chemin entre cette femme de grande vitesse et ce mât, indicateur de calme, la silhouette d'ours mal léché d'un pilote harnaché comme un chevalier du Graal. Codos! Codos dans la lumière! Codos, sans nul doute! Le vieil amoureux de Germaine! Cette fois, c'était le cliché parfait! Le résumé instantané d'un lointain tumulte des cœurs!

Le reporter appuya à nouveau sur le déclencheur.

Germaine achevait ses cinquante derniers mètres sans ralentir sa foulée de coureuse de brousse. Boro se redressa rapidement. Il recula de quelques pas pour assurer son assiette, ouvrit les bras et s'apprêta à accueillir la charge de ce grand corps sans bride.

– Ah! monsieur Boro! Monsieur Boro! J'y croyais plus!

Il reçut sans broncher le coup de boutoir. Elle le palpait. Le regardait. Le touchait. Elle sentait le savon à la lavande et la poudre de riz de chez Bourjois.

– Ah! palpitait-elle, faute de mots. Ah! mon Dieu! Tout ce que nous avons à nous dire!

Elle prit du recul. Admira le faciès brûlé au soleil de l'aventure de son héros.

Elle renoua avec le cours de ses effusions. En l'embrassant sur ses joues creuses, elle le piqua avec sa barbe de menton. Il se laissa gentiment submerger, lui donnant des bourrades.

– Ma bonne! Ma douce, ma magnifique, ma fidèle, mon intrépide Fiffrelette! Toujours à la peine! Toujours prête à la rescousse!

– J'ai l'habitude, assura-t-elle. Et ça me change de la routine du bureau.

– Tous ces kilomètres pour me prêter secours!

– Oh! ça n'est rien! Ça ne me coûte pas!

Il se recula pour l'examiner d'un peu plus près. Il fut frappé par son exaltation, par ses pommettes écarlates.

– Je suis bien aise de voir que l'aviation civile vous ravive ainsi le teint!

Elle échappa à son étreinte et se renversa en arrière.

– Quelle aviation civile, monsieur le Kirghiz? questionna-t-elle en flairant l'embuscade. N'allez surtout pas profiter de la situation!

Il lui adressa un sourire charmeur.

– Profiter, Germaine! Vous me connaissez! Je ne voudrais pas vous mettre dans un mauvais cas devant votre fiancé...

Elle piqua un fard de pivoine.

– Qu'est-ce que vous radotez là ? Quel fiancé ?

Les yeux de la vieille fille s'étaient mis à danser le shimmy.

– Quel fiancé ? glapit-elle de nouveau.

Il la pulvérisa en moins que rien.

– Codos, voyons, vieille cachottière ! N'est-il pas celui qui, autrefois, effeuillait votre jupon ?

Elle s'étrangla d'indignation.

– Oh ! Oh !... Comment pouvez-vous ?

– Je sais tout !... Manche à air !

– Borovice !

Soudain, des cernes apparurent sous les yeux brûlants de la vieille fille. Jamais l'oued entre ses seins n'avait parut aussi sec. Une attaque était à craindre.

– Ne m'appelez plus jamais comme cela, mécréant ! Ni en public, ni en privé ! Vous me feriez pleurer ! Vous... vous me feriez mourir de honte !

La petite veine bleue de son temporal commençait à jouer du saxo.

– Rassurez-vous, Germaine, dit Boro en surveillant la progression de Codos. Jamais je n'aurai la tentation de vous humilier. J'adore seulement vous faire enrager.

– Je serais capable de me ficher par la fenêtre si vous racontiez cela aux autres !

Elle se tut. Elle se mangea les lèvres jusqu'au sang. Elle se recomposa un visage présentable.

– Joseph Codos, dit-elle en désignant celui qui venait d'arriver.

Le visage énergique du pilote était impressionnant à regarder.

Boro fit un pas en avant.

– Blèmia Borowicz.

Les deux hommes se serrèrent la main. D'instinct, ils se plaisaient.

– Je connais le moindre de vos exploits, plaisanta l'aviateur. Germaine dit que vous êtes son grand homme.

– Arrêtez, tous les deux ! rougit la Fiffre en faisant mine de les piler à coups de poing. Nous n'avons pas tellement de temps devant nous !

– Après votre coup de fil de Karachi, Germaine m'a

fait signe, expliqua Codos. Nous avons tout mis en place pour vous faire parvenir le plus rapidement possible en Amérique, sans passer par Paris.

– Comment vous y êtes-vous pris ?

La Fiffre montra la silhouette du Caudron Simoun.

– Joseph va vous emmener d'un coup d'aile jusqu'au Havre.

– Le Havre ? Je n'ai jamais demandé à aller au Havre !

Boro attendait une explication de la part de Codos. Le pilote fit comprendre qu'elle ne viendrait pas de lui.

– Moi, je suis seulement le transporteur. Pour l'organisation, remettez-vous-en à l'omniscience de mademoiselle Fiffre !

Valorisée, cette dernière reprit les choses en main.

– Monsieur Borovice, dit l'ancienne secrétaire en retrouvant spontanément son ton de direction, vous embarquerez à dix-sept heures sur le paquebot *Normandie*. J'ai couru moi-même jusqu'au 6 de la rue Auber, où se trouvent les bureaux de la Compagnie transatlantique. Votre cabine est retenue en première classe. Votre valise est à bord, et j'ai veillé personnellement à ce que vous ne manquiez de rien.

Le regard aigu de l'organisatrice se posa un moment sur le reporter, puis elle reprit :

– Dans votre penderie, vous trouverez plusieurs costumes et un smoking qui remplaceront avantageusement votre veston froissé et ce pantalon défraîchi ! J'ai ajouté un feutre du dernier chic, un Mossant, s'il vous plaît, ainsi qu'un rasoir électrique Harab à tête arrondie qui convient aux barbes dures comme la vôtre. Ah ! Et puis, tenez, j'allais oublier, ajouta-t-elle en rougissant, ceci est un petit cadeau que je vous fais !

Elle lui tendit un paquet enrubanné de bolduc. Machinalement, il commença à ouvrir l'emballage.

Codos se détourna vers Clé à molette qui, depuis un moment, le tiraillait par la manche pour attirer son attention.

– Nous, on y va.

Et, à Boro :

– Décollage dès que vous êtes prêt.

En compagnie du mécano, il s'éloigna vers le Caudron.

Boro les accompagna un moment du regard, puis se tourna vers la cheftaine du personnel de l'agence Alpha-Press.

– Germaine, questionna-t-il avec une soudaine gravité, qu'advient-il de Solana ? Quelles nouvelles ?

– Aucune. Je suis inquiète. La dernière fois qu'elle a fait signe, l'allure était mauvaise. La pauvre petite semblait au bout du rouleau.

Elle baissa la tête et ajouta d'une voix plus sourde :

– Je n'aime pas dire des choses pareilles, mais il me semble que mademoiselle Alcantara n'avait pas toute sa lucidité.

– Elle avait bu ?

Germaine Fiffre ne répondit pas.

Préoccupé, Boro s'était arrêté de dépiauter le cadeau qu'elle venait de lui faire et qui comportait plusieurs épaisseurs de papier. A nouveau, la chape d'angoisse qui n'avait pas cessé de l'accompagner tout au long de son voyage venait de réapparaître et appuyait sur ses épaules.

– Qui sont ces contacts américains que vous mentionnez dans le télégramme ? demanda-t-il à brûle-pourpoint.

– Je ne sais pas bien, avoua la Fiffre.

Elle paraissait embarrassée. Elle allongea son cou de girafe et poursuivit :

– J'imagine que ces personnes ont côtoyé mademoiselle Solana au début de son séjour à New York. Cette Rebecca Wallace, analyste, par exemple, aurait consulté ou soigné mademoiselle Solana...

– Comment le savez-vous ?

– Prakash me l'a dit. Il a rencontré l'assistant de cette dame. Un type pressé et désagréable qui, lors d'un passage éclair à Paris, avait tenu à alerter la famille du danger encouru par Solana.

– Quelle famille ?

– Vous, pardi, puisque vous lui tenez lieu d'amant, de père et de garde-fou !

Boro baissa la tête. La Fiffre poussa ses avantages.

– Je ne vous juge pas, monsieur Borovice, mais la plupart de vos camarades ont interprété votre voyage en Inde comme une fuite devant le réel !

– Je dois téléphoner à Prakash, dit Boro, cédant à une impulsion.

Le visage de Germaine Fiffre se ferma.

– Vous ne le trouverez pas ! Et puis, vous n'en avez pas le temps !

Elle était sur la défensive.

– Où est Prakash ? insista-t-il.

– Il est injoignable ! Monsieur Prakash est en mission photographique du côté de Dantzig. Il fait son devoir !

Avec une sorte de hauteur de tragédienne que lui autorisait la gravité de ses futurs propos, Germaine ajouta, comme pour prendre définitivement sa revanche sur le Kirghiz qui s'était permis de malmener sa vie privée :

– Je pense que vous n'ignorez pas, monsieur Borovice, qu'à l'heure où *certaines* personnes continuent à se jeter dans des embrouilles personnelles, il se trame au-dessus de nos têtes un orage autrement plus important... Un orage dont les conséquences pourraient bien entraîner l'Europe entière dans les égouts de l'Histoire !

– Germaine, vous êtes en train de devenir méchante ! lui reprocha le reporter, sincèrement asticoté par ces sous-entendus blessants.

– Je l'admets volontiers, dit mademoiselle Fiffre en se mordant la lèvre. Je suis teigneuse, en ce moment, mais vous m'avez cherchée !

Boro sourit avec tristesse.

– Je ne vous en veux pas. D'ailleurs, vous êtes une magnifique Cassandre, Germaine !

– Je ne fais qu'annoncer la mise en route du rouleau compresseur nazi.

– Hitler n'osera pas déclencher la guerre pendant que je suis absent. Ce n'est qu'un pétomane en bottes de cuir !

– Il ne pète plus depuis longtemps, monsieur Blèmia ! C'est un fou qui s'assied sur le monde !

Boro ne répliqua pas.

Comment aurait-il pu continuer à batailler avec l'excellente Germaine alors qu'au fond de lui-même il lui donnait mille fois raison ? Il savait que sa place était parmi les siens, que tout lui commandait de courir en Pologne avec son Leica pour cueillir les fibrillations du cataclysme en marche.

Mais Solana saignait en lui, ouverte comme une blessure.

Désemparé, il fit quelques pas. Il tenait sans y prendre garde son paquet à demi déchiré dans sa main crispée.

Il s'arrêta, se retourna.

— Je dois aller en Amérique, décréta-t-il fermement. C'est l'affaire de dix jours. Après, je serai de nouveau à vos côtés.

La Fiffre acquiesça. Elle était assez clairvoyante pour comprendre le tumulte de son esprit.

— Germaine, dit Boro en prenant appui sur l'épaule de la vieille fille. J'ai besoin de vous mettre au courant d'un certains nombre de choses. Et, tout d'abord, dans les minutes qui suivront mon départ, vous allez sans doute voir arriver mademoiselle Shakuntala...

— Ah! *Votre* Indienne, maintenant! trancha-t-elle. Il ne manquait plus qu'une nouvelle dame de cœur dans votre jeu!

— Shakuntala n'est pas ma maîtresse.

— Elle ne l'est pas, mais elle y ressemble! Sinon, elle ne m'aurait pas contactée à l'agence pour me dire que vous couriez un danger et qu'il fallait organiser votre fuite.

Il se redressa et, après un temps d'hésitation, ajouta avec un sérieux impressionnant :

— Ce n'est pas du tout ce que vous pensez, Germaine. Shakuntala est une personne très importante...

— En voilà bien une autre!

Les yeux de Germaine Fiffre se rétrécirent :

— Vous ne m'aurez pas comme ça!

Boro haussa les épaules et relaça sa chaussure. Quand ce fut fait, il cueillit la vieille fille sous le bras.

Elle se raidit :

— Où m'embarquez vous encore?

— Germaine, lui dit-il avec une infinie patience dans la voix, venez... Faisons quelques pas... Je vais tout vous raconter...

Dans la distance, Codos les suivait des yeux. Il se tenait auprès de son appareil, prêt à embarquer. Clé à molette était assis en tailleur face à l'hélice. Il suçait une graminée.

Boro parla pendant sept longues minutes. Germaine Fiffre semblait captivée par ce qu'il lui racontait. Parfois, les deux promeneurs s'arrêtaient, dénouaient leurs bras, se regardaient dans les yeux et repartaient à petits pas, concentrés sur les propos qu'ils échangeaient.

Lorsqu'il l'eut faite dépositaire des secrets d'Enigma, ou du moins de ce qu'il en savait, Boro remit à mademoiselle Fiffre le ticket qui lui permettrait d'aller retirer ses valises à l'aéroport.

– Vous trouverez une valise et une boîte à chapeau.

Germaine avait pour mission de se débarrasser de la boîte à chapeau aussi vite que possible. Elle ne devait pas l'entreposer à l'agence, encore moins chez elle. Après réflexion, Boro décida que la cachette la plus sûre serait la consigne du Bourget.

– Je vous téléphonerai d'Amérique et vous m'enverrez le ticket à une adresse que je vous communiquerai. Personne ne doit connaître l'existence de la machine.

– Promis, craché, juré, cracha la demoiselle.

Les mains jointes, le regard extatique, elle redécouvrait avec volupté le plaisir de vivre à cent à l'heure.

– Avec vous, monsieur Blèmia, au moins, la théière est sur le feu ! L'eau bout ! On ne s'ennuie jamais !

La voix de Codos s'éleva dans le lointain :

– Le temps presse, Borowicz ! Vous allez rater le bateau, et moi, je ne m'en ressens pas pour traverser l'Atlantique sans escale !

Népomussène Malausséna opina de la crête et recracha son brin d'herbe.

– *Hé vé pôvre !* fit observer le gonfleur d'hélices. Si on avait su qu'ils allaient être aussi bavards, on aurait pu taper la belote et faire le dix de der !

– T'as raison, petit ! On ne va pas se laisser mécaniser par un photographe ! décréta soudain le pilote en se ruant vers l'habitacle du Caudron. Allez ! Je prends les manettes, et toi, tu lances le moulin ! Ça leur fera bouger les marguerites !

Son pronostic se révéla juste. Dans la seconde qui suivit, le reporter interrompit ses palabres, embrassa la Fiffre sur les deux joues et mit le cap sur le Simoun en tirant derrière lui sa mauvaise jambe.

Il avançait courbé vers l'avant, piochant le sol de son

stick. De sa main libre et de ses dents, il achevait de déchirer l'emballage de son cadeau. Il courait vers l'avion en luttant contre le souffle de l'air brassé par les pales. A chaque accélération du pilote, la tornade couchait les herbes, faisait voleter les cheveux du reporter, plaquait ses pantalons contre ses jambes. Aveuglé par la poussière, il trébucha, se reprit, ouvrit malencontreusement la main au moment même où il se hissait dans la cabine. Un reste de papier d'emballage lui échappa, marié à trois touffes de bolduc jaune. Le temps d'un regard furtif, Boro parut étonné de son ascension fulgurante, puis, comme il s'intéressait au redoublement du vent, aux tressaillements de l'avion, à la façon dont il fallait refermer la porte, sa main s'entrouvrit à son insu, un serpent ondulant parut sortir de sa paume, et il se rendit compte qu'il venait de laisser échapper l'extra-ordinaire ruban de laine d'un cache-col multicolore tricoté par mademoiselle Fiffre.

— C'est pour moi ? cria-t-il en suivant du regard le périple de la chenille de laine qui dérivait dans les tourbillons avec des fausses grâces de cerf-volant.

— Pour qui d'autre ? hurla mademoiselle Fiffre dans ses mains en porte-voix.

L'objet volant piqua vers le sol, il ondula en direction d'un motocycliste écrasé par la vitesse de sa machine qui se déplaçait en plein gazon pour couper au plus vite.

— L'Angliche ! s'écria Boro en refermant la porte.

— L'Amérique ! hurla Codos en lançant le Simoun.

— Ma tête ! glapit Clé à molette en se jetant au sol pour ne pas être décapité par l'avion.

— *My God !* suffoqua McMillan, aveuglé par un constrictor de laine qui s'enroulait autour de sa glotte et lui faisait perdre le contrôle de sa *motorbike*.

— Mon écharpe ! s'indigna Germaine Fiffre en prenant sa course pour récupérer son ouvrage.

— Le silence de la mer..., soupira Blèmia en évoquant avec bonheur le calme de sa future traversée.

Et, de ses 240 chevaux, le Simoun cabriola joyeusement en direction du soleil.

CINQUIÈME PARTIE

America, America!

Atlantique Nord

Le plus beau, le plus grand, le plus haut, le plus fier bateau du monde et de tous les temps labourait la mer.

Sous la poussée titanesque de ses quatre turbines de quatre fois 40 000 chevaux, ce fantastique paquebot, le plus monumental vaisseau que le génie humain eût jamais enfanté, ouvrait une faille dans la houle atlantique. Lancé par ses hélices de 23 tonnes et de 5 mètres de diamètre, il se propulsait, malgré le gros temps, immuable sur sa trajectoire de 11 mètres de tirant d'eau, ses 313 mètres de façade, ses plus de 28 000 tonnes de coque et d'accastillage.

Infatigable colosse riveté par le savoir-faire des chantiers de Penhoët, le navire était la splendeur de la France.

Il s'appelait *Normandie*.

Le fil de son étrave tranchait les flots à la vitesse de 31 nœuds. A son mât arrière flottait la flamme du ruban bleu, emblème de sa suprématie en matière de vitesse, rappel cocardier du record arraché de haute lutte au *Queen Mary* en 1937.

Berceau d'acier forgé par Siemens-Martin, gouvernail usiné par Skoda de Pilsen, mobilier dessiné par Ruhlmann, ce taureau des océans avait des grâces d'ambassadeur flottant. Il déplaçait 67 500 tonnes de liquide sur son passage, et c'était miracle de lui voir conserver en plein élan son élégance et sa maniabilité.

Il enfermait dans ses flancs un théâtre, un cinéma, une salle de concert et une bibliothèque. Il pouvait riva-

265

liser avec n'importe quel palace cinq étoiles. Messager de la qualité française, il employait 1 350 personnes réparties entre équipage et service général. Ce personnel à la politesse exquise savait allier prévenance et qualité de l'accueil. Il veillait jalousement à la sécurité, au plaisir, aux exigences d'une population de 2 000 passagers potentiels.

Quelque quatre ans plus tôt, le 3 juin 1935 exactement, dans le ciel et sur les eaux, des avions, des vapeurs, des bateaux-pompes, des voiliers, des remorqueurs – unités de toutes tailles, de toutes espèces – étaient venus à sa rencontre sur l'Hudson. Ils sifflaient, couinaient, klaxonnaient, ululaient, soufflaient, cornaient au vent, assourdissaient au porte-voix, escortaient, saluaient, tonnaient pour faire entendre leurs bravos de Lilliput. Lui, le géant, l'étrave écaillée par sa moustache de vitesse, s'efforçait de rendre salut pour salut. Et tous les quais, les fenêtres, les balcons, les terrasses, les toitures débordaient d'une foule enthousiaste. Du haut de leurs gratte-ciel, les New-Yorkais vidaient leurs corbeilles à papier. Ils éparpillaient brouillons, doubles, factures, feuilles arrachées aux annuaires, aux calendriers et aux magazines pour fêter le nouveau géant des mers.

Trop de bruit pour les yeux !

La guerre engagée, le navire allait connaître l'humiliation du désarmement, et le 9 février 1942, sourd aux cris dans le vent, aux coups sourds des paquets de mer, aux appels des mouettes, aux enveloppements des bourrasques, le plus beau, le plus haut, le plus fier bateau du monde mourrait noyé dans le port de New York.

Pour une gerbe d'étincelles et trois balles de kapok.

Pour un chalumeau et des matières inflammables.

Chaviré sous le poids de l'eau déversée pour le sauver de l'incendie.

Trois ans encore, et il serait livré aux outils des ferrailleurs

Le cri d'amour de la statue de la Liberté regardant passer sa dépouille ne serait que la caresse de l'ultime abandon. New York, qui avait accueilli le plus grand paquebot du monde dans un enthousiasme délirant, le regarderait mourir comme une maîtresse ingrate qui a tout oublié.

Appartement Deauville

Pour l'heure, à l'instar des neuf cent trente-huit privilégiés embarqués au Havre en ce début d'août 1939, le cœur de Blèmia Borowicz battait plus fort en pensant à l'Amérique.

Effacé de son regard depuis une heure à peine, le cap de la Hague n'était plus qu'un souvenir vaporeux. La houle grise de la Manche déployait à l'infini sa mouvante couverture d'écume.

Assis dans sa cabine, le photographe français frissonna en déchiffrant la nuit qui s'installait progressivement. La mer était déserte, musique et silence, dialogue parfait. Éloigné des contingences du monde terrien, soulagé d'avoir semé la meute de ses poursuivants – seul, libre et disponible, en somme –, Boro aspirait désormais au plus grand calme, aux sérénités océanes.

Dès l'embarquement, notre reporter s'était hâté jusqu'à sa cabine. Au pas de charge, il avait pris possession de son nouveau domaine, un luxueux appartement à terrasse baptisé « Deauville ». Eût-il appartenu à la race des rouspéteurs patentés, tout nouvel arrivant franchissant le seuil de ces lieux enchanteurs se fût laissé séduire par le raffinement de leur décoration. Pas une seule pièce de mobilier, pas un coussin, un bibelot, un détail, une applique, une tenture qui ne fussent en accord avec l'exigeante harmonie de l'ensemble. La Fiffre avait proprement saigné Alpha-Press pour le confort de son photographe vedette !

Expéditif, celui-ci avait piqué du nez dans un nid de bouteilles apéritives et, après avoir livré bataille dans un cliquetis de verres entrechoqués, était ressorti du micmac le poing armé d'un flacon au col encapuchonné de papier doré.

– Faute de quinquina, buvons du moins ce blanc de blanc !

Tout à son excitation, notre héros avait fait sauter le bouchon du vin de Champagne offert par le commissaire de bord. Comme il sirotait distraitement les premières bulles, il s'était avisé qu'un somptueux piano quart-de-queue de l'espèce Bord-Pleyel trônait dans le salon de sa cabine. Il avait traversé la pièce en foulant la laine d'un épais tapis ovale, avait posé sa flûte sur le plateau de l'instrument et s'était risqué à tapoter quelques notes de ces *Gymnopédies* qu'il jouait autrefois sur le clavier d'un vieux Bösendorfer.

Aussitôt, une buée de souvenirs avait ensorcelé sa cervelle. L'enchaînement des phrases musicales réveillait les émois du temps passé. Elles évoquaient irrésistiblement sa chère cousine Maryika.

Une lueur d'amusement brillait encore dans le regard de Blèmia. Il était capable d'imaginer les nuits pâles de Budapest, le pont suspendu sur le Danube et les pique-niques au bord de la Tisza. Il revoyait l'ossature parfaite du visage de son amante d'un soir, ses paupières brûlantes au seuil de l'abandon, ses lèvres murmurantes. Maryika ! Maryik ! petite fiancée de la Concorde ! Il embrassait ses lèvres, il effleurait en rêve la ligne pure de son corps alangui. Plus de masque. Plus de faux-semblants. Plus de « pas de ça mon cousin » ! Seulement cette légèreté. Cet oubli de l'abîme. Cet amour-soleil.

– Le 6 février 1934 ! s'emporta soudain Boro. J'étais son maître et je n'ai pas su la retenir !

L'esprit noué par un désespoir subit, brutal dans sa détermination à effacer les images, il cessa tout net de jouer les *Morceaux en forme de poire*. La main droite renversée sur le dos, il fit courir ses doigts sur les touches. Il éclaboussa Erik Satie d'un seul arpège.

– Il n'y a pas eu que le Bösendorfer du *Regina Palast* à Munich, murmura-t-il soudain avec amertume. Il y a eu aussi le Steinway de l'Hôtel Colon à Barcelone !

Cent chevaux traversèrent la cascade de sa rancune. Sa jalousie était intacte ! Boro se revoyait, cette fameuse nuit de bamboche en Catalogne, partageant les baisers de Maryika, dans la plénitude de sa beauté, avec Dimitri. Dimitri ! Cher méchant salaud de quat' sous au faciès aplati, à la tignasse rebelle ! Son ami, son frère, son rival ! La gymnopédie et les deux amants ! Dieu, comme elle était belle, ce soir-là, la fille de la Puszta ! Quelle gravité surprenante on lisait sur son visage énergique ! L'instant d'après, quelle folie, ses longs cheveux sur la nuque ! Et toutes ces larmes qui mouillaient leurs rires ! Quelle déraison, l'amour à trois !

Incapable de maîtriser plus longtemps son désarroi, Boro claqua le pupitre du piano, fit un écart et quitta la pièce en boitant.

« Reconnais, triste sire, que Maryika est la seule femme que tu aies véritablement aimée ! » se dit-il avec un zeste de cynisme et un accent de vérité désabusée.

L'instant d'après, essayant de chasser définitivement sa chère cousine de son esprit, il décida de s'octroyer le délassement d'un bain un peu trop chaud, qu'il pimenta par des sels.

La peau à demi ébouillantée, rouge comme une écrevisse, il s'endormit un bon quart d'heure.

Maryika le rejoignit dans ses rêves. Elle avait un physique de carte à jouer. Boro avait chaud. Il luttait pour prendre des couloirs et éviter de rencontrer sa parente. Mais la Dame de Berlin, transformée en dame de pique, avait le don d'ubiquité. Il avait beau courir et s'essouffler, partout elle était là.

Au détour d'une place venteuse, un magicien en frac, à tête de Dimitri, agita son chapeau. Il cria *Borowicz !* et la dame de pique surgit de derrière une colonne du Palais-Royal. Elle souleva sa voilette. La fatigue avait creusé ses traits.

Boro rencontra ses yeux couleur aigue-marine.

– Accepte la situation, Blèmia, dit-elle.

Sa voix paraissait inflexible.

Et elle lui présenta un enfant de presque cinq ans qui se tenait dans l'ombre.

– Sean est ton fils, Boro, dit-elle encore. Embrasse ton fils.

Boro se pencha sur l'enfant qui répondit à son baiser par un sourire confiant.

– Papa, lut-il sur les lèvres de l'innocent aux yeux noirs.

Il s'éveilla en sursaut.

Rencontre avec un abyssin

Drapé dans un peignoir immaculé, Boro ouvrit la double porte de la penderie.

Ses cheveux étaient encore mouillés. Il avait longuement exposé son corps engourdi aux piques d'une douche froide. C'était, croyait-il, un moyen radical de se soustraire à l'asthénie qui le guettait et d'éliminer le goût de métal qui rouillait dans sa bouche. Il eût été incapable de préciser la nature de son malaise. Il se souvenait vaguement qu'il avait cauchemardé, mais ne se rappelait plus à propos de quoi.

Il repoussa les cintres qui encombraient la penderie et, tout en sifflotant *Marinella*, inventoria sa garde-robe.

Il choisit sur les étagères une chemise à faux col et revêtit un smoking bleu nuit qui affirmait sa carrure sportive. Le teint hâlé, l'esprit dégagé, il décida, par un étrange caprice ou une paresse passagère, de ne se point raser. Et il se promit, dès le lendemain, de tâter des bains de vapeur installés non loin du sun-deck et de la piscine couverte réservée aux premières classes.

Confiant dans sa bonne étoile, l'élégant boiteux s'engagea dans les couloirs et entama la visite de la somptueuse ville flottante.

Où qu'il passât, quelque itinéraire qu'il suivît, quelque couloir ou coursive qu'il empruntât, il entendait de joyeux appels, voyait des portes s'entrouvrir, des frimousses charmantes s'encadrer dans les huis.

D'un bout à l'autre du navire, le plaisir couvait. Stewards, chambrières, télégraphistes s'affairaient. Entre habitués de la ligne, on se hélait, on se donnait rendez-vous pour plus tard. Par l'embrasure des glissières, on apercevait des scènes charmantes : un monsieur en bretelles qui enfilait sa perruque, une brunette en combinaison chair penchée à sa psyché, de jolies gouvernantes qui contournaient d'encombrantes malles-cabines d'où elles tiraient des robes de fête. Au hasard des ponts-promenades, on croisait aussi des vieilles dames heureuses avec leur chien, de gros oncles à cigares flanqués de gracieuses pupilles, des couples enamourés qui s'enlaçaient au long des bastingages.

Le *Normandie*, songeait Boro, permettait que l'on se crût aussi séduisant que Cary Grant, aussi excentrique qu'Isadora Duncan, aussi dépensier que Jules Berry ou Foujita. C'était l'insouciance du début des années trente, la guerre entre parenthèses, un retour vers l'époque où lui-même et ses amis hongrois, forts et agiles comme des tigres, courtisaient les modèles russes et arméniens de Montparnasse et tutoyaient les princes en exil.

Comme il ralentissait pour humer les odeurs de la mer, il vit passer la silhouette gracile d'une jeune fille au visage dissimulé par un masque de félin.

– Vous êtes un chat ! s'écria-t-il en lui barrant la route.

Il avait envie de jouer.

– Vous n'êtes pas rasé ! rétorqua la demoiselle. Ça me fait très, très peur.

Elle feignait de trembler de tout l'arrondi de ses blanches épaules.

– Vous êtes quand même un chat.

– Un chat abyssin, précisa la demoiselle en regardant obstinément ailleurs. Un chat qu'on ne caresse pas.

Elle était sur le point de s'éloigner, mais se ravisa.

Il lui adressa un sourire aimable pour lui signifier son encouragement à rester. L'espace de quelques secondes, elle feignit de ne s'intéresser qu'à ses ongles. Ils étaient pointus comme des lames de canifs.

– Vous ne pouvez pas savoir à quel point les chats comptent dans ma vie, murmura Boro en franchissant le pas qui le séparait de la jeune personne déguisée. Je connais même intimement une demoiselle Chat, et je me flatte...

– C'est possible, répliqua brièvement la demoiselle en haussant ses jolies épaules. Ça a ne me regarde pas.

Elle leva les yeux sur le reporter avec une soudaine détermination. Il la dominait d'une tête. Elle parut si décontenancée en découvrant le visage de ce bel homme au teint hâlé, aux mâchoires puissantes, aux sourcils bien dessinés, qu'elle laissa échapper un petit cri de surprise sous son masque à museau gris et à moustaches blanches.

– Vous, jeune personne, vous êtes un chaton du mois d'avril ! observa Boro en constatant son trouble.

– Ah bon ? se hérissa-t-elle. Tiens, c'est amusant ! Et à quoi voyez-vous cela ?

– Les chats nés au printemps sont plus fragiles, plus émotifs que ceux qui ont passé l'hiver avec leur mère, répondit le reporter. Ils ont beaucoup moins d'expérience.

Elle parut vexée et lui tourna le dos avec ostentation.

– Pchi ! Qu'est-ce qu'il croit ? Je ne vous ai pas attendu pour aller voir le monde, monsieur le prétentieux !

– Vous courez les gouttières ?

Elle le défia :

– Je hurle à la lune. Je n'ai peur de rien.

– Allons bon ! Une femme d'expérience ! J'aurais dû m'en douter !

Agissant à la hussarde, il posa sa main sur la hanche de la féline.

Elle bondit comme un ressort.

– Hi ! Arrêtez ça tout de suite ! siffla-t-elle en lançant ses ongles en avant pour se dégager. A moins que vous ne vouliez que je pleure et que j'appelle !

Boro sourit en contemplant le dos de sa main s'orner d'une triple zébrure.

– Vous griffez pour un rien !

– Les abyssins n'aiment pas beaucoup qu'on les bouscule.

– Vous me rappelez une surprenante jeune personne, dit soudain Boro en s'avisant de ses superbes yeux noirs.

Il tendit les doigts pour lui arracher son masque.

Elle esquiva sa charge, pivota sur elle-même.

– Chat ! s'écria-t-elle en lui frappant la paume, tout en se faufilant sous son bras tendu. Vous ne m'attraperez pas !

Elle lui échappa. Elle trottinait déjà entre les transatlantiques. Dans son collant de danseuse, elle était d'une agilité surprenante. Elle s'arrêta à une quinzaine de pas. Elle s'était perchée sur l'escalier conduisant au pont supérieur. Boro n'apercevait d'elle que ses longues jambes nerveuses et sa queue de chat de carnaval.

– Viendrez-vous au bal masqué, ce soir ? lança-t-elle comme un défi. J'aimerais vous présenter ma mère.

Elle n'attendit pas la réponse et s'évapora presque instantanément par le haut.

– Vanessa d'Abrantès ! s'écria Boro. Du diable si les chats me portent chance !

Valse à trois temps
pour Groucho Marx

Trois heures plus tard, débarrassé des vieux démons de la morosité, notre Hongrois d'aventures, bien résolu à ne pas rater un seul atome de cette poussière de vie qui n'est pas forcément visible à l'œil nu mais vogue sur les paquebots transatlantiques, se hâtait au sortir de sa cabine.

Auparavant, il s'était fait servir une collation chez lui. Sur un menu dessiné par le peintre Dufy, il avait choisi une brouillade aux truffes du Périgord et une demi-bouteille de pauillac pontet-canet.

Il était vingt-deux heures à la pendule du *Normandie* quand l'homme au Leica, se dirigeant vers le fumoir, descendit l'escalier monumental sous le regard immobile d'une statue de Baudry. A cent dix mètres de distance, on apercevait le théâtre et la couronne de lumière du monarque des océans qui brillait dans le grand salon orné de glaces dorées, argentées et brunies.

Boro resta un moment abasourdi devant les grandioses perspectives de ce temple de 702 mètres carrés et de 9,50 mètres de haut où la lumière elle-même devenait une des plus subtiles parures de l'incroyable nef de marbre, de chrome et de bois précieux.

Pressant le pas, il obliqua sur la droite, pénétra dans la salle de bal, pourvue de caissons éclairants, où se pressait une foule élégante et costumée, et se fraya un passage entre des marquis poudrés, des corsaires borgnes, des cow-boys, des cosaques du Don et des Pompadour de circonstance. Il croisa un Mickey Mouse qui tenait un Mandrake par la main, un Tom Mix qui enguirlandait un Charlot, un Néron qui s'ennuyait ferme, un Stan Laurel sans son Hardy, un Groucho Marx penché sur le sillage d'une Edna Purviance au dos nu. Il évita un lutteur de foire lancé à la poursuite d'un enfant de cinq ans qui tirait des flèches Eurêka sur la foule, il écarta de son chemin un Johnny Weissmuller costumé en Tarzan et, au détour d'une plante caoutchouc, découvrit une accalmie près d'un Oliver Hardy sans son Laurel.

Respiration recouvrée, Boro longea un moment une corniche de laque incrustée de céramiques et de bas-reliefs. Il demanda au maître d'hôtel une table à l'écart de la piste de danse et installa son observatoire dans un coin d'ombre délimité par une grille en fer forgé.

Tandis qu'il sirotait une vodka glacée en contemplant la vague tournante des danseurs, Boro songeait qu'il y avait quelque chose de décadent, de vénitien, d'englouti dans cette fête hors du temps et de l'espace. En regardant Groucho Marx valser les yeux dans les étoiles, il se surprit à partager le sentiment d'Henry Bordeaux qui venait d'écrire à propos des paquebots modernes : « Il y a vingt ans, on pouvait à bord méditer, mener une vie contemplative, en oublié de la terre. Aujourd'hui, on oublie la mer, et la terre vous poursuit. »

Quoi de plus vrai ? Accueillies par le commandant Payen de La Garanderie et les officiers du bord, les femmes d'ici étaient belles comme à la sortie de l'Opéra, apprêtées comme à Monte-Carlo, à Saint-Moritz ou sur les pages glacées de *L'Illustration*. Elles s'étaient habillées comme pour un concours d'élégance. Elles étincelaient de paillettes, de diamants, de perles et de rubis. Les hommes appartenaient à la race de ceux qui incarnent la réussite. Illustres pour la plupart, ils voyageaient pour voir et être vus. Au gré des traversées, ils s'étaient appelés ou se dénommaient Chaliapine ou Douglas Fairbanks, Jean Giraudoux ou Leopold Stokowski, Thomas Mann ou Rockefeller...

Notre photographe s'habituait mal à l'idée qu'il y eût sur les mers une caste de gens si riches et si émancipés de la tyrannie des licols domestiques et sociaux qu'elle pût à tout moment de l'année vaquer à son bon plaisir.

Il pensait à ses amis plus modestes et souriait en les imaginant là : Liselotte, Fruges, l'Asticot, la bande de Quincampoix, Jofre Costabonne...

— Ce n'est pas du jeu, dit une voix moqueuse perchée par-dessus son épaule. Vous vous êtes caché pour que je ne vous trouve pas !

Il tressaillit et se retourna, comme pris en faute.

A contre-jour d'un pot à feu de Lalique, il distingua, scintillante et enchâssée dans un écrin de lumière, une silhouette à la blancheur translucide qui dégringolait trois marches d'escalier d'un pas mal assuré. Il éleva la main pour protéger ses yeux de l'éblouissement. Il vit que le chat abyssin s'était transformé en une éclatante jeune fille en robe décolletée.

Point de masque, une fille en cheveux avec un simple diadème de brillants.

— Si vous ne m'aidez pas, je vais me casser la figure.

Elle dérapait sur des escarpins vertigineux. Ravissante, elle avait la peau nacrée mais vivante. Une carnation de lait. Des attaches fines et nerveuses. Un visage sensible d'enfant gâté. Deux petits seins dans un nid de dentelles bleu Nattier.

Boro restait bouche bée.

En équilibre instable, elle s'immobilisa, avança ses lèvres boudeuses et demanda avec curiosité :

— Qu'avez-vous vu ?

— Une belle jeune fille aux yeux immenses.

— Oh ça ! rougit-elle. C'est un coup du maquillage.

— Une jeune femme accomplie !

— Maman m'a prêté ses bijoux. Sa robe aussi. Et même ses chaussures. Tendez-moi plutôt la main, ou je vais dégringoler !

Une demoiselle pour plus tard

Ils burent deux vodkas.

Après quoi, ils se regardèrent comme deux vieux amis.

– Comment va le poney Bismarck ? s'enquit le reporter.

– Il est mort d'une chute de cheveux.

– Tiens ! Voilà qui est rare pour un cheval.

– Pour un bidet ordinaire, certainement, acquiesça gravement la jeune fille. Mais pas pour un shetland qui se fait du mauvais sang.

La curiosité s'empara de Boro :

– Pourquoi Bismarck aurait-il eu le bourdon plus que n'importe quel cheval ?

Elle leva sur lui ses superbes yeux noirs et soupira :

– Vous oubliez que j'étais chez les sœurs ! Pensionnaire à Sainte-Marie !

– Vous manquiez donc à la pauvre bête ?

– Plus que son avoine, croyez-moi !

Elle se tut, le visage envahi par une soudaine gravité.

– L'empereur de Prusse ne supportait pas notre séparation, grommela-t-elle entre ses dents. Il a perdu sa crinière en une nuit. Il est devenu aveugle le lendemain. Et il est mort par la suite.

– J'en suis sincèrement désolé.

Elle le fixa droit dans les yeux.

– Pas tant que ça, dit-elle avec ressentiment.

– Comment pouvez-vous croire une chose pareille ?

– A l'époque, moi aussi j'aurais pu mourir d'une

chute de cheveux, tellement j'ai eu le cafard... à cause de vous !

– A cause de moi ? Mais que vous ai-je fait ?

– Vous m'aviez promis que nous mangerions des glaces, vous m'aviez juré de me faire réciter mes leçons !

Boro fouilla dans sa mémoire.

– Autant qu'il m'en souvienne, après ma visite à Sainte-Marie, j'ai dû partir précipitamment pour Nice, puis pour l'Allemagne...

– Vous m'avez laissée tomber comme une vieille chaussette !

– Je vous ai écrit.

– Une carte du Brésil ! Une autre de Catalogne. Mais beaucoup plus tard ! Et puis après, plus rien. Si c'est ça l'amitié !

– J'étais en prison en Espagne.

– Moi, j'ai beaucoup pleuré. Je voulais devenir sourde et aveugle. Je me suis coupé les tresses. J'ai effacé mes sourcils à l'eau oxygénée. J'ai voulu mourir d'une indéfrisable. J'ai mangé du fromage blanc pour grossir. Je suis devenue joufflue. Je me suis confessée tous les jours. J'embrassais votre photo sous les draps.

Elle ajouta d'une voix glaciale :

– 1937 est l'époque noire où mes fesses avaient pris des proportions énormes sous mes jupes.

– Aujourd'hui, tout est rentré dans l'ordre, constata Boro.

– Oui, acquiesça la jeune fille. J'ai troqué mes bloomers contre des chaussons de danse et je suis devenue anorexique.

– Que disaient vos parents ?

– Mes parents ? s'écria-t-elle, le museau tendu vers la lumière. Comme d'habitude : ils s'en fichaient ! Mon père faisait des affaires louches avec l'Allemagne, et ma mère promenait ses gigolos sur le Nil !

Boro prit l'air sincèrement navré.

– Je vous demande pardon, Vanessa, de ne pas vous avoir fait signe plus souvent. Et je vous présente les excuses que je vous dois.

La jeune fille se réfugia dans un silence grognon. Il avança la main vers la sienne et dit avec sa voix de charme :

– Ce soir, nous sommes réunis et nous parlons de vous. N'est-ce pas ce qui compte le plus ?

Les prunelles noires de la demoiselle s'allumèrent d'une méchante petite lueur aussitôt refrénée.

– Pfi ! c'est trop facile, ça, monsieur le photographe, de réapparaître sur un paquebot ! Voix de velours, vernis, bronzage, pirouette ! Je suis le prince charmant ! Tombez dans mes bras ! Ça ne prend pas ! Ça n'a pas de sens ! Et n'essayez pas de me faire pleurer, parce que maintenant c'est devenu impossible ! Je suis trop blasée, avec les coups tordus des hommes !

Elle essuya une grosse larme :

– Oh ! zut à la fin ! chougna-t-elle. C'est trop bête ! On ne pleure pas quand on n'a pas de mouchoir !

– Puis-je vous prêter le mien ?

– Oui, merci.

Elle para au plus pressé sur son visage, puis ajouta à voix plus basse :

– Pourquoi faut-il que les choses recommencent toujours ? Vous m'avez déjà prêté un mouchoir lorsque j'étais petite fille.

– Je m'en souviens. C'était avenue Foch.

– Oui. Et je me suis juré de vous le rapporter seulement le jour où je serais une personne qu'on peut aimer.

Il inclina la tête et devint attentif.

– Quel âge avez-vous, Vanessa ?

– Je viens d'avoir dix-neuf ans et je suis bachelière.

Il la fixa intensément et avança la main pour caresser ses cheveux. Elle marqua un léger mouvement de recul, mais ne cilla point.

– Est-ce que vous trouvez que je ressemble toujours un peu à maman ? se risqua-t-elle.

– Vous lui ressemblez toujours pour la vivacité, mais j'ai le sentiment que vous êtes de plus en plus vous-même.

– Vraiment ?

– Vraiment, oui.

Les paupières de Vanessa battirent deux fois. Boro était subjugué par la beauté de son regard serti dans le blanc très pur de la cornée à peine congestionnée par les larmes.

– Alors, Vanessa ? demanda-t-il doucement. Est-ce

que, ce soir, nous nous trouvons au fameux moment où vous vous sentez prête ?

Il s'aventurait sur le seuil d'une maison dans laquelle il n'osait pas entrer.

— Franchement, non, Boro, répondit-elle. Il me faudra attendre encore au moins une ou deux années, peut-être trois, pour être une personne qu'on peut aimer.

— Je comprends.

— Vous reviendrez me chercher, dites ? Vous me donnerez une autre chance ?

— Je vous le promets.

Elle se jeta avec emportement dans ses bras. Il caressa ses joues. Elle respirait très vite, comme un petit animal aux abois.

— Je boirais bien quelque chose d'extrêmement fort, dit-elle avec détermination.

— Deux doubles vodkas ! commanda Boro au serveur qui passait justement.

— Je mangerais bien aussi une tarte aux myrtilles pour y voir clair toute la nuit ! s'enthousiasma la petite.

— Apportez-nous le plateau de pâtisseries ! demanda le reporter.

Il consulta Vanessa du regard. Elle était radieuse, bien que son front têtu exprimât une fièvre tenace. Elle entrouvrit ses lèvres enfantines pour quêter un baiser.

— Un baiser de grande personne, s'il vous plaît, exigea-t-elle.

Au moment même où le reporter effleurait la bouche de la jeune fille pour y sceller leur pacte de tendresse, une voix haut perchée nasilla à peu près :

— Vous êtes là, Vanessa ! Je vous cherche depuis bien dix minutes !

Georges-Hubert dans des bas de soie

Ce parler de piano désaccordé sortait d'un quidam en habit de location et perruque poudrée appuyé sur une canne à pommeau.

L'homme, qui possédait sous son gilet de velours un certain tonnage, ôta ses faux cheveux, tira sur ses bas de soie qui tournaient et gratta son long nez où s'engrottait un début de moustache. Ensuite, sans qu'on l'y invitât, il se laissa tomber sur l'une des chaises disponibles avec la ferme intention de camper à la table du reporter.

Il avait la bouille un peu molle, les épaules et la chevelure tombantes, le sternum creux, l'estomac replet, la pomme d'Adam si proéminente que le fil du rasoir avait oublié un îlot de poils récalcitrants dressés sur leur rocher.

– Dupois-Ferré, deuxième secrétaire d'ambassade, se présenta-t-il avec l'air endormi. J'ai terriblement mal aux pieds.

Boro toisa sans aménité le personnage et lui rendit son salut. L'œil infaillible du reporter diagnostiqua chez le nouveau venu un physique dans les cinquante ans bien établis, un foie paresseux et un tempérament de méduse.

– Moi aussi, je vais prendre une vodka, couina le parasite. Et après, je vous ai entendu parler de gâteaux, je me taperais volontiers une assiette de babas au rhum.

Le regard absent, le profil bégu, Dupois-Ferré s'était affaissé sur son siège. Il passa commande.

– Ce poisson est à toi ? s'inquiéta Boro à l'oreille de Vanessa.

La jeune fille se redressa. Ses yeux noirs fulminaient. Elle dit à intelligible voix :

– Je jure que non ! Il est à ma mère.

– Je ne suis à personne, protesta mollement Dupois-Ferré. D'ailleurs, à partir de ce soir, je suis au plus offrant.

– A ce compte-là, votre costume vous va bien ! s'écria Vanessa. Et, avec vos manières d'ecclésiastique, vous n'aurez pas de mal à vous recaser !

Se tournant vers Boro, elle ajouta pour sa gouverne :

– Au cas où vous ne vous en seriez pas rendu compte, Georges-Hubert est costumé en Talleyrand-Périgord.

– Voilà qui est éclairant ! décréta le reporter. En somme, monsieur exerce sa diplomatie sur les paquebots pour milliardaires ?

– Je veille sur l'automne des femmes finissantes, plaida le lymphatique.

– Vous les racolez !

– Toujours ce langage rudimentaire ! Non ! Mille fois non !... Par le biais d'une conversation cultivée, je leur prodigue mes onguents de jouvence. Sous ma férule, les passagères vivent à l'heure des langueurs, des revenez-y, des volètements tardifs. Ce n'est plus de badinage qu'il s'agit, c'est de thérapie ! Je les aide à traverser l'Atlantique avec des projets plein la tête. Et il n'est point de limite d'âge pour les transports amoureux !

– Dites plutôt que le parfum des comptes en banque convient aux crustacés de votre espèce ! se hérissa la jeune fille.

– J'ai toujours cherché ma direction, reconnut Dupois-Ferré avec onction et modestie. Et, s'il est vrai que pour restaurer ma fortune – chancelante après un mauvais coup de Bourse –, j'envisage un mariage de la dernière heure avec votre maman, c'est parce que, ma chère enfant, madame d'Abrantès a, plus que toute autre, le charme attardé d'une grande séductrice !

Le parleur fatigué suspendit soudain son discours avant de clamer le plus sérieusement du monde :

– Votre mère, Vanessa, a décroché mon cœur !

– Justement ! Qu'avez-vous fait d'elle, Georges-Hubert ?

– Ce n'est pas moi qui l'ai abandonnée ! s'écria le docteur des âmes avec des gestes d'algue.

– Alors, où est-elle ?

Il engloutit la vodka qu'un serveur venait de déposer sur la table.

– Dans les bras d'un midship. Elle danse la rumba selon les principes argentins et semble y prendre un rustique plaisir.

– Vous n'aviez qu'à la tenir !

– *Quite impossible, my dear !* prononça le molasson pour faire exotique. Je crois que votre maman est en train de préférer l'épée à la diplomatie et que je n'atteindrai pas la côte des États-Unis avec le statut de fiancé !

– Maman est incorrigible ! s'emporta Vanessa.

Elle sauta sur ses talons et fendit la foule des danseurs.

L'instant d'après, elle était de retour. Elle ramenait par la main une dame émerveillée qui souriait derrière un déguisement de blonde aux frisures boticelliennes.

– Ophélie ! s'écria Boro en se levant pour accueillir madame d'Abrantès.

– Le petit Boro photographe ! s'enthousiasma Albina en gardant son masque de jeune fille.

Les ruines d'Abrantès

Ils s'embrassèrent tendrement. La marquise avait conservé du passé ses admirables prunelles et des dents éclatantes.

– Je ne m'attendais pas à vous trouver ici, Blèmia, dit-elle en choisissant une place près de lui et en tournant délibérément le dos aux deux autres.

– Moi non plus, avoua le reporter.

Il se renversa sur son siège et gourmanda soudain madame d'Abrantès :

– Dites-moi, Albina, vous n'êtes pas souvent à la maison, il me semble...

– Mon pauvre ami ! Le moins souvent possible ! Mon mari ne me sert à rien, et j'ai toujours eu la bougeotte !

– Signe d'insatisfaction ?

Pour toute réponse, elle mit entre elle et lui son fameux petit rire en cascade.

– Même pas ! intervint Vanessa. C'est la façon qu'a maman de ne pas vieillir.

– Vieillir ? dit Albina d'une voix altérée. C'est quand tout vous précipite vers des jours affreux...

Elle venait de tirer un étui à cigarettes en or massif de son réticule, mais ne l'ouvrit pas.

– Vieillir, insista-t-elle, c'est cette façon hypocrite qu'ont les femmes trop peintes de décréter que toutes les glaces sont déformantes. Mais si c'est aussi cette décision désespérée de préférer le mystère des nuits à la plate cruauté du jour, alors je suis de la confrérie !

– Pas vous! glissa Georges-Hubert. Vous avez su conserver une taille de guêpe!

– Parce que je me prive de tout!

– Vous avez une silhouette de mannequin!

– Grâce aux subterfuges de madame Grès!

La marquise s'animait toujours dès qu'on parlait couture. Elle décroisa ses jambes, qu'elle avait encore fort belles, et se pencha pour prendre un gâteau.

– Juste une aile de religieuse! dit-elle en engouffrant la coiffe dans sa bouche.

Et, aussitôt après:

– Je ne devrais pas faire cela. Pas à mon âge! Pas avec les dents que j'ai!

Elle était d'une insincérité parfaite lorsqu'elle quêtait des compliments.

Boro ne dit rien.

Elle tapota une cigarette sur son étui gravé. Le reporter lui offrit du feu et tenta de racheter son silence tandis qu'elle s'enrobait de fumée bleue:

– A défaut de sucreries, Albina, on me dit que vous croquez les jeunes gens?

– Oh, seulement un par ci, un par là, admit-elle d'une voix rauque. Les occasions se font rares.

Elle termina sa phrase sur une moue contrariée et prit Vanessa à témoin.

– Depuis que la guerre menace, tu le sais bien, toi, ma chère fille, il y a des semaines, parfois des mois, où je reste à quai. Je ne mange plus les hommes qu'avec les yeux.

– Petite maman, je te trouve bien ingrate! Tu as eu un printemps superbe!

– Quoi? Le petit médecin? Il manquait totalement de souffle!

– Non. Je pense à ce bel acteur...

– Fabrice? Je n'appelle pas ça un amant! Lorenzaccio se regardait le nombril et m'oubliait dans sa loge!

– Alors le vendeur d'automobiles, maman. Le Piémontais... Il ne te quittait pas d'une semelle...

– Jusqu'à ce qu'il m'ait refilé sa fichue Lagonda! Après, je ne l'intéressais plus.

– Vous possédez une Lagonda, Albina? C'est une

voiture superbe! apprécia Boro aussi bien par intérêt véritable que pour faire diversion.

– Vous la voulez, enfant joli? Je vous la donne! Elle est dans une remise à Versailles. Je n'en ferai jamais rien. Je suis bien trop en colère!

Vanessa applaudit à cette idée.

– Oh oui! Acceptez, Boro! Vous m'emmènerez promener le dimanche à la campagne!

– Hélas, je ne conduis pas... À cause de ma jambe.

– Pas plus tard qu'hier, vous me l'aviez promise, geignit une voix de tête qui sortait encore une fois de Georges-Hubert.

Madame d'Abrantès se détourna à peine vers son soupirant.

– Taisez-vous, propre à rien! Vous n'êtes qu'un deuxième choix! Prenez plutôt exemple sur Blèmia Borowicz. Il ne sait pas danser, il ne peut pas conduire, mais il est irrésistible!

Elle écrasa sa cigarette dans le cendrier gravé au sigle de la Compagnie transatlantique, se pencha vers Boro et, de sa main gantée, lui tapota le bras:

– Savez-vous bien, enfant doué, que vous m'avez laissé un très bon souvenir?

Le Hongrois sourit. De ses yeux sombres, il affronta un moment les prunelles de madame d'Abrantès qui brillaient avec éclat derrière son masque blanc de jeune fille noyée, puis, façon de mettre un terme aux arrière-pensées d'Albina au cas où elle en aurait eu d'entreprenantes, lança adroitement ses chevaux sur le plat:

– Je n'oublie pas, marquise, que vous m'avez jadis sauvé d'un mauvais pas et que vous n'avez pas hésité à compromettre votre propre sécurité pour me guider dans une mission bien improbable...

Elle éteignit aussitôt la lumière dans ses yeux. Fine mouche, elle quitta le domaine des jeux d'alcôve pour celui, plus tempéré, des randonnées patriotiques. Elle rejoignit le reporter sur le terrain moins brûlant où il l'avait entraînée.

– Ah, oui! roucoula-t-elle avec un savoir-faire de mondaine aguerrie, ce fameux voyage sur la ligne Maginot! Quelle bizarre échappée! Et comme vous avez été impitoyable avec mon mari! Mais vous avez eu raison! Il le fallait! Il le fallait!

– Que devient exactement le marquis d'Abrantès ?

– Il fabrique des crosses de fusils à Châtellerault et des masques à gaz des deux côtés du Rhin.

– Il a toujours su où se trouvait le bonheur de l'argent !

– C'est vrai ! Et nous en regorgeons, Petit Prince. Alors je fais danser l'anse du panier !

La voix d'Albina d'Abrantès était teintée d'amertume. Elle se réfugia à nouveau dans le petit rire en cascade que Boro lui avait connu autrefois. Puis elle ajouta :

– Avec l'argent, on peut tout obtenir. Même si, passé un certain âge, on ne trouve plus que des locations-ventes, des ratés, des substituts ou des aigrefins... On se débrouille, on vivote, on survit !

Jugeant sans doute qu'il relevait de l'ensemble de ces catégories besogneuses, Dupois-Ferré regardait ailleurs. Il mangeait un baba au rhum et ressemblait de plus en plus à l'acteur Jean Tissier.

Albina d'Abrantès sourit à Boro. Ce dernier comprit qu'on en était arrivé à l'instant délicat du danger.

– Voulez-vous voir où j'en suis dans mon champ de ruines ? demanda crânement la marquise.

Elle s'était dressée et avait pris les mains du reporter afin qu'il se levât également.

– Regardez ça, si vous en avez le courage ! s'écriat-elle soudain en arrachant son masque de jeune fille.

Le désespoir était gravé dans sa voix.

– Maman ! siffla Vanessa. Tu m'avais promis de ne pas faire d'éclat de ce genre !

– Tais-toi, petite dinde !

Boro restait figé. Sous l'imperceptible va-et-vient des pupilles d'Albina, il explora longuement les vestiges de sa beauté engloutie sous la croûte des fards.

– Je suis bien déglinguée, n'est-ce pas, enfant joli ? s'enquit madame d'Abrantès sur un ton faussement désinvolte.

Cent fissures, autant de replâtrages apparaissaient aux commissures de ses lèvres.

– Eh bien ? Seriez-vous devenu timide, mon beau Hongrois ? s'étonna-t-elle douloureusement. On vous aura changé !

– Je vous trouve invincible, déclara Boro.

– Pas invincible, souffla la marquise en lisant sa défaite dans le regard de son ami. Ébréchée jusqu'à l'âme ! Et c'est là le plus grave, gentil Blèmia. Je n'ai plus d'amour-propre.

– Comme je vous aime ! s'empourpra le reporter. Vous êtes une femme formidable ! Je ne vous oublierai jamais !

Cédant à un élan véritable, il l'étreignit soudain et la serra sur son cœur. Il l'embrassa encore et encore. Elle se dégagea, éperdue, essoufflée, un peu plus lourde de corps.

– Merci ! Merci de lécher mes blessures, petit prince, murmura-t-elle d'une voix rauque.

– Vos yeux capturent toujours le soleil, Albina !

Elle sourit au reporter et, maîtrisant son émotion, affronta le jugement de sa fille et du pitoyable Georges-Hubert.

– Eh oui ! C'est comme ça ! les défia-t-elle. On n'y peut rien !

En un clin d'œil, elle était redevenue une femme impérieuse.

Elle prit la main de Boro et, haussant le ton :

– Il est beau, n'est-ce pas, le Tsigane ! Et, en plus, il est devenu célèbre !

– Maman, souffla Vanessa en lui serrant le poignet, reprends-toi !

– Quoi ? Tu as honte de ta mère ? Tu sais combien il m'en a coûté pour le mettre dans mon lit ? Un rien à côté du prix exorbitant que me fait celui-là !

De la pointe du menton, elle montrait Dupois-Ferré. Ce dernier s'était levé à son tour. Emprunté dans sa culotte de nankin, il dévisageait Albina avec des allures de chien mouillé.

– Eh bien, mon gros fiancé, dit-elle en lâchant la main de Boro, emmenez-moi au bal !

L'escroc des vieilles dames lui tendit servilement le bras. Elle s'y appuya fermement.

– Marchons, reprit-elle avec résolution. Entrouvrez-moi le ciel noir, Georges-Hubert ! Ayez l'air de quelqu'un !

En passant, elle décocha un clin d'œil canaille à l'intention du reporter et s'éloigna le dos lourd.

Au bout de cinq ou six pas seulement, elle se retourna et lança :

– Au revoir, Blèmia Borowicz. Sans doute adieu.

Puis, au terme d'un long silence, comme pour se soulager d'une pénible confidence, elle soupira :

– Avec les hommes, c'est à n'y pas croire, mon cher... Je reste sur ma faim !

Billard russe

Le deuxième jour de traversée, Boro ne bougea guère de sa cabine.

Sa rencontre avec les fantômes du passé, l'exhumation de ses fredaines d'une époque révolue lui avaient laissé un âcre goût d'écorce dans la bouche. Un escroc en bas de soie, une chrysalide névrosée, une nymphomane finissante avaient suffi à remettre son esprit sur le chemin tourmenté de son avenir avec Solana Alcantara.

Du fond de sa couchette, au prix d'un examen de conscience conduit avec un soin féroce, Blèmia Borowicz tendait l'oreille pour écouter la chanson de son cœur. Elle s'affaiblissait chaque jour davantage. Et le reporter savait déjà que sa passion pour la belle Espagnole était à reléguer au panthéon des objets de verre. Le moindre choc risquait de casser définitivement la fiole de leur amour. Restait le fil ténu de la tendresse. Restait, plus que tout, l'indestructible lien qui unissait deux rescapés de la mort. Les fiancés de Guernica avaient un devoir de vie l'un envers l'autre. Boro ne l'oublierait jamais.

Le reporter se leva à midi.

Il prit une douche, se rasa avec Gibbs en tube rouge et vert pour la barbe, enfila une chemise propre, un pantalon sport et fit une incursion jusqu'au grill.

Il y mâchouilla un sandwich. Il entrevit à l'extrémité du bar tout blanc cette nouille de Georges-Hubert qui traînait sa mine ictérique au pied d'un Picon-citron. Il se retint à grand-peine d'aller le boxer sur le nez pour passer sur lui son humeur de dogue.

Il grimpa jusqu'au pont supérieur.

Dehors, la lumière était vive. Mais rien ne trouvait grâce à ses yeux.

La mer était d'huile. Les passagers lui parurent frivoles, le pont-promenade de peu d'attrait.

Il réintégra sa cabine et inventoria le contenu du réfrigérateur, un Frigo-Planche vanté par la réclame comme *le coffre-fort de la santé*. Il y dénicha une bouteille de vodka et des oranges. Il déboucha la bouteille avec les dents et garda longtemps les oranges dans la main. Son esprit rêvassait, perdu dans les labyrinthes glacés de l'incertitude.

Où était passée Solana ? Quelle désespérance avait-elle voulu exprimer en prenant la fuite si loin d'Europe ? Qu'allait trouver Boro en arrivant à New York ? En quelle situation nécessitant secours avait bien pu se jeter celle qu'amoindrissaient l'obsession des tortures passées, le vertige des ténèbres, la tentation de l'alcoolisme ?

A trop réfléchir, le reporter était tenté d'imaginer le pire. Il relut le télégramme envoyé par mademoiselle Fiffre : *Contact Rebecca Wallace... Voir Angela Johnston après 22 heures...*

Rebecca Wallace... Angela Johnston... Une femme psychiatre, une tenancière de piste de danse. Mais encore ? Un dragon, la première ? Une vamp, la seconde ? Tout juste des ombres sans visage !

Boro finit par s'endormir, allongé sur sa couche. Bientôt, cependant, un appel le tira du sommeil : des fêtards regagnant leur cabine.

Il ouvrit les paupières.

La lune jouait au cerceau avec le hublot. La bouteille de vodka était aux deux tiers vide. Les oranges formaient un triangle comme les boules d'un billard russe.

Boro glissa de son lit et rampa à quatre pattes. Il tomba en arrêt devant la première orange. Le point est facile à gagner, grogna-t-il en cherchant à accommoder. Effet à droite... Fin du guidon... Il avança le bras gauche, fit coulisser son stick entre pouce et index, ferma un oeil pour viser, ajusta son coup. Et, pas de doute, à condition que le joueur fût un ivrogne déterminé à jouer à plat ventre sur le tapis, la canne du poivrot faisait merveille en guise de queue de billard.

– Crevant ! gloussa Boro. Les gens s'amusent avec un rien !

Il se dressa sur ses jambes, grimaça sous le casque d'une impitoyable migraine et s'abattit de nouveau comme un vieux chêne.

Les dîners du commandant Payen

Le troisième jour, se conformant aux conseils du docteur Bohec, médecin principal du *Normandie*, notre reporter s'en fut au sauna et restaura sa santé en pratiquant la gymnastique sur un Adams' trainer, appareil de culture physique en appartement qui combinait pédalage et exercice des bras et du tronc.

Une heure plus tard, sur le terrain de jeux aménagé entre deux cheminées, il livra une impitoyable partie de deck-tennis contre un boutonneux de vingt ans qui faisait la cour à Vanessa. Il l'emporta par trois jeux à un malgré le handicap de sa jambe.

Puis, infatigable trotteur, il arpenta le navire de proue en soute et fit la connaissance, puis la conquête, du chef mécanicien principal, Cusset. Ce dernier, un petit homme brun à moustache, pratiquait la photo avec talent et admirait l'œuvre de Boro. Flatté qu'on s'intéressât au mastodonte mécanique qu'enfermait la salle des machines, il autorisa l'homme d'Alpha-Press à faire séance tenante un reportage exclusif sur les entrailles du paquebot et le personnel des bas étages.

L'esprit lavé après quatre heures de travail, Boro fit sa remontée à l'avant du deuxième pont. S'y tenait une exposition de peinture contemporaine. Les organisateurs se flattaient d'avoir obtenu pour les passagers la prolongation du Salon tel qu'il s'était déroulé à Paris au mois de mai.

Boro ne résista pas au plaisir de flairer les cimaises.

A longues enjambées, il passa en revue un régiment

de croûtes, de portraits bourgeoisants et de pamoisons mystico-impressionnistes signés par Paul Rémy, George Scott, Paul Thomas, Hugues de Beaumont, Cyprien-Boulet et autres Lucien Jonas, tous barbouilleurs encensés par Jacques Baschet, critique à *L'Illustration*.

Il marqua le pas devant les toiles de Maurice Denis et Le Sidaner, fit la grimace en découvrant le pipi qu'était devenu Van Dongen, haussa les épaules devant la *Béatitude* de Henri Martin, hennit franchement devant *Les Baigneuses* de Lucien Simon. Tant d'attachement aux grands ancêtres, une si courte lumière, une perception si conventionnelle des sujets et des genres ne méritaient certes pas plus que les cinquante-quatre secondes que notre reporter accorda à ces artistes.

Contrarié par cette disette de l'imagination, Boro opta pour un plongeon de réconfort dans la piscine et découvrit, en nageant les yeux ouverts, que le bleu de Van Gogh occupait toujours tout l'espace.

Il se sentait un appétit d'ogre lorsqu'il pénétra dans la grande salle à manger.

Henry Villar, commissaire principal de bord, vint à lui dès qu'il l'aperçut. Après avoir chaleureusement serré la main du reporter, il le convia à dîner à la table du commandant en même temps que le cardinal Villeneuve, évêque de Québec, le chef d'orchestre Pierre Monteux, l'architecte Desbauges et madame. Ce jour-là, la couverture du menu avait été dessinée par André Lhote et représentait le vieux port de Marseille.

Madame Desbauges avait coiffé un bibi à trois plumes et chantait d'une voix d'alouette les louanges de sa dernière traversée sur le *Champlain*. Desbauges mangeait dans sa moustache et essayait de rattraper les bourdes de sa femme auprès de Payen de La Garanderie, qui venait de succéder au commandant Thoreux. Le cardinal se contentait de regarder Boro derrière le verre de ses lunettes sans montures. Avec beaucoup de bonhomie, le prélat vantait la décoration de Lalique et Labouret avec un bel accent de la Vieille Province. Il déployait une suprême habileté à décortiquer son homard tout en préservant le brillant de la conversation. C'était un digestif et un compagnon de bon aloi.

Boro, lui, pensait à Solana.

Muré dans son silence, il essayait parfois de lire sur les lèvres de madame Desbauges les paroles qu'elle s'évertuait à lui expédier de l'autre bout de la table. Pour faire bonne figure, il répondait inlassablement *oui* à ses pia-pias de colibri. Elle souriait aux lustres, complice exacerbée, trop lointaine pour être audible, mais, dès qu'elle le pouvait, elle montait à nouveau dans les trilles.

A l'approche du dessert, Son Éminence dit qu'elle ne croyait pas à la guerre, mais répéta plusieurs fois que si elle se présentait il faudrait bien que les Européens la fassent : autant s'en débarrasser. Le commandant Payen informa qu'à bord on donnait *La Grande Illusion* de Jean Renoir, qui tenait l'affiche à New York depuis quatre mois, et que c'était un sujet qui avait à voir avec la conjoncture. Quelqu'un, sans doute était-ce Monteux, enchaîna, sans rapport, pour dire qu'au théâtre de l'Athénée, à Paris, Louis Jouvet avait créé *Ondine* de Jean Giraudoux, avec Madeleine Ozeray dans le rôle-titre. Le serveur venait d'apporter la liqueur des Chartreux pour les dames, les armagnacs d'Eauze et les cigares de La Havane pour les messieurs. Le cardinal avait les chaussettes bien au large dans ses chaussures à boucles et attendait la nuit de pied ferme. Madame Desbauges, isolée sur la rive opposée de la nappe, venait, pour se faire entendre, d'aborder des zones subaiguës aux confins desquelles elle seule était capable de naviguer. Elle perça le ronron des conversations et s'écria soudain à l'attention du reporter :

– Ah ! Maître ! Je suis si heureuse que vous ayez accepté de photographier Jacques ! Alors, à dix heures demain sur le sun-deck, n'est-ce pas ? N'oubliez pas !

Photos, photos!

Le quatrième matin de la traversée, Boro photographia madame Desbauges aux côtés de son mari. Elle portait un canotier de paille bleue orné d'un papillon en tresse. Elle battait des cils avec une expression de poire déconfite. L'architecte paraissait cousu dans son costume prince-de-galles. Il ne prononça pas dix mots de toute la séance. Madame Desbauges semblait avoir perdu une grande partie de ses aigus et de sa gaieté naturelle.

Boro les quitta après avoir appuyé seize fois sur le déclencheur de son Leica. A quatre pas de là, un Noir se retourna. Boro le photographia aussi.

Quelques passerelles plus loin, il accéda à un pont. Un homme, jambes croisées, regardait une femme. Elle était ailleurs. A travers la paille de son chapeau, la lumière s'égouttait sur son profil. Blèmia photographia le couple.

Un coin, et il accéléra. L'espace était vide. Deux marins, se croyant seuls, regardaient passer une jeune fille dans un tailleur moulant. Elle marchait à pas rapides à cause de sa jupe étroite. L'un des matelots fit claquer ses lèvres. La blancheur de leur costume les éclaboussait de lumière. Boro les emprisonna sur sa pellicule.

Puis ce fut un vieillard ébouriffé qui racontait le soleil, les îles, la mer, à une fillette.

Et ainsi de suite. Blèmia parcourut le navire. Il cueillit des visages, des silhouettes d'hommes qui guettaient par des ouvertures, des regards fortuits. Tout le jour, il traqua de brèves attentes, des groupes provisoires et silencieux qui n'échangeaient que des regards à la hâte. chacun plongé dans des pensées personnelles. Et au travers de ces images, Boro le savait bien, c'était la solitude de son propre cœur qu'il traquait.

Ce même soir, il dîna avec Vanessa.

La jeune nymphe vint à lui en corsage ajusté et jupe grise. Elle tenait un gros livre à tranche dorée qui la faisait ressembler à une étudiante. Elle le posa sur la table et avala un verre d'eau sans respirer. Des larmes dans les yeux, elle lui apprit les goujateries, mufleries et chantages en tout genre dont Dupois-Ferré usait en public pour rabaisser Albina d'Abrantès.

Soudain, elle baissa la tête et, incapable de se contenir plus longtemps, laissa éclater ses sanglots à gros bouillons

– Et si ce n'était que cela ! hoqueta-t-elle, hors d'elle-même.

– Il y a plus ?

– Houi !

Elle pinça son nez rouge et inhala une grande goulée d'air par la bouche.

– Hier, dit-elle sans s'arrêter, je suis entrée par hasard. Il exigeait qu'elle soit en tablier blanc et rien dessous pour cirer ses chaussures !

Coincé entre fou rire et fureur, Boro souleva le sourcil.

Vanessa, à bout de nerfs, haussa les épaules. La muflerie des hommes la désespérait.

Boro referma sa main sur celle de la jeune fille. Il lui promit de mettre le poussah hors d'état de nuire avant leur débarquement à New York. Au terme du dîner, elle lui fit jurer encore de l'aimer la prochaine fois qu'ils se reverraient. Puis elle lui fit ses adieux.

Il la regarda s'éloigner.

Elle marchait en équilibre sur une ligne invisible. Elle avait posé son livre sur sa tête. Elle était la reine de son propre corps, embellissant le monde de son projet de femme.

Il la photographia.

Hudson River

Le cinquième jour, le *Normandie* entama sa remontée de la rivière Hudson.

Après tant d'océan, Boro, mêlé à la foule, avait le cœur chargé d'appréhension et de défiance en regardant s'avancer vers lui cette bande de terre basse à l'avant du navire Amérique : l'île de Manhattan. Elle avait été acquise pour 24 dollars aux Indiens algonquins et était devenue temple d'argent, lieu géométrique d'espoirs, de sueur et de cris, usurière tapie au creux de rues pleines d'ombres, au fond d'un panorama de briques et de béton dressés.

Une sorte d'exaltation s'était emparée des passagers, tout à la joie de découvrir la statue de la Liberté, symbole universel de l'ouverture au monde, dressant sa masse de vingt-deux étages non loin de Battery Park.

Boro, lui, se sentait plus hongrois que jamais, lorsque, accoudé au bastingage, il localisa Ellis Island, l'*île des larmes*, qui avait inspiré jadis tant de craintes aux émigrants terrorisés à l'idée d'être refoulés par les officiers de santé et de ne pas pouvoir goûter le miel de la grande terre d'asile. Il se les représentait, encombrés de ballots et de valises en carton, traînant par la main une progéniture en haillons, gens de Dublin ou de Cracovie, Siciliens de misère, Juifs échappés des pogroms, Chinois surnuméraires, Français d'aventures, Basques intrépides, Espagnols des terres brûlées.

– *America !* chuchota-t-il comme pour joindre son souffle à l'écho de mille clameurs éteintes.

Il se sentait un peu des leurs.

Il jeta un coup d'œil en direction d'une ligne d'immeubles de cinq ou six étages derrière lesquels pointait Trinity Church.

C'était une fin de matinée satinée de fumées et de brumes. L'air était immobile. La ville transpirait déjà. Les passagers refluaient vers leurs cabines afin de terminer leurs préparatifs de débarquement.

Le reporter avait déjà préparé ses bagages. Toutefois, il se sentait encore investi d'une mission et refusait de s'y dérober. Il descendit donc deux étages et frappa à la porte de la cabine de Dupois-Ferré.

Le deuxième secrétaire d'ambassade entrouvrit l'huis avec des précautions d'embaumeur.

– Voui ? fit-il avec un sourire de guimauve.

Lorsqu'il vit Boro, ses joues retombèrent.

– C'est vous ? corrigea-t-il en retrouvant sa voix de tête. Je ne vous ai pas sonné.

Il était habillé de pied en cap, portait un œillet à la boutonnière et un chapeau mou marron foncé aux bords relevés.

Boro se sentait méchant comme un chien grognant.

– Je suis venu vous demander de ficher la paix à madame d'Abrantès, dit-il en avançant avec l'intention de se frayer un chemin.

Georges-Hubert n'effaça pas sa bedaine d'un pouce. Il tira sur les revers de sa veste pour se redonner du fringant et, le prenant de haut, couina :

– Laissez-moi ! Espèce de sale type ! Je ne veux pas avoir affaire à des petits malins comme vous !

Boro avança son pied et coinça l'ouverture de la porte. En un clin d'œil, il avait alpagué le lourdaud par le col et l'avait sorti de son repaire.

– En garde ! ordonna-t-il.

Et il commença à boxer généreusement le nez de l'escroc. Une fois que l'autre se fut laissé défoncer comme un vieux pouf, notre chevalier blanc se trouva fort décontenancé. Il avait transformé le pif de Dupois-Ferré en confiture de groseilles. Il le ramena dans sa cabine, lui enfourna une mèche de coton dans les fosses nasales, le boucla et s'en fut remettre la clé à madame d'Abrantès.

Il trouva sa vieille amie dans son appartement. Elle était en guêpière au milieu d'un grand déballage de malles et de soieries. Il la serra sur son cœur et lui remit la clé tout en lui racontant en quel état il avait mis le corniflot.

– J'ai cru faire de mon mieux pour votre salut, Albina, se justifia-t-il en constatant le chagrin qu'il lui occasionnait. Ce Georges-Hubert est un rat. Et il risque fort de vous saigner à blanc.

Elle secoua la tête tandis qu'il l'embrassait sur le front et dit :

– Oh! je sais bien, Boro! Mais je ne suis pas sûre que les vilenies de mon gros bébé ne me manqueront pas si je dois me séparer de lui... Est-ce qu'il souffre beaucoup?

Blèmia fixa un moment la bouche aux lèvres sanglantes, les ravins des joues, les cernes des yeux.

– Bon Dieu, s'exclama-t-il soudain en tournant les talons, pourquoi les gens se compliquent-ils la vie chaque fois qu'on la leur simplifie?

Plus tard, lorsque Albina monta sur le pont du navire, le *Normandie* était amarré face au dock et les passagers se pressaient sur la coupée de descente.

Boro se trouvait déjà sur le quai où il se faisait un grand bruit de cohue, d'appels et de ferraille. Il évolua un moment au milieu d'une houle de feutres, de panamas, de crânes chauves. Serré contre le dos d'une femme brune parfumée à la bergamote, malmené par la carrure de deux gentlemen aux haleines fortes, il aperçut le visage de madame d'Abrantès penchée au bastingage. Il voulut la saluer une dernière fois. Comme il cherchait à attirer son attention, il fut soulevé, bousculé, roulé par un flot d'enfants italiens qui couraient se jeter au cou de leur mère. Il perdit sa canne. Le temps qu'il la récupère au travers des armatures d'acier d'un treuil de levage, il vit trois rangées de mains s'agiter, il entendit des cris en américain épicé de portoricain, on lui marcha sur le pied, on lui souffla la fumée d'un cigare dans le nez, et le chapeau à voilette de madame d'Abrantès se noya dans un remous de têtes larges comme des courges. Lorsque la marquise réapparut, il eut l'impression qu'elle tirait l'épaisse silhouette de Georges-Hubert derrière elle et que Vanessa, en robe blanche, faisait un signe d'adieu avec un mouchoir.

Blèmia Borowicz ramassa sa valise et disparut dans la foule.

Un banquier dans la poussière

A l'heure où le reporter débarquait sur le sol d'Amérique, un type au visage large, au costume cintré, une orchidée à la boutonnière, se hâtait vers un rendez-vous qui lui avait été fixé près de l'embarcadère de Williamsburg.

L'homme, coiffé d'un élégant chapeau de paille, portait des chaussures fines mal adaptées au terrain caillouteux, crevassé, constellé de nids-de-poule. Bien qu'il avançât de mauvaise grâce dans cet environnement hostile et qu'il se fût trouvé à plusieurs reprises devant des obstacles infranchissables qu'il lui avait fallu contourner, le gentleman à la mise soignée s'acharnait à gagner par le plus court chemin possible l'extrémité du dock.

Il avait glissé sa main droite dans sa poche et tenait serré un rouleau de billets verts dans la moiteur de sa paume. Il se sentait nerveux d'avoir abandonné son automobile à quelques centaines de mètres de l'endroit désert où il se trouvait maintenant, à la lisière d'une ligne de hangars aux couleurs passées, et il se retournait sans cesse pour vérifier si la rumeur de la ville l'accompagnait encore.

Au même moment, une limousine noire aux garde-boue bleu marine allongeait sa silhouette surchargée de chromes sur la *highway* et passait sous le pont de Brooklyn.

L'air était étouffant.

Un colosse en complet blanc, fumant un cigare Corona tout en examinant d'un air maussade ses grosses mains aux jointures gonflées, se prélassait à l'arrière de l'automobile. Deux personnages vêtus de sombre, coiffés de feutres identiques, partageaient avec un chauffeur à casquette la confortable banquette avant, tapissée de cuir rouge.

Le plus athlétique des deux gardes du corps était, tout comme son collègue, d'une lividité extrême. L'esprit délicieusement vide, il regardait les files de taxis et les successions de palissades tout en tordant et détordant un foulard noir enroulé sur lui-même.

Son voisin, plus fluet mais tout aussi pâle, rectifiait son maquillage dans une petite glace. A une ou deux reprises, il interrompit sa minutieuse activité pour contempler ses dents dans le miroir de poche. Sous le Borsalino à bord court, son front dégoulinait. Il grimaça de déplaisir lorsque l'obèse en complet blanc se pencha depuis le siège arrière pour lui secouer le col et lui ordonna de remiser ses accessoires de beauté.

La puissante voiture stoppa dans un nuage de poussière. Profitant de l'ombre d'un hangar, le pâlot se glissa dehors pour scruter l'enfilade des quais à travers les oculaires de sa paire de jumelles.

Il balaya l'image aplatie de la perspective tout en faisant un point approximatif sur un tramway dont la peinture vernissée luisait entre deux *blocks.* Il sonda ensuite le paysage, cherchant la proue d'un navire à quai afin d'établir une juste estimation de la distance jusqu'au bord de l'eau. La longue focale rapprocha sur le ciel gris la cheminée d'un remorqueur, l'ourlet d'une grue, les échelles métalliques d'un entrepôt, un groupe d'hommes déchargeant un camion, le miroitement des bassins. Enfin, au bout d'un lent panoramique, le garçon au visage pâle découvrit l'image tassée du rendez-vous à l'orchidée. L'homme était assis sur une bitte d'amarrage et éventait son visage avec son chapeau de paille. Son image était si nette qu'on aurait pu compter les boutons de son costume.

– Le colis de midi est arrivé ! s'exclama le voyou.

Avec un sourire crispé, il s'appesantit sur le faciès inquiet du gentleman, puis nota sa façon énervée de tapoter la mesure sur son genou.

– Pas content d'attendre, le grossium ! commenta-t-il entre ses dents.

Et de voir le bonhomme consulter sa montre puis se dresser pour battre nerveusement la semelle en plein soleil lui tira un gloussement de bonheur.

Il courut jusqu'à la limousine et répéta à l'intention du fumeur de cigare :

– Le rendez-vous de midi est arrivé, signor Crocce !

Sur un signe de ce dernier, le véhicule se remit en marche et l'observateur au visage pâle, en vieil habitué de la voltige, se contenta de sauter sur le marchepied en se cramponnant à la portière du chauffeur.

Lancée à vive allure, la voiture traversa un no man's land encombré de treuils, de grues et de tuyaux entreposés à même le sol. Les larges pneumatiques soulevaient sur leur passage un poudroiement qui léchait la carrosserie avant de se déployer loin derrière en un nuage tourbillonnant qu'éclairait le soleil.

A un carrefour, le monstre mécanique marqua un temps d'hésitation. Le capot sembla renifler l'espace incandescent pendant une fraction de seconde, puis le bolide reprit sa course silencieuse, piquant droit sur les docks.

– Voici notre client ! indiqua au chauffeur l'homme placé en vigie sur le marchepied.

Le chauffeur, un type sans nerfs, les arcades couturées et la cloison nasale écrasée par trop d'années de boxe, tourna son profil de bouledogue vers ses passagers et commenta à leur intention :

– Le gogo est en vue.

De fait, au travers du pare-brise se précisait la silhouette agitée de l'homme à l'orchidée. Il paraissait inquiet de se trouver dans cette zone, au fond du port, et faisait nerveusement les cent pas au bord de l'eau. De temps en temps, il s'arrêtait, cabré sur les mollets, tendait le cou et contemplait l'immensité lumineuse du bassin où un navire à deux cheminées dressait sa superstructure rouillée.

A contre-jour, son visage était brouillé par des taches brunes. En se rapprochant, on distinguait mieux le pli qui partait du coin de sa bouche. Son front impérieux, son nez aquilin le classaient d'emblée dans une catégorie d'hommes autoritaires peu enclins à vivre des situations où ils n'ont pas l'avantage.

– Qu'est-ce qu'il fait dans la vie ? interrogea d'une voix grasseyante le garde du corps assis à l'avant.

– Banquier, répondit placidement celui qui s'appelait Crocce. Gros banquier. Ça ne l'empêche pas d'avoir ses démons qui le réveillent !

– Paraît que c'est un type qui tape fort mais qui paye bien, dit en écho le boxeur. Y f'ra saigner la petite de plaisir !

La voiture s'écrasa sur ses freins et stoppa à hauteur du client.

Un peu avant l'arrêt total, le garçon pâle aux jumelles avait sauté du marchepied pour ouvrir la portière.

Le banquier avait l'air furieux. Il jeta son orchidée dans la poussière.

– A-t-on besoin de toute cette mise en scène grotesque ? demanda-t-il en s'engouffrant à l'arrière de la voiture.

Il sortit le rouleau de dollars de sa poche, le tendit à Crocce et grommela :

– Eh bien ? Comptez ! Vérifiez si tout y est ! Et après, juste ciel, allons-y !

La limousine roulait de nouveau. L'argent avait été compté.

– Il y a encore une petite formalité désagréable à laquelle il faut vous soumettre, roucoula aimablement le garde du corps de la banquette avant en exhibant son foulard noir. Mon collègue va vous bander les yeux pendant la durée du parcours.

– Oui, susurra l'aimable signor Crocce avec un engageant sourire commercial. Ne rien voir constitue la meilleure assurance de préserver un devoir de discrétion élémentaire.

Un quart d'heure plus tard, ayant perdu la notion du quartier où il se trouvait, le banquier Ardisson-Sweewers, un des hommes les plus puissants de l'Ohio, pénétrait dans la chambre miteuse d'un garni de Delancey Street.

L'homme fronça les yeux pour s'habituer à la pénombre. A intervalles réguliers, il percevait le roulement d'un train aérien qui faisait un grondement de métal en abordant le tablier d'un pont.

Entre le pouce et l'index de la main droite, il fit tourner sa chevalière ornée d'un brillant pour la remettre en place, puis poussa un grognement. Il chassa un goutte de transpiration qui lui perlait sous le nez et essuya sur le tapis de l'entrée ses très fines chaussures basses en cuir ouvragé. Il fit quelques pas et jeta son feutre de paille sur le lit.

Il retira sa veste, son gilet, sa chemise et sa cravate. Il ôta son pantalon et le garda dans ses plis avant de le poser soigneusement sur un dossier de chaise.

Il prit un sachet de papier de soie dans la poche de gousset de son gilet, l'ouvrit à gestes minutieux. Il le déploya sur la table, exposant son contenu de poudre blafarde bien en évidence.

Il lissa ses cheveux et s'avança jusqu'à la porte d'un placard où il frappa doucement.

Il dit d'une voix blanche :

– Je suis le rendez-vous de treize heures. Je viens de la part de Doc Holloway. Je t'ai apporté ton petit déjeuner. Prépare-toi.

Un cri étouffé lui répondit. La porte grinça sur elle-même et s'ouvrit. Le visage frémissant d'une jeune femme apparut.

Elle était nue.

Voyage en ascenseur

Blèmia Borowicz appuya son pouce sur le chiffre 37. Libéré, l'ascenseur bondit vers le haut.

Le reporter sentit ployer son échine. Son regard croisa celui du garçon d'étage qui, le temps d'un voyage, partageait l'espace de la cabine avec lui. C'était un Asiatique à la face ictérique et concave, aux yeux bridés, à la raie minutieuse, qui gardait sa main gauche pendue par le pouce à la poche de son gilet rouge. La droite était glissée sous un plateau laqué sur lequel trônaient deux whiskies, une assiette de gâteaux chinois et deux grands cafés délayés.

– *Name's Charley*, dit gravement le garçon.

– Moi, c'est Boro.

– Boro. Vous pas new-yorkais, *mister Boro*.

– En effet. Je suis arrivé hier, répliqua le reporter en rassemblant son anglais. Je viens de France. Et tout ici est splendide.

Le garçon esquissa une moue dubitative.

– Pas croire ça ! Ici, tout frime. Quartier des affaires. Les anges et les démons s'unissent.

Boro regarda défiler les chiffres des étages. On approchait du 15e.

– *Comin' from France !* lança brusquement le garçon. Quand Charley arrivé à Manhattan, il y a vingt-cinq ans, Charley totalement ébloui ! Après Shanghai, il croire que tout serait possible. Aujourd'hui, New York le blesse.

– Quel âge avez-vous ?

– Quarante et un ans.

– Vous ne les faites pas.

Le petit homme haussa les épaules et s'épanouit.

– Charley pas le temps de vieillir !

– A quoi cela tient-il ?

– *I don't know !*... Peut-être parce que ici rien avoir le temps de se construire, de s'enraciner, de durer. A part *money. Dough, as they say.*

– Heureusement, vous avez un métier...

– Pas *un* métier, *mister Boro !* Plusieurs ! Et aussi beaucoup de petites combines. Sinon, comment y arriver ?

– Vous voulez dire que vous ne vous contentez pas d'aller livrer des rafraîchissements dans les bureaux ?

Le Chinois déplia son sourire comme un éventail.

– Vous comprendre une chose, *mister Boro*, dit-il avec une patience inusable. Pour être meilleur Américain possible, il faut toujours faire plus haut, plus grand, plus vite que son voisin...

La cabine venait de s'arrêter au 22e. La main gauche du Chinois sauta prestement de la poche de son gilet et se posa sur la porte battante.

– *Anyway, we're still here* [1], soupira-t-il en ouvrant la grille articulée.

Il franchit le seuil de l'ascenseur pour aller livrer ses boissons dans quelque bureau et se coula sur le palier. Il flottait littéralement dans son pyjama de soie.

– Charley ! le rappela Boro. Êtes-vous un homme riche ?

– A moi, trois appartements à New York. Un dans un quartier à la mode. Mais impossible mettre mes affaires dans aucun des trois.

– Pourquoi ?

Le petit homme ferma les paupières comme s'il voulait s'excuser pour son silence, puis les rouvrit.

– Charley Long Chan n'a rien de bon à prendre dans son passé, dit-il en s'inclinant. Et sa véritable histoire est trop longue pour être racontée.

Sur le point de refermer la grille, il tendit l'un de ses gâteaux chinois à l'étranger.

– Pour vous, *mister Boro*.

1. De toute façon, nous sommes encore ici.

Puis l'ascenseur reprit sa vertigineuse ascension.

Le reporter croqua dans la pâtisserie parfumée à la fleur d'oranger. Comme il s'apprêtait à mâcher la première bouchée, il trouva un papier roulé sur lequel il était écrit : *Sell your souls, they are all acceptable* [1]. Et l'adresse d'un restaurant.

C'était *Le Dragon de Shanghai*, à Soho.

1. Vendez vos âmes, elles sont toutes recevables.

Consultation sur canapé

Le 37ᵉ étage du Harper's Building s'ouvrait sur un carrefour dallé.

Boro franchit l'espace vide dominé par un lustre monumental. Il s'approcha d'une sorte de tableau général et chercha des yeux la plaque de Rebecca Wallace, MD, PhD, analyste.

Il la situa entre le rectangle émaillé du cabinet d'avoués de MM. Goodbar, Goodbar, Bronstein & Schiffrin et la raison sociale d'une association d'architectes, James et Stella Pollock. Il lut dans le marbre que miss Wallace exerçait son art au numéro 105 de l'un des nombreux bureaux et cabinets distribués sur le pourtour des allées A, B et C.

Il s'éloigna dans le couloir parqueté et ciré le plus périphérique.

Le parcours de ce labyrinthe grinçant, souligné de lambris, était fractionné par une alternance de cases d'ombre et de plages de lumière crue. Par chaque ouverture donnant sur le ciel, le soleil déversait un cône étincelant.

Précédé par son pas martelé, un grand échalas en chemise immaculée surgit de la perspective grise. Sur sa tête était vissée une casquette irlandaise. Il balançait une serviette de cuir et tenait sa veste sur le bras. En arrivant à la hauteur de Boro, l'homme protégea ses yeux avec sa main en prolongement de sa visière. Il salua le reporter d'un imperceptible mouvement de tête et, balançant les épaules, disparut comme par enchantement.

Poursuivant sa route, Blèmia vit passer derrière un vitrage l'éclat blanc d'une mouette qui s'éleva en spirale et disparut tout en planant. A l'approche de la fenêtre suivante, il voulut apercevoir West Side et découvrit, émergeant de la buée mauve, des masses d'édifices sombres, véritables pics de granit dans lesquels les rues traçaient des parts de tarte coupées au couteau.

Il consulta sa montre *Reverso* et son cœur s'accéléra à la pensée du rendez-vous pris le matin même avec l'analyste. Il traversa le couloir comme s'il avait voulu différer encore un peu cet entretien qui risquait de lui apprendre le pire. Luttant contre l'angoisse qui s'était installée en lui, il s'arrêta devant l'embrasure d'une fenêtre entrouverte afin de respirer la ville.

Un relent de moisi mêlé à des effluves de vieux légumes, peut-être une évocation de fanes de poireaux, emplit ses poumons. L'odeur fut immédiatement chassée par un fumet de roussi et de gomme brûlée. De l'une des crevasses creusées entre les bâtiments, il lui sembla que s'échappait un enchevêtrement d'hommes et de femmes chassés par les volutes d'une fumée noire. Une sirène ululait dans le lointain. Boro distingua un attroupement qui se formait à l'angle de deux rues, mais même le mouvement tourbillonnant des gens qui couraient lui parut figé par la distance, abstrait. Un autre incendie s'était sans doute produit ailleurs, dans d'autres cases de la cité que survolaient les orages.

Boro reprit sa route claudicante. Bureaux, bureaux, bureaux. Il passa devant plusieurs portes sans s'arrêter. La crasse des vitres, un air au parfum rance, des gribouillages à la mine de plomb, une flèche rouge l'accompagnaient comme des signes de sorcellerie.

99, 100, 101. Seule comptait sa fidèle angoisse, seul lui importait de retrouver la trace de Solana Alcantara.

103, 104, 105. Il allongea le bras.

– *Do come in ! I'll be there in a sec... !* cria une voix de femme sitôt qu'il eut tourné le bouton électrique.

La porte s'ouvrit après un déclic. Contre toute attente, Boro pénétra dans un appartement ensoleillé.

Une jolie femme un peu forte se trouvait pelotonnée sur un divan. Elle laissait apercevoir la naissance de cuisses bien pleines. Elle tira machinalement sur sa jupe, bien que ce geste ne servît strictement à rien. Elle darda un regard vif sur son visiteur, fit un geste bref pour l'inviter à s'asseoir, et poursuivit sa conversation téléphonique.

– *I don't think that you can do it...*

Ses bracelets tintèrent.

Elle rongea un de ses ongles peints et ajouta :

– *Sure...*

Elle attendit un peu en faisant bouffer sa coiffure vague, écouta ce que son interlocutrice avait d'autre à lui dire, sourit aux anges sans regarder directement Boro qui venait de s'asseoir face au bureau, puis répondit avec infiniment de conviction :

– *Yes... Find it! This dream is really...*

Elle leva les yeux, battit des cils et lança brièvement à Boro : *Just a minute...*

– Je vous en prie.

– *Be quiet, Hellen!*

Dans un tintement de bracelets, elle se pencha vers un agenda ouvert qui traînait sur le divan.

– *Monday, ten o'clock.*

Elle raccrocha, parut s'éveiller d'un rêve pénible, chassa la frange épaisse de ses lourds cheveux noirs et s'écria avec un entrain retrouvé :

– A nous !

Elle quitta le divan pour atterrir derrière son bureau.

– Vous êtes parisien, n'est-ce pas ?

Elle s'était exprimée dans un français parfait.

– On peut le dire comme ça, répondit le reporter. Bien que je sois né en Hongrie.

La jeune femme chaussa une paire de lunettes, découvrit sans doute Boro sous un nouveau jour et le considéra rêveusement.

– Moi, je suis née dans une famille juive, à Jelenia Góra, au sud-ouest de Wroclaw, dit-elle d'une voix grave. Mon père a été tabassé en 37 par les fascistes. Il est mort des suites d'un coup de bêche derrière la nuque parce qu'il refusait l'idée que Jelenia Góra puisse un jour s'appeler Hirschberg. Après sa mort, j'ai ramassé mes diplômes, j'ai demandé à maman de me suivre et je suis arrivée ici en courant. J'ai ouvert ce cabinet et j'ai commencé à écouter les femmes...

– Pourquoi me racontez-vous tout cela ?

– Bonne question, *Herr Professor Jung !* Sans doute parce que j'ai l'intuition que vous me comprendrez un peu mieux que la moyenne des gens...

– Qu'est-ce qui vous porte à le croire ?

L'analyste releva les commissures de ses lèvres et posa son index sur le bout de son nez.

– Votre personnalité. Vos origines. Ce que vous avez enduré en Espagne. Ce que m'a confié Solana.

Boro baissa la tête. Voilà. Le cœur du problème. On y était.

– Comment avez-vous croisé la route de Solana Alcantara ? demanda-t-il sourdement.

– Je vous l'ai dit ce matin quand vous m'avez appelée de l'hôtel. C'est elle qui a échoué ici. La première fois que je l'ai vue, elle était à bout de forces. Elle semblait être rendue à l'extrême limite de ses réserves psychiques... Je lui ai fait savoir qu'elle avait besoin d'un *voyage à soi*, comme nous disons dans notre jargon. Et je lui ai laissé entrevoir les possibilités d'une analyse jungienne.

– C'était il y a combien de temps ? Pouvez-vous vous en souvenir ?

– Il y a quelques semaines. Elle avait un besoin urgent de se raconter, de refaire à voix haute le pèlerinage jusqu'aux grottes les plus reculées de son inconscient.

– Elle vous consultait souvent ?

– Deux fois par semaine, au début. Après, elle est venue pratiquement chaque jour.

Rebecca Wallace leva les yeux sur Boro et ôta ses lunettes. Ses prunelles noires devinrent plus mates. Après un long silence, elle laissa tomber :

– Mademoiselle Alcantara m'a tout raconté au sujet de la forteresse d'Alto Corrientes.

– Ah...

– Mais nous n'avons pas touché directement à la douleur. Ce n'était pas de mon fait, monsieur Borowicz...

– Bien entendu...

Rebecca Wallace s'était levée. Tout en tripotant un petit collier où brillait une étoile, elle s'avança vers son interlocuteur, contourna le bureau et posa sa fesse rebondie à l'angle de ce dernier.

– C'est sa *psyché* qui lui a épargné la douleur, dit-elle en commençant à balancer sa jolie jambe gainée de soie. Il faut toujours suivre la *psyché*, monsieur Borowicz. Parce qu'elle est d'une grande sagesse. La vérité gît dans l'inconscient...

– J'entends bien, déclara Boro, mais j'aimerais avant tout savoir...

Elle l'interrompit tout net :

– Il faut que vous sachiez que la trace sado-masochiste laissée par les monstres nazis dans les abîmes du moi *profond* de mademoiselle Alcantara est indélébile.

Elle attendit un peu et poursuivit :

– Mademoiselle Alcantara a développé une névrose amplifiée par la mort tragique de son père. Elle s'est sentie inutile, rejetée. D'où une psychose morbide récemment attisée par un état dépressif aigu et un concours de circonstances aggravantes...

– Cherchez-vous à insinuer que mon départ en Inde a pu constituer ce facteur aggravant ? s'écria Boro.

Une petite lueur brilla dans l'œil de Rebecca Wallace.

– Prouvez-moi qu'il n'a pas précipité les choses !

– C'est absurde ! pesta le reporter. Ne faites pas votre miel de la culpabilité des autres !

Ils s'affrontèrent du regard.

– Ne jouez pas au coq avec moi, riposta-t-elle.

Elle ramena ses bras autour d'elle, comme si elle avait soudain froid :

– Monsieur Borowicz, je ne suis pas votre ennemie.

– Docteur Wallace, répondit-il en se dressant avec impatience, si vous avez la moindre idée de l'endroit où se trouve Solana, je vous somme de me le dire mainte-nant !

Ils étaient face à face. Un curieux petit sourire grandit sur les lèvres de l'analyste.

– Pas comme cela, dit-elle. Nous n'arriverons à rien.

Elle le prit par les bras, l'obligea à reculer jusqu'au divan.

– Asseyez-vous, commanda-t-elle d'une voix calme, car je n'en ai pas fini.

Il se résigna. Remit vaguement de l'ordre dans sa chevelure.

– Je n'ai pas revu mademoiselle Alcantara depuis longtemps, dit-elle en revenant vers son bureau.

Boro leva les yeux sur elle.

– Où est-elle ?

– Je n'en ai pas la moindre idée !

Elle s'éclaircit la voix, puis joignit les mains, les éleva à hauteur de ses lèvres et revint vers le divan. Elle s'assit à côté de son visiteur et lui dit avec une infinie douceur :

– Ce que vous allez entendre va vous bouleverser. Pardonnez-moi si je prononce des paroles difficiles à admettre...

Il se sentit soudain recouvert par le limon de mots de cette femme fertile et possessive, à la fois mère, femelle et pédagogue. Troublé par la proximité de ce visage large et sensuel au front intelligent, au regard insistant, il bredouilla :

– Je suis prêt... Surtout ne me cachez rien.

– Trois semaines environ avant sa disparition, commença Rebecca Wallace, elle espaça ses visites. Elle avait cédé à ses chimères et à ses obsessions. Je suis sûre qu'elle était tombée en de mauvaises mains. Elle buvait davantage... Elle se droguait... Elle avait aussi renoncé à la dignité de son corps...

– Que voulez-vous dire ?

– Que la barrière de sa raison avait cédé.

Rebecca Wallace ajouta d'une voix plus sourde :

– Volontairement ou sous l'effet de la contrainte, Solana se donnait à des hommes de passage...

– Vous mentez ! C'est trop affreux ! s'écria Boro.

La colère, la tristesse faisaient éclater ses tempes.

– Je vous l'ai dit, murmura Rebecca Wallace en posant sa main sur le bras du reporter. Chaque fois qu'elle accomplit l'acte sexuel, Solana recherche la douleur et la punition. Elle ne conçoit plus le plaisir que dans la déchéance.

Blèmia ne put contenir un sanglot sec.

Le promeneur du Ramble

Il marcha longtemps comme un automate.

Il vit grandir au travers de ses larmes les grilles de Central Park.

Il entra dans l'immense jardin par la 86ᵉ Rue. Son esprit était on ne peut plus éloigné des offres des vendeurs de sandwiches, de cerfs-volants ou de drapeaux américains. Il ne songeait pas davantage à patiner, à écouter du jazz ou à visiter le Museum of Art.

Il était comme un ours voûté, mû par la rage.

Il passa devant le Delacorte Theater sans prêter attention à la foule qui faisait déjà la queue pour *Macbeth*. Il longea le Great Lawn, insensible à la radieuse langueur de l'été. Il enjamba sans les voir des dizaines de couples allongés dans l'herbe. Il contourna des tribus d'étudiants qui pique-niquaient à l'ombre des *arbres du paradis* importés d'Orient. Il tourna le dos au Reservoir qu'on avait asséché en 1930 pour installer un village de planches réservé aux victimes de la Dépression. Il finit par pénétrer sous les ombrages du Ramble.

Là, empruntant un entrelacs de sentiers et de pistes, il se perdit au cœur de la végétation sauvage et marcha jusqu'aux limites de la fatigue au milieu d'une grande variété d'essences rares. Insensiblement, le contact de la nature l'apaisa.

Tandis qu'il remontait le sentier de la plus haute colline et s'apprêtait à découvrir la vue depuis Belvedere Castle, il chercha en lui un plan pour retrouver la trace de Solana. Plus il y réfléchissait, plus les indices laissés par cette dernière lui paraissaient minces.

Pressée de questions, Rebecca Wallace lui avait avoué qu'elle n'avait jamais pu obtenir de la bouche de l'intéressée sa véritable adresse. Lorsque la praticienne questionnait sa patiente afin d'établir sa fiche, celle-ci biaisait ou s'enfermait dans un silence hostile. Un jour, s'enrobant d'un sourire fiévreux, la jeune femme avait répondu :

– Comment pouvez-vous demander son adresse à quelqu'un dont la volonté est de disparaître de la surface du globe ?

En une ou deux occasions, Rebecca Wallace était revenue à la charge. Solana avait fini par mentionner une logeuse, quelque part du côté de Lower East Side.

Les derniers temps, sa relation avec l'analyste était devenue plus perverse ; elle avait coutume de lancer avec une feinte gaieté :

– Plus besoin de vous donner d'adresse ! Maintenant, j'habite au fond du placard ! Et c'est ma place ! Je vous jure ! C'est ma juste place !

Tandis qu'il s'enfonçait dans le Ramble, ces propos désaccordés tournoyaient dans la tête de Boro.

Partagé entre remords et impuissance, il finit par sortir de sa poche un papier froissé. Il voulait relire une fois encore l'appel au secours que Rebecca Wallace avait trouvé dans sa boîte aux lettres, une semaine après la disparition de Solana : une sorte de note griffonnée à la hâte sur une page de cahier d'écolier que le médecin avait remis au reporter à la fin de leur entretien.

Son auteur (peut-être était-ce Solana, mais Boro n'était pas sûr de l'écriture) s'était servi d'une banale feuille quadrillée compostée de plusieurs œillets. Par cette boutonnière improvisée, l'expéditeur avait passé une ficelle reliée à une pierre, un peu comme si, empêché de sortir, il avait voulu lester son message et l'expédier plus commodément par-dessus un mur. Le texte, mouillé, souillé par l'humidité, avait séjourné dans un endroit boueux. Assortie de la mention « URGENT ! », l'adresse de l'analyste figurait au verso. Le passant qui avait découvert cette étrange correspondance dans une arrière-cour, un caniveau, sur un dock ou dans la rue, était ainsi parvenu à la faire parvenir à sa destinataire.

L'écriture était folle. Les jambages des lettres, mal maîtrisés, fuyaient en tous sens, un peu comme si la plume avait été tenue par une main parkinsonienne. Estompé par des coulures, syncopé par des lacunes, le message, libellé en français et en anglais, disait à peu près ceci :

> *Qui que vous soyez, au secours !... Whoever you are,*
> *please, help me ! Ma vie entre vos mains... A bout de forces... Par pitié, délivrez message à... Wallace, or contact Angela Johnston Roseland ball-room à partir 22 heures... Question vie ou mort... Also phone Boro, agence Alpha-Press Paris... Seul capable racheter ma faute. My adr...*

L'auteur de la lettre, qui avait barré la feuille entière d'un grand S penché (sans doute pour Solana), n'avait pas eu le temps de finir la rédaction de son appel à l'aide.

Boro replia la feuille et l'empocha. Il lui restait encore cinq heures à épuiser avant de contacter Angela Johnston au *Roseland ball-room*. Cinq longues heures.

La veille, il avait consulté l'annuaire et constaté la présence de centaines de Johnston sur la liste des abonnés de Manhattan. Il avait passé quelques coups de fil au hasard. Des voix nasillardes, des interjections nuancées d'accents les plus divers, des fins de non-recevoir l'avaient dissuadé de poursuivre ces recherches empiriques.

Angela Johnston ! Tout en poursuivant son cheminement pensif dans l'air lourd de poussière, le promeneur répétait sans cesse ce nom : Angela Johnston !

Il grimpa la colline au rythme de ces cinq syllabes. C'était un peu comme si sa pensée, totalement absorbée par cette personne inexistante – sans image, sans contours, sans représentation –, se cramponnait à la formule d'un exorcisme seul capable de maintenir Solana en vie.

Parvenu au sommet de la colline, il s'accouda à la rambarde d'un pont en arc dominant le dédale du jardin.

Par-delà la cime des arbres, il balaya d'un œil sombre la couronne rapprochée des buildings, puis, par-dessus toits et terrasses, la toile de fond d'un ciel au bleu mal étalé où se découpait la silhouette des gratte-ciel raides comme des somnambules. Il frissonna à la pensée que quelque part, en un lieu incertain de cette mégapole impitoyable où les sirènes des ambulances et le mugissement des trains aériens se forçaient passage, s'était vraisemblablement scellé le destin de la fille de don Raphael Alcantara.

Suicide ? Enlèvement ? Noyade ? Assassinat ? Solana implorait-elle ses bourreaux dans quelque soupente ? Fallait-il que Boro frappe à la porte des commissariats pour identifier tous les cadavres sans nom de New York ?

Le reporter soupira et rejeta finalement cette idée. L'eût-il retenue qu'il eût été incapable de répondre aux questions des enquêteurs. Il n'y avait pas de piste à remonter, pas de plainte à formuler, pas de victime à proposer.

Il entreprit sa descente vers Shakespeare Garden.

La peau de son visage fatigué se tendait sur ses joues. La sueur lui perlait au front. Il avait balancé sa veste sur l'épaule. Le gravier crissait sous ses pieds. Insensible aux senteurs des roses, aux eaux calmes du lac, aux tonnelles de glycine, il s'appuyait davantage sur son stick.

Il ressortit du parc face à la 76e Rue.

Angela Johnston faisait toujours un bruit infernal dans sa cervelle. Il cessa de prononcer son nom et eut aussitôt la sensation vertigineuse que les dernières raisons d'espérer renouer quelque lien avec Solana venaient de s'évanouir.

La rumeur de la ville lui sauta au visage. Il lui parut qu'il était soudain environné d'ombrelles, de robes en crêpe de Chine, de talons hauts qui frappaient le trottoir, de tramways, de bruits éraillés et grinçants, de poussière, de coups de frein et de reflets de vitres.

Dans la touffeur grise, il commença à descendre l'avenue. Sur l'asphalte ramolli, les pneumatiques des voitures faisaient un bruit gras. Il hâta le pas et pénétra dans un bar.

Une délicieuse sensation de fraîcheur l'accueillit. Une

fille de toute beauté, yeux bleus, cheveux noirs, se retourna sur son passage.

Au comptoir, Blèmia but deux bières sans respirer et paya. Il laissa un moment sa main posée sur le bock embué tout en regardant le vide. Puis il se laissa glisser du tabouret.

Alors qu'il s'apprêtait à repasser devant elle, la fille bougea sur sa chaise et s'arrangea pour que ses longues jambes tiennent toute l'affiche. Elle fit rouler ses lèvres et sa langue afin de suggérer à l'inconnu que le voyage avec elle le sortirait de la routine. Elle lança un regard à ses chaussures grises de poussière et lui demanda si ses parents lui enverraient assez d'argent pour refaire sa vie avec elle.

Boro sourit et répondit non merci, pas ce soir.

Elle retira ses jambes de la circulation et dit qu'elle en avait marre de sa chienne de vie solitaire.

Boro hocha la tête en signe de compréhension. Il poussa la porte battante. Entraîné par une mystérieuse hargne de vaincre, il affronta à nouveau la fournaise. Son stick rythmait sa marche à travers une jungle de bras et de jambes, de chapeaux inclinés sur des nuques suantes.

Il faisait une chaleur immobile, étrangement lourde. Des nuages rosâtres s'accumulaient au bout du vestibule des rues et bourgeonnaient au-dessus des immeubles de brique.

Un orage gris et soufre se préparait.

Brusquement, comme s'il avait décidé de prendre la fuite, le reporter leva sa canne et héla un taxi qui maraudait sur Central Park West. Au moment où il réintégrait l'Hôtel Algonquin, deux grands éclairs bleu-gris déchirèrent de leurs vrilles froides le parfum humide et poivré du ciel de suie.

Et la pluie se mit à tomber.

Mappemonde

A Berlin, ce 15 août 1939, Adolf Hitler était comme un enfant devant son coffre à jouets. Il méditait sous sa mèche les préparatifs de sa sanglante expédition européenne. Fort de son million cinq cent mille soldats sur le pied de guerre et d'une efficace stratégie de mouvement, l'homme à la moustache furieuse avait de bonnes raisons d'ébaucher quelques pas de valse solitaire sur le parquet de son bureau de la chancellerie.

A l'autre bout de la Pologne, Staline fronçait les sourcils.

Ces derniers temps, le Petit Père des Peuples n'arrêtait pas de dessiner sur les nappes. Son valet de chambre, un certain Grichka Alexandrovitch Kamenkov (dont l'Histoire n'a pas voulu retenir le nom), colportait une rumeur selon laquelle le grand homme dessinait des grizzlis jusque sur le pot. Ce signe d'une intense préoccupation n'échappait à personne.

Le Petit Père des Peuples avait purgé l'Armée rouge. Il tonnait pour que s'amplifie l'effort industriel soviétique. Sous ses lourdes paupières, il guignait à la manière allemande les « terres russes » d'Ukraine et de Galicie, de Biélorussie et de Bessarabie. Dans l'élan de l'appétit, pourquoi pas celles des pays baltes et de la Finlande ?

Il avait dit en mai : « On ne peut pas faire à la fois des casseroles et des mitrailleuses. » A quoi, avec un égal pragmatisme, l'Allemand Goering avait répliqué : « Du beurre ou des canons, il faut choisir. »

Berlin et Moscou avaient opté pour les mitrailleuses et les chars lourds. Exclue des accords de Munich en 38, l'énigmatique Union soviétique pouvait indifféremment s'allier avec Paris et Londres ou avec Berlin, mais continuerait-t-elle longtemps à jouer la carte de la paix universelle alors qu'elle accélérait son armement ?

Par ces temps de chaud et froid, Staline ne cessait de parler à l'oreille de Molotov. Le valet de chambre de Joseph Vissarionovitch Djougachvili (qui jouait les doubles couteaux pour arrondir ses fins de mois) venait, affirmait-on, de faire parvenir à l'ambassade de France la dernière œuvre de son maître griffonnée sur une carte d'Europe : un ours gigantesque dressé sur la Pologne.

A Paris et à Londres, on retenait son souffle.

Tous fuseaux horaires respectés, à Washington, ce même 15 août, Franklin Delano Roosevelt chassait un chat dans sa gorge en lisant *Les Raisins de la colère* de John Steinbeck. Le président américain n'envisageait pas de s'engager sur le Vieux Continent. Depuis 1937, son pays avait soutenu la Chine contre l'envahisseur japonais. Les États-Unis, directement menacés dans le Pacifique, tenaient déjà leur guerre.

A Times Square, au « carrefour du monde », l'asphalte exhalait d'étranges vapeurs sous les pas précipités des New-Yorkais. L'orage, par charges successives, déversait des trombes d'eau.

Vers dix-huit heures, réfugié dans son hôtel, Blèmia Borowicz décrocha le téléphone. Il s'éclaircit la voix et demanda Paris en PCV. Par la fenêtre, il regardait, du côté du McGraw-Hill Building, sa décoration Arts déco bleu et vert et sa rampe de lumière qui venait d'éclairer le ciel blafard.

Sur le trottoir, des cohortes de parapluies ondulaient parmi les méandres lents de la foule. Le soprano glapissant de Germaine Fiffre résonna soudain au tympan du reporter. Il faisait suite à la voix d'une jeune femme à l'accent méridional.

La parole semblait venir de loin, pour ainsi dire d'une autre planète. Elle s'effritait, se délayait sous les mers, réapparaissait en pointillé, affaiblie, décalée, filtrée par la distance.

– Monsieur Borowice !...

– Germaine ? Je n'espérais pas vous trouver...
J'appelais à tout hasard...

– Quelle heure est-il chez vous ? Chez nous, il est
minuit !

– Et vous êtes encore au bureau ?

– Voui ! Tout le monde ! C'est le coup de feu ! Vous
n'imaginez pas ! Monsieur Prakash a envoyé un reportage de Pologne ! Je n'ai même pas mangé mon jambon-
beurre ! J'ai l'estomac qui gargouille...

Vitesse immobile, tam-tam de pulsations et de
silences.

Boro sourit. Même s'il avait mauvaise conscience de
ne pas se trouver en première ligne avec ses amis reporters, c'était si bon d'entendre battre le petit monde de
l'agence !

Il s'apprêtait à le dire. La voix de cette bonne Germaine le devança et reprit son piaillement sous les
mers :

– Ce soir, j'ai écouté les informations sur Radio-
Cité... Figurez-vous que monsieur Chamberlain a fait
une déclaration à l'agence Reuter. Il pense que l'Hitler
est loin de renoncer à sa conquête d'espace vital... Il dit
aussi que l'Angleterre a pris conscience du retard des
Alliés pour l'armement... Un homme avec un parapluie,
nous apprendre ça aujourd'hui ! Il date ! Et puis
l'Angliche, on l'a pas attendu pour construire notre
ligne Maginot !

Boro se versa un verre de whisky.

– Germaine, écoutez-moi... Oui, merci, j'ai bien
trouvé l'argent que vous m'avez câblé... Je voulais vous
dire... Ah, fichtre, allez-vous vous taire, à la fin !

Mais mademoiselle Fiffre ne tint aucun compte de ces
admonestations : elle chevrota un nouveau chapelet de
vociférations intercontinentales.

– Nom d'une vache ! Écoutez-moi ! rugit le reporter.

Il posa son verre si brutalement que la moitié du
whisky rejaillit sur ses doigts.

– Nom d'une vache ! A une dame ? bêla la voix aiguë
de la bonne Germaine.

– Parfaitement ! dit Boro.

Et, ravi d'avoir estomaqué la demoiselle avec un bon

vieux juron à longue portée, il profita du silence désenchanté de son interlocutrice pour esquisser un résumé de ses recherches concernant Solana. Il avait décidé de ne plus se laisser arracher la parole.

Boudeuse, la vieille fille se contenta donc de ponctuer les explications de son patron de plaintes de plus en plus laconiques :

– Mon Dieu, mon Dieu ! La pauvre petite !

Qui devinrent vite :

– La pauvre petite !

Pour finir par :

– La pauvre !

Et puis, plus rien.

– Germaine ? Vous êtes là ?

– ...

– Germaine !

– Voui, monsieur Borowice ?

– Avez-vous bien retiré mes bagages à l'aéroport ?

– Voui.

– Les choses se sont-elles bien terminées ?

– Voui.

– Voui quoi ? tonna Boro, s'énervant pour de bon.

– Voui-voui.

– Mais enfin, qu'est-ce qui vous prend ? Quelle mouche vous pique ? s'emporta le reporter.

– ...

– Fiffre !

– Il y a un réparateur de machines à écrire dans le bureau d'à côté. C'est louche ! A cette heure-ci, je me méfie de tout le monde !

Mademoiselle Fiffre murmura sur le ton de la confidence :

– Parlez à mots couverts, je m'arrangerai pour comprendre !

Un grand silence. Quelques bruits sourds. Et puis soudain :

– Eh bien voilà ! Il est parti ! Tout est en ordre !

Germaine Fiffre avait retrouvé sa faconde :

– Alors, pour vous résumer... Le monsieur roux s'est cassé la margoulette sur sa fourche de moto. Il suce des réglisses à l'hôpital de Marseille. Quant à votre Shatu-kalala, c'est une jeune fille parfaite... Elle vous porte beaucoup d'intérêt et m'a promis qu'elle plaiderait votre cause en haut lieu.

– J'espère que vous ne lui avez pas dit que j'avais Enigma en ma possession ?

– Pensez bien ! Motus ! Je m'en tiens à nos arrangements.

– Avez-vous rangé la valise à la place que je vous avais indiquée ?

– Recta ! Dans une boîte à chapeau, même ! Et j'attends de savoir où je dois vous envoyer le ticket de consigne.

– Avez-vous de quoi noter ?

– J'entends pas les langues étrangères, répliqua la directrice du personnel.

– Alors retenez en français, miss ! fit Boro.

Il lui fallut cinq bonnes minutes pour vérifier qu'elle avait bien enregistré l'adresse de l'Hôtel Algonquin, orthographe comprise.

Roseland ball-room

Malgré sa jolie robe achetée l'après-midi même dans un *thriftshop* de Canal Street où un tailleur vendait des dégriffés de chez Saks à des prix défiant toute concurrence, Angela Johnston avait les mains moites.

L'émotion l'envahissait toujours lorsqu'elle franchissait la porte à tambour du *Roseland ball-room*. Les hommes qui faisaient cela... Les yeux posés sur elle... Mais, principalement, l'odeur du bal.

Angela passa devant Sam Bailey, le videur noir. Elle toucha au passage un bouton de son uniforme, comme le faisaient toutes les habituées qui voulaient se porter chance avec leurs futures rencontres. Elle s'avança dans un nuage embaumé jusqu'au desk derrière lequel s'affairait Pamela Glaynor, la fille du vestiaire.

Cette dernière, empesée comme une tortue serpentine dans sa grande jaquette écarlate, lui sourit familièrement et roula des yeux blancs :

– *Hey, sister! How you doing* [1] ?
– *So-so. I feel weird tonight* [2].

Pamela parut sincèrement attristée.

Elle entrouvrit ses grosses lèvres vernissées d'un rouge à lèvres à vomir et, pour corriger le blues de sa copine, commença à débiter sur un ton de fausse gaieté l'une de ces phrases stupides dont elle avait le secret :

– *Everyone of us is paying one's dues* [3] !

1. Salut, petite sœur, comment va ?
2. Je me sens bizarre, ce soir...
3. Chacun d'entre nous est condamné à souffrir !

– *Oh, cool it, Pam, will you* [1] *?* lança Angela d'un ton rogue.

Elle n'avait pas envie qu'on la plaigne, même si c'était compter sans le cœur immense de la fille du vestiaire. Pam était une gaffeuse-née. Elle acheva donc de casser tous les œufs. C'était déjà sa spécialité lorsque, toutes petites, les deux filles jouaient ensemble à Harlem.

– Comment va Jappy aujourd'hui, Angela? demanda-t-elle.

– Jappy est mort, laissa tomber Angela d'une voix lugubre. C'est son anniversaire, aujourd'hui. Il fait si froid dans sa tombe!

Paralysée sous sa frange, Pam donna un moment l'impression d'avoir reçu la visite d'un taxidermiste.

– Accepte mes excuses, dit-elle en affichant un sourire désarmant. Je pensais que des paroles énergiques pourraient te consoler.

– A toi de juger, répondit Angela. Voilà déjà cinq ans que je viens ici chaque jour sans Jappy.

Elle lui abandonna son sac et son chapeau, prit son ticket – un 13, ça lui porterait bonheur – et avança en direction des tables.

Sitôt passé les premières colonnes de la salle, ses jambes retrouvèrent leurs vingt ans. Elle se redressa sur ses talons aiguilles, cambra les reins. C'était ainsi depuis longtemps. Si longtemps qu'il ne fallait pas regarder en arrière. Surtout pas repenser à l'époque où Jappy était encore là.

Jappy et sa blondeur. Jappy et son air timide, jusqu'à ce qu'il enlace sa cavalière. Et après, un-deux-trois, il devenait un cheval fougueux, il emportait le vent, il dansait si bien qu'il suffisait de fermer les yeux pour s'évaporer jusqu'à la boule de cristal du lustre tournant.

Angela se glissa entre les tables.

Autour des nappes blanches éclairées d'un petit abat-jour ocré, un peuple d'hommes et de femmes seuls s'observaient minutieusement. Il y avait aussi quelques couples. Des mordus de la danse. Angela avait été de ceux-là. Elle avait été la reine du *Roseland*. Jappy avait

1. Oh! du calme, Pan!

été son roi. Ils avaient régné sur le parquet. Elle avait de si jolies jambes ! Il avait une telle science du porté !

Elle se rengorgea. Elle était passée chez le coiffeur pour se faire décrêper. On chuchotait sur son passage, elle en était sûre.

Pourtant, la règle du ball-room consistait à donner le change de l'indifférence, à user d'une paille distraite pour pomper le sempiternel sirop d'orangeade dilué dans la glace pilée.

Angela s'installa à sa table habituelle, en bordure de la piste. Avant d'être son refuge attitré, la table 42 avait été le perchoir de Jappy. Un endroit en retrait, légèrement surélevé, d'où il évaluait sa proie avant de fondre sur elle et de l'emporter dans le galop d'une valse.

Elle salua quelques vieux habitués. Décerna un petit geste, mais de façon pas trop insistante, à mister Abercromby, son vieil admirateur.

Horace la fixait déjà avec des yeux de morse fidèle. Il jeta son cigare et l'écrasa sous son talon afin de lui montrer qu'il ne l'empesterait pas, ce soir. Elle baissa la tête pour mettre un terme à ses espoirs et lui tourna même le dos. Pourtant, il lui servait souvent de faire-valoir depuis le décès de Jappy, et aussi de cavalier de rechange quand personne ne l'invitait. Abercromby travaillait dans les assurances. Il était le seul qui la laissât parler de Jappy à satiété. Dans sa solitude, elle ne savait plus parler que de Jappy.

Elle balaya de son regard blasé tous ces gens modestes, pour ne pas dire impécunieux, qui avaient revêtu leurs meilleurs costumes, leurs corsages, leurs tuniques et fanfreluches les plus aguichantes dans l'espoir de séduire un partenaire, de trouver la compagne d'un soir avec qui partager l'illusion d'une nuit apaisée. Elle les jaugea sans aménité : cheveux calamistrés, souliers vernis, escarpins pailletés, gilets ceintrés, cols cassés, décolletés jusqu'au ventre... Que de solitude au *Roseland ball-room* ! Que de rêves brisés !

Les yeux perdus sur la foule qui arrivait, Angela revoyait le visage ensanglanté de Jappy, son mari, étendu sur l'asphalte luisant du trottoir. Elle revoyait aussi le feu rouge des agresseurs disparaître dans la nuit, les bras tendus de l'assassin, ses grosses mains aux jointures gonflées, sa face blanche sous un petit chapeau noir. Elle entendait le ricanement de l'arme automatique. Elle se souvenait du baiser qu'elle venait d'échanger avec celui qui allait mourir. Elle avait beaucoup ri, ce soir-là. Leur dernier soir...

Angela était perdue dans ses rêves. Elle fixait le sentier dessiné entre les taches rondes et jaunes des lampes.

Et, soudain, entre les dos, les nuques, à travers la fumée, elle le vit.

Un nouveau prince !

Il venait vers elle. Le bord de son chapeau ombrait son regard. Il s'appuyait sur un stick au pommeau d'argent. Il était grand, son teint hâlé rehaussait sa beauté ténébreuse. Autour de lui, les gens paraissaient renvoyés aux enfers. Les séducteurs avaient des épaules voûtées d'hommes endormis ; les femmes, des visages plissés comme de vieux journaux.

Il s'inclina devant elle et ôta son chapeau. Il avait les yeux brillants d'un loup.

– Puis-je m'asseoir à votre table ?

Certes ! Il le pouvait ! Elle était déjà conquise ! Elle allait célébrer leur rencontre en dansant de la plus belle façon !

Le silence régnait dans la salle.

Elle battit des mains pour saluer l'entrée de l'orchestre sur l'estrade. Le chef se tourna vers ses musiciens, leva sa baguette, et Angela Johnston, regardant son héros tout neuf, s'apprêta à retrouver l'élan de la vie.

Monsieur Boro danse le blues

– Je m'appelle Blèmia Borowicz, dit l'étranger avec un accent anglais acceptable.

– *My name is Angela Johnston*, répondit-elle aussitôt.

Elle eût donné n'importe quoi pour pouvoir fumer une cigarette ou tripoter quelque chose, un collier de perles dans sa bouche, ce genre de truc qui donne contenance à une dame.

– C'est bien vous que je cherchais, Mrs Johnston, déclara l'inconnu.

Il parut démesurément grand à Angela lorsqu'il avança son visage dans la lumière.

– Miss, corrigea-t-elle en affrontant ses yeux de fauve.

– Miss, répéta-t-il en la fixant à son tour. Miss, admit-il après un temps de réflexion. J'aurais dû m'en douter.

La bouche d'Angela s'agrandit démesurément.

– *Couah !* fit-elle en souriant rose. *If you look at me that way, it gives me a kick[1] !*

Il ne répondit pas. Il semblait chercher une nouvelle entrée en matière.

Elle se détourna un moment et essuya ses mains sous la table. Elle en profita pour regarder du côté de la piste de danse envahie par les couples. Elle lut distinctement la jalousie dans le regard de plusieurs femmes. Elle inclina la tête, entrevit Horace Abercromby qui avait

1. Si tu me regardes comme ça je tombe !

les yeux rivés sur elle. Elle sentait que son visage radieux était paré de toutes les beautés terrestres.

Elle reporta son attention sur son visiteur. Elle le trouvait si séduisant qu'elle aurait aimé défaillir. Elle fronça son beau visage noir, passa sa main sur sa poitrine durcie et trouva la force de plaisanter :

– C'est un tremblement de terre, ici, que vous vous soyez assis à ma table, mister...

Elle s'arrêta, la bouche ouverte, parce que le nom affreusement compliqué de son séducteur venait de lui échapper.

– *Just call me Boro,* dit ce dernier en volant à son secours.

– Boro, répéta-t-elle comme pour s'habituer.

Et elle ajouta d'une voix rauque :

– Pour en revenir à votre venue, mister Boro... Je n'avais rien connu d'aussi doux depuis la première fois où ce salaud de Jappy Riedman m'a prise par la main pour me faire danser le tango...

– Jappy Riedman ?

– Oh oui, dit-elle comme si c'était de peu d'importance. Un type si personnel qu'il vous faisait crier rien qu'en vous regardant... *He really had the beat* [1]!... Et cela a fini par un mariage !

Ses yeux rieurs croisèrent ceux du grand jeune homme. Ils se posèrent sur sa bouche.

– *Hey, brother! How about dancing* [2]?

– Je ne danse pas, dit le prince.

Il lut une indicible déception dans le regard de miss Johnston.

– Vous ne dansez pas ?

– Je ne sais pas. Je n'ai jamais appris.

– *You mean... you never dance* [3]?

Elle jeta un regard apeuré du côté des couples enlacés.

– Vous ne pouvez pas me faire ça ! décréta-t-elle d'une voix sourde.

– Je suis seulement venu pour que vous me parliez de

---

1. Il avait vraiment le rythme dans la peau !
2. Alors, frère ! Et si on dansait ?
3. Cela veut dire que vous ne dansez jamais ?

Solana Alcantara, déclara l'étranger en s'appuyant sur le pommeau de sa canne.

Elle remua sa tête en tous sens.

– Jappy Riedman dansait si bien, murmura-t-elle au bord des larmes. Il avait votre taille, mais il était blond. Tu ne sentais plus ton poids quand il t'entraînait dans la valse.

– Bon Dieu ! Oubliez votre Jappy Riedman ! lança Boro.

Il empoigna miss Wallace par les deux poignets et les serra doucement :

– Solana Alcantara est en danger de mort et vous êtes mon seul recours dans cette putain de ville ! murmura-t-il.

– *I hear that, young man* [1] !

– Je vous demande de me dire tout ce que vous savez au sujet de Solana, la pressa-t-il en approchant son visage du sien.

Elle le regarda par en dessous. Au bout d'un long silence, elle ouvrit la bouche :

– *Solana sister*..., dit-elle d'une voix apaisée. *Let me tell you about her* [2]... Je lui avais loué une chambre chez moi... On était devenues assez marioles, toutes les deux. Elle m'accompagnait ici chaque soir. On buvait des petits coups entre filles... Jusqu'à voir les murs rouges et des petits cercueils noirs !

Elle émit une sorte de rire cuivré et fit signe à un serveur en veste blanche :

– Deux doubles, Jim ! Donne-nous la saleté qui fait voir le ciel bleu-noir et les étoiles plus rapprochées !

Elle émit un petit rire, puis revint à Boro :

– Au début, nous parlions beaucoup de Jappy. Quand elle avait bu, Solana était assez bonne pour parler de Jappy. Peut-être qu'elle en parlait encore mieux que moi !... Elle disait que Jappy boitait. Je lui répondais qu'elle était une andouille, que Jappy avait les jambes les plus longues et les plus agiles du monde. Elle disait non. Elle me regardait sous son petit chapeau bleu. Bleu avec un peu de vert. Elle disait non ! Elle retournait dans la vallée des ombres. Et je ne pouvais

1. J'entends bien, jeune homme !
2. Laissez-moi vous parler d'elle...

plus rien en tirer. Quand elle avait fini de boire, elle levait un type comme on appelle un taxi. Parce qu'elle avait trop peur de se retrouver toute seule... C'est comme ça qu'elle était...

Angela haussa les épaules, jeta un coup d'œil amer du côté du stick du reporter et ajouta :

– Maintenant, je sais pourquoi son Jappy boitait.

Elle se tut un moment, perdue dans ses pensées.

– *You're her main man, isn't it*[1] ?

– Je suis son frère, mentit Boro. Je viens de France pour la secourir.

– *Too late, Frenchie*[2] ! Retourne là d'où tu viens ! L'ogre de Manhattan suce les joues de ta poulette !

– Dites-moi seulement où elle se trouve !

Elle le toisa avec un regard d'encre et lâcha entre ses dents :

– Vous devrez d'abord danser avec moi.

– Je vous l'ai dit : je ne peux pas danser. A cause de ma jambe.

Elle parut réfléchir.

– C'est impossible.

Du coin de l'œil, elle regardait les pieds et les chaussures tournoyer sur la piste. Les percussions lui firent relever la tête. Elle porta la main à sa gorge. Le sang y battait furieusement. Elle fixa intensément Boro.

– Que voulez-vous dire ? bredouilla le reporter en perçant sa pensée. Que si je ne danse pas avec vous devant tous ces vieux croûtons, vous ne me direz pas où est Solana ?

– *That's exactly what I am talking about, man*[3] !

Ils s'affrontèrent du regard.

– *I don't care*[4], dit-elle en le défiant. Si tu me tapes, je ne te dirai rien.

– Très bien ! s'écria soudain Boro.

Il se dressa.

– Vous m'avez l'air d'être une femme solide, et si vous êtes prête à remplacer ma canne, je prendrai ma première leçon de danse avec vous !

Le visage d'Angela Johnston s'épanouit aussitôt.

1. Vous êtes son homme, n'est-ce pas ?
2. Trop tard, petit Français !
3. C'est exactement ce que je veux dire !
4. Je m'en fiche.

– *Hi, bro !* J'étais sûre que vous étiez quelqu'un dans le genre de Jappy !

Elle se leva à son tour et contourna la table.

Il s'appuya sur elle.

Comme il épousait sa taille et son épaule, l'odeur profonde et sensuelle d'Angela s'empara de ses sens. La ferme poitrine de la danseuse réchauffa son torse, et son ventre accueillant commença à faire avancer et reculer le sien. Elle le conduisait doucement là où elle voulait qu'il vienne, suspendu à la grande balançoire de son corps. Peu à peu, Boro pénétra dans un jardin tropical.

– C'est magique, murmura-t-il à l'oreille de sa cavalière.

Son esprit était délicieusement vide et duveté, sa bouche imprégnée d'épices.

– Mets contre moi tout ce que tu possèdes, homme, chuchota Angela d'une voix exigeante.

Chaque fois qu'elle l'englobait entre ses seins douillets, chaque fois qu'elle le recouvrait de son ventre nourricier, les tentacules du monde se posaient sur Boro et son estomac se juchait en haut d'un escabeau. Même sa mauvaise jambe lui semblait lointaine, étrangère comme un paquet d'étoupe.

– Que dansons-nous ? demanda-t-il en fermant les yeux sur un rêve moite.

– Le blues, dit Angela. Laisse-toi seulement faire, petit Blanc.

Elle poussa sa cuisse entre les siennes et joignit leurs corps comme au-dessus d'un abîme.

– Jusqu'ici, c'est relativement simple, n'est-ce pas ? murmura-t-elle. Essaie de ne pas penser à tes pieds.

– Parle-moi de Solana.

– Attends encore un peu. Je songe à Jappy Riedman. Je me sens tendre, sans oublier la danse. C'est le désir qui donne sa raison d'être à la danse.

Elle était tout contre lui. Elle savait bouger dans la musique depuis deux milliards d'années. Elle lui soufflait à la face une chaude odeur de pain d'épices, de parfum, de whisky et de rouge à lèvres.

– *Don't freak out*, petit Blanc ! dit-elle en démasquant ses dents carnassières. Ne perds pas les pédales !

– Pas de danger ! Avec toi, je sais danser, lui répliqua Boro. Je danse aussi bien que Jappy Riedman !

– Tu viens de dire exactement ce qu'il fallait me dire ! s'exclama Angela en renversant la tête en arrière.

Elle laissa errer son regard sur les couples qui se désagrégeaient autour d'eux parce que le blues était fini.

– *Jappy Riedman !* souffla-t-elle en prenant Boro par la main pour qu'il s'appuie sur elle.

Elle le reconduisit à la table, l'aida à s'asseoir avec autant d'égards que si elle était dans la peau d'un homme guidant sa fiancée. Elle lui décocha un clin d'œil et lui dit qu'elle allait boire l'alcool de punaise que le garçon à tête d'oiseau de proie avait apporté sur la table. Elle avala les deux verres sans respirer. Puis parla.

Elle lui raconta comment Solana avait rencontré un certain Doc Holloway, un soir qu'il jouait du piano-jazz dans une boîte. Chanter était la seule chose que le salaud sût faire aussi bien qu'assassiner les gens. Elle lui apprit comment Solana avait fini par jouer du piano avec Doc. Elle lui parla de la drogue. Elle lui expliqua en quelle bauge il pouvait trouver le gangster aux cheveux gris et le reste de sa bande. Elle lui conseilla de se méfier de Slim Crocce, de ses *garçons pâles* et de tous ceux de la Petite Italie. Elle lui dit que ses affaires étaient entre les mains de Dieu.

Il était blême et tendu lorsqu'il se leva. Il serrait les poings, mais faisait bonne figure.

– Je vais vous quitter maintenant, dit-il à Angela Johnston en lui baisant la main. Il va falloir que j'agisse... Vite.

Elle paraissait engourdie.

– Merci de m'avoir aidé à parler de quelqu'un d'autre que de Jappy Riedman, répondit-elle dans un souffle. *Now, this guy is real dead, is'n'he ? Bye-bye, Boro. Take care of yourself*[1] !

– Pas de raison de s'en faire, Angela ! la rassura-t-il en l'embrassant sur le front. Vous avez l'air d'une étoile. Je ne vous oublierai pas.

Comme il devinait qu'elle le dévisageait, il fit tour-

1. Ce soir il est mort pour de bon, n'est-ce pas ? Fais attention à toi !

ner sa canne avec désinvolture et affecta de s'éloigner d'un pas vif et gaillard, comme s'il allait quelque part à ses affaires.

– *He surely is a prince* [1], murmura Angela. J'espère qu'il ne finira pas comme Jappy!

1. C'est sûrement un prince.

Le territoire des garçons pâles

– On dit que la nuit appartient aux vrais hommes, mais je ne souhaite pas en faire l'expérience avec un couteau entre les omoplates, déclara le chauffeur de taxi.

L'œil bulbeux, il freina le long du trottoir et se pencha en travers des genoux de Boro pour ouvrir la porte de sa vieille Ford à son client.

– Delancey Street, terminus! commenta-t-il laconiquement pour bien signifier à l'élégant boiteux que la course s'arrêtait aux avant-postes de Lower East Side et du Bowery.

– Je ne suis pas tout à fait arrivé, protesta le reporter. Je vais à Ambrose Street.

– Et moi, je ne ferai pas faire un demi-tour de roue supplémentaire à ma bagnole pour vous rapprocher de l'endroit où vous allez!

– Vous avez peur de verser dans un nid-de-poule?

– Non. Mais je n'oublie pas que, pas plus tard que l'année dernière, je me suis arrêté dans ce secteur pour prendre une bière...

– Besoin légitime! Et alors?

– ... Quand je suis revenu, une bande de squelettes avait déshabillé ma voiture jusqu'aux jantes! Il ne restait rien. Pas même les sièges!

– Je possède un inestimable avantage sur votre automobile, déclara Boro, c'est que je peux prendre le métro pour rentrer!

Il avait sorti vingt dollars de sa poche. Sous la lueur

intermittente des enseignes lumineuses, il guettait une parcelle d'humour dans les yeux jaunes du Portoricain.

Il n'y trouva que du ressentiment.

– Mettez seulement un pied dehors et on vous piquera jusqu'à votre dernier nickel! éructa le type à casquette.

Il montra les ombres silencieuses qui évoluaient autour d'eux.

– Des cinglés! Et encore!... Vous ne savez pas la meilleure des blagues dont sont capables les pouilleux de ce quartier!

– Dites toujours.

– Celle de vous planter leur couteau dans le dos pour voir s'il est aiguisé comme il faut!

– Ça doit faire un mal de chien! admit Boro.

Il semblait s'être résigné à abandonner le taxi.

– Indiquez-moi au moins où se trouve le *Gold Spike Café*...

– *Gold Spike, you said!* Si j'étais vous, mister, je retournerais vite dans le ventre de ma mère!

– Où est la boîte de Doc Holloway? redemanda fermement Boro en sondant la nuit.

Il avait pris pied sur la chaussée et se penchait à l'intérieur du véhicule.

– Alors? insista-t-il.

– Deuxième à droite. Marchez cinquante mètres sans vous faire suriner. Et troisième à gauche pour les rescapés.

– Merci, fit le reporter.

Il tendit son billet de vingt.

– *Seven forty*, annonça le chauffeur. Je prierai le *santero* pour vous, *amigo*.

Boro prit la monnaie, tendit un pourboire et claqua la portière.

Suivi par le regard du Portoricain, il s'enfonça au milieu des groupes agglutinés au pied des rampes d'escaliers. Ses chaussures crissaient sur des tessons de bouteilles, des vitres émiettées. Plus il s'enfonçait parmi les hommes gras aux visages figés, aux conversations chuchotées, les filles rieuses perchées sur le perron des maisons de bois, plus son cœur s'emballait.

Il contourna des dormeurs enchevêtrés à même le sol,

prit à main droite, et, quittant la lisière des éclairages, pénétra dans un obscur dédale de rues édentées et de terrains vagues.

Un pas, une canne. La nuit était opaque. Par les fenêtres ouvertes sur la rue parvenaient des odeurs de brûlé, d'ail et de brocolis.

Boro imaginait le visage fripé, grisâtre de ceux qu'il croisait. Au loin, un orgue de Barbarie serinait une chanson napolitaine. Des envolées d'escaliers métalliques luisaient à hauteur des façades.

Sur la gauche, un type appuyé à une grille craqua une allumette. Surgi du gouffre de la nuit, son faciès anguleux ondula dans le halo de la flamme orangée. Il prit son temps pour allumer un cigare toscan. Torsade de fumée. Cravate tapageuse. Bruns sourcils broussailleux. Chapeau clair.

Boro était à sa hauteur. Regard blanc.

– C'est une jambe de bois que vous traînez derrière vous?

Accent italien.

– Non. Tout est à moi. C'est le genou qui ne plie plus.

L'homme, pour dévisager Boro plus commodément, allongea le bras. Il éclaira un moment le reporter avec les restes de son allumette protégée par sa paume, puis, sur le point de se brûler, retourna au néant.

– Dégueulasse! dit-il avec fatalisme. *Ils* tirent toujours dans le genou.

– Oui, répondit Boro sans s'arrêter. Mais le salaud qui a fait ça n'est plus là pour en parler!

Il souriait dans le noir.

Il avança. Un pas, une canne.

Il entendit un piétinement dans une cour toute proche. Il y eut un bruit de faïence et de bouteilles cassées. Un homme sortit en chancelant et traversa la rue, s'accrocha à un réverbère et s'affaissa doucement à son pied.

Des roues grondèrent au loin. Bruit sourd et discontinu au passage d'un pont métallique.

Une jeune femme fardée, au regard insolent, avec une chemise d'homme en guise de corsage, apparut dans une fissure d'immeuble. Elle paraissait suspendue au-dessus d'une rampe d'escalier. Depuis son perchoir, elle s'adressa au Français:

– Qu'est-ce que tu fiches ici ? demanda-t-elle dans un mauvais anglais. Tu veux que je te fasse des choses agréables ?

Sa contenance était à la fois dolente et voluptueuse. Simplement, ce qu'elle proposait n'allait pas avec son visage osseux, ses cheveux en désordre, son sourire crispé, ni avec la tristesse qui semblait rôder sous ses jupes.

Boro poursuivit sa route.

– Écoute un peu ! reprit la fille avec un rire de perruche. Ma bouche et mon ventre sont pleins de petits singes qui s'y entendent assez pour faire mousser les hommes !

Blèmia s'éloigna.

Après une palissade derrière laquelle dansait un feu, il croisa plusieurs silhouettes engoncées dans des grands manteaux élimés. Une femme en fichu portait un bébé à califourchon sur sa hanche. Elle était suivie par une petite fille boulotte qui ployait sous le faix d'un seau d'aisance et d'un baluchon de linge.

Ainsi que le lui avait indiqué le chauffeur de taxi, Boro prit la troisième rue à gauche. Avec un relatif sentiment de soulagement, il s'apprêtait à entamer la dernière partie de son périple lorsqu'un glissement proche mit tous ses sens en alerte. Bloqué sur son stick, il sonda l'obscurité opaque et se prépara au pire.

Deux visages à la pâleur de cire, abrités par deux chapeaux noirs à bord court, surgirent de l'ombre. Des mains froides commencèrent à le palper.

Soudain, l'un des deux agresseurs recula comme s'il avait sauté sur une mine.

– *Check it out, Jim !* gueula-t-il en roulant des yeux fous. *This guy's got a gun [1] !*

Lui-même avait démasqué le mufle d'un automatique de fort calibre et le braquait sur l'abdomen du reporter.

Le plus petit des deux poursuivit seul la fouille. Avec des gestes hystériques, il entrouvrit la veste de Boro, laissa filer sa main sur le côté du corps et dégagea une masse noire pendue à une dragonne de cuir.

---

1. Vise-moi ça Jim ! Ce type a un flingue !

– *Hey, man! It's a camera!* s'écria-t-il, soufflé par sa découverte. *A very small camera*[1] *!*

Les deux garçons pâles posèrent leurs yeux de noyés sur le grand type brun qui venait de leur donner l'émotion de leur vie avec un simple appareil photo.

– Un journaliste! jura le premier garçon pâle. Confisque-lui son boîtier, Jim.

Boro sentit l'haleine du nommé Jim passer sous son nez.

– Tu manges trop d'ail, Ombre Jim, lui fit-il remarquer.

Il entrevit la bouche tordue du mauvais garçon et vit luire des pupilles aiguës comme des têtes d'épingle au fond d'orbites profondes. Dans le même temps, des doigts agiles le délestaient de son cher Leica.

– *Here we are, Virgil*[2] *!* s'exclama victorieusement le petit homme en reculant vers son confrère. Et maintenant, qu'est-ce qu'on fait de lui?

– On pourrait le balancer dans East River, grasseya le tueur en chef. Il suffit de trouver une grosse pierre.

Comme il prononçait ces mots définitifs, le hasard voulut que son regard se baladât dans les étoiles. En ce mois d'août, elles brillaient par milliers. Sans pour autant cesser de braquer son pistolet sur le reporter, le coquin garda un moment les yeux rivés sur les espaces infinis.

– Drôle de nuit pour mourir! fit-il en crachant dans le noir. C'est plein d'étoiles filantes!

Il reporta son attention sur Boro. Ce dernier remarqua qu'il avait le menton plus important que celui de son alter ego.

– Mourir est un acte solennel, dit le reporter en faisant montre d'un grand calme. Je ne pense pas que ce soit tout à fait mon heure.

Il lut un flottement dans le regard du plus petit des garçons pâles.

– Non mais... qu'est-ce qu'il est en train d'essayer de nous faire croire? piailla ce dernier d'une voix qui déraillait dans l'aigu. C'est nous qui distribuons les

1. C'est un appareil photo! Un minuscule appareil photo!
2. Nous y voilà!

cartes, hein, Virgil! C'est lui qui a tiré la dame de pique!

Il quêta une approbation auprès de son compère, le trouva bouche ouverte et le tira vivement par la manche :

– *Hey, Virgil! Virgil!... you hear that* [1]? Ce type dit qu'il ne va pas mourir!

– Fais ta prière! rugit Ombre Virgil en sursautant.

– Ça m'étonnerait que votre boss vous félicite pour votre comportement inamical à mon égard, répliqua Boro.

– Pourquoi? s'inquiéta Ombre Jim.

– Peut-être devrions-nous le conduire voir Doc Holloway, proposa Virgil.

– Je vous le conseille! dit le reporter. Je suis un client, et le client est roi!

– Un client?

Un doute alarmant s'était instauré dans le camp des garçons pâles.

– Un client spécialisé.

– On t'a jamais vu! argumenta faiblement Ombre Jim.

– Avec l'Espagnole, vous allez me voir plus souvent! rétorqua Boro, affichant un aplomb superbe.

– Un sado! suggéra Virgil en jetant un coup d'œil à la canne du reporter.

– Un sado, p't être bien!... Doublé d'un voyeur, commenta Jim en montrant l'appareil photo.

– Un petit malin, en tout cas, conclut Ombre Virgil après un temps passé à ruminer la situation. Il a gagné dix minutes. Ça mérite une récompense!

Sa droite avait une force de marteau lorsqu'elle percuta Boro en plein visage.

---

1. Hé! Virgil, tu entends ça?

Doc Holloway signe un contrat

Quand ils pénétrèrent dans la salle enfumée, Doc Holloway était étendu à plat ventre sur le billard et se concentrait sur un coup difficile. Sa lèvre inférieure tremblait légèrement : il évaluait la distance et l'angle favorable pour filer au but.

– Fais ce que je te dis, ma toute belle, et rien d'autre, souffla-t-il à sa boule comme à une messagère.

Son œil directif brilla près de son nez écrasé tandis qu'il fronçait le côté gauche de son mufle, inondé par la lumière du double lustre.

– *Here we go !* annonça-t-il à l'intention de son challenger, un homme corpulent dont seul l'abdomen rebondi était visible dans l'éblouissement des lampes.

Doc se cambra davantage et rentra la tête dans la nuque. Il fit coulisser sa canne entre pouce et index à plusieurs reprises pour bien ajuster son coup. Lorsqu'il le lâcha, les assistants, qui retenaient leur souffle, mesurèrent sa science et son adresse. Il avait mis tout l'effet en haut et à droite de la boule.

Après deux bandes isocèles, la toupie blanche et furieuse frappa la boule rouge avec violence, s'en vint caresser la seconde boule blanche avant de mourir à ses pieds, apaisée.

– Ouais ? fit Doc Holloway sans quitter la position du tireur couché. *What is it, boys ?*

Les garçons pâles se regardèrent. A croire que le patron avait des yeux dans le dos.

– On vous a amené ce type... C'est un client, dit Ombre Virgil.

Il désignait Boro, qu'ils avaient déposé à même le sol. Le reporter s'était redressé sur un coude. De la corne de son mouchoir, il essayait d'étancher un coriace saignement de nez.

– Il *dit* qu'il est un client, corrigea Ombre Jim. Il n'avait guère d'argent sur lui.

– Pas d'argent ? protesta le reporter. Ces gars-là m'ont englouti mon portefeuille !

– En tout cas, il n'avait pas de papiers, corrigea Ombre Virgil. On ne sait même pas d'où il sort !

Doc Holloway chassa une mouche bourdonnante qui s'en fut se poser sur un verre vide. Puis il toisa l'assemblée.

– Est-ce que quelqu'un le connaît ?

Il y eut quelques frottements de pieds sur le parquet. Boro leva les yeux. Il vit les trognes d'une douzaine de types patibulaires, éclaboussées par la lumière brillante. C'était à peu près cela : trois rangs de masques de bois qui le dévisageaient avec une curiosité immobile.

– Bonjour les gars, dit-il, bonjour, bonjour !... Est-ce qu'on est toujours aussi bien reçu dans cette famille ?

Les types mâchaient de la gomme. Ils avaient les poings posés sur leurs poches, des casquettes ou des feutres rabattus sur les yeux.

– Quelqu'un a déjà eu affaire à cet original ? redemanda Doc Holloway.

Adossée près de la porte d'entrée, une fille dépoitraillée alluma une cigarette et glapit :

– Vot'pigeon a une trop belle petite gueule pour une fille à 10 dollars ! Moi, si je l'avais vu, j'm'en souviendrais !

Avec un geste d'impatience, Doc lui fit signe de la fermer.

– On t'a pas sonnée, Molly ! aboya aussitôt la voix d'un roquet à cravate olive.

Il avait des mains blanches et nerveuses, baguées à chaque doigt. Assis à califourchon sur une chaise retournée, il arborait des chaussettes rouge foncé. Lentement, il se dressa pour se faire respecter.

Le silence se referma sur la salle enfumée. Un peu comme si la parole revenait de droit à Doc Holloway.

– Pas de papiers ? Pas d'argent ? s'écria l'homme aux cheveux argent. Je ne vous prédis pas un glorieux avenir en Amérique, mister !

Il émit un rire grinçant et, s'éloignant du tapis vert, fit quelques pas en direction de Boro.

Il avait un masque d'une puissante laideur, une peau granuleuse, un faciès plat et large qui l'apparentait, pensa Blèmia, à l'acteur Edward G. Robinson dans *Little Caesar*.

– *Who're you, mister* [1] ? interrogea-t-il en fixant le reporter de ses petits yeux insistants.

– Un amoureux de la nuit, répondit Boro.

– J'ai peur que ça ne me suffise pas comme références, décréta Doc Holloway en arrachant un rire à l'assistance.

Il remonta une de ses bretelles vertes qui avait glissé sur son épaule, revint à la table de billard et s'y assit. Ses jambes pendaient dans le vide.

– Pouvez-vous vous définir davantage ? demanda-t-il avec une fausse bonhomie.

– Volontiers ! rétorqua Boro en se dressant sur ses jambes. On peut dire de moi que je suis un vrai amateur de jazz ! Aussi, un collectionneur de femmes. Un amoureux des scènes insolites. Un spectateur de la beauté... Et un adepte de tous les pigments toxiques qui détruisent les fibres du cerveau...

– Un camé, échota lugubrement Ombre Jim.

– Vous devez être la honte de votre famille, jeune homme, coupa Doc Holloway en plissant sa figure de batracien. Quel est votre vrai nom ?

– François Dupont de La Vergne, déclama fièrement le reporter.

– Pour faire court, cette crêpe est p't'être juste un voyeur et un sado-maso, intervint Ombre Jim.

D'un signe, Doc Holloway lui enjoignit de se taire.

– Comment gagnez-vous votre vie, mon gars ? demanda-t-il au Français. Pour se mettre un peu de poudre dans le nez, il faut drôlement en croquer...

– Oh, je me débrouille. Mes parents m'envoient des mandats.

Boro s'empara d'un verre marqué sur le bord par une

1. Qui êtes-vous ?

346

trace de rouge à lèvres et clopina jusqu'à une fontaine. Il l'emplit d'eau et le vida d'un trait.

Doc Holloway fixa un moment la pointe de ses chaussures jaunes soigneusement cirées.

– Et... vous voyagez beaucoup ? demanda-t-il.

– Encore assez. J'aime changer de gouffre !

– *Must be quite an exciting life*[1] *!* s'enthousiasma une voix de caverne.

Il se fit un remous dans la société des voyous et le partenaire du Doc sortit de l'ombre en fendant les groupes d'un pas de pachyderme.

C'était un homme lourdement bâti. D'une main, il tenait une serviette avec laquelle il s'épongeait le front. L'autre était refermée sur une queue de billard.

– Est-ce que nous ne devrions pas mettre un terme à l'intrusion de ce jeune homme ? s'enquit-il en posant ses yeux de jais sur le reporter. Il nous empêche de poursuivre une partie à cent dollars, et je vais devoir m'esquiver pour me rendre au souper de notre cher maire Fiorello La Guardia !

– Mon associé, Slim Crocce ! présenta Doc Holloway. Le signor Crocce est originaire de Calabre. Il sera bientôt élu sénateur sur la liste des républicains. Il en a la stature. Il en a le talent !

– Monsieur, c'est un plaisir de serrer la main d'un Français ! s'exclama le colosse en s'avançant vers Boro. Et j'aime les gens doués d'une double personnalité !

Il s'exprimait en français avec un fort accent italien. La main offerte, il ajouta :

– D'habitude, nous n'avons affaire dans ce district qu'à de sales youpins ou à la lie d'Europe centrale, et je me flatte...

Boro se contenta de le saluer d'un signe de tête distant.

– Je suis juif par mon père, chuchota-t-il d'une voix glaciale.

Lui aussi s'était exprimé en français.

L'autre resta la main en l'air. Ses cheveux blancs s'arrondissaient autour de son front constellé de sueur. Ses yeux sombres, d'une mobilité surprenante, cherchaient une issue honorable à cet aparté inattendu.

1. Ça doit être une vie drôlement excitante !

Soudain, il éclata de rire.

– Ha, ha ha! Le brave jeune homme!

Et, retrouvant l'usage de la langue américaine:

– Comme vous avez raison! Aucune honnête personne ne voudrait se salir la main en serrant celle d'un politique! Vous savez, ici, en Amérique, nous avons encore un mal fou à avouer que nous sommes tous de sales émigrés du bout du monde!

Il reprit sa place le long de la table de billard.

– Sapristi, Doc! tonitrua-t-il en regardant la pointe de ses gros souliers, finissez-en avec votre visiteur!

– Vous l'avez interrogé? demanda soudain Doc Holloway aux garçons pâles.

– Interrogé et fouillé, grasseya Ombre Virgil. Il n'était pas armé, mais il avait ça sous sa veste.

Il exhiba le Leica.

– Vous faites de la photo, jeune homme?

– J'ai cette faiblesse. Je regarde les dames au travers de l'objectif. Et je les frappe avec ma canne!

– Je crois avoir compris qu'il voudrait louer l'Espagnole, compléta Ombre Jim.

Les yeux de Doc Holloway se rapprochèrent dangereusement.

– Louer l'Espagnole? Suivez-moi, monsieur!

Il dégringola au bas de son perchoir. Sautillant sur ses courtes jambes, il précéda Boro jusqu'à une porte portant la mention « Privé ». Il ouvrit cette porte et s'effaça devant son hôte.

Il passa derrière le bureau et fit signe à son visiteur de prendre place en face de lui; il régla sa lampe pour que ce dernier ne fût pas incommodé par la lumière.

Il dit aimablement:

– Le service que vous demandez est un peu exceptionnel...

Puis il compléta d'une voix quelque peu embarrassée:

– La jeune femme avec laquelle vous souhaitez passer la nuit n'est pas une personne ordinaire.

– C'est ce qui justifie mon enthousiasme et m'a poussé à me risquer jusque chez vous.

– Monsieur de La Vergne... Nous ne pouvons traiter qu'avec des personnes fiables.

– Je suis un homme silencieux.

– Vous ne m'avez pas bien compris... Pouvez-vous vous recommander de quelqu'un que je connaisse ?

Boro baissa les yeux.

– J'ai parlé avec miss Angela Johnston, dit-il à tout hasard.

– Cette bonne Angela ! s'exclama le grossium. Elle a un peu travaillé pour moi, autrefois. C'était avant qu'elle tombe entre les pattes de Jappy Riedman...

Il se renversa en arrière, cherchant au fond de sa mémoire.

– Jappy Riedman ! répéta-t-il d'une voix âpre. Lui aussi a travaillé pour nous ! Mais c'était un garçon pressé... Il a voulu brûler les étapes. Bang, bang, bang ! Il en est mort.

Il afficha un sourire épanoui comme pour dissiper le nuage des temps obscurs, et conclut en guise d'éloge funèbre :

– Jappy Riedman !... *He was just a dancer* [1] !

Il ouvrit brusquement un tiroir, en tira une bouteille de scotch et deux verres qu'il remplit aussitôt. Puis, avec autant de désinvolture que s'il était question de boucher un espace vide au cimetière, il déclara d'une voix pénétrée :

– Notre clientèle d'érotomanes est triée sur le volet. Elle est très fortunée.

– Je le suis aussi.

– Monsieur de La Vergne, comme disait feu mon père, la vie est faite pour les vivants ! Manquez à vos engagements, si vous en prenez, et vous vous exposerez à des désagréments que je préfère passer sous silence.

– Vous pouvez compter sur ma solvabilité.

– La malhonnêteté est à l'origine de tous les crimes dans cette ville, insista Doc Holloway.

– Combien ? s'impatienta le prétendu François de La Vergne.

Le gangster leva la paume en signe d'atermoiement.

– Nous avons une règle du jeu. Je vous dois donc quelques explications.

– Je vous écoute.

1. C'était juste un danseur !

349

– Mademoiselle Solana ne conçoit les rencontres que dans l'obscurité... Vous vous engagez à respecter sa volonté.

– Bien entendu.

– Quand vous entrerez dans sa chambre, elle se trouvera au fond d'un placard. Vous frapperez à la porte et vous vous annoncerez par ces mots : « Je suis le client de vingt et une heures. Je viens de la part de Doc Holloway. Êtes-vous prête à me recevoir ? »

– Combien ? Combien ? éclata soudain Boro.

Son cœur saignait de tout ce qu'il entendait.

– Attendez ! Patience ! Nous n'y sommes pas encore tout à fait ! dit Doc Holloway en se calant contre le dossier de son fauteuil. Souvent, mademoiselle Solana joue du piano une partie de la nuit. Si tel était le cas, il vous en coûterait un petit supplément. Vous le lui verseriez directement. Enfin, il vous faudra acheter le petit quatre heures de mademoiselle Solana et le lui déposer sur la table en entrant... Mademoiselle Solana est très accrochée à ces gourmandises...

– Tout cela me convient, déclara froidement Boro.

Doc Holloway fixa son interlocuteur.

– Eh bien, venons-en aux modalités de notre petit contrat, monsieur de La Vergne... Slim Crocce vous attendra après-demain soir, à vingt heures quarante-cinq, au carrefour de Delancey et de Williamsburg. Soyez ponctuel !

– Pourquoi pas demain ?

– Nous sommes loués jusqu'à la fin du mois. Vous ne devez votre bonne fortune qu'à la défection d'un riche marchand de grains du Minnesota.

– Je serai là, promit Boro.

Il se sentait sur le point de défaillir.

– Vous remettrez à Crocce la somme au comptant. Après vérification, il vous déposera à votre rendez-vous. Jim et Virgil se tiendront dans les parages toute la nuit. Ils veilleront à ce qu'il n'y ait pas de dérapage...

– Combien m'en coûtera-t-il ? demanda Boro, cédant à l'usure de ses nerfs.

– 2 000 dollars.

– C'est une fortune !

– C'est à prendre ou à laisser.

– Je prends, dit Boro d'une voix blanche.

– Signez là, recommanda Doc Holloway en avançant une feuille blanche.

Et, devant l'ultime hésitation du reporter :

– Vous ne regretterez pas votre argent, cher ami. Je vais vous faire rendre votre appareil photo. Amusez-vous bien. Surtout, n'oubliez pas de vous munir d'un flash !

Cette chère cousine...

En sortant du *Gold Spike Café*, Boro était sonné comme un boxeur.

Il erra de bar en bar.

Dans un rade, le long de Riverside Drive, il but du whiskey pur seigle avec des Irlandais, des Dubliners de la meilleure écorce. Ils insistèrent pour l'initier séance tenante à l'accordéon diatonique.

Ensemble, ils absorbèrent un océan de seigle. Cent fois ils crièrent *Hurrah for Dublin!* Une rangée d'excités payaient tournée après tournée en parlant bruyamment de baseball, de matches de boxe et de religion.

Le reporter commença à descendre la gamme diatonique. Il écrasait des arpèges dans le bruit chaud de la mousse de bière et des whiskies renversés. Il aimait la majestueuse folie des gens avec qui il se trouvait. Un rouquin démasquait sans cesse ses dents de cheval, montait sur la banquette, rebondissait à pieds joints et criait :

– Venez! Venez! Il y a là un Français qui boit avec nous!

Il ne sut jamais par quel miracle il se retrouva à l'aube sur son lit de l'Hôtel Algonquin.

Au réveil, sa langue lui parut épaisse et râpeuse. Ses côtes lui faisaient mal. Sa canne était cassée, mais il en avait soigneusement rapporté les morceaux.

Boitillant le long des meubles, il gagna la salle de bains, se doucha, se rasa et se peigna. Comme il se détaillait dans la glace, il se détesta de si mal fuir devant le réel.

A midi exactement, après avoir bu un litre de café, il se campa devant le téléphone, décrocha et appela un numéro sur la côte ouest.

Dans le brouillard de sa pensée, sa cousine Maryika lui était apparue comme le seul recours.

Une voix en espagnol lui répondit. Il se présenta. Son interlocutrice se nomma à son tour : Maria Felicia Gomez, la gouvernante mexicaine de monsieur Sean. Hélas, la señorita Maryika était absente. Elle travaillait au studio.

Boro appela aussitôt la MGM.

Une standardiste le pria d'attendre. Les secondes passèrent, puis quelques minutes. Debout auprès du téléphone, Blèmia s'efforçait de tromper son impatience en regardant par la fenêtre de sa chambre d'hôtel. En bas, la rue était inondée de lumière. Boro avait la sensation confuse d'être tenu à part, de ne plus être directement rattaché à la vie sensible.

Il perçut un déclic et tendit l'oreille. La voix brève de la standardiste le cueillit sans chaleur.

– *You'still there* [1] ?

Avant même qu'il ait pu répondre, elle lui coupa le sifflet :

– *Just hold on* [2] !...

– *Yes, yes*...

L'instant d'après, il était redevenu un zéro avec vue sur la rue.

Il recula d'un pas, cherchant un meilleur équilibre sur sa jambe raide. Il entendit bourdonner l'ascenseur dans les étages de l'hôtel. Son regard se perdit au gré d'une circulation miroitante. Dans son oreille battait une mer lointaine.

Et puis, soudain, la lumière ! La voix tant attendue ! Un timbre cotonneux tout d'abord, transmué en un petit cri. Et Maryika enfin, là, vivante, incarnée par un rire magnifique.

– Boro ! Où es-tu ? Quelle extraordinaire surprise !

– A New York !

1. Vous êtes encore là ?
2. Ne quittez pas !

– Superbe ! Le hasard est pour nous ! J'y serai dans trois jours ! Je viendrai avec mon scénariste favori, mais ça n'a pas d'importance ! Nous lui fausserons compagnie !... Il m'écoute !... Si tu voyais la tête qu'il fait !

Maryika s'interrompit. Quelqu'un lui parlait. Un homme ! Boro en était sûr. L'instant d'après, elle reprit :

– Dashiell n'est pas du tout d'accord avec mon programme. Nous nous en moquons ! N'est-ce pas, Blèmia ? Nous nous en moquons !

Elle rit. Sans doute riait-elle en regardant l'inconnu.

– Où es-tu ? s'impatienta Boro. J'entends des bribes de musique...

– Je suis en projection... avec une dizaine de messieurs ! Tout le monde me fait signe de me taire parce que je parle trop fort ! Oh, Boro, c'est vraiment magnifique ! Attends-moi, petit cousin ! Ne sors pas trop le soir ! Ne regarde pas les Américaines !

– Maryika...

– Où es-tu descendu ?

– A l'Hôtel Algonquin... Maryika... Écoute-moi...

Elle se tut, car au ton employé par son cousin, elle avait compris que la machine ne tournait pas rond.

– J'ai quelque chose d'important à te demander... Quelque chose de vital...

Il entendait sa respiration. Il imaginait ses beaux yeux aux éclairs d'acier sombre.

– Il faut que tu m'aides.

– Parle ! s'écria-t-elle.

Boro entendait des bouffées de tango.

– Il s'agit de Solana...

– Elle est avec toi ?

– Non... Pas précisément.

Et, en deux minutes à peine, il lui décrivit le marécage dans lequel la jeune femme se trouvait enlisée.

– Pauvre Solana, pauvre petite fille, murmura Maryika quand il eut achevé son récit.

Elle exprimait une compassion sincère.

– Il est normal que je te soulage de ta charge, petit Hongrois, parce que c'est exactement partager le poids de notre destin commun. Je ferai ce que tu me demanderas.

– Il me faudrait seulement de l'argent.

– Combien ?

– Deux mille dollars... Non. Trois mille.

Elle ne broncha pas.

– Est-ce tout ?

– Pour le moment. Quand nous nous verrons...

Elle le coupa :

– Je m'occupe de l'argent à la fin de la projection. Maintenant, il faut que tu me rendes à l'Amérique. Nous nous rappellerons ce soir. Nous serons comme en Europe. Comme à Budapest... Nous parlerons. Tu m'expliqueras...

Ils se quittèrent sur ces mots.

Blèmia sentait de nouveau dans ses veines le bouillonnement d'un sang impétueux.

« Il faut que je me batte », pensa-t-il.

Il descendit dans le hall et se fit remettre une partie de l'argent versé en dépôt par mademoiselle Fiffre. En guise de stick, il emprunta au concierge un parapluie oublié.

Il entra dans plusieurs magasins spécialisés afin d'acheter un nouveau jonc. Mais il ne découvrit aucun modèle souple, à pommeau. Il finit par se rabattre sur une canne de forme traditionnelle. Il acheta aussi un flash pour son Leica et des ampoules de rechange.

A la nuit tombante, il alla dîner au *Dragon de Shanghai*, à Soho.

Vert et rouge, l'enseigne brillait sur le ciel noir.

Le petit Chinois de l'ascenseur portait une chasuble safran gansée de brun et une toque assortie. Ainsi vêtu, il jouait au mandarin important. Il reconnut Boro et s'inclina avec une exquise politesse.

– Bienvenue au *Shanghai* !

– Vous avez une sacrée méthode pour appâter la clientèle ! lui déclara Boro. Le coup des petits gâteaux dans l'ascenseur, c'est imparable !

Il promena son regard alentour.

– Et l'endroit est superbe.

– Le *Dragon de Shanghai* est un beau restaurant, admit le petit homme en plissant les yeux.

– C'est l'endroit où vous êtes employé ?

– J'ai la joie d'en être l'honorable propriétaire.

– Fichtre ! Vous avez l'air de vous en tirer, Charley !

– C'est parce que j'ai commencé petit, monsieur.

Le Chinois semblait glisser sur le sol. Il ouvrit à son hôte un chemin silencieux jusqu'à une table dressée et dit :

— Je vous envoie quelqu'un pour prendre la commande.

Il était sur le point de s'éclipser. Boro le rappela d'une phrase :

— Charley ? Puis-je vous poser une question ?

Charley s'inclina de nouveau.

— Si vous me jugez digne de la réponse.

— Pourquoi continuez-vous à servir les consommations dans les bureaux alors que vous êtes plusieurs fois millionnaire ?

— Pour devenir le plus beau et le plus riche des Américains, il faut d'abord être le plus banal et le plus asiatique des commerçants ! rétorqua modestement Charley.

Boro dîna d'une soupe de tortue et d'un *chow-mein* au poulet.

Après qu'il eut accepté de boire l'alcool de riz offert par la direction, le reporter invita Charley Long Chan à sa table. Les deux hommes parlèrent peu, mais s'entendirent sur l'essentiel.

Il était tard lorsque Boro revint à l'Algonquin. Il téléphona néanmoins à Rebecca Wallace et lui demanda non seulement un rendez-vous pour le lendemain, mais encore qu'elle lui réservât sa soirée et une partie de la nuit suivante. Après qu'il lui eut fait ses confidences, elle accepta sans regimber.

Il acheva sa journée avec Maryika. Quand il l'obtint pour la seconde fois dans sa propriété de Beverly Hills, elle venait de souhaiter bonne nuit et *sweet dreams* au jeune Sean. Elle venait aussi d'ordonner à son attorney new-yorkais de déposer à l'Hôtel Algonquin la somme que son cousin lui avait demandée. Trois mille dollars : deux mille pour Doc Holloway, cinq cents pour Charley Long Chan, et autant pour la personne que découvrirait Rebecca Wallace.

— Tu auras l'argent demain à la première heure, promit-elle à Boro.

— Et toi ?

— Moi ?... Mais demain soir... Au Waldorf Astoria.

Elle raccrocha sur cette promesse.

Les trottoirs de Delancey

Il était vingt heures trente exactement lorsque Boro se campa au carrefour de Delancey et de Williamsburg. Il était vêtu d'un costume droit, gris clair. Debout au bord du trottoir, les yeux ombrés par un feutre, il regardait les gosses du quartier passer et repasser sous un jet qui s'échappait d'une bouche à incendie. La plupart étaient en maillots de corps ; ils bravaient la douche, bouche ouverte, paumes tournées vers le ciel, cheveux plaqués sur le crâne.

Indifférent aux touffes de vapeur blanche que vomissait l'arrière des restaurants, Boro, raide comme un somnambule, lorgnait la luxueuse Chrysler huit cylindres aux garde-boue bleu marine qui approchait du trottoir.

Elle stoppa dans un murmure de suspensions. Un homme au visage blafard se tenait debout sur le marchepied. Il sauta devant le reporter et salua brièvement en portant un index à son galurin.

C'était Ombre Jim. Ses mains agiles palpèrent rapidement les vêtements de Boro pour s'assurer qu'il n'était pas armé.

– Monte, dit-il en ouvrant la portière arrière.

Slim Crocce le salua d'un mouvement de tête. Les garçons pâles lui désignèrent une place. Sans un mot, ils s'emparèrent de l'enveloppe que leur tendait le reporter et entreprirent de compter l'argent qu'elle renfermait. Boro, le menton appuyé sur son poing fermé, laissa errer son regard vers l'extérieur. Slim Crocce suivait les gestes de ses sbires. Lorsque ceux-ci lui eurent certifié que la totalité de la somme se trouvait là, en bons billets verts, il posa ses petits yeux porcins sur le reporter. Il lui sourit, affichant une expression de commerçant comblé.

– Vous êtes un honnête garçon, monsieur de La Vergne. Je vous souhaite une existence longue et prospère.

Il plaça la mallette à ses côtés et posa sa main gantée sur l'épaule du chauffeur à casquette. Aussitôt, celui-ci tourna à l'angle d'un *block*. Les boutiques des fripiers, des usuriers, des marchands de sandwiches et de soda réapparurent.

– Où allons-nous ? se préoccupa Boro.

Il lui semblait qu'on filait vers East River.

Nul ne lui répondit.

Le plafonnier de la Chrysler s'illumina. Slim Crocce exhiba un énorme havane qu'il venait de tirer d'un coffret spécialement aménagé dans l'accoudoir central. Il l'alluma avec grand soin et évoqua les termes du contrat signé avec Doc Holloway.

– Question de vie ou de mort, rappela-t-il d'une voix bonnasse. Amusez-vous bien, monsieur de La Vergne.

Il claqua des doigts à l'intention de ses assesseurs.

Virgil roulait un foulard noir. Il le tendit sur les yeux du reporter et le lui noua dans le cou.

Boro eut l'impression que la lourde voiture tournait en rond dans le quartier. A intervalles réguliers, il percevait le grondement d'un train aérien abordant un pont. Le large genou de Crocce se pressait contre le sien. Il lutta plusieurs fois contre une fameuse envie de vomir à cause des remugles de cigare de son voisin.

Enfin ils s'arrêtèrent. Boro comprit qu'on introduisait une enveloppe dans sa poche.

– *Here you're with the junk* [1] *!* l'avertit la voix caverneuse du futur sénateur. J'en ai mis une petite dose supplémentaire en pensant à toi, Frenchie ! Pure neige ! *I hope you 'll enjoy it* [1] *!*

La portière s'était ouverte. Des mains le tirèrent à l'extérieur. Il chancela et rétablit son équilibre grâce à sa canne. Un fracas de train suspendu éclata sur le tablier du pont métallique voisin.

1. Tu as la camelote ! J'espère que tu l'apprécieras !

– *And now, straight on, old boy ! Beat it* [1] *!* gouailla la voix d'Ombre Jim en poussant Boro dans les reins.

– Tu comptes cinquante pas et tu retires ton joli masque ! ajouta Ombre Virgil.

Le reporter se mit en marche. Il eut très vite la conviction qu'il avançait dans un long couloir pavé. Tandis que ses mains palpaient les parois humides, montait vers lui une odeur de vieux choux, de graisse refroidie et de fleurs corrompues.

– *Mind you, buddy ! The lady you're after is a foxy girl* [2] *!* gueula encore Virgil dans le lointain.

– *Yeah ! She's kind of a very hot stuff* [3] *!* aboya Jim pour ne pas être en reste.

Boro avançait. Il faisait le vide dans sa tête. A cinquante pas, il arracha son bandeau.

Il se trouvait dans une cour intérieure. Au fond de cette impasse, une bâtisse à un seul étage se dressait, fenêtres closes.

Le reporter piétina au milieu de l'amas odorant d'immondices rejetées par une poubelle renversée et s'immobilisa devant une porte à la serrure cassée. Elle s'ouvrait sur un escalier branlant.

Boro chercha la minuterie. Avec précaution, il emprunta le tapis gris, puis les marches. Au fur et à mesure de l'ascension, le rythme de son cœur s'accélérait sans qu'il y puisse rien.

Sur le palier, il respira profondément. Les ampoules nues s'éteignirent presque aussitôt. Il frappa. Comme aucune invite à entrer ne lui parvenait, il ouvrit la porte sans qu'elle lui résistât.

Il pénétra dans un appartement plongé dans la pénombre, suivit un vestibule exigu encombré de pelisses, de chapeaux, de manteaux, passa ensuite dans une pièce assez vaste éclairée par deux bougies posées de part et d'autre de la cheminée.

Une table était installée au centre, encombrée de petites cuillers, de médicaments, de seringues et d'un verre d'eau bleu où trempaient plusieurs peignes. Le lit,

1. Et maintenant va ! Fiche le camp !
2. Fais gaffe, mon pote ! La dame que tu entreprends est une fille sexy !
3. Ouais ! elle est du genre chaude !

359

ouvert sur des draps froissés, semblait avoir essuyé une tempête. Plusieurs paires de chaussures fines gisaient sur le flanc, encombrant la descente de lit tissée dans du coton d'un mauve à vomir. Des bas, des vêtements plus intimes étaient suspendus aux poignées ou sur le dossier des chaises. Un piano droit trônait au fond d'une sorte d'alcôve. Une grande glace était dressée face au lit.

Désireux d'exécuter à la lettre les gestes et les rites stipulés par Doc Holloway, Boro avança sur la pointe des pieds, les oreilles aux aguets, en direction de la table. Il traversa la grande diagonale de cette chambre crasseuse, butant sur des objets, des bouteilles et du linge, des assiettes sales, des bibelots, des journaux et des livres épars. Il ne quittait pas des yeux la vaste penderie à double porte qu'il devait ouvrir.

Il se débarrassa de son Leica équipé d'un réflecteur de flash et s'appuya un moment à l'accoudoir d'un rocking-chair. L'air de la pièce était chargé d'une douce odeur de poudre de riz et d'un parfum plus subtil qu'il ne parvenait pas à identifier.

« Un des jours les plus difficiles de mon existence », pensa-t-il.

Il sortit le sachet de drogue de sa poche, en ouvrit l'emballage de papier de soie et le disposa bien en évidence sur la table.

Puis, les nerfs tendus comme des câbles, une légère fièvre rosissant ses pommettes, il s'avança jusqu'au placard.

Il frappa trois fois et attendit.

– Je suis le client de vingt et une heures, prononça-t-il d'une voix ferme. Je viens de la part de Doc Holloway.

Un soupir lui parvint.

– Êtes-vous prête ? demanda-t-il.

Une plainte étouffée.

– Je vous ai apporté votre quatre heures.

La porte grinça sur elle-même, s'entrouvrit juste assez pour laisser passer une silhouette menue aux yeux inquiets dans une figure de marbre.

Le crabe de l'angoisse fondit sur Boro.

Elle poussa un soupir et battit des paupières. Elle l'avait reconnu.

Il la prit dans ses bras. Elle était nue. Un corps décharné. Il la retenait pour qu'elle ne courût point vers la table où attendait le poison de mort.

Elle semblait à bout de forces, aux limites de la raison.

– Ne me regarde pas! supplia-t-elle. Surtout, ne me parle pas!

Cédant à un sanglot incoercible qui tendit l'arceau de ses reins, elle se recroquevilla contre lui comme un bébé.

– Pourquoi viens-tu trop tard? Pourquoi ai-je fait cela? Je suis la mort! Je suis la mort, maintenant! Ne m'approche pas!

Boro la serrait contre lui. Dehors, sur fond de ciel violacé, passait le train dans son tremblement de métal. Tout en caressant les cheveux de Solana, Boro regardait une blatte se déplacer lentement sur le parquet. Les larmes l'étouffaient.

Il avait vieilli.

La neige est sale

— Je ne souhaite pas m'enfuir d'ici, décréta-t-elle sans regarder Boro. Il est trop tard, je te l'ai dit.

— Je ne te laisserai pas entre les pattes de ces types, répliqua-t-il.

Il avait recouvré son sang-froid.

Il fixait l'avant-bras amaigri de la jeune femme, constellé de marbrures bleues, de trous vénéneux.

Elle s'était échappée de son étreinte. Il n'avait pas tenté de la retenir davantage. Elle approchait son visage livide de la bougie et retrouvait une fébrilité de gestes qui en disait long sur l'urgence de ses besoins. Solana s'empoisonnait pour survivre.

Garrot. Tirette. Sang aspiré.

Le liquide rouge remontait par le canal de l'aiguille jusque dans le corps de la seringue. Il se mélangeait au nectar de l'héroïne. Fusion du rouge pénétrant le poison limpide. Le sang et la drogue s'embrassaient à la lueur des chandelles.

Injection. Langue de feu. La poudre de Doc Holloway était bonne ! Instantanément se creusèrent de profonds remous sur le visage amaigri de Solana.

Trait de feu ! Lance de feu ! Quelle chaleur !

Elle sourit à Boro.

— Toi, tu n'es responsable de rien... Je paie le prix de ce que nous avons vécu.

Elle approcha sa main tremblante d'une bouteille de whisky et se versa à boire dans un verre sale. A part ses yeux cernés dans son visage gris, elle avait recouvré un semblant de jeunesse.

— Toi et moi, nous ne sommes plus dans le même monde, dit-elle en buvant d'un trait. Je ne souffre plus, tu sais.

— Mets une robe, nous allons partir.

— A quoi bon ?

Elle avait l'air si détaché !

— J'ai tout préparé pour ton salut. Tout ce que tu as à faire, c'est de franchir cette porte avec moi.

— Où m'emmèneras-tu ?

— Chez des amis sûrs. Nous te ferons soigner.

Elle ne répondit pas. Elle alla se camper face à la fenêtre. Elle l'ouvrit, rectangle sur l'ombre, empoigna les barreaux et inspira profondément avant de lâcher un rire rauque et mélodieux.

— C'est à peine croyable ! Je ne suis pas sortie depuis un mois et je n'en souffre pas.

Elle se retourna et laissa tomber :

— Le calvaire que je vis est le chemin naturel vers ma mort. J'ai choisi de passer par le Jardin des supplices. Doc Holloway a accepté de m'y promener.

Boro la dévisageait avec une curiosité aiguë. En contemplant son amour brisé, il sentait monter des larmes au fond de sa gorge.

Solana avait planté ses yeux sans flamme dans les siens et souriait tranquillement.

— Ils sont toujours derrière la glace, murmura-t-elle.

— Viens, insista-t-il en l'entraînant jusqu'à sa penderie.

— Que je vienne ?

— Oublie tout cela. Choisis une robe.

— Choisis-la, toi, souffla-t-elle comme un défi.

Elle leva sur lui ses yeux d'autrefois et demanda d'une voix de petite fille moqueuse :

— Boro, le beau Boro va me sortir ce soir ?

— Je t'emmènerai où tu voudras...

— Et tout sera réparé ?

Elle syncopa sa phrase d'un gloussement amer.

— C'est un peu tard pour jouer au prince charmant ! La princesse est fripée ! Elle a couché avec toute la garnison !

Il s'efforça de ne rien laisser paraître du chagrin que lui infligeaient ces paroles cruelles.

– Prépare-toi, dit-il d'une voix sourde. Une voiture nous attend.

Il ne mentait pas tout à fait, bien sûr. Mais rien ne garantissait que l'homme chargé par Charley Long Chan de suivre à distance la limousine de Slim Crocce était parvenu à localiser l'endroit où le gang l'avait déposé. Au reste, en quel quartier au juste se trouvait-on ? Et en quel endroit du couloir ou de la cour les tueurs pales se tenaient-ils prêts à stopper la moindre tentative de fuite ?

– Habille-toi vite, dit-il en choisissant une tunique blanche.

Il guida sa main et l'aida à se vêtir. Quand ce fut fait, il l'attira contre lui et prit ses lèvres avec ferveur et emportement, comme s'il cherchait à lui insuffler des forces nouvelles.

Ils se regardèrent, la respiration coupée. Elle avait les cheveux emmêlés, les yeux brillants, la mine sauvage.

– Je veux bien essayer, dit-elle dans un souffle.

Elle passa dans la salle de bains pour faire sa toilette, mettre des bas et se donner un coup de peigne. Il lui ordonna de se hâter. Il ne souhaitait pas que l'effet de la drogue s'atténue dans son organisme.

Tandis qu'elle se préparait, il vérifia qu'il avait bien une seconde dose de poudre en sa possession. Il rassembla la seringue et ses accessoires, les glissa dans sa poche. Puis il reprit le Leica et équipa le flash d'une ampoule. Il fit trois clichés des lieux, remplaça l'ampoule et réfléchit un bref instant.

Soudain, il s'avisa de l'existence d'une cuisinière à gaz. Il gratta une allumette soufrée au frottoir et commença à faire chauffer une pleine casserole d'eau.

Il se sentait étrangement calme.

Une canne, deux colts

Elle réapparut, souriante, bien disposée.

Elle se maquilla succinctement, se haussa de dix bons centimètres en enfilant une paire de chaussures, jeta quelques affaires dans un sac.

– Je suis prête, dit-elle en s'asseyant sur une chaise près de l'entrée.

Avec son joli fichu jeté sur les épaules et son trench-coat sur le bras, elle ressemblait plus à une voyageuse qui attend le passage d'un car sur une route de province qu'à une captive sur le point de faire la belle par une nuit d'été.

Boro éteignit sous l'eau qui bouillait à gros bouillons et passa devant elle d'un pas vif, tenant la casserole par le manche.

– Suis-moi, ordonna-t-il. Laisse-moi marcher devant. Je ne sais pas où nous allons les trouver.

Il ouvrit la porte palière avec des grâces de ménagère pressée de servir un plat chaud, et se glissa dehors. La voie paraissait libre.

Il perçut le souffle léger de Solana derrière son épaule. L'un précédant l'autre, ils entreprirent la descente de l'escalier branlant.

Malgré toutes leurs précautions, ils firent craquer les marches vermoulues à deux ou trois reprises. Aussi, en posant le pied sur le dernier degré, Boro ne fut-il qu'à demi surpris qu'on rallumât la minuterie.

Solana porta la main à son cœur et se mordit la lèvre inférieure. Elle vacilla sur place, haletante, la main crispée sur la rampe.

Le profil pâle et intrigué d'Ombre Jim apparut au coin du mur lépreux qui encadrait la porte. En une fraction de seconde, les deux hommes s'efforcèrent de jauger la situation. Au fond des pupilles dilatées du tueur, Boro lut plus de surprise que de volonté de nuire. Nul revolver ne brillait à son poing. Il venait, l'instant d'avant, de mordre dans un sandwich, et c'est pour ainsi dire en pleine mastication, avec une expression presque enjouée peinte sur sa face de lune, que le gangster reçut en plein la gamelle d'eau bouillante.

Il poussa un cri de douleur épouvantable et recula instantanément. Boro suivit son mouvement de repli. Ombre Jim était ployé sur lui-même, les mains couvrant ses yeux, grondant comme un ours blessé. Le reporter bondit et le frappa par deux fois du plat de la casserole sur le crâne. Au second coup, Jim s'affaissa. Son cuir chevelu saignait abondamment. Il avait perdu connaissance et son visage, son cou écarlates laissaient paraître des plaques dignes d'un érythème fessier de nouveau-né.

– C'est bien moche, concéda Boro, mais je n'avais pas le choix.

Déjà, il traversait la cour.

Il s'engagea dans l'enfilade sombre menant à la rue et distingua le bruit d'une course précipitée. Quelqu'un savatait à sa rencontre sous la voûte.

Au moment où il localisait la silhouette d'Ombre Virgil, ce dernier, alerté par les glapissements de son collègue, ouvrit le feu à l'aveuglette. Une balle ricocha sur un scellement métallique. Le métal en fusion miaula sans s'arrêter et poursuivit sa route tandis qu'un second projectile encore plus proche soulevait le plâtras à hauteur de la tempe de Boro.

– Couche-toi! cria-t-il à l'intention de Solana.

Il percuta la masse de Virgil qui terminait sa course dans une glissade folle.

– Ne bouge pas! râla la voix grasseyante du gangster.

Hors d'haleine, dressé comme une montagne, il braquait la gueule de son arme tenue à deux mains. Il s'apprêtait à faire sauter la tête bien remplie du reporter sans plus d'inconvénient qu'une vulgaire pipe de manège.

Dans un réflexe, Boro déclencha son flash et se jeta au sol. Momentanément aveuglé par l'éclair de magnésium, Ombre Virgil fit un pas en arrière. En réponse à l'initiative de son gibier, il riposta par deux coups de feu tirés au jugé.

Le double souffle déchirant du Colt passa au-dessus de la ligne d'épaules de Boro. Il roula sur lui-même afin d'échapper à la visée de son agresseur. Il s'ingénia à remplacer l'ampoule brûlante par une neuve, puis, orientant son Leica vers le haut, déclencha une nouvelle fois le flash en direction de la galerie. Le faciès surexposé du tueur apparut un bref instant, figé en plein mouvement par le scintillement électrique. La haine déformait sa bouche. L'obscurité retomba.

Profitant de ce nouveau répit, le reporter saisit sa canne par l'extrémité et, se félicitant de n'avoir pas trouvé de stick à New York, en projeta la crosse recourbée vers les chevilles du gangster. D'un mouvement circulaire au ras du sol, il crocheta la jambe droite du colosse et tira à lui avec l'énergie du désespoir. L'homme gronda un juron et s'abattit en lâchant un nouveau tir instinctif qui fulgura à la verticale.

Maintenant, les deux adversaires se trouvaient au sol presque tête à tête. Souffle à souffle. Boro, qui avait complètement oublié la présence de Solana, crut entendre ses pas à distance.

Dans sa chute, Virgil avait perdu son chapeau. Le reporter s'aperçut que l'autre était chauve.

Le tueur s'était certainement blessé. Appuyé sur ses grosses mains, il commençait à faire mouvement en se déplaçant à quatre pattes. Avait-il laissé échapper son arme ? Boro réalisa qu'il avait lui-même perdu le contrôle de sa canne et que, sans elle, il était dans l'incapacité de se relever rapidement.

Il se retourna et tenta d'échapper à son poursuivant en rampant sur le ventre. Il y mit toute son énergie. Il entendait derrière lui un frottement rythmé. Virgil gagnait du terrain sur lui. A une ou deux reprises, comme sa rotule valide glissait sur les pavés gluants, le reporter sentit la main de l'autre qui essayait d'agripper sa jambe inerte. Il serra les dents. Il s'acharna encore à progresser sur quelques mètres supplémentaires, puis une énorme pince s'abattit sur sa cheville et le happa vers l'arrière.

Il s'immobilisa, glacé de peur, et se retourna sur le dos pour faire face à la mort.

Soudain, dans un ricanement dément, Ombre Virgil se dressa sur les genoux. De la sorte, il dominait Boro. Il brandissait son arme dans son poing aux jointures blanchies, s'apprêtant froidement à faire feu.

Du fond de sa mémoire, la lointaine voix des femmes d'Égypte fit brusquement son jacassement de crécelle au fond de la cervelle de Blèmia Borowicz. Son sang se retira de ses veines.

– Non! hurla-t-il comme si ce cri d'épouvante pouvait l'aider à sortir d'un insoutenable cauchemar.

Il se jeta sur le côté.

Simultanément, le grondement du colt déchira ses tympans et la flamme orangée d'une autre détonation s'allongea à quelque pouces au-dessus de sa tête.

En face de lui, pendant une fraction de seconde, il lui sembla que le front chauve d'Ombre Virgil s'auréolait d'un cercle rouge, centré comme le signe sacré d'un *bindi*, puis la calotte crânienne du gangster, soufflée par une irrésistible poussée, s'ouvrit par le sommet, délivrant un volcan dont la lave était faite de débris humains.

Boro resta sur place. Il respirait l'âcre odeur de la cordite. Il écoutait battre sa vie dans ses tempes. Vivant! Il était vivant!

– La nuit est folie, prononça la voix détimbrée de Solana.

Elle tenait encore l'arme qu'elle avait ramassée auprès d'Ombre Jim et avec laquelle elle avait fait feu.

Elle finit par l'abaisser, puis palpa sa main en de brefs attouchements nerveux.

– Viens vite, dit Boro en l'entraînant.

Il avait rassemblé ses esprits, retrouvé sa canne. Il empoigna Solana et l'obligea à marcher. Elle le suivit avec des gestes de pantin désarticulé. Le regard égaré, elle claquait des dents.

Au bout du couloir profond comme une gaine souterraine, les fugitifs atteignirent la porte ouverte sur la nuit.

Ils s'immobilisèrent un bref instant pour saluer le monde couleur papier d'étain qui s'étendait devant eux. On entendait sa longue palpitation. Une sirène ululait dans le lointain. Des mouettes fantomatiques planaient dans un ciel indigo lacéré par les enseignes. Des hangars gris couraient au-devant d'un débarcadère.

– Nous sommes près du fleuve, murmura Boro.

La vie des docks ressemblait elle aussi à un songe. Un songe amplifié par la rumeur des avenues, la découpe ajourée des grues monumentales, le son d'un violoncelle au coin de l'impasse, puis, soudain, le chuintement de quatre pneus, un klaxon retentissant.

Ils se retournèrent. Des phares allumés étaient braqués sur eux. Une lourde voiture venait de mordre sur le trottoir. La lumière dans laquelle ils baignaient leur interdisait de distinguer le visage du conducteur. Était-ce la voiture de Crocce qui revenait avec ses tueurs ?

Une vitre s'abaissa.

Le faciès souriant d'un Asiatique leur décerna un salut.

– Je suis le neveu de monsieur Long Chan, expliqua le nouveau venu. Je vous attendais pour plus tard...

– C'était bien assez long comme ça, assura Boro. Et c'est une délivrance de vous trouver ici, cher monsieur...

– Pour moi, c'est un insigne honneur, s'empourpra le Chinois.

Il descendit posément de voiture, ouvrit la portière arrière et s'inclina cérémonieusement devant le couple d'étrangers.

– Si vous voulez bien prendre place dans mon indigne véhicule...

Ils ne se firent pas prier pour monter dans la Ford.

– Mon nom est Harvey Tong Wa, nasilla le jeune chauffeur en démarrant. Je fais mes études supérieures à Yale, mais je suis en vacances. Mon oncle Long Chan m'a dit qu'il fallait que je vous conduise à sa résidence « poire pour la soif », à Greenwich Village...

– « Poire pour la soif » ? s'étonna Boro.

– Oui. Dans le langage de mon vénéré Oncle, cela signifie qu'il revendra cet agréable appartement d'artiste pour manger le jour où ses affaires seront mauvaises.

– Voilà un homme prévoyant... Mais nous avons changé de programme... Pourriez-vous nous déposer au Harper's Building?

– Avec plaisir et satisfaction.

La veille, après avoir rencontré Rebecca Wallace, Boro avait oublié de prévenir Long Chan que sa destination ne serait plus la même.

Il se pencha vers sa voisine et cligna de l'œil pour échanger un signe de connivence avec elle. Il découvrit un visage fermé. Il avança sa main et la posa sur celle de Solana.

– Laisse-moi, lui ordonna-t-elle.

Elle était glacée.

– Apaise-toi, lui dit-il. C'est fini. Rebecca Wallace et un ami médecin nous attendent. Tu vas être prise en charge.

– Je ne suis pas sûre qu'on veuille faire mon bonheur. Je ne sais plus très bien où j'en suis.

– Tu as tué ceux qui étaient derrière la glace.

– Je ne le crois pas, dit-elle.

– Est-ce toi qui as jeté ce morceau de papier qui a atterri dans la boîte aux lettres de ta psychanalyste?

– Oui, répondit-elle. C'était dans un rare moment d'espoir... Je l'ai balancé au-dessus d'un mur.

– C'est la preuve que tu voulais vivre, dit-il en lui prenant la main.

Elle tremblait de tous ses membres. Elle se blottit contre Boro et laissa monter ses larmes.

– C'est ainsi que tu m'as retrouvée?

– Oui. Ta bouteille est arrivée au port.

Il sonda son expression et retrouva au fond de son regard les mêmes signes de démence exigeante que ceux qu'elle avait montrés au sortir de la penderie.

– J'ai chaud, j'ai froid...

Elle s'agitait comme une jument emballée.

Elle tira de son sac une petite flasque de whisky et commença à boire à larges traits.

– La patronne a soif, commenta Harvey Tong Wa de sa voix nasillarde.

Boro rencontra le regard de l'Asiatique dans le rétroviseur.

– C'est cela, acquiesça-t-il sèchement. Elle a soif.

Il détourna la tête vers l'extérieur pour signifier son intention de ne plus parler à personne.

La tristesse, la fatigue venaient de lui tomber dessus. Par la vitre de la voiture, il regardait défiler sans les voir les rues de la ville. En un travelling lisse se succédaient des immeubles, des maisons, des citoyens gris, des policiers à casquettes, des filles aux jambes joliment galbées. Il y avait des types affalés dans les bars, des indécis qui marchandaient la compagnie, des solitaires qui marchaient les mains dans les poches, des frisés qui auraient voulu ressembler à Tyrone Power, des empotés qui rêvaient de faire sauter une banque.

Lui tenait les deux poignets de Solana emprisonnés dans ses poings serrés.

Il regardait en lui-même avec lucidité et ne discernait qu'une clarté d'albâtre.

Il savait bien qu'il ne pourrait plus jamais aimer celle qui levait les yeux sur lui. Qui le fixait entre ses cils, nez pincé, muscles tendus, joues creusées. Qui lui parlait d'une voix basse et monocorde et lui disait :

– Merci, mon prince charmant.

Déjà, Boro se trouvait ailleurs. Dans un espace lisse où les chevaux couraient librement. En Inde, au bord d'une falaise.

Quand le chauffeur se retourna pour prévenir qu'on était arrivé, il se pencha vers Solana et constata qu'elle dormait.

Sans la réveiller, il posa ses lèvres sur les mèches de son front, la souleva doucement et la porta au-dehors. Il parcourut lentement la distance qui le séparait des ascenseurs du Harper's Building. Solana était légère dans ses bras. Quelques quidams le dévisagèrent avec surprise, mais nul ne lui proposa de l'aider, et personne ne lui posa de questions.

Pas même le liftier, un étudiant en bas âge qui avait remplacé Charley.

Au 37e étage, il n'eut pas besoin, cette fois, de déchiffrer la plaque sur le tableau général. Il emprunta le labyrinthe, allant souplement sur le parquet ciré. Il s'arrêta devant le numéro 105 et tourna le bouton électrique.

Rebecca Wallace l'attendait. Elle ne proféra aucune parole. Boro entra dans l'appartement et déposa Solana sur le canapé. L'analyste se pencha sur la jeune femme, observa son visage livide et murmura :

– Depuis la dernière fois, elle a beaucoup changé.

– Souffert, rectifia Boro.

Rebecca Wallace le considéra avec sympathie.

– Je ne croyais pas que vous réussiriez, dit-elle.

– Pourtant, vous m'avez attendu.

Il lui adressa un sourire triste et ajouta :

– Je vous l'abandonne. Merci pour tout.

Il se pencha vers elle, lui prit la main et la baisa.

Elle le reconduisit à la porte.

– Demain, à la première heure, elle partira pour le Maine... Avouez que c'est une chance qu'elle se soit endormie.

– Pour moi, reconnut Boro avec franchise, c'est même un extraordinaire soulagement.

Il s'inclina et tourna les talons.

The thin man

Le taxi le déposa devant la façade rutilante du Waldorf Astoria. Il était onze heures. Boro traversa rapidement la salle à manger.

Maryika s'était levée dès qu'elle l'avait aperçu.

Il avait toujours le regard aussi noir et cette élégance particulière qu'elle lui connaissait depuis sa jeunesse, mélange de fierté, de décontraction, de charme profond. Mais quelque chose de nouveau s'était ajouté à l'enjouement naturel et à la désinvolture de son attitude, quelque chose qui avait sans nul doute été gravé par les vicissitudes de la vie. Une sorte de blessure rentrée qui ombrait ses arcades. Quelques rides, récemment apparues sur son front, donnaient encore plus de caractère à son visage intelligent.

– Bonjour, Blèmia, dit-elle avec un sourire immense.

Elle était ravissante. Mieux, elle était belle.

Elle se jeta contre lui avec autant de spontanéité qu'autrefois. Un grand bonheur envahit Boro.

Elle l'embrassa plusieurs fois sur les joues, puis effleura sa bouche de ses lèvres.

Elle chuchota à son oreille :

– Presque pas, mais un peu quand même !

Il se sentait grisé par l'odeur de son parfum, le satiné de sa peau, la perfection de ses épaules.

– Maryik ! Maryika !

Elle se recula pour l'admirer encore.

– Quel beau cousin ! Comme tu es bronzé ! Et la mèche du rebelle est toujours là !

373

Elle paraissait à l'aise dans ce milieu doré où le luxe semble débonnaire pourvu qu'on ait de l'argent, et le personnel familier pourvu qu'on soit célèbre jusque sur la côte est. Maryika Vremler, l'étoile d'Hollywood !

Elle tourna la tête vers un homme à la moustache effilée, très mince et supérieurement élégant, âgé d'environ quarante-cinq ans, qui s'était dressé devant la table et qui, un verre à la main, attendait paisiblement la fin de leurs effusions. Il portait un complet rayé et une pochette envahissante.

Elle s'exclama :

– Dash ! Je vous présente mon homme préféré ! Blèmia Borowicz, reporter photographe.

Ils se serrèrent chaleureusement la main.

– Oh, pardonnez-moi ! s'excusa presque aussitôt Maryika. Les présentations n'ont jamais été mon fort ! Boro, je te présente...

– Dashiell Hammett, répondit l'autre. Scénariste en rupture de banc !

– Ne ressassez pas votre déconvenue, Dash ! le gronda l'actrice en faisant signe qu'on devait s'asseoir. Ce n'est pas parce que la MGM a rompu votre contrat que la vie s'arrête !

– En effet, admit le romancier avec humour. Une vie d'alcoolique continue !

Il lampa son verre d'un coup, le reposa avec gravité sur la nappe et fixa Boro droit dans les yeux.

– Encore un que Hunt Stromberg n'aura pas ! s'exclama-t-il.

– Stromberg est le producteur à qui Dash vient de remettre cinquante-deux pages d'un sujet de scénario génial qui m'intéresse, expliqua Maryika en se penchant vers son cousin.

– Mais bien sûr ! Voilà ! J'y suis ! s'exclama le reporter en frappant du poing dans sa paume. *The Thin Man !* Le film de Van Dyke, avec William Powell et Myrna Loy ! Je connais tous vos livres, monsieur Hammett !

– Citez m'en seulement un et je serai comblé !

– J'ai lu *Le Faucon maltais* dans un avion... Et mon préféré est *La Clé de verre*, que j'ai avalé sans reprendre souffle dans un train.

– Littérature de gare, vous voyez bien ! grinça Dash à l'intention de Maryika Vremler.

– J'avais commencé par *La Moisson rouge*, poursuivit le reporter. C'était pendant la guerre d'Espagne. Votre livre était dans mon paquetage et n'a pas cessé de me suivre comme un vieil ami...

Hammett parut intéressé.

– Vous étiez en Espagne pendant la guerre civile ?

– J'y suis allé à deux reprises.

Le romancier passa sa main dans ses cheveux blancs indisciplinés.

– Mais, reprit-il après un bref instant de réflexion, quel était votre état d'esprit lorsque vous étiez là-bas ?

Boro parut surpris.

– État d'esprit ?

– Dash veut dire : dans quel camp te trouvais-tu ? traduisit Maryika.

– Je témoignais. J'étais dans le camp de la liberté.

– Je n'en attendais pas moins de vous, déclara l'écrivain.

– Boro a failli mourir dans les geôles de Franco, compléta Maryika. Il nous a fait très peur !

– Ici, la communauté littéraire a fait deux ou trois trucs pas trop mal, compléta Dash en allumant une cigarette. Avec Dos Passos, Dorothy Parker, Hellman, ce *salaud* d'Hemingway et quelques autres, nous avons aidé la Brigade Lincoln qui se battait là-bas, et nous avons aussi contribué à la production de *Terre d'Espagne*.

– Le film de Joris Ivens ?

– Oui. Joris est un type bien.

– C'est sûrement un type formidable, s'exclama Boro, mais j'imagine que sa position à Hollywood doit être périlleuse !

– Elle l'est ! Pourquoi dites-vous cela ?

– En Europe, il est carrément perçu comme un compagnon de route des communistes.

– Joris lutte contre le fascisme et l'antisémitisme. C'est un artiste engagé. J'aime Joris !

– Dash sait défendre ses amis et ses convictions ! s'illumina Maryika en se tournant vers son cousin. Il est un des rares ici à avoir considéré la guerre civile en Espagne comme la première bataille internationale contre le fascisme.

– Et nous avions raison ! s'excita Hammett. Le malheur a voulu que Roosevelt n'entende pas l'appel des vingt-six signataires des *Amis américains de la démocratie*... J'ai eu beau m'époumoner dans des meetings antinazis, les Yankees ont laissé tomber tout le monde, comme d'habitude ! Vous pensez ! La grande Amérique, flamber avec des bolcheviks, quelle horreur ! Les Russes ont envoyé des armes... pas nous ! Trop distants ! Trop civilisés ! Trop chics ! Et maintenant, c'est toute l'Europe qui va s'embraser !

– Dash ! On arrête ! trancha Maryika. On reprend son souffle !

Elle fit signe au maître d'hôtel.

– Monsieur Hammett a raison, dit Boro. La guerre est inévitable, et c'est pourquoi je veux me hâter de rentrer.

– Arrêtez, vous deux ! Vous êtes des oiseaux de mauvais augure et vous allez encore mêler la politique à l'excellent repas qui s'annonce ! Que prendrez-vous ?

– Je ne mange pas. Je n'ai pas faim, déclara Hammett. D'ailleurs, je déteste l'endroit où nous sommes ! Ça pue le fric !

– Dash !

– Je déteste l'argent et ceux qui le produisent. Quant à la politique... on n'en fera jamais assez !

Maryika, qui redoutait par-dessus tout les foucades de l'écrivain, évita de relancer la conversation. Celle-ci tourna court, faute de combattants. L'excitation du romancier s'éteignit graduellement pendant que les convives choisissaient leur menu. Lui-même sirotait un nouveau scotch bien tassé.

– Ne pouvez-vous pas laisser la bouteille sur la table ? demanda-t-il au sommelier avec une certaine dose d'agressivité.

Sur un signe de Maryika, l'homme en veston blanc s'inclina.

Le repas se passa au mieux. Boro résuma pour sa cousine la situation de Solana. Dash écoutait en silence en se nourrissant de whisky. Lorsque le reporter eut raconté la façon dont il avait confié sa protégée aux mains de Rebecca Wallace et d'un certain docteur Grantfall qui possédait une clinique dans le Maine, il posa sa main sur l'avant-bras de Boro et lui prédit que la désintoxication serait longue. Il se préoccupa aussi de la sécurité de la jeune femme et insista sur le fait qu'il ne fallait pas négliger les réactions de la pègre.

– Je pense à votre Doc Holloway, dit-il. Il risque de trouver la pilule amère, avec la mort de son gars. Peut-être voudra-t-il remettre la main sur votre amie...

Il parut réfléchir en scrutant le fond de son verre et garda la main posée sur le bras du reporter. Il vissa une cigarette au coin de ses lèvres et reprit :

– Si vous le souhaitez, je peux demander à quelques amis sûrs d'aller lui secouer les puces pour qu'il fasse une croix sur votre affaire.

– Envoyer Sam Spade ? sourit Boro.

– Plutôt la cavalerie ! grinça Hammett. Des vieux trompettes de chez Pinkerton... J'ai été détective pour leur compte... C'était dans les années 15, 16.

Sans doute parce qu'il se trouvait en accord avec ses compagnons de table, Dashiell Hammett recouvra peu à peu cette sorte de brio qui le quittait parfois lorsqu'il prenait ombrage des injustices et inégalités de ce bas monde.

Il avait déboutonné la veste de son costume croisé à rayures et replié ses lunettes. Il se laissa aller à raconter quelques anecdotes au sujet de ce « salaud d'Hemingway » qu'il aimait bien, malgré tout, mais à qui il reprochait ses manières vaniteuses, ses velléités d'homme fatal :

– A propos de *Terre d'Espagne* dont nous parlions tout à l'heure, débita-t-il avec volubilité... Le 10 juillet 37, je me trouvais avec Ivens à Hollywood pour fêter la fin du tournage, et nous avions échoué chez Fredrick Marches... Une soirée bien arrosée... Je crois bien que j'habitais dans une bouteille ! Mais je n'étais pas le seul. Hemingway avait brisé un verre à cocktail dans la cheminée et terrorisait ce pauvre Fitzgerald avec un tesson assez pointu qu'il lui appuyait sur la carotide. Moi, pendant ce temps-là, je racontais à voix haute que ce foutu Ernest ne savait pas écrire sur les femmes. Franchement, je ne faisais que dire la vérité ! Je n'ai jamais pu piffer son insupportable ton professoral.

Hammett écrasa sa cigarette et étouffa son ricanement dans une toux sèche.

– On a attendu un peu avant de se revoir, mais ça n'a pas duré, conclut-il.

Dash avait une façon à lui de déchiffrer la vie comme un dossier du « Continental Op », et Boro aurait passé la nuit entière en sa compagnie si sa cousine n'avait donné le signal du départ.

– Déjà une heure ! Allez, les garçons ! Demain je vais être affreuse si je ne dors pas mes sept heures !

Ils se retrouvèrent tous trois dans le hall du Waldorf. On apporta son chapeau et sa canne à Dashiell Hammett. Boro se permit de lui demander l'autorisation de prendre une ou deux photos sur le trottoir, devant l'hôtel, en souvenir de cette soirée. Ils descendirent les marches de l'escalier de réception comme deux vieux amis. Maryika les observait avec bienveillance depuis la porte à tambour.

Dash savait poser comme personne. Il le faisait sans afféterie, mais dégageait une présence extraordinaire. Boro le remercia chaleureusement.

L'écrivain pivota avec une raideur singulière et commença à marcher sur Park Avenue avec des allures de gentleman.

– Dash ! cria Maryika depuis l'escalier, Dash ! Vous savez où aller, ce soir ?

– Au 14 West Ninth Street, répondit le romancier avec une sorte de hauteur distante. C'est là que je réside quand je trouve la porte !

– A demain ?

– A Hollywood ou en enfer ! répondit Dashiell Hammett.

Il enjamba les reflets d'une enseigne, et ils ne le revirent plus.

Boro revint vers sa cousine.

– As-tu une affaire de cœur avec Dash ?

Elle rougit.

– Non, Borowicz ! D'ailleurs, il a une amie. Elle s'appelle Lillian Hellman. Ils sont ensemble depuis 31.

– Avec des hauts et des bas, je suppose ?

– Avec des orages comme en traverse n'importe quel couple.

Il afficha soudain des yeux d'enfant.

– Puis-je monter avec toi dans ta chambre ?

Elle baissa les paupières. Elle était vraiment très belle dans sa robe du soir.

– Je suis fatiguée, Blèmia.

– Est-ce une raison ?

– J'essaie d'être raisonnable pour deux.

– Tu y arrives fort bien !

Elle observa son front têtu et sourit.

– Ne pourrions-nous pas nous voir demain ? Après mon rendez-vous ?

– Demain, je pars, s'obstina-t-il.

– On ne peut pas reculer un peu ?

– Non, Maryik. Hammett a raison. Le monde va s'embraser. Ma place est là-bas, aux côtés des gens d'Alpha-Press.

– Pourquoi ne resterais-tu pas en Amérique ? Tu pourrais travailler ici. A Hollywood, ils seraient ravis de t'avoir...

– C'est cela ! ricana-t-il avec amertume. Tout le monde perdrait ses tripes en se battant contre Hitler, et moi je serais photographe de plateau sur les films de mademoiselle Maryika Vremler !

Il lui décocha un regard aigu, de défi.

Elle lui opposa son visage lisse sous un chignon tiré. Ce visage qui avait conservé une incomparable pureté et faisait d'elle un ange.

– Tu es vexé, Blèmia, et c'est puéril ! Ne sois donc pas si susceptible !

Elle plongea soudain ses yeux dans les siens. Il pouvait y lire une immense tendresse et un air de grande sincérité.

– Je t'aime si fort, Blèmia, souffla-t-elle avec autant de vérité que s'il avait été l'unique homme de sa vie. Mais je ne crois pas que toi et moi traversions une période de notre vie qui soit propice à une liaison plus intime.

– Tu n'es pas libre ? ricana-t-il.

Les yeux de Maryika lancèrent un éclair bleu sombre.

– *Nous* ne sommes pas prêts !

Elle s'approcha et lui serra chaleureusement la main. Il détailla la courbe sensuelle de ses lèvres. Il redoutait de succomber à sa voix de velours, au parfum de sa bouche.

– Tu sors d'une épreuve, Boro, murmura-t-elle. Ne mélangeons pas l'espoir d'une situation neuve avec les vestiges à peine balayés du passé.

– Je sais que tu as raison, concéda-t-il avec un pâle sourire. C'est juste que j'avais un peu froid, ce soir, à New York.

Il fixa ses yeux soulignés de noir. Ils exprimaient une volupté animale.

Elle lui caressa le visage, puis avança ses doigts jusqu'à ses paupières.

Il souriait lorsqu'elle posa ses lèvres sur sa bouche.

– Tu peux monter te reposer pendant un quart d'heure, et nous ferons des plans pour nous revoir, chuchota-t-elle. Après, tu t'en iras. Promis, Blèmia ?

– Je ne monterai pas. C'est sans doute mieux ainsi.

Il la prit par la taille et lui baisa le front.

– Adieu, Maryika.

Il se sépara d'elle, fit trois pas et se retourna :

– J'avais seulement besoin de t'entendre... J'aurais tant voulu aussi que tu me parles de Sean...

En cette minute, il eût aimé avoir un fils.

SIXIÈME PARTIE

Paris-confidences

Un commissionnaire

— J'entends rien! s'écria Angela Pitchetti en branchant l'extrémité de la quatrième fiche sur le plot correspondant de la machine téléphonique.

Pázmány ignora l'exclamation de la nouvelle standardiste de l'agence Alpha-Press. Gerda et lui se chamaillaient non loin du desk. La jeune Allemande tripotait nerveusement un Kodak à objectif fixe. Ses cheveux avaient des reflets de copeaux de cuivre.

— J'irai à Dublin, dit-elle avec force. Personne ne m'en empêchera!

— Si. Moi, répliqua Páz. Tu n'iras pas à Dublin. Ce n'est pas parce que Londres a promulgué une loi contre l'IRA que nous devons couvrir...

— Tu crois que Guillaumet et son Latécoptère, c'était...

— Latécoère, rectifia le Hongrois. La traversée de l'Atlantique Nord sans escale, ça intéressait tout le monde.

— Et l'Ulster libéré des Anglais, tu ne crois pas que ça vaut largement les glouglous d'un crapaud à moteur?

— L'agence ne t'enverra pas à Dublin.

— Alors j'irai à Berlin.

Angela Pitchetti appuya le récepteur contre son oreille gauche et se boucha l'oreille droite : les algarades entre ces deux-là nuisaient à ses facultés de concentration. Depuis qu'elle travaillait à l'agence, elle avait été témoin d'au moins vingt scènes de ce genre. Chaque fois, Gerda la Rouge offrait sa démission ;

383

chaque fois, elle la reprenait, après avoir obtenu ce qu'elle voulait.

– Si ça vous dérange pas d'aller jacasser ailleurs, jeta-t-elle à l'adresse des importuns, moi ça m'arrangerait. Il y a Marcel Carné en ligne à propos de son *Quai des Brumes*, le film qui a eu le Grand Prix national du cinéma...

– Dites-lui d'appeler Lazareff, répondit Páz. On a donné les photos à *Paris-Soir*.

Angela transmit le message. Quand elle raccrocha, les deux d'en face avaient décampé. Ils devaient être dans le bureau du reporter où leurs parties de pétanque se poursuivaient généralement. D'après ce qu'avait cru comprendre la jeune Italienne, ils avaient eu une histoire d'amour qui avait connu des tangentes et qui se poursuivait en pointillé selon le bon vouloir de la Gerda. Elle menait l'autre par le bout du nez. Lui, il était sacrément accroché. Elle, à part l'actualité, rien ne l'intéressait. Elle rêvait de retourner dans son pays qu'elle avait fui alors que les nazis s'installaient. A l'agence, on avait toujours refusé qu'elle se rendît en Allemagne parce qu'elle n'avait aucune chance, disait-on, d'en revenir vivante. C'est pourquoi on cédait toujours à ses caprices photographiques : mieux valait l'Ulster que le Reich. D'après ce que lui avait raconté Chantal Pluchet, la précédente au téléphone, Gerda, plutôt que de se rendre à Berlin où Hitler causait au Reichstag, avait été envoyée en Albanie couvrir l'invasion du pays par l'Italie, puis on l'avait expédiée en Belgique photographier le roi Léopold plutôt que de lui offrir un reportage sur le Pacte d'acier signé en mai entre Rome et Berlin. Le pire, paraît-il, s'était produit après la Nuit de Cristal, en novembre 38, quand les SA avaient attaqué les Juifs, leurs maisons, leurs synagogues et leurs magasins, avant d'en embarquer trente-cinq mille à destination des camps de Buchenwald et de Dachau. Gerda la Rouge parlait de séduire Hitler et de lui serrer le kiki avant de l'assassiner à mains nues en lui enfonçant ses ongles dans les yeux, puis dans les carotides. Pázmány l'avait persuadée d'aller photographier la réquisition des transports parisiens ordonnée par Daladier avant la grève générale du 30 novembre. Il l'avait ensuite poussée à se rendre à Rome pour la mort de Pie XI quand Hitler avait pris de nouvelles mesures antisémites – au demeurant assez ignobles, admettait la Pitchetti : il était d'accord pour que les Juifs quittassent l'Allemagne, à condition qu'ils lèguent tous leurs biens au Reich ou que leurs coreligionnaires vivant à l'étranger les rachètent à prix d'or... Mussolini, à côté, c'était du chocolat fondant !

Cette fille-là avait beau être une écorchée vive, fallait la comprendre !

Profitant d'une pose au standard, Angela étira ses jolis bras, fit craquer les articulations de ses menottes tout en bâillant bien fort. Elle était en train de parier avec elle-même que la guerre n'aurait pas lieu quand la porte tourna sur ses gonds, livrant passage à un inconnu chargé de paquets. Celui-là, elle ne le connaissait pas. Un grand brun qui ressemblait à Béla Prakash et qui déposa une valise et une boîte à chapeau contre le mur du fond.

Angela Pitchetti fit *tss-tss* avec la langue et dit :

– Faut pas les poser là, monsieur le commissionnaire. Ça encombre, et ici il y a du mouvement !

L'homme la dévisagea avec une curiosité bizarre. Un regard qui rendait tout mou.

– Oui, oui ! reprit la jeune personne en détournant l'œil pour ne pas calencher à l'hypnotisme. Faut les passer derrière le desk ; après, je ferai la distribution toute seule.

– Vous avez un petit accent, dit l'homme en s'accoudant de l'autre côté du standard. A mon avis, c'est le Sud.

– Gagné ! s'écria la divette.

– Vous travaillez ici depuis longtemps ?

– Depuis que Chantal Pluchet, la précédente, a épousé un asticot.

– Pépé ?

– Qui vous dit que c'est lui ?

– Et vous, c'est comment ?

La jeune Italienne se rembrunit.

– Vous croyez peut-être que c'est parce que je viens du Sud que je décline mon identité au premier venu ?

Comme l'homme accrochait sa canne au rebord en

bois du standard téléphonique, Angela pâlit d'un seul coup. Peut-être allait-il sauter par-dessus le meuble qui la protégeait encore, la prendre dans ses bras et la demander en mariage?

– Mon nom, c'est mademoiselle Pitchetti.

L'inconnu lui sourit gentiment.

– Et votre petit nom?

– Vous exagérez de me demander si vite des informations aussi intimes! Est-ce que je fais pareil, moi?

– Oui! Il suffit de voir vos mirettes pour avoir envie de tout vous dire.

– Quoi, par exemple?

– Mon état civil.

– Et quel est-il, cet état civil?

– Je m'appelle Blèmia Borowicz.

Elle le dévisagea, les yeux ronds, réalisant avec horreur que celui qu'elle avait pris pour un commissionnaire n'était autre que son patron.

– Blèmia pour le prénom, reprit l'homme en souriant gentiment, Borowicz pour le nom, Boro pour la signature.

La mâchoire d'Angela Pitchetti tomba d'un cran.

Un peu d'escrime

– Blèmia !

Le premier à passer la porte fut Béla Prakash. Il considéra son ami d'un peu loin, puis ils s'en furent l'un vers l'autre et s'étreignirent sous l'œil terrorisé de la jeune standardiste. Elle observait, déconfite, un spectacle qu'il ne lui avait jamais été donné de voir : deux amis, deux frères se retrouvant. Ils s'embrassaient, se regardaient, s'embrassaient à nouveau, riant comme des enfants. Deux silhouettes longilignes, aussi minces l'une que l'autre, le même cheveu noir, le même bonheur de se retrouver. Et elle, pauvre sotte, qui n'avait pas compris que cet homme au regard si doux était celui dont tout le monde parlait ici, un héros qui, même absent, emplissait l'espace de son charme et de ses légendes ! Blèmia Borowicz ! Celui qui, bien entendu, la prierait de décamper pour faute professionnelle grave commise dans l'exercice de ses fonctions de téléphoniste ! Ah ! quelle méprise !

Angela Pitchetti renifla tristement et ramassa son sac.

Le Choucas de Budapest s'était défait de l'étreinte de son ami et le considérait, les mains tendues sur ses épaules.

– Tu n'as pas maigri, tu n'as pas grossi, mais tu es noir ! Et reposé ! Et heureux, je suppose ?

– J'ai fait du cheval, de l'automobile, de l'avion, du transatlantique, on m'a tiré dessus, j'ai appris à danser, je me suis assis sur le divan d'un médecin des âmes, et, présentement, je rentre d'Amérique !

– L'Europe se consume, et monsieur joue à l'élastique !

– J'ai aussi été assommé, on m'a fracassé un Leica, j'ai rencontré des dames et j'ai dansé le blues.

– Tu as rapporté des photos inouïes, je suppose ?

– Aucune, répondit Boro. J'ai raté un reportage sensationnel.

Il commença de raconter son périple à la Tour du Silence. Angela Pitchetti, qui avait quitté le standard téléphonique après avoir enfilé sa veste et ses gants, glissa le long du mur. Boro la rattrapa d'un mouvement enveloppant du bras.

– Mademoiselle Pitchetti, s'exclama-t-il, je veux connaître votre prénom ! Et vite, s'il vous plaît !

– Angela, murmura l'Italienne d'une toute petite voix. Et je vous prie bien de m'excuser parce que...

– Ici, on ne s'excuse pas ! déclara péremptoirement Boro. On est également très contente de travailler dans ce lupanar de la presse moderne, et on réintègre vite fait le standard !

Mademoiselle Pitchetti battit en retraite du côté des téléphones. Une rougeur lui était montée aux joues. Elle était aussi heureuse que le jour où son maçon de père lui avait offert sa première montre, le matin de sa communion.

– Le seul désagrément de cette boîte, ce sont ses fondateurs ! reprit Boro en assenant un petit coup de canne dans le ventre de son compatriote.

– Chahuteurs, reprit aussitôt celui-ci, mauvais garçons, assez mal élevés...

– Surtout toi !

– ... baratineurs, joyeux drilles...

– Surtout moi !

– ... mais des princes !

Ils se retournèrent pour découvrir celui qui avait proféré ces derniers mots. Pázmány se tenait dans l'encadrement de la porte, souriant, le regard joyeux.

– Surtout pas toi ! proféra Boro.

D'un adroit moulinet, il lança sa canne en direction de son ami. Páz la rattrapa, fit un dégagé de quarte en tierce, et porta une botte que Boro esquiva savamment.

– Je vais te fendre en deux ! s'écria-t-il.

Il saisit un parapluie et, ayant tendu le bras droit vers l'arrière, se lança dans une danse boitillante, non dépourvue d'élégance, qui visait à reproduire une passe d'escrime.

– A moi la garde ! hurla Pázmány.

Il se rua vers Blèmia, canne levée. Les deux hommes tournèrent l'un autour de l'autre en riant sous les regards et les exclamations hilares de Prakash, Gerda, Bertuche, Angela, puis des autres membres de l'agence qui avaient accouru, attirés par le raffut.

Il se fit bientôt un cercle qui applaudit des deux mains tout en encourageant de la voix les adversaires. On n'entendait plus le téléphone, les quelques visiteurs qui passaient le nez par la porte regardaient, sans voix, ce spectacle ahurissant, et les deux escrimeurs s'esclaffaient tout en se lançant des invectives puisées au répertoire des bas-fonds de Budapest.

L'agence Alpha-Press avait retrouvé l'ambiance des beaux jours.

Le charivari cessa brusquement. Après s'être frayé un passage glapissant et furibard parmi les spectateurs qui encombraient le couloir, Germaine Fiffre venait de faire son apparition dans l'entrée de la petite pièce. Aussitôt, Boro abandonna son arme de fortune et se glissa sous le standard téléphonique. Angela Pitchetti se dit que tout cela n'était pas des manières, mais que, quand même, on s'amusait bien. Elle fit une petite place à l'escrimeur.

La Fiffre fusilla l'assistance d'un regard d'ancienne comptable devenue cheftaine du personnel. Elle s'avança au centre de la pièce, bafouillant, tremblotant des épaules et des jambes, la lippe tendue vers des renvois irrévocables, des exclusions temporaires, une fermeture provisoire, un dépôt de bilan... L'œil ne charriait plus des chiffres, mais des torrents de récriminations.

Le premier à en prendre pour son grade fut le Choucas de Budapest.

– Vous êtes un agitateur ! siffla la désespérée. Vous donnez le mauvais exemple ! Vous distrayez notre monde !

Oubliant que Prakash venait en première position dans l'ordre hiérarchique, elle le voua aux gémonies, puis lui donna ses huit jours à compter du vendredi 1er septembre, quinze heures.

Sa foudre tomba ensuite sur Pázmány qui, numéro un *ex aequo*, fut excommunié dans les mêmes termes.

Ensuite, vint le tour de Gerda. Mais, fidèle à sa nature, celle-ci ne l'entendait pas aussi facilement que les autres. Elle écarta les bras dans un geste navré et précisa que le vendredi 1er septembre, à quinze heures, elle serait à Dublin.

– Pas à Dublin ! s'époumona Germaine. Au chômage ! En précongé payé !

– C'est tout à fait raté ! se récria la fille aux cheveux rouges. Je pars demain.

– Jamais !

Tendant le doigt en direction de la séditieuse, la cheftaine du personnel risqua :

– Et pourquoi Dublin ?

– Parce que l'IRA.

– Je ne sais pas ce que c'est que l'IRA, je ne sais pas ce que c'est que Dublin, je sais seulement que vous prenez la porte dès aujourd'hui !

Pázmány s'aventura dangereusement sur le terrain de l'indépendance irlandaise.

– Alpha-Press doit s'occuper de cette question ! Depuis 1919, l'Armée républicaine irlandaise se bat pour la liberté de l'Irlande !

Gerda lança un regard politiquement enamouré à son protecteur. Mais, pour Germaine Fiffre, l'Irlande en particulier et l'état du monde en général ne pesaient d'aucun poids face à ses prérogatives.

– Vos turpitudes sont incompatibles avec la morale de cette agence ! J'y mettrai bon ordre !

– Halte-là, pauvre imprudente ! intervint Prakash.

Il pointa un doigt accusateur en direction de Germaine Fiffre.

– Vous ne devriez pas abuser de votre pouvoir ! Le Front populaire est passé par là, et on ne traite pas son personnel en 39 comme on le faisait en 35 !

– Si fait ! répliqua la Fiffre en se rengorgeant.

– Pas du tout ! s'écria Boro en sortant de dessous le desk du standard. Bonjour, Manche à air !

Il souriait, épanoui, rigolard, insolent comme à son habitude. Elle le considéra avec l'expression d'une mouche en passe d'être gobée par une grenouille.

– Pas du tout, parce que avant 1936 on n'avait jamais vu un chef du personnel flanquer ses patrons à la porte !

L'assistance éclata de rire. La Fiffre porta la main à son cœur, puis à ses yeux, puis à son front. Elle hoquetait :

– Borovice ! Monsieur Borovice est de retour !

– Salut, Germaine ! lança Boro en s'inclinant devant elle.

Il lui prit la main et la baisa.

– Ce soir, je vous emmène au bal ! Ça vous décoincera les méninges. La danse est un sport excellent pour les varices de l'esprit !

Il glissa son bras sous la taille de la vieille fille et l'entraîna dans un pas de deux. Elle battit des pieds, des mains et de la poitrine, se dégagea en soufflant, et hurla :

– Je m'en vais ! Je quitte cette nef des fous ! Ce radeau de dégénérés !

– Ne parlez pas comme le Führer ! intervint Gerda.

– Vous êtes une pie voleuse ! lança Germaine Fiffre en passant devant elle.

– Germaine !

Elle se retourna à l'appel lancé par Boro. Quand même... Le seul Kirghiz qu'elle eût jamais aimé !

– Germaine ! D'abord, vous ne m'avez pas fait la bise. Ensuite, je serais terriblement fâché si vous décampiez le jour où je reviens. Enfin, nous vous aimons trop pour vous laisser partir. N'est-ce pas ?

Il prit l'assistance à témoin. Un seul cri, une houle unanime monta de toutes les bouches. Les mains applaudirent. Boro, Páz et Prakash poussèrent l'appel des chasseurs de la Puszta hongroise. Un hourvari du diable ! Angela Pitchetti chanta *Sole mio*.

Germaine frappa trente fois du pied, au moins, avant d'être entendue.

– Bon. Si c'est comme ça, dit-elle dans un parfait silence, je veux bien passer l'éponge pour cette fois. Mais que cela ne se reproduise pas !

Elle laissa flotter sur le groupe un regard de mère fouettarde mais aimante, puis plissa les yeux quand ils vinrent à croiser ceux de Boro. Celui-là, elle l'avait trop près du cœur pour l'abandonner à des hordes de photographes barbares.

– Bonjour, monsieur Blèmia, dit-elle.

Elle avait le sourire à l'âme.

– Savez-vous quoi ? déclara le Hongrois.

Il fit trois petits tours sur lui-même et, après avoir souri à toute l'assistance, ajouta :

– Vous êtes ma seule famille... Quand je m'en vais, c'est pour la joie de vous retrouver.

Il s'approcha de la Fiffre et déposa un baiser sonore sur sa joue droite, poudrée comme il faut, puis sur sa joue gauche, crémée du matin.

Il avisa le petit toupet de Diaphragme.

– Diaphragme, s'il vous plaît ! Toute la presse du mois dernier et de celui-ci dans mon bureau. Et que ça saute !

Une guerre en miniature

Depuis la création de l'agence, Boro partageait son bureau avec Béla Prakash. Leur amitié reposait sur le ciment des fraternités indéfectibles. Ils s'étaient connus dans le creux du pavé parisien, avaient partagé leurs saisons de dèche et de sublimes illusions. Ils avaient œuvré dans des chambres noires qui sentaient la chimie et, au-delà, laissaient deviner ces libertés du reportage qu'ils avaient fini par conquérir.

Ils étaient frères par leur ressemblance physique qui permettait à l'un de remplacer l'autre quand celui-ci s'échappait ailleurs, et par les idéaux qu'ils défendaient, une conception du monde où les générosités communes l'emportaient toujours sur les sectarismes. Ni l'un ni l'autre n'avait adhéré à un quelconque parti. Mais ils avaient couvert la montée du nazisme en partageant la fureur et le désespoir de ceux que les camps et les pelotons d'exécution attendaient; le Front populaire avec les démocrates qui défendaient Léon Blum contre les attaques infâmes et haineuses de l'Action française et les complots d'une Cagoule prompte aux coups d'État; enfin, la guerre d'Espagne du côté des républicains élus que franquistes, phalangistes, fascistes avaient expulsés des assemblées du peuple.

Maintenant, la guerre pointait son museau noir. Boro n'avait plus envie de jouer aux escrimeurs avec l'ami Pázmány. La Fiffre et ses éclats de vieille demoiselle acariâtre l'insupportaient prodigieusement.

Blèmia était un homme double. Contradictoire.

Capable de sauter à la corde des malices enfantines et, l'instant d'après, de retrouver l'énergie pondérée de l'homme d'action.

Après avoir épluché la presse nationale et internationale pendant près de deux heures, il savait précisément où en était le monde et en quels points devaient courir les reporters Alpha-Press. La Tour du Silence, la princesse Romana Covasna, Abrahaminowitch, Ramdji-trois-doigts, le commandant Ducassous, Doc Holloway et les gangsters new-yorkais..., tout cela s'était échappé vers des cieux éloignés auxquels Boro ne songeait déjà plus.

Au Havre, immédiatement après avoir débarqué du bateau qui l'avait ramené d'Amérique, il avait téléphoné à New York. Rebecca Wallace lui avait confirmé que Solana avait été prise en charge par le docteur Grantfall. Elle était soignée dans le Maine. Le psychiatre avait exigé de sa consœur que ni elle ni qui que ce fût d'autre ayant approché la jeune femme ne lui rendît visite ou ne lui donnât signe de vie. Solana avait besoin d'être coupée de toutes ses obsessions.

Boro avait approuvé. Confusément, il savait que cette mesure rendrait les choses plus faciles. Pour Solana autant que pour lui-même.

Il quitta son fauteuil et fit quelques pas dans la vaste pièce qui constituait le centre nerveux de l'agence. Il s'approcha de la baie vitrée, considéra sans les voir les toits et les cheminées alentour, se retourna vers les deux bureaux, celui de Prakash et le sien, qui se faisaient face sous deux lampes massives tombant du plafond. Enfin, il gagna la porte et passa dans le couloir.

Il croisa le garçon de laboratoire, cent dix kilos de graisse et quelques plumes de muscle bien dissimulées.

— Diaphragme !

L'autre pila sur trois bons mètres et se retourna avec la souplesse d'un ours dans un labyrinthe.

— Réunion des reporters. Tout le monde...

— Bien, m'sieur Boro. Je transmets.

— Une question, Diaphragme : la chambre noire, ça vous captive toujours autant ?

— Toujours, m'sieur Boro.

— Vous n'avez pas envie de vous mettre au reportage ?

Le gros jeune homme souleva une paupière de plomb.

– Comme vous ?

– Comme moi, comme Páz, comme Béla...

– Mais je ne pourrai jamais !

– Pourquoi pas ? Vous savez utiliser un appareil ?

– J'ai un Voïgtlander modèle 1934. Je le machine un peu le dimanche.

– Et le machiner en semaine, ça vous dirait ?

– Oui, répondit gravement Diaphragme après avoir réfléchi pendant six secondes et trois dixièmes. Il faudrait seulement que j'ose...

– Il y a sept ans, j'étais dans le noir de la chambre et je rêvais de voir le jour. Je n'avais pas d'appareil. J'ai fait mon premier reportage en empruntant en douce un 6 × 6 à mon patron de l'époque. C'était à l'agence Iris... Si vous voulez tenter la chance, venez à la réunion.

Boro réintégra son bureau. Il pensait qu'aujourd'hui plus encore qu'hier il faudrait du monde sur le pont. Depuis la création de l'agence, les trois Hongrois fondateurs s'étaient adjoint des collaborateurs. Certes, ils demeuraient – et demeureraient sans doute longtemps encore – l'épine dorsale, le muscle et le nerf de leur organisation. Cela ne les empêchait pas d'avoir engagé Gerda et d'avoir offert au chef des archives, Bertuche, la possibilité de jouer avec les boîtiers et les objectifs. Mais, et cela restait un signe hautement symbolique, seuls les Hongrois travaillaient au Leica.

Gerda fut la première à pénétrer dans la pièce. Elle se campa sous les lampes, bras croisés, et considéra Boro avec un sourire ironique.

– Tu ne perds pas de temps, toi !

– C'est le monde qui ne perd pas de temps, répliqua Blèmia.

Il vint vers elle et promena sa main dans ses cheveux rouges. Il éprouvait de la tendresse pour la jeune Allemande, et une grande admiration pour son courage.

– Sais-tu où est Dimitri ?

Elle secoua la tête.

– Je ne l'ai pas revu depuis l'Espagne.

– Moi non plus.

– Il me manque, dit posément Boro.

Il l'avait sauvé de la forteresse où Friedrich von Riegenburg les retenait prisonniers, Solana et lui. Depuis, il avait disparu.

– Tu lui ressembles. Quand je te vois, je pense à lui.

Il lut une tristesse passagère dans le regard de la jeune fille. Il posa l'extrémité de ses doigts à la pointe de son menton, l'obligeant à le regarder. Elle ne se déroba point.

– Je t'ai rarement vue si grave.

– C'est un secret que je te livre.

Il crut voir comme une tache dans son œil, un égarement passager.

– Je ne l'ai jamais dit à personne. Pas même à lui. La vérité, c'est que je l'attends. Je l'attends un jour... Au début, j'ai cru que nous étions proches comme un frère et une sœur sortis du même enfer...

Dimitri aussi avait quitté l'Allemagne, pourchassé par les nazis. Comme elle, il avait un compte à régler avec ses ennemis et les amis de ses ennemis. Depuis de longues années déjà, il les traquait sur les barricades les plus exposées.

– Il n'est pas en Espagne, puisque la guerre est finie. Et s'il était en France, nous le saurions.

– Pas sûr, coupa Boro.

Il montra un immeuble gris qui dépassait les autres dans le ciel clair de ce soir-là.

– Il est peut-être là, si proche, et il ne se montre pas. Il est ainsi.

Il raconta à Gerda que dans les années 34-35, Dimitri avait connu certaines difficultés en France. Pas une fois il n'avait demandé à Boro de l'aider.

– Nous nous connaissons depuis 1933. Je ne l'ai pas revu jusqu'en 36. C'était à Barcelone. Je photographiais le début de la guerre civile. Près du port, il y avait une voiture bourrée de dynamite qui fonçait vers un barrage fasciste. Le type qui la conduisait était d'un courage fou : entre le barrage et les phalangistes qui tiraient sur la chaussée, il n'avait aucune chance de s'en sortir. Il a coincé l'accélérateur de la voiture et il a sauté par la portière... A lui tout seul, il a libéré le Paralelo [1]... Ce type-là, c'était Dimitri. Après, nous nous sommes

1. Voir *Les aventures de Boro, reporter photographe,* tome 2 : *Le temps des cerises.*

retrouvés. Il m'a appris ce qu'il avait vécu à Paris. J'étais là, j'aurais pu l'aider. Il n'a rien demandé.

– C'est quelqu'un d'exceptionnel, murmura Gerda.

Boro prit sa main et la serra fortement. A cet instant, Páz, Prakash et Bertuche firent irruption dans la pièce. Diaphragme entra le dernier et s'appuya contre le mur du fond, près de la porte.

Boro alla au-devant des autres. Il pensait aux dernières paroles de Gerda. A propos de Dimitri, elle avait dit : « quelqu'un d'exceptionnel ». Elle n'avait pas dit : « un homme exceptionnel ». Ce substantif collait difficilement à l'enfant enragé que se représentait Blèmia quand il songeait à son ami.

Páz revint vers la porte et la ferma.

– On travaille ou on joue ?

Il fit pirouetter le parapluie qu'il avait apporté avec lui. Boro montra la pile de journaux qui encombrait son bureau.

– Je crois qu'il faut travailler.

– On ne t'a pas attendu, rétorqua Páz en posant le parapluie devant la baie vitrée.

– Gibbs, le soutien-gorge Arista, les costumes de bain Hermès ? demanda Blèmia en souriant.

Il faisait allusion au secteur publicitaire de l'agence, que Pázmány avait développé. Il s'occupait du studio installé à l'étage inférieur et ne montait plus en première ligne que dans les cas extrêmes.

– Ce mois-ci, Suze ! Campagne nationale, affiche et journaux.

– Je croyais qu'on en avait fini avec ça ! fit Prakash.

Boro et lui échangèrent un regard. Tous deux s'étaient toujours montrés réservés sur la passion que Páz paraissait vouer aux reportages vantant les marques et les produits.

– On est cinq et il faut couvrir l'Europe, déclara le Choucas de Budapest.

– Toute l'Europe, ajouta Boro.

– On est six ! rectifia Diaphragme.

Comme les autres se tournaient vers lui, Boro confirma :

– Diaphragme va se lancer. On pourrait lui confier les allées et venues parlementaires à Paris et engager quelqu'un pour le labo.

– Bonne idée, approuva Bertuche. Mais le Parlement, jusqu'à présent, c'était mon domaine. Si je monte en grade, je vais où ?

– Tu pourrais rester à Paris et vous couvririez ce domaine-là ensemble, proposa Boro. Tu es aussi responsable des archives, et on va avoir sacrément besoin de tes talents et de ta mémoire. Or, il est facile de trouver un autre garçon de laboratoire, mais quasiment impossible de découvrir l'oiseau rare qui te remplacerait aux archives.

– D'ac', fit Bertuche. Je reste au four et au moulin.

Au cours de ces réunions où les têtes pensantes de l'agence décidaient des secteurs à couvrir, on ne s'asseyait pas ; les reporters marchaient dans la pièce ou s'appuyaient aux murs. Le téléphone ne sonnait pas. Nul ne pénétrait dans le bureau. C'était comme un conclave.

– Et la campagne Suze ? interrogea Pázmány.

– On abandonne, répondit aussitôt Prakash.

– Le temps n'est pas à l'alcool, enchaîna Boro. Il est à la guerre.

Tous s'attendaient à une réaction violente de Pázmány qui défendait avec bec et ongles ce secteur d'activité.

Il se contenta d'objecter que l'abandon de la campagne Suze coûterait cher à l'agence, à quoi Prakash répondit qu'on pouvait se permettre ce sacrifice. Páz opina du chef, et on n'en parla plus. Tous avaient conscience que, si profitables fussent-elles, les photos de la Juvaquatre, des cigares Entracte ou de la crème Tokalon n'étaient plus de mise.

Répondant à la pensée commune, Gerda demanda dans quels pays on s'était rendu ces derniers mois. Bertuche vint au centre de la pièce et, gonflant son bedon pris dans un costume à martingale pied-de-poule, répondit :

– Prakash a planqué pendant huit jours à la frontière austro-allemande, ce qui lui a permis d'être présent quand la Wehrmacht a réalisé l'Anschluss.

– J'ai failli y laisser ma peau, compléta le Choucas de Budapest qui était revenu avec une grippe carabinée, attrapée dans les fossés de la zone frontalière.

– C'était en mars 38, reprit Bertuche. En mai, il y a eu l'agitation des Sudètes, en Tchécoslovaquie. Gerda y était.

– Possible, mais on a raté la conférence de Munich, critiqua celle-ci.

Personne ne releva. Elle n'était pas la seule à être interdite de séjour en Allemagne. Boro, qui avait démantelé l'Ordre de Parsifal après avoir ridiculisé Hitler en le photographiant frappant les fesses d'Eva Braun, était condamné à mort outre-Rhin. Quant à Páz et à Prakash, ils n'étaient guère mieux lotis : les émigrés hongrois n'avaient pas les faveurs du Reich...

– Boro a largement couvert l'Espagne, poursuivit Bertuche. Et Gerda, l'Albanie, en avril dernier. On est allés à Rome pour le Pacte d'acier.

– Parfait, coupa Boro, mettant un terme à cette énumération que nombre d'agences eussent rêvé d'accrocher à leur palmarès. A partir de maintenant, il faut quadriller. On laisse tomber l'Allemagne...

– Pas question ! s'écria Gerda. On doit montrer à ces fascistes en chemises brunes qu'ils ne nous font pas peur.

– Ils ne te font pas peur ? ricana Páz. Tu es bien la seule...

– Le sujet est clos, décréta Prakash avec énergie. Si l'un de nous entrait en Allemagne, il n'en sortirait pas vivant. On ne va pas reprendre ce débat chaque fois !

– On laisse tomber l'Allemagne, reprit Boro, et on s'occupe de Paris, de Londres et de Varsovie. Si guerre il y a, elle commencera là-bas.

Personne ne contestait les analyses de Blèmia. Elles s'étaient toujours révélées justes. Il avait un talent incomparable pour devancer l'actualité. Par une nuit de juillet 36, alors que nul n'y était préparé, il avait organisé le départ des trois reporters phares de l'agence pour l'Espagne. Franco venait seulement de débarquer des Canaries ; Alpha-Press avait été la première agence sur le terrain ; ses photos s'étaient vendues dans le monde entier.

Prakash posa la question que tous attendaient : qui va où ?

Gerda quitta le plateau du bureau sur lequel elle avait posé une fesse.

– Moi, je vais à Dublin.

– Pourquoi Dublin ? demanda le Choucas.

Elle expliqua que la Grande-Bretagne s'apprêtait à prendre de nouvelles mesures contre l'IRA.

Boro secoua négativement la tête.

– Tu n'iras pas en Irlande, Gerda. A Londres si tu veux, mais pas en Irlande.

– J'irai en Ulster! s'écria la jeune Allemande.

Elle se tenait debout face à Blèmia. Ses lèvres étaient pincées. Elle avait posé les mains sur ses hanches.

– La guerre risque d'éclater. Elle ne se déroulera pas à Dublin.

– Il se passe là-bas des événements importants...

– Importants, peut-être, mais moins que ce qui risque de se produire en Europe orientale.

– Je pars pour Dublin demain matin!

– D'accord! jeta Boro.

Il lança sa canne, puis la rattrapa.

– Tu pars à Dublin si tu veux, mais pour ton compte...

– J'accepte.

– ... et tu quittes l'agence.

Un lourd silence tomba sur l'assistance. Jamais de tels propos n'avaient été tenus dans cette pièce. Gerda et Boro se faisaient face.

Pázmány voulut intervenir, mais Prakash lui ordonna de se taire.

– J'approuve Blèmia, dit-il.

– Il n'y a jamais eu d'exclusion parmi nous! s'écria Páz.

– Ce sera la première, constata froidement Boro.

– Nous ne sommes pas des chefs.

– Nous sommes responsables d'une agence.

– Si Gerda s'en va, je pars aussi.

Boro était blanc. Il dévisagea son ami avec froideur. Les regards allaient de l'un à l'autre. L'affrontement avait réduit le périmètre de la pièce à un aller-retour entre les deux hommes.

– Prakash? interrogea Boro sans quitter Páz des yeux.

– Je suis toujours d'accord avec toi.

Il écarta Blèmia et prit Pázmány par le bras.

– Nous avons créé cette agence tous les trois. Jamais personne n'a donné d'ordres. Mais si nous sommes en désaccord, la majorité l'emporte... Páz, je te supplie de réfléchir.

— Je suivrai Gerda, répliqua le Hongrois. Vous n'avez pas le droit de lui imposer...

— Tais-toi ! s'écria brusquement Boro.

Il marcha jusqu'à son bureau et décrocha le téléphone.

— Vous parlerez de cela avec Germaine. Ce n'est pas dans mes manières de discuter d'indemnités...

Il composa un numéro sur le cadran. Gerda allongea le bras et posa la main sur la tige.

— Je n'irai pas à Dublin, dit-elle d'une voix tranquille.

On entendit distinctement le soupir de soulagement que poussa Pázmány.

Madame Visage est à Moscou

Il fut décidé que Bertuche et Diaphragme resteraient à Paris ; Prakash retournerait à Dantzig, Gerda irait à Varsovie, Páz et Boro sillonneraient l'Europe en fonction des événements.

La réunion achevée, les reporters quittèrent le grand bureau. On entendit claquer les portes du couloir, puis les pas décrurent sur le parquet ciré ; le Choucas et Blèmia demeurèrent seuls à l'agence.

La nuit était tombée. Par la large baie, on voyait briller les mille et une lumières de la ville. Les nuages jouaient avec la lune, obscurcissant brutalement les façades qui réapparaissaient l'instant d'après, claires et vivantes dans la pénombre alentour.

Prakash éteignit les lampes de la pièce. C'était un rituel entre eux deux, comme une cérémonie secrète à laquelle ils se livraient de temps à autre lorsque Alpha-Press avait dispersé les siens dans les rues, le soir, et qu'ils restaient seuls, enfermés dans le vaste bureau. Ils se retrouvaient alors comme ils s'étaient connus naguère, dans des chambrettes exiguës, veillés par un timide croissant de lune qui leur caressait l'épaule.

– Je crois que Páz ne tourne pas rond, dit Boro en posant les jambes sur le plateau de sa table.

Béla fit de même sur le bureau d'en face.

– Gerda lui fait perdre la tête. Cela dure depuis trop longtemps.

– Nous n'y pouvons rien, répondit le Choucas. Cette passion finira.

– J'ai craint qu'il ne parte pour de bon.

– Pas moi.

– Il faut fermer le département publicité de l'agence.

– La guerre s'en chargera.

Boro regarda filer un nuage, loin par-dessus leurs têtes. Il demanda :

– Crois-tu que la guerre soit pour demain ?

– Je n'ai jamais pensé que Munich éloignait la menace. Pour moi, ç'a été un bluff de Hitler. Nous avons manqué de cran.

Boro approuva.

– La Pologne est un autre bluff, poursuivit Prakash. Que nous cédions ou non, cela n'arrêtera pas Hitler. Il veut s'étendre à l'Est. Tant qu'il ne se heurtera pas à Staline, il poursuivra.

Boro émit un petit rire.

– Parfois, dit-il en jouant avec la crosse de sa canne new-yorkaise, je me souviens de ce petit homme en costume sombre que j'ai croisé autrefois chez Hoffmann. Jamais je n'aurais pensé qu'il deviendrait ce fou qui fait trembler l'Europe. Te rends-tu compte ? Il pétait ! Il n'était qu'un amoureux ridicule qui ne savait pas comment offrir un bouquet de fleurs à sa fiancée ! Il lui tapait sur les fesses [1] !

– Aujourd'hui, il tape sur les fesses de Daladier et de Chamberlain...

– Il y aura la guerre, déclara sombrement Boro, persuadé que l'Europe s'embraserait bientôt.

– Il y aura la guerre, approuva Béla Prakash.

Il se leva. Son ombre se refléta sur le mur d'en face, démesurée, cocasse. Il la considéra un instant sans bouger, puis battit lentement et silencieusement des mains tout en inclinant la tête. Il mimait une marionnette tragique.

Boro tendit sa canne vers la tempe de son ami, faisant aller et venir l'embout : un fusil braqué sur une poupée de chiffon. Puis, comme ils sursautaient tous deux, ce fut comme si le coup de grâce avait été donné à l'étrange épouvantail, comme si la pantomime courbait l'échine sous la grêle sonnerie des réalités.

1. Voir *Les Aventures de Boro, reporter photographe*, tome 1 : *La Dame de Berlin*.

C'était le téléphone.

Boro décrocha après avoir consulté son bracelet-montre. Il darda sur son ami un regard tendu qui se mouilla presque aussitôt d'une goutte de rosée attendrie.

– Anne Visage..., murmura-t-il.

– A cette heure! s'écria le Choucas.

– Elle n'a pas changé sur deux points : elle fait toujours appeler par son secrétariat, et toujours en pleine nuit!

– Sa secrétaire est de sexe féminin? s'enquit aimablement Prakash.

– J'attends, fit Boro, parlant au récepteur. C'est une femme qui a des obligations officielles, expliqua-t-il à l'adresse de son ami. Dans ces cas-là, on ne mesure pas plus son temps que celui de ses collaborateurs.

Il l'avait rencontrée en juin 1936, la veille du jour où Blum avait formé le premier gouvernement du Front populaire. Elle était l'attachée de presse du nouveau président du Conseil; à ce titre, elle avait demandé à Blèmia Borowicz de photographier l'équipe gouvernementale sur le perron du palais de l'Élysée. Boro avait échangé quelques pellicules contre un bortsch, de la vodka et une chambre d'hôtel. Anne Visage avait la cheville exquise, le visage sculptural, la chevelure admirablement bouclée. S'en souvenant quelque trois ans plus tard, et malgré la fatigue qui engourdissait ses membres, le reporter eût très volontiers renoué avec le fil de jadis. Quand il entendit le timbre clair de la jeune femme, un sourire lui vint aux lèvres.

– Anne! s'écria-t-il. Où êtes-vous?

Il écouta à peine la réponse.

– J'allais justement à l'Hôtel Meurice! Et figurez-vous que je m'apprêtais à vous téléphoner pour vous proposer de m'y retrouver dans un quart d'heure!

Il adressa un clin d'œil à Prakash.

– ... Bien sûr que je ne vous ai pas oubliée! Puisque je vous dis qu'à l'instant même je comptais vous convier...

Sa lippe s'abaissa en moue légèrement contrite.

– Évidemment, j'exagère un peu... Mais vous savez bien que votre voix a toujours eu un effet dévastateur sur mes meilleures résolutions !... D'accord, je vous écoute... Oui, je suis très sérieux. Bien entendu, je maintiens mon invitation...

Il se tut enfin, et son expression redevint plus grave. Au ton qu'il employa ensuite, Prakash comprit que l'infatigable suborneur était redevenu journaliste. Boro demanda :

– En êtes-vous sûre ?

Puis :

– Pourquoi me prévenez-vous le premier ?

Il écouta encore, émit quelques borborygmes désapprobateurs, puis, après des adieux sans panache ni intimité, il raccrocha. Il avait oublié le bortsch, la vodka, tous les hôtels du monde. Il leva vers Prakash un visage fermé.

– Elle est à Moscou...

– Je comprends donc que cette nuit câline se présente sous un mauvais jour...

– ... elle est à Moscou avec la délégation franco-britannique qui discute avec Staline, poursuivit Boro, ignorant la réplique de son camarade.

Il abandonna le plateau de son bureau et se mit à faire les cent pas dans la pièce. Ses talons sonnaient étrangement sur le parquet ciré.

– On a laissé Hitler prendre l'Autriche et la Tchécoslovaquie. Pour le dissuader d'entrer en Pologne, il faut le menacer d'ouvrir un second front à l'Est. Tu es d'accord ?

– C'est même l'objet de cette mission militaire qui se trouve en URSS depuis quinze jours.

– Eh bien, ils ont signé.

Prakash, à son tour, quitta son bureau.

– Il était temps ! s'écria-t-il joyeusement.

– Mais ce ne sont pas les Français et les Anglais qui ont signé !

Boro stoppa sa course. Il vint se planter face à son ami et appuya les deux mains sur ses épaules.

– Ce sont les Allemands... Hitler et Staline viennent de conclure les prémices d'un pacte de non-agression réciproque.

Prakash fut incapable de répondre.

– Cette nuit même. A Moscou, précisa Boro.

Il revint vers son bureau et décrocha le téléphone.

– Elle m'a demandé de prévenir toutes les salles de rédaction parisiennes.

Une odeur de cigarette

La nuit recouvrait encore Paris lorsqu'ils refermèrent la porte de l'agence.

Dans la rue, Prakash héla un G7 en maraude. Il poussa Boro à l'intérieur, mais refusa de monter : il préférait regagner ses pénates à pied.

— Peux-tu prévenir Lazareff personnellement ? demanda Blèmia.

Prakash objecta qu'il ne le connaissait pas.

— Et puis, pourquoi moi ?

— Parce que je voudrais dormir, soupira Boro. Je n'ai pas fermé l'œil depuis au moins quarante-huit heures.

Béla maugréa pour la forme, mais promit qu'il s'exécuterait.

Sa longue silhouette s'éloigna dans l'ombre, et le taxi démarra derrière un autobus à plate-forme qui achevait son parcours au Jardin des Plantes.

Boro se souvint de la voix défaite avec laquelle Anne Visage lui avait annoncé la signature du pacte germano-soviétique. Elle ne comprenait pas. Et lui non plus. Certes, les Anglais négociaient avec les Russes en traînant les pieds ; certes, Chamberlain détestait Staline, tenu un jour pour le nain de l'Europe, considéré le lendemain comme son ogre assoupi ; certes encore, les grandes puissances n'avaient pas daigné convier l'URSS à la table des négociations dressée à Munich. Mais tout cela ne justifiait pas une telle trahison. Pourquoi Berlin ? Pourquoi pas Paris, pourquoi pas Londres ? Était-ce une manœuvre de Moscou pour retarder l'entrée en guerre de la Russie et lui permettre de s'armer ? Une trahison qui serait le pendant de celle de Munich ? Les interrogations qui venaient à Boro en cette nuit du 23 août 1939 rejoignaient celles que toutes les chancelleries du monde, tous les cabinets ministériels, tous les ministres et chefs d'État du globe allaient se poser : pourquoi ?

L'inquiétude qui l'étreignait prit des couleurs plus apaisantes aux abords de Montparnasse. L'enseigne de la Coupole, face à celle du Select, puis les deux cafés d'angle, Dôme et Rotonde, avaient immanquablement un effet sédatif sur ses exaspérations. Quoi qu'il éprouvât, il se rappelait toujours avec bonheur l'époque où le carrefour Vavin lui avait ouvert les bras. Lorsque, à peine débarqué de sa Hongrie natale, il avait rencontré Fernande, la première femme de Foujita. Elle l'avait conduit dans une chambre d'hôtel où ils étaient restés trois jours. Sur l'oreiller, parfois ailleurs, elle lui avait narré les mille et une richesses de ce quartier dont les scintillements étaient déjà moins riches que ceux du passé. Les poètes étaient partis, les peintres gagnaient de l'argent, la bohème dormait dans la plume. Mais, pour Boro, c'était toujours le plus bel endroit du monde.

Grâce à Fernande, il avait obtenu un petit mot de Man Ray le recommandant à Alphonse Tourpe, patron de l'agence photographique Iris où il avait débuté. Après, il avait poussé tout seul.

Aujourd'hui, il habitait un atelier d'artiste passage de l'Enfer. C'était une voie assez large et régulièrement pavée ouvrant sur le boulevard Raspail. Il avait loué l'endroit après que la vente de la photo de Hitler caressant la croupe d'Eva Braun eut gonflé son portefeuille des quelques billets qui lui avaient manqué jusqu'alors.

L'appartement était meublé simplement, sans luxe ostentatoire. Boro y organisait des fêtes bruyantes – ou ses amis, quand il était absent. Il n'était pas rare que, rentrant chez lui, Blèmia découvrît des silhouettes allongées sur les tapis de la grande pièce au milieu de bouteilles vides, de cotillons, de disques oubliés sous l'aiguille du Gramophone. Il aimait ces animations de la vie qui donnaient du sel au cours souvent trop régulier des choses.

Lorsque le G7 le déposa à l'entrée du passage, il était près de deux heures du matin. Boro paya, prit sa lourde valise dans une main, le carton à chapeau dans l'autre et, clopin-clopant, s'aventura sur les pavés. Il était nerveux, fatigué.

Il poussa la porte du 21 et entreprit de gravir les marches conduisant au dernier étage. Parvenu devant chez lui, il déposa ses bagages, chercha les clés dans la poche de sa veste et ouvrit. Aussitôt, il fut frappé par quelque chose d'inhabituel. Il se tint un instant sur le pas de la porte, cherchant quelle anomalie l'avait saisi. L'appartement était plongé dans la pénombre. Il n'y avait pas eu de fête. Il semblait que tout fût en ordre. Pourtant, Blèmia éprouvait comme une gêne, une hésitation.

Il referma doucement le battant et demeura dans l'entrée, sans bouger. Une odeur vague flottait dans l'air. Sans doute les restes d'une cigarette. Mais il y avait encore autre chose : une imperceptible modification des rythmes et de l'espace. Une nouveauté.

Tout en surveillant la perspective du corridor, Boro fit un pas de côté jusqu'à un porte-parapluies art déco. Hors du col de ce fourreau de faïence vernissée fleurissait un bouquet de sticks à boules d'ivoire ou d'argent. Il troqua sa canne contre l'un de ces joncs et, rassuré par la souplesse naturelle de sa tige, empalma le pommeau dans sa main droite. Après quoi, sans l'ombre d'un bruit, il s'aventura dans le couloir. La porte du salon était fermée. Le reporter poursuivit jusqu'à la pièce transformée en labo photo. Il pesa lentement sur la poignée et poussa. Dans l'ombre, il distingua le pied de l'agrandisseur, les bacs vides, les étagères où les papiers et les pellicules étaient rangés. Rien d'anormal. Et puis l'odeur qui avait frappé ses narines n'avait pas pénétré jusque-là.

Il reprit sa marche prudente en direction de la chambre. La porte était entrouverte. Il la poussa et la referma aussitôt. Puis il tourna le commutateur électrique. Le lit était défait. Un grand désordre régnait dans la pièce. Les armoires avaient été ouvertes. Les affaires de Solana, bien sûr, ne s'y trouvaient plus.

Boro revint sur ses pas et emprunta de nouveau le

couloir. L'odeur le frappa encore. Il marcha silencieusement jusqu'à la grande pièce. Après avoir ouvert la
porte, il sut que c'était là. On avait fumé. Dans le fond,
entre le piano et la cheminée.

Il tendit sa canne par-devant lui et progressa très lentement. Ses yeux s'étaient habitués à l'obscurité. Sur le
canapé qui faisait face à la fenêtre, il distingua très net-
tement une forme. Une forme allongée. Une forme
allongée et inerte.

Il s'arrêta.

Dans la boîte à chapeau

Il identifia d'abord le parfum. A courte distance, l'odeur de violette un peu sucrée recouvrait celle de la cigarette. Et cette chevelure noire et raide, si courte, dans laquelle il avait promené sa main deux fois au moins... Les boucles d'oreilles de jade que la lune blanchissait imperceptiblement... Il ne reconnaissait pas la veste à grands carreaux qu'elle avait jetée sur son corps en guise de couverture. Ni la jupe longue d'une teinte plus claire, dépourvue de dessins, qui découvrait les chevilles gantées de bas, et les pieds posés l'un à côté de l'autre, bien droits, comme ceux d'une petite fille ordonnée.

Elle dormait, allongée sur le dos. Son souffle était égal, ses mains dissimulées sous sa veste.

Boro la considéra un long instant, puis ouvrit doucement les rideaux pour la voir mieux encore à la clarté de la lune. Que faisait-elle ici ? Depuis quand était-elle là ? Comment était-elle entrée ?

Sur la table traînait un paquet de Craven A goût américain. Trois mégots avaient été écrasés dans le cendrier. Il ne se rappelait pas qu'elle fumait. Mais, quand il l'avait rencontrée, c'était dans un Zeppelin qui traversait l'Atlantique ; la seconde fois, dans l'étroite cabine d'un sous-marin britannique. Il l'avait rarement vue sur la terre ferme. On ne fume pas plus dans les airs qu'au fond des océans.

Il s'agenouilla auprès d'elle et déposa un baiser léger sur son front. La joue fut parcourue d'un frisson élec-

trique. Elle ouvrit un œil et le referma aussitôt. Un sourire se dessina sur ses lèvres pâles.

– Monsieur Borowicz, murmura-t-elle. Enfin !

– Miss Julia Crimson... C'est inattendu, mais quel
plaisir !

Elle étouffa un bâillement puis s'étira, les yeux clos.

– Conservons la magie de l'instant. N'ouvrez pas la
lumière, et ne me demandez pas d'explication. Elles
viendront bien assez tôt. Regardez-moi et parlons-nous
à voix basse. Qu'avez-vous à me dire ?

– Pour l'heure, rien. Je vous découvre. Je suis heureux de vous voir là. La prochaine fois, prenez la
chambre.

– Elle était en désordre. Et puis, je ne sais pas encore
qui l'occupe habituellement.

– Est-ce une question ?

– Je sais tout sur vous, Blèmia. Y compris les
femmes.

D'un mouvement gracieux, Julia se redressa. Elle prit
Boro dans ses bras. Il s'abandonna contre son corps
chaud.

– Vous circulez beaucoup ces temps-ci, n'est-ce pas ?
J'ai appris que vous étiez en Amérique...

– Un jour, il faudra m'expliquer d'où vous vient cette
parfaite connaissance que vous avez de moi... Et aussi
comment vous faites pour pénétrer dans mon salon sans
effraction.

Il se dégagea de son étreinte et lui prit les mains.

– A part ces questions très secondaires, je remarque
que vous êtes aussi belle que par le passé, et tout à fait à
votre avantage sur mon canapé.

– Vous séduirez toujours, monsieur Borowicz ! C'est
une seconde nature, chez vous.

– La première, il me semble...

– J'ai visité votre tanière...

– Fouillé ?

– Il est vrai que je suis *missionnée*... Mais nous nous
connaissons assez pour que vous me donniez ce que je
cherche sans qu'il me soit nécessaire de mettre à sac
votre appartement.

– Est-il à votre goût ?

– Magnifique !

– Je n'y suis pas souvent.

– J'aurais aimé que vous ne tardiez pas tant à revenir du Bourget ! Nous nous serions retrouvés plus vite.

Elle consulta son bracelet-montre.

– Vous avez débarqué au Havre en fin de matinée, votre avion est arrivé à seize heures, et l'aube va bientôt poindre !

– Je suis un oiseau de nuit, dit Boro en se redressant.

Il alluma une lampe-coquillage sur le piano. Une clarté orangée se répandit dans la pièce.

– Voulez-vous un café ?

– Je ne veux que vous, répondit Julia.

Elle croisa les jambes. Le petit crissement provoqué par le contact d'un bas sur l'autre émut Boro. Il s'approcha.

– Je vous veux, mais pas comme vous l'espérez.

– Vous avez toujours dit cela.

– Je suis déterminée.

– Jamais longtemps.

– Aujourd'hui, la question n'est pas là. Avez-vous rapporté vos valises ?

– Elles sont dans l'entrée.

– Puis-je les voir ?

Boro croisa les bras et afficha une moue goguenarde.

– C'est mon petit linge qui vous intéresse ?

– Relativement. Je ne voudrais pas vous attrister, mais je suis curieuse d'une chose moins... moins personnelle.

– Une machine à écrire, par exemple ?

Il avait lancé cette question avec détermination. Elle répondit aussitôt :

– Que savez-vous de cette machine ?

– Sur elle-même, rien. Sur l'intérêt qu'elle provoque, beaucoup. Un homme est mort à cause d'elle. Il y a eu également des poursuites, des communications téléphoniques, des rendez-vous manqués. Mais le pire, c'est mon Leica...

– Avez-vous la machine ? demanda Julia Crimson en repoussant ses cheveux au creux de sa nuque.

– J'aurais préféré des retrouvailles moins dactylographiques... Plus de souplesse, de la douceur, un arrière-goût des choses du passé...

Julia ferma à demi les yeux et murmura, gourmande :

– Plus tard.

– C'est une promesse ?

– Une suggestion. A condition que vous trouviez un endroit approprié qui ne nous change pas de nos habitudes.

– Parfait ! s'exclama Boro en s'accroupissant devant elle.

– Vous savez que les lits ne nous conviennent pas.

– Vous pouvez compter sur moi : je découvrirai un matelas digne du satin de votre peau, de la finesse de vos hanches...

Elle le coupa :

– D'abord la machine ! Laissez votre baratin au fond de vos poches et, pour une fois, obéissez-moi !

– Promis, madame !

Il se redressa, passa dans l'entrée et revint avec la boîte à chapeau renforcée. Il déboucla le ruban qui tenait le couvercle et sortit la petite valise en bois dans laquelle reposait Enigma.

Julia découvrit la machine et l'observa avec intérêt. Elle effleura les touches, s'assura que les rotors étaient en place, puis elle la retourna, cherchant une inscription. Enfin, elle rabattit le couvercle de la mallette et dit :

– Si vous aviez rapporté cette machine il y a seulement trois mois, vous auriez résolu un mystère sur lequel tous les services secrets européens travaillent depuis huit ans. Vous auriez été un héros national et international !

– Je n'en demande pas tant ! s'exclama Boro.

Il regardait l'emboîtage de cette machine qui lui avait valu tant de curiosités et d'aventures. Saurait-il un jour quel secret elle dissimulait ?

– Aujourd'hui, sa présence ici est une catastrophe, reprit Julia Crimson. Une immense catastrophe.

Elle prit son paquet de Craven et en alluma une. Elle tira une longue bouffée qui se répandit alentour en un mince pinceau de fumée bleue.

– Il va en effet falloir que je vous explique. Mais, au préalable, sachez que si nous n'étions pas intervenus, vous seriez aujourd'hui un homme mort.

– Prométhée ?

– Prométhée.

– Et tout cela, à cause de cet engin ? pouffa Boro en tendant le doigt vers Enigma.

– En effet.

– Impossible, fit le reporter en exécutant un moulinet avec sa canne. Mourir pour une idée, d'accord. Pour une femme, avec plaisir. Mais pour une machine, certainement pas !

– Vous allez comprendre, dit Julia.

Elle décroisa les jambes. A nouveau, Boro entendit le petit bruit qui l'émouvait tant. Comme il avançait la main en direction de la belle Anglaise, il reçut une tape sur le bout des doigts.

N'ayant d'autre source de satisfaction plus immédiate, il se résigna à écouter l'histoire d'Enigma.

Enigma qui avait traversé la moitié du monde dans un vulgaire carton à chapeau.

Enigma n'est plus une énigme

Mais elle ne voulut rien lui dire à l'intérieur de la maison.

– Précaution élémentaire, expliqua-t-elle en posant sa veste sur ses épaules.

Puis, comme il se moquait de cet excès de prudence, elle ajouta :

– Au surplus, je ne connais pas Paris. Je suis sûre que vous ferez un guide merveilleux.

Ils descendirent dans la nuit douce et claire. Quelques fêtards allaient encore par les rues. Le carrefour Vavin était désert ; le Dôme fermait ses portes. Plus loin, le Select alignait encore ses chaises sur le bord du trottoir.

Ils suivirent le boulevard Raspail en direction de la Seine. Julia donna son bras à Boro. Lorsqu'ils arrivèrent au croisement de la rue du Bac, il savait à peu près tout de cette machine exceptionnelle. Il avait rempli l'ensemble des cases qui lui étaient demeurées incompréhensibles en Inde, et il mesurait parfaitement l'impair qu'il avait commis en ramenant Enigma. Sa pensée cavalait à un train d'enfer.

Ils passèrent devant la maison où, trois ans auparavant, Léon Blum avait été attaqué par les camelots d'Action française. Boro reconnut l'endroit où lui-même avait été molesté par Monsieur Paul et ses sbires. Ses souvenirs, cependant, disparurent au fil de sa réflexion. Il posa une cascade de questions à Julia.

– Comment avez-vous appris qu'Enigma était en ma possession ?

– Je savais, moi, que vous étiez à Bombay... Je le savais bien avant tout le monde !

– Qui est tout le monde ?

– Oh ! fit Julia, accompagnant son exclamation d'un léger mouvement du bras. C'était une vraie fourmilière ! Il y avait Werner von Hobenfahrt, bien entendu. Et puis sa prétendue épouse, la fausse baronne von Treeck... Une espionne internationale, vaguement princesse roumaine, attachée aux services spéciaux allemands.

– Je l'avais deviné, grinça Boro.

– Sans compter feu Abrahaminowitch, ex-agent du BS 4 polonais.

– Et puis ?

– Et puis Miss Donnegal, répondit Julia après une imperceptible hésitation.

– Mademoiselle Chat ! souffla Boro.

Il ricana :

– Je suis un nid d'espions à moi tout seul... Un lupanar pour femmes de l'ombre !

– *Thank you*, répliqua froidement la jeune Anglaise.

– Et que faisaient tous ces jupons en Inde ?

– Il n'y avait pas que des jupons ! répliqua Julia Crimson. Même si vous n'avez vu qu'eux...

Elle redevint sérieuse et expliqua que Werner von Hobenfahrt et sa compagne avaient approché le prince de Coimbatore pour qu'il les invitât aux manœuvres britanniques organisées sur les hauts plateaux du Dekkan.

Dès lors, Boro comprit à quelle activité se livraient le baron et la baronne von Treeck lorsqu'il les avait surpris dans leur chambre, en grande conversation avec Enigma : ils codaient des messages qu'ils s'apprêtaient à envoyer par télégramme ou par radio.

– Y avait-il d'autres moustiques des services secrets dissimulés dans mon entourage ? demanda-t-il sur un ton badin.

– Des multitudes. Des petits pions jouant pour différentes nations.

– Et que me voulaient ces petits pions ? demanda Blèmia, feignant l'enjouement.

– Tout simplement vous tuer.

– Mais pourquoi ?

– Personne, sauf nous, ne comprenait pour quelle raison vous vous intéressiez tant à Enigma.

– Enigma...

– Je devine votre question : la machine à écrire ou la princesse ?

De ses doigts effilés, Julia caressa le dos de la main de son compagnon.

– Vous êtes décidément incorrigible, Blèmia Borowicz ! Dès qu'une dentelle se présente, il faut que vous l'observiez de plus près...

Boro ne releva point. Il était interloqué : par quel miracle, grâce à quels réseaux tendus comme les filets d'une araignée Julia Crimson savait-elle toujours où il se trouvait et contre quels démons il se battait ?

– Nous pensions que les Allemands avaient récupéré la machine, poursuivit la jeune femme. Or, au dernier moment, fou que vous êtes, vous l'avez reprise...

– Où ? questionna Boro.

Il voulait, par cette interrogation, mesurer jusqu'en quels recoins s'étendaient les capacités d'information de la jeune femme.

– Au temple de Lakshmi.

– Je rends les armes... Vous êtes décidément très forte.

– Nous savions qui vous étiez, bien sûr, enchaîna l'Anglaise. Jamais nous n'avons pensé que vous espionniez pour une quelconque puissance étrangère.

Elle pesa légèrement sur son bras et ajouta :

– Nous n'avons pas de doutes là-dessus.

– Pourquoi donc ?

– *Parce que*, répondit-elle d'un ton péremptoire qui le surprit.

Il n'insista pas.

– Nous avons demandé à Paris l'autorisation de vous intercepter. C'est la raison pour laquelle je suis ici.

Ils descendaient le boulevard Saint-Germain en direction des quais. Une Renault Juvaquatre déboucha de la rue de l'Université, vira sur la gauche et disparut dans une pétarade.

Boro attendit que les caquètements du moteur se fussent estompés pour poser la question qui lui brûlait les lèvres depuis que l'idée avait mûri en lui.

– Les Allemands m'ont-ils identifié ?

– Si vous avez donné votre nom à la princesse

Romana Covasna, répondit Julia Crimson, certainement.

– En ce cas, je m'étonne qu'ils n'aient pas récupéré la machine.

– Vous êtes parti trop vite.

Instinctivement, Boro se retourna, mais, derrière eux, le boulevard était désert.

Venant à la rencontre de ses pensées, Julia déclara :

– Ne vous inquiétez pas. Nous ne sommes pas suivis. Figurez-vous que depuis que nous sommes partis, j'ai vérifié...

– Vous dites que les services secrets français, polonais et anglais me recherchent...

– Vous recherchaient... Lorsque nous avons pris connaissance de la photo de Denniston, nous avons fait stopper le mécanisme. Désormais, vous êtes tranquille.

– Pourquoi n'êtes-vous pas intervenus avant ? Figurez-vous que, dans l'avion qui me ramenait en France, un tueur s'était embarqué : il a failli me chatouiller le ventre de la pointe de son parabellum.

– Nous n'étions pas à Londres, répondit l'Anglaise. Nous ne sommes rentrés en Angleterre que le jour de votre départ de Bombay. L'opération était déjà enclenchée.

– Qui, *nous ?*

Elle éluda la question, répondit un peu à côté.

– Nous étions quelque part en Hollande. Dès que nous sommes revenus, nous avons donné les contrordres nécessaires.

Boro observa le profil de la jeune femme. Il s'arrêta et la prit contre lui.

– Julia, lui souffla-t-il à l'oreille, pour qui travaillez-vous ?

– Pour le MI 6, répondit-elle en se dégageant. Le MI 6 dépend de l'Intelligence Service.

C'était la première fois qu'elle lui avouait clairement qu'elle était membre des services de renseignement britanniques.

– Lorsque je vous ai rencontrée sur le Graf Zeppelin, vous étiez en mission ?

– Bien sûr.

– Et le sous-marin qui nous a embarqués à Alto Corrientes était affrété par l'Intelligence Service ?

– Oui.

– Vous seule ne pouvez pas déployer tant de moyens pour me protéger, déclara Boro en la fixant droit dans les yeux. Qui est au-dessus de vous ?

– Artur Finnvack, répondit l'Anglaise en détournant le regard.

Ils reprirent leur marche. Boro songeait à cet homme qu'il n'avait jamais rencontré et dont l'activité officielle consistait à diriger l'agence Associated Press Incorporated pour le compte de laquelle, quelques années auparavant, il avait assuré plusieurs reportages.

– Qui est réellement Artur Finnvack ?

– Une des grandes éminences des services spéciaux britanniques.

– Cela n'explique pas pourquoi il colle toujours ses semelles aux miennes.

– Je ne vous en dirai pas plus, lâcha Julia Crimson.

– Mais, au moins, connaissez-vous la réponse à ma question ? s'impatienta Boro.

– Non, mentit-elle.

Ils étaient arrivés à la Seine. Le jour pâlissait sur les berges. Une péniche glissait silencieusement sur l'eau noire.

– Et maintenant, qu'attendez-vous de moi ?

– Que vous me remettiez la machine.

– Qu'en ferez-vous ?

– Nous la rendrons aux Allemands, dit Julia.

– Ils penseront que vous l'avez démontée et examinée sous toutes les coutures. Ils changeront leur système de cryptage.

– Ils croiront certainement que nous l'avons auscultée sous toutes les coutures, mais cela ne change pas grand-chose. Ils estiment que sans les clés, nous ne pouvons pas percer son secret.

– Alors, pourquoi la leur rendre ?

– Deux précautions valent mieux qu'une, répondit Julia. Et puis, même quand ils sont nazis, les officiers supérieurs manquent parfois de courage. Nous savons que la princesse Romana Covasna et son prétendu mari n'ont pas encore révélé à Berlin le vol de la machine.

Boro stoppa net. Sa pensée venait de buter sur la solution.

– Cela expliquerait-il que les Allemands n'aient pas tout tenté pour reprendre Enigma ?

– Oui. Si nous leur restituons la machine rapidement, nous avons encore une chance pour que leurs deux agents ne disent rien de sa disparition... Mais il faut faire vite. Nous avons perdu quinze jours, avec votre stupide voyage en Amérique !

– Il n'était pas stupide, répliqua gravement Boro. Il était nécessaire.

– A vous-même.

L'image de Solana le traversa, mais il l'effaça en esprit d'une chiquenaude.

– Comment comptez-vous agir ?

– Un de nos hommes sera à Munich dans les jours qui viennent.

– Pourquoi Munich ?

– La princesse Romana Covasna et son mari y arriveront bientôt.

– L'idéal, suggéra Boro, consisterait à leur rendre Enigma aussi innocemment que je l'ai prise. Ainsi, le vol de la machine passerait pour une sorte de... de maladresse.

Il expliqua :

– Soit Berlin sait, et nous avons tout intérêt à ce qu'ils pensent que la personne qui a pris la machine n'en mesurait pas la valeur réelle. Soit Berlin ne sait pas, et nous avons tout intérêt à faire croire la même chose à la princesse.

– C'est exactement ce à quoi nous avons songé. L'agent que nous envoyons là-bas prétendra avoir dérobé la machine pour en monnayer la restitution... Bref, il se présentera comme un individu d'une parfaite vénalité.

Boro songea que Julia ignorait sans doute quel autre trésor la mallette avait abrité : la *Dame du Kérala*. Mais il ne trahit pas le secret de son ami jardinier. Il se borna à remarquer :

– Votre plan ne tient pas debout.

– Il est fragile, en effet. Mais il réussira.

– Non. Si votre homme prétend échanger Enigma contre de l'argent, c'est qu'il sait qu'elle n'est pas seulement une machine à écrire.

– Et alors ?

– Alors ils la reprendront et feront ensuite disparaître votre agent.

420

Julia se tourna vers lui. Il se pencha légèrement. Pour la première fois depuis qu'ils s'étaient retrouvés, leurs lèvres s'effleurèrent. Elle murmura :

— Ce sont les risques du métier.

— Vous voulez dire que vous allez sacrifier quelqu'un...

— Nous sacrifierons quelqu'un pour assurer la meilleure conduite possible de la guerre. Rappelez-vous qu'Enigma peut nous permettre de suivre, et donc de devancer, tous les plans de bataille allemands. Un tel enjeu ne se négocie pas.

Comme Boro allait répondre, elle s'arrêta, posa un doigt sur ses lèvres et reprit :

— Vous ne pouvez vous permettre de juger. Si nous sommes obligés de recourir à une telle extrémité, c'est pour réparer votre sottise.

Elle attira son visage contre le sien et sa langue joua avec la sienne, sous un lampadaire, tout près de la place de la Concorde.

Boro se sentit soudain d'humeur joyeuse.

Après qu'ils se furent dégagés, Julia l'obligea à courber la nuque et, à son oreille, chuchota :

— J'aime vous mettre en position de faiblesse et que vous ne dominiez pas sans cesse le cours des choses. N'oubliez pas qu'Enigma est chez vous : c'est impardonnable !

— Évidemment, ma chère ! Comment imaginez-vous que je puisse négliger une donnée aussi essentielle ?

Elle le regarda, fronçant légèrement le sourcil. Pourquoi cet homme parvenait-il toujours à déconcerter autrui, passant d'une humeur à l'autre au gré d'impulsions imprévisibles ?

— Monsieur Borowicz, dit-elle en lui redonnant le bras, je vous trouve très inconstant. Permettez-moi de vous suggérer davantage d'humilité. La situation n'est guère réjouissante !

Blèmia balança sa canne vers l'avant, lui fit exécuter un moulinet savant, puis il la rattrapa par le pommeau et glissa son poignet dans le lacet. Enfin il proposa, tout guilleret :

— Puis-je vous offrir un petit déjeuner typiquement français ?

Huit minutes et trente-six secondes

– Cette place ne me porte pas chance... Figurez-vous, ma chère Julia, que je me suis posté ici pendant des années comme un pauvre pêcheur de photos. J'attendais le reportage inoubliable...

Ils étaient attablés à l'Hôtel Crillon, devant la place de la Concorde. Ils avaient mangé des toasts au miel et bu deux litres d'un excellent thé de chez Tartour, provenant directement de la Maison de la Chine.

– En fait de photo, je n'ai rencontré qu'une femme...

– Comme à votre habitude.

– Erreur ! Elle était très différente des autres. Elle s'appelait Albina d'Abrantès, et c'était une marquise.

Julia pouffa.

– Avec un nom pareil et un tel titre, elle devait effleurer les soixante-dix ans et porter des bustiers en fer galvanisé !

– Elle n'en avait pas quarante, et son tour de taille était celui d'une danseuse.

– Je n'en crois rien.

– Elle aimait les belles voitures et les jeunes gens distingués.

– Encore vous ?

– Parfaitement !

– Quel âge aviez-vous donc pour plaire à des rhinocéros ?

– C'était en 1932... Je chassais sur mes vingt-trois ans.

– Si je vous avais rencontré à cet âge, j'aurais certainement changé de trottoir! déclara miss Crimson en portant à ses lèvres l'embout doré d'une Craven A.

– Vous préjugez de vos forces! Dois-je vous rappeler que nous nous sommes connus sur le Graf Zeppelin, en 1933?

– Quelle malchance!

– Je dois admettre, poursuivit Boro, que j'ai manqué d'élégance avec la marquise. Je vais vous faire un aveu...

Il se pencha vers son invitée, l'attira par la pointe du menton et chuchota à son oreille :

– Je me suis vendu à elle! Pour 4 626 francs et quarante-huit centimes exactement! Le prix de quatre termes de mon loyer de l'époque!

Julia se dégagea prestement.

– *Shame on you* [1], *Blèmia Borowicz!*

– Nécessité fait loi, miss Julia! rectifia Boro.

Elle darda sur lui un regard de mépris vaguement amusé.

– Je suis absolument certaine que la malheureuse n'en a même pas eu pour son argent!

– Je vous laisse réfléchir à cette question, répondit Boro en lui balançant une pichenette sur le nez.

Elle rougit.

– Ici même, poursuivit-il, j'ai raté un reportage qui aurait dû compter dans les annales de la photographie. C'était le 6 février 1934. Je revenais d'Allemagne. Les émeutiers des Camelots du Roi avaient envahi la place de la Concorde. Je me trouvais précisément dans cet hôtel. Et savez-vous ce que j'y faisais?

– Parfaitement, dit-elle. J'imagine parfaitement!

– Eh bien, vous vous trompez! Car si j'avais fait ce que vous pensez que je faisais, j'aurais prié la demoiselle de ne pas bouger le temps de noircir quelques pellicules. En vérité, je dormais! Les forces de l'ordre et les manifestants s'écharpaient, et moi, je roupillais! La tête dans l'oreiller!

Boro éclata de rire.

– Qui était la demoiselle? demanda Julia. Une comtesse, une duchesse, une reine?

– Une star!

– Maryika Vremler?

1. C'est honteux!

– Vous savez cela aussi ? se désespéra Boro. Quelles zones d'ombre pourrais-je donc garder avec un agent aussi bien informé que vous ?

– Aucune, vous le savez bien !

Elle le dévisageait, le visage penché, la main couchée sur la joue. Une ombre bistrait sa paupière. Elle souriait, les lèvres entrouvertes sur des dents blanches et humides.

– Partons, dit Boro.

Elle l'observait toujours, et son sourire grandissait.

– Où ? demanda-t-elle.

– Un lit ?

– Certainement pas !

– Le sol ?

– En aucune manière.

– Ah ! fit-il.

Il se mit à réfléchir.

Elle héla le garçon et il paya.

– Je repars pour Londres dans deux heures. Dépêchez-vous, monsieur Borowicz !

– Dehors ? Dedans ?

– La première fois, c'était dans un dirigeable. La deuxième, dans un sous-marin. Je ne voudrais pas que la troisième péchât par excès de banalité.

– Une voiture ? risqua-t-il.

Elle fit la moue.

– Un train ? Je pourrais vous accompagner jusqu'à Calais...

– Il me paraît indispensable que l'objet ou la chose – appelez ça comme vous voulez – bouge, mais, franchement, vous pourriez être mieux inspiré ! Une place de chemin de fer !

Le regard de Boro pétilla soudain.

– Êtes-vous déjà montée sur la tour Eiffel ?

– Vous pensez aux escaliers ?

– Non. A l'ascenseur.

– Trop rapide, répondit-elle en esquissant une grimace d'insatisfaction.

Il s'abîma dans une réflexion qui fut assez brève, au terme de laquelle il se leva et lui commanda de le suivre.

Dehors, la vie parisienne avait repris son sens. Les

voitures tournaient autour de l'Obélisque aussi parfaitement que le Soleil autour de la Terre. Un vent frais faisait chantonner les feuilles des arbres.

Boro entraîna la jeune femme dans la rue de Rivoli.
Ils pénétrèrent dans le jardin des Tuileries par la terrasse des Feuillants.

– Où m'emmenez-vous ?

– Surprise ! En général, l'été, il y a ici une fête
foraine...

– Vous voulez parler du tir au pigeon ?

Et, comme il ne répondait pas :

– Un manège ? Une maison hantée ? Sous une tonne
de barbe à papa ?

– Surprise ! répéta Boro.

Au loin, il aperçut les cahutes de la fête foraine. Puis,
par-dessus les arbres, l'objet de leur plaisir à venir. Il
consulta sa montre. Il exultait.

– Hâtez-vous ! fit Julia. Il faut ensuite que nous
repassions chez vous pour que je prenne Enigma.

– Je ne vous confierai pas Enigma, répliqua Boro.

Elle le retint par la main.

– Mais je suis ici pour cela ! Et vous m'avez donné
votre accord !

– Peu m'importe. Je ne veux pas que quelqu'un soit
livré aux nazis par ma seule faute.

– Mais vous êtes totalement inconscient !

Ses pommettes avaient rosi sous l'effet de la colère.
Elle se tenait les deux pieds bien plantés sur le gravier,
une main dans la poche de sa veste, l'autre serrée par-
devant elle comme si elle allait la dresser pour le gifler.

Boro se plaça face aux arbres et leva le regard.

– Votre plan aurait pu être ingénieux si la princesse
Romana Covasna avait pu croire le moins du monde à
la vénalité de votre agent. Mais elle ne sera jamais dupe.
Vous le savez, puisque vous me l'avez dit. Donc, il faut
trouver autre chose.

La détermination de miss Crimson sembla vaciller
quelque peu.

– Expliquez-vous...

– Admettons que la princesse Romana Covasna se
soit fait dérober la machine par un zigoto qui l'aurait
prise par jeu. Admettons encore que ce zigoto la lui rap-
porte.

– Sous quel prétexte ?

– Pour la revoir, et seulement pour cela. Il est amoureux d'elle, elle l'a éconduit, il a pris la machine et l'a gardée dans le seul but de la lui rapporter – donc de la retrouver une nouvelle fois.

– Impossible.

– Pourquoi ?

– Le scénario est probablement le meilleur de tous, mais Finnvack n'acceptera jamais.

– Fichez-moi la paix avec votre Finnvack, répliqua Boro. Je n'ai pas besoin de nounou !

Il fixa un point au-dessus des arbres, puis consulta de nouveau le cadran de sa *Reverso*.

– Huit minutes et trente-six secondes, dit-il.

– De quoi parlez-vous ?

Il lui prit le bras et l'entraîna dans le jardin des Tuileries.

– Je devais promener mon appareil en Europe, dit-il, ignorant sa question. J'irai en Allemagne.

– Jamais !

Il dut exercer une traction sur son poignet pour qu'elle consentît à le suivre.

– Jamais ! répéta-t-elle. Je m'y oppose, et Finnvack m'approuvera.

– Oubliez Finnvack ! s'emporta Boro.

– Si vous allez en Allemagne, vous n'en sortirez pas vivant.

– Votre agent non plus.

– Ce n'est pas une raison.

– Une vie en vaut bien une autre, repartit Boro.

Il s'arrêta devant la grande roue de la fête foraine.

– Allons prendre des billets.

Elle observa la lente descente des nacelles. Elles étaient toutes vides.

– Là-dedans ?

– Ça bouge, et nous serons entre ciel et terre.

– Vous n'irez pas en Allemagne. Là-bas, vous êtes condamné à mort.

Il se tourna vers elle et lui adressa son sourire le plus charmeur

– Vous n'avez pas le choix. La machine est chez moi et je ne vous la rendrai pas. Je vous demande seulement de me faire savoir cette nuit même dans quel hôtel est descendue la princesse.

– Pourquoi cette nuit?

– Parce qu'il faut agir avant que Berlin soit prévenu de la disparition d'Enigma. Je pars demain matin.

Il refusa d'écouter ses objections et l'entraîna jusqu'à la guérite où les billets étaient vendus. Il en acheta deux.

– Montez, fit-il comme une nacelle s'arrêtait devant eux.

– Monsieur Borowicz, vous êtes tout à fait insupportable!

Il la poussa sur le siège et referma la portière sur eux.

– Nous avons huit minutes et trente-six secondes pour les préliminaires. C'est le temps d'une révolution complète.

Elle posa son sac devant elle.

– Vous venez de perdre cinq secondes.

Elle se souleva légèrement. La nacelle monta gracieusement dans le ciel bleu de Paris.

– Huit minutes..., murmura-t-elle. Déshabillage compris?

SEPTIÈME PARTIE

Double jeu

Berchtesgaden, en Bavière

La Mercedes blindée quitta l'autoroute peu avant le village. Les montagnes bavaroises scintillaient au soleil d'été. La route dessinait un serpentin entre les fermes anciennes, les champs sur lesquels on skiait en décembre, les forêts et les premiers contreforts des plateaux.

Il n'était pas midi. Des vaches broutaient l'herbe grasse, surveillées par des enfants rieurs qui comptaient les limousines comme elles grimpaient Kehlsteinstrasse. Le contre-amiral Wilhelm Franz Canaris n'avait nul besoin d'eux pour savoir que seize invités avaient déjà traversé ces paysages enchanteurs. Seize automobiles ultrarapides arborant des fanions à croix gammée sur leurs ailes, crachant la fumée de leurs gaz contre les façades de ces paisibles bâtisses dont les premières avaient été construites quatre siècles auparavant.

L'amiral joua de sa petite taille pour disparaître derrière les dossiers des sièges avant. Il se rencogna dans le fond de la voiture et pria le chauffeur d'accélérer encore. Il n'aimait pas être reconnu. Moins pour des raisons liées à sa fonction – la discrétion est la première qualité exigée d'un maître espion – que par la gêne qu'il éprouvait à troubler l'existence bucolique de ces paysans qui suivaient l'auto du regard.

Le contre-amiral Wilhelm Franz Canaris dirigeait l'Abwehr depuis 1933. A ce titre, chef des services d'espionnage et de contre-espionnage de l'armée du Grand Reich, il n'ignorait pas pourquoi le Führer avait convoqué ce jour-là certains de ses fidèles ainsi que tout l'état-major de la Wehrmacht.

Le chauffeur emprunta la route particulière qui conduisait au chalet de Hitler. Des patrouilles de SS veillaient sur des batteries de mitrailleuses et de canons antiaériens campées en bordure. Tous les cinquante mètres, le chauffeur devait s'arrêter. Il montrait un papier prouvant son identité et celle de son passager, après quoi deux hommes déplaçaient les lourdes barrières métalliques qui obstruaient le passage.

Ils franchirent le corps de garde à l'instant où quelques jeunes femmes en sortaient. Elles montèrent dans un camion à ridelles bâchées qui dévala la route que la Mercedes venait d'emprunter : les prostituées mises à la disposition des soldats par la Gestapo.

Une section de SS montait la garde devant le mont Kehlstein. Le chauffeur ralentit, puis stoppa à la hauteur de la guérite de surveillance. Canaris se décolla légèrement du dossier pour se faire reconnaître. Les SS se raidirent dans un garde-à-vous impeccable. L'amiral répondit par une grimace où le mépris le disputait à la morgue. Une seconde plus tard, les deux immenses portes de bronze protégeant le *Berghof* pivotèrent sur elles-mêmes, et la montagne sembla s'ouvrir. La Mercedes vrombit. A la clarté lumineuse d'une belle matinée d'août succéda l'ombre austère d'un tunnel de marbre éclairé par des lanternes scellées dans les parois. Derrière, les battants s'étaient refermés.

Le chauffeur suivit le couloir jusqu'à un vaste garage souterrain où d'autres autos, principalement des Mercedes, étaient stationnées. Plus loin, à cent mètres sous terre, se trouvaient les pièces prévues pour s'abriter en cas d'attaque aérienne massive : six chambres et une cuisine dans laquelle étaient entreposés des vivres en quantité suffisante pour nourrir quatre personnes pendant trois mois. Ces pièces étaient desservies par un ascenseur spécial débouchant sur les appartements personnels de Hitler. Les visiteurs avaient droit à une autre entrée.

Canaris descendit de voiture au pied d'une volée de marches ouvrant sur un couloir étroit. Il grimpa à la hâte le court escalier et parvint devant un vaste ascenseur gardé par deux SS en armes. D'un geste négligent, il tendit l'*ausweiss* qui lui ouvrait toutes les portes du Reich. Le sous-officier le lui restitua après l'avoir examiné attentivement. Canaris ne rendit point le salut qui lui était fait. Il se contenta d'avancer d'un pas en direction de l'ascenseur.

Un homme attendait déjà. De dos, Canaris le reconnut. Le *Stumführer* Reinhard Heydrich dirigeait le *Sicherheitsdienst* (SD), le service d'espionnage et de sécurité du parti nazi et de la SS. Il travaillait directement avec le *Reichsführer* Himmler, lequel avait organisé les SS en secte militaro-policière, fer de lance et fine fleur des troupes nazies.

A trente-cinq ans, Heydrich figurait le type même du bon Aryen : il était grand, blond, élancé, et avait un visage d'apprenti boucher. Ses états de service lui promettaient un bel avenir : après 1933, il avait aidé Hitler à liquider la vieille garde des officiers rebelles ; il était l'un des artisans de la Nuit de Cristal ; encore quelques années, et il deviendrait l'un des maîtres de la Gestapo, le bourreau des populations polonaises puis tchèques, et, avant d'être abattu en Bohême, l'un des grands architectes de la Solution finale.

Canaris le détestait. Heydrich le lui rendait bien. Les deux hommes se saluèrent d'un bref mouvement de tête. Dans la cabine de l'ascenseur, ils prirent place dans deux fauteuils de cuir aussi distants que possible. Durant les quelques instants que dura l'ascension jusqu'au nid d'aigle de Hitler, ils n'ouvrirent pas la bouche. Ils savaient tous deux qu'au cours des heures qui allaient suivre il leur faudrait donner le change.

L'ascenseur grimpa jusqu'à mille neuf cents mètres d'altitude. Il s'immobilisa dans un sas. Les portes coulissèrent automatiquement. Canaris repéra les deux cellules photoélectriques, semblables à celles qui équipaient toutes les issues du *Berghof*. Seules celles protégeant le bureau du Führer étaient différentes : elles permettaient de détecter les objets métalliques. Un voyageur clandestin s'aventurant sans autorisation dans ce bunker eût provoqué illico le blocage des issues en même temps que les stridulations rythmées des sonneries d'alerte. Sans parler des explosions en chaîne : les accès étaient minés.

Un garde les attendait de l'autre côté du sas. Un SS, évidemment : Hitler accordait une confiance particulière à ce corps d'élite dont chaque membre était prêt à périr pour la protection de l'illustre nabot à moustaches.

Canaris s'effaça devant Heydrich et marqua ostensiblement le pas. Autant il éprouvait du respect pour l'armée régulière de son pays, la Wehrmacht, autant il se défiait des polices et des troupes parallèles, Gestapo et SS réunies. L'amiral était patriote et, surtout, légitimiste. Une qualité qui manquait, selon son propre jugement, au fringant officier qui allait devant lui, faisant fièrement claquer les talons de ses bottes sur le parquet vernis.

Ils passèrent devant une enfilade de portes : les quatorze chambres réservées aux hôtes de passage. Toutes étaient équipées d'une salle de bains particulière dont les baignoires avaient été taillées dans des pierres ou du marbre extraits de différentes régions d'Allemagne. Celle de Hitler était la seule à provenir d'un autre pays : Mussolini lui avait offert un pur produit d'Italie. De même pour la TSF : les pièces étaient équipées de postes qui ne recevaient pas les émissions diffusées de l'étranger ; le Führer se réservait ce privilège.

Ils obliquèrent dans un couloir plus étroit. Un escalier partait sur la droite. Il débouchait sur les Chambres aux Étoiles : cinq pièces formellement interdites à qui que ce fût, excepté Hitler et son astrologue. L'une de ces salles avait été équipée par les meilleurs opticiens d'Iéna. Elle était couverte d'un plafond en verre sombre qui laissait apparaître planètes et constellations. Dans une autre pièce, un feu brûlait jour et nuit dans l'âtre ; un énorme bloc de cristal était posé sur le manteau de la cheminée. La rumeur prétendait que le Führer passait de longues heures dans cet espace à fixer la boule de cristal tout en buvant le contenu de flacons odorants que son astrologue préparait spécialement pour lui. A ce jour, l'amiral Canaris n'avait pu vérifier ces allégations, pas plus qu'il n'avait su établir l'identité du charlatan qui, assuraient les familiers du *Berghof*, régnait sur le dictateur avec autant d'autorité que, naguère, Raspoutine sur le tsar Nicolas II.

Le garde ouvrit une double porte et s'effaça devant les deux derniers invités. Heydrich entra le premier. Canaris se déporta légèrement vers la gauche afin de jauger d'un seul coup d'œil la qualité de l'assistance.

Il y avait là le général Keitel, monocle et grand uniforme, chef d'état-major de l'Oberkommando der Wehrmacht, le commandement suprême des forces allemandes dont Hitler était le seul maître. Alfred Jodl, chef des opérations, discutait avec Hermann Goering, ministre de l'Air et commandant de la Luftwaffe. Ce dernier était vêtu d'une blouse de soie claire sur laquelle il avait passé une veste de cuir verte ornée de boutons jaunes ; un poignard en or était glissé sur une culotte de peau assortie aux bas gris.

Quelques officiers supérieurs admiraient la collection de porcelaines de Nymphenburg. Goebbels, ministre de la Propagande et de l'Information, se joignit à eux. Canaris se maintint à l'écart : il préférait encore feindre avec Heydrich plutôt qu'éveiller les soupçons des uns ou des autres en conversant avec les généraux Halder, Witzleben et von Stülpnagel. Ces trois-là étaient probablement les seuls de l'assistance à partager avec le chef de l'Abwehr une aversion commune envers celui qui les recevait ce jour-là.

Un aide de camp apparut à l'extrémité de l'antichambre, tenant à la main une vareuse militaire que l'amiral Canaris identifia aussitôt : c'était un uniforme polonais. L'aide de camp chercha du regard le *Sturmführer* Heydrich, et, lorsqu'il l'eut découvert, s'approcha d'un pas martial et lui remit la vareuse. Heydrich claqua des talons et éleva la veste comme s'il brandissait un trophée. Goebbels s'approcha et examina le tissu.

— Est-ce une tenue de cavalier ? demanda-t-il en s'époussetant la dextre sur la jambe de son pantalon.

Le maréchal Goering remua sa carcasse d'obèse et approcha un œil gélatineux.

— *Was ist das ?* Un costume pour chien ?

— Une commande, répondit Heydrich.

— *Warum ?*

— Simple question d'information, répondit Goebbels.

Le ministre de la Propagande était doté d'une voix de basse contrastant étrangement avec la fragilité qui émanait de sa personne. Sitôt qu'il ouvrait la bouche, on oubliait sa maigreur et son mètre cinquante pour ne plus voir que le mouvement de ses mains et de ses pupilles, d'une extrême mobilité. Auteur raté doté néanmoins d'un doctorat en philosophie, Joseph Goebbels faisait l'admiration de l'amiral Canaris dans le domaine que le Führer lui avait octroyé : la propagande. Depuis 1933, le petit homme avait méticuleusement ratissé les allées de l'information, de l'art et de la culture, créant et développant un langage typiquement et exclusivement nazi. Sur ce terrain, les populations du Reich vivaient en autarcie presque complète ; elles n'avaient même plus accès aux informations venues de l'extérieur. Le coup de génie avait été de multiplier les postes de radio. Naguère, leur possession était un luxe. Désormais, tous les foyers disposaient d'un *poste national*, modèle unique vendu très bon marché. Un appareil des plus simples et des plus communs, à ceci près qu'il ne permettait pas de capter les émissions diffusées par l'étranger. De cette manière, le régime pouvait exprimer son seul point de vue sans crainte d'être contredit. Ainsi, les Allemands avaient tenu les Autrichiens et les Tchèques pour responsables de leurs propres malheurs ; ainsi encore, aujourd'hui, parfaitement désinformés, ils considéraient que, dans l'affaire germano-polonaise, leur peuple ne faisait que subir les outrecuidances de Varsovie. Ce point de vue serait bientôt conforté par l'utilisation que les SS comptaient faire de la vareuse militaire exhibée par le *Sturmführer* Heydrich.

Cependant, celui-ci n'eut pas le temps de fournir les explications que l'assistance attendait. Deux SS ouvrirent le double battant de la pièce formant antichambre. L'un d'eux déclara :

– *Der Führer erwartet Sie*[1].

Aussitôt, les conversations cessèrent. Comme une section se mettant en marche, les invités se disposèrent selon un ordre vaguement protocolaire et se dirigèrent à pas rythmés vers la pièce la mieux gardée du Nid d'Aigle : le bureau de Hitler. Le numéro deux du

1. Le Führer vous attend.

régime, Hermann Goering, allait en tête. Wilhelm Canaris, hostile et déjà renégat, fermait le cortège.

Ils passèrent dans une première pièce de réception occupée sur toute sa longueur par une immense baie vitrée ouvrant sur les Alpes autrichiennes. Au loin, on apercevait les clochers de Salzbourg, la ville de Mozart. Plusieurs volières enfermaient une cinquantaine d'oiseaux piaillant et voletant en tous sens. Des peintures à l'huile et des tapisseries étaient accrochées aux murs. Dans un coin, un buste de Wagner faisait face à une horloge monumentale surmontée d'un aigle.

La petite colonne foula ensuite les tapis persans de la salle à manger. L'amiral Canaris constata avec déplaisir que le couvert était dressé sur la table de chêne qui trônait au centre de cette pièce longue d'une vingtaine de mètres : le Führer comptait donc garder ses hôtes à déjeuner. La vaisselle n'était pas composée des assiettes et couverts d'argent massif volés aux marchands de Nuremberg et réservés aux hôtes de marque, mais de l'habituelle porcelaine de Dresde. On mangerait bien : l'ancien chef de l'Hôtel Adlon et ses quatre cuisiniers réalisaient toujours des plats d'une grande finesse ; on ne mourrait pas empoisonné : un officier de la Gestapo goûtait à tous les mets. L'ennui venait des toasts qu'il faudrait porter à la fin du repas – au Reich, au Führer, au Duce – et de toutes les gesticulations auxquelles ces messieurs ne manqueraient pas de se livrer afin de plaire et complaire au maître des lieux. Chaque fois que pareille fête se déroulait, l'amiral Canaris se demandait comment les quatre eaux-fortes de Dürer accrochées aux murs (volées il ne savait où) ne trinquaient pas davantage, souillées par les débordements des convives.

Ils parvinrent devant les portes du bureau. Elles étaient déjà ouvertes.

Hitler attendait dans l'embrasure.

Hitler reçoit

Le Führer était en grand uniforme. Ses cheveux plaqués sur le crâne, sales ou gominés, la raie tracée au cordeau, la mèche frontale pour une fois disciplinée sur le front, il se tenait légèrement voûté. Sans doute souffrait-il ce matin-là de la déformation de sa colonne vertébrale. Il adressa un salut à sa petite cour, tourna les talons et gagna son bureau. Puis, considérant de nouveau ses ministres et ses généraux, lesquels s'étaient arrêtés dans un ordre parfait, il commanda :

– *Herein !*

Les cellules photoélectriques ne sonnèrent point. Deux SS casqués et armés d'une mitraillette prirent place de part et d'autre de la porte. Celle-ci fut refermée de l'extérieur. Les soldats se plantèrent au garde-à-vous, dos au mur, le canon de leur arme braqué sur l'assistance.

Goering, que d'aucuns surnommaient le « nazi de salon », fut le premier à s'étonner d'un tel excès de précautions. Il promena le regard bleu de sa trogne rose du Führer aux deux SS. Ses sourcils bien dressés exprimaient une interrogation que sa bouche ne formulait pas, et sa bobine de poupon joufflu n'était qu'onctuosité et affabilité. Pour toute réponse, Hitler tendit le doigt vers un poste de radio. C'était un émetteur. Il reliait le *Berghof* à toutes les casernes du pays. Le Führer souriait avec tout autant de plaisir que l'as de l'aviation, lequel fut bientôt imité par Goebbels et Heydrich. On eût dit une pantomime. Les autres généraux demeurant impassibles, Hitler darda sur eux ce regard magnétique et terrible, tantôt figé comme la mort, tantôt vivant comme la bise, qui en avait assujeti plus d'un et qui, cette fois encore, moins par effet de persuasion que par l'obéissance qu'il commandait, provoqua chez les officiers présents une crispation de la mâchoire, un plissement des pommettes, quelques ha-ha-ha qui se voulaient des rires francs en prélude à une partie d'intense rigolade : le geste de Hitler signifiait que dans les heures qui allaient suivre, il lancerait sur l'émetteur de son bureau un message ordonnant aux troupes allemandes de se mettre en marche pour la guerre.

Keitel en perdait son monocle. Jodl, que personne n'avait jamais vu rire ou sourire, s'y exerçait avec des efforts méritoires. Halder maintenait la bouche ouverte, estimant probablement qu'une mâchoire pendante était le meilleur gage qu'il pût donner à l'hilarité générale. Heydrich s'étouffait derrière la vareuse polonaise, et Himmler gloussait telle une cocotte enamourée.

Il manquait là des Schleicher, des Bredow, les centaines d'officiers que Hitler avait fait assassiner parce qu'ils refusaient de se goinfrer dans sa main. Deux balles dans la nuque et on n'en parla plus. Les massacres avaient commencé le 3 août 1934, au lendemain de la mort de Hindenburg. La veille, quelques heures seulement après la disparition du président, Hitler s'était autoproclamé Führer. Il avait exigé des forces armées qu'elles lui prêtassent allégeance. Non pas à la nation ou à l'État, mais à lui personnellement. Un serment qui devait être fait entre une Bible et un drapeau du IIIe Reich. De nombreux généraux comprirent alors que Hitler ne respecterait pas la parole donnée à Hindenburg de ne pas entraîner l'Allemagne dans un nouveau conflit. Et Hitler, de son côté, comprit que ces généraux s'opposeraient à lui. Il les fit donc assassiner par la SS, sous la responsabilité de Heydrich. Puis il se nomma ministre de la Guerre et plaça ses fidèles à tous les postes clés. De cette époque datait la haine que Canaris vouait à cet homme qu'il rêvait de neutraliser avant que l'Allemagne fût emportée dans le macabre carnaval de ses folies.

L'amiral se souvenait d'une autre réunion qui s'était

tenue le 5 novembre 1937 à la chancellerie de Berlin. Là aussi, la porte était gardée par des SS en armes. Hitler avait convoqué les plus hauts responsables du Reich. Pendant plus de trois heures, il avait exposé son plan pour les années à venir. Ce plan tenait en un mot : *Lebensraum.* Il s'agissait d'étendre l'espace vital de l'Allemagne plus à l'est. Hitler avait annoncé à ses généraux que l'Autriche, la Tchécoslovaquie et la Pologne seraient conquises. Par la négociation ou par la force. Après quoi, la Wehrmacht s'attaquerait à la Russie. Le début des opérations avait été fixé à 1938. La fin, pour 1943.

Sur le bureau du dictateur, un calendrier à chiffres mobiles indiquait la date du jour : jeudi 24 août 1939.

Hitler cessa soudain de sourire. Il posa ses deux poings sur la table et regarda ses interlocuteurs avec morgue. Ceux-ci attendaient, ayant recouvré leur sérieux après que leur hôte lui-même eut montré d'un geste comminatoire que les mâchoires devaient cesser de s'agiter.

Et il déclara :

– Le plan Blanc est fixé pour le 26, à quatre heures trente du matin.

On entendit un petit bruit. Aussitôt, le Führer se rua vers un tableau de commande situé derrière son bureau. Comme il allait presser un gros bouton rouge, on entendit la voix apeurée de Keitel :

– *Entschuldigung... das war nur mein Monokel*[1].

Le général se baissa et ramassa un verre étoilé qu'il montra à la cantonade. Hitler se retourna. Un rictus tordait sa bouche. Il glapit :

– *Sie Mistker*[2] *!*

Tous savaient que si Hitler avait appuyé sur le bouton rouge, l'ensemble des pièces, à l'exception du bureau, se serait empli de gaz lacrymogènes, et que les soldats du corps de garde se seraient précipités pour sauver le chef de l'Allemagne.

– *Mein Führer,* vous n'étiez pas menacé ! ronronna le gros Goering.

1. Excusez-moi... Ce n'est que mon monocle.
2. Cochon de général !

Il se frotta les mains l'une contre l'autre et miaula, lippe tendue :

– Ce sont les Polonais qui devraient avoir peur...

– *Ich habe keine Angst! Ich habe nie Angst gehabt*[1] ! hurla le Führer.

Il se mit à faire des bonds autour de son bureau. Il avait le regard jaune.

Goering, qui savait jouer la comédie comme personne, se lança dans un entrechat des plus hardis. Il battait ses mimines l'une contre l'autre tout en agitant ses bottes en tous sens. Lorsque Hitler eut oublié l'objet de sa colère et ne s'intéressa plus qu'au fox-trot de son ministre de l'Air, le général Jodl prit la parole et demanda :

– Pourquoi le 26, *mein Führer ?*

Hitler ne répondit pas. Il considérait avec admiration la gymnastique de l'as de l'aviation à qui il avait conféré le plus haut grade de l'armée allemande, un fils d'universitaire, instigateur de l'incendie du Reichstag, un despote baignant dans le luxe et les honneurs, doublé d'un obèse dansant comme un souriceau. Un magicien, ce Goering !

– *Warum am 26*[2] *?* reprit le général von Stülpnagel.

Hitler délaissa le sport de salon pour revenir à des considérations plus élevées.

– *Ich will krieg mit Polen*[3] *!* Nous anéantirons la Pologne qui massacre les nôtres ! Quatre-vingt millions d'Allemands humiliés par une nation minuscule !... Le 26... Après-demain, la Wehrmacht va dépecer la Pologne ! Nous en ferons du bortsch !

Il s'assit sur son fauteuil.

– J'ai prévenu notre allié, le Duce, que l'attaque était imminente.

Il rit de nouveau, satisfait.

– Et puis, j'ai cinquante ans... C'est un bon âge pour faire la guerre. Cinq de plus, et il sera trop tard. Peut-être même qu'un malade mental m'aura assassiné d'ici là...

Il leva un œil vers son auditoire.

1. Je n'ai pas peur ! Je n'ai jamais eu peur !
2. Pourquoi le 26 ?
3. Je veux la guerre avec la Pologne !

– Si j'avais été chancelier en 1914, l'Allemagne aurait battu ses adversaires. Tous ses adversaires !...

– ... et nous ne serions pas obligés d'attaquer la Pologne aujourd'hui ! compléta Goebbels.

Avec son allure desséchée, son nez au profil aigu, son menton fuyant et son pied bot, le ministre de la Propagande ressemblait à un oiseau de proie monté sur échasses. Il s'approcha du bureau derrière lequel Hitler s'était assis, et, de cette voix de basse si particulière, demanda si on avait pensé à lui.

– J'ai ordonné, répondit Hitler.

– J'ai transmis, dit Canaris.

– J'ai obtempéré, conclut Heydrich.

Le *Sturmführer* se fraya passage parmi les généraux et déposa l'uniforme polonais sur le plateau de la table. Hitler le considéra attentivement. Puis, avec une extrême lenteur, il porta la main à son baudrier, en sortit un Luger au canon noir, visa au cœur et fit *boum-boum* avec la bouche.

– Je ne tire pas pour de vrai, s'excusa-t-il, afin de ne pas alerter la garde qui patrouille dans le couloir.

– Bien entendu, dit Jodl.

– Et qu'allons-nous faire avec ce tutu de danseuse ? s'enquit aimablement Goebbels.

– Vous vouliez une provocation ? fit Heydrich.

– Mieux que cela : un prétexte !

– Nous l'avons.

– Depuis des mois, je m'ingénie à manipuler toute la presse afin que nos compatriotes croient que ce n'est pas nous qui agressons la Pologne, mais elle qui nous attaque...

– Ce qui est l'exacte vérité ! gronda Hitler en frappant violemment du poing sur la table.

– Si nous ne la manipulions pas, la presse ne proférerait que des mensonges, justifia Goebbels. Donc, j'ai demandé qu'on nous fournisse une excellente raison de répondre aux provocations polonaises.

– La raison est là, répondit Heydrich.

Il tapota la vareuse militaire du plat de la main et expliqua :

– Figurez-vous, *Herr Propagandaminister* [1], que le

1. Monsieur le ministre de la Propagande.

26 août, à cinq heures quarante-cinq du matin, des troupes polonaises vont attaquer une station de radio allemande située près de la frontière. A Gleiwitz, exactement. Bien sûr, nous allons riposter...

– *Natürlich !* s'écria Hitler.

Et, à deux reprises, il fit *boum-boum* sur la vareuse militaire déployée devant lui. Goering fit trois *boum*, Hitler en refit quatre, Keitel cinq, Hitler six, puis personne n'osa plus surenchérir : la parole devait rester au chef suprême.

– Continuez ! ordonna-t-il à Heydrich. Que se passe-t-il après ?

– C'est la guerre ! Nous ne pouvons laisser sans réponse un acte aussi odieux ! La Pologne nous cherche, la Pologne nous trouve !

Dix voix s'élevèrent pour hurler une demi-douzaine de *Sieg Heil !*

Quand le vacarme eut cessé, la chouette béquillée leva un doigt.

– Expliquez-moi, demanda-t-elle à Heydrich, d'où viendront vos Polonais. Peut-on être sûr qu'ils ne parleront pas ensuite ?

– Absolument ! Car ils seront morts.

– Et même morts avant l'opération !

– *Toll* [1] ! s'exclama Hitler. Les premiers morts de la guerre !

– Bien entendu, il ne s'agit pas de Polonais, poursuivit Heydrich. Nous avons choisi une vingtaine de détenus qui croupissent dans des camps de concentration. Quelques heures avant l'attaque, nous leur administrerons une injection mortelle. Puis nous les équiperons d'uniformes comme celui-ci, nous les armerons de mitraillettes polonaises, on les emmènera sur le terrain, et là, nos valeureux soldats se défendront en leur tirant dessus.

– Tirer sur des morts !

Le cri avait échappé à Canaris.

– Mais ce ne sont que des ersatz de Polonais ! argumenta Hitler.

– ... et pas dangereux ! compléta Goering.

1. Formidable !

– Évidemment, pas dangereux, maugréa l'amiral. Puisqu'ils seront déjà morts...

– Après cela, émit le ministre de la Propagande, nous convoquerons les représentants de la presse nationale et internationale, et nous leur montrerons de quoi les Polonais sont capables.

– Et nous entrerons enfin en Pologne !

– Puis en France...

La phrase jeta un froid. Elle avait été prononcée par le général Keitel. Hitler secoua la tête.

– Les Français n'interviendront pas.

– Mais s'ils le font ? s'enquit Goering.

L'amiral Canaris ne quittait pas le ministre de l'Air du regard. Il savait que, sous une apparence de satrape rugissant, le gros homme ne craignait rien tant que l'entrée en guerre de la France, et surtout de l'Angleterre. Par l'intermédiaire d'un homme d'affaires suédois, Birger Dahlerus, il avait même pris contact avec Londres afin de négocier en secret un pacte entre les deux pays.

Hitler balaya l'objection d'un revers de manche :

– La France ne veut pas la guerre. C'est l'Angleterre qui la pousse. Et, sans la Russie, ni l'une ni l'autre ne peuvent rien contre nous.

Il ricana, puis se battit les cuisses des deux mains.

– Ce sont des vermisseaux ! Des lâches ! Je les ai vus à l'œuvre à Munich !

Une sorte de hennissement lui sortit de la bouche.

– Des vermisseaux stupides ! En 35, ils n'ont pas bougé lorsque j'ai rétabli la conscription ! En 38, ils n'ont pas bronché quand nos troupes sont entrées en Autriche ! Ils m'ont abandonné les Sudètes, et c'est tout juste s'ils ne m'ont pas applaudi lorsque la Wehrmacht a occupé le reste de la Tchécoslovaquie ! A cette époque, ils auraient pu nous battre. Nous n'avions pas plus d'une demi-douzaine de divisions sur le front occidental ! La France seule avait les moyens de franchir le Rhin. Mais ils nous ont laissé prendre la Tchécoslovaquie ! Et en Tchécoslovaquie, nous avons récupéré les usines d'armement et les matières premières qui nous manquaient. Aujourd'hui, nous sommes imbattables !

– Imbattables ! renchérit le général Keitel.

Hitler leva les bras :

– S'ils veulent la guerre, ils l'auront ! Je construirai des sous-marins, des sous-marins, encore des sous-marins !

– Et moi, compléta le ministre de l'Air, je construirai des avions, des avions et encore des avions !

– Et des Panzer ! hurla Hitler. Des milliers, des millions de Panzer !

Sa voix montait dans l'aigu. Son ton devenait plus saccadé. L'amiral Canaris reconnaissait les accents du tribun vibrant avec les foules qu'il déplaçait en en appelant toujours à l'instinct, jamais à l'intelligence ou à la compréhension. Un homme violent, passionné, délirant, fou.

– Si l'Angleterre veut se battre pendant un an, je me battrai pendant un an ! éructait le Führer. Et si elle veut se battre pendant trois ans, je me battrai pendant trois ans ! *Und wenn es erforderlich ist, will ich zehn Jahre kämpfen !*

Il brandit le poing, puis les deux mains, postillonna devant lui, se baissa, toucha le sol, se releva et devint soudain très calme. Ses joues étaient bistres.

– La seule chose que je craigne, c'est qu'un *schweine-hund* propose un plan de médiation... Maintenant, je vous convie tous à un festin royal.

Canaris fit un pas en avant.

– Je ne peux rester, *mein Führer.* On m'attend à Berlin.

– *Ach !*

– Les événements vont très vite. La France s'apprête à mobiliser.

– Je n'en crois rien, répliqua Hitler. Jamais Daladier n'aura le courage de prendre une telle mesure.

Les deux SS s'étaient écartés. La porte du bureau coulissa. Canaris salua le maître du IIIe Reich. Celui-ci lui toucha le bras et l'entraîna à l'écart.

– Puisque vous êtes marin, Canaris, je vous donne cette nouvelle dont personne ici ne sait rien encore : ce matin, j'ai ordonné à vingt et un de nos sous-marins de rejoindre leurs zones de combat.

– Quelles zones ? demanda l'amiral.

– A votre avis ?

– La Baltique ?

Le Führer assena une grande claque dans le dos de son maître espion.

– Si vous-même ignorez cette information, il y a peu de chances que d'autres la connaissent ! Eh bien, vous vous trompez. Ces sous-marins ont appareillé pour la Manche ! Dans moins de douze heures, ils seront au large de l'Angleterre.

Hitler ébaucha un ricanement triomphant. Pour la forme, Canaris l'imita. Sur le fond, cette nouvelle le consternait.

Il salua de nouveau le Führer et sortit.

Heydrich l'attendait sur le pas de la porte.

– Vous rentrez à Berlin ?

L'amiral ne daigna pas répondre.

– Je vous conduis jusqu'au garage.

– Je n'ai nullement besoin de votre compagnie, rétorqua le chef de l'Abwehr.

– Je me passerai de votre acceptation.

– S'il en est ainsi..., soupira l'amiral.

Il regardait les mains de Heydrich. Elles tripotaient une cigarette. Hitler n'aimait pas qu'on fumât devant lui. Il interdisait le tabac à sa table.

– Pour fumer en cachette, il existe d'autres moyens que d'empuantir l'ascenseur !

– Il ne s'agit pas de cela, répliqua Heydrich.

Comme ils atteignaient les portes de l'antichambre, Canaris songea qu'il connaissait peut-être une des raisons pour lesquelles Hitler persistait à exiger qu'on ne fumât jamais en public : sur toutes les photos publiées par la presse internationale à l'issue de la signature du pacte germano-soviétique, Staline tient une cigarette dans la main gauche alors même qu'il échange une poignée de main avec Ribbentrop. Dans la presse allemande, la cigarette a disparu. Hitler a donné l'ordre de la gommer. Il lui a semblé que sa présence portait atteinte à la solennité de l'accord et exprimait une forme d'irrespect envers l'Allemagne. Comme une gifle.

Services et chantages secrets

Ils ne s'adressèrent pas un mot jusqu'à l'ascenseur. Quand ils furent là, ils attendirent que les deux SS de garde eussent ouvert puis refermé la porte. Canaris s'installa dans l'un des fauteuils de cuir tandis que Heydrich appuyait sur le bouton des garages. Par-devers lui, l'amiral se félicita d'avoir si bien marqué les positions. Il croisa élégamment les jambes et attendit.

Heydrich resta debout, observant l'amiral sans aménité, puis, avec autant de dégoût que s'il eût évacué une fiente d'entre ses augustes dents, il dit :

– Vous complotez contre nous.

A quoi l'amiral ne répondit rien. L'ascenseur glissait dans la montagne, et il en suivait le chuintement. Depuis longtemps, il attendait une explication de ce genre avec le chef du *Sicherheitsdienst*. Régnant tous deux sur l'espionnage du Reich, il était normal que l'un connût quelques secrets détenus par l'autre, et vice versa.

– Vous agissez contre l'Allemagne, gronda le *Sturmführer,* et je ne vous laisserai pas faire !

– Permettez-moi une rectification, énonça doucement l'amiral.

Il leva un regard bleu acier sur son interlocuteur.

– De ma vie, je n'ai agi et n'agirai contre mon pays. Ne mélangez pas la nation et les hommes. Je suis un patriote. Le bien de l'Allemagne me préoccupe au-delà de ce que vous imaginez.

– En ce cas, pourquoi prendre langue avec les Anglais ?

– Mais figurez-vous, mon jeune ami, que même Hitler parle aux Anglais ! Et Goering, et Goebbels !

– Pas dans les mêmes termes que vous, coupa Heydrich.

– Le ton que j'emploie avec mes interlocuteurs ne vous regarde pas. A ce propos...

L'amiral émit un petit rire de gorge et considéra son vis-à-vis avec une insolence qui provoqua une violente éruption intérieure chez l'autre.

– ... A ce propos, je vous serais reconnaissant de faire ôter les micros que vous avez dissimulés dans mon bureau, à Berlin. Et aussi ceux que vous avez fait placer dans le lustre de la salle à manger de mon appartement personnel. Ma femme estime que ces méthodes rompent avec l'élégance à laquelle vous l'aviez accoutumée.

L'amiral faisait allusion aux concerts que son épouse organisait parfois et auxquels, naguère, elle avait convié Heydrich.

– Vous jouez trop bien du violon, cher Reinhard Tristan Eugen, pour vous permettre ces vulgarités...

Canaris désigna le siège voisin.

– Vous devriez vous asseoir. Cet ascenseur met un temps infini à redescendre.

– Vous êtes un traître, Canaris...

– Traître à quoi ?

– Au national-socialisme.

– Il est vrai que je préfère les méthodes aristocratiques de ma caste à vos manières de rustre... Il faut que je vous dise, Herr Heydrich, que vous êtes pour une large part responsable de mes désillusions en ce qui concerne le nazisme. Votre brutalité me choque. Je n'aime pas vos SS, moins encore votre police...

– Vous traiterez directement avec elle si vous persistez à agir contre la nation allemande.

– La Gestapo ne sait pas plus que vous ce qu'est la nation allemande, rétorqua froidement Canaris.

Tout en parlant, il se demandait comment Heydrich et lui en étaient arrivés à se haïr à ce point. Il n'y avait pas si longtemps encore, ils étaient les meilleurs amis du monde. Ils jouaient au croquet ensemble, montaient à cheval dans le Tiergarten, dînaient au moins deux fois par semaine chez l'un ou chez l'autre. On ne pouvait même pas dire que leurs fonctions les avaient opposés : l'un opérait dans le cadre du parti nazi et de la SS, l'autre au sein des forces armées. Mais leurs méthodes étaient par trop différentes. Et leurs sensibilités. Et leurs opinions politiques. Au fond, songeait Canaris tout en tentant d'évaluer le temps qui les séparait encore des sous-sols, ils n'avaient jamais rien eu à se dire.

Il se leva brusquement et joua avec la pierre de sa bague. Il accomplissait toujours ce geste lorsqu'il devait prononcer quelque parole importante ou prendre une décision à laquelle il avait longuement réfléchi.

— Je vais recourir à vos propres méthodes, dit-il d'une voix cassante.

Il considéra le *Sturmführer* d'un regard glacial. Il n'était plus l'ami de naguère, mais le chef de la toute-puissante Abwehr. Et c'est cela qu'il voulait exprimer.

— Allez sur vos plates-bandes et laissez-moi les miennes.

— Jamais, si elles vous conduisent à Londres, coupa le gestapiste.

— Alors les vôtres vous mèneront à la déchéance.

Heydrich se courba légèrement vers l'homme qui lui faisait face. Il croyait comprendre de quels moyens l'autre disposait. Et il lui eût volontiers serré le cou jusqu'à causer ces étouffements dont on ne revient pas.

— Vous êtes le plus grand antisémite du royaume, poursuivit l'amiral Canaris, et cela s'explique... Je connais la fiche sur vous-même que vous avez remise aux autorités, et je sais où vous l'avez falsifiée.

— Ce qui signifie ? balbutia Heydrich.

— Que vous avez probablement un ancêtre juif.

— Prouvez-le !

— Ce serait facile.

— Vous n'y parviendriez pas...

— Vous avez d'autres faiblesses, cher Reinhard Tristan Eugen. Votre sexualité, par exemple...

— Laissez ma sexualité de côté ! hurla Heydrich.

— Volontiers, répliqua aimablement l'amiral. A condition que vous ne m'empoisonniez plus la vie. Sinon, le Reich connaîtra vos penchants et vos travers. Et vous savez aussi bien que moi combien vos... vos goûts pour vos semblables sont peu compatibles avec les qualités que le Führer exige de ses plus fidèles serviteurs.

Le *Sturmführer* Heydrich était dans un tel état de rage qu'il frisait l'apoplexie. Chez les hommes d'une telle nature, les excès peuvent conduire à des actes imprévisibles.

L'ascenseur ralentissant enfin, Canaris abattit son brelan d'as.

— Comme vous le savez, ces remarques sur votre ascendance et votre vie personnelle suffiraient à vous disqualifier auprès des autorités si un curieux venait à pécher par excès de bavardage.

— Vous ne parlerez pas, murmura Heydrich sur un ton extraordinairement malfaisant.

— Moi, certainement pas, répondit l'amiral. Mais d'autres, s'il m'arrivait malheur...

La cabine sembla osciller doucement sur des parois pneumatiques. Le chuintement cessa. Les portes coulissèrent.

— Ces informations sont contenues dans une lettre qu'un de mes amis vivant en Suisse tient à la disposition du *New York Times*. Il a des instructions pour cela.

Canaris sortit de l'ascenseur et emprunta le sas conduisant aux garages.

— Si vous agissez ainsi, cria Heydrich sans quitter la cabine, je sèmerai la terreur dans ce qui restera de votre famille !

— Vous n'en aurez plus les moyens, mon cher, rétorqua l'amiral.

Il ne se retourna point. Sa voix était amplifiée par l'écho.

— Alors, mon adjoint s'en chargera.

— Et qui est votre adjoint, s'il vous plaît ?

Heydrich gueula un nom.

— Très bien, répondit l'amiral. Je me souviendrai de son identité.

Il avança jusqu'à la rampe qu'empruntaient les voitures pour quitter le *Berghof*. Le temps que le chauffeur l'eût repéré, il avait sorti un calepin de sa poche et y avait inscrit le nom que venait de lui communiquer le *Sturmführer* : Werner von Hobenfahrt.

Dans le Tiergarten

A seize heures, Wilhelm Franz Canaris déambulait sous les grands arbres du Tiergarten, à Berlin. Depuis l'aéroport, il avait téléphoné à son adjoint, le colonel Oster, afin qu'il envoyât une estafette à l'ambassade de Hollande. L'attaché culturel devait attendre l'amiral au pied de la statue de l'impératrice Augusta Viktoria.

Les deux hommes entretenaient les relations strictement nécessaires ; n'y entrait nulle intimité, et seulement ce qu'il fallait d'estime. Lorsque Wilhelm Canaris voulait informer Londres ou Paris de manière urgente, il recourait au Hollandais. Celui-ci transmettait à son tour par des voies qui lui étaient propres et qui restaient inconnues du SD de Heydrich.

Ordinairement, l'amiral envoyait ses émissaires. Ceux-ci prévenaient les autorités britanniques des événements à venir. Le dernier messager, le lieutenant-colonel comte Gehardt von Schwerin, avait rencontré les plus hauts responsables de l'état-major anglais. Il leur avait dévoilé les plans d'expansion de Hitler vers l'est, notamment son projet d'envahir la Pologne. Il leur avait suggéré une mise en garde consistant en une démonstration des forces navales britanniques dans la Baltique. Chamberlain et son ministre des Affaires étrangères, lord Halifax, avaient refusé : une telle exhibition eût certainement exaspéré Hitler.

Quelques mois auparavant, l'attaché militaire à l'ambassade britannique à Berlin avait proposé de faire assassiner Hitler par un tireur d'élite. Les Anglais, choqués, s'étaient détournés d'une idée aussi contraire aux droits les plus élémentaires de l'humanité.

Jusqu'à ce jour, Canaris n'avait pas obtenu de Londres toute l'aide qu'il espérait. De l'autre côté de la Manche, on ne comprenait pas le jeu double, triple, parfois quadruple, mené par le chef de l'Abwehr. On battait donc les cartes et on choisissait les meilleures : celles qui concernaient directement l'enjeu national. C'est ainsi qu'au-delà des temporisations de Chamberlain, la Grande-Bretagne se préparait à la guerre. Canaris n'ignorait pas que les défenses antiaériennes y avaient été considérablement développées, de même que les crédits alloués à l'aviation de guerre. A défaut d'anéantir Hitler, les Anglais prenaient leurs précautions pour s'en protéger. Canaris et les quelques officiers supérieurs qui partageaient ses opinions espéraient que cet égoïsme national inciterait le Führer à la prudence, évitant à l'Allemagne un désastre dont elle ne se relèverait pas. Les comploteurs, monarchistes pour la plupart, hommes d'ordre assurément, étaient animés par un seul but : éviter l'effondrement de leur patrie.

L'attaché culturel attendait dans le Rosengarten devant la statue de l'impératrice Viktoria. Canaris lui adressa un salut de la main. L'homme traversa l'allée cavalière, évitant un cheval bai monté par une jeune fille qui assena un léger coup de cravache sur le flanc de l'animal. Celui-ci fit un écart. Sa queue effleura la joue de Canaris.

Le Hollandais était en bras de chemise. Il portait un pantalon de toile légère et des sandales de cuir. Il n'avait pas de veste. L'amiral le considéra, puis regarda la cavalière disparaître derrière un massif de feuillus. Il songea qu'à voir seulement ces couleurs d'une belle saison, personne n'eût soupçonné la masse de nuées noires qui, peu à peu, envahissaient le ciel de l'Europe. Et c'était très exactement ce que se disait l'attaché culturel comme ils s'éloignaient le long d'un chemin ombragé.

Canaris parla du plan Blanc, demanda que l'information fût communiquée aussi rapidement que possible : le surlendemain, les troupes allemandes entreraient en Pologne.

– Ce sera la guerre, conclut-il, ébauchant un geste

fataliste. Nous aurons tout fait pour l'empêcher, mais il semble que la catastrophe soit là.

– A moins que Paris et Londres ne respectent leur parole... Ils ont promis de défendre la Pologne, mais il ne s'agit que d'une garantie verbale. Aucun traité n'a été signé.

– Ils ne peuvent se laisser indéfiniment botter les fesses...

Les deux hommes marchèrent un instant en silence.

– Savez-vous que la France mobilise ? Le gouvernement a rappelé près de quatre cent mille réservistes.

– Je n'ai pas encore lu la presse internationale, répondit Canaris. Mais je m'attends au pire.

Il s'arrêta, tendit la main au Hollandais et dit :

– Il vaut mieux se séparer ici.

Un pâle sourire apparut sur son visage.

– Peut-être ne nous reverrons-nous plus.

– Peut-être, au contraire, que, grâce à nous, le pire sera évité.

L'attaché culturel n'y croyait guère. Mais l'amiral paraissait soudain si abattu, si petit dans son uniforme de drap bleu, que le Hollandais éprouvait le besoin de l'aider à surmonter sa détresse. Les mots qui se présentèrent à son esprit et qu'il ne parvint pas à taire provoquèrent un brusque raidissement en lui. Mais la confusion qu'il en éprouva se dissipa devant la morgue qu'il découvrit chez son vis-à-vis.

Il demanda :

– Vous savez ce que vous risquez en agissant ainsi ?

Canaris acquiesça. Un sourire illumina ses traits. Il se tendit imperceptiblement, comme s'il saluait et se mettait au garde-à-vous devant une puissance invisible.

– Oui, répondit-il. S'ils me prennent, ils me pendront à un croc de boucher.

C'était prémonitoire.

Sept chiffres et un mystère

Le service de renseignement de l'état-major allemand occupait un hôtel particulier du Tirpitzufer, en bordure du Tiergarten. L'amiral Canaris pénétra dans l'enceinte protégée dès que l'attaché culturel hollandais l'eut quitté pour rejoindre son ambassade. Il monta directement à son bureau, au quatrième étage, sans emprunter l'ascenseur bringuebalant qui menaçait sans cesse de rendre l'âme. Une tâche considérable l'attendait encore. Seuls quelques-uns de ses collaborateurs, triés sur le volet et d'une absolue fidélité, savaient quel jeu menait leur chef.

L'amiral referma la porte de son antre. C'était une pièce sombre et austère, occupée dans un coin par un lit de camp, dans un autre par une bibliothèque au bois presque noir. Les rayonnages n'abritaient pas de livres, mais des montagnes de dossiers, certains reliés, d'autres enfermés dans des chemises colorées. Sur l'un des rayons se trouvait une maquette du dernier croiseur qu'avait commandé Canaris. Un gros poste Telefunken occupait l'étagère inférieure. Sur le mur parallèle étaient suspendus les portraits des hommes qui avaient en leur temps commandé les services de renseignement et de contre-espionnage de l'empire germanique. Face à la porte, entre deux grandes fenêtres ouvertes sur le Tiergarten, trônait un portrait du Führer.

L'amiral accrocha sa veste à une patère et s'approcha de son bureau. Celui-ci était envahi par un bric-à-brac des plus hétéroclites. On y trouvait pêle-mêle des cadres enfermant les photos de madame Canaris et de ses filles, des clés éparses, de multiples blocs de papier, une dague (offerte par le général Franco), un pistolet en bois de chêne, et quatre téléphones de Bakélite noire disposés parallèlement à un buvard. Celui-ci était enseveli sous la presse étrangère, celle du jour et celle de la veille, que Canaris n'avait pas encore examinée. Nul en Allemagne, pas même les services de Ribbentrop, aux Affaires étrangères, ne pouvait se flatter d'avoir accès à des titres si variés.

Ce jour-là, les journaux du monde entier affichaient une photo que l'amiral connaissait déjà : celle d'un paysan géorgien, râblé et moustachu, en vareuse militaire, serrant la main d'un Aryen impeccable, en costume et cravate sombres. Staline et Ribbentrop. Le maître de la Russie donnant l'accolade au chef de la diplomatie du Reich.

Hoffmann, le photographe officiel du Führer, avait raconté à Canaris que Hitler dînait avec quelques convives au *Berghof* lorsqu'il avait appris que la Russie acceptait de signer. A la lecture du télégramme de Staline, son visage s'était brusquement empourpré. Il s'était levé pour contempler le paysage à la fenêtre, comme s'il avait eu besoin de partager avec la nature l'exaltation qui s'était emparée de lui. Puis il s'était tourné vers la table, il avait tendu les poings, ri, hurlé, il s'était frappé les cuisses et la poitrine, et avait crié :

– Je les aurai ! Maintenant, je les tiens ! Ils sont à moi !

Après quoi, il avait informé ses hôtes de l'extraordinaire nouvelle et les avait entraînés dans une salle de projection située au sous-sol du Nid d'Aigle. Là, il avait fait passer et repasser un film montrant les troupes de l'Armée rouge défilant devant Staline. Et il s'exclamait :

– *Sie sind mit uns* [1] !

Dans la presse, chacun s'évertuait à expliquer à sa manière le pacte germano-soviétique. Deux jours après sa ratification nocturne, l'onde de choc qu'il avait provoquée perturbait encore chancelleries et salles de rédaction. Tous les observateurs avaient relevé cette

1. Ils sont avec nous !

phrase prononcée par Staline : « Nous ne tirerons pas les marrons du feu pour autrui. »

Si ce n'était pas pour autrui, c'était donc pour soi. Et Canaris savait de quoi il s'agissait. La responsabilité de cette alliance incombait à Chamberlain pour qui le péril rouge valait le péril brun, à Daladier qui avait compris trop tard l'urgence de prévoir l'ouverture d'un deuxième front à l'est, à Varsovie qui refusait de laisser les Russes entrer sur le territoire polonais pour aller au contact de l'armée allemande, à Hitler, enfin, qui, dans la balance des échanges, avait accepté que Moscou déposât sur le plateau de ses intérêts trois marchandises dont on discutait encore : la Finlande, la Bessarabie et les États baltes. Plus un mets royal, inclus dans un protocole secret dont nul, hormis les signataires et le chef de l'Abwehr, n'avait eu connaissance : le partage de la Pologne entre l'Allemagne et la Russie. Le pacte était doublé d'un traité économique utile en cas de blocus : le Reich était sûr de ne pas manquer de blé, de bétail et des matières premières indispensables.

La presse allemande célébrait en gras et en gothique la nouvelle alliance. De même que la presse soviétique, en gras et en cyrillique. De l'autre côté de l'Atlantique, on s'interrogeait. A Londres, on condamnait avec une vigueur inaccoutumée. En France, la curée contre les communistes commençait. *Le Journal* et *Le Matin,* l'un pronazi, l'autre profasciste, affichaient leur anticommunisme virulent : « Les lois naturelles jouent toujours : le cheval galope, le bolchevique russe trahit. » D'après les témoignages qu'il lisait çà et là, Canaris comprit que les communistes occidentaux étaient singulièrement perturbés. Les uns reprenaient un argument énoncé par Thorez trois ans auparavant et selon lequel, pour sauver la paix, il convenait de pactiser avec tout le monde, fût-ce avec l'Allemagne ; les autres prétendaient que Londres et Paris avaient poussé Moscou dans les bras de Berlin. Dans tous les cas, cependant, quelles que fussent les excuses, les raisons, les prétextes avancés, le parti français ne désavouait pas le pacte signé par Molotov et Ribbentrop. En sorte que, deux jours après la ratification, le gouvernement français venait de saisir la presse communiste, pour la plus grande joie des rédacteurs du *Matin.*

Canaris fit glisser la pile des journaux, souleva le buvard de cuir noir. Une plaque de fer munie d'une serrure à chiffres occupait le centre du plateau. Cette plaque était sertie dans le bois, blindée, protégée par un numéro à sept chiffres. Elle protégeait un compartiment dans lequel, lorsqu'il était absent, son collaborateur le plus proche plaçait les dossiers ultrasecrets que l'amiral avait commandés, ainsi que les messages délivrés par les téléscripteurs reliés à tous les contacts de l'Abwehr disséminés en Allemagne et de par le monde.

Canaris composa les sept chiffres de la combinaison. Il souleva la plaque métallique et sortit les documents contenus dans le compartiment : un dossier et quatre messages secrets dont il prit aussitôt connaissance.

Le premier émanait d'une taupe enterrée auprès du comte Ciano, gendre de Mussolini et ministre des Affaires étrangères italien. Il reconstituait le texte de Hitler téléphoné par Ribbentrop à l'ambassadeur allemand à Rome et remis à Mussolini. Canaris le parcourut rapidement. Le Führer annonçait à son allié l'imminence de la mise à exécution du plan Blanc et lui demandait de se tenir prêt à soutenir l'Allemagne.

Le deuxième message secret emplit d'aise l'amiral. Il avait été téléphoné à l'ambassadeur d'Italie à Berlin, Attolico, par le Duce soi-même. Il était destiné à Hitler. Canaris reconnut la patte de Ciano, hostile à la guerre. Car Mussolini se défilait ! Il prétendait que l'Italie n'était pas mûre, sur le plan militaire, pour entrer dans un conflit où il lui faudrait faire face à l'Angleterre. « Lors de nos précédentes rencontres, indiquait le Duce, la guerre avait été prévue pour 1942. A cette date, j'aurais été prêt sur terre, sur mer et dans les airs, selon les plans convenus... » Un paragraphe précisait que l'Italie pourrait envisager d'intervenir aux côtés de l'Allemagne à condition que celle-ci lui fournisse des munitions et des matières premières en grandes quantités : suffisamment pour tenir le choc face aux Anglais et aux Français. C'était du chantage, ni plus ni moins. Et, bien que la réponse de Hitler (qui constituait le troisième message, envoyé à Mussolini avant la réunion à Berchtesgaden) parût accommodante, Canaris ne s'y trompait pas : certes, le Führer priait le Duce de préciser de quelles munitions et de quelles matières premières il avait besoin, mais il n'aurait manifestement pas les moyens de répondre favorablement à la demande italienne. La guerre s'éloignait donc d'un pas.

Hélas, le dernier message secret la rapprochait de nouveau, et dangereusement : le téléscripteur avait envoyé la copie d'un télégramme adressé par le ministère des Affaires étrangères de Berlin aux ambassades et aux consulats polonais, français et britanniques ; il était instamment demandé aux autorités compétentes de rapatrier de toute urgence le personnel diplomatique et les ressortissants des trois nations concernées.

Canaris poussa un profond soupir. Il s'empara de la dague offerte par son ami le général Franco. S'en servant comme d'un coupe-papier, il entreprit de détruire les quatre messages secrets. Lorsqu'il les eut hachés menu, il les jeta dans une corbeille dont le contenu serait brûlé le soir même. Ainsi l'Abwehr protégeait-elle ses secrets de la Gestapo, de la SS et du *Sturmführer* Heydrich.

Enfin, l'amiral découvrit le dossier qu'il avait demandé avant son départ pour le *Berghof*. Une écriture féminine avait tracé deux mots sur la couverture : *C'est lui.*

Lui, dont le nom barrait la première page intérieure : Blèmia Borowicz.

L'agent D8

Il fallut moins d'une heure à l'amiral Canaris pour éplucher le dossier de ce photographe et éprouver à son endroit une antipathie viscérale. Lorsqu'il eut achevé sa lecture, il envoya la chemise rejoindre les autres sur les rayonnages de la bibliothèque, puis il brouilla les sept chiffres de la combinaison, remit le buvard à sa place et décrocha le combiné d'un téléphone à fourche posé sur un guéridon bas, derrière son fauteuil.

– *D8 bitte... Kommen Sie... Jetzt* [1].

Il raccrocha, se leva et alla quérir la vareuse militaire qu'il avait accrochée à la patère. Il l'enfila, l'ajusta, la boutonna, puis revint à sa place, derrière le bureau. Il n'aimait pas que ses collaborateurs, fût-ce les plus fidèles, le vissent en bras de chemise dans l'exercice de ses fonctions. Surtout l'agent D8.

La jeune femme avait été recrutée deux ans auparavant. Elle était rarement à Berlin, préférant les missions sur le terrain aux tracas et paperasseries des bureaucrates. Elle n'hésitait jamais à partir. Aucun agent n'avait plus souvent qu'elle traversé la Manche pour aller chercher au cœur de Londres des informations incroyablement précises qui s'étaient toujours révélées exactes. En raison de cette mobilité qui témoignait d'un exceptionnel courage, Canaris avait baptisé son agent du nom de code D8, soit l'emplacement de la dame noire sur l'échiquier. Noire, parce que D8 avait le teint

---

1. D8, venez s'il vous plaît... Maintenant.

mat des ténébreux, le regard profond des sagesses enfouies, la mince silhouette de ceux qui s'échappent. Et la dame, autant parce qu'elle était la pièce la plus agile de toutes celles de l'échiquier que pour le rôle qui lui était dévolu : protéger le roi.

L'amiral n'ignorait pas qu'il y avait quelque présomption à avoir ainsi baptisé la jeune femme. Car si elle était la dame noire, le roi n'était autre que lui-même.

Elle entra après avoir frappé légèrement et avant même qu'il l'eût autorisée à le faire. Elle se planta devant lui et dit de sa voix chantante à l'accent indéfinissable :

– *Guten Tag, Herr Canaris.*

Elle était la seule à ne jamais l'appeler par son grade. Il lui en était reconnaissant : ainsi se glissait-il un peu d'humanité dans leurs rapports.

– *Setzen Sie* [1], répondit-il aimablement.

Elle s'installa sur le fauteuil, de l'autre côté du bureau. Elle portait une grande robe blanche qui s'ouvrit en corolle sur ses genoux. Une fois encore, Canaris se demanda pourquoi elle avait choisi de servir l'Allemagne. Jamais il n'avait rencontré femme qui fût moins *gretchen* que l'agent D8. Ce jour-là, cependant, il osa lui poser la question. Et elle répliqua qu'elle servait d'abord et avant tout la paix.

– Comme vous, précisa-t-elle en lui adressant un sourire qui se figea soudain, comme si elle voulait faire passer un message qu'il avait déjà entendu depuis longtemps.

Impassible, il acquiesça et reprit :

– Nous avons encore une chance d'éviter la guerre.

– Je crains que non, répondit-elle.

Elle avait choisi le verbe craindre parce qu'il avait parlé de chance. Ainsi leur complicité était-elle de nouveau établie.

– Hitler est sûr qu'Anglais et Français n'interviendront pas, précisa l'amiral. Mussolini est persuadé du contraire. Il a écrit dans ce sens au Führer. C'est cela, la chance dont je parlais.

– Ma crainte vient d'ailleurs, rétorqua la Dame noire. Voulez-vous une information ?

1. Asseyez-vous.

460

Avant même qu'il eût répondu, elle enchaînait déjà :

– Lorsqu'il a appris la signature du pacte germano-soviétique, Daladier a convoqué le Conseil supérieur de la Défense française. Il y avait là le ministre des Affaires étrangères et les ministres des trois armes, notamment le général Gamelin. La question posée par le président du Conseil était simple : en fonction des moyens militaires dont elle dispose, la France doit-elle tenir ses engagements et entrer en guerre contre l'Allemagne, ou reconsidérer son attitude afin de gagner du temps ?

– Quelle fut la réponse ? demanda l'amiral Canaris.

– Aussi simple que la question posée. Il a été dit que la France avait assurément besoin de quelques mois pour se renforcer, mais que l'Allemagne profiterait de ce laps de temps pour se renforcer elle-même. En sorte que Paris n'avait pas le choix.

– Ils tiendront leurs engagements à propos de la Pologne ?

– La mobilisation a commencé. Si l'Allemagne attaque, Paris déclarera la guerre à Berlin.

– Comment avez-vous été tenue au courant de cette réunion du Conseil supérieur de la Défense ?

– Je ne puis vous le dire, répliqua sobrement l'agent D8. Permettez-moi de garder mes sources secrètes.

L'amiral n'insista pas. Il y avait beaucoup d'étrangetés chez la Dame noire. Par exemple, le fait qu'elle ne fût pas allemande. Ou, plus précisément, qu'elle eût choisi de servir l'Allemagne mais que jamais, quand elle parlait de ce pays, de sa capitale ou de son chef, elle n'employât les mots *Führer, nous, patrie* – bref, qu'elle mît toujours de la distance entre elle-même et la cause qu'elle défendait.

– Admettons, dit Canaris, que la qualité des informations que vous apportez compense certaines zones d'ombre que je ne m'explique pas.

– Admettons, approuva l'agent D8.

Ils furent interrompus par le téléphone. L'amiral répondit brièvement. Puis il décrocha les quatre combinés des appareils posés sur la table. Il laissa le cinquième sur sa fourche.

– J'ai lu le dossier dont vous vouliez que je prenne connaissance, dit-il en se reculant sur son siège.

Elle le chercha des yeux sur le bureau. Il devança sa question :

– Je l'ai classé. Mais je me souviens de tout.

Il sourit et ajouta :

– J'ai une mémoire exceptionnelle.

– Lui-même est un homme exceptionnel.

– Je n'en doute pas. Pour que vous vous intéressiez à lui, il est probablement hors du commun.

– En effet, se borna-t-elle à dire.

On entendit hennir des chevaux qui passaient plus bas dans le Tiergarten.

– Pourquoi avez-vous besoin de moi ? Cet homme est-il en danger ?

– Il le sera demain.

– Pourquoi demain ?

Elle lui expliqua. Il écouta attentivement. Elle ne l'avait pas convaincu.

– Je ne comprends pas pourquoi je devrais lui venir en aide.

– Il vous servirait. Ce serait un excellent émissaire.

– Auprès de qui ?

– Auprès des Anglais.

Il haussa les épaules.

– Cent de mes amis ont déjà contacté les Anglais. Depuis cinq ans au moins, nous avons eu des milliers d'occasions de nous parler... Le chef des services secrets britanniques lui-même a conversé avec moi grâce à des intermédiaires. L'ennui, c'est que cela ne sert à rien. Ni Londres ni Paris ne comprennent les messages que je m'échine à leur envoyer.

– Vous leur dites que s'ils ne se montrent pas fermes avec Hitler, la guerre éclatera..., l'interrompit la Dame noire.

– Je vais jusqu'à leur dispenser des conseils, figurez-vous...

– Je sais.

– Ils ne sont pas suivis !

– Si.

Il y eut un blanc. Ils réalisèrent l'un et l'autre qu'ils avaient trop parlé et s'étaient démasqués. Mais, confusément, et depuis longtemps, tous deux savaient qu'un jour viendrait où ils ne pourraient dissimuler davantage.

Probablement était-ce la raison profonde pour laquelle l'agent D8 avait demandé une entrevue à Canaris, et probablement aussi était-ce la raison pour laquelle celui-ci avait accepté de la rencontrer si rapidement.

Ils demeurèrent un instant silencieux. L'amiral songea que c'était à lui de parler. D'un côté, il ne souhaitait pas éclaircir maintenant les mystères dont il avait perçu l'ampleur, mais, de l'autre, il ne tenait pas à faire courir de risques supplémentaires à la Dame noire : il connaissait la force de conviction des interrogatoires musclés de la Gestapo. Il pensa que moins il en dirait, lui, moins elle en dirait, elle. Il en revint donc au dossier qu'elle lui avait communiqué.

– Où avez-vous connu ce jeune homme ?

– A Bombay.

– Savez-vous tout de sa vie ?

– Je sais ce qu'il y a dans le dossier et qui a été rassemblé par le *Sicherheitsdienst*.

– Et c'est tout ?

– Un peu plus, sans doute.

– Alors vous n'auriez même pas dû envisager une seconde que je puisse me soucier de ce garçon ! déclara l'amiral sur un ton un peu vif. D'abord, il ne me servirait à rien. Ensuite, les frasques qu'il a accomplies sur notre sol ne sont guère dignes d'un gentleman...

– C'était en 1933, objecta la Dame noire. Et puis, il n'y avait pas de mal à photographier Hitler en compagnie d'Eva Braun...

– Vous oubliez l'ordre de Parsifal ! Vous oubliez Friedrich von Riegenburg !

– Comment pouvez-vous estimer un homme tel que lui ?

La Dame noire s'était levée.

– Un nazi de la première heure ! Le massacreur de Guernica !

– Je connaissais son père, répliqua froidement Canaris. J'ai chassé en sa compagnie dans son château de Prusse... De toute façon, la question n'est pas là. Car, avant toute chose, vous m'oubliez, moi : mes idées... mes convictions !

Il se tourna vers elle.

– Asseyez-vous.

Elle obéit.

– Pourquoi devrais-je aider ce blanc-bec?

Il se leva à son tour. Il parlait fort tout en arpentant son bureau. Il avait perdu le flegme qui impressionnait tant ses collaborateurs. La Dame noire comprenait qu'il refusait d'accéder à sa demande, mais que ce refus lui coûtait.

– Figurez-vous qu'il est athée autant que je suis croyant! Il vient de Hongrie, vit en France et s'expatrierait certainement si on l'en priait avec un peu de vigueur. Moi, je ne suis qu'allemand! La patrie est ma seconde religion!

– Pas pour moi, répliqua la jeune femme. Mais cela ne nous empêche pas de travailler ensemble.

– La dernière raison est la plus importante, reprit l'amiral en baissant brusquement la voix.

Il revint s'asseoir derrière son bureau. Sa main effleura les quatre combinés téléphoniques couchés sur le buvard. On entendait siffler des tonalités lointaines.

– Votre ami a couvert la guerre d'Espagne du côté des républicains. Exclusivement de leur côté. Moi, je suis un ami intime du général Franco. En 1936, j'ai sillonné les Pyrénées en vue d'organiser des réseaux de renseignement à son profit. Je me suis occupé des livraisons d'armes entre l'Allemagne et l'Espagne... Lui et moi sommes donc d'irréductibles ennemis.

La Dame noire ne broncha point Elle avait compris qu'elle n'obtiendrait pas la faveur qu'elle avait espérée. Une seule idée la préoccupait désormais : quitter la maison de l'Abwehr et se débrouiller autrement.

L'amiral Canaris conclut :

– Pour toutes ces raisons, je ne vous aiderai pas. Oubliez votre Blèmia Borowicz.

Il la fixa sans dureté. Mais il n'eut aucun geste, aucune expression aimable.

A l'instant où elle allait prendre congé, le cinquième téléphone sonna. L'amiral Canaris décrocha. Il ne prononça aucune parole. La communication dura trente secondes à peine. Quand il revint vers sa visiteuse, un large sourire éclairait son visage sec.

– J'ai une excellente nouvelle.

Elle le regardait sans bouger.

– Comment vous prénommez-vous, D8 ?

– Shakuntala.

– Eh bien, Shakuntala, il faut que vous sachiez qu'à dix-sept heures trente-cinq, les Anglais ont signé un traité officiel d'assistance mutuelle avec la Pologne. Il ne s'agit plus seulement d'un accord verbal, mais d'un acte écrit. Un pacte. Cela signifie que le rempart contre Hitler s'est renforcé... Si la chance est avec nous, le Führer va prendre peur. Quand il comprendra qu'il ne peut pas acheter l'Angleterre comme il a acheté l'URSS, et que, s'il pénètre en Pologne, il devra combattre sur deux fronts à la fois, nos soldats réintégreront leurs casernes.

Mademoiselle Chat se leva. D'un geste rapide, elle rabattit sa robe blanche contre elle. L'un après l'autre, Canaris reposa les combinés téléphoniques sur leur fourche.

– Nous nous reverrons plus tard, D8 ! lança-t-il avec bonne humeur.

Comme Shakuntala ouvrait la porte du bureau, il lui demanda :

– Connaissez-vous les collaborateurs de Heydrich ?

– Leurs noms, oui... Mais les relations entre vos services et la SS m'ont empêchée de les rencontrer.

– Même un certain...

Canaris chercha dans sa mémoire et posa un doigt sur le nom qui lui avait échappé l'espace d'une seconde.

– ... Werner von Hobenfahrt ?

Mademoiselle Chat eut peine à étouffer un petit cri.

– Hobenfahrt ?! Mais justement, c'est de lui...

Canaris l'arrêta.

– Revenez, dit-il. Je crois que nous ne nous sommes pas tout dit.

Hôtel Brantzee, chambre 612

Boro suivait la progression sautillante d'un pigeon qui prenait l'air sur la façade ocre de l'Hôtel Regina Palast. L'oiseau se dandinait sur les aspérités de la pierre, passant de gargouille en gargouille. Il s'était arrêté sur le balcon que le reporter surveillait depuis son arrivée à Munich. Une fenêtre identique aux autres, à ceci près qu'elle était fermée et que le voilage intérieur n'avait pas été tiré.

Le pigeon reprit sa promenade, puis battit deux fois des ailes et s'envola dans le ciel bleu roi de cette fin d'après-midi d'été. Boro braqua ses jumelles dans sa direction. Lorsque le volatile eut disparu, il revint sur le Regina Palast et observa une à une les fenêtres béantes derrière lesquelles s'agitaient mollement quelques voyageurs. Il s'attarda une nouvelle fois sur les affiches placardées de part et d'autre de l'entrée principale de l'hôtel – ce même hôtel où il avait débarqué sept ans auparavant, lorsqu'il n'avait pas le sou, qu'il était amoureux de sa cousine Maryika et que Scipion l'avait conduit jusque-là au volant de la Bugatti Royale appartenant à Ettore Bugatti soi-même.

Ces affiches, c'était l'Allemagne d'aujourd'hui. L'une d'elles célébrait la Journée du Parti : un aigle au bec pointu, sévère et hiératique, posé sur un bloc de pierre sculpté d'une croix gammée blanc et noir. La deuxième visait à encourager la natalité ; elle montrait une famille nombreuse regardant l'avenir : le père, la mère et les cinq enfants arboraient la même expression un peu carnassière, violente, confiante et fière ; les petits garçons portaient des tenues évoquant l'uniforme ; un bébé brandissait un poing agressif peu conforme aux soucis et humeurs de son âge. La dernière affiche vantait les qualités d'un film manifestement antisémite : *Le Juif éternel;* elle présentait quatre visages d'hommes : grosses lèvres, nez crochu, papillotes. Un écœurement.

En 1932, on se battait encore dans la ville. Des jeunes gens en chemises brunes faisaient le coup de poing contre les communistes, prenant à témoin des policiers qui ne bougeaient pas, sauf quand l'issue des rixes était incertaine. Il y avait des piquets de boycott devant les magasins appartenant aux commerçants juifs, et les vitrines en étaient souvent brisées, les étalages dévalisés. Les rues étaient bariolées d'affiches encore contradictoires que les uns lacéraient quand les autres en collaient de nouvelles.

Aujourd'hui, Juifs et communistes avaient disparu. Les plus chanceux avaient émigré. Les autres se mouraient dans les camps qui avaient éclos depuis 1933.

Comme toutes les autres villes, Munich vivait à l'heure du Führer. Partout de la propagande. Partout des policiers ou des militaires en armes marchant en cadence, parfois au pas de l'oie, sous le regard admiratif des passants. L'Allemagne entière attendait sa revanche. S'il avait pu conserver un doute, Boro savait maintenant que le pays courait à la guerre. Il y courait avec morgue, fierté aussi, attendant des canons qu'ils lavent l'injure du traité de Versailles, qu'ils anéantissent les rouges, la « juiverie internationale », les intellectuels, les « inutiles ».

Certains photographes aussi, bien sûr.

Plus bas dans la rue, Boro aperçut la silhouette élancée de Béla Prakash. Le Hongrois traversait la chaussée, portant un sac de papier grisâtre à la main. Une pile de journaux était calée sous son bras gauche. Il se dirigeait vers l'hôtel de troisième ordre dans lequel, depuis leur arrivée, les deux fondateurs de l'agence Alpha-Press avaient trouvé refuge.

... Sitôt après le départ de Julia Crimson, à l'issue de trois révolutions sur la grande roue des Tuileries, Boro avait téléphoné à son ami pour lui dire que leurs plans étaient changés, qu'il partait pour l'Allemagne.

– Où te trouves-tu ? avait demandé le Choucas.

– Je rentre chez moi.

– Je t'y retrouve.

Boro lui avait tout raconté : Enigma, la princesse Romana Covasna, la formidable gaffe qu'il avait commise en rapportant la machine en France.

Julia devait lui téléphoner de Londres le soir même afin de lui préciser le nom de l'hôtel où la Roumaine était descendue et de lui indiquer par quel chemin il devait se rendre à Munich.

– Tu vas en Allemagne alors que tu y comptes de puissants ennemis...

– Hitler m'a oublié.

– Lui, peut-être. Pas ses sbires. Pas Riegenburg ni l'ordre de Parsifal.

– J'irai, avait seulement répondu Boro. Inutile de discuter de cela.

Il avait pris sa décision. Prakash connaissait trop bien son ami pour envisager qu'il pût changer d'avis. Rien n'y ferait. Personne ne le convaincrait de renoncer.

– Tu commets une terrible folie. Libre à toi. Mais je te donne un gage.

Boro était affalé sur le canapé. Il arborait une mine réjouie. Il avait levé l'extrémité de son stick et, étouffant un bâillement, avait demandé :

– Un gage ou un pari ?

– Le pari est élémentaire : reviendras-tu ou non ? Je ne joue pas sur ta vie. Parlons du gage.

– Je t'écoute. Tu es aussi lent que le bouton de réarmement de nos vieux Plaubel-Makina. Déclenche, maintenant !

– Je viens avec toi.

Boro s'était levé d'un seul élan.

– Tu es devenu fou ?

– Parle pour toi !

– C'est mon affaire.

– Je ne cours aucun danger à t'accompagner. Je ne suis jamais allé en Allemagne, et personne ne me connaît là-bas.

Comme Blèmia ouvrait la bouche pour mettre le feu

entre eux, le Choucas l'avait bousculé d'un mouvement d'épaule. Boro était retombé sur les coussins du canapé.

– Tu fais trop de bêtises ! Il te faut maintenant un mentor... Quelqu'un qui contrôle tes affaires de cœur ! Je ne te laisserai jamais partir seul en Allemagne. Et si tu tombais amoureux d'Eva Braun ? Ou de madame Goebbels ? A toi tout seul, tu serais capable de déclencher la guerre !

– J'irai seul, avait répété Blèmia.

Il avait lancé sa canne au loin avant de consulter sa montre.

– Et maintenant, je voudrais dormir. Je n'ai pas fermé l'œil depuis six mois au moins. Merci de ta visite !

Il considérait le Hongrois avec cet œil glacé qui, généralement, étendait sur le carreau les importuns.

Béla Prakash s'était assis sur une chaise, devant la table.

– Je ne bougerai pas.

– Moi, si.

Boro s'était dressé.

– Merci d'éviter de faire claquer la porte en sortant.

Il avait clopiné jusqu'au couloir. Prakash l'avait rappelé d'un cri qui sonnait comme un projectile.

– Borowicz !

Blèmia s'était retourné. Prakash avait tiré son portefeuille de la poche intérieure de sa veste. Il fouillait parmi ses papiers.

– Je te rends ça.

Il avait jeté à terre une carte plastifiée que Boro eût reconnue entre mille : son certificat de presse.

– Je quitte l'agence.

– Toi aussi ? Décidément, Paz et toi ne tenez plus en place !

– A partir d'aujourd'hui, je ne veux plus travailler avec un type comme toi.

– Un type comment ?

– Un coureur de jupons inconscient, un gamin insupportable, un...

Ils s'étaient regardés, puis le fou rire les avait gagnés.

Boro avait cédé.

– D'accord, Nounou. Reviens à six heures.

Il avait dormi jusqu'au moment où le téléphone avait

sonné. C'était Julia. Il avait écouté sans broncher les indications qu'elle lui avait fournies. Il devait prendre un train qui partirait à huit heures sept le soir même de la gare de Lyon. Voiture 16, compartiment 5. Il n'avait aucun souci à se faire concernant les formalités de passage : le douanier-contrôleur n'enregistrerait pas son nom.

– C'est un de vos agents ?

– Non. Notre agent est déjà à Munich. C'est un... disons : un anglophile.

– Il sera là quand je rentrerai ?

– On vous donnera les instructions nécessaires au moment voulu.

Julia avait encore indiqué que la princesse Romana Covasna était descendue au Regina Palast.

– Vous, vous irez à l'Hôtel Brantzee. Vous demanderez la chambre 612. Elle offre un point de vue incomparable sur le Regina.

– Et après ?

– Vous trouverez les indications nécessaires à votre arrivée.

Il avait tenté des diversions plus intimes, mais elle s'était dérobée. Boro avait eu le sentiment qu'une troisième personne écoutait leur conversation. Il avait raccroché.

A cinq heures trente, valise et Enigma en main, il avait quitté le passage d'Enfer. Il avait longuement déambulé dans les couloirs de la gare de Lyon. Au moment où il montait dans la voiture 16, une main s'était abattue sur son épaule.

Prakash.

– Tu croyais filer sans moi ? avait ricané le Hongrois.

– Je ne savais pas que ta vocation était de me servir de gouvernante.

– Figure-toi que je ne suis même pas passé chez toi à six heures. Je te connais trop bien !

– Et dire que je vais devoir te supporter jusqu'à Munich ! avait soupiré Boro.

Le train de huit heures sept pour l'Allemagne s'était ébranlé avec deux minutes de retard...

Fenêtre sur rue

Boro abandonna son poste d'observation pour ouvrir au Choucas de Budapest. Les deux hommes portaient des chemisettes en lin et des pantalons de toile légère. La chaleur était accablante.

Un courant d'air frais traversa la chambre, puis s'évanouit dans le couloir après que la porte eut été refermée. Béla jeta les journaux sur le couvre-lit et déposa son paquet sur l'unique table qui meublait la pièce.

– Ton repas du soir : saucisses grasses, frites grasses et eau grasse.

Il ôta sa chemise.

– Douche obligatoire. Retourne-toi.

Boro découvrit le détail de son menu, puis referma l'emballage sans plus y toucher : la seule vision de ces mets lui avait coupé l'appétit.

Il s'assit sur le lit et regarda la presse. Il n'y avait que des titres allemands.

– C'est par exotisme que tu n'as pas acheté de journaux français ? demanda-t-il au Choucas.

– Par indigence, répliqua l'autre. On ne trouve plus aucune feuille étrangère en Allemagne. Le pays est coupé du monde. C'est la parole du Führer contre toutes les autres.

Boro s'absorba dans la lecture des titres. La réalité germanique différait de la réalité du reste du monde. Partout ailleurs, on croyait que Berlin menaçait Varsovie. Il suffisait de faire un tour en Allemagne pour comprendre qu'en vérité c'était ce pauvre pays qui se trouvait inquiété : « Poussée de fièvre militariste en Pologne ! » s'exclamait le *Völkischer Beobachter*. « Trois avions commerciaux allemands touchés par des tirs polonais ! » renchérissait le *12-Uhr Blatt*. « Varsovie menace de bombarder Dantzig ! » hurlait le *Der Führer*. Partout, à chaque page, on racontait que les Polonais avaient pillé puis brûlé des fermes allemandes, qu'ils violaient les femmes allemandes et castraient les enfants allemands, que le délire polonais allait s'abattre d'abord sur la sagesse allemande, puis sur le droit et les libertés des Européens. L'Allemagne devenait un État menacé par la barbarie polonaise, le dernier rempart de la civilisation face aux hordes. Et Hitler, son seul guide. L'heure était si grave que ce dernier avait annulé le grand rassemblement nazi de Tannenberg où il devait s'exprimer face aux foules, de même que le congrès annuel du Parti, baptisé par lui-même Congrès de la Paix. Il était débordé, le Führer. Débordé par les décisions à prendre.

Comme Boro, écœuré, délaissait les journaux pour reprendre son guet devant la fenêtre, le Choucas sortit de la douche. Il tendit le bras vers la façade du Regina Palast.

– J'imagine que la pêche n'a rien donné ?

– Rien, répondit Boro. Je commence à en avoir assez.

Il parcourut du regard leur minable chambre d'hôtel.

– Il y a sept ans, je n'avais pas un sou en poche et je logeais en face, dans une suite de rêve. Aujourd'hui, je me retrouve dans ce cagibi...

– Ton Anglaise a négligé le goût des Hongrois pour le raffinement occidental !

La chambre mesurait trois mètres dans un sens, quatre dans l'autre. Les murs étaient salis par diverses traces. Ils avaient dégagé la table de la toile cirée poisseuse qui la recouvrait le premier jour, mais ils n'avaient rien pu faire contre les cadavres de mouches et de moustiques qui constellaient l'abat-jour du plafonnier et d'autres endroits moins accessibles encore.

– Essayons de changer de cagibi, proposa Prakash.

– Impossible, rétorqua Boro. Ce serait attirer l'attention sur nous.

Les consignes étaient formelles. Ils les avaient découvertes sous la forme d'une lettre manuscrite que leur
avait remise le garçon d'hôtel le matin de leur arrivée.
Cette lettre avait été rédigée en anglais par une main
féminine, sans doute l'agent de l'Intelligence Service
que Boro comptait remplacer auprès du baron et de la
baronne von Treeck.

Il prit la missive et la relut :

> *Notre amie commune se fait attendre. Elle vous
> prie de bien vouloir patienter. Vous serez invité à la
> réception qu'elle offrira, pour son retour, à ses amis
> les plus chers. Faites-lui la surprise de votre pré-
> sence sans vous annoncer. Ne lui téléphonez sous
> aucun prétexte. Ne traînez pas aux abords de sa
> propriété.*
> *Bon séjour parmi nous.*

Boro avait déposé la lettre sur la table. Elle était
imprégnée d'un léger parfum, mi-poivre mi-lilas, qui ne
lui était pas inconnu. Il l'avait longuement respirée, tentant de lier un souvenir à cet effluve qui, lui semblait-il,
n'émanait pas d'une essence classique.

C'est en poussant la porte de leur chambre qu'ils
avaient découvert la paire de jumelles. Près de l'étui, on
avait posé une enveloppe contenant un billet très court
indiquant en termes voilés que la suite réservée par
l'amie commune était située au sixième étage du Regina
Palast, troisième, quatrième et cinquième fenêtre en
partant de l'extrémité droite du bâtiment.

Depuis, à tour de rôle, ils surveillaient et attendaient.

Boro braqua les lunettes sur la corniche où d'autres
pigeons s'étaient assemblés. Ils grappillaient les quelques miettes qu'une fille de chambre leur distribuait
depuis l'intérieur d'un des appartements. Des restes de
brioches, de pâtisseries, de fruits frais, et combien
d'autres merveilles dont ils se fussent rassasiés s'ils
avaient habité en face !

Béla se campa devant la fenêtre ouverte. Il portait
une serviette nouée autour de la taille.

– Vois, grand séducteur, où tes âneries nous ont
conduits !

Boro abandonna les jumelles.

– Nous ne resterons pas longtemps. Demain, nous serons en France.

– Que tu dis ! Je te rappelle que nous ne devions passer qu'une nuit dans ce merveilleux pays...

– Si elle avait été là !

– Ta princesse a certainement découvert un amant plus fameux que son Hongrois bancal. Elle se pâme entre ses bras.

– Grand bien lui fasse ! répondit Boro sans trace de passion ni de jalousie dans la voix.

– Coucher avec une espionne allemande ! railla Prakash. Il n'y avait que toi pour commettre une pareille ânerie !

– Je ne demande pas leur identité aux femmes qui ôtent leur robe devant moi.

– C'est un tort. Dans le cas présent, presque une trahison.

– Habille-toi, rétorqua Boro en tendant les jumelles à son ami. Regarde : il y a là-bas une pigeonne qui t'observe avec une grande concupiscence.

Béla déposa les lunettes sur la table et enfila un pantalon.

– Puis-je te poser une question indiscrète ?

– J'ai l'habitude, ricana Boro.

– Cette princesse, l'as-tu aimée ?

– La chair est faible.

– Particulièrement la tienne. Était-elle très... très démonstrative ?

– Au-dessus de la moyenne.

Non, il ne l'avait pas aimée. Il avait été emporté par cette passion violente qui s'emparait de lui chaque fois qu'il désirait une femme. L'attirance déteignait immanquablement sur l'ensemble de ses sens, le conduisant à travestir en immensités un petit territoire très personnel qu'il était toujours prêt à offrir.

Il pouvait moins reprocher à la comtesse d'être une espionne que s'en vouloir à lui-même de s'être montré passablement imprudent. Il n'avait jamais ignoré qui elle était ; les multiples violences qui avaient entouré leur rencontre n'avaient nullement prêté à équivoque. Pour la première fois de sa vie, Boro se sentait comme un gamin fautif. Le pot de confitures dont il s'était emparé en haut de l'armoire interdite était empoisonné. C'est pourquoi il avait tenu à réparer lui-même l'erreur. C'est pourquoi aussi, tout en appréciant comme il convenait la générosité de son ami hongrois, il eût préféré courir seul les risques.

— Et que comptes-tu faire quand la noblesse débarquera dans l'hôtel d'en face ? demanda Prakash en poussant une chaise devant la fenêtre.

— Je me ferai passer pour follement amoureux. Je prétendrai que j'avais gardé la machine pour la lui rendre, et donc la revoir. Puis nous repartirons aussitôt.

— Moi, je partirai. Mais toi ? Ton si généreux douanier sera-t-il encore à sa place ?

— On me donnera les instructions nécessaires.

— D'ailleurs, qui te prouve que ce douanier était réellement bien intentionné ? Qui te prouve qu'il n'a pas transmis ton identité à ses supérieurs ?

— Rien, répondit laconiquement Boro.

Il poussa un soupir. De l'autre côté de l'avenue, les quatrième, cinquième et sixième fenêtres du Regina Palast demeuraient désespérément closes. Les pigeons trottinaient toujours le long de la gouttière. Le soleil déclinait derrière les clochetons alentour, nimbant les toitures d'un reflet orangé.

Boro attrapa son Leica.

— On trompe la consigne, dit-il avec un entrain nouveau. Sortons ! Si la princesse arrive, elle attendra.

Prakash l'observa avec curiosité.

— Tu échapperais à un rendez-vous amoureux ?

— A cette chambre, surtout. Viens. Je vais te présenter Munich.

Le Choucas glissa la lanière de son appareil sur l'épaule, Blèmia poussa la valise contenant Enigma sous le lit, puis ils sortirent.

La doublure image

Les rues étaient noires de monde. Toujours les policiers, toujours les soldats. Des promeneurs aussi, des voitures, des camions, militaires ou non, emplis de troupes en vert-de-gris qui remontaient vers le nord, vers Dantzig, vers la Pologne. Partout des affiches. L'aigle nazi, martial et conquérant. Des mains tendues, paumes tournées vers le bas. Des svastikas. D'innombrables magasins fermés. Des inscriptions en caractères gothiques ponctuées de points d'exclamation. Autant d'images violentes, agressives, que les deux reporters d'Alpha-Press imprimèrent sur leurs rouleaux de pellicule.

En fin d'après-midi, six bombardiers passèrent dans le ciel bleu. Les passants s'arrêtèrent pour les suivre du regard. Aux conversations, les deux Hongrois comprirent que le pays était à quelques heures de la guerre : autour de la ville, les canons antiaériens avaient été dressés ; les badauds prétendaient qu'ordre avait été donné aux troupes allemandes d'entrer en Pologne le lendemain ; on parlait de mesures de rationnement sur le savon, les chaussures, les tissus, le charbon ; on maudissait les étrangers, Polonais, Anglais, Français mêlés.

– Ne parlons pas, chuchota Boro.

Dans les rues, en effet, il n'y avait plus d'étrangers : les deux reporters comptaient sans doute parmi les derniers.

Blèmia conduisit Prakash sur les traces de son précédent voyage. Ils passèrent devant la boutique de chez

Hoffmann où Maryika avait offert son premier Leica à son cousin. Les grilles du magasin étaient baissées. Et Hoffmann, devenu photographe officiel de Hitler, avait quitté Munich pour les allées grandioses de Unter den Linden et la porte de Brandebourg.

Sur les bancs du Jardin anglais, quelques jeunes gens profitaient de l'ombre qui allait s'allongeant pour s'embrasser. Une fanfare, tous cuivres dehors, faisait résonner sous les cimes les accents vindicatifs d'une marche militaire. Comme les deux Hongrois s'étaient arrêtés pour photographier le faciès rougeaud d'un chef d'orchestre affublé d'un shako, ils virent approcher un groupe de promeneurs – hommes, femmes et enfants – qui reprirent en chœur le chant ponctué par les cymbales. Bientôt, ils furent plusieurs dizaines à pousser des vocalises vengeresses, puis les bras se tendirent, et jaillit ce cri que Boro n'avait plus entendu depuis de longues années : *Sieg Heil !* Il fut repris par les amoureux désenlacés, puis par tous les autres témoins qui se trouvaient là. Tous figés dans la même attitude dévote, talons serrés, paume offerte : *Sieg Heil !*

– Ce pays est fou ! murmura Prakash.

Ils détalèrent, car venaient vers eux une demi-douzaine de jeunes gens qui voulaient sans doute les contraindre à reprendre avec eux le cri de guerre national. Ils se perdirent entre les arbres.

Plus tard, ils dînèrent promptement au Bayerischer Hof. Le garçon leur demanda s'ils étaient de nationalité anglaise. Ils répondirent qu'ils venaient de France. L'Allemand fit observer qu'ils n'avaient plus le droit d'être là, que les ressortissants polonais, anglais et français étaient partis depuis la veille. Le pays s'était vidé de ses diplomates et de ses correspondants de presse étrangers.

Ils quittèrent l'établissement comme les clients entonnaient à leur tour un flonflon aux accents suraigus.

Ils voulurent boire un dernier verre au café Luitpold. Mais, là aussi, ayant poussé la porte, ils découvrirent des trognes grimaçantes, civils et militaires mêlés, éructant d'autres glorifications. Les hommes se tenaient par les coudes et oscillaient en rythme, énorme chenille gorgée d'alcool, imbue d'elle-même et assassine.

– Munich est une ville tout à fait infréquentable, déclara Prakash comme ils revenaient vers leur hôtel.

A Boro, elle faisait songer à une écurie peuplée de soudards récitant tous en chœur une ode grotesque au Führer.

Ils venaient de passer devant l'Hôtel des Quatre-Saisons lorsqu'il s'arrêta soudain.

– Regarde, murmura-t-il à l'adresse du Choucas.

Il montra une femme qui attendait sous un lampadaire. Elle portait un long manteau kaki qu'elle découvrait pour les passants, exhibant des bas, des jarretelles noires et un soutien-gorge dont les balconnets dissimulaient mal une poitrine un peu grasse aux aréoles grossièrement peintes en rouge.

– Une ancienne amoureuse ? s'enquit Prakash en souriant dans l'ombre.

– Elle ne te rappelle personne ?

Le Choucas fit un pas en avant. Puis il haussa les épaules et dit :

– Elle a quelque chose de ta cousine... Si je puis me permettre ! ajouta-t-il en levant la main en signe de paix.

Boro abaissa son bras.

– Tu ne t'es pas trompé. Cette fille était la doublure image de Maryika dans le dernier film qu'elle a tourné ici : *L'Aube des jours.*

– Je l'ai vu, répondit Prakash. C'est un film de Wilhelm Speer, l'ancien assistant de Fritz Lang, de Pabst et de Sternberg...

– Et aussi le mari de Maryika, compléta Boro. Cette fille s'appelle Barbara Dorn. La dernière fois que je l'ai vue, elle était jeune, belle et fraîche...

Il fut tenté de traverser pour aller saluer l'ancienne amie de sa cousine. Mais il renonça. Une vague d'écœurement l'avait envahi. La doublure de Maryika devenue prostituée ! Quelle engeance régnait donc sur ce pays, qui en vînt à transformer si parfaitement tous les carrosses en citrouilles ?

Il prit Béla par l'épaule et le poussa doucement en direction de l'hôtel.

– Rentrons. Cette ville ne nous vaut rien.

Hitler fait un pas de côté

Ce même soir, alors que les armées allemandes avaient reçu l'ordre de déferler sur la Pologne à quatre heures quarante-cinq du matin, Hitler ne dormait pas. Réfugié dans son bureau de la chancellerie, il étudiait la lettre que venait de lui remettre Attolico, l'ambassadeur italien à Berlin. C'était la réponse de Mussolini au message envoyé par le Führer quelques heures plus tôt. Les ingrédients nécessaires pour que Rome entrât en guerre aux côtés de l'Allemagne. Une liste de courses : sept millions de tonnes de pétrole, six millions de tonnes de charbon, deux millions de tonnes d'acier, un million de tonnes de bois de charpente, six cents tonnes de molybdène, quatre cents tonnes de titane, cent cinquante batteries antiaériennes...

Le Führer ne décolérait pas. D'autant plus qu'Attolico avait bien précisé, avant de quitter le bureau, qu'il y avait une clause décisive : le matériel devait être livré *avant* le déclenchement des hostilités.

Le message du Duce était limpide : il se dégonflait. Ciano et Attolico, opposés à la guerre, avaient eu raison de ses résistances. D'abord, le Duce avait clamé que l'honneur l'obligeait à soutenir l'Allemagne. Puis, qu'il voulait un morceau de la Croatie et de la Dalmatie. Ensuite, il avait oscillé, se laissant gagner par la crainte d'une intervention franco-britannique. Un jour oui, un jour non : tantôt il refusait de courir le risque, tantôt il voulait la part du gâteau que Berlin lui accorderait s'il restait son allié.

Pendant un certain temps, sa fierté l'avait emporté : l'Italie n'abandonnerait pas l'ami germanique. Mais il y avait eu le pacte germano-soviétique. Humilié de ne pas avoir été prévenu avant le jour même de la signature, Mussolini avait décidé de bouder : c'était non. Et aujourd'hui, d'après la liste, c'était toujours non : le Duce s'apprêtait à trahir l'article 2 du pacte d'Acier spécifiant que l'alliance devait automatiquement jouer si l'un ou l'autre des partenaires était attaqué par une tierce puissance. Sa double dérobade était grotesque : d'abord, il avait prétendu que les accords stipulaient qu'aucune attaque ne serait tentée avant 1942 ; aujourd'hui, il exprimait des exigences impossibles à satisfaire.

Et il n'y avait pas que l'Italie pour contrarier le Führer. De l'autre côté de l'Europe, l'Angleterre avait signé un traité d'alliance avec la Pologne. Il était devenu impossible de croire que Londres ne déclarerait pas la guerre à l'Allemagne si la frontière était franchie. Au sud, le principal allié faisait défection. A l'ouest, le principal ennemi potentiel devenait l'ennemi principal dans les faits. Au-delà de l'Atlantique, le président Roosevelt avait envoyé deux messages urgents, l'un à Berlin, l'autre à Varsovie, demandant aux parties de régler leur différend par des voies pacifiques. Le roi des Belges, le pape lui-même venaient de lancer un appel en faveur de la paix.

Au milieu de ces tirs croisés, Hitler était soudain en proie au doute. Il se sentait acculé, nerveux. Trahi par tous, y compris, d'une certaine manière, par Chamberlain : pourquoi ce grand mou lâche se redressait-il soudain ? Pourquoi n'avait-il pas accepté les issues de secours que Berlin offrait depuis des mois à Londres ? Hitler ne venait-il pas de proposer à l'ambassadeur britannique en poste à Berlin, Henderson, des accords qui eussent garanti à l'Empire britannique la protection de l'Allemagne en cas d'agression extérieure ? Évidemment, l'offre avait quelque chose de ridicule, mais on l'avait faite ! Et les Français ! Ah ! les Français ! Eux aussi reprenaient du poil de la bête ! Coulondre, leur représentant en Allemagne, avait donné sa parole d'honneur que si la Pologne était attaquée Paris interviendrait.

Hitler faisait les cent pas dans son bureau. Il était en proie à ses tics familiers. Dans quelques heures seulement, les troupes de la Wehrmacht marcheraient sur Dantzig. Mais si Mussolini se défilait ? Si Daladier et Chamberlain se donnaient la main ? L'Allemagne pourrait-elle attaquer sur le front Est et se défendre sur le front Ouest ?

Le Führer frappa le plancher du talon. Une fois, deux fois. A la troisième, il décrocha son téléphone.

– Keitel, vociféra-t-il. *Schnell !*

Il était hagard.

Le général arriva quinze minutes plus tard. Hitler le cueillit à chaud. Il lui demanda où en était le plan Blanc. A quoi le chef d'état-major de l'Oberkommando der Wehrmacht répondit que la plupart des unités avaient commencé à faire mouvement vers la frontière polonaise. Les colonnes blindées de Kleist étaient déjà sur place.

– *Halt,* dit froidement Hitler. Stoppez tout.

Keitel l'observa sans comprendre.

– Le plan Blanc est interrompu, reprit le Führer. Transmettez aux officiers d'état-major. Envoyez des avions de reconnaissance, faites-les atterrir sur la frontière s'il le faut.

Il abattit son poing sur la table.

– *Wegen dieser englischen Mistkerle* [1] *!*

---

1. A cause de ces cochons d'Anglais !

Plan de campagne

Un léger bruit se glissa entre ses rêves et la clarté déjà vive du jour. Boro ouvrit instantanément les yeux. Il lui fallut quelques secondes pour réaliser où il se trouvait et comprendre que l'ombre allongée auprès de lui n'était nullement celle d'une conquête récente, mais celle du Choucas de Budapest.

Il demeura un instant entre deux vagues, les sens en éveil. L'hôtel, cependant, restait désespérément silencieux. Hormis l'homme qui assurait la permanence à l'entrée, un Alsacien joufflu et muet qui passait ses journées à lire et relire la *Deutsche Allgemeine Zeitung,* ils n'avaient pas croisé un seul occupant. Ni même une femme de ménage puisque, aussi bien, il semblait qu'ici la propreté des lieux dût être assurée par les locataires des chambres. Le silence depuis le premier jour, et, ce matin-là, un infime glissement, comme échappé d'un rêve. Un rêve épistolaire...

En un clin d'œil, Boro fut debout. Il courut jusqu'à la porte. Une enveloppe avait été introduite sous le battant. Il la prit et l'ouvrit. Aussitôt, il respira cette légère odeur de poivre et de lilas qui l'avait frappé la fois précédente.

La lettre était rédigée en anglais. L'écriture ne différait pas de la première missive. Boro en prit connaissance :

> *Notre amie commune a pris ses appartements dans la nuit. Son mari la rejoindra par le train qui*

arrive de Berlin à 16 h 06. Vous devrez l'avoir vue avant et avoir quitté Munich sitôt après lui avoir remis le cadeau que vous avez apporté à son intention. Pas d'imprudence ni de tentative de séduction : restez avec elle le moins longtemps possible. Tous les ressortissants français et anglais ont quitté l'Allemagne.

Boro interrompit sa lecture et relut l'avant-dernière phrase. Elle dénotait une connaissance de lui-même qui l'intrigua autant que la fragrance subtile qui montait à ses narines chaque fois que la lettre bougeait entre ses doigts. Il lui semblait que l'agent britannique – une femme, évidemment – avait parfumé sa missive à dessein comme pour lui faire parvenir un signe qui dépassât le cadre de leur commune mission.

Il acheva sa lecture :

Il n'était pas prévu que vous veniez à deux. Mais, puisqu'il est là, faites-vous aider par votre ami. Préparez vos bagages et commandez un taxi. Ne repassez pas à votre hôtel en quittant le Regina Palast. Vous devez impérativement prendre le train pour Paris qui part de la gare centrale à 15 h 32. Si vous avez de l'avance, ne restez pas à l'hôtel : il est préférable que vous vous promeniez dans la ville plutôt que de rester dans ces parages. Dès que vous vous serez fait reconnaître, vous serez en danger. Dans le train, nous assurerons discrètement votre protection. Sur place, sachez – sans chercher à en profiter – que j'occupe l'appartement voisin de celui de notre amie commune.

C'était tout. Des indications claires et une phrase finale qui ressemblait fort à une invite.

Qui était cette femme ?

Boro se couvrit d'une serviette qu'il noua autour de ses hanches, à la façon d'un pagne. Il s'empara des jumelles et les braqua alternativement sur les fenêtres de la baronne, puis sur celles qui lui étaient contiguës. Elles étaient fermées, rendues plus inaccessibles encore par de lourds rideaux qui ne laissaient rien filtrer de leurs secrets.

Boro consulta sa montre. Il était neuf heures. Il relut la lettre. Quelque chose dans cette affaire ne tournait pas rond. Y avait-il anguille sous roche ? Ou, pis encore, piège sous la cendre ?

Il s'approcha de Prakash et lui toucha l'épaule.

– Réveille-toi, Choucas !

Le reporter souleva une paupière puis la referma en grognant.

– Oublie tes plaines de Hongrie et atterris sur cette bonne terre bavaroise.

– Munich ! Ah, Munich !

Béla ouvrit un œil, lorgna son ami et poussa un soupir de déception profonde.

– Tu ne voudrais pas te déguiser en quelque chose d'autre ?

– En une bonne paysanne de Souabe tout en rondeurs ?

– Ça ne déparerait pas.

– Je ne crois pas avoir les compétences nécessaires, répondit Blèmia en riant.

– De toute façon, dans cette ville, les femmes se cachent, se plaignit amèrement Béla. Tu as remarqué cela, ô grand séducteur ? Ce sont les hommes qui occupent les restaurants et les tavernes.

– Pourtant, j'en connais deux, objecta Boro.

Le Choucas se dressa sur un coude.

– Elle est arrivée ?

– Cette nuit.

– Et qui est l'autre ?

– Celle qui nous écrit des mots doux.

Il tendit la missive parfumée à Prakash. Celui-ci la porta à son nez, inspira en connaisseur et annonça :

– Kro n° 1 de chez Beller.

– D'où te vient ce savoir ? questionna Boro, soudain intéressé.

– D'une petite main de chez madame Schiaparelli...

– Cette petite main pourrait-elle tenir un browning ?

– Le corps des hommes, et c'est tout.

– Tu ne l'imagines pas dans les services secrets anglais ?

– Quand je l'ai connue, elle était chez Poiret. Elle a fait un passage éclair chez Chanel avant d'entrer chez Schiap'... Non, je ne l'imagine pas au MI 6.

484

Prakash lut la lettre, la plia en quatre et la rendit à Blèmia.

– Ce n'est pas son style. La Rolande est plutôt du genre direct. Pour elle, un chat est un chat, si tu vois ce que je veux dire. Elle ne procède pas par allusions.

– Où vois-tu des allusions ?

– Ta saint-bernarde te donne rendez-vous, non ?

– Je n'irai pas.

– Cela me paraît assez raisonnable. Tu manquerais de temps.

Prakash sauta à bas du lit. Il s'empara des jumelles, observa la façade du Regina Palast puis referma la fenêtre et s'assit, nu, sur le coin de la table.

– Le plan est très dangereux. Sois bien conscient de cela.

Béla chercha le regard de son ami et ajouta :

– Si tu décidais de ne pas y aller, je comprendrais. La situation dans laquelle tu te trouves est parfaitement déplaisante.

Boro ignora la dérobade proposée.

– Le premier danger, dit-il, c'est qu'on me reconnaisse. Le personnel de l'hôtel, par exemple. S'il n'a pas changé...

– En ce cas ?

– Je ne sais pas... Mais, même si on me reconnaît, il n'est pas sûr qu'on alerte... qu'on alerte je ne sais qui ! Car la baronne von Treeck est certainement très bien considérée au Regina Palast. Si elle accepte de me recevoir, il y a finalement peu de risques qu'on se défie de moi. On pensera que je suis un de ses amis... D'ailleurs, je me présenterai comme tel.

Tout en parlant, Boro échafaudait un plan auquel il n'avait pas réfléchi jusqu'alors. Oui, les dangers étaient innombrables ; les risques, immenses.

– Si elle ne te reçoit pas ? douta Prakash.

Boro lui assena une bourrade sur l'épaule.

– C'est la seule question qui ne se pose pas...

Il affichait un sourire plein de suffisance sarcastique qui exaspéra le Choucas.

– La contradiction majeure est là, reprit Boro : elle va m'ouvrir sa porte et je prétendrai avoir volé Enigma pour le seul plaisir de dérober une nuit – ou plusieurs –

à ses emplois du temps. Or, je dois rester à Munich le moins longtemps possible. En tout cas, pas plus de trois heures. Que dit un amant passionné pour justifier qu'il doive battre en retraite sitôt après avoir déclaré sa flamme ?

– Il faut qu'il soit éconduit.

– Donc, je me ferai éconduire.

– Et comment, monsieur le prince charmant ?

Prakash affichait une grimace ouvertement moqueuse. Boro lui lança une œillade.

– J'improviserai.

Il posa la pointe du menton dans sa paume ouverte et ajouta, réfléchissant tout haut :

– Elle doit croire à ma flamme. Sinon, elle comprendra que je ne suis pas venu à Munich pour elle, mais pour rendre une machine dont les services secrets occidentaux n'ont plus besoin. Il me faudra être parfait dans le rôle du suborneur rejeté.

– Admirable ! s'écria Prakash en quittant d'un bond la table.

Il ricanait tout en se glissant sous la douche.

– Le meilleur de tes rôles ! Obligé de penser tout à la fois à la séduction et à la rupture ! En moins de trois heures !

– Même pas, répliqua Boro. Si je la retrouve après le déjeuner, je disposerai d'une heure à peine.

– C'est dans tes moyens ! s'esclaffa Prakash.

Boro le rejoignit au seuil de la douche.

– Toi, tu restes ici. Tu observes à la jumelle. Si les choses tournent mal, il faut que nous puissions nous prévenir.

– Dans un sens, c'est facile, déclara Béla. Dans l'autre, c'est plus complexe.

Il inclina la tête vers l'arrière, offrant son visage au filet ruisselant. Puis il s'ébroua.

– Si on demande de l'aide depuis l'hôtel, je verrai des policiers arriver. En ce cas, j'appelle le standard, je demande ta princesse et je raccroche juste après qu'elle aura répondu. Tu comprendras de quoi il retourne.

– Parfait. Et moi, je file. On se retrouve ici ?

– Pas ici. Je t'attendrai devant l'hôtel, dans un taxi.

– Après, à la grâce de nous-mêmes! murmura Boro.

Il succéda à son ami sous la douche. Il réfléchissait encore. La partie serait serrée. Mille embûches l'attendaient. Il comprenait pourquoi Julia, amie avant d'être espionne, avait tout tenté pour l'empêcher de venir jusqu'à Munich.

Lorsqu'il revint dans la chambre, Prakash s'était habillé et observait la façade du Regina à travers les jumelles.

– Il faut prévoir un dernier point, dit Boro en se campant derrière lui.

– Nous en oublions certainement beaucoup.

– Celui-là est essentiel... Tu regarderas les rideaux des trois fenêtres de la suite. Si l'un d'eux se lève ou s'abaisse, tu prends nos valises et tu t'en vas.

– Où ça? demanda Prakash en se retournant.

– A la gare.

– Il n'en est pas question!

– Il n'est question que de cela, fit Boro.

Il ouvrit l'armoire dans laquelle il avait rangé ses quelques affaires.

– Si la situation devient désespérée, je tirerai l'un des rideaux dans un sens ou dans l'autre. Dans ce cas, tu rentres en France et tu préviens Julia Crimson. Elle seule pourra me sauver.

Il ajouta, pensif :

– S'il en est encore temps...

– Si les choses tournent au vinaigre, je ne bougerai pas d'ici, répliqua Prakash avec une belle autorité.

– Bougre d'âne! s'emporta Boro. Si tu restes toi aussi, qui saura où je suis?

Le Choucas ne répondit pas.

Blèmia sortit de l'armoire une chemise en popeline de coton et un costume de soie beige. Il noua une cravate sombre et fit bouffer sa pochette. Puis il se baissa et tira la mallette contenant Enigma de sous le lit.

– Quelle heure est-il?

– Dix heures, répondit le Choucas.

– Répétons les rôles, proposa Boro.

Ils précisèrent leur plan. Béla Prakash finit par

admettre qu'en cas d'échec mieux valait qu'il rentrât à Paris au plus vite.

Ce qui, comme on va le voir, n'allait nullement contribuer à extirper Boro du piège dans lequel, à quatorze heures précises, sous le regard de Prakash, penché à la fenêtre de l'Hôtel Brantzee, il tomba la main la première.

Chien perdu avec collier

Herr Rumpelmayer se tourna vers le client dont la main venait d'effleurer la sonnette posée sur le desk.

– *Ein Moment!* dit-il d'une voix où le mépris envers les étrangers le disputait aux marques d'un respect obligé pour la clientèle et ses devises.

Il revint vers le couple qui attendait devant la monumentale caisse enregistreuse qu'un bras en livrée actionnait à la vitesse d'un piston.

– *Papier, bitte.*

L'homme, dont la complexion était en tout point opposée à celle du réceptionniste en chef du Regina Palast, parut hésiter un moment, puis, sur un acquiescement de son épouse, présenta un passeport écorné.

Herr Rumpelmayer s'en empara d'une dextre légère, l'ouvrit devant son bedon sanglé dans une tenue beige boutonnée jusqu'au col, et commença de le feuilleter avec soin.

De l'autre côté du bureau, le client et sa compagne échangèrent un regard confiant, aisément déchiffrable : si le gros d'en face prenait le temps d'examiner les papiers sans s'arrêter à la lettre *J* – *J* comme *Jude* – qui barrait la première page, il y aurait peut-être dérogation. En quoi ils se trompaient. Dès le premier coup d'œil, Herr Rumpelmayer avait détecté la vermine. A cet égard, son esprit était d'une vivacité toute patriotique. Comme celui du Führer. Le *Berliner Tageblatt* avait écrit que lorsque Hoffmann lui avait montré les premières photos de la signature du pacte germano-soviétique, Hitler s'était surtout intéressé à la forme de l'oreille du Grand Diable Rouge : si le lobe était bien séparé du pavillon, c'était une preuve d'aryanisme ; l'inverse eût révélé une tare judaïque. Par chance, Staline avait l'ouïe déliée.

Rumpelmayer avait suivi des cours du soir. Il était si bien rompu aux sports d'identification que sa cervelle brune n'avait même pas besoin de se référer aux signes distinctifs répertoriés par les croquis punaisés sous le plateau du desk, à un endroit inaccessible aux regards extérieurs. Peu lui importaient le nez, les lèvres ou les oreilles. Le regard suffisait. En général, *ils* s'adressaient à lui sans témoigner de cette morgue dont les autres ne se départaient pas quand ils lui demandaient une chambre. Dès lors, Herr Rumpelmayer s'accordait le droit civique de leur parler avec tout le mépris dont l'abreuvaient les gens *normaux,* renversant les rôles, accomplissant une mission pour ainsi dire d'intérêt national sous l'œil de la petite svastika, noire sur fond doré, qu'il épinglait chaque matin au revers de sa veste beige.

Ce jour-là, il prenait son temps, car son esprit était ailleurs. Il ne songeait même pas aux liasses de marks qu'il échangeait parfois, quand sa bourse personnelle était trop plate, contre une des chambres du dernier étage, celui des domestiques. Il rêvait de s'offrir une KdF-Wagen. La publicité officielle encourageait les gens du peuple à économiser cinq marks par semaine afin de rouler dans cette voiture symbolique de la force et de la joie de vivre, dont chacun des phares ressemblait à l'œil du Führer. Hélas, tous les fonds mis de côté par des millions de ses compatriotes venaient d'être confisqués au profit de l'effort de guerre. Dans la bagarre à venir, Herr Rumpelmayer avait donc perdu la demi-voiture qu'il avait déjà potentiellement acquise. Il ne s'en plaignait pas : deux portières, un moteur et quatre roues font probablement une tourelle de panzer, et si le Reich, grâce à lui, s'étendait encore un peu plus du côté de l'est, il aurait gagné son billet d'entrée au paradis nazi.

De toute façon, il rattrapait les fonds perdus : un Juif pour une nuit (jamais plus) consolait sa bourse ; deux Juifs la rassuraient.

Mais, pour l'heure, il pensait à autre chose. Tout en feignant d'examiner le passeport qu'on venait de lui remettre, ses méninges travaillaient sur le passé. Il avait déjà vu cet autre étranger qui venait de poser la main sur la sonnette du desk. Un grand brun au teint mat. Juif, lui aussi. Les lèvres fines entrouvertes sur un sourire narquois. Des doigts aux ongles impeccables qui tapotaient impatiemment le comptoir en chêne cérusé.

Qui ?

Il referma le passeport, se courba derrière le bureau et inscrivit une nouvelle croix sur une feuille qui en comptait déjà soixante-trois. Un petit jeu innocent auquel il se livrait avec son collègue de nuit : une croix par Juif renvoyé, on faisait le compte en fin de semaine ; celui qui avait le plus de croix gagnait un verre de schnaps offert par le perdant.

Herr Rumpelmayer repoussa le passeport d'un geste à l'ampleur soigneusement calculée pour le faire choir de l'autre côté du comptoir. Ce faisant, il lança les mots qui, mieux que les cinq marks hebdomadaires de la KdF-Wagen envolée, traduisaient son propre effort de guerre :

– Nous n'acceptons pas les israélites dans cet établissement.

Il aimait bien ce mot : *israélite*. Il était plus long à prononcer que le simple vocable *Juif*. Le plaisir en était décuplé.

Il se passa alors quelque chose d'incroyable. L'homme et la femme le toisèrent comme les autres, les vrais Allemands, n'eussent jamais osé le faire : avec un mépris si profond, si intense que, l'eût-il voulu, Herr Rumpelmayer ne se serait pas permis de leur proposer une chambre sous les combles contre des banknotes en devises fortes. Un regard ignoblement fier. Et, suprême humiliation, ce ne fut pas elle, pas lui non plus qui se baissa pour ramasser les papiers. Ce fut l'homme aux ongles propres ! L'autre Juif ! Ah, leur solidarité de race !

L'inconnu tendit le passeport à la femme. Elle le prit d'entre ses mains. Ils échangèrent comme un sourire triste. L'homme dardait un regard sans haine sur Rumpelmayer. Cette profondeur, cette gravité exaspérèrent le réceptionniste au point qu'il crut bon de grommeler des propos dont il eut honte sitôt après les avoir proférés, car ils dénotaient une distance, une réserve vaguement critique qui ne correspondait nullement au fond de sa pensée :

– Les lois sont les lois, dit-il en se haussant du col.

– Et les hommes sont les hommes, répliqua aussitôt le mari.

– Cet hôtel a toujours employé des cuistres, souligna à son tour l'inconnu aux ongles propres.

Il se tourna vers Rumpelmayer et lui effleura le menton du pommeau d'une canne brusquement surgie de sous le comptoir.

– Ce monsieur-là répond bien à sa fonction. Il est le chef des cuistres. Une promotion bien méritée, comme nous venons de le voir.

Une lueur subite éclaira l'esprit en berne de Herr Rumpelmayer. Une canne ! Maryika Vremler ! Un jour très ancien, d'avant l'incendie du Reichstag ! Quel était son nom, déjà ?

Le mari libéra le réceptionniste de ce regard qui pesait fort sur ses épaules. Il souleva la valise qu'il avait posée à ses pieds et tendit la main au boiteux.

– Merci, monsieur, dit-il d'une voix très basse. Ce n'était qu'un passeport, mais le geste est généreux.

Il se tourna une dernière fois vers l'employé d'hôtel :

– On peut s'abaisser de bien des manières, Rumpelmayer.

– Comment savez-vous mon nom ? éructa le réceptionniste, bien décidé désormais à ne plus s'en laisser conter.

– C'est écrit sur votre collier, répondit l'homme en montrant la plaque de cuivre posée sur le plateau de chêne. Mais peut-être qu'en plus d'être aussi stupide qu'un chiot, vous ne savez pas lire ?

Rumpelmayer était devenu livide.

– Je disais donc qu'on peut s'abaisser de bien des manières. Mais prenez garde : quand on est si bas qu'on respire la crotte des trottoirs, on ne s'en relève pas. Au revoir, Rumpelmayer.

Le mari souleva la valise, prit sa femme par le bras, et ils s'éloignèrent vers la porte à tambour.

Quand ils eurent disparu derrière le vitrage, Boro posa sa canne en travers du comptoir. Herr Rumpelmayer la balaya d'un mouvement du bras.

– A nous, grimaça-t-il.

Oncle Rumpel

— D'abord, je vous prie de bien vouloir ramasser mon stick, fit Boro en désignant le jonc qui était passé par-dessus bord.

Le visage couperosé vira au cramoisi. Les trois plis des fanons se démultiplièrent. Herr Rumpelmayer était proche de l'attaque cérébrale. Il bafouillait. Il éructait. Il en perdait son *Über alles*.

— La dernière fois... Oui... Je me souviens, à présent... Vous étiez venu avec un nègre !

— Un Noir, rectifia Boro. Mon ami Scipion. Vous ne vouliez pas lui offrir de chambre. Il a bien fallu que nous vous persuadions d'accomplir votre devoir professionnel !

Il posa de nouveau sa paume sur le bureau et ses doigts recommencèrent à danser sur le bois.

— Ma canne, Oncle Rumpel !

— Ramassez-la vous-même !

— C'est que, voyez-vous, par votre faute, j'ai déjà dû me baisser. Or, mon dos ne me permet pas ces fantaisies acrobatiques.

— Ôtez vos doigts de ma surface de travail !

Boro se pencha et examina attentivement ses phalanges.

— Vous voulez dire, Oncle Rumpel, que dans l'espace du Grand Reich vous occupez seulement ce minuscule périmètre ? !

Il paraissait sincèrement désolé. L'autre déglutissait avec la constance d'un dindon.

– Si peu pour une personne de votre importance ! Alors que vos pouvoirs vous permettent de renvoyer la clientèle sans en référer à la hiérarchie !

– Enlevez vos pattes de ma table !

– Et pourquoi cela, mon bon Rumpel ? Ne sommes-nous pas amis ? Intimes depuis tant d'années ! Et puis, franchement, mes phalanges ne sont-elles pas plus présentables que vos petits boudins tout rongés ?

Boro saisit la main du réceptionniste.

– Vous vous bouffez les ongles, mon vieux ! C'est papa Hitler qui vous crée tant d'inquiétude ?

C'était plus que ne pouvait supporter Herr Rumpel-mayer. Et plus que ce qu'aurait dû s'autoriser Boro. Mais l'éviction du couple l'avait rendu enragé.

– *Raus !* Décampez d'ici ! ordonna le réceptionniste. Sinon, j'appelle.

– Appelez, répliqua Boro. Je ne bougerai pas.

Les deux hommes se mesurèrent du regard. La lippe de l'Allemand battait le *Sieg heil*.

– Vous n'avez aucun droit. Ni celui de me faire ôter les mains de ce bureau qui ne vous appartient pas, ni celui de me sortir d'ici sans savoir pourquoi je suis là.

– Pourquoi êtes-vous là ? éructa le réceptionniste. Pour une chambre, peut-être ?

Boro saisit l'opportunité que lui offrait l'autre : une manière simple de vérifier s'il se souvenait de son identité.

– Oui, une chambre. Et même une suite !

Le visage du sbire s'ouvrit sur un sourire fielleux.

– Si vous êtes français, polonais ou anglais, nous ne vous logerons pas. Personne en Allemagne ne vous logera ! Nos frontières sont fermées !

– Celles de la Pologne aussi, répliqua brutalement Boro.

– Donnez-moi vos papiers, gronda Rumpelmayer.

– Désolé, Herr Rumpel, mon passeport n'est pas frappé de votre aigle ridicule, mais rien ne vous autorise à me jeter dehors : la lettre *J* n'y figure pas. Sur mes lettres de noblesse, certainement, mais pas sur ce titre-là.

– Pour une chambre, les papiers sont obligatoires.

– Vous ne vous souvenez pas de mon nom ? Un vieil ami comme vous !

C'était bien là le malheur. Le garde-chiourme se remémorait le visage de l'intrus, les scandales qu'il avait causés lors de sa première visite, ce nègre qui l'accompagnait, Maryika Vremler dont les films étaient désormais interdits... Mais le nom, il l'avait oublié. Et le secrétariat de l'hôtel brûlait ses archives tous les cinq ans... Il ne pourrait même pas communiquer son identité à la *Polizei*. Un ennemi certainement personnel du Grand Reich ! Un rat ! Un cloporte de cette envergure !

Boro sourit intérieurement.

– Alors ? Fritz ? Kurt ? Adolf ?... Oui ! Adolf ! Comme votre péteur en chef !

– Sans papiers, pas de chambre, coassa Herr Rumpelmayer.

– Finalement, voyez-vous, je ne dormirai pas dans votre écurie, repartit Boro. Vous êtes un hôte trop mal élevé. Je me contenterai d'une petite visite.

– A qui ?

– A une amie très chère. La princesse Romana Covasna.

– Nous n'avons pas de personne portant ce nom-là parmi notre clientèle, répliqua Rumpelmayer sur un ton redevenu officiel. En conséquence, je vous demande de quitter cet endroit.

– Mais c'est une manie chez vous ! On ne vous a donc pas appris qu'un hôtel est fait pour recevoir les gens, non pour les renvoyer ?

– Il n'y a pas de princesse Romana Covasna ici, répéta l'Allemand.

Boro l'arrêta d'un geste.

– Essayez von Treeck dans votre machine à mémoire. Baronne von Treeck.

– Nous ne faisons pas lupanar, monsieur.

– Heureusement ! Quelle sous-maîtresse vous feriez !

L'Allemand retroussa ses babines.

– Il faudra essayer la jupe, Oncle Rumpel ! Je vous imagine fort bien en tutu !... Baronne von Treeck : vérifiez vos fiches !

– Les fiches sont dans ma tête. Je sais tout par cœur.

– Ah oui ?

– Oui.

– Chambre 44 ?

– Eugen von Fridow.

– 49 ?

– Djehanne Benj.

– Plus compliqué... Sixième étage à droite ?

– Frau Violetta von Osten.

– Bravo, Oncle Rumpel ! C'est exactement celle que je cherche !

– On ne cherche pas une personne dont on ignore le nom.

– Mais je connais son nom ! Je viens de vous le dire : Violetta von Osten.

Le sbire regarda son vis-à-vis comme s'il se trouvait lancé à vive allure sur une autostrade, ne sachant plus s'il doublait ou s'il était dépassé. Il afficha une grimace de mauvais augure.

– Je ne dérangerai pas Frau Violetta von Osten. C'est une personne d'une extrême importance.

– Comment le savez-vous, Herr Rumpel ?

– J'ai des consignes qui ne vous regardent pas. Elles viennent directement de Berlin.

– Alors, je vais vous donner un conseil, déclara posément Boro en changeant de ton. Vous allez appeler mon amie Violetta, lui dire que je suis en bas et que j'attends son invitation pour monter dans sa chambre. Si vous refusez de le faire, je téléphone à Berlin, et vous êtes déposé dans l'heure. Est-ce clair ?

Mû par un réflexe d'obéissance innée, Rumpel fit *Ja* de la tête, décrocha et réfléchit. Si Violetta von Osten acceptait de recevoir l'intrus, ce serait bien la preuve qu'il était le diable, mais un diable à ménager : la suite qu'elle occupait avait été réservée par le *Brigadeführer* de la SS Werner von Hobenfahrt, pour elle, mais également pour lui-même. Si, en revanche, elle refusait que le boiteux montât, il le ferait aussitôt jeter dehors par le service d'ordre de l'hôtel.

Il composa le numéro de la suite. Boro surveillait attentivement chacun de ses gestes. Il serrait à la broyer la poignée de la mallette contenant Enigma, qu'il n'avait pas lâchée depuis son arrivée.

Rumpelmayer lui tourna le dos. Blèmia n'entendit rien des paroles échangées. A la longueur de l'entretien, il en déduisit : premièrement, que la Roumaine se trouvait dans ses appartements ; deuxièmement, qu'elle lui demandait de décrire l'invité.

Enfin, le réceptionniste le dévisagea de nouveau. Il n'avait pas lâché le combiné.

– *Ihr Name* [1] *?* aboya-t-il.

– Je suis un mystère, répondit Boro. Un mystère qui apparaît dans les appartements des jeunes femmes vêtu seulement de chaussettes de lin bleu...

– Il dit qu'il porte des chaussettes bleues, traduisit l'Allemand à son interlocutrice.

– ... et, contrairement à la première fois, je suis vêtu de pied en cap.

– Cette fois, il est habillé, poursuivit Rumpel.

Blèmia n'entendit pas la réponse. Mais le chef réceptionniste se raidit imperceptiblement et souffla comme s'il s'adressait au Führer ou à l'un de ses chiens :

– *Jawolh,* Frau von Osten.

Il raccrocha. La partie était perdue pour lui. Il avait la mine déconfite. Ses triples fanons pendaient piteusement.

– Sixième étage, suite numéro 4, lâcha-t-il sans se départir de son maintien quasi militaire.

– Ma canne ! objecta Blèmia en se décollant du desk. Et dépêche-toi ! Si je suis en retard, Violetta te fessera cul nu devant la clientèle ! Ce sera une belle attraction !

Herr Rumpelmayer se précipita de l'autre côté du bureau. Il se baissa aux pieds de Boro, ramassa le stick et lui tendit le pommeau.

– Bien ! le félicita Blèmia. Très bien ! Sais-tu, Oncle Rumpel, que tu viens de t'incliner devant un scélérat à moitié juif ?

Le réceptionniste effleura la svastika accrochée au revers de sa veste, comme s'il voulait se faire pardonner une attitude si coupable.

Boro haussa les épaules et se dirigea vers l'ascenseur. Comme le groom faisait coulisser la grille, il consulta sa montre. Il était exactement quatorze heures seize.

1. Votre nom ?

Violetta von Osten

Il ne fut guère surpris de constater que l'émotion le gagnait tandis qu'il foulait l'épaisse moquette du sixième étage. A cela s'ajoutait un sentiment de malaise, comme une crainte diffuse. Il allait revoir cette femme à deux têtes, l'une d'une amante, l'autre d'une espionne. Il s'adresserait à la première pour amadouer la seconde, mais ignorait laquelle lui répondrait. L'enjeu de leur rencontre dépassait la simple histoire d'une éphémère relation.

Il ralentit le pas. Il ne devait pas se laisser envahir par l'émotion due aux souvenirs anciens. Il lui fallait se concentrer sur le but de sa visite : faire croire à la Roumaine qu'il ignorait la valeur de la machine et qu'aucun service secret ne l'avait inspectée.

Il s'arrêta devant un miroir aux dorures rococo et s'observa dans la glace. Il ajusta sa cravate et remonta la lanière de son Leica, pris entre veste et chemise. L'appareil était si plat qu'il restait invisible. Il avait choisi de l'emporter comme chaque fois qu'il se trouvait dans une passe périlleuse. Le contact du métal le rassurait.

Il inspira fortement, s'adressa un clin d'œil dans la glace et, se détournant brusquement, parcourut en quelques foulées la distance qui le séparait de la porte numéro 4.

Il cogna doucement contre le battant. Celui-ci s'ouvrit aussitôt et la princesse Romana Covasna, alias baronne von Treeck, alias Lina von Bridow, alias Violetta von Osten, fut devant lui.

Heureuse et souriante.

D'abord, elle le prit aux épaules et, le tenant éloigné de la distance de ses bras, plongea son regard dans le sien. Mais une fraction de seconde lui avait suffi pour vérifier au préalable que le visiteur n'avait pas oublié son paquet-cadeau. Boro avait perçu la ronde de la pupille.

– Ma princesse ! s'écria-t-il en affichant un sourire aussi sincère que possible.

Il déposa la mallette et attira la jeune femme contre lui, moins par plaisir véritable que pour éviter l'hypocrisie des expressions. Au premier coup d'œil, il avait compris que leur rencontre ne l'enchantait pas plus que lui-même. La flamme s'était éteinte. Chez lui, car les confidences de Julia Crimson avaient mouché la fougue des élans amoureux. Chez elle, parce que la fibre patriotique avait sans doute pris le pas sur la fibre charnelle.

Ils se retrouvèrent un instant dans l'étreinte : leurs gestes, leurs odeurs, sa manière à elle de griffer légèrement le cou à hauteur de l'omoplate. L'abandon, cependant, n'était pas total. Ni de sa part à elle, ni de sa part à lui.

Tout en la tenant embrassée contre lui, Boro ne pouvait s'empêcher d'observer la pièce dans laquelle il se trouvait. Et un charivari de tous les diables brouillait son esprit.

A force de désirer croire en quelque chose, ils pouvaient penser que la danse de leurs lèvres et de leurs langues avait retrouvé son pas de naguère. Mais, pour Boro, il s'agissait d'autre chose. L'illusion n'était guère possible. Les tables en marbre disposées çà et là dans la pièce, les bouquets, les miroirs vénitiens, les tableaux accrochés aux murs, tout cela l'empêchait de pousser la porte d'une quelconque chimère.

La princesse Romana Covasna descella sa bouche et, maintenant le visage de son amant près du sien, glissa ses lèvres du menton à son oreille.

– Comment m'as-tu retrouvée, coquin suborneur ?

– Je suis un magicien, chuchota Blèmia en laissant ses doigts aller le long de la robe de taffetas. Par exemple, je suis sûr que les manchons des fauteuils qui sont face au canapé sont garnis de dentelle. Et je te parie que derrière cette malle, il y a une cheminée, et dans la cheminée, deux chenets en fonte.

– Je ne joue pas à ce jeu, répliqua la princesse en lui chatouillant la tempe.

Elle larda sa joue de trois coups d'une langue tiède.

– Comment savais-tu que j'allais à Munich?

– Sotte que tu es! Tu me l'avais dit!

– Et le Regina Palast?

– C'est le plus grand hôtel de la ville. Tu ne pouvais pas descendre ailleurs.

– Mais mon nom? Comment as-tu fait pour le découvrir?

– Je connais ce bon Rumpelmayer, murmura Boro à l'oreille de Romana. L'homme du desk qui t'a téléphoné pour t'annoncer ma visite... Un très vieil ami, depuis fort longtemps...

– On ne peut pas dire qu'il paraissait déborder d'amitié à ton endroit!

– C'est un jeu entre nous. En vérité – mais personne ne doit le savoir –, nous sommes cousins issus de germains!

Se souvenant que le temps lui était compté, Boro manifesta brusquement sa flamme. Il encadra de ses deux paumes le visage de la princesse et plongea aussi loin que possible son regard dans les yeux vert émeraude:

– Je voulais te revoir. Depuis le temple de Lakshmi, je ne pense qu'à l'instant de nos retrouvailles... Je suis venu de Paris pour nous.

Elle se dégagea d'une secousse et le considéra avec ironie.

– Prouve-le!

Elle se tourna vers une porte entrouverte au fond de l'appartement.

– La chambre est là-bas, l'invita-t-elle.

Il pensa tenir la raison pour laquelle, dans moins de trente minutes, c'est-à-dire largement dans les temps qui lui étaient impartis, il se ferait éconduire. Car dans cette chambre, il le savait, il ne pourrait jamais rendre hommage qu'à un fantôme.

– Viens, dit-il en lui prenant la main. Marions-nous encore...

Il l'enlaça de nouveau, lui baisa les paupières.

– Je t'ai rapporté ta machine... Je l'avais prise comme prétexte...

– Prétexte à quoi ?

– Mais à cela ! s'écria Boro en montrant la porte conduisant à la chambre.

– Tu n'as soustrait cette machine que pour me revoir ?

– Je ne l'ai pas volée. Je me suis vengé du Leica que tu as brisé. Aujourd'hui, j'ai oublié ma rancune.

– Et la pierre ? Il y avait un bijou avec la machine...

– Jamais vu ! s'exclama Boro.

Sur ce point, il ne mentait pas.

– La *Dame du Kérala*... Une fève pour me croquer... Le prince de Coimbatore l'avait offert à mon époux en échange de quelques faveurs que je devais lui prodiguer.

– L'as-tu satisfait ? interrogea Blèmia sans plus ressentir le moindre picotement de jalousie. Fut-il heureux de découvrir certaines spécialités occidentales ?

– Je crois, minauda-t-elle, que nous avons parfaitement bien franchi les frontières.

– J'aime tes hanches cosmopolites, murmura Boro en laissant glisser ses paumes sur la taille de la princesse. Et tes fesses dépaysantes...

– Viens, répliqua-t-elle.

Elle lui lança un sourire mutin. Il reprit la mallette qu'il déposa sur un fauteuil du salon, et suivit son hôtesse en direction de la chambre. Il s'efforçait de ne pas voir le canapé en demi-lune qui n'avait pas même été recouvert depuis la dernière fois. Il voulait oublier les roses jaunes de naguère, remplacées par des lys odorants dont les tiges se tendaient, droites et martiales, vers les moulures concentriques du plafond.

Il passa derrière elle dans la chambre. Elle l'attendait, déjà allongée sur le couvre-lit, le buste creusé, le visage légèrement renversé sur un oreiller bordé de dentelles.

– Viens ! murmura-t-elle.

Cette voix ! Cette voix si différente de celle de l'autre : impérieuse, raide, si grave ! Ailleurs, l'illusion était possible. Mais ici !

Boro regardait cette femme qu'il avait tant désirée et qui, ignorant tout des dispositions de son amant, se comportait comme elle avait toujours fait en sa présence. Elle l'appelait par des gestes directs, l'observant sans ciller tandis que son ventre bougeait sur le matelas, que ses mains remontaient le long d'une robe turquoise qu'il ne lui connaissait pas.

Il s'approcha d'elle, posa sa main sur la sienne, suivant le mouvement de sa paume. Il s'agenouilla au pied du lit mais se releva soudain, piqué par l'aiguillon du souvenir.

– J'ai faim d'homme, murmura-t-elle. Rassasie-moi...

Elle tira légèrement sur sa robe, laissant apparaître une dentelle noire. La peau s'inscrivait en clair sous les arabesques du tissu. Romana tendit le bras vers lui. Il le saisit et s'allongea à son côté. Il la caressa doucement, mais ce n'était en rien un geste de désir. C'était l'attention un peu mécanique d'un homme troublé par l'écran de sa mémoire, par l'heure qui passait, par une espionne allemande pour qui il n'éprouvait plus guère d'attirance.

Au fond, rien de tout cela n'était grave. Enigma avait été rendue. Il ne pouvait rester au-delà de trente minutes. Il se ferait éconduire sur ce fiasco qui bouclerait leur histoire. Restait la part de jeu. Le jeu théâtral...

Il blottit son visage au creux du cou de la princesse et poussa un gémissement à fendre l'âme. Elle le saisit par la nuque.

– Je t'ai tant attendue, murmura-t-il, j'ai tant espéré ce moment que je veux patienter encore.

Elle le repoussa sauvagement. Son regard étincelait. D'un mouvement rapide, elle rajusta sa robe et se leva. Il n'en espérait pas tant.

– Il faut aussi que tu saches que dans cette chambre, naguère, j'ai voulu coucher avec une autre femme qui s'est refusée, s'excusa-t-il. Elle habitait cette même suite.

– Et cela t'impressionne à ce point ?

– Oui, avoua-t-il en baissant la tête.

Elle passa derrière lui et lui effleura l'épaule de ses doigts soigneusement manucurés. Il sentit une rudesse dans ses phalanges. Soudain, elle devint conciliante et plaqua son visage contre son dos.

– Ce sont des choses qui arrivent, murmura-t-elle.

Il se moquait bien de sa compréhension. Il voulait

qu'elle le chasse ! Et, en même temps, il devait paraître suffisamment épris pour que sa venue à Munich fût totalement justifiée. Tout cela en moins de vingt-six minutes !

Il s'assit au bord du lit. Elle vint devant lui, appuyant son ventre contre son visage.

– J'ai aimé cette femme au-delà de tout, jusqu'au moment où je t'ai rencontrée à Bombay. Toi seule m'as permis de l'oublier. Mais cette chambre, les souvenirs qui s'y rapportent, toi dans son lit...

– Qui était cette femme ? demanda doucement Romana.

– Ma cousine, répondit Blèmia. Elle s'appelait Maryika.

Il ne poussa pas le marivaudage jusqu'à presser ses lèvres sur la robe de la princesse, étouffant des larmes libératrices dans les plis du tissu aimé, puis se laissant aller, abandonnant ses pleurs, son âme et ses misères anciennes pour un espoir resplendissant – l'amour retrouvé, les lendemains à nouveau rayonnants, la Vie, le Bonheur, l'Espoir... Il se contenta d'énoncer à nouveau le nom de Maryika, puis il remonta les mains le long de la robe turquoise tandis que la Roumaine lui caressait les cheveux avec une mansuétude qui l'indisposait.

Elle dit :

– Raconte-moi encore.

Elle pesa d'un doigt sur sa tempe. Il inclina le visage vers la droite. Le doigt suivit. Il se recula. Le doigt s'éloigna.

– Si mes renseignements sont exacts, ta cousine Maryika a refusé de servir l'Allemagne en 1933. Et toi, d'après mes informations, tu as photographié notre Führer dans une situation intime ; après quoi, tu es revenu à Berlin pour confondre l'ordre de Parsifal. Je me trompe ?

Des deux mains, Boro repoussa la robe turquoise. La princesse Romana Covasna, alias baronne von Treeck, alias Lina von Bridow, alias Violetta von Osten, le dévisageait, un mauvais sourire dessiné en travers de son visage. Le doigt n'avait rien d'un assemblage de phalanges ; c'était le canon chromé du petit Beretta calibre 32.

Le spectre de la Gestapo

Il voulut croire à un jeu, tendit le bras pour dévier le canon. Elle recula d'un pas et arma le chien. Elle affichait une expression qu'il ne lui connaissait pas : un mélange de détermination, de fureur et de mépris.

– Alors, monsieur Borowicz, on joue les espions ? On ne connaît pas toute l'importance d'Enigma ?

– Si, répondit aussitôt Boro. Je vous l'ai dit : Enigma est essentielle à ma vie, car elle m'a permis de vous retrouver.

Il inclina le visage avec une moue où ne se lisait nulle peur. Il comptait bien l'amadouer comme la première fois. Son attitude le surprenait à peine. Il s'agissait seulement d'un léger contretemps.

– Je n'aime pas que vous jouiez avec votre pistolet de petite fille. De plus, cet objet ne vous va pas au teint. Vous devriez le ranger.

– Abaissons nos masques, monsieur Borowicz. Vous travaillez pour le renseignement français, et moi pour le renseignement allemand. Qu'avons-nous à nous dire ?

– Que nous nous aimons.

– C'est une farce !

– Alors, que je vous aime...

– C'est une farce de même nature.

– Je vous le prouve !

Boro quitta le lit pour l'étreindre. Elle lui décocha dans le tibia droit un coup de pied qui le ramena à son point de départ. Il abandonna sa canne pour se masser la jambe. Elle dardait sur lui un regard de glace. Blèmia

505

décida de changer de tactique. Au cadran de sa montre, il était quatorze heures trente-cinq. Il abandonna sa cheville endolorie et tendit le doigt en direction du salon.

– Pourrions-nous au moins passer dans une pièce où nous serions assis l'un en face de l'autre ?

– Vous désertez déjà la chambre ? se moqua-t-elle en étirant les lèvres jusqu'à dessiner quelque chose qui ressemblait à une moue dédaigneuse.

– Au contraire ! J'y reste si vous me rejoignez pour une étreinte plus aimable que votre fox-trot ridicule ! Sinon, je préfère déménager. Voyez-vous, le désir me submerge de nouveau... Tant que nous resterons ici, je ne songerai qu'à votre peau, à vos lèvres, à vos...

– Levez-vous ! Votre bagout de chien savant est insupportable !

– Autant que votre arme, répondit Boro en se redressant.

Elle le fit passer devant et le suivit, trop loin pour qu'il puisse lui lancer sa canne entre les jambes afin de la faire trébucher. Il était résolu à agir au plus vite, sans finesse ni diplomatie : le temps manquait pour d'agréables escarmouches.

Elle l'entendait sans doute ainsi. D'un geste de la main, elle lui indiqua le canapé. Elle prit place face à lui, le Beretta braqué dans sa direction. Puis elle glissa entre ses lèvres une cigarette Abdullah fixée à l'embout d'un fume-cigarette d'ambre et y mit le feu à l'aide d'un briquet d'or.

– Parlons d'Enigma.

– Parlons de nous, objecta-t-il.

– *Nous,* cela n'existe pas. Ou plus, rectifia-t-elle avec un mouvement du menton.

– Chère princesse, je ne suis donc plus votre prince charmant ?

– Vous ne l'avez jamais été.

– Mais cette fièvre qui vous dévorait ?

– Une poussée concupiscente. Rien de plus.

– Il n'en fut jamais ainsi pour moi, mentit Boro. Et ma passion pour vous ne s'est pas émoussée. Je ne comprends pas ce coup de pied dans ma pauvre jambe. Moins encore ce phallus à bout chromé que vous pointez sur moi...

– C'est une arme, et je sais m'en servir. Répondez à mes questions. Pourquoi avez-vous volé Enigma?

Il soupira.

– Pouvez-vous m'expliquer ce que votre machine à dactylographier a de si exceptionnel?

– Vous le savez.

– Nenni, répondit Blèmia. Pour que vous lui accordiez tant d'importance, j'imagine qu'elle doit savoir frapper toute seule d'innombrables caractères... Ou qu'elle corrige automatiquement les fautes?... Pourriez-vous me faire une petite démonstration?

Son seul but était de s'approcher d'elle. Pour mieux l'estourbir et disparaître. Quitter cette suite où rôdait le fantôme de sa belle cousine.

– Enigma est une machine à coder, reconnut enfin la Roumaine. Vous ne l'ignorez pas. C'est pourquoi vous l'avez volée.

– A coder quoi? Des lettres d'amour? Des journaux intimes? Le contenu de votre garde-robe?

Elle leva les yeux au ciel comme si elle avait affaire à un insupportable gamin refusant d'apprendre sa leçon.

– Je vais être claire, monsieur Borowicz...

– Cessez de m'appeler ainsi! s'écria le reporter. Chaque fois, cela m'est une douleur intolérable!

– Je vais être claire, répéta-t-elle : si vous ne me parlez pas à moi, vous parlerez aux autres.

– Quels autres?

– Les agents de la *Geheime Staatspolizei*.

– Grands dieux! Mais que pourrais-je avouer à ces messieurs? Que le coup de foudre nous a embrasés dès le premier jour! Que...

Elle le coupa :

– La *Geheime Staatspolizei* est notre police secrète d'État. En abrégé : Gestapo. Elle se situe au-dessus des lois. Les tribunaux n'interviennent jamais dans ses actes...

– Ses exactions?

– Une action non contrôlée par le pouvoir juridique est toujours une exaction, répliqua Romana en relâchant une méchante volute de sa bouche peinte en rouge.

– Ce qui signifie?

– Que lorsque je vous aurai livré à ces messieurs, personne ne pourra plus rien pour vous.

Boro lâcha un soupir profond. Il se prit la tête entre les mains et se désespéra :

– Mais que devrais-je vous dire ?

– Ce que vous avez fait d'Enigma entre l'instant où vous l'avez volée et celui où vous l'avez rapportée.

– Je vais tout vous avouer, répondit Boro en baissant le visage.

Il le releva aussitôt. Un pli d'amertume barrait son front.

– Lorsque je me serai confessé, viendrez-vous sur ce canapé afin que nous échangions des paroles plus douces ?

– Je ne vous rejoindrai plus jamais sur aucun canapé, ni celui-ci ni aucun autre.

– Mais vous me mettez au désespoir ! s'écria le reporter, bien malheureux en vérité : l'heure tournait dangereusement vite !

» Figurez-vous que cette machine m'a suivi dans mes bagages. Elle a montré une nature résistante dans l'avion, n'ayant à aucun moment souffert du mal de cœur ou du démon de midi. Elle a découvert avec sérénité l'aérodrome du Bourget, puis mon petit appartement, enfin un placard où je l'ai entreposée le temps d'une sieste. A ma connaissance, elle s'est montrée moins... moins chaleureusement expansive que sa maîtresse ! Je dois vous avouer, Romana, que la petite n'a eu aucune aventure avec qui que ce soit. Elle n'a rencontré personne, excepté son père nourricier : moi !

A cet endroit de son discours, Boro se leva et s'inclina galamment devant la Roumaine. En moins de temps qu'il n'en faut pour ciller, celle-ci s'était dressée. Elle glapit, s'exprimant pour la première fois en allemand :

– *Setzen !*

Boro obéit. Il ne reconnaissait pas la femme qui se trouvait devant lui. Ses traits, crispés jusqu'à la tétanie, exprimaient une violence insoupçonnable.

Elle rabattit sa chevelure vers l'arrière, empoigna le téléphone et, sans quitter son prisonnier du regard, composa un numéro direct. Lorsqu'elle eut son correspondant, elle éructa en allemand quelques mots dont Boro comprit le sens général. Il reprit sa place sur le canapé où, sept ans auparavant, il avait étreint Maryika. Il se demandait comment, cette fois, il se sortirait de la nasse dans laquelle il s'était engouffré.

La Roumaine raccrocha.

— Vous comprenez assez bien l'allemand pour savoir ce qui va vous arriver désormais.

— En effet, répondit lugubrement Boro.

Elle avait demandé du renfort.

— Ou bien vous acceptez de me dire qui a vu et démonté la machine, ou bien ces messieurs de la Gestapo vous feront cracher votre langue. Cracher au sens propre du terme !

— Cette langue avec laquelle vous avez si bien joué ?

— Oubliez cela, monsieur Borowicz ! Je ne suis plus la princesse Romana Covasna, mais Violetta von Osten !

— Indiscutablement, je préférais la première de ces deux personnes, répliqua le reporter. Elle était plus aimable et mieux élevée. Vos colères, chère Violetta, vous font le teint bleu.

La Roumaine ignora le propos.

— Enigma, dit-elle, est une machine développée par nos savants. Elle permet de crypter toutes sortes de messages. Nous en avions emporté un exemplaire en Inde pour transmettre des informations militaires relatives à cette partie du monde.

— Formidable ! se réjouit Boro. Vous voulez dire que, sans le savoir, j'ai mis la main sur un joyau de l'ingéniosité nazie ?

— Non, monsieur Borowicz. Car cette machine est inutilisable sans les codes qui l'accompagnent. Or, ces codes viennent de changer. Le baron...

Elle chercha ses mots, puis se reprit :

— Mon mari apporte les nouveaux. De Berlin, tout à l'heure.

— Mais c'est formidable ! Pourrais-je lui demander de me les confier ?

— Pour les remettre aux services de renseignement franco-britanniques ?

— Cessez vos idioties ! clama soudain Boro.

Il ne pensait qu'à une chose : prévenir l'agent de

Londres qui se trouvait sans doute dans la chambre voisine.

– Si j'avais su que cette machine valait de l'or, pourquoi vous l'aurais-je rapportée ?

– C'est la question que je me pose depuis un bon moment, reconnut la Roumaine.

– Deuxièmement, si Enigma est aussi extraordinaire que vous le prétendez, pourquoi prenez-vous le risque d'être si bavarde avec moi ? Vous paraissez oublier que si la guerre éclate, nos deux pays seront très certainement ennemis.

– Je ne l'oublie pas.

– Alors, pourquoi me raconter ces sornettes ?

Violetta von Osten s'assit dans son fauteuil, lécha l'embout de son fume-cigarette et, s'adressant avec un sourire d'autrefois à son amant d'hier, lâcha cette phrase en même temps qu'une volute blanche :

– Naturellement, mon cher, je vous dois bien cette confidence : si je vous parle aussi librement de tout cela, c'est simplement que vous ne pourrez jamais en faire état.

– Et pourquoi donc ?

– Parce que, dans moins d'une heure, vous aurez disparu de la circulation.

– Ah ! fit Boro. Comme c'est ennuyeux ! Comme ça me contrarie.

Les panzers de poche

Il réfléchissait. La partie avait pris une tournure qu'il n'avait pas imaginée. Si le temps ne lui avait pas manqué, il eût certainement poursuivi sur la voie qu'il s'était tracée et qui, pensait-il avec un gramme de présomption, n'était pas totalement bouchée. Mais il était près de quinze heures. Il s'accorda dix minutes. Au-delà de cette limite, il s'occuperait de Prakash.

Son expression changea. Il cessa de minauder. Sa voix même devint plus assurée.

— Votre gouvernement sait-il qu'Enigma a changé de mains, l'espace de quelque temps ?

— Cette question n'exige aucune réponse de ma part.

— Vous ne devriez pas considérer ce point trop à la légère, repartit Boro en fixant la Roumaine avec un sérieux légèrement menaçant. Il s'agit tout au contraire d'une question essentielle.

Il allongea les jambes et prit ses aises, ajoutant :

— Essentielle pour vous....

Il souriait. Il paraissait anormalement sûr de soi. Cette attitude fragilisa Violetta von Osten. Elle abaissa le canon de son browning d'un demi-centimètre.

— Non, dit-elle après une légère hésitation. Le département du chiffre n'a pas été mis au courant.

Le sourire de Boro s'élargit.

— C'est bien ce que je pensais.

Il avait lancé un dé. Il le regarda rouler aux pieds de la Roumaine, puis jeta le deuxième : il se leva.

L'extrémité de l'arme bougea, mais il ne lui fut pas

demandé de se rasseoir. Il alla à la fenêtre. Au-delà du tulle blanc. Prakash surveillait certainement la façade de l'hôtel. De l'autre côté du mur se trouvait la femme mystérieuse qui travaillait pour les services de renseignement britanniques. Il lui restait donc deux jokers. Et cinq minutes.

Boro se tourna vers la princesse, une moue interrogative dessinée sur son visage. Elle n'avait pas lâché son arme. Blèmia décida d'envoyer rouler son troisième dé. Après quoi, selon la réaction, il verrait à tirer sur le cordon commandant le rideau.

– Imaginez que Berlin soit prévenu : cette machine si extraordinaire dérobée par un curieux et examinée par les services secrets français et britanniques ! Que vous arriverait-il, princesse ?

– Est-ce un aveu ?

– Nullement. Je vous suggère un cas de figure.

– Comment saurait-on à Berlin que cette machine a été dérobée ?

– Je puis me charger de cette mission, proposa Boro en s'inclinant légèrement sur le pommeau de sa canne.

– Ah oui ! ricana Violetta von Osten. Et comment, s'il vous plaît ?

– Par des moyens anticipés. Admettons que Paris sache que s'il m'arrive quelque chose on doit informer Berlin...

Elle se leva d'un bond et approcha de lui.

– Vous venez de vous trahir ! Si Paris est prévenu de votre venue ici, c'est que vous connaissiez l'importance d'Enigma. Et vos services de renseignement aussi !

– Vous devriez prendre garde, gronda Boro. Si Berlin apprend que les services de renseignement français...

Elle le coupa.

– Vous ne comprenez pas qu'il s'agit de vous, et non pas de quelconques services d'espionnage ! Sans les nouveaux codes, Enigma est inutilisable !

Boro glissa son poignet droit dans le lacet de son stick. Il avait admis qu'il ne pouvait espérer une négociation que la Roumaine refusait obstinément. Il attendait la seconde d'inattention qui lui permettrait de lancer sa canne et de récupérer le browning. Mais Violetta von Osten restait sur ses gardes. Rien ne l'amadouait. Elle avait sans doute perçu le mouvement de Blèmia car, d'un mouvement de son arme, elle lui enjoignit de se rasseoir. Il tendit la main en direction du cordon commandant le store. Elle aboya :

– Asseyez-vous immédiatement !

– Vous devenez très mal élevée, remarqua Boro.

Il reprit sa place sur le canapé.

– Votre chantage est insultant ! s'écria Violetta von Osten. Comment pouvez-vous penser que j'hésiterais, ne fût-ce qu'une seconde, entre ma propre vie et la cause que je sers ? S'il apparaissait que, pour la sécurité de l'Allemagne, je devais avertir Berlin, je le ferais sans nulle hésitation.

– Vous finiriez décapitée. Votre jolie tête roulant dans un panier d'osier : vous pourriez rêver plus bel oreiller !

– Ne vous préoccupez plus de ma tête !

A cet instant, on frappa à la porte. La Roumaine recula vers l'entrée tout en enchaînant :

– Et puis, dans votre affreux petit raisonnement, vous avez oublié une donnée.

– Laquelle ? questionna Boro en regardant la porte.

– Mon mari. Ou mon prétendu mari. En réalité, le baron von Treeck s'appelle Werner von Hobenfahrt. Il est *Brigadeführer* dans la SS et commandant en second du département Chiffre de nos services spéciaux.

Boro encaissa. Il savait tout cela depuis sa promenade matinale avec Julia Crimson. Mais il comprenait que si Romana-Theodora-Violetta se dévoilait ainsi, c'était qu'elle comptait bien refermer sur lui le piège dans lequel il s'était enferré.

Une lueur d'espoir le traversa néanmoins alors que la Roumaine ouvrait la porte. Mais, en lieu et place du mystérieux agent britannique dont, dans un éclair de folie, il avait escompté l'apparition, entrèrent deux mastodontes qui se raidirent devant Violetta von Osten. Ils portaient une veste croisée en cuir, une cravate filiforme, des croquenots lacés haut dans lesquels étaient enserrés leurs bas de pantalons. Ils avaient le crâne rasé. L'un d'eux arborait une cicatrice qui lui barrait la joue du lobe de l'oreille à l'occiput. L'autre fixait Boro avec une tendresse comparable à celle d'une mante religieuse s'apprêtant au festin.

La Roumaine s'entretint avec eux. Ils acquiescèrent d'un même mouvement de tête, puis s'approchèrent de Blèmia. Ils roulaient des yeux autant que des mécaniques. Des petits panzers de poche.

– Ce sont des souris savantes ? s'enquit Blèmia, s'adressant en anglais à Violetta.

Elle avait rangé le browning dans son réticule et suivait les deux sbires du regard.

– J'espère pour le Grand Reich que leur cervelet est aussi développé que leurs mandibules ! Quelle allure !

– La situation ne prête pas à rire.

– Au contraire ! Je suis très chatouilleux. Si vous pouviez demander à vos énergumènes de ménager ma couenne !

Ils le saisirent sous les aisselles et l'emportèrent, tel un sac de linge, au fond de la pièce. Ils l'assirent de force sous un tableau abstrait bordé d'un cadre serti de coquillages nacrés.

– Vos princes charmants sentent assez fort, remarqua Boro tandis qu'on menottait son bras gauche à la conduite d'un radiateur. Vous devriez leur apprendre le bon usage de l'eau savonneuse.

– Gardez vos insolences pour vous ! glapit la princesse.

– A deux conditions.

Les Allemands avaient rejoint la porte. Ils attendaient de part et d'autre du chambranle, le regard levé vers les hauteurs.

– La première, c'est que vous m'expliquiez ce que vous comptez faire de moi.

– C'est très simple, répondit Violetta von Osten. Werner arrive de Berlin dans moins de vingt minutes. Je vais donc aller le chercher à l'aérodrome, et nous devrons envisager ensemble le sort qui vous serait le plus défavorable...

– Merci de prendre si bien soin de moi...

– Quelle est la deuxième condition ?

– Que vous ouvriez les rideaux de cette pièce.

Boro tira légèrement sur son bras gauche. Il était accroché assez haut, au-delà du collier métallique par lequel le tuyau du radiateur était fixé au mur.

– Vos délicates attentions me laissent présager une fin assez sombre. Or, avant de disparaître, j'aimerais voir un peu le soleil. Pour m'en souvenir...

Violetta von Osten lança un ordre aux Allemands qui ouvrirent la porte et disparurent dans le couloir. Elle gagna la fenêtre et, d'un seul geste, tira le rideau de la fenêtre la plus proche du reporter.

« Prakash est sauvé », pensa celui-ci.

Il poussa un soupir d'aise.

– Je ne vous offre le soleil que pour accompagner votre fin prochaine, dit cruellement la Roumaine.

– Je m'en serais douté, répliqua Boro. Savez-vous que je ne compte plus guère sur votre générosité ?

– Voilà qui me semble en effet assez raisonnable.

– Pourtant, vous me faites un cadeau...

– Seulement pour que vous distinguiez mieux la personne que nous avons invitée auprès de vous.

– Une compagnie ? Quelle merveilleuse attention !

La Roumaine émit un sifflement légèrement carnassier.

– Ne saviez-vous pas, cher Blèmia, que la chambre voisine était occupée par un espion anglais ?

Boro n'eut pas le temps de répondre. Les deux mammouths venaient de pousser à nouveau la porte. Ils encadraient l'agent britannique. A sa vue, Blèmia se liquéfia sur place.

Le Choucas en piste

Il était quinze heures dix lorsque, dans la lunette de Béla Prakash, l'un des rideaux de la suite occupée par la princesse Romana Covasna se leva enfin. Enfin, car même s'il traduisait une réalité terrible, ce signe rompait avec l'intolérable attente.

Il fallait donc décamper. Boro avait échoué. Il était sans doute prisonnier. Il ne prendrait pas le train au départ de Munich.

Prakash boucla les deux valises : celle de son camarade et la sienne. Il ajusta le nœud de sa cravate dans le miroir de la chambre, chaussa une paire de lunettes noires, puis, un bagage dans chaque main, descendit à pied les deux étages qui le séparaient du rez-de-chaussée.

Il paya la note et demanda qu'on lui fît venir un taxi. Il attendit sur le pas de la porte. De temps à autre, le plus discrètement du monde, il braquait les jumelles sur les fenêtres du dernier étage du Regina Palast, ou sur le battant à tambour de l'entrée qui crachait les voyageurs comme autant de fourmis pressées. Les rues étaient encombrées d'une foule grouillante et disparate. Des camions passaient, emplis de soldats. Le soleil cognait sur les pavés, luisait sur les carrosseries des voitures, tambourinait à la porte de l'esprit du Choucas de Budapest.

Une Hanomag noire vint se ranger le long du trottoir. Prakash empoigna les deux valises. Le chauffeur le rejoignit à l'arrière et ouvrit la malle.

– Où dois-je vous conduire ? demanda-t-il en allemand.

– A la gare, répondit Prakash.

Il s'installa sur la banquette. Le chauffeur reprit sa place derrière le volant. C'était un homme mince, assez distingué, qui ne paraissait pas souffrir de la chaleur. Il portait une chemisette blanche ouverte sur une poitrine bronzée. Dans le rétroviseur, Prakash découvrit un regard clair, indifférent. Il décida de lui faire confiance.

– Avant la gare, nous ferons une étape.

– *Wo ?*

– Au Regina Palast.

L'homme ne posa aucune question. Il démarra et stoppa devant la porte à tambour, puis se tourna vers son passager.

– *Soll ich auf Sie warten*[1] ?

– Oui, vous m'attendez. Ce sera peut-être un peu long.

Il ajouta, par excès de prudence :

– Considérez les bagages comme une garantie... Je reviendrai.

L'homme répondit en allemand. Puis, devant la moue interrogative du Hongrois, il traduisit dans un mauvais anglais :

– Je n'ai pas besoin de garantie. Je sais que vous êtes étranger. Je sais aussi qu'ici, ils n'aiment pas beaucoup les étrangers. J'en ai mené beaucoup à la gare, ces trois derniers jours. Le pays se referme comme une huître. Les perles s'en vont... Vous pouvez me faire confiance.

– Merci, répondit Prakash.

Il sortit de la voiture, se dirigea vers l'hôtel, puis rebroussa chemin.

– Il se peut que nous n'allions pas à la gare, dit-il au chauffeur par l'ouverture de la vitre.

– Nous irons là où vous me demanderez d'aller, dit l'autre sans se départir de son impassibilité.

Prakash le remercia dans un allemand rudimentaire. Puis il marcha vers l'hôtel. Il ne vit pas la conduite intérieure grise ornée de deux fanions portant la croix gammée qui s'arrêta devant son taxi. Il ne vit pas non plus Violetta von Osten franchir le seuil dans un sens alors

1. Je vous attends ?

517

que lui-même pénétrait dans l'enceinte du Regina Palast. Poursuivant leurs trajectoires inconciliables, l'une s'installa sur le siège en cuir de la conduite intérieure tandis que l'autre s'enfonçait dans les profondeurs de l'hôtel.

Prakash n'était sûr de rien, sauf qu'aucun soldat, aucune patrouille, rien qui s'apparentât à un uniforme n'était apparu dans ses jumelles tandis qu'il surveillait l'entrée du Regina Palast. Il y avait donc quelque chance pour que Boro pût s'échapper de la suite d'où il lui avait donné l'ordre de quitter l'Allemagne. Pas un seul instant Prakash n'avait songé qu'il repasserait seul la frontière. Il ignorait comment il interviendrait pour sauver son ami; il savait seulement qu'il l'avait accompagné pour l'aider et qu'il lui viendrait en aide, quels que fussent les risques de l'entreprise.

Il grimpait quatre à quatre l'escalier, se tenant éloigné de la cage d'ascenseur. Il avait profité d'un mouvement de foule dans le hall du rez-de-chaussée pour courir vers les premières marches. Il était parvenu sans encombre jusqu'au tapis de velours grenat qu'il suivit de degré en degré.

Parvenu au dernier étage, il s'arrêta. Comment s'orienter? Un mur ocre se présentait devant lui. Des numéros étaient inscrits, fléchés à droite; d'autres, fléchés à gauche. Il hésita un court instant, puis choisit la gauche. Il avança à grandes enjambées dans le couloir. Il cherchait une ouverture sur la rue qui lui eût permis de se situer avec exactitude. Il suivit le mur ocre. De l'autre côté, des portes en chêne se succédaient, toutes semblables les unes aux autres. Elles aboutissaient aux lourdes grilles de l'ascenseur, puis, plus loin, suivant un arc de cercle, les chambres – ou les suites – s'alignaient de nouveau.

Prakash fit demi-tour. Il voulait éviter l'œil du groom, donc la cage de l'ascenseur. Il passa devant l'escalier qu'il avait emprunté, suivit un premier coude, un long couloir analogue au précédent, un deuxième coude, puis s'arrêta soudain et battit en retraite. A quelques pas seulement, deux hommes montaient la garde de part et d'autre d'une porte entrouverte.

Poivre et lys

Leurs positions étaient étranges, pour ne pas dire ridicules. Lui, un bras levé, assis très bas devant un radiateur surmonté d'un tableau abstrait. Elle, ligotée sur une chaise, mains derrière le dos, à trois pas seulement.

Ils se regardaient.

Il ne comprenait pas quel hasard incroyable l'avait conduite jusqu'ici.

Elle savait tout, mais se trouvait pour ainsi dire paralysée doublement : par la corde qui la retenait prisonnière ; par le regard flamboyant qui la fixait depuis que les deux malabars l'avaient fait entrer dans la pièce.

Ils n'avaient pas prononcé une parole tant que Violetta von Osten et ses sbires avaient été présents. Puis, étranglé par le lasso de la surprise, Boro avait murmuré :

– Je ne comprends pas pourquoi vous êtes là...

A quoi elle avait répondu que le MI 6 savait déplacer ses agents, fussent-ils dormants, au gré des événements.

La stupéfaction figeait Boro, l'empêchant de poser d'autres questions. Tandis qu'il recomposait mentalement le puzzle à peine imaginable de leurs retrouvailles, elle ajouta de cette voix douce qui l'avait enchanté la première fois :

– Nous sommes en assez mauvaise posture.

Pour l'heure, Boro s'en moquait. Il voulait tout savoir. Il voulait tout comprendre.

– Nous ne nous trouvons plus à bord d'un avion avec

un tueur endormi derrière nous, dit-il. Nous avons le temps. Expliquez-moi.

— Nous ne nous trouvons plus à bord d'un avion, mais enfermés dans une pièce gardée par deux tueurs. De fait, nous avons le temps.

La situation lui paraissait désespérée. Qu'elle fût reconnue comme agent anglais ou comme la protégée de Canaris ne changerait rien à son sort : dans un cas comme dans l'autre, Heydrich l'abattrait sur place. Tout avait mal fini. Les événements avaient tourné court.

— Ainsi, vous m'avez soigné sur ordre ?

— Oui. Mais cela n'empêche pas les sentiments.

— Êtes-vous une *vraie* infirmière ?

— Tout ce que je vous ai raconté sur ma vie est exact. Je suis en effet une infirmière anglo-indienne.

— Vous n'avez en somme péché que par omission.

— Il n'est pas dans les attributions d'un agent secret de révéler qu'il est un agent secret. Je ne pouvais rien vous dire.

Boro considéra mademoiselle Chat avec perplexité. Il éprouvait l'impression fort désagréable d'avoir été le jouet des événements dans toute cette affaire. Les quelques explications qu'elle consentait à lui fournir n'atténuaient en rien cette perception déplaisante.

Elle indiqua qu'elle ne travaillait qu'occasionnellement pour les Anglais et que la mission qu'on lui avait confiée était la première depuis fort longtemps. Elle tut le reste. Tout le reste.

— Quelle mission ? questionna Boro.

— Vous surveiller.

— Me surveiller, ou me protéger ?

— L'un et l'autre.

— Et après ?

— Après, mentit-elle, je suis rentrée à Londres.

Oubliant qu'une menotte le retenait à la conduite du radiateur, il voulut tendre la main gauche vers elle. Il y eut un petit cliquetis métallique, et rien d'autre. Il tira. Son bras ne porta pas plus loin. Sa main droite n'atteignait pas les jambes de miss Donnegal.

— Vous n'avez repris vos activités que pour ma triste personne ?

— Pas si triste ! corrigea Shakuntala en esquissant un petit sourire.

Elle inclina le visage en un mouvement charmant.

– Mais pourquoi êtes-vous venue à Munich ? s'écria Boro, soudain désespéré. Tout cela va très mal finir ! Ils pouvaient envoyer quelqu'un d'autre !

– Non, répondit-elle avec une certaine décision.

Elle ajouta, cette fois sans mentir le moins du monde :

– J'ai demandé à venir moi-même.

– C'était de la folie !

– Je ne le nie pas. Mais cette folie permettait d'achever ma mission... Et aussi de nous retrouver.

– Dans quelles conditions !

Ils s'observèrent et, soudain, se mirent à rire silencieusement. Ils étaient si ridicules ! Des marionnettes incapables du moindre geste ! Seuls leurs regards exprimaient ce que leurs mains ne pouvaient montrer : une tendresse, une complicité.

Un parfum de lilas monta jusqu'à Blèmia. Il avait été aveugle au point de n'avoir pas même su deviner sa présence à travers les lettres glissées sous la porte de sa chambre d'hôtel !

– Et, dans ce genre de situation, quelles techniques de fuite et de sauvegarde employez-vous ?

– L'attente, répondit Shakuntala. Il n'y a que dans les romans qu'on se sort seul de pièges de ce genre.

Elle tendit le menton vers ses pieds entravés.

– Je ne peux pas bouger, et votre main libre n'atteint pas la chaise.

– J'ai toujours souffert de ne pas avoir le bras assez long, soupira Boro. Que va-t-il se passer maintenant, mademoiselle Chat ?

– Votre amie Covasna ne m'a pas fait part de ses projets d'avenir, répliqua Shakuntala avec une pointe de défi dans la voix. A ce propos, puis-je vous suggérer un conseil ?

– Je devine vos pensées.

– Ce qui ne m'empêchera pas de les exprimer. A l'avenir, montrez-vous plus exigeant dans le choix de vos relations.

– Je vous fais la promesse solennelle d'y songer chaque fois.

Boro promena un regard circulaire dans la pièce. N'avait-on pas oublié un objet sur une des tables basses, n'existait-il pas un passage, une chance, un miracle qui leur eût permis de s'enfuir ?

– Cette situation n'est pas la pire dans laquelle je me sois trouvé, dit-il autant pour la rassurer que pour se tranquilliser lui-même. Figurez-vous que j'ai déjà été prisonnier des nazis à Berlin, des franquistes dans une forteresse espagnole, de la Cagoule à Paris... On m'a cru mort, blessé, hors d'état de plaire ou de nuire. Je me suis toujours sorti de toutes les chausse-trappes. Le jeu ne consiste pas à savoir si je vais mourir ou pas, mais comment je vais me tirer de ce genre de situations.

– Avez-vous une idée ? s'enquit Shakuntala.

– Absolument, répondit Boro.

Son visage s'était soudain éclairé.

– Lorsqu'un individu se trouve dans un labyrinthe dont il n'entrevoit pas l'issue, il faut que la lumière jaillisse d'une source extérieure. Après, il lui suffit de suivre cette source.

Shakuntala fronça les sourcils.

– Je comprends la figure, mais je n'en saisis pas l'application.

– C'est parce que vous tournez le dos aux événements, répondit Boro.

Il suivait la progression de Prakash qui, grimpé sur la corniche, venait de faire fuir une nuée de pigeons.

– Comme vous le savez, je suis venu ici avec un de mes amis. Un Hongrois. S'il avait respecté les règles que nous nous étions fixées, il aurait dû se trouver déjà dans le train pour Paris. Mais les Hongrois, surtout s'ils sont immigrés, se montrent particulièrement rebelles aux ordres. De plus, ils développent un sens de l'amitié tout à fait exceptionnel. Ils sont prêts à risquer leur vie pour ceux à qui ils sont attachés. Si bien que mon ami a préféré rester en notre compagnie plutôt que de s'en retourner dans sa patrie d'adoption... Entre, Béla !

Le Choucas sauta sur le tapis. Il se releva aussitôt puis, décrivant un cercle sur lui-même, fouilla rapidement la pièce du regard. Il alla à la porte de la suite et, aussi précautionneusement que possible, tourna le verrou. Enfin, il rejoignit Boro.

Celui-ci tendit sa main libre en direction de l'infirmière anglo-indienne.

— Béla Prakash, je te présente Shakuntala Donnegal. Mademoiselle Chat...

Le Hongrois s'inclina galamment devant la jeune femme. Celle-ci observait tour à tour les deux hommes, la bouche légèrement entrouverte, la nuque raidie par la stupeur.

— Je suppose que vous êtes la personne qui loge dans la chambre voisine ?

— En effet, bredouilla-t-elle.

Boro admira la discrétion de son ami qui n'avait pas fait état des fonctions occultes de l'infirmière.

— J'espère que vous ne m'en voudrez pas de vous avoir emprunté ceci.

Il exhiba un minuscule pistolet noir à la crosse nacrée.

— J'ai un peu fouillé, espérant découvrir précisément un objet de ce genre. J'ai pensé que cela pourrait se révéler utile.

— Vous avez bien fait, répondit Shakuntala.

— Par chance, votre porte était ouverte...

— C'est que les messieurs qui montent la garde ont oublié de refermer après être venus me chercher.

— Voilà une négligence qui nous rend bien service, observa Prakash.

Il examina la menotte de Boro, tira sur le conduit du radiateur. Un fragment de plâtre dégringola du mur.

— Cette affaire ne sera pas difficile à régler. Il suffira que monsieur Borowicz accepte de se promener avec un bracelet au poignet.

Il assena une bourrade sur l'épaule de son camarade.

— A Paris, nous irons voir un joaillier qui t'enlèvera ton nouveau bijou.

Il s'apprêtait à utiliser son pied comme levier et ses deux mains comme outils de traction lorsque Blèmia l'arrêta d'un ordre bref :

— Halte-là, Prakash ! Les dames d'abord !

Le Hongrois se retourna d'un bloc.

— Mille excuses, mademoiselle. Quand le temps presse, on oublie les lois élémentaires...

— Tu trouveras une paire de ciseaux sur la cheminée. Ils devraient suffire pour libérer mademoiselle Chat.

La lame n'était pas très effilée, mais, en insistant, Prakash eut raison d'un premier cordage entourant une jambe. L'autre céda à son tour. Il s'attaqua aux poignets tout en expliquant qu'ils passeraient par la corniche, rejoindraient la chambre voisine et fileraient dans le couloir, protégés des deux gardes-chiourmes par le coude que celui-ci formait. Il parlait à voix basse afin de ne pas être entendu par les mastodontes.

– Ensuite, nous monterons dans le taxi qui nous attend en bas et nous filerons.

– Où ? demanda Boro.

– En France.

– De quelle manière ? Je ne crois pas que le train de quinze heures trente-deux nous ait attendus...

– Il faudra aviser le moment venu.

Miss Donnegal, enfin libérée, agit avec une promptitude qui stupéfia Boro. Elle alla à la porte, colla son oreille à la cloison, puis reprit sur la table l'arme que Prakash y avait déposée, vérifia que le chargeur était en place, dégagea le cran de sûreté et enfouit l'automatique dans sa poche. Quand cela fut fait, elle éprouva la solidité de la corniche extérieure et demanda à Prakash de se hâter.

– Ils ne nous laisseront pas longtemps seuls ici. Il faut filer, maintenant !

Le Choucas demanda à Boro s'il était prêt. Il comptait dessertir le conduit du collier, tirer au niveau d'un raccord visible plus haut, s'arc-bouter sur le cuivre jusqu'à le tordre, puis faire glisser la menotte comme un anneau sur une tringle à rideaux.

– Il y aura fuite d'eau, remarqua Boro.

– C'est un moindre mal. Nous ferons nettoyer ton costume.

– Sans moi, vous passerez la frontière facilement. Toi, Prakash, ton nom n'a été transmis nulle part. Quant à vous, mademoiselle Chat, je suppose que vous êtes équipée comme il convient.

– Je dispose de plusieurs jeux de papiers, reconnut l'Anglo-Indienne.

– Cela ne m'étonne pas de vous... Alerte en toutes circonstances !

Prakash considéra Blèmia, puis Shakuntala. Ils témoignaient d'une intimité qu'il n'avait pas soupçonnée. Donc, probablement... Mais l'un avec sa main gauche levée au-dessus de l'épaule, l'autre ligotée à sa chaise?... Il renonça à comprendre. Car une pensée nouvelle venait de germer en lui. Il connaissait trop bien son bougre de camarade photographe pour ne pas comprendre quelle idée l'avait traversé.

– Tu veux nous laisser partir seuls? hasarda-t-il.

Shakuntala darda sur Boro un regard stupéfait. Blèmia remonta ses jambes sous son menton. Il cherchait une contenance.

– Je ne pars pas, dit-il.

– Pour quelle raison? demanda miss Donnegal.

– Nous découvrirons un moyen de passer la frontière, dit Prakash.

– Il ne s'agit pas de cela.

– Il ne s'agit que de cela!

Le Choucas battait la semelle devant lui. Il avait les lèvres serrées.

– Tu m'as obligé à faire tout cela pour choisir finalement de rester?...

– Je ne t'ai obligé à rien, rectifia Boro. Je ne voulais pas que tu m'accompagnes à Munich, moins encore que tu joues les casse-cou en venant me chercher dans cette chambre d'hôtel. Mais, puisque tu es là, tu vas emmener mademoiselle. Vous prendrez un train, n'importe lequel, mais très vite. Je vous rejoindrai à Paris.

– Pourquoi tiens-tu à rester? s'emporta Prakash.

– Pour une raison majeure, répliqua Blèmia.

Shakuntala suivait avec curiosité l'échange entre les deux hommes. Elle était frappée par leur ressemblance, leur détermination commune, et par l'enjeu de la partie qu'ils se livraient. Face au nouveau scénario qui se présentait à elle, elle envisageait déjà des solutions de remplacement.

– Sans les nouveaux codes du chiffre allemand, Enigma ne sert à rien, reprit Boro. Nous aurions fait tout cela pour la galerie!...

– Et alors?

– Alors je n'aime pas paraître travailler pour la galerie.

– Je ne te saisis pas! fulmina le Choucas de Budapest.

– Évidemment! Tu ne sais pas tout...

– Pressez-vous, intervint Shakuntala. Le temps se hâte plus que vous.

– Werner von Hobenfahrt vient de Berlin. Avec lui, il aura les codes.

Miss Donnegal venait de comprendre.

Blèmia tendit sa main libre vers la jeune Indienne.

– Donnez-moi votre joujou à poudre et apprenez-moi à m'en servir. Cela me suffira.

Elle balança un instant entre les liens du cœur et les exigences professionnelles. Celles-ci étaient tout à la fois terriblement complexes et extraordinairement simples. Sa pensée accomplit trois tours sur elle-même avant de se poser sur la seule solution qui lui laissât une chance de réussir là où les circonstances la donnaient apparemment perdante. Et puis, il fallait aussi aider l'autre grand escogriffe...

Miss Donnegal tendit l'arme à Boro. Son geste n'était pas très assuré.

– Montrez-moi, répéta Blèmia.

Elle s'agenouilla près de lui, remit puis défit le cran de sûreté, lui enseigna brièvement la manière d'ajuster la cible dans la ligne de mire.

– Au fond, c'est assez simple, fit le reporter en examinant la crosse et la détente.

Il leva le regard vers les deux autres et ajouta :

– Maintenant, filez !

Mademoiselle Chat attrapa Prakash par l'avant-bras et le mena jusqu'à la fenêtre.

– Nous ne pouvons plus attendre.

– Mais vous l'abandonnez à la mort ! se désespéra le Choucas.

– Blèmia, redites à votre ami ce que vous m'avez expliqué il y a un peu moins d'une demi-heure. A propos des situations périlleuses...

– Je disais à miss Donnegal que le jeu ne consiste pas à savoir si je vais mourir ou pas, mais seulement à deviner comment je vais m'en sortir.

Il leva son bras libre en direction de Shakuntala qui, déjà, franchissait le rebord de la fenêtre. A son tour, Prakash monta sur le chambranle.

– Dépêche-toi, lui dit Boro. Moi, je ne crains rien. J'ai toujours ma canne et mon Leica !

Les deux hommes se dévisagèrent une longue seconde. Puis Prakash disparut dans le soleil déclinant de l'après-midi. Aussitôt, les pigeons revinrent.

Jeu de main...

La limousine gris fer flanquée des deux oriflammes à croix gammée traversait les faubourgs de Munich, klaxonnant pour évacuer la piétaille qui menaçait de ralentir sa course. A l'arrière, Werner von Hobenfahrt étreignait celle que Berlin venait de placer sous ses ordres à sa demande personnelle et pour la seule raison que, désormais, les circonstances ne justifiaient plus l'existence du couple von Treeck.

– Ainsi vous garderai-je sous ma coupe, ma *Frau* de lumière...

– Sous votre main, vous voulez dire, rectifia Violetta en appuyant contre son sein tiède la paume gantée de cuir du SS devenu son chef hiérarchique.

Werner ramena son poignet gauche sur la cuisse de la Roumaine. Une chaînette dorée y était accrochée, reliant l'avant-bras à une serviette en cuir fauve.

– Je vous suggère une caresse ultrasecrète sous le regard de documents d'État frappés du sceau de l'absolue confidentialité...

– Vous parlez de cette mallette ?

– Elle renferme les nouveaux codes d'Enigma. Même s'ils étaient en possession de la machine, les Anglais ne pourraient l'utiliser sans ces dernières combinaisons.

– Qu'allez-vous faire de Blèmia Borowicz ? divergea soudain l'ex-baronne von Treeck.

– Cette fois, me le donnez-vous pour de bon ?

– C'est mon cadeau d'entrée dans votre service !

– Le *Sturmführer* Heydrich appréciera.

– Et vous ? minauda la comtesse. Êtes-vous satisfait de cet heureux concours de circonstances ?

– Il est d'un grand humoriste... Cet homme qui débarque à l'improviste pour vous déclarer sa flamme et qui se retrouve prisonnier d'un radiateur ! Bien joué, ma chère...

– Vous le ramènerez à Berlin ?

– Oui.

Il darda sur elle un regard implacable.

– Pour deux raisons. Un, parce que le destin de l'Allemagne ne saurait s'encombrer de nos imprudences. Deux, parce que c'est le meilleur moyen pour que ce Borowicz dégage le terrain.

– Le terrain de votre main, vous voulez dire..., répliqua Romana en déplaçant la paume du nazi sur la courbe de sa hanche. Et après ? Que deviendra le photographe hongrois ?

– Je le cuisinerai d'abord personnellement pour savoir où il a dissimulé la *Dame du Kérala*. Puis Heydrich s'en occupera... Et de ses propres mains, je puis vous l'assurer. Le *Sturmführer* est le grand ami de Friedrich von Riegenburg...

– Cette ombre paralytique ?

– Jadis fort bel homme, et très alerte. C'est votre Blèmia qui l'a amoindri...

– Décidément, il a beaucoup de ressources..., murmura Violetta von Osten, éprouvant une brusque chaleur dans le creux des reins.

Elle ferma puis rouvrit les yeux.

– Que va-t-il devenir ?

Le SS eut un geste évasif, soulevant dans le mouvement la serviette contenant les secrets d'Enigma.

– Vous êtes toujours entichée de lui ?

– Moins que jamais ! Un homme ligoté n'a jamais excité mon imagination.

– Et l'inverse ?

Werner von Hobenfahrt dressa de nouveau son poignet et enserra l'avant-bras de la Roumaine dans la chaînette dorée.

– Vous plairait-il de jouer à ces jeux-là ?

Elle se laissa aller en arrière et émit un gémissement plein de promesses. Elle fit jouer sa langue entre ses lèvres entrouvertes, provoquant un regain d'énergie chez l'homme qui la commanderait désormais, hors du lit et donc au lit. Violetta von Osten se soumettait toujours avec délices aux lubies de ses chefs, à condition que leurs demandes fussent des ordres et son plaisir une question d'obéissance.

– Votre ami a un lourd contentieux avec nous, reprit le nazi en glissant un doigt sous le corsage fleuri de sa subordonnée. J'ai feuilleté son dossier.

– Mauvais augure, susurra la princesse.

– Très mauvais augure, confirma l'Allemand. A mon avis, ils vont le questionner. Vous savez ce que cela signifie.

– Et l'Anglaise ?

– Travaille-t-elle réellement pour les services britanniques ?

– Je le suppose, répondit Violetta von Osten. C'est la police de l'hôtel qui nous a signalé l'étrangeté de sa situation : elle est arrivée au Regina Palast alors que les ressortissants anglais en sont partis depuis longtemps. Dans ses affaires, on a trouvé deux passeports, l'un allemand, l'autre anglais...

– Nous la libérerons.

– Mais pourquoi ?

– Nous ne sommes pas encore en guerre avec Londres. Vous l'avez neutralisée pour empêcher qu'elle n'aide Borowicz à s'échapper, en quoi vous vous êtes montrée d'une perspicacité qui honore nos services...

La comtesse rougit d'un réel plaisir professionnel.

– ... mais elle ne nous sert à rien, et elle ne peut pas nous nuire. Nous garderons l'un, nous rendrons l'autre. Londres acceptera le marché.

La conduite intérieure approchait du Regina Palast. Violetta von Osten se redressa et mit un peu d'ordre dans sa tenue.

– Puis-je garder la voiture ?

– Faites-vous déposer et renvoyez-la. Nous en aurons besoin pour emmener le Hongrois à l'aérodrome. Heydrich le réceptionnera à l'arrivée.

– Je ne le reverrai donc plus ?

– Je préfère, princesse, que vous conserviez de cet homme une image... comment dire... une image homo-

gène, non désarticulée par les vicissitudes des interrogatoires.

Il lui baisa la main.

L'auto s'arrêta devant l'Hôtel Regina Palast. Werner
von Hobenfahrt déplia son long corps, chaussa sa casquette plate sur sa dégaine d'officier SS en grand uniforme et, d'un pas martial, se dirigea vers l'auvent. Il
aimait sentir le cuir de la mallette battre contre le cuir
de sa botte, et imaginait les délicieux supplices qu'il
ferait subir à la princesse lorsque le Hongrois croupirait
dans son trou.

Il éprouva un sentiment de fierté lorsque, ayant pénétré dans le hall de l'hôtel, il vit se raidir les quidams qui
se trouvaient là, et se tendre vers lui une dizaine de
mains tandis qu'autant de gosiers lâchaient ce *Heil* qui
lui était plus doux encore que les berceuses de son
enfance.

L'homme qui se trouvait derrière le desk se mit carrément au garde-à-vous. Werner von Hobenfahrt lui
demanda la clé de la suite occupée par Violetta von
Osten. Une lueur d'effroi passa dans le regard du réceptionniste. Le SS l'expliqua par la crainte que l'uniforme
provoquait souvent chez ses vis-à-vis quand ils avaient
quelque mauvaise fortune à se reprocher. Dans le cas
d'espèce, à en juger par la ligne du menton, certainement un trisaïeul juif, peut-être même un grand-
parent...

Pour l'heure, Werner von Hobenfahrt avait mieux à
faire qu'à s'intéresser au faciès d'un employé d'hôtel. Il
prit la clé, se dirigea vers l'ascenseur. Le groom pria
ceux qui s'apprêtaient à monter dans la cabine de dégager le terrain, puis il s'inclina cérémonieusement devant
l'illustre personnage qui trimballait certainement des
secrets de la plus haute importance dans sa petite serviette de cuir. Enfin, il appuya sur le bouton du sixième
étage.

Observant la scène depuis le comptoir, Rumpelmayer
était la proie d'une panique qui l'avait empêché de
saluer comme il convenait le haut dignitaire du régime.
Il pensait avec affolement qu'il avait maltraité le Juif,
lequel n'était peut-être pas aussi juif qu'il paraissait
être, et, même s'il l'était, ce devait être un Juif bien par-

ticulier pour recevoir des personnages d'un rang aussi élevé que ce *Brigadeführer* de la SS. Rumpelmayer craignait pour sa place.

Parvenu au sixième étage, Werner von Hobenfahrt foula élégamment l'épais tapis qui étouffait ses pas. Il n'eut pas besoin de lire les numéros inscrits sur les petites plaques de cuivre surmontant les portes : les deux fonctionnaires de la *Geheime Staatspolizei* localisaient mieux que toute indication le but de sa promenade.

Ils le saluèrent d'un *Heil Hitler* tonitruant.

– La clé des menottes, réclama le SS sans prendre le temps de leur rendre leur hommage.

Celui dont le visage était couturé par une cicatrice lui tendit l'objet demandé. En échange, l'officier lui tendit la clé de la suite.

– *Öffnen Sie die Tür* [1].

1. Ouvrez la porte.

... *jeu de vilain*

Il franchit le seuil et referma derrière lui. Dès le premier coup d'œil, il repéra le Hongrois, assis devant un radiateur, la main gauche prise dans la conduite. Mais l'agent britannique ne se trouvait pas dans la pièce. Des cordages traînaient près d'une chaise renversée.

– Ce cher Werner ! s'écria le Hongrois en lançant un regard irradié par la joie en direction de l'officier allemand. Figurez-vous que je ne vous avais pas remis aussitôt... A cause de votre uniforme de pingouin !

– Où est l'Anglaise ? demanda l'officier nazi sans cesser d'explorer la pièce du regard.

Il s'apprêtait à passer dans la chambre. Boro l'arrêta :

– Inutile de chercher, dit-il en faisant cliqueter les menottes contre le collier du tuyau de radiateur. Elle avait rendez-vous.

Le SS se retourna. Son visage avait viré au bistre.

– Elle m'a prié de l'excuser. La chaleur lui paraissait insupportable... et puis, vos loufiats l'ont reçue avec trop peu d'égards pour qu'elle se sente réellement chez elle.

– Où est Enigma ? coupa l'officier.

– Dans l'armoire de la chambre. Elle vit sa vie de machine.

Werner von Hobenfahrt fonça vers la chambre. Boro entendit battre les portes. Il serra son bras libre contre le Leica glissé sous sa veste. L'arme de Shakuntala se trouvait dans sa poche droite.

L'officier nazi revint dans la pièce. Il avait recouvré son impassibilité habituelle.

– Les services secrets britanniques manquent de conscience professionnelle, fit-il remarquer en déposant sa casquette sur le manteau de la cheminée. On vous a dit, je suppose, tout l'intérêt que présente cette sorte de machine à écrire ?

– La baronne m'a fait quelques confidences, en effet. Je regrette de ne pas les avoir obtenues auparavant.

– Qu'auriez-vous fait ?

– J'aurais vendu au plus offrant.

– Si la personne attachée là tout à l'heure s'était emparée d'Enigma, je l'aurais fait rechercher partout et nous l'aurions abattue avant qu'elle ne parvienne à franchir une frontière. Mais, sans Enigma, elle ne nous intéresse pas... Je vous disais que les services anglais manquent de conscience professionnelle, car n'importe quel agent de n'importe quelle puissance aurait dû emporter cette machine.

– A condition de savoir qu'elle était là.

– Vous, vous le saviez !

– Je n'ai pas mesuré son importance. A vrai dire, cher Werner, je ne crois pas à cette histoire de codes dont m'a parlé notre amie commune.

– Cela, répondit Werner von Hobenfahrt, nous le vérifierons bientôt.

– Et comment, s'il vous plaît ?

– Nous avons nos méthodes. Très éprouvées.

– Quand comptez-vous en user ?

– Je ne me charge pas de ces travaux-là, repartit l'Allemand. A Berlin, un homme vous attend. Il s'occupera de vous.

– Puis-je connaître le nom de cet heureux personnage ?

– Je vous laisse la surprise.

– N'est-il pas handicapé ? Ne se promène-t-il pas dans une petite chaise ?

Hobenfahrt ignora la question.

– Permettez-moi d'abord de m'occuper de mes petites affaires... Par quel chemin cet agent s'est-il éclipsé ?

– Mais par la porte, bien sûr !

– La porte est gardée.

– Je parlais de la porte de la chambre voisine... A mon avis, vous devriez vous passer des services de vos deux rhinocéros. A leur âge, se montrer incapables de garder une prisonnière !

– Je partage votre point de vue, Herr Borowicz.

Sur quoi, Werner von Hobenfahrt ouvrit la porte donnant sur le couloir, la referma sur lui, abandonnant Blèmia à de sombres pensées.

Un seul homme en Allemagne pouvait désirer le rencontrer. Non pas pour échanger des confidences ni même pour le faire parler. Plus prosaïquement, plus simplement, pour le balancer d'un avion en plein vol. Le seul homme qu'il eût humilié à deux reprises et qui avait quelques raisons de vouloir sa mort : Friedrich von Riegenburg.

A l'énoncé muet de ce nom, un chatouillis glacé courut le long de l'échine du reporter. Il n'avait plus le choix. Tant pis pour les risques. Il lui fallait agir au plus vite. S'il rencontrait Friedrich von Riegenburg, la sinistre prédiction formulée par les gitanes sept ans auparavant se réaliserait à coup sûr : il mourrait d'une balle entre les deux yeux.

De l'autre côté de la cloison, dans le couloir, retentissait la voix claire de Werner von Hobenfahrt. Il réglait leur compte aux fonctionnaires de la *Geheime Staatspolizei*. Sans trop y croire, Boro espérait qu'ils seraient mis à pied dans l'instant, ce qui lui permettrait de fuir après s'être occupé des codes d'Enigma sans doute contenus dans la serviette que le SS portait accrochée à son poignet. Il ne devait pas seulement les dérober : il devait aussi faire en sorte que son larcin demeurât ignoré. Sinon, les Allemands modifieraient encore leur procédé de chiffrage, et l'équipée de Munich aurait été inutile.

Les voix se turent dans le couloir, puis le SS revint dans la pièce. Il dévisagea Boro avec une grimace peu engageante.

– Vous les avez renvoyés ? s'enquit Boro comme s'il parlait d'un strict problème ménager.

– Pas aujourd'hui ! Aujourd'hui, ces messieurs doivent encore vous garder !

– Je me garde tout seul, vous le voyez bien !

Il agita ses menottes contre le tuyau. Hobenfahrt le considéra pensivement. Boro continua de remuer le bras, et ce qu'il escomptait finit par se produire. Comme mû par un réflexe d'imitation, le nazi glissa la main dans sa poche de pantalon et en sortit une clé minuscule. Il dégrafa la chaînette de son poignet, puis posa la serviette en cuir fauve sur la table. Enfin, il ôta sa veste d'uniforme.

– Vous avez bien raison de vous mettre à l'aise, gouailla Blèmia, assis contre son radiateur. Si vous m'aidiez à en faire autant, nous pourrions partager plus aimablement nos souvenirs.

– Vous êtes une proie bien trop importante pour que je coure ce risque-là. Si vous aviez été entravé par une corde et non par une menotte, vous vous seriez certainement envolé avec l'agent anglais.

– En effet. Si j'avais eu la clé de mon joli bracelet...

– Mais vous ne l'avez pas !

– Et vous laissez un trésor de cette importance à vos stupides pachydermes ?

– Non.

– Approchez, Herr Hobenfahrt. Il faut que je vous confie un secret.

L'Allemand marqua un temps d'interrogation.

– Vous allez enfin avouer ce que vous savez d'Enigma ?

– Mieux encore. Approchez ! Je ne veux pas parler trop fort. Les cloisons sont minces, et, à défaut d'avoir de l'esprit, vos deux cochons d'Inde ont peut-être de l'oreille.

Hobenfahrt fit trois pas en direction de Boro et s'accroupit à sa hauteur.

– En principe, je suis d'ores et déjà un homme mort. Même si, sans ses codes, votre machine à délivrer les secrets ne vaut rien, et même si vous savez fort bien que je n'ai pas eu le temps de la proposer aux services secrets français ou anglais – au demeurant, si c'était le cas, pourquoi serais-je venu me fourrer dans la gueule du loup ? –, j'ai trop d'ennemis en Allemagne pour qu'on me laisse quitter ce pays. Êtes-vous d'accord avec mon analyse, Herr Hobenfahrt ?

– Je n'en aurais pas fait de meilleure. Vous êtes plus perspicace enchaîné que libre.

L'Allemand se trouvait à trois mètres de Boro. Celui-ci lui décocha un sourire crispé où l'inquiétude le disputait à la contrition.

– Pour toutes ces raisons, Herr Hobenfahrt, j'ai décidé de faire amende honorable. De me repentir. Je vais vous faire un aveu.

L'officier posa une rotule au sol. Jamais Blèmia ne l'avait observé d'aussi près. L'œil était bleu électrique, la peau impeccablement rasée.

– Avant de partir, l'agent anglais m'a fait un cadeau qui vous était spécialement destiné.

– A moi ou au service que je dirige ?

– Les deux, mon capitaine.

– Quel est ce cadeau ? Un message ?

– Vous refroidissez.

– Un contact ?

– Vous êtes gelé.

– Un objet ?

– Avec lequel, si vous ne faites pas exactement ce que je vous ordonne, je vous brûle la chair, les os et le peu d'esprit dont vous êtes doté.

Boro avait sorti le petit revolver noir. Il le braqua de sa main valide sur le faciès de l'Allemand. Lequel exprima une intense stupéfaction. Ses mâchoires se refermèrent dans un petit claquement très perceptible. Le regard se fit plus sombre.

– Comme nous venons d'en convenir, reprit le reporter, je n'ai aucune chance de quitter votre pays malade. Mourir maintenant ou dans trois heures ne changera pas grand-chose à ma destinée. Si vous ne m'obéissez pas, je vous tue. Je n'hésiterai pas.

Sa voix s'était affermie. Lui qui n'avait pour ainsi dire jamais tenu d'arme de sa vie découvrait une puissance nouvelle. Une confiance en soi qu'il n'avait pas éprouvée depuis que les deux officiers de la *Geheime Staatspolizei* l'avaient attaché au radiateur. Il n'avait plus rien à perdre. Il était bien décidé à mettre sa menace à exécution.

L'Allemand n'avait pas bougé d'un tiers de millimètre. Il était encore sous le coup de la surprise.

– Prenez la clé des menottes et détachez-moi, ordonna Boro.

Comme l'autre demeurait immobile, il leva le canon de l'arme, ainsi qu'il avait vu Violetta von Osten faire avec lui-même. Le résultat fut immédiat. Hobenfahrt se redressa avec lenteur.

– Si vous tirez sur moi, on entendra la détonation dans le couloir.

– Mais vous serez déjà mort. Que vous importe ?

Ils se mesurèrent du regard. Boro esquissa un sourire de fatalité.

– Vous ne pouvez rien faire. Détachez-moi. Et vite.

Le SS glissa une main dans sa poche. Boro suivait attentivement chacun de ses gestes. Le baudrier de cuir était fermé par un bouton-pression. Lorsque la main quitta le pantalon, elle glissa sur l'étui mais ne l'ouvrit pas.

– Voilà qui me paraît être la chose la plus raisonnable que vous ayez faite depuis votre naissance. Approchez et ôtez-moi ce bijou.

Hobenfahrt vint contre Boro. Il le surplombait de toute sa hauteur. Le reporter leva le canon du petit revolver sur l'entrejambe du nazi.

– Pas de blague, ou je décapite votre *petit Hitler !*

L'Allemand ne répondit pas. Il s'affairait sur la main de Boro. Une seconde plus tard, la menotte tombait et Blèmia se redressait.

Son visage était tout contre celui du nazi.

– Merci, camarade. Ne bougez surtout pas.

Il dégrafa le baudrier et en sortit une arme noire, lourde et oblongue. Il l'affermit dans sa main droite.

– Demi-tour, cher ami. Nous allons faire un brin de toilette dans la salle de bains.

– J'aurais dû vous faire tuer en Inde par Eugen, gronda Werner von Hobenfahrt.

– Vous manquez d'à-propos, je l'ai toujours su. Au petit trot, jeune homme !

Il enfonça ses deux armes dans les côtes de son prisonnier. Ils traversèrent le salon, la chambre, et pénétrèrent dans la salle d'eau. De nouveau, Boro éprouva un petit pincement au cœur en revoyant les murs laqués argent, la grande baignoire encastrée dans un coffrage de palissandre. Les robinets, astiqués mille fois, luisaient sous la lumière électrique.

– Je vous rassure, tout cela est comme votre grand péteur : en toc. Les robinets, c'est du plaqué. Confiez-moi vos bras.

Comme Hobenfahrt tardait à obtempérer, Boro glissa le Luger dans sa poche, saisit l'Allemand par le biceps et le poussa dans la baignoire. Puis il lui entrava les poignets derrière le dos et le menotta aux tuyaux plaqués or.

– Vous ressemblez à une douche, ricana-t-il. Cela vous va bien au teint.

Il attrapa une serviette.

– Ouvrez la bouche.

Le SS s'exécuta.

– Mangez.

Il glissa la serviette entre les mâchoires, bourra et examina le résultat. L'Allemand se tenait droit, baudrier vide, mains derrière le dos, la serviette lui dégringolant sur le plastron.

– A bientôt, jeune homme ! lança Boro. Je ferme pour qu'on ne vous dérange pas.

Il tourna l'interrupteur et poussa la porte.

Il revint en courant dans la pièce principale, bascula doucement le verrou et s'approcha de la serviette posée sur la table. La clé de la chaînette était embouchée dans le minuscule cadenas qui se fixait au poignet. Boro la prit et la glissa dans la serrure du cartable. Elle tourna sans difficulté. La serviette contenait six feuillets bourrés de chiffres et de lettres, de signes incompréhensibles agencés selon un ordre des plus abscons. Blèmia les étala sur le plateau, vérifia la lumière, s'empara de son Leica, grimpa sur une chaise pour être parfaitement plan, puis photographia les derniers codes secrets d'Enigma.

Il tripla les prises. Quand il eut achevé son travail, il replaça les feuillets dans la serviette, verrouilla de nouveau et remit la clé là où il l'avait trouvée. Ni Violetta von Osten ni Hobenfahrt n'avaient remarqué le Leica. Lorsqu'on le libérerait, l'officier SS découvrirait la serviette là où il l'avait laissée, contenant encore les papiers qu'il y avait glissés. Donc, si les événements se déroulaient normalement, Boro aurait réussi le pari tenté en vain par tous les services secrets occidentaux : s'emparer des ultimes clés d'Enigma sans que les nazis s'en aperçoivent.

A une condition : quitter le pays.

Pris !

Il glissa l'extrémité de son stick dans sa ceinture, passa la lanière du Leica autour du cou, puis sous son bras, et grimpa sur le chambranle de la fenêtre. Une nuée de pigeons s'envolèrent.

Boro prit appui sur la corniche, s'allongea sur la pierre tiède et commença de ramper vers la fenêtre de la chambre occupée la veille par mademoiselle Chat. Munich s'étendait plus bas dans un halo de lumière orangée. Des sons assourdis montaient jusqu'aux étages : klaxons, roulements de circulation, quelques cris.

Les pigeons avaient déposé des fientes qu'il n'était pas toujours facile d'éviter. Boro progressait comme à travers un gymkhana, usant de ses coudes et des pointes de ses chaussures. Il passa devant la fenêtre de la chambre, poursuivit sur quelques mètres, sauta enfin dans la pièce qu'avait occupée Shakuntala. Aussitôt, il reconnut le parfum de la jeune femme. Il se demanda si Prakash et elle étaient parvenus à monter dans un train, et comment lui-même allait faire pour quitter le pays. Il lui manquait un Scipion, une voiture rapide, la connaissance des chemins de terre permettant de traverser nuitamment les frontières. Il n'avait pas de plan arrêté. Il se fiait au seul hasard.

Une valise traînait au sol. Des vêtements avaient été jetés sur une chaise, au pied du lit, devant l'armoire. Mademoiselle Chat n'avait pas eu le temps d'emporter ses effets de voyage.

540

Boro ôta sa veste, glissa le Leica à sa place habituelle, entre la hanche et l'avant-bras. Il enroula le film, déverrouilla le dos, échangea la pellicule impressionnée contre une neuve. Puis il prit quelques clichés des toits de la ville et glissa le film contenant les codes d'Enigma dans la poche revolver de son pantalon. Si quelque danger survenait, il pourrait toujours jeter la bonne pellicule en un endroit où elle serait récupérable, et nier avoir photographié le contenu de la serviette ; à titre de preuve, il demanderait qu'on développât le film-alibi...

Il poussa le gros Luger de Hobenfahrt sous le lit, garda l'arme de l'Indienne à portée de main et, après avoir inspiré profondément à trois reprises, ouvrit la porte.

Il y avait un coude, en effet. Prakash en avait profité. Boro fit de même. Il longea le mur du côté des ascenseurs, foulant sans bruit l'épaisse moquette qui assourdissait ses pas. Il dégringola l'escalier jusqu'au rez-de-chaussée. Là, il s'arrêta au bas des degrés et scruta le hall d'accueil du Regina Palast.

Par malchance, la foule présente en début d'après-midi s'était écoulée dans les chambres ou à l'extérieur. Le hall était désert. Rumpelmayer officiait derrière son comptoir, secondé par deux jeunes garçons en livrée. Il était impossible de rejoindre la porte à tambour sans être remarqué par le réceptionniste.

Boro lança sa canne et avança courageusement. Il adressa un salut de la main au portier qui hésita sur le point de savoir s'il devait le rendre ou non à un Juif – mais un Juif fréquenté par un *Brigadeführer* de la SS ! –, puis choisit finalement d'incliner faiblement la nuque.

Boro en était à la moitié du parcours. Il entrevoyait déjà la file des taxis stationnés devant l'hôtel. Il se disait que, dans moins de deux minutes, il aurait franchi le seuil de cet endroit où une bonne surprise attendait Violetta von Osten à son retour. Il pensait qu'il se ferait conduire au consulat de France, ou même, moyennant rétribution conséquente, directement à l'ambassade à Berlin. Bref, il se croyait déjà sorti d'affaire quand quatre barbouzes firent irruption dans le hall.

En un instant, le reporter jaugea la situation. De son côté, Rumpelmayer fit de même. Sa cervelle de pinson s'activa, stimulée par la haine raciale et l'humiliation que cet homme lui avait fait subir.

Au moment où les quatre hommes s'approchaient de Boro, le réceptionniste leva le bras en direction de ce dernier et vociféra :

– *Das ist er* [1] !

Blèmia s'arrêta une fraction de seconde. Le temps, pour Rumpelmayer, de répéter :

– *Halten Sie ihn auf! Halten Sie den Juden auf* [2] !

Boro bondit. Il fit un pas, puis un autre. Une des barbouzes tendit son bras vers lui. Il l'expédia d'un mouvement d'épaule puis, s'assurant tant bien que mal sur sa canne, fonça en direction de la porte à tambour.

Un homme jaillit sur son côté gauche. Mille chandelles prirent feu dans la tête du reporter. Avant de tomber, il entendit une voix caverneuse qui disait, en allemand :

– Conduisez-le à l'aérodrome.

Les chandelles s'éteignirent, mouchées par un vent mauvais.

1. C'est lui !
2. Arrêtez-le ! Arrêtez le Juif !

Réflexions d'artiste

Tandis que Boro sombrait dans d'insoupçonnables profondeurs, Hitler recevait. Devant lui, dans son bureau de la chancellerie, l'ambassadeur de France à Berlin venait de lui tendre une lettre de Daladier. Le président du Conseil y répétait que la France resterait fidèle à la Pologne.

Hitler la parcourut rapidement. Son esprit était ailleurs. Il se demandait quelle serait la réponse de Mussolini au message qu'il venait de lui envoyer. Le Führer assurait bien sûr le Duce de sa sympathie, lui signifiant qu'il comprenait ses réserves et le priant, au nom de leur amitié, de dissimuler ses hésitations et de faire croire aux autres nations que l'Italie soutenait l'Allemagne. Hitler suggérait quelques manœuvres militaires dissuasives. Il achevait sa correspondance par une demande pressante, formulée en termes aimables : faute de pouvoir faire davantage, l'Italie accepterait-elle d'envoyer à sa grande sœur l'Allemagne des travailleurs susceptibles d'aider à l'industrie et à l'agriculture ?

Debout devant le Führer, monsieur Coulondre se racla la gorge et tenta d'intéresser le dictateur. Il le supplia de ne pas courir à la guerre.

– Au nom de l'humanité, précisa-t-il. Et aussi pour votre propre conscience...

– Ma conscience, c'est l'Allemagne ! répliqua Hitler.

Il souleva une fesse de son fauteuil pour faire comprendre à son interlocuteur que l'entretien était clos. Comme l'autre ne bougeait pas, il ajouta, dégageant sa canine gauche :

– Sachez, monsieur, que je suis le plus grand stratège de tous les temps. Un seigneur de la guerre d'un genre nouveau...

– Vous entraînez votre peuple...

– Mon peuple m'admire ! éructa le Führer.

Puis, se calmant soudain, il retrouva un propos qu'il avait déjà adressé à l'ambassadeur britannique. Celui-ci avait paru surpris, mais Hitler avait bien aimé sa formule. Il répéta donc, avec un sourire qui se voulait juvénile et naturel :

– Vous savez, je suis artiste dans l'âme. Les guerres, ça ne m'intéresse pas. Ce que j'aimerais, c'est peindre...

Coulondre eut la même réaction que son confrère britannique : il roula des yeux stupéfaits et fit un pas en arrière.

– Mais oui ! précisa Hitler. Figurez-vous que moi non plus, je n'aimerais pas que la France et l'Allemagne se fassent la guerre !

Il parut profondément navré :

– Le problème, c'est que la décision ne dépend pas de moi. *Ach !*

Lorsque Coulondre eut quitté les lieux, Hitler poussa un profond soupir. Que de temps il avait perdu ! Le problème, à son sens, ne venait pas de la France. Elle n'interviendrait pas. Et si elle intervenait, on pourrait lui tenir tête. Le seul pays qu'il craignait véritablement, c'était l'Angleterre. Il discutait encore avec elle. Mais pour combien de jours ? L'ambassadeur Henderson venait de quitter Berlin pour Londres dans un avion spécialement affrété par la Luftwaffe. Il était porteur de nouvelles propositions. Parallèlement, Birger Dahlerus, l'envoyé de Goering, faisait des aller-retour permanents entre les deux capitales. Face aux Britanniques, Hitler éprouvait le sentiment désagréable de s'être courbé plus bas que terre. Il leur avait tout proposé : des concessions sur la Pologne, une protection pour le royaume, une alliance semblable à celle conclue avec Staline, moins de colonies qu'il n'en voulait... A quoi lord Halifax, au Foreign Office, et Chamberlain, à Downing Street, avaient répondu que la protection de l'empire, ils n'en voulaient pas ; que, pour Dantzig et le corridor, il fallait négocier avec Varsovie ; qu'ils ne discuteraient pas du problème des colonies tant que l'Allemagne mobiliserait. Lorsque Henderson avait quitté le bureau, une heure avant de s'envoler pour Londres, Hitler s'était écrié :

– J'ai vraiment l'impression que les Anglais ne me font pas confiance !

L'autre n'avait pas répondu. Le Führer s'était lamenté :

– Comment peut-on douter de moi alors que de ma vie je n'ai jamais menti ?

Seul désormais dans son bureau, Hitler ricanait. On avait bien raison de ne pas lui faire confiance. Il était le plus rusé, le plus intelligent de tous les chefs d'État que le monde avait jamais connus. Certes, il avait eu un moment de faiblesse en annulant le plan Blanc. Mais c'était bien là la preuve qu'en dépit de toutes les épreuves que la vie lui avait fait subir il était resté un artiste. Capable d'hésitations. Une âme fragile, quasi féminine.

On frappa.

– *Herein !* cria-t-il.

C'était son ordonnance. Elle lui apportait un pli sur un plateau de cuir.

– *Von Ribbentrop, mein Führer.*

L'officier claqua des talons. Hitler prit l'enveloppe et la décacheta. C'était la réponse du Duce à son message. L'Italie ferait croire au monde qu'elle soutenait militairement l'Allemagne. Quant à la demande pressante d'importation de travailleurs, elle ne posait aucun problème : c'était bien le moins que Rome pût faire.

Il y avait un dernier paragraphe, ajouté sous la signature de Mussolini. Celui-ci demandait à son correspondant de réfléchir encore avant de se lancer dans la guerre. Pour des raisons strictement militaires et non – écrivait le Duce – « pour des questions liées à un pacifisme étranger à ma nature ».

Ce propos fit sourire le Führer.

De toute façon, il était trop tard. Hitler avait repris du poil de la bête. Ses atermoiements passés avaient disparu. La décision était prise.

Il décrocha le téléphone kaki posé sur son bureau et demanda le haut commandement de l'armée. Sans l'ombre d'une hésitation dans la voix, il ordonna que l'attaque de la Pologne débutât le 1er septembre au matin. Quatre jours plus tard.

L'aveu de mademoiselle Chat

Le train traversait la campagne bavaroise. C'était un tortillard. Il s'était arrêté treize fois depuis Munich. Il s'arrêterait treize autres fois jusqu'au lac de Constance, puis il irait, cahin-caha, vers la frontière. On changerait à Landsberg, puis on arriverait à Wangen et, si le destin était favorable, on atteindrait Paris le lendemain en fin de matinée. Un périple des plus ennuyeux, mais impossible à éviter : les grandes lignes étaient réservées aux convois militaires qui rejoignaient la frontière polonaise. Et puis, ce tortillard était l'un des derniers à rallier la France.

A chaque arrêt montaient des paysans qui descendaient à la bourgade suivante, relayés par d'autres paysans qui ressemblaient en tout point aux précédents, comme les villages et les paysages traversés.

Prakash était assis sur une banquette en bois, face à miss Shakuntala Donnegal. Ils s'étaient fait la guerre depuis leur départ de Munich. Il n'admettait pas qu'on eût abandonné Boro à son sort, tandis qu'elle estimait qu'il n'y avait pas d'autre solution envisageable. Il avait bien tenté de rester ; elle l'en avait finalement dissuadé, expliquant qu'ils ne pourraient agir en pays ennemi sans aide ni soutien. Le mieux était de regagner Paris au plus vite, d'alerter les ambassades et les ministères, sauvant Boro grâce à l'action diplomatique.

C'était ce qu'elle avait dit. Elle n'ignorait pas, pourtant, que toutes les démarches entreprises seraient aussi vaines qu'inutiles. Boro n'avait plus besoin d'elle. Ce qui n'était pas le cas de son ami hongrois, qui, sans elle, n'eût jamais pu quitter l'Allemagne. Elle seule savait quels trains roulaient encore vers la France. Elle seule pourrait l'aider si, par malheur, les autorités allemandes l'empêchaient de rentrer dans son pays. Mademoiselle Chat n'avait pas eu le choix. Elle avait agi sans instructions. Le plan originel n'était pas celui-là. Mais qui eût pu prévoir que lorsqu'il se déplaçait Blèmia Borowicz se faisait escorter par sa Hongrie natale ?

Elle ignorait surtout ce qu'elle ferait elle-même à Paris et maudissait son voisin de l'avoir conduite dans ce train. Lui, et ce tortillard qui n'avançait pas, et les standards téléphoniques allemands qui répondaient invariablement que les communications avec Londres étaient coupées, et cette opération montée trop vite pour qu'on eût pu prévoir des solutions de repêchage et des agents intermédiaires. Enfin, déchirée entre ce qu'elle pouvait dire et ce qu'elle devait dissimuler, mademoiselle Chat s'efforçait de faire comprendre à son vis-à-vis que le choix qu'ils avaient fait – ou plutôt que Boro lui-même avait fait – était le moins mauvais. Pour de multiples raisons. Ainsi, alors que le train s'ébranlait après avoir stationné dix bonnes minutes en gare de Wangen, et comme Prakash lui avait dévoilé qu'il n'ignorait rien des causes pour lesquelles Blèmia était venu en Allemagne, elle lâcha :

– Si Boro a la moindre chance de rapporter les codes d'Enigma, on doit le laisser faire.

Elle en était à peu près persuadée.

– Je me fous complètement des codes d'Enigma ! répliqua le Choucas sans tenter de dissimuler sa mauvaise humeur.

– Vous avez tort. L'issue de la guerre peut en dépendre. Tous les services secrets européens cherchent à percer le mystère de ces codes.

– Boro est reporter-photographe. Pas agent secret !

– Blèmia a choisi de rester. Vous pourriez au moins respecter son courage !

Prakash ne répondit pas. Elle l'avait appelé Blèmia ! Il considéra avec un peu plus d'attention cette jeune femme d'apparence fragile qui œuvrait dans l'ombre, portait une arme et venait d'appeler son ami par son prénom. Il se souvint que lorsqu'ils avaient quitté le Regina Palast elle l'avait prié de l'attendre au-delà du tambour d'accès. Elle était revenue sur ses pas. Il avait fait de même sans qu'elle le repérât. Il l'avait vue s'approcher de quatre types en vestes de cuir qui semblaient attendre quelqu'un ou quelque chose dans un coin reculé du hall d'entrée. Elle leur avait parlé.

– Vous connaissez Blèmia depuis l'Inde, c'est ce que vous m'avez dit ? demanda-t-il.

– Je l'ai soigné à Bombay.

– Vous étiez en mission ?

– En mission médicale.

– Vous l'aimez ?

Il avait posé cette question comme ça, parce qu'elle lui était venue naturellement, et il se reprocha aussitôt cette indiscrétion de bas étage. Il voulut ajouter quelque chose, s'excuser, reprendre l'interrogation, mais miss Donnegal le fixait d'un regard étrangement absent, comme si elle réfléchissait pour elle-même. Il n'y avait pas moyen d'échapper à ce visage, sauf à se montrer d'une incorrection plus grave encore que la question posée ; aussi Prakash ne chercha-t-il pas à esquiver ces yeux sombres qui le fixaient sans le voir. Au bout de quelques secondes qui parurent des minutes et qui mirent le Hongrois effroyablement mal à l'aise, Shakuntala hocha doucement la tête et dit :

– Peut-être, en effet, que je l'aime.

Alors Prakash lui prit la main et murmura :

– Excusez-moi.

Elle ajouta, plus pour elle-même que pour autrui :

– C'est un homme que tout le monde aime...

– Un voyou ! plaisanta Prakash. Un enfant insupportable qui va toujours là où il peut se brûler !

– C'est parce qu'il déteste l'ennui.

– Est-ce une raison suffisante ? Rappelez-vous comme il était stupide avec son bras gauche accroché au radiateur ! Et, alors que nous aurions pu l'emmener avec nous, décrétant qu'il restait pour s'emparer des codes ! Aussi fanfaron qu'insolent !

Ils rirent. Une inquiétude mortelle continuait de ronger Béla, mais, tout comme il l'avait fait deux ans plus tôt avec Maryika lorsque Boro avait disparu de la circulation et que tous le croyaient mort, il s'évertuait à remettre d'aplomb le cœur bancal de la prétendue infirmière.

Ils furent contrôlés à une centaine de kilomètres de la Suisse. L'employé des chemins de fer examina attentivement leurs billets, scrutant alternativement leurs visages puis leurs papiers. Il leur posa quelques questions visant à élucider une situation pour lui incompréhensible : pourquoi ces voyageurs bien mis étaient-ils dépourvus de bagages ?

– Parce que nous suivons le vent et que le vent ne porte pas les valises, répondit Prakash.

– Parce que, dans mon pays, nous ne nous changeons jamais, dit mademoiselle Chat.

– Et dans le mien non plus, renchérit le Choucas.

– *Ach so ?*

Le contrôleur se grattait la tête.

– Parce que nous sommes des agents secrets en fuite !

– Oui... L'Hitler a chaussé ses bottes de sept lieues et nous pourchasse !

Le fonctionnaire s'esclaffa, découvrant des dents carbonisées par la chique. Il prit à témoin les voyageurs qui suivaient la scène alentour. Bientôt, le wagon entier résonna des rires provoqués par les plaisanteries des deux étrangers.

On arrivait à Friedrichshafen.

JU-52

C'était une symphonie. Les cuivres dans la tête, les vents à l'extérieur. Du Bartok plutôt que du Mozart. Une dissonance arythmique, une succession de chocs, des accords imprévisibles. Et, par-dessus tout cela, ou plutôt consubstantiellement mêlé à cette fureur, un *allegro vivace,* un emportement purement physique qui finit par dominer les chœurs intérieurs, les reprises incessantes du tonitruant orchestre.

Boro rouvrit les yeux. Il n'était pas dans une salle de concert, au fond de la fosse, parmi les premiers violons. Mais un *glissando* sans fin l'entraînait vers des abîmes dont il ignorait la profondeur. Un avion. Un avion au décollage... Les tôles grises d'une carlingue, comme il en avait vu des centaines partout à travers le monde. Mais une coque doublée de tissus soyeux, de meubles lourds et confortables. C'était bien là dans les manières de Friedrich von Riegenburg. Sans doute observait-il sa proie, calé dans son fauteuil d'infirme.

Boro referma les yeux. Il attendait que le roulis du décollage eût cessé pour regarder en face le seul homme qui provoquât en lui une haine viscérale, doublée en la circonstance d'une peur tout aussi incontrôlable. Avec une consolation : contre son flanc étendu sur la banquette, il sentait le rude contact du boîtier noir de son Leica toujours fixé à sa lanière.

Il se souleva imperceptiblement. Ses poignets n'étaient pas entravés. Il promena précautionneusement ses mains le long de son corps, constata qu'on lui avait laissé son portefeuille, mais que l'arme de miss Donnegal ne se trouvait plus dans la poche de sa veste.

Il attendit que l'avion se fût stabilisé en altitude pour se redresser. Il le fit d'un seul mouvement, et, comme par enchantement, découvrit le pommeau de son stick sous sa paume.

Un homme était assis en face de lui. Mais ce n'était pas Friedrich von Riegenburg. Un officier en uniforme, tête nue. Des yeux bleus perçants, fouilleurs et vifs. Cinquante ans, guère plus. Petit. Les cheveux blancs. Un maintien aristocratique, la main, baguée, reposant nonchalamment sur le pli du pantalon. Ni fauteuil à roulettes, ni gorgone maléfique stationnant verticalement à l'arrière. Frau Spitz montait sans doute la garde auprès de son fantôme, mais ce fantôme-là avait été remplacé par un autre que Boro ne connaissait pas.

L'officier jouait avec sa bague. Il murmura :

– Ainsi, c'est vous, Blèmia Borowicz !

– Exact, répondit Boro.

– Recherché par toutes les polices du Reich.

– Si elles n'ont rien de mieux à faire...

– Hélas, admit l'inconnu.

Il s'était exprimé en allemand.

– Où nous conduit cet aéroplane ? demanda le reporter en promenant son regard autour de lui.

Il se trouvait dans un salon volant. Seule la partie haute du fuselage laissait paraître la teinte gris acier et le boulonnage d'un appareil militaire. Ailleurs, ce n'étaient que tentures et tapis. Un confort ouaté qu'on retrouvait jusque dans le cadre ovale des hublots masqués par des voilages de tulle.

En face du canapé sur lequel Boro était assis, une table basse faite d'un plateau de verre reposait sur des pieds nickelés. Au-delà, deux fauteuils de velours crème dont l'un était vide, l'autre occupé par cet homme qui jouait avec la pierre de sa bague. A droite, sur toute la surface de la cloison séparant la cabine du poste de pilotage, une fresque peinte représentait trois singes. Le premier tendait l'oreille ; le deuxième lorgnait derrière lui, regardant par-dessus son épaule ; le troisième tenait sa main devant sa bouche. Cette peinture avait évidemment valeur de symbole.

– Quel singe êtes-vous? demanda insolemment Boro en fixant son interlocuteur. Celui qui écoute, celui qui surveille ou celui qui se tait?

– Les trois à la fois.

– Nous sommes donc dans un zoo?

– En quelle langue voulez-vous que nous nous exprimions? Je puis vous proposer l'anglais, le français, l'espagnol, l'italien ou l'allemand...

– Pour ce qui me concerne, vous pouvez ajouter le hongrois et soustraire l'italien...

– Nous n'avons pas beaucoup de temps, coupa l'Allemand. J'ai pris connaissance de toutes les fiches vous concernant. Je sais donc qui vous êtes, pourquoi on vous recherche et quel sort vous attendait...

– Pourquoi parlez-vous au passé?

– D'abord, permettez-moi de me présenter.

L'homme, cette fois, s'était exprimé en anglais. Il zézayait légèrement, comme s'il avait un cheveu sur la langue.

– Je suis le contre-amiral Wilhelm Franz Canaris, chef de l'Abwehr depuis 1933. L'Abwehr, comme vous savez, rassemble les activités d'espionnage et de contre-espionnage de l'Allemagne.

L'officier tendit sa main baguée vers la fresque peinte sur la carlingue.

– Ces trois animaux sont notre symbole.

Il darda sur Boro un regard attentif, empreint d'une étrange bienveillance.

– Je viens de vous tirer d'un bien mauvais pas. En avez-vous conscience?

– Habituellement, je me débrouille fort bien tout seul.

Le reporter s'assura que sa canne n'avait pas été endommagée. Il la fléchit entre ses doigts repliés, puis la posa à plat sur ses jambes.

– A vrai dire, poursuivit l'amiral Canaris, je ne souhaitais pas m'occuper de vous.

– Comme je vous comprends!

– Il se trouve simplement que vous avez mis le pied dans une fourmilière dont la partie droite est occupée par un homme que je hais, et l'autre par moi.

– Ainsi donc? interrogea Boro avec impertinence.

– En vous soustrayant à la partie droite, je me venge de quelques impolitesses commises par cet homme...

– ... Son nom, je vous prie?

– Reinhard Tristan Eugen Heydrich.

– Un poète, je suppose...

– Un tortionnaire. Un insupportable paltoquet!

Boro fit pirouetter sa canne comme s'il s'apprêtait à la lancer en direction des trois singes de l'Abwehr. Il se contenta d'une question :

– Expliquez-moi, cher amiral, pourquoi, dans votre pays, on permet aux insupportables paltoquets de devenir des tortionnaires.

– C'est toute la question... Sachez que je me la pose également.

– Rien ne me le prouve.

– Je vais vous charger d'un message.

L'amiral avait pris cette décision dès l'instant où l'agent D 8 lui avait révélé que Blèmia Borowicz allait être livré à l'homme de main de Heydrich. D'une part, il marquait ainsi un point contre le chef du SD, de l'autre, il comptait utiliser le reporter comme transmetteur – le dernier, peut-être – avant le déclenchement de la guerre. Il avait donc autorisé la Dame noire à rejoindre Munich, et il avait pris l'avion pour se trouver lui-même au rendez-vous avec le Français. Quatre hommes de l'Abwehr devaient éventuellement prêter main forte à la jeune femme. S'il ne s'était pas si bien défendu, Boro eût été conduit sans violence jusqu'à l'avion de Canaris. Lui, mais pas Prakash : informé par radio de la présence de cet autre inconnu, l'amiral avait absolument refusé de multiplier les risques en parlant devant lui. A la Dame noire de se débrouiller pour le faire sortir d'Allemagne.

– Un message, avez-vous dit? s'enquit Boro comme l'avion, au sortir des nuages, repassait dans le bleu. Pour qui?

– Le chef de la section allemande du War Office, sir Stewart Graham Menzies.

– Pardon?

Boro en oublia la langueur de sa jambe.

– Nous n'allons pas à Berlin. Vous vous trouvez ici à bord de mon avion personnel. Un JU-52. Dans moins d'une heure, nous atterrirons au Bourget.

Blèmia roula des yeux stupéfaits. L'amiral Canaris se pencha légèrement vers lui.

– Vous débarquerez et je repartirai pour l'Allemagne. Je vous ai choisi comme émissaire.

– Mais pourquoi moi ? s'étonna le reporter.

– Vos états de service vous auraient fait condamner à mort par Heydrich. Moi, je préfère vous utiliser.

– De quelle manière ?

– Vous allez m'écouter. Je vous demande de rapporter notre conversation à Menzies. Ne posez pas de questions, je n'aurais pas le temps d'y répondre.

L'appareil fut victime d'une brusque secousse. Il dégringola dans un trou d'air, puis se stabilisa entre deux bancs nuageux.

– J'appartiens à un groupe de militaires opposés à Hitler, reconnut l'amiral Canaris. Une opposition clandestine, naturellement. L'Allemagne a tout intérêt à ce que nous conservions nos postes.

– C'est cela que je dois rapporter à Menzies ?

– Il le sait. Mais nous avons besoin de l'aide des Anglais... Vous n'êtes pas le premier que nous chargeons d'un message. En 1938, nous avons envoyé un homme à Londres. Il a rencontré l'un des adjoints de Menzies. Il lui a fait part de notre demande. Nous voulions que les Anglais ne cèdent pas à Hitler. Nous nous étions engagés, en cas de soutien de leur part, à renverser le régime. Nous attendions un ultimatum concernant la Tchécoslovaquie. Il fallait que Londres s'engage à entrer en guerre si les troupes allemandes pénétraient dans Prague. De notre côté, tout était prêt. Nous avions prévu d'arrêter Hitler et de le juger. Nous nous étions procuré son dossier médical, dans lequel il est prouvé qu'il est devenu fou après avoir été gazé pendant la Première Guerre mondiale. D'éminents psychiatres devaient confirmer cette thèse. Nos troupes se seraient également emparées de Himmler, Goering et Heydrich. Nous avions décidé de passer à l'action le jour où Hitler donnerait l'ordre à la Wehrmacht de marcher sur Prague. Mais à condition que les Anglais se montrent fermes. Vous savez qu'il n'en a rien été.

– Hélas, dit Boro.

– Voici maintenant le message que je vous demande de transmettre à Menzies.

Canaris quitta son siège. Il était encore plus petit qu'il n'avait semblé à Boro. Sa démarche trahissait un tempérament nerveux qu'il avait su dissimuler tant qu'il était resté assis dans son fauteuil. Mais, allant d'un côté à l'autre de la cabine, mains croisées derrière le dos, tête penchée, il apparaissait en butte à des tourments qu'il avait quelque difficulté à maîtriser.

L'avion vira sur l'aile. Par les hublots qui lui faisaient face, Boro aperçut au loin, noyés dans des brumes de chaleur, les contours d'un village découpés dans les champs.

L'amiral Canaris s'assit auprès de lui. Il parla sans le regarder, les yeux rivés sur ses bottes de cavalier.

– Dites aux Anglais que quand la guerre éclatera, nous tenterons d'établir un contact avec eux par l'intermédiaire du Vatican.

Boro enregistra. Moins le contenu du message que sa forme grammaticale. Le chef de l'espionnage et du contre-espionnage allemands n'avait pas utilisé le conditionnel. Il n'avait pas dit *si la guerre éclate*. Il avait parlé au futur.

– Enfin, ajouta Canaris, prévenez-les que les opérations commenceront par un bombardement massif de Londres.

– Je rapporterai fidèlement vos propos, dit Boro.

Il se tourna vers l'amiral. Il voulait lui adresser un signe de chaleur, quelque geste ou parole complice. Mais Canaris s'était redressé. Il s'était départi de cette fragilité humaine qui avait marqué la fin de leur entretien.

Il reprit sa place face à Blèmia, consulta sa montre et ajouta de cette voix légèrement tremblée qui n'était pourtant pas dépourvue de force :

– Nous serons au Bourget dans trente-sept minutes.

Il s'était exprimé en allemand.

HUITIÈME PARTIE

En attendant la guerre

Mauvaise humeur

Il était neuf heures tapantes lorsque Pázmány traversa le parvis désert de Saint-Sulpice. Il se fit la réflexion que depuis 1936 le soleil et l'été vidaient Paris d'une partie de sa population. Il y avait encore bien du monde et des voitures, mais les mois de juillet-août ne ressemblaient plus à ce qu'ils étaient avant l'octroi des congés payés. Le débonnaire s'était glissé sur le pavé. Une nonchalance flottait. Les flâneurs se promenaient bras dessus bras dessous, visitaient les parcs et les jardins, les musées, les monuments. Souvent, il s'agissait de travailleurs qui n'avaient pas les moyens de s'offrir les plages du Touquet ou d'Étretat, et qui claquaient leurs semaines de vacances dans la capitale. Depuis trois ans, celle-ci était devenue un lieu de pèlerinage pour les oisifs de province et même de banlieue.

Páz salua un couple d'amis, Léa Delmas et François Tavernier, qui entraient chez Defwiaz pour y acheter des livres. Lui-même venait du XIXe arrondissement. La veille au soir, Gerda la Rouge l'avait invité chez elle. Elle lui avait fait observer qu'elle-même partant à Varsovie et lui, ailleurs en Europe, ils avaient peu de chances de se croiser sous une latitude commune avant longtemps. En riant, elle avait ajouté :

– Tu vois, moi aussi, je participe à l'effort de guerre !

Il n'avait pas relevé l'horrible trait qu'elle lui avait décoché. Il était trop impatient de se retrouver auprès d'elle, chez elle, en elle. Mais, depuis le petit jour, après que tous ses espoirs eurent été récompensés et tous ses désir comblés, la pique lui mordait la conscience.

Il avait regardé Gerda se préparer, brûlant d'une passion vive pour cette fille qui n'enfilait pas de bas mais des pantalons de toile grossière, puis coiffait à la hâte et sans soin ses cheveux rouges, teints au henné. Un garçon manqué. Un cœur durci par les zébrures et les cicatrices de toutes sortes. Il ne pouvait se passer d'elle au-delà d'un délai raisonnable. Trois semaines, c'était le maximum. Leurs algarades lui étaient nécessaires. Et aussi son grand corps maigre, creusé dans le muscle. Surtout, la saillance des omoplates...

Empruntant la rue du Four, Pázmány s'obligea à faire disparaître sous le dais des récriminations les quelques images qui lui venaient. C'était sa manière à lui de franchir les caps difficiles.

Sa colère se porta sur ce grand Hongrois de malheur qui avait disparu depuis trois jours alors même qu'ils devaient partir ensemble. Fuguer de la sorte ! Et pour quel cœur encore ? ! Sans prévenir personne à l'agence ! Boro ! Et Prakash, aussi ! Introuvables l'un et l'autre !

Páz laissa monter la houle des rancœurs. Le Blèmia en avait presque les cheveux rouges ! Il avait si bien pris la place de Gerda la traîtresse qu'en arrivant à l'agence le Hongrois avait osé accomplir, sur le plan professionnel et amical, le pas qu'il ne se résolvait pas à faire sous les latitudes de l'amour.

Mentalement, du moins.

Il romprait.

Pas définitivement. Mais il ferait des incartades. Alpha-Press ne voulait pas de ses photos publicitaires ? Il offrirait ses charmes ailleurs. *Paris-Soir* lui avait fait des appels du pied. Et *L'Intran* aussi. Aucun contrat d'exclusivité ne le liait à l'agence. Rien ne l'empêchait de cultiver des liaisons ici et là. Après tout, il était un homme libre. Il assurerait d'un côté la tendresse, la reconnaissance qu'on lui refusait chez lui. Il y gagnerait une paix et un détachement grâce auxquels, enfin redevenu maître de sa destinée, il mènerait la barque de sa vie sans craindre les écueils qui le plongeaient dans les abysses de la détresse amoureuse.

Il rectifia : professionnelle.

Angela Pitchetti était à son poste, ravissante dans un chemisier bordeaux ouvert à tout vent. Páz s'approcha, rasséréné par les bonnes décisions qu'il venait de prendre. Il s'accouda au comptoir du standard téléphonique et posa un regard sans excuse dans les yeux bleu pâle de la divette. Celle-ci, qui connaissait les messieurs auxquels elle avait affaire, ferma les deux derniers boutons du haut et ôta ses mains du desk afin de les protéger d'effleurements intempestifs. Elle n'aimait pas ces manières-là.

– Avec vous, grommela-t-elle, on doit se sentir plus en confiance l'hiver ! Ici, ce n'est pas du léger qu'il faut ! C'est du tricot et de la fourrure !

– Vous devez être charmante en manteau de léopard !

– J'ai pas les moyens.

– Oui, mais si je vous en offre un ?

– C'est pas du léopard qu'il me faudrait ! C'est du vison !

– Alors là, s'exclama Pázmány, c'est moi qui ne pourrais pas !

– Vous savez combien il gagne, Jean Gabin ?

– Trois visons par film ?

– Un million deux ! Et Viviane Romance, huit cent mille !

– Je suis loin du compte !

– Et moi, alors ? ronchonna la jeune fille.

– Ne rouspétez pas : on vous donne tout ce que vous voulez ! objecta Pázmány.

– Jean Gabin, lui, il refuse les rôles où il ne tue pas. Et la Romance, elle exige que son amoureux travaille sur tous ses films !

– Je vous engage sur les miens, proposa le Hongrois.

– A huit cent mille ?

– Un peu moins... Mais je vous donne mon cœur avec.

– Votre cœur, il bat trop vite. Un jour, il s'envolera !

Angela ne croyait pas au baratin des hommes. Elle les écoutait ce qu'il fallait pour avoir la paix, puis cherchait une échappatoire par où s'évader.

Cette fois, ce fut la porte. Elle s'ouvrit sur une jeune femme qui ne portait ni sac, ni veste, ni manteau. Elle avait les traits tirés. Prakash fit irruption derrière elle. Il n'avait pas meilleure allure. Son costume était fripé, sa chemise pas très nette. Quand il le vit, Pázmány roula des yeux furibards.

– On te cherche depuis trois jours !

– Je vous présente miss Shakuntala Donnegal, fit le Choucas, ignorant l'apostrophe.

Il referma la porte. Pázmány observait l'Anglaise. Typée, élégante, longues jambes, pensa-t-il.

Il se radoucit.

– Sais-tu sous quels draps se cache Boro ?

– Oui. C'est même le problème, répondit Béla. Réunion générale dans mon bureau !

Il s'approcha du standard.

– Angela, vous cherchez dans les carnets de la maison les noms et numéros de téléphone de tout ce qui est police, directeurs de journaux et gratin divers...

– On peut savoir ce qui se passe ? demanda Páz.

Il dévisageait miss Shakuntala Donnegal. La jeune personne regardait autour d'elle comme un pinson découvrant la jungle.

– Boro est en Allemagne, lâcha Prakash.

Le silence tomba d'un coup, telle une chape, sur l'assistance. Germaine Fiffre, qui venait d'entrer et n'avait entendu que les dernières paroles du Choucas, en laissa choir son ombrelle et son sac à main.

– Il est coincé à Munich et je ne sais absolument pas comment le sortir de là.

– Je dois téléphoner à Londres, déclara miss Shakuntala Donnegal d'une voix sans timbre.

En fait, elle voulait appeler l'Allemagne. Savoir si Boro s'y trouvait toujours.

– Pourquoi est-il allé chez Hitler ? se désespéra la Fiffre en tortillant nerveusement ses petits doigts. On lui avait pourtant interdit !

– Le jour où Boro respectera les interdictions, je serai bonne sœur, maugréa Pázmány.

– Ne parlez pas de l'Église en termes diffamatoires ! glapit la Fiffre.

– Venez dans le bureau, déclara Prakash en poussant le battant conduisant au cœur de l'agence. On va mettre nos idées en commun et on verra s'il en sort quelque chose.

Au moment où il allait disparaître dans le couloir, le

Blount chuinta de nouveau et un personnage tout en longueur, portant canne et Leica, fit irruption dans l'agence. La stupéfaction se peignit sur tous les visages.

– Eh quoi! s'exclama Boro. Pourquoi ces mines allongées?

Il pointa sa canne en direction du Choucas, puis vers Shakuntala.

– Vous avez mis un sacré temps pour faire la route!

Tandis que la fatigue traçait des sillons renflés sur le visage des deux autres, lui-même était frais comme un gardon, rasé de près, joyeux et disposé à toutes les aventures.

– Il est vrai que si j'avais pu, je vous aurais fait partager mon avion...

Mademoiselle Chat poussa un soupir de soulagement : tout s'était donc passé comme prévu.

– Tu es revenu par la voie des airs! s'exclama le Choucas.

– Pas vous?

– Des tortillards seulement... A travers l'Allemagne, puis la Suisse.

– Quel avion?

– Un appareil privé... Très agréable, ma foi. Ça ne bougeait pas trop, et mon hôte était des plus agréables... Je suis arrivé cette nuit, j'ai fait quelques travaux de laboratoire, j'ai donné deux ou trois coups de téléphone...

Ils le considéraient bouche bée. Par-devers soi, Shakuntala exultait, mais sans rien montrer de ses sentiments.

– Tu nous expliqueras, marmonna Béla.

– Pas le temps, mon vieux! Je dois filer à Londres.

Il consulta sa montre.

– Je prends un train dans quarante-sept minutes.

– Et Varsovie? demanda Pázmány.

– Plus tard!

– On peut savoir pourquoi vous allez et venez depuis si longtemps comme un animal en cage?

Campée sur ses talons compensés de cheftaine du personnel, Germaine Fiffre arborait la mine sévère qui convenait, pensait-elle, à sa fonction.

– Secret défense! répliqua Boro le plus sérieusement du monde. Je ne peux rien dire.

– Un minimum, s'il te plaît! gronda Prakash. On

t'abandonne à Munich ficelé à un radiateur, promis à un sort des moins enviables, et tu rappliques, aussi vaillant et désinvolte que d'habitude !

— Je t'expliquerai au retour. Maintenant, je n'ai plus le temps.

Il prit la petite valise qu'il avait déposée à ses pieds et que personne n'avait remarquée, puis s'approcha de Shakuntala et passa son bras sous le sien.

— Je vous embarque, mademoiselle. Nous sommes attendus à Victoria Station.

Elle se dégagea d'un mouvement sec. Sa violence surprit Boro.

— Eh quoi ? Un voyage ne vous tente pas ?

— En aucune manière, dit-elle froidement.

Il la regardait, déconcerté.

— Figurez-vous que j'ai quelques emplettes à faire dans Paris !

Elle salua brièvement l'assistance. Puis elle pivota, poussa la porte et disparut dans le couloir.

Tout en descendant l'escalier, une question mortelle lui tenaillait le cœur : où aller ? L'Angleterre, avec l'imminence de la déclaration de guerre, c'était trop risqué ; l'Allemagne, sans l'aide de Canaris pour repasser la frontière, c'était impossible ; et Paris la maintiendrait prisonnière.

Insensiblement, Shakuntala ralentit le pas. Le problème n'était plus de savoir où elle irait, mais qui elle voulait servir.

La jeune femme posa la main sur la rampe. Au moment où elle allait se retourner puis rebrousser chemin, une ombre s'interposa entre elle et la lumière provenant du palier. Le Choucas de Budapest était descendu sans bruit derrière elle.

— Allons prendre un café, proposa-t-il.

Et, avant même qu'elle eut prononcé la moindre parole, il l'avait entraînée en direction du porche.

A l'étage, tandis que Boro disparaissait à son tour, Germaine Fiffre fut la première à sortir de l'engourdissement qui semblait s'être emparé de la petite équipe d'Alpha-Press. Elle marcha vers Pázmány, agita un index sévère sous son nez et déclara :

— Vous voyez bien que l'Église n'a rien à voir avec tout ça !

A Victoria Station

Les frontières se fermaient, les communications ne passaient plus, Paris décrétait l'état d'alerte numéro un sur la ligne Maginot, la Hollande mobilisait, les sirènes mugissaient à Varsovie. Mais Berlin et Londres parlaient toujours. Les deux capitales échangeaient des plans, des contre-plans, des émissaires officiels, des conseillers occultes. Hitler proposait des offres inacceptables, Chamberlain les rejetait, on se tournait vers Mussolini qui suggérait une nouvelle conférence de Munich.

Dans le train qui ralentissait, près d'atteindre Victoria Station, Boro songeait à un autre conflit. Il était encore enfant, mais il se souvenait de l'enthousiasme qui avait précédé les débuts de la guerre de 14. On partait pour Berlin bouffer du Kaiser. On était revenu quatre ans plus tard, les poches trouées d'un million et demi de morts. Parmi eux, le caporal Gril, époux d'Agota Borowicz, père du petit Blèmia. Un photographe de village, homme au regard triste et doux, le visage barré d'une moustache effilée qui chatouillait les joues du petit garçon. La terre de Champagne l'avait pris en elle, un soir que la bataille de la Marne avait été encore plus sauvage que d'habitude. Son oncle maternel avait, lui aussi, été emporté par les gaz et la mitraille : un immigré mort pour la France.

Il n'était pas le seul, et il y en aurait d'autres : dans un journal du matin, Boro venait de découvrir que les colonies apporteraient deux millions de soldats à la métropole. Mais cette information, comme toutes celles se rapportant à la guerre, n'était pas clamée sur le ton victorieux des manchettes de 14. On connaissait l'histoire. On avait déjà beaucoup donné. On pensait à la suite.

Pour Boro, c'était la première fois. Il se disait que s'il lui arrivait malheur, nulle famille ne le pleurerait : sa mère avait trouvé un dernier refuge dans la plaine hongroise, Solana Alcantara s'était éloignée des rives où ils s'étaient découverts, Maryika Vremler... A l'énoncé muet de ce nom-là, Boro éprouva comme un chagrin fugitif. Maryika, Sean... Ceux-là, peut-être...

Il ébroua son vague-à-l'âme comme le train serrait les freins sous le hall de la gare. Il attrapa sa valise dans le filet et descendit sur le quai. Il aperçut la silhouette juvénile de Julia Crimson. Elle l'attendait plus loin, noyée parmi les chapeaux melons et les costumes gris. Elle portait une robe printanière jaune paille ornée de larges fleurs multicolores. Elle souriait.

Elle vint à lui comme on retrouve son amoureux, par un jour d'été, sous un ciel sans nuages. Il eut peine à réaliser que sa jolie compagne du moment était en mission, mandatée par le MI 6 britannique pour le débriefer après son retour d'Allemagne. Il n'avait rien voulu dire au téléphone.

– Où est miss Donnegal ? demanda-t-elle en cherchant l'absente dans le lointain.

– Elle est restée à Paris. Quelques emplettes, je crois...

La jeune femme fit « Ah », parut légèrement contrariée, puis prit Boro par le bras et ils quittèrent la gare. Elle le fit monter dans une Wolseley noire conduite par un chauffeur sans livrée ni casquette. Elle ferma la vitre de séparation.

– Une voiture, maintenant ? risqua le reporter en ébauchant une grimace. Après le sous-marin et la grande roue, voilà qui semble bien mièvre !

Elle remit de l'ordre dans ses priorités :

– Vous n'êtes pas venu pour *cela,* mister Borowicz ! Il faut commencer par tout me raconter.

– Parlez d'abord ! A-t-on des nouvelles de la guerre ?

– Elles sont mauvaises.

– J'avais espéré, à vous voir si printanière, que les orages s'étaient éloignés.

– Ils se rapprochent, au contraire.

Julia écarta les mains dans un geste d'impuissance.

– Notre ambassadeur vient de repartir de Berlin, et lord Halifax discute avec un envoyé de Goering. Le roi Léopold de Belgique et la reine Wilhelmine de Hollande ont proposé une médiation. Hitler n'a même pas répondu.

– Et à la Grande-Bretagne, que dit-il ?

– Il offre tout, n'importe quoi et son contraire. Aujourd'hui, il veut bien discuter avec les Polonais à condition qu'un représentant officiel du gouvernement de Varsovie soit à Berlin demain matin. Comme notre ambassadeur lui demandait si ce plénipotentiaire serait reçu correctement, Hitler s'est mis à éructer que ce n'étaient pas aux Polonais de poser leurs conditions, étant donné qu'ils avaient égorgé des milliers d'Allemands à Dantzig ! Dans ce climat-là, que peut-on faire ?

– Il mène l'Europe par le bout du nez, dit Boro.

– C'est aussi notre sentiment. Il veut faire croire à son peuple qu'il est prêt à tout pour éviter la guerre. En fait, elle est déjà programmée.

Boro acquiesça. Il n'interprétait pas autrement les propos de l'amiral Canaris.

Il prit la main de Julia et la baisa au creux de la paume.

– Au moins serons-nous alliés. Si vous étiez allemande, le contact serait plus difficile.

– Savez-vous que votre voyage à Munich n'a servi à rien ?

Il la regarda, l'œil soudain mauvais.

– A rien ? Vous voulez dire que tous ces risques...

Elle l'interrompit.

– Inutiles.

– Pourquoi ? s'écria-t-il.

– Parce qu'ils viennent de changer les codes d'Enigma, dit-elle en espaçant bien ses mots. Et personne ne sait déchiffrer les nouveaux.

– Ah ! fit-il.

Et il ne put s'empêcher d'éclater de rire.

Fucking Boro !

Il ne dit rien des secrets d'Enigma, mais raconta son incroyable rencontre avec l'amiral Canaris. Ses confidences eurent pour effet de transformer radicalement Julia Crimson. Elle était une charmante jeune femme, elle se mua en redoutable inquisiteur. Plus de sourires complices, plus d'effleurements ; le regard rivé sur son interlocuteur, ne perdant rien ni de ses expressions, ni de la tonalité de sa voix ; posant mille questions concernant Canaris, l'avion à bord duquel il s'était déplacé, les objets qui s'y trouvaient, l'heure à laquelle ils avaient décollé de Munich, celle à laquelle ils avaient atterri au Bourget, ce qu'ils s'étaient dit, ce que l'Allemand voulait transmettre, pourquoi, comment, quel ton il avait employé en parlant, les noms qu'il avait prononcés... Boro avait l'impression de passer à la moulinette. La métamorphose de la jeune femme lui coupait le souffle.

Tout en répondant à ses questions, il ne pouvait s'empêcher de songer que la princesse Covasna avait pareillement changé lorsqu'elle avait abattu son jeu, et qu'alors, dans la chambre du Regina Palast, la personne aimante et enamourée qu'il avait connue s'était transformée en une autre qui lui était totalement étrangère. Ainsi en allait-il à présent de Julia. Avec, cependant, une différence de taille : Boro acceptait de se prêter au jeu ; il fouillait sa mémoire pour ne rien dissimuler.

Quand miss Crimson eut achevé son interrogatoire, la Wolseley s'était arrêtée depuis longtèmps. Boro l'avait à peine remarqué. Ils se trouvaient devant une bâtisse basse gardée par une section de militaires en armes. Une barrière blanc et rouge barrait l'entrée. La voiture était parquée parallèlement au trottoir. Le chauffeur attendait.

Julia darda sur Boro un regard implacable et froid, comme si elle le jaugeait, hésitant sur la décision à prendre. Elle semblait avoir oublié quels liens les unissaient.

– *Wait for me, will you*[1]? lâcha-t-elle d'une voix monocorde.

D'habitude, ils s'exprimaient toujours en français.

Elle ouvrit sa portière, descendit et s'en fut vers le poste de garde qui jouxtait la barrière. Elle exhiba un laissez-passer, se fit reconnaître, et Boro la vit décrocher un téléphone. Elle parla assez longtemps. Trois coups sonnèrent à la cloche de l'abbaye de Westminster. Quelques minutes s'écoulèrent encore, puis Julia quitta la guérite. Un officier l'accompagnait. Tous deux se dirigèrent vers la Wolseley. Boro posa le pied sur le trottoir.

– C'est moi que vous cherchez?

– Nous sommes au siège des services secrets britanniques, lui précisa Julia en français.

– Rien que cela!

– Nous ne devions pas nous rendre en ce lieu. Mais l'importance des informations que vous détenez justifie ce changement d'itinéraire.

– Et qui est ce monsieur?

Boro pointait sa canne en direction de l'officier britannique.

– *Captain* Wiceafore Secund, répondit l'intéressé en claquant légèrement des talons.

– *And me*, Blèmia Borowicz... *First!*

– Il va vous fouiller, sourit Julia, retrouvant un langage qui leur était plus habituel.

– Je préférerais que vous vous en chargiez.

– Mais pas lui!

– C'est un spécialiste?

– Je n'ai jamais goûté à ses faveurs...

– Je vous raconterai, maugréa Boro. Vous auriez pu m'éviter cette épreuve.

1. Attends-moi, veux-tu?

– Hélas, s'excusa miss Crimson, les ordres viennent de très haut.

Ils franchirent la barrière, suivirent une allée plantée d'arbustes chétifs et de massifs de pétunias, puis débouchèrent sur une esplanade où stationnaient des voitures noires.

– *Follow me, sir* [1], déclara le *captain* Wiceafore Secund en désignant une maisonnette entourée d'herbe, un peu plus loin, au bout d'une allée de gravillons.

Boro eut un geste navré à l'intention de Julia Crimson. Elle l'observait, goguenarde, tandis qu'il suivait l'officier.

Ils pénétrèrent dans la maisonnette. Un garde coiffé d'un calot quitta sa chaise et se raidit dans un garde-à-vous impeccable. Wiceafore lui rendit son salut. Puis il ouvrit une porte à droite du hall d'accueil, s'effaça devant Boro, entra à son tour et referma le battant derrière lui.

Ils se trouvaient dans une vaste pièce dépourvue de meubles. Seuls quelques bancs longeaient le périmètre au-dessous de fenêtres rendues opaques par deux couches de peinture blanche maladroitement barbouillées.

Boro se tourna vers l'Anglais et demanda :

– Que dois-je faire ?

– *Leave your clothes* [2].

– *All ?*

– *All.*

Il s'exécuta. Lorsqu'il fut nu comme un ver, le *captain* Wiceafore Secund s'empara des vêtements, palpa les coutures et les ourlets, examina le contenu de toutes les poches. Quand ce fut fait, il s'approcha de Boro. Il avait enfilé un gant de plastique blanc.

– *What is that ?*

– *For the ass.*

– *Mine ?*

– *Yes. Yours.*

– *Never !* rugit Boro.

Il jeta un regard chargé d'une violence mal contenue sur son interlocuteur, se rhabilla en un tournemain et

1. Suivez-moi, monsieur.
2. Enlevez vos vêtements.

sortit en hâte de la maisonnette. Le *captain* Wiceafore Secund lui emboîta le pas. Boro coupa à travers la pelouse, évitant Julia Crimson. Celle-ci considérait le reporter en riant. Sans cesser de marcher, le *captain* lui expliqua ce qui s'était passé et la jeune femme héla Blèmia. Celui-ci refusa de s'arrêter.

– Ce sont des manières odieusement dévergondées! fulminait-il. Jamais je n'y consentirai! Je rentre à Paris immédiatement!

Julia haletait légèrement derrière lui.

– Ne faites pas votre mauvaise tête! Vous vous trouvez dans l'un des trois ou quatre endroits les mieux protégés d'Angleterre!

– Alors, trouvez-m'en un cinquième! Et dites à Wiceafore II que s'il renouvelle sa proposition, Wiceafore III, IV, V et VI entendront parler de moi!

– Arrêtez-vous!

Boro refusait d'écouter. Il avait traversé la pelouse sur toute sa largeur et remettait le pied sur l'allée conduisant à la barrière. Ils croisèrent une escorte de la police militaire qui allait au pas. Wiceafore, plus *captain* que jamais, porta la main à sa visière. Il s'apprêtait à donner un ordre lorsque Julia devança son projet.

– *Don't do that!* Si vous le faites stopper par la soldatesque, il ne cessera plus de bouder!

Boro fit volte-face.

– Je boude, moi?

Elle buta presque contre lui.

– Parfaitement! Vous boudez!

Il réfléchit un court instant et lâcha:

– Oui, je boude.

Il allait reprendre sa marche, mais elle le retint par le revers du veston.

– Et si on ne vous fait pas... Si on ne vous fait pas *ça*, est-ce que vous viendrez avec moi?

– A condition que Wiceafore accepte de considérer qu'il m'a suffisamment fouillé.

– Il n'acceptera jamais, mais je prends sur moi.

– Vous prenez quoi?

– Vous.

– Bonne idée! s'exclama Boro, de meilleure humeur.

Il passa son bras sous le sien. Elle rebroussa chemin.

– Où m'emmenez-vous ?

– Dans le saint des saints... Il y avait une réunion très importante aujourd'hui ; on vous y attend.

– Pourquoi moi ?

– Pour que vous parliez de l'amiral Canaris. J'ai téléphoné à l'entrée en demandant qu'on vous écoute.

– Parfait, répondit Boro.

Il resserra son nœud de cravate.

– Puis-je savoir quels sont mes hôtes ?

– Je ne les connais pas tous, repartit Julia. Mais, d'après ce qu'on m'a dit, il y a là le gratin des services spéciaux britanniques, plus un lord titulaire du Foreign Office, le locataire du 10 Downing Street, et quelques autres personnages du même acabit.

– Une réunion mondaine, en quelque sorte ? s'enquit Boro.

– Il doit y être question du monde, en effet, répliqua Julia Crimson.

Elle ouvrit son sac et en sortit un premier laissez-passer.

Une offre d'emploi

Il y avait là les responsables des services spéciaux britanniques, lord Halifax, sir Neville Chamberlain et quelques fonctionnaires de haut rang. L'assistance venait de prendre connaissance des dernières dépêches envoyées par Henderson. L'ambassadeur de Grande-Bretagne à Berlin considérait désormais que Hitler cherchait seulement à gagner du temps, à écarter l'Angleterre de la guerre et à piéger les Polonais. Sa dernière proposition, consistant à accepter de recevoir un émissaire de Varsovie doté des pleins pouvoirs, était cousue du fil blanc des humiliations réservées à ses proies successives : il lui ferait subir un sort comparable à celui qu'il avait réservé quelques mois auparavant au chancelier autrichien, puis au président tchèque.

– Les Polonais ne sont pas sots. Ils n'iront pas.

Neville Chamberlain avait prononcé ces mots avec une grande lassitude dans la voix. Assis dans un fauteuil profond à l'extrémité d'une table ovale autour de laquelle les autres participants à la réunion avaient pris place, le Premier britannique paraissait mal en point. Sa haute silhouette était comme une ogive affaissée. Les plis de son cou se déversaient en rigoles dans l'ouverture de son col dur. Son regard avait perdu la flamme qui l'animait au retour de la conférence de Munich, lorsqu'il s'était naïvement écrié qu'il rapportait avec lui la paix pour plusieurs générations.

L'homme était défait. Lui qui avait voulu assurer presque à lui seul la politique étrangère de la Grande-

Bretagne devait convenir aujourd'hui que le poids avait été bien trop lourd pour lui. Il avait livré l'Espagne au général Franco, puis l'Autriche et la Tchécoslovaquie au caporal Hitler. Il avait décidé de ne plus céder sur la Pologne, mais il connaissait aujourd'hui le prix de ce retournement. La guerre viendrait. Elle était inévitable.

Il hocha doucement la tête et répéta d'une voix morne :

– Les Polonais n'enverront personne. Ils préféreront mourir.

– Et Hitler remportera son pari.

Lord Halifax posa bruyamment ses deux mains sur le chêne mat dont était faite la table ovale. Instinctivement, Artur Finnvack ôta les siennes : il ne détestait rien tant que les manifestations intempestives d'une lâcheté travestie trop tard en autorité. Il ralluma sa Dunhill Shell Briar army mouth n° 4 et feignit de s'intéresser à la ronde des palabres.

– Le pari de Hitler, énonça doctement le chef du Foreign Office, c'est de reporter la responsabilité de la guerre sur la Pologne. Dans un premier cas de figure, Varsovie n'envoie personne et Hitler déclare au monde entier que la preuve est faite de la mauvaise volonté polonaise. Deuxième hypothèse : Varsovie envoie quelqu'un et Berlin exige l'inacceptable ; l'émissaire rompt les négociations, laissant le beau rôle à Hitler.

Personne ne releva le propos de lord Halifax : il était par trop évident. Seul Neville Chamberlain paraissait douter encore. Il prononça quelques molles paroles de dénégation, puis s'enferma à son tour dans un silence songeur.

La réunion se dirigeait doucement vers les habituels constats d'impuissance lorsque la porte s'ouvrit sur un huissier en grande tenue. Il jeta un regard officiel et officiellement impersonnel sur l'assistance, puis s'inclina de trois bons centimètres avant d'annoncer dans un anglais parfait mais un français approximatif :

– Sir Blèmia Borowith !

– Borowicz ! rectifia Blèmia en faisant son entrée dans la pièce. W-i-c-z !

Il marqua le pas, impressionné par les augustes regards qui convergeaient sur lui.

– Blèmia pour le prénom, Borowicz pour le nom, Boro pour la signature. Je suis reporter-photographe, hongrois de naissance, français de cœur.

La porte se referma sur Julia Crimson.

– Cette jeune personne m'a conduit parmi vous, car j'ai des secrets importants à livrer... Sir Stewart Graham Menzies se trouve-t-il parmi vous ?

La stupeur se peignit sur les visages blanchâtres des VIP du gouvernement, peu habitués à une telle liberté de manières.

Blèmia mesurait évidemment l'effet produit sur l'assistance. Mais c'était plus fort que lui : sitôt qu'il se trouvait confronté à des fracs, des cols cassés, des décorations, à l'apparat des univers officiels, il fallait qu'il se comporte comme l'insupportable gamin qui séduisait tant sa cousine au début des années 30, à Budapest.

Un homme d'une cinquantaine d'années, assez massif, se souleva légèrement et dit :

– *I'm sir Menzies.*

Il se tenait entre Neville Chamberlain et lord Halifax. Boro les identifia tous deux. Les autres membres de l'assemblée lui étaient inconnus.

– *I know why you are here* [1], poursuivit Menzies.

– Formidable ! répondit Boro. Nous gagnons du temps.

Il se tourna vers Julia Crimson :

– Ils sont devins ?

– Je vous l'ai dit, j'ai téléphoné du poste de garde. Ils vous attendaient.

Elle expliqua néanmoins qui était leur hôte et d'où il venait. Tandis qu'elle parlait, il observait les hommes assis autour de la table ovale. Il regretta de ne pas avoir emporté son Leica. Il eût immortalisé cette galerie de visages glabres, empreints d'une gravité tout à fait congénitale et de circonstance.

Seuls deux hommes tranchaient sur le noir ambiant. L'un portait un costume clair, un nœud papillon et une moustache aux pointes abaissées. L'autre avait un regard exceptionnellement vif, des cheveux argentés ; ses gestes autant que son allure témoignaient d'une élégance recherchée ; il fixait Boro avec une extrême atten-

1. Je sais pourquoi vous êtes ici.

tion. Si Julia lui avait prêté plus d'attention, elle eût noté dans cet œil noir qu'elle connaissait si bien comme un voile, une transparence d'émotion. L'homme fumait la pipe. Bien qu'inconnu de Boro, cet arôme de tabac provoqua en lui une étrange dilatation des sens, quelque chose d'indiscernable et de très lointain : un souvenir d'enfance, peut-être...

Lorsque la jeune Anglaise eut achevé son speech introductif, Stewart Menzies se leva à son tour et vint au-devant du reporter. Un détail de protocole intriguait celui-ci : il ne comprenait pas pourquoi le personnage le plus important de l'État, Neville Chamberlain, ne paraissait occuper ici qu'une place subalterne.

Menzies posa sa main sur l'épaule du jeune homme et le conduisit à la place qu'il venait de quitter.

– Mettez-vous là, et racontez-nous...

– Rien ne me prouve que vous êtes sir Stewart Graham Menzies, objecta Boro. Or, c'est à lui que l'amiral Canaris m'a prié de parler.

– Peut-être voulez-vous mes papiers ?

Quelques sourires éclairèrent les visages. Il sembla à Blèmia que l'homme aux cheveux argentés avait peine à réprimer un fou rire. Il y avait dans sa physionomie quelque chose de familier que Boro ne parvenait pas à cerner et qui provoquait en lui une curiosité doublée d'une certaine gêne.

– Oui, j'accepterais volontiers vos papiers.

Sir Stewart Graham Menzies manqua de s'étrangler.

– On m'a bien demandé les miens ! Et figurez-vous qu'on m'a fouillé, aussi !

Il croisa le regard de Julia Crimson. D'un battement de cils, elle lui ordonna de ne pas poursuivre dans cette voie. Mais il était trop tard. D'un portefeuille en crocodile noir, sir Stewart Graham Menzies avait sorti un permis de conduire et le présentait à Boro qui l'examina à peine.

– Peut-être ne voudrez-vous pas parler non plus devant ces personnes... Souhaitez-vous que je vous présente ces messieurs ?

Sans plus attendre, Menzies égrena les noms de Chamberlain, Premier ministre, lord Halifax, ministre des Affaires étrangères, sir Hugh Sinclair, chef du MI 6...

Boro l'interrompit d'un geste.

— Ne vous inquiétez pas : je n'ai pas l'intention de leur demander leurs papiers... Parlons de Canaris, voulez-vous ?

Et, sans plus attendre, d'une traite, il raconta tout ce que l'amiral lui avait demandé de transmettre aux services spéciaux anglais.

Il fut écouté dans un silence de plomb. Quand il eut terminé son exposé, Chamberlain et Menzies échangèrent quelques propos, desquels il ressortait que rien de tout cela n'était véritablement nouveau, ni, surtout, crédible. Et, comme Boro les considérait, abasourdi, Menzies expliqua que depuis plusieurs années déjà l'amiral Canaris envoyait des signaux à Londres.

— On ne sait jamais s'il s'agit de provocations, poursuivit le chef de la section allemande du War Office, ou s'il veut vraiment nous renseigner. Qu'il soit un opposant à Hitler, cela ne fait guère de doute. Mais tout le reste demande à être vérifié.

— J'ai voyagé avec lui, s'emporta Boro. Je puis vous assurer que cet homme est sincère !

— S'il n'était pas capable d'en donner au moins les apparences, il ne serait pas à la tête de l'espionnage et du contre-espionnage allemands.

Celui qui avait parlé était l'homme aux cheveux gris qui n'avait pas cessé de fixer Boro pendant qu'il s'était exprimé. Il avait un timbre de voix étrange, proche et lointain en même temps. Il tirait sur sa pipe, imperturbable.

Boro le dévisagea. Finnvack détourna le regard.

Neville Chamberlain prit la parole.

— Canaris nous donne deux informations : la guerre commencera par un bombardement massif de Londres, et nous pourrons correspondre par l'intermédiaire du Vatican...

— Il en donne une troisième, répliqua Boro.

Tous le regardèrent.

— Savez-vous pourquoi je suis allé à Munich ?

— Pour rendre Enigma, répondit Menzies.

— Où en êtes-vous avec les secrets d'Enigma ?

Il y eut un flottement. Menzies donna la parole à l'homme qui portait un costume plus clair et dont les moustaches pointaient vers le bas.

– *You can say to him* [1]...

Le *commander* Alistair Denniston, chef du service de décryptement de l'Intelligence Service, hésita une fraction de seconde avant de lâcher :

– *We are KO*... Grâce aux Polonais, nous avons la machine. Mais les Allemands viennent de changer leurs codes. Les derniers sont indéchiffrables. Si la guerre commence dans quelques jours...

Le *commander* chercha ses mots, puis reprit :

– Si la guerre commence dans quelques jours, *we are KO !*

Boro sortit une enveloppe brune de la poche intérieure de sa veste. Il la brandit au-dessus de sa tête et la fit passer à Denniston.

– Veuillez lire, s'il vous plaît.

Le *commander* chaussa une paire de lunettes d'écaille, s'empara de l'enveloppe, la décacheta et sortit cinq épreuves photographiques qu'il examina soigneusement. Et, tandis qu'il les découvrait, son visage s'ouvrait, s'épanouissait comme s'il prenait connaissance de la meilleure nouvelle qui lui fût jamais parvenue.

Il lança vers Boro un regard incrédule, revint aux épreuves, regarda de nouveau cet homme que les services secrets polonais avaient condamné à mort, puis murmura :

– Ce sont les derniers codes d'Enigma.

Tous fixaient Boro. Il n'y avait pas un mouvement, pas un murmure.

Lord Halifax fut le premier à émerger de cet état de stupeur qui les paralysait tous.

– Est-ce Canaris qui vous a remis ces codes ?

– Non, répliqua Boro.

Il raconta comment il s'en était emparé. Il ajouta que la veille au soir, rentrant chez lui, il avait développé la pellicule contenant ces formidables secrets. Il pensait qu'on l'aurait voilée. Mais non...

– Et c'est là, peut-être, la troisième information que vous livre Canaris. Il aurait pu me dépouiller. Il ne l'a pas fait...

Les épreuves passaient de main en main. Menzies les

1. Vous pouvez lui dire...

578

découvrit à son tour. Il y jeta un bref coup d'œil. Puis il vint vers Boro et l'entraîna dans un coin de la pièce, sous une tenture représentant le roi George III.

– Les services secrets britanniques ont quelque utilité. Si vous le souhaitez...

Boro secoua la tête.

– Je ne le souhaite absolument pas.

– Vous devriez y réfléchir.

Blèmia repoussa l'offre une nouvelle fois. Il aperçut Julia Crimson. Elle lui souriait. Elle savait fort bien de quoi il retournait.

– *Sorry*, fit Boro en prenant congé de sir Stewart Graham Menzies, futur chef suprême du MI 6.

Il accepta la main que l'autre lui tendait et ajouta :

– J'ai d'autres engagements.

Les adieux

Mademoiselle Chat abaissa la vitre donnant sur le quai. La gare était encombrée de nuées d'enfants accompagnés par des parents tendus et inquiets. Béla Prakash les dominait tous d'au moins deux têtes. Il s'approcha du train. Shakuntala Donnegal agita la main en guise d'adieu. Le Hongrois se haussa et s'en saisit.

– Je ne comprends pas pourquoi vous partez... Et pourquoi en Espagne, et pourquoi aujourd'hui...

Elle serra ses phalanges dans les siennes mais ne répondit pas.

– Expliquez-moi ! s'écria-t-il.

Il fut bousculé par une gouvernante dans les bleu marine, qui poussait devant elle deux adolescents effrayés. Comme les autres, ceux-là quittaient Paris. Le ministère de la Santé publique avait mis tous les établissements dont il disposait en province au service de la jeunesse française qu'on évacuait des villes afin de la protéger. On avait fait de même avec les animaux du zoo de Vincennes, expédiés à la campagne. Les trésors des musées nationaux emprunteraient bientôt les mêmes voies, du moins ceux qu'on n'avait pas déjà entreposés dans les caves de la Banque de France, à trente-cinq mètres sous terre.

Le Choucas fit un bond en arrière : un chariot venait de lui mâcher la pointe du pied gauche. Sa tête heurta la fenêtre du wagon. Il lâcha la main de Shakuntala et se frotta la tempe.

– Vous aurez une belle ecchymose ! déclara la voyageuse avec une parfaite sérénité.

– Je vous remercie !

– Ainsi, vous penserez à moi !

Il reprit la main gantée et promena son pouce sur un chevreau très fin.

– Vous ne voulez pas répondre à mes questions ?

– Je peux mentir.

– Où allez-vous ?

– En Espagne.

– Pourquoi en Espagne ?

– Franco a proclamé que l'Espagne resterait neutre tant que son intérêt et son honneur ne seraient pas menacés.

La jeune femme arborait une mine infantile et fière.

– Franco a peut-être déclaré cela, objecta Prakash, mais ça ne l'a pas empêché de recevoir les ambassadeurs d'Allemagne et d'Italie.

Il la fixa et ajouta :

– De toute façon, vous avez autant de mépris que moi pour la neutralité...

– Et plus encore pour Franco !

– Alors ?

– Je vous ai tout dit.

– En ce cas, je préfère en effet que vous mentiez.

– Ma famille est à Barcelone.

– Je ne vous crois pas.

– Vous avez raison.

– La vérité ?

Elle secoua la tête.

– Je ne vous la dirai pas.

– Alors je m'en vais.

– De toute façon, vous y serez bientôt obligé.

Elle désigna la grosse horloge qui surmontait l'entrée de la gare. Prakash ne bougea pas. Il leva le visage vers elle. Elle portait un petit chapeau noir d'où s'échappaient quelques mèches bouclées. En un éclair, le Choucas songea que jamais, pas plus à Budapest qu'à Paris, dans nulle autre ville depuis tant d'années, il n'avait éprouvé une telle peine à raccompagner une femme à la gare. C'était comme un tourbillon de faits et de mots qu'il ne savait déchiffrer. Depuis l'avant-veille. Depuis que Boro l'avait abandonnée, elle, au seuil de l'agence.

Ils ne s'étaient pas quittés. Ils avaient parlé, seulement parlé. Ensemble, ils avaient regardé la guerre venir. Varsovie avait déclaré l'état d'alerte. La Baltique et la Méditerranée étaient désormais interdites au trafic marchand britannique. Shakuntala avait voulu téléphoner en Inde (du moins l'avait-elle dit), mais, depuis le matin, les relations téléphoniques et télégraphiques avec l'étranger étaient réglementées. Pis : le gouvernement venait de rétablir la censure sur la presse, et la radio avait été placée sous l'autorité militaire. A Paris et dans le département de la Seine, les réunions publiques étaient interdites. Les cafés et restaurants de la banlieue devaient fermer à vingt-trois heures. La France, mais aussi l'Angleterre, la Belgique, la Hollande, la Pologne... l'Europe entière sortait ses boucliers.

A l'entrée de la gare, un jeune homme vendait des journaux à la criée. C'est par lui qu'ils avaient appris que la Suisse mobilisait ses troupes de couverture.

Prakash fit un pas de côté pour éviter un clochard qui se frayait passage au milieu de la foule. Il jouait *La Marseillaise* sur un accordéon mité.

– Nous ne nous reverrons plus, dit le Choucas comme les portes des voitures claquaient. Bientôt, toutes les frontières seront impénétrables.

– Nous les ouvrirons, répondit-elle un peu mécaniquement.

D'un seul coup, le désespoir l'avait gagnée. Elle n'était plus un agent simple, un agent double, un agent triple. Elle était une jeune femme ordinaire à qui l'un de ses supérieurs hiérarchiques venait d'ordonner de rentrer à Berlin coûte que coûte. Canaris lui avait enjoint de gagner l'Espagne, où un avion serait mis à sa disposition. Elle allait là pour servir encore une cause que tout annonçait comme perdue : la paix. Au prix d'un sacrifice personnel qui n'apporterait rien au monde, mais qui la condamnait à mentir à nouveau dans cette gare où il lui eût suffi de courir jusqu'à la portière, de descendre, de se réfugier dans les bras de cet homme qui ressemblait tant à *l'autre*, de tout dire et de renoncer...

Une larme tomba sur le gant de chevreau. Le train s'ébranlait. Prakash se mit à marcher, puis à courir le long du ballast. Il heurta un grand type qu'il balança d'un coup d'épaule.

– Descendez ! cria-t-il.

Il fit encore quelques pas, puis stoppa soudain. Tout cela était inutile. Tout cela venait trop tard.

Il tendit lentement le bras. Shakuntala leva le sien. Ils demeurèrent ainsi, comme tant d'autres, agitant une main qui se perdit parmi les premiers adieux de la guerre.

Ypérite et bois de Boulogne

Le Choucas fendit la foule à contre-courant jusqu'à l'entrée de la gare. Çà et là, des religieuses s'occupaient des enfants dont les parents s'étaient retirés, s'efforçant de canaliser le flot incessant qui s'écoulait sur les quais. Les pointes de leurs cornettes s'agitaient au-dessus de la foule. Elles riaient, souriaient, mais le cœur n'y était pas. Il s'agissait seulement de rassurer la troupe des petits Parisiens en partance pour les campagnes françaises. Alentour, ce n'étaient que clameurs, larmes, appels, mouvements précipités...

Dehors, le soleil rayonnait sur les trottoirs encombrés. La fin du mois d'août était splendide. Mais la solitude des parents était terriblement lourde. Une immense file d'attente s'était formée à l'arrêt des taxis. Nul ne parlait. On n'entendait pas d'invectives.

Prakash traversa le boulevard et se perdit dans les ruelles bordant la gare. Il souhaitait marcher. Oublier Shakuntala, les questions qui lui venaient à l'esprit lorsqu'il pensait à elle. Il devait se persuader qu'elle était passée dans sa vie et n'y reviendrait pas, que cette brutale attirance qu'il avait éprouvée pour elle n'avait été qu'un bref brasillement, pas même un coup de foudre. Étoile filante, elle avait filé...

Il déambula longtemps à travers Paris. Lorsqu'il atteignit la Seine, les vieux réflexes l'avaient de nouveau saisi. Le Leica était redevenu maître de ses pensées. Il photographia la ville marchant vers la guerre. Quelques visages graves, des silhouettes penchées, des couples allant main dans la main, sans joie... Il passa devant une église dont la façade était partiellement dissimulée par une plate-forme télescopique. Juchés au sommet, des ouvriers ôtaient soigneusement les vitraux qu'ils déposaient dans des caisses emplies de paille... Le long des trottoirs, les concierges, aidés par des bénévoles, disposaient des sacs de sable devant les soupiraux des immeubles. Au bas des Champs-Élysées, on caparaçonnait les Chevaux de Marly : un échafaudage ceinturait la sculpture, protégée par des centaines de sacs de sable.

Prakash rebroussa chemin, remonta le boulevard Saint-Germain. Les voitures étaient rares. Des peintres traçaient des lignes en damier sur les bordures des places et des trottoirs : autant de repères pour les piétons et les automobilistes qui, le soir venu, devaient désormais circuler sans lumière.

La cour de l'agence était déserte. Prakash grimpa l'escalier. Angela Pitchetti était à son poste, derrière le standard. Elle affichait une petite mine. Elle plongea son grand regard bleu dans les yeux sombres du Choucas et demanda :

– Vous croyez qu'ils viendront jusqu'à Paris, m'sieur Prakash ?

Il secoua la tête.

– On les arrêtera avant.

– Mais où, avant ?

La petite était désespérée. Elle posa une carte de France sur le desk.

– C'est pas loin, l'Allemagne ! Regardez ! J'ai étudié le problème !

– Vous n'êtes pas la seule, répliqua Prakash avec bonhomie. Figurez-vous qu'en ce moment tous les généraux font comme vous. Ça fait des tas d'étoiles !

– Et qu'est-ce qu'ils disent ? Est-ce qu'ils disent que notre Maginot est plus solide que leur Siegfried ?

– Bien plus solide.

– Vous croyez ? demanda peureusement la jeune fille.

– Et d'abord, personne n'a encore déclaré la guerre à personne. Il ne faut pas enterrer la paix aussi vite !

– Je vous crois, m'sieur Prakash... Mais l'ambiance,

c'est pas pareil. Ici, il n'y a plus personne. Je suis presque toute seule.

Páz était parti à Rome, Gerda se trouvait quelque part en Pologne, Boro n'était pas encore rentré, Bertuche, Diaphragme, les archivistes et les employés du labo sillonnaient Paris et l'Ile-de-France.

– Germaine n'est pas venue ? questionna Béla.

– Si. Elle est dans votre bureau.

L'avant-veille, ils avaient institué une sorte de tour de garde : de nuit comme de jour, un membre de l'agence devait centraliser les nouvelles et donner l'alerte en cas d'événement grave. Pour l'heure, cette tâche incombait à mademoiselle Fiffre.

Installée à la table de Boro, la vieille demoiselle était livide. Un amoncellement de papiers, de coupures de presse et de notes hâtivement griffonnées formait comme une petite dune devant elle. Lorsque Prakash entra, Germaine l'observa de derrière ses lunettes à monture métallique et, sans bouger d'un pouce, le ton grave, demanda :

– Avez-vous déjà goûté à la moutarde, monsieur Béla Prakash ?

– Certainement ! répondit le Hongrois. J'en beurre toujours mes tartines de steak !

– Je ne parle pas comestible ! Et d'ailleurs, qui songerait à manger à cette heure ?

– Il est bientôt temps, repartit Prakash en consultant sa montre.

– Vous êtes un incroyant ! rugit la Fiffre.

Elle se leva et vint vers lui. Son regard étincelait.

– C'est là qu'on voit les apatrides ! Les traîtres à la nation ! Les mauvais patriotes ! Les ennemis de la France !

Prakash fit un pas en arrière. La Fiffre ne décolérait pas.

– La moutarde, sale Kirghiz analphabète, ça n'est pas pour manger ! C'est du gaz ! Le gaz à la moutarde ! L'ypérite !

– Et donc ? questionna le Choucas, impassible.

– En 14, les Boches nous en ont fait boire des litres ! Tout Verdun était arrosé d'ypérite ! Ça jaillissait de partout, l'ypérite !

– Et donc? refit Prakash.

– Et donc?! Et donc, figurez-vous que l'ypérite, il y en a à Nogent! Ils ont balancé de l'ypérite sur Nogent!

– Aujourd'hui?

– Hier, même! Et ce n'est pas tout!

La Fiffre abaissa ses lunettes et, regardant le Hongrois par-dessus les verres, ajouta à voix très basse :

– Un avion boche a été abattu au bois de Boulogne. Il y a deux prisonniers.

– Hitler et Mussolini? s'enquit Béla en souriant.

Il repoussa gentiment la cheftaine du personnel du côté du mur et s'approcha du bureau.

– Qu'est-ce que vous dites? balbutia la vieille fille. Vous vous moquez de la France? Vous vous payez la tête d'une patriote?

– Pas du tout, répliqua Prakash en s'asseyant à la place de Boro. Je me demande seulement quelles sont vos sources.

– On me l'a dit.

– Qui, « on »?

– La voisine.

– Eh bien, oubliez la voisine! Vous devriez savoir, chère Germaine, que la guerre n'ayant pas été déclarée, il n'y a pas plus d'ypérite à Nogent que de carcasse d'avion dans le bois de Boulogne!

– Vous n'y connaissez rien! glapit la vieille demoiselle.

Elle resta un instant sur le seuil, cherchant des mots rageurs qu'elle renonça finalement à proférer.

Elle sortit en faisant atrocement claquer le battant de la porte sur le chambranle.

Quelques heures avant la guerre...

Les nouvelles tenaient en quelques coupures de presse soigneusement découpées et en une vingtaine de télégrammes d'autres agences ou de sources particulières provenant du monde entier. Elles traduisaient le ballet désespéré des chancelleries soucieuses d'éviter la guerre. On eût dit que tous les gouvernements, soudain affolés, furetaient en mille recoins pour découvrir l'issue salvatrice qui éloignerait la catastrophe redoutée. En deux jours, les portes des ambassades, des ministères, des palais présidentiels, les portières des limousines, des avions et des trains avaient claqué mille fois, emportant des messages d'espoir ou de résignation : télégrammes, missives, lettres chiffrées, ordres, contrordres... Prakash découvrait les chemins labyrinthiques empruntés par les hommes d'État pour tenter de sauver ce qui pouvait l'être encore.

La paix ou la guerre...

Édouard Daladier avait reçu Léon Blum, puis le général Weygand, lequel était parti pour Beyrouth sitôt après sa visite au président du Conseil. Georges Bonnet, ministre des Affaires étrangères, s'était entretenu avec Leurs Excellences les ambassadeurs des États-Unis, d'Espagne, de Roumanie, de Pologne et de Grande-Bretagne. Hitler et Mussolini ne cessaient de se téléphoner. Le second n'avait pas renoncé à sa proposition d'une nouvelle conférence de Munich. Lord Halifax communiquait note sur note à son homologue polonais, le général Beck; lequel envoyait ses instructions à son ambassadeur à Berlin.

De l'autre côté de l'Atlantique, Roosevelt adressait une note aux Français, aux Anglais, aux Allemands et aux Polonais, leur demandant d'épargner les populations civiles en cas de guerre; tous répondaient par l'affirmative, sauf Berlin.

Tandis que l'avion de Weygand atterrissait à Beyrouth, celui de von Papen, ambassadeur d'Allemagne en Turquie, décollait de Tempelhof pour Ankara. Au même moment, Paris et Londres faisaient savoir qu'ils acceptaient l'offre de médiation proposée par les souverains belge et hollandais. Hitler remerciait sans donner suite.

Au soir du 29 août, les troupes allemandes occupèrent la Slovaquie. La Pologne protesta et renforça ses mesures de sécurité. A Berlin, le Conseil de la Défense nationale, présidé par le maréchal Goering, fut constitué. Attolico, ambassadeur d'Italie, rendit visite à sir Neville Henderson. De Rome, Sa Sainteté Pie XII intervint en faveur de la paix auprès des grandes puissances.

Dans le même temps, l'Angleterre parachevait sa mobilisation navale et rappelait sous les drapeaux les réservistes de l'armée régulière. Les communications téléphoniques entre Berlin d'un côté, Londres, Varsovie et Paris de l'autre, étaient définitivement coupées. En France, le gouvernement réquisitionnait les chemins de fer. Une information était ouverte contre les dirigeants des cellules communistes de la Seine.

Entre le mercredi 29 août et le jeudi 30, grâce à de nombreux intermédiaires, Londres et Berlin proposèrent, contre-proposèrent, acceptèrent, renièrent... jusqu'à ce que Neville Henderson admît enfin l'évidence : le dictateur se jouait bel et bien de lui. Il ne cherchait pas à éviter la guerre, mais à faire en sorte que celle-ci parût être la conséquence de l'intransigeance polonaise.

Dans la nuit du 30 au 31, Henderson fut reçu par Ribbentrop; les deux hommes eurent un entretien si violent qu'ils manquèrent d'en venir aux mains. A deux heures du matin, l'ambassadeur britannique regagna son domicile, convoqua son homologue polonais, lui rapporta sa conversation avec le ministre des Affaires étrangères du Reich et envoya une dépêche à lord Halifax. Le lendemain après-midi, Goering conviait Henderson à prendre le thé chez lui. Le *feldmarschall*, qui avait achevé son déjeuner à l'Hôtel Esplanade par plusieurs verres d'un cognac remarquable, s'envola vers des sommets où l'alcool était roi, Herr Hitler, le meilleur ami de l'Angleterre, et la Pologne, un pays d'assassins.

Lorsqu'il rentra à son ambassade, Henderson rédigea un télégramme à lord Halifax, expliquant que la question polonaise lui paraissait désormais insoluble.

Le lendemain soir, alors que Prakash assurait de nouveau la garde à l'agence Alpha-Press, toutes les radios allemandes diffusaient les ultimes propositions de paix du Führer au gouvernement polonais.

Ces propositions ne furent jamais transmises à Varsovie. Comme le reste, elles n'étaient qu'un leurre. Car, tandis que Berlin feignait de rechercher des solutions pacifiques au conflit avec la Pologne, à midi, le 31 août 1939, Hitler s'était enfermé dans son bureau de la chancellerie. Il avait envoyé une note ultraconfidentielle au généralissime des forces armées :

> *Directive n° 1 pour la conduite de la guerre.*
> *L'attaque contre la Pologne sera effectuée comme prévu par le plan Blanc. La répartition des tâches et l'objectif opérationnel restent inchangés.*
> *Date de l'attaque : 1er septembre 1939.*
> *Heure de l'attaque : 4 h 45.*

Douze heures après que la première directive militaire secrète de l'histoire de la Seconde Guerre mondiale eut été envoyée aux armées allemandes, le téléphone sonna dans les locaux d'Alpha-Press. Il faisait nuit. Le Choucas de Budapest s'apprêtait à décrocher mais quelqu'un, ailleurs, prit la communication avant lui.

Prakash se leva. Normalement, il aurait dû être seul à l'agence. Il entrouvrit les portes pour voir qui se trouvait encore là. Mais la salle des archives, le labo et les bureaux étaient plongés dans l'ombre. Seule l'entrée était restée allumée.

Béla suivit le couloir. Il reconnut d'abord la sacoche aux Leica posée sur le standard ; puis la canne dont l'extrémité battait au rythme du poignet.

Boro était rentré d'Angleterre. Il lança un clin d'œil à son ami, masqua le récepteur de sa paume et dit :

– C'est Gerda... Elle appelle de Varsovie.

Il parla encore quelques secondes, puis raccrocha.

– J'arrivais juste quand l'appareil a sonné, expliqua-t-il.

– Gerda a des nouvelles plus fraîches que les nôtres ? s'enquit Prakash.

– Elle prétend qu'un poste radio allemand a été attaqué sur la frontière, à Gleiwitz.

– Ce ne sera pas le premier...

– Des soldats polonais auraient ouvert le feu sur des Allemands. Ils auraient pris le poste et diffusé une allocution très violente à l'égard de l'Allemagne.

– Et alors ? demanda Prakash.

– C'est cousu de fil blanc, murmura Boro.

Il dévisagea son ami Prakash. Un fin sourire barra soudain son visage.

– Sais-tu ce que les Anglais m'ont proposé ?

– Non.

– Je te le donne en mille.

– Parle ! s'écria Prakash. Comment veux-tu que je devine ?

– Ils m'ont offert de devenir membre de leurs services secrets !

Les deux Hongrois se regardèrent, puis éclatèrent de rire.

Au même instant, un million et demi de soldats de la Wehrmacht déferlaient sur la Pologne.

Les trois coups de l'Opéra Kroll

A peine le Junker mis à sa disposition avait-il atterri à l'aéroport de Tempelhof qu'elle avait voulu voir. Le pilote l'avait informée que le Führer parlerait au Reichstag à dix heures précisément. Et, à dix heures précisément, l'agent D8 pénétrait dans l'enceinte de l'ancien Opéra Kroll, à Berlin.

Au fond de l'immense salle, entre deux svastikas noires auréolées de blanc, s'étirait l'aigle nazi, ailes déployées. Derrière le podium, des nazis, bras tendus; devant, des nazis, bras tendus; à la tribune, bras tendu, Hitler. Au siège du président, bras tendu, Hermann Goering; à sa droite, regardant le Führer, bras tendus, le baron Konstantin von Neurath, Joseph Goebbels, Joachim von Ribbentrop, Rudolph Hess.

Dans un débordement de cris, de slogans, de hurlements, le public acclamait le guide suprême qui jetait l'Allemagne dans la guerre. Le contraste était saisissant entre la foule du dedans, vociférante, pâmée, adoratrice, et celle du dehors – la population de Berlin –, atterrée. Jusqu'au bout, l'homme de la rue s'était persuadé que Hitler aimait trop son peuple pour le conduire à la boucherie. La liesse de 14 avait fait place à l'abattement. Sous un ciel plombé, les Berlinois découvraient les nouvelles dans les éditions spéciales des journaux vendus à la criée. Ils lisaient, abasourdis.

La joie, la folie meurtrière, c'était pour la scène de l'Opéra Kroll.

– Depuis cinq heures quarante-cinq, ce matin,

déclara Hitler, nous nous battons en Pologne. Cette nuit, pour la première fois, l'armée polonaise a ouvert le feu sur les nôtres, gardiens d'un poste radio à Gleiwitz. L'État polonais a rejeté tous les règlements pacifiques que je lui proposais. Il préfère en appeler aux armes. Il ne me reste donc pas d'autre moyen que d'opposer la force à la force.

Bras tendus, les fidèles du Parti hurlèrent, recouvrant les propos de leur Führer. Les membres paralysés, mademoiselle Chat regardait ce démiurge qui ni les Anglais, ni les Français, ni les officiers allemands hostiles n'étaient parvenus à déboulonner : Hitler en grand uniforme.

Comme pour répondre à la pensée de la jeune femme, le dictateur reprit :

– Je suis le premier soldat du Reich! J'ai revêtu aujourd'hui la tenue qui m'est la plus chère, la plus sacrée. Je ne la quitterai qu'après la victoire!

Il y eut une bordée de *Sieg Heil* tonitruants puis, profitant d'une retombée de la liesse générale, Hitler cria :

– S'il m'arrive malheur, je veux que le *feldmarschall* Goering me succède!

Bras tendus, tous hurlèrent de nouveau.

– Et s'il arrive malheur au *feldmarschall* Goering, je veux que le camarade Hess le remplace!

La meute aboya une fois encore.

– Et s'il arrive malheur au camarade Hess, que le Conseil des Anciens du Parti choisisse le plus digne d'entre nous!

Les plus dignes et les moins dignes tendirent le bras.

Shakuntala se détourna et se fraya passage parmi l'assistance. Son coude heurta une fille blonde qui gémissait dans le sein de sa grande sœur. Mademoiselle Chat entendit ces mots :

– Mais, s'il y a la guerre, je ne le verrai plus! Il me quittera!

Shakuntala n'avait jamais vu cette jeune amoureuse éplorée, mais s'il s'était trouvé là, Boro lui eût révélé son identité : c'était la vendeuse de chez Hoffmann dont il avait dérobé le portrait sept ans auparavant. Elle s'appelait Eva Braun.

A l'Hôtel Continental

La Pologne était vulnérable. Depuis qu'elle avait participé à la curée sur la Tchécoslovaquie, elle était devenue fragile. Hier, deux mille kilomètres de frontières à défendre ; aujourd'hui, près de trois mille. Exposée à l'ouest, exposée au sud.

La IVe armée attaqua depuis la Poméranie, la IIIe depuis la Prusse-Orientale, et le groupe d'armées sud, commandé par le général von Rundstedt, fondit sur le centre et le sud du pays.

Hitler recourut à la stratégie du *Blitzkrieg*, théorie militaire élaborée en Grande-Bretagne mais dont le Reich se fit le plus ardent propagateur. La guerre de positions, c'était 14. La guerre de mouvement, ce fut 39. Quarante divisions d'infanterie traditionnelles et quatorze divisions mécanisées déferlant sur les plaines polonaises à la vitesse de l'éclair ; les escadrilles de la Luftwaffe semant l'épouvante dans les populations civiles, lâchant des chapelets de bombes sur Varsovie, Poznan, Cracovie. La terreur ici, comme ce serait la terreur partout en Europe quelques mois plus tard.

La cavalerie polonaise fut balayée.

Quelques heures seulement après le déclenchement de la guerre, le *gauleiter* de Dantzig annonçait qu'il avait abrogé la Constitution de la ville libre, et rattaché Dantzig au Reich.

A Londres, le roi signait l'ordre de mobilisation de l'armée de terre, de la marine et de l'aviation. Devant les Communes, Chamberlain déclarait que si le Reich ne repliait pas ses troupes hors de Pologne, l'Angleterre remplirait ses obligations. La reine rentrait précipitamment d'Écosse par train spécial.

À Paris, le Conseil des ministres, réuni dans la matinée, proclamait l'état d'urgence en France et en Algérie. Le gouvernement décrétait la mobilisation générale.

À Rome, Mussolini proposait une conférence visant à réviser le traité de Versailles. La France et la Grande-Bretagne acceptaient à condition que Hitler repliât ses troupes aux frontières. Ribbentrop refusa. Dans un brusque élan de générosité, la Suisse mobilisa à son tour tout en déclarant presque immédiatement qu'elle resterait neutre.

Tandis que Pázmány, de retour de Rome, filait à la Chambre des députés, Diaphragme s'envolait pour Londres, Bertuche courait les rues de Paris, et Prakash emmenait Boro à l'Hôtel Continental, où, depuis quelques jours, siégeait la Censure.

Des gardes veillaient à l'entrée. Il fallait montrer patte blanche.

– Tu as un laissez-passer ? s'enquit Boro.

– Je n'y ai pas pensé.

– Suis-moi.

Blèmia assura son stick, cala le Leica entre poitrine et aisselle, puis, le visage sévère, se présenta devant les gardes.

– Monsieur est avec moi, déclara-t-il sur un ton péremptoire.

D'un geste négligent de la main, il désigna le Choucas de Budapest, lequel regretta de ne pouvoir impressionner sur une pellicule sensible l'impeccable garde-à-vous dans lequel se figèrent les plantons de l'Hôtel Continental au passage du sieur Borowicz.

Parvenu de l'autre côté, il s'en amusait encore.

– Quel étage ?

– Montons...

Au premier, ils croisèrent deux hommes en grande discussion. L'un était mince et élancé ; le front haut et dégagé, il portait des lunettes rondes en écaille. Le deuxième, fort élégant, avait piqué une épingle dans sa cravate.

– Jean Giraudoux et Martinaud-Déplat, commenta

Prakash. Le premier rédige les discours du haut-commissaire à l'Information, l'autre est le chef de la Censure.

Boro se retourna sur le passage des deux hommes, attendit qu'ils eussent tourné l'angle de l'escalier, puis, quand ils se présentèrent de côté, un demi étage plus bas, il sortit son Leica, visa à peine, déclencha deux fois. Trois secondes plus tard, l'appareil avait réintégré sa place sous le veston.

– Je fais mieux que toi, souffla Prakash. Regarde...

Le couloir du deuxième étage était encombré par une foule bigarrée. Civils et militaires, certains en leggings ou bandes molletières, côtoyaient des plantons qui circulaient en charentaises, porteurs des épreuves que les journaux envoyaient à la censure avant publication. Un académicien en grande tenue paradait devant un guéridon où était posé un poste émetteur.

En deux gestes ultrarapides, Prakash avait soulevé le pan droit de son veston. C'est à peine si l'objectif de son Leica apparut. Il adressa un clin d'œil à Boro qui gronda :

– La prochaine fois, j'en fais cinq d'un coup. Ni vu, ni connu !

– Et moi, je vide ma pellicule.

– Alors moi, ce sera deux rouleaux !

Ils montèrent encore. Dans le couloir du troisième étage, des petits panonceaux protégeaient des portes closes. Prakash s'approcha de l'une d'elles et lut : *Paul Morand*.

– Un écrivain, dit-il... Dans *Paris-Soir*, j'ai lu qu'il partait pour Londres diriger une délégation d'experts spécialisés dans le blocus de l'Allemagne.

– Ouvre la porte, ordonna Boro.

Prakash se plaqua contre le mur, abaissa la poignée et poussa le battant. Boro se présenta de côté, le Leica sur la hanche. Il déclencha par deux fois. Quand ce fut fait, Prakash vint dans son champ et referma la porte, s'excusant d'avoir dérangé.

– Ce n'était pas Morand, dit Boro comme ils poursuivaient en direction du grand hall. Je connais celui qui tirait sur sa cigarette. Je l'ai rencontré avant le Front populaire, dans une réunion du Comité de vigilance antifasciste, une autre fois à Barbizon, puis en Espagne. Je me rappelle qu'il prenait des notes quand les anarchistes ont attaqué l'hôtel Colon, à Barcelone.

– Il a eu le prix Goncourt, compléta Prakash. Mais j'ai moi aussi oublié son nom... Les deux autres étaient Maurois, qui s'occupe de la diffusion de la pensée française, et Duhamel.

Ils poussèrent une large porte et se retrouvèrent dans la salle des fêtes de l'Hôtel Continental. Sous les lustres, les dorures, les plafonds peints, au pied des colonnes de marbre, les censeurs opéraient. Militaires et civils, tous chargés de couper dans la presse les informations susceptibles de renseigner l'ennemi ou de faire chuter le moral des populations, ils œuvraient dans le silence et le recueillement. Ils n'avaient pas de ciseaux, mais des crayons de couleur grâce auxquels ils entouraient les articles proposés à la coupe. Le service de Révision tranchait, après avis des représentants des ministères dans les cas litigieux, puis les papiers étaient renvoyés aux journaux, assortis du visa de censure et des « blancs » qui apparaîtraient dans les numéros du soir ou du lendemain.

Boro et Prakash prirent chacun une photo d'ambiance, puis se retirèrent à l'instant où, les ayant remarqués, un officier à lorgnon se dirigeait vers eux. Ils croisèrent Jean-Pierre Aumont qui jouait les plantons devant un bureau.

Dehors, ils saluèrent le garde qui les avait laissés entrer dans l'hôtel. Quelques passants étaient rassemblés plus loin autour d'une affiche fraîchement posée. Les deux Hongrois s'en approchèrent à leur tour. Ils découvrirent les premiers ordres de mobilisation : celle-ci était fixée pour le samedi 2 septembre, à minuit.

– Demain, murmura Boro.

Prakash savait à quoi songeait son ami. Mais il avait une autre pensée en tête. S'il avait proposé à Blèmia de l'accompagner à l'Hôtel Continental, ce n'était pas pour doubler des clichés qu'il eût facilement pris tout seul. C'était pour lui poser une question toute simple.

Il attendit qu'ils fussent installés à l'arrière d'un G7, roulant vers l'agence Alpha-Press, pour plonger son regard dans celui de son ami et prononcer le nom qu'il avait au bord des lèvres depuis Munich.

Il murmura :

– Shakuntala...

Boro détourna aussitôt les yeux.

– Shakuntala..., reprit Prakash.

Et, comme il y revenait pour la troisième fois, Blèmia le dévisagea pour de bon. Un sourire narquois éclairait son visage.

– J'ai bien remarqué que depuis Munich tu ne tournais pas rond, lui dit-il.

Un éclair flamboyant traversa le regard de Béla. Boro leva le bras :

– Je connais ton orgueil, Choucas, parce que c'est le même que le mien. Lorsque tu es revenu de Bavière et que je vous ai vus, mademoiselle Chat et toi, j'ai compris qu'il fallait que je m'efface. C'est pourquoi je n'ai pas insisté pour qu'elle m'accompagne à Londres.

– Ça n'est pas pour ces raisons-là que je te parlais de Shakuntala, gronda Prakash.

Son visage s'était brusquement refermé.

– Je sais, l'interrompit Boro. Ces raisons-là te regardent... Alors, pourquoi ?

– Je voulais avoir ton opinion sur un point qui me préoccupe.

Prakash observa la rue en silence.

– Parle ! fit Boro.

Le Choucas haussa les épaules.

– A ton avis, demanda-t-il enfin, elle travaille pour Londres ou pour Berlin ?

– Pour les deux, répondit Boro.

– Ce n'est pas une réponse, objecta le Hongrois. La question est de savoir si elle travaille *d'abord* pour Londres ou *d'abord* pour Berlin.

– Berlin, répondit Blèmia sans l'ombre d'une hésitation.

Puis, comme le taxi tournait l'angle de la place Saint-Sulpice, il se reprit :

– Londres.

Enfin, comme ils descendaient :

– Nous le saurons. Un jour, nous le saurons...

– Mais encore ? s'écria Prakash.

Il paraissait désespéré. Boro posa la main sur son épaule.

– Écoute-moi, Choucas. Cette guerre sera longue. Nous aurons l'occasion de revoir mademoiselle Chat.

Ils s'enfoncèrent sous le porche menant à l'agence.

Veillée d'armes

A quinze heures, le lendemain, les trois fondateurs de l'agence Alpha-Press arpentaient l'hémicycle de l'Assemblée nationale. Ils avaient profité d'une autorisation spéciale que Boro avait obtenue auprès d'Anne Visage, grâce à quoi ils pouvaient déambuler dans les travées, parmi les députés. Armés de leurs Leica, ils devaient photographier cette séance historique au cours de laquelle le chef du gouvernement allait prendre la parole. *Match* et *Paris-Soir* avaient conclu avec eux un contrat exclusif. Les photos étaient achetées avant d'avoir été prises.

Ils se trouvaient déjà sur place lorsque les représentants de la nation pénétrèrent dans la grande salle par les entrées latérales. Il régnait un désordre indescriptible. Dans la tribune diplomatique, MM. Bullitt, ambassadeur des États-Unis, et Lukasiewicz, ambassadeur de Pologne à Paris, regardaient, tendus, le pupitre qui devait accueillir Édouard Daladier.

Prakash avait l'œil rivé sur les députés communistes, assis à gauche de l'assemblée. Ils ne bronchèrent pas lorsque le président de la Chambre, Édouard Herriot, critiqua le pacte germano-soviétique. Pas davantage quand le président du Conseil fit son entrée, accueilli par un tonnerre d'applaudissements. Quelques parlementaires radicaux se levèrent. D'une voix calme, avec cet accent du Vaucluse reconnaissable entre tous, Daladier récapitula tous les efforts déployés par les Alliés pour éviter la guerre.

Agenouillé au premier rang, l'œil vissé à son Leica, Boro armait, déclenchait, armait, déclenchait...

A l'unanimité, la Chambre vota la hausse des crédits militaires. Et tous ses membres, y compris les communistes, se levèrent lorsque Daladier se fut écrié :

– La France se dresse pour son indépendance !

Au même instant, à Londres, Diaphragme surveillait dans son viseur le visage glabre de Neville Chamberlain qui affrontait le courroux des Communes. Qu'attendait la Grande-Bretagne pour déclarer la guerre à l'Allemagne ? Serait-on aussi lâche qu'à Munich ?

Dans un brouhaha indescriptible, le Premier ministre informa les députés qu'ils se retrouveraient le lendemain à midi. D'ici là, les gouvernements français et britannique auraient certainement adopté une position commune.

Mais on ne trouvait pas de position commune. A vingt et une heures trente, en cette soirée décisive du 2 septembre, le Premier britannique téléphona à Édouard Daladier, lui demandant de faire en sorte que les deux pays déclarent conjointement la guerre à l'Allemagne. Le président du Conseil refusa : la France avait besoin de quarante-huit heures supplémentaires. Elle était en première ligne en cas d'attaque soudaine de Hitler. Elle devait achever sa mobilisation. A quoi Chamberlain répondit que son gouvernement sauterait s'il n'avait pas agi le lendemain dimanche avant midi.

Une heure plus tard, lord Halifax fit la même demande à Georges Bonnet. Celui-ci refusa encore. Outre les points de vue du général Gamelin et de l'état-major, qui conseillaient d'attendre le plus possible, le gouvernement espérait encore que Mussolini parviendrait à rallier Hitler à une issue pacifique.

Ne désespérant pas de découvrir une solution commune, lord Halifax envoya un câble à son ambassadeur à Berlin :

Au cours de cette nuit, vous recevrez peut-être l'ordre de faire une communication immédiate au gouvernement allemand. Je vous prie de vous tenir prêt.

Il était vingt-trois heures cinquante. Quarante minutes plus tard, le gouvernement de Londres avait décidé d'agir seul. Henderson reçut un deuxième télégramme :

> *Prière de solliciter une audience auprès du ministre des Affaires étrangères pour neuf heures du matin, aujourd'hui dimanche. Instructions suivront.*

Les instructions vinrent peu après. Elles étaient claires : il s'agissait d'un ultimatum du gouvernement de Sa Majesté Britannique au Reich.

A neuf heures, Ribbentrop n'était pas disponible pour l'ambassadeur anglais en poste à Berlin. Le ministère fit savoir à ce dernier qu'il pourrait transmettre une communication à l'interprète officiel, le Dr Schmidt.

Dans la nuit, l'amiral Canaris avait téléphoné à la Dame noire pour l'informer du rendez-vous. A huit heures trente, Shakuntala se trouvait devant la Wilhelmstrasse. Pour rien : elle n'avait aucune mission à accomplir. Simplement, elle voulait assister à tout. Comme s'il s'agissait pour elle d'écouter les toutes dernières notes de la paix.

A huit heures cinquante-cinq, elle aperçut le Dr Schmidt qui pénétrait au ministère des Affaires étrangères par une porte dérobée. Trois minutes plus tard, Henderson se présentait devant le porche. Il resta peu de temps. Après son départ, Schmidt quitta à son tour la Wilhelmstrasse. Il parcourut à pied les quelques mètres qui le séparaient de la chancellerie. Mademoiselle Chat le suivit. Elle l'abandonna comme il entrait dans le refuge berlinois du Führer. La garde d'honneur n'avait pas présenté les armes ni fait donner le tambour, comme cela se produisait toujours lorsqu'un ambassadeur ou un dignitaire se présentait pour une audience.

Schmidt fut introduit dans le bureau de Hitler. Celui-ci était assis derrière sa table de travail. Ribbentrop et l'amiral Canaris faisaient face à la porte. Des généraux, les membres du cabinet, les principaux conseillers militaires se trouvaient là. Tous se raidirent lorsque le Dr Schmidt déplia la note qu'Henderson venait de lui remettre. L'instant était solennel. L'interprète traduisit le texte sans la moindre hésitation. Sa voix, cependant, était moins assurée que d'ordinaire. Il lut :

> *Si, le 3 septembre, au plus tard à onze heures du matin, heure d'été britannique, le Reich n'a pas donné d'assurances satisfaisantes au gouvernement de Sa Majesté à Londres concernant l'évacuation des troupes allemandes de Pologne, l'état de guerre existera entre les deux pays à partir de cette heure.*

Il y eut un silence glacial. Hitler fixait le mur. Jusqu'au tout dernier instant, il avait espéré que la Grande-Bretagne se tiendrait hors du conflit. Il se tourna lentement vers son ministre des Affaires étrangères et demanda :
– *Was wird Ihrer Meinung nach jekt passieren* [1] ?
Ribbentrop répondit :
– Il nous faut encore attendre une note de Paris. Je suppose qu'elle sera de même nature.
Hitler ne prononça plus un mot. Goebbels paraissait abattu. Canaris jouait avec sa bague, imperturbable. A l'extérieur, devant la chancellerie, mademoiselle Chat attendait. Elle espérait un miracle.

A Paris, quelques hommes politiques seulement, une poignée de diplomates et de journalistes connaissaient l'heure à laquelle expirait l'ultimatum britannique. Réfugiés passage de l'Enfer, Béla Prakash, Pierre Pázmány et Blèmia Borowicz attendaient. Ils avaient passé la nuit au-dehors, courant les ambassades, les ministères, les salles de rédaction. Ils avaient découvert le Paris nouveau. Des ballons captifs, gros nuages oblongs, paressaient dans le ciel clair. Des patrouilles constituées de soldats juchés sur des bicyclettes, besace en bandoulière, un long fusil leur barrant le dos, passaient silencieusement dans les rues sombres. Les becs de gaz étaient voilés, les cafés, les cinémas, les théâtres avaient fermé, les voitures roulaient sans phares, quelques pas-

1. A votre avis, que va-t-il se passer maintenant ?

sants cherchaient leur chemin, s'éclairant à l'aide de lampes-torches dont les ampoules luisaient comme des lucioles. Les agents de police arboraient un casque. Comme tous les Parisiens, ils se déplaçaient désormais munis d'un masque à gaz. L'obélisque de la Concorde était protégé par des sacs de sable amassés à sa base et, très loin au bout de l'avenue, l'Arc de triomphe dessinait comme une voûte noire éclairée par une flamme frêle mais tenace : celle du Soldat inconnu.

Les trois Hongrois ne s'étaient pas quittés de la nuit. Unis, comme toujours, par les circonstances malheureuses, ils avaient éprouvé le besoin de faire le vide autour d'eux, abandonnant Germaine Fiffre, Bertuche, Diaphragme, l'agence Alpha-Press, pour se retrouver ensemble, eux, les apatrides, fidèles citoyens de l'amitié. Ils ne parlaient pas. Ils écoutaient la TSF. Tantôt Londres, tantôt Berlin.

A dix heures vingt, ce dimanche 3 septembre, une voiture ornée d'un pavillon tricolore stoppa Wilhelmstrasse devant le ministère des Affaires étrangères. Un homme en descendit. Shakuntala reconnut Coulondre, l'ambassadeur de France à Berlin. Il gravit quatre à quatre les degrés conduisant au hall d'accueil, puis disparut dans les couloirs. Paris avait finalement décidé de présenter l'ultimatum du gouvernement français une heure après celui des Britanniques. Les termes en étaient à peu près semblables, mais le délai de réflexion accordé était plus long.

Ribbentrop lui-même reçut l'ambassadeur. Celui-ci déclara :

– Excellence, nous vous laissons jusqu'à dix-sept heures.

A quoi le ministre du Reich répondit :

– Inutile d'attendre si longtemps. La réponse est non.

Le représentant de la France s'inclina. Il était blanc.

– En ce cas, faites préparer mes passeports.

Et il tourna les talons.

A peine avait-il quitté le ministère qu'Henderson y entra. Ribbentrop avait finalement accepté de le recevoir afin de lui communiquer la réponse de son gouvernement. Celle-ci était aussi limpide que la note émanant des autorités britanniques : le Reich n'avait pas à recevoir d'ultimatum de qui que ce fût, et certainement pas à s'y plier.

Henderson répondit que l'Histoire, un jour, saurait à qui incombait la responsabilité de la guerre qui s'annonçait. Puis il regagna son ambassade et boucla ses valises.

A midi douze minutes, sur son poste de TSF, Boro capta la voix aiguë de Neville Chamberlain. Le Premier ministre britannique s'adressait à son peuple depuis la salle du Conseil, au 10 Downing Street. Il déclara que, le gouvernement allemand n'ayant pas retiré ses troupes de Pologne, l'état de guerre était effectif entre les deux pays. Puis le roi George VI adressa, à son tour, un message à l'Empire britannique, cet empire sur lequel le soleil ne se couchait jamais.

Prakash coupa la radio. La guerre était là. Inévitable, désormais. Comme la moitié du monde ce jour-là, les trois Hongrois, abasourdis, ne pouvaient parler.

A midi trente, le téléphone sonna. Boro décrocha. Il écouta sans mot dire, puis raccrocha lentement.

– C'est une communication qui vient d'Allemagne. Il y a un quart d'heure, les haut-parleurs de la chancellerie ont annoncé que la Grande-Bretagne était en guerre avec l'Allemagne.

Il parlait tout bas en regardant Béla Prakash.

– Qui a appelé ? interrogea celui-ci.

– Mademoiselle Chat, répondit Boro.

Ils ne déjeunèrent pas. A quatorze heures, ils se rendirent à l'agence. Une multitude de soldats en uniforme convergeaient vers la gare de l'Est. Les passants arboraient une mine sinistre. Angela Pitchetti n'était pas à son poste ; les bureaux étaient déserts. Les dépêches leur apprirent qu'à Londres Anthony Eden était entré dans un cabinet de guerre comme secrétaire d'État pour les Dominions, et Winston Churchill comme premier lord de l'Amirauté. L'Australie, la Nouvelle-Zélande, le Canada, la Rhodésie et les Indes anglaises venaient de proclamer l'état de guerre et formaient un corps expéditionnaire.

Dans l'après-midi, par discours radiodiffusé, Daladier

annonça à son tour que l'Empire français et l'Allemagne étaient en guerre.

La Belgique rappela sa neutralité, même si le roi prenait le commandement de l'armée. La Lituanie, la Lettonie et l'Estonie se déclarèrent neutres. La Hongrie aussi.

La Hongrie, surtout.

– Et maintenant ? demanda Boro à ses deux compatriotes.

Ils se regardèrent.

– Il y a deux adresses, répondit Pázmány.

– Le ministère de la Guerre et la rue de Lisbonne, précisa Prakash.

– Parfait, déclara Boro. Allons au ministère de la Guerre. Ça a tout de même plus de panache !

Ils avaient décidé de s'engager ensemble.

Ils coupèrent l'électricité et fermèrent l'agence. Ils descendirent l'escalier, en proie à une étrange émotion. Dehors, le ciel était d'un bleu très pur.

– Ils acceptent tous les étrangers ? demanda Pázmány.

– Sauf les Allemands et les Italiens, je suppose.

– Même les boiteux ?

– Tous ceux qui souscrivent un engagement volontaire, répondit Páz.

Boro tendit sa canne au Choucas de Budapest. Il fit quelques pas sur le trottoir. Il ne béquillait plus. Il se tourna vers ses amis : un grand sourire illuminait son visage.

– A partir d'aujourd'hui, on dira que j'étais un boiteux volontaire.

(A suivre)

TABLE DES MATIÈRES

SIXIÈME PARTIE : PARIS-CONFIDENCES

SEPTIÈME PARTIE : DOUBLE JEU

HUITIÈME PARTIE : EN ATTENDANT LA GUERRE

Achevé d'imprimer en mars 1998
par Maury-Eurolivres
45300 Manchecourt

*Imprimé en France
Dépôt légal : mars 1998*